最强雇佣兵 ③

★★★★★ 孤狼啸月 著 ★★★★★

狼途孤军之血色佣兵
──★ 震撼上市 ★──

群言出版社
QUNYAN PRESS

图书在版编目(CIP)数据

　　最强雇佣兵.3/孤狼啸月著.-- 北京：群言出版社，2015.12
　　ISBN 978-7-80256-964-5

　　Ⅰ.①最… Ⅱ.①孤… Ⅲ.①长篇小说—中国—当代 Ⅳ.① I247.5

中国版本图书馆 CIP 数据核字（2015）第 277588 号

责任编辑：王　聪
封面设计：书舟设计

出版发行：群言出版社
社　　址：北京市东城区东厂胡同北巷 1 号（100006）
网　　址：www.qypublish.com
自营网店：http://qycbs.shop.kongfz.com（孔夫子旧书网）
　　　　　　http://www.qypublish.com（群言出版社官网）
电子信箱：qunyancbs@126.com
联系电话：010-65267783　65263836
经　　销：全国新华书店
法律顾问：北京天驰君泰律师事务所

印　　刷：三河市祥达印刷包装有限公司
版　　次：2016 年 1 月第 1 版　2017 年 10 月第 2 次印刷
开　　本：710mm × 1000mm　1/16
印　　张：26
字　　数：380 千字
书　　号：ISBN 978-7-80256-964-5
定　　价：39.80 元

【版权所有，侵权必究】

目 录

01 锁定目标 / 001
02 雨夜潜入 / 007
03 初遇贝德 / 019
04 萨迪曼出现 / 031
05 突袭城堡 / 037
06 城堡鏖战 / 050
07 目标落空 / 062
08 突出重围 / 070
09 危机重重 / 083
10 探察消息 / 100
11 孤军深入 / 116
12 大本营 / 142
13 内部消息 / 155

14　突入敌营 / 162

15　生死之战 / 175

16　军阀末日 / 194

17　再次行动 / 213

18　刺杀萨迪曼 / 225

19　计中计 / 244

20　内奸疑云 / 264

21　初到D市 / 277

22　中间人 / 290

23　喋血街头 / 307

24　前路迷茫 / 322

25　密林相聚 / 339

26　战士归来 / 352

27　红颜知己 / 364

28　偷袭别墅 / 388

29　幽灵军团 / 400

01 锁定目标

玛丽和重拳忙到晚上也没弄清这个古堡背后的主人是谁,主要是人不在这里,他们又得不到进一步的情报,所以无从判断对方是否和萨迪曼有关,不过今天他们将两人负责的这片区域除了这座古堡外的其他建筑清查得差不多了。

"转卫星传输,我们回去继续监视。"重拳活动着脖子道。他和玛丽轮流监视古堡里的动静,都累得够呛,他不止一次说这不是人干的活儿。

"晚上吃什么?"玛丽看着外面,天逐渐黑下来,路灯亮起,街上行人不多。"随便,吃饱就行。"重拳将警车开上主路,现在他感觉很累,所以对吃的东西没什么要求,能吃就行,吃完后好回别墅休息。

他们回到别墅已是深夜,除幽灵外其他人全回来了。山狼汇总了众人收集的情报,发现可疑地点居然有七八个,比他之前预计得多了一倍还多。

"情况不妙,我们人手太少,根本不足以应付这样的监视行动。"山狼皱着眉道。

"没办法,住这儿的都是有钱人,房屋占地面积巨大,还有很多人不长住的古堡,很多地点都无法详细侦察。从防御级别和防御水平上是无法判断主人身份的,所以我们不得不将这些无法查清的地点标记为可疑地点。"

"这样下去不是办法!"山狼摇了摇头,"这么弄我们压力太大。"

"阿伦德尔那边情况怎么样?他们会不会遇到和我们相同的情况?"重拳问。

"比我们好一些。"山狼将资料收起来,"我把这些传给他们,让他们帮忙分析,我们没他们那么多人手,也没他们那么多情报来源和设备。"

"他们会帮忙吗？"重拳有些担忧地问道。

"我怎么知道。"山狼叹了口气，"狮鹫，跟我走一趟，去拜访一下阿伦德尔。"看得出他并不愿意求人，可他又没其他办法，只能硬着头皮去试试。

山狼和狮鹫离开不久，幽灵单独返回，这小子神出鬼没的，不知道他去哪儿了。

"山狼呢？"幽灵从冰箱里取出啤酒，对着重拳晃了晃，"有没有人响应？"

"去找阿伦德尔分析情报了。"重拳扬了扬手，"来一瓶。"

幽灵拿着几瓶啤酒坐下，从包里取出一些烤制的肉类放在桌上。

"有什么发现？"重拳喝了一口凉啤酒，清凉的感觉让他精神一振。

"没什么，逛了逛有钱人的庄园，你们呢？"幽灵大口吃着烤肉，看来他饿了。

"差不多。"重拳晃着酒瓶，"这样下去至少要一个月才能将这里摸透，太漫长了。"

"着急没用。"幽灵喝着啤酒一脸享受，"这是耗时间的活儿，我早做了心理准备。"

"但总不能将时间都浪费在这儿，萨迪曼随时会逃走，我们必须抓紧时间。"重拳仰起头看着天花板，"要是让他跑了，我们恐怕要花更多的时间和精力寻找他。"

"我奉劝你在没有更好的办法之前不要太过于担心，那一点儿用都没有。"幽灵一脸镇定，仿佛萨迪曼根本就不会跑一样。

"你们敢喝酒！"玛丽和平子从楼上下来，"任务期间严禁饮酒，小心我告诉山狼。""啤酒而已。"幽灵晃了晃酒瓶。"啤酒也是酒。"玛丽不依不饶。

"太累了，缓解一下。"幽灵将瓶中的酒喝光，然后继续吃烤肉，"一瓶，不多喝。"

重拳也将瓶中的酒喝光。"真爽！"

"你们两个！哼……"玛丽不理他们，带着平子直接出了门，不知道干什么去了。

"这些点太多了。"重拳盯着地图上画圈的区域。

"没关系，至少说明我们的搜索是有成效的，确认了一些可疑地点，这

01 锁定目标

些地点并不需要长期侦察,随着时间的推移会逐一排除掉的。"幽灵安慰他。

"看看山狼那边的收获吧。"重拳甩开地图起身上楼,"洗澡,睡觉,比打仗还累!"

山狼他们返回时天都亮了,两人一脸疲惫,这份工作在他们看来的确比作战要累。

阿伦德尔还算配合,只是说要先完成他们自己的工作才能帮他们分析情报,所以他们等了三个小时,然后阿伦德尔的人继续加班才算把山狼他们带去的情报分析完,将各方面信息对比之后将原有的可疑地点减少到四个,这已经非常不容易了。

第二天早上山狼重新做了部署,平子留下负责对其中两个已经被入侵了安全系统的可疑地点进行监视,幽灵完成剩下两个可疑地点的侦察行动,其余人继续前往新的地点侦察。

这样的侦察持续了十一天,终于有了眉目。狮鹫在一家医院的药物销售记录中发现了线索,有人会定期来取一些高价进口药物,这些药物是用来治疗瘫痪和神经性疾病的。跟着这条线索他们查到了一个靠近山区的城堡,尽管在这个小镇没有太过偏僻的地方,但一开始山狼他们的搜索重点都集中在了那些相对繁华的地段,毕竟萨迪曼这种土豪是不会住在这种有内涵的地方。

"这是卫星拍的。"阿伦德尔将几张照片丢在桌上,"可以确认这个城堡里出入的是个坐轮椅的黑人,他每天都出来晒太阳,但他处的位置从外面无法观察到,只有卫星能俯视到他。这家伙每天都会戴大帽子出来,所以卫星拍不到他的上半身,还无法确认他的身份。"

"这个必须近距离观察才能确认身份。"重拳翻着照片说道。

"有难度。"阿伦德尔摇了摇头,"城堡防守森严,外表看不见人,但实际上到处都是暗哨,外围有护城河,里面养着鳄鱼,城堡上遍布狙击手,很难靠近。最要命的是城堡附近的树全被砍光了,根本无法靠近。"

"你们有没有无人机?或者侦察机器人?"幽灵问。

"没用,城堡内的雷达会第一时间发现无人机靠近,侦察机器人无法越过护城河,而且护城河内有很大一片区域布设了电子感应设备,所以机器人根本进不去。平时这个城堡只有内部人进出，没有任何访客，所有通信、电力问题都是他们自己解决。通过多日的内部侦察我们初步能判断出城堡里至少有六十名警卫。"

"那我们就没有一点办法进去了？"山狼托着下巴问道。

"目前还没有，或者说我们还没想到。"阿伦德尔无奈地耸了耸肩。

"你们能否提供屏蔽雷达的设备？"幽灵盯着照片上的城堡问道。

"可以，但那样会立即引起他们的注意，得不偿失。"

"嗯。"幽灵点了点头，"能屏蔽就可以，我们现在只是缺一个机会。还有一个问题就是，我们是一起行动还是分开行动？"

"一起行动可能有点儿莽撞，但分开行动风险又太大，这个需要好好权衡一下。"山狼敲着桌子，"阿伦德尔，你怎么看？"

"我也在纠结这个问题，毕竟侦察需要冒险进入。虽然我不知道幽灵有什么办法，但冒险不可避免。如果分开行动我们就要二次冒险，而在侦察的同时采取行动又略显莽撞，除非能找到可以不冒险进去侦察的方式，毕竟先确认身份才是最稳妥的方式。"

"幽灵，先说说你的办法。"重拳看着幽灵，"现在说这些都为时尚早，先看看你的计划再决定行动方式。"

"这个很简单，利用雷雨天气屏蔽敌人的雷达信号，然后潜入或者展开侦察。夜晚中行动可以避开敌人的监视，至少有百分之五十的机会可以进入。"

"这太冒险了。"阿伦德尔摇了摇头。

"这可能也是我们唯一的机会。"山狼道，"但问题在于这种天气可不多见。"

"是，不过值得等。"幽灵站起身，"T国总该比沙漠雨水充沛吧？另外根据我对天气的了解，一周内会有降雨，这是经验！"

"现在还没到雨季。"阿伦德尔说道，"至于你的推测我不太信，抱歉，我只信科学。而且如果没有雷雨，那无疑是浪费时间，别到最后我们才发现里面的人根本不是萨迪曼，那我们就白等了！"

"在没想到更合适的办法之前这可以作为第一方案进行讨论。"山狼看着阿伦德尔，"你看怎么样？"他必须征求阿伦德尔的意见，毕竟他们不存在谁领导谁，只是合作关系。

★ 01 锁定目标 ★

"可以。"阿伦德尔点了点头,"但我觉得这不是什么好主意。"

幽灵耸了耸肩,胸有成竹地说道:"到时候你们就知道了。"

虽然没有什么好办法,但他们还是开始向目标地点转移,那里才是他们今后的工作重心。落脚点是个大别墅,但与附近的古堡和庄园相比,这个别墅显得很寒酸。

"站在屋顶可以看到目标所在的古堡。另外我还要提醒诸位,这附近很多房产都在古堡神秘主人的名下,所以里面住着的可能都是他的手下或者保镖。"阿伦德尔点上支雪茄说道,"这里不是什么好地方,我们可能会遭遇监控,所以一切都要小心,低调行事。"

"那为什么他不买下这栋别墅?"平子看着宽敞的别墅问道。

"与附近的庄园和城堡相比,这别墅就是富人区里的贫民窟,他根本看不上眼。"幽灵放下自己的背包直接上了二楼,他要观察一下附近的情况,这是他的习惯,也是黑血所有人的习惯,他们要知道附近的环境,方便在遇到突发事件的时候做出应急处理。

这次阿伦德尔带来了十一名手下,包括史密斯、摩根和他的助手。不愧是专业情报员,他们带来了大量间谍设备,相比之下黑血的装备就显得有些寒酸了,除了一些武器之外几乎什么都没有,而这些武器还是阿伦德尔提供的那一批。他们必须尽快找到一条安全通往古堡的路线,然后才是想进入古堡的办法。当夜除了山狼之外所有的黑血战士全都出去侦察,当晚他们就找到了三条前往城堡的路线,并且研究了最佳行动时间。第二天早上,众人将自己的发现一一做了详细的汇报。

"这是一条最佳路线,虽然要经过两个有人把守的庄园,但这些警卫全都形同虚设,不是闲聊就是睡觉,而且没有警犬,所以我们能轻松穿越这些防御,在最短时间内接近城堡西侧的草丛。草深约三十厘米,但就算敌人用夜视仪我也有信心渡过护城河。"幽灵指着地图上刚画出来的一条红线说道,"我观察过护城河里的情况,鳄鱼个头不大,如果在它们吃饱的情况下,我们有机会不伤一人游过去,然后从这个位置爬进去。经过一夜的观察我发现这里的警卫数量最少,巡逻间隔超过半小时。"

"路线倒是不错,不过你别把我们想得和你一样,我们没你那么变态的身手，从杂草地靠近护城河这一项可以应付，但游过护城河太冒险了，鳄鱼可不是吃素的。进入城堡的位置我们会继续评估，直到找到最合适的地点。"山狼在幽灵标记过的地方画上明显的红圈，这些是存在异议的地方，需要重新考虑。

"我们需要重新评估进入别墅的难度，一夜的侦察后你们也发现了附近很多地方都有警卫，这些人至少有一半是为城堡主人效力，所以我们现在就处在敌人的包围中，一旦暴露连撤离机会都没有。"阿伦德尔敲着桌子，"我们对付的不是一般的敌人，而是个狡诈的军阀！他能活到今天可不是光靠运气，所以我希望大家打起精神来，正确认识我们的处境。"

"虽然我们看上去有点儿不着边际，其实我们很重视这次行动，这种状态是一种放松，不代表不重视。"重拳看着阿伦德尔，"放心，我们不是傻瓜，知道现在的处境。"

这番话说得有些不客气，阿伦德尔皱起了眉头，还没人敢和他这么说话。

"好了，不要纠缠这些事了，阿伦德尔好心提醒我们接受，从现在开始我们都要转变态度，正确面对面前的困难。"山狼拍了拍手，算是给了阿伦德尔一个面子。阿伦德尔张了张嘴，最后摇了摇头不再说话，他对这些家伙吊儿郎当的态度的确不满意，不过他也清楚这只是表象，作为雇佣军中的强者，黑血并非徒有其名。

众人继续制订方案。这次任务的确有些难度，所以他们要谨慎考虑。

因为情况过于复杂，他们争论到晚上也没能得出一个让所有人都满意的结果，对此山狼和阿伦德尔都很无奈，他们只能举手表决，最后还是由幽灵进入侦察。

幽灵看了看天，"后天晚上会有雨，可以掩护对城堡雷达的屏蔽。"

"你需要多长时间的雷达空白？"阿伦德尔问。

"两到三分钟即可，只要在我越过护城河进入城堡这段时间不被发现就够了。"幽灵点上烟看着城堡的3D图像，"其实两分钟就足够，但为了保险还是长点儿好，至少没坏处。"

02　雨夜潜入

幽灵预测的雨仿佛和他有默契一般如期而至，天空中阴云滚滚，一道道闪电撕扯着黑漆漆的天空，闷雷声声，如同天神敲打着战鼓，雨滴密集，"哗哗"的雨声响成一片。

"你手下真是人才辈出！"阿伦德尔看着窗外的雨夜颇为感叹地对山狼说道。

"这是他的特长，或者说是在长期的野外生存中摸索出的经验！"山狼道。

阿伦德尔不太理解他话中的含义，毕竟他不了解幽灵的成长经历，在那种纯自然的丛林环境中生存了那么多年，他以自然为师学到了别人根本没机会学到的东西，那可是冒着生命危险积累的宝贵经验，不是想学就能学到的！

"幽灵，十秒钟准备，巡逻哨刚过，是进入的最佳时机。"耳机里狮鹫通报着情况。

"收到！"幽灵站在细雨中望着远处的城堡，他与城堡间的直线距离不过数公里，但中间却要跨越数个敌人严防死守的区域，想要通过恐怕要冒一些风险！

幽灵看了看天，密集的雨滴打在他的脸上。夜视仪里绿色的世界中雨滴形成一个个微亮的光点快速从屏幕上划过然后瞬间消失得无影无踪！

幽灵给装好消音器的M4A1上膛，背上步枪，取出小型发射器握在手中，沿着一侧树林冲去。没到敌人的控制区，所以不必顾及太多。几十米外是一道三米高的围墙，上面有监控探头，这是他面对的第一道防线。看上去普通的墙壁，前后隐藏了大量电子设备，就算经过只老鼠，监控终端都会显示。幽灵不担心这些，因为他之前已做了准备，墙壁外侧其中一段区域在前期侦察中被他屏蔽，虽然区域宽度只有三十厘米，但足够他通过了！

跑动中幽灵瞄了一眼手臂上的随身电脑，确认了屏蔽依然有效后抬手将微型干扰器射向监控探头，"啪"的一声，微型干扰器吸附在监控探头外壳上，监控室内的一扇屏幕一闪，变成一片雪花。内部工作人员发现异常，尝试排除故障，他们要先排除是不是线路的问题。

雨中幽灵随手丢掉发射器，不停歇地冲进了那条只有三十厘米宽的屏蔽区。离墙壁不到三米时，腾空而起，双脚踏着墙壁向上猛冲了两米多，单手一探扒住了墙头，身体跟着一缩，翻了过去，另一只手顺便将监控探头上的干扰器取下来。双脚在墙壁里用力一蹬，整个人如同大鸟一样伸展开来，跃出五米多远，双手撑地向前连续两个翻滚，消失在一片浓密的灌木丛中。整个过程用了不到十秒，从发射干扰器到翻过围墙进入灌木丛时间只有区区四秒，快得让人不敢相信。

"干得好！"远处一株二十几米高的大树上，狮鹫低声喝彩，"幽灵，身手不错。"

能得到狮鹫的夸奖不容易，作为一名以沉静见长的狙击手，他话很少，更很少夸别人，因为在他的战争生涯中见过的高手实在太多，而幽灵却是屈指可数的高手中的高手。

"谢谢夸奖。"幽灵低声回了一句，声音中略带骄傲，但是他的确有骄傲的资本。

幽灵借助灌木丛的掩护快速向前推进，手臂上的随身电脑不断将附近的情况显示出来。这是依托阿伦德尔提供的卫星监控数据传输过来的情报。

这是个中等大小的庄园，房舍、酒窖、花园一应俱全，环境非常优雅，但好像很久没人打理，到处都是荒废的景象。花圃里除了花还有大量杂草，果园里也是一个样子，酒窖的门坏了，里面闪着灯光，配上电闪雷鸣的天气，这里简直就是巫师的老窝。

幽灵穿过已经疯长的灌木丛顺利进入葡萄园，庄园里的防御比他想得

★ 02 雨夜潜入 ★

松懈得多,看似警卫林立,其实这些人大多在应付差事。一队巡逻哨聊着姑娘从花园的小径走来,幽灵蹲在葡萄架后面透过叶子的缝隙注视着这六人。这些人完全没有巡逻的样子,幽灵目送他们远去,不由得摇了摇头,看来长时间不经历战斗,这些人早已懈怠了。

"幽灵,你在干什么?"长时间没得到反馈的狮鹫很警惕地问道。现在幽灵所处的位置正在他的视野盲区,所以不知道他到底发生了什么。

幽灵敲了敲麦克,示意自己很安全,狮鹫这才放下心来,"你已经比预计时间晚了近四十秒,动作快点儿,否则会在下一个地点遇到第二批巡逻哨。"

"收到。"幽灵缓缓起身沿着葡萄架前进,走了不到一半他发现了隐藏在葡萄架里的暗哨,这家伙尽职尽责,伪装网、上膛步枪、夜视仪一应俱全,精神地注视着葡萄架右翼的空花田。幽灵站在他身后时他根本没有任何感觉。这家伙很幸运,今天幽灵是侦察来的,没打算杀人,所以他在鬼门关里逛了一圈又出来,而他自己却什么都不知道。

绕过暗哨幽灵很快就接近了另一侧的围墙,出去后这关就算是过了。巡逻哨刚过去,看见几个人的背影,幽灵观察了一下自己和围墙间的距离,约三十米,围墙高三米,墙上有摄像头,但是对着外面,墙下有感应设备。

选好了越墙位置后幽灵开始准备,就在这时候发现墙角的地方有点不太一样,仔细观察后才发现那里藏着枚地雷。如果不是因为雨大将那里的枯草冲开,他还真不一定发现。

"见鬼!"幽灵心里骂了一句。他蹲在原地仔细观察了一下墙下,这才发现很多地方都略有不同,很多位置的野草都有缺失,不是没长,而是明显的倒伏或低矮。应该是因为这些野草长在地雷表面的浮土上,根基不深,吸收的养分比其他野草要少,所以长势不好。

"幽灵,什么情况?"狮鹫问。

"有雷场!刚才进来的方向是干净的,这里却布了雷,这是什么打法?"幽灵恨恨地道。

"走备用路线。"狮鹫提醒他,"别耽搁时间!"

"备用路线用时太长,我看看能不能过去。下一班巡逻哨多久到?"幽灵低声问。

"五分钟。有可能提前或延后，经观察他们巡逻时间不准确，浮动范围约一分钟。"

"幽灵，没有把握就不要冒险。"山狼通过单兵电台提醒道。

"没问题！如果我没看错，这些地雷是为了对付跳墙进来的人，没有绊线，只是压发和松发，只要不碰就没问题。"幽灵边说边靠近雷区，探测器上出现一片亮点，他将信号转到手臂的随身电脑上，经过处理后地雷的分布出现在上面，他寻找地雷的缝隙向前走。

"千万小心。"山狼提醒幽灵。他了解幽灵，这是个喜欢冒险但绝不莽撞的家伙，他决定去做的事情至少有六成把握。

"放心。"幽灵缓缓向前走，密密麻麻的光点不断在屏幕上闪烁，那些全是地雷，中间的缝隙不过三十厘米，密集度超乎想象。幽灵轻呼了口气，仔细对照屏幕和自己观测到的雷区。他的确胆大，但却没有一丝疏忽。稍有不慎他就会粉身碎骨，而且整个计划会完全泡汤。若这城堡里住的真是萨迪曼，那他们将失去这次宝贵的机会，至少在萨迪曼警觉的情况下，他们是没有任何机会攻入城堡的。

行进中幽灵起出了几枚地雷塞进了包，谁也不知道他要干什么。

三分钟后幽灵接近了围墙，这里地雷最密。如果哪个傻瓜越过围墙跳进来，肯定会被炸得连毛儿都剩不下。幽灵呼了口气，虽然身边地雷不少，但他已经渡过难关，只要爬上墙，雷区就不会再威胁到他。

"动作快点儿！巡逻哨会在两分钟内到达。"狮鹫提醒道，他的位置已经很难看清幽灵这边的情况了，随着距离的增大幽灵将完全孤军深入，只能靠他自己了。

"收到。"幽灵抬头看了看高墙，上面的摄像头对着外面。他取出飞抓甩了上去，双臂交替用力，很轻松爬了上去。摄像头就在他旁边，只要下去就会被发现，而此时他已经能听见墙内的巡逻哨远远地向这边走来，如果再想不出办法他只能等着挨枪子儿。

"幽灵……"狮鹫再次催促，他比幽灵还着急。

"我知道！"幽灵观察了一下监控探头，这东西看似难对付，可却难不

★ 02 雨夜潜入 ★

倒幽灵。他制造了一起线路进水造成的短路，整条线路的电都断了。之后他扫描了外面的地面，确定无雷后跃身从上面跳下，扬长而去。敌人的巡逻哨丝毫没有发现异常，只是郁闷地得到了检查监控设备的指示，他们只能绕出墙外进行检查维修。

边墙外没有任何电子设备，不知道敌人在搞什么鬼。幽灵觉得奇怪，原本他以为整道围墙都有完备的预警监控系统，现在看来不是，两侧差距明显，至于原因他没时间想了。

其实原因很简单。按照原来的设计要求，整条围墙外侧都要装电子感应设备，但施工负责人嫌电子设备贵，所以只将靠近最外围的一侧和正面布置了电子设备，另外两个方向因为靠近整个区域的防御内部就没装，只装了监控设备和地雷，省了的钱全进了他的腰包。

幽灵继续前进，他放慢了速度，前方是一片花田，然后是一条景观林带，宽度只有二三十米，长度却将城堡和几个庄园围在了中间。前期的侦察显示这里隐藏着很多暗哨，所以他不能太莽撞，必须谨慎小心。

找了个角落，他打开卫星扫描系统，这一区域的情况清晰地展现在屏幕上，他很快发现了林子里有人。虽然因为树冠层叠的遮盖图像并不清晰，但完全能判断这些人的位置。

幽灵选了一个敌人活动较少的地方突进，他一头扎进了大片的花田，匍匐着向前推进，这是避开敌人视野最有效的办法。

紫色的郁金香竞相开放，空气中弥漫着香甜的气息。花海中幽灵速度并不快，这里视野非常开阔，他不敢动作太大，万一被敌人发现，一颗狙击步枪子弹就能要了他的命。

他一边前进一边观察随身电脑上卫星反馈的图像，以此判断敌人的异动。一百米宽的郁金香花田他足足爬行了十五分钟。景观林带就在眼前，幽灵没有贸然前进，他趴在灌木丛里仔细观察着林子的边缘，那里是潜伏哨位的最佳位置。

一寸寸地搜索，最终他在两点钟位置发现了问题。那里隐藏着一名狙击手，细长的枪管被伪装成了树枝，上面还绑上了细枝叶，但哪有如此笔直的树枝？林中的伪装无法逃过幽灵的眼睛。他冷笑，这种小把戏也敢在他面前卖弄？他找了个安全的位置快速爬进树林。林子里很黑，因为长时间没有修剪，树枝长得很密，封住了大部分空间。幽灵像猴子般在里面快速穿梭。进了林子如同到了家，没人能在林子里和幽灵耍花样。

在林子里他发现了几处潜伏哨，但对他来说形同虚设，没人能在林子里发现他的踪迹。穿过景观林带，城堡就在不远处了，这是最难的一段距离，到处都是一片空旷，几乎所有的树和灌木都被砍光，虽然杂草丛生，但几乎找不到可以借助隐藏的东西。

幽灵看了看随身电脑上的地图，按照原计划向预定位置前进。那里的蒿草相对高一些，而且有一条不太明显的浅沟，应该是雨水冲刷形成的低洼地带。

等到了地方幽灵才发现，在雨水的作用下这简直就是一片水塘，深度不过膝盖，浑黄的雨水上面露出半尺高的杂草。这里很多地方水都太浅，根本无法隐藏身体，这要是被敌人发现了简直就成了活靶子。

幽灵看了看天，雨越下越大，雷声反倒是没有之前响了，闪电却一个接一个地没完没了。幽灵深吸了口气，取下背包，将背包放在水面上，步枪压在包上，趴在水里向前推进。赌命的时候到了，希望护城河里的鳄鱼没跑到这个水坑里来。

"幽灵，我是山狼，城堡上的敌人没有异动，大部分都去躲雨了，你可以放心前进。"山狼盯着卫星图像说道。他正密切注视着城堡上敌人的动向，雨中巡逻的敌人不多，只是偶尔出现，看来他们从来没想过会有人能穿过几道防线靠近城堡。

"收到。"幽灵摸索着向前推进，虽然城堡上的敌人因为天气有所减少，但附近很可能有隐藏的暗哨，不敢大意。

越过两个较高的位置之后，他再次回到了齐膝深的水里，这地方比较隐蔽，他松了口气。路程接近三分之一了，保持这个进度用不了多久就可以到达护城河附近。

水太浑浊了，幽灵只能摸索着地面前进，虽然不至于有太大的落差，但深一脚浅一脚的难免整张脸都扎进泥水中，这感觉可不好受。很快路程接近了一半，就在他庆幸一切顺利的时候，一件意想不到的事情发生了，

02 雨夜潜入

正摸着浑水前进的过程中,他摸到了一个东西,他清晰地感觉到,那是一只正在摆动的人手。

大雨滂沱的黑夜中一道道闪电划过,忽明忽暗,幽灵在黑暗中缓速前行。城堡就在眼前,阿伦德尔提供的别墅中一大群人围在一起注视着卫星传回的图像。屏幕上幽灵正缓慢向护城河移动,城堡外围城墙上偶尔会出现一些人影,卫星扫描下这些人影呈现一片亮色。山狼盯着屏幕面沉似水。从开始行动到现在近一个半小时,幽灵通过层层包围已接近城堡,希望这次行动能有所收获。所有人在直觉上已经确认萨迪曼就在这城堡里,但在没有得到最终确认前他们还不能采取行动。

突然,幽灵停止不动了,山狼的眉毛一抖,他的第一念头是幽灵触到了地雷。

"幽灵,报告情况。"山狼通过单兵电台问道。

"摸到了一只手。"幽灵简单地回答。

"手?"这个答复出乎所有人的意料。

"一具已经开始腐烂的尸体,我要检查一下情况。"幽灵的回答很沉稳。尸体对于他们这些人来说太平常不过了,只是在这里遇到尸体让人感觉有些不同寻常。

幽灵抓住那只手用力拉,滑腻腻得很难抓住,费了半天力气后一具高度腐烂的尸体被他拉了出来。尸体腐烂得面目全非,眼睛已脱离眼眶,两腮消失不见,牙床裸露在外,脸上爬满了蛆虫,从残存的皮肤看是个白人,从腐烂程度上判断死亡超过一周。幽灵将尸体拉离水面,发现这是一名高大的壮年男子,死前受过酷刑,手臂被打断,肋骨多处骨折,死因是被割断了喉咙。

"男性,白人,年龄不超过四十,肌肉发达,身体强壮,死于割喉,多处骨折,死前受过折磨,没有任何可证明身份的东西。"幽灵简单地叙述着自己的发现,"死亡时间超过一周,应该是被处决之后埋在这里的,因为降雨才将他冲出来。"

山狼不在意这个小小的意外,他通知幽灵继续前进,不要在这里耽搁时间。

幽灵将尸体推到一边，继续摸着水底的地面前进。幸运的是这一带没有地雷，出于安全考虑，越是接近城堡他的速度就越慢，毕竟离城堡越近越危险。

护城河水位上涨了很多，不夸张地说如果雨再下两小时，河里的鳄鱼就能直接上岸。幽灵趴在河边注视着河对岸，那边除了烂草和淤泥什么都没有。过河是他面临的又一个难题，城堡正面唯一能进出的桥后是四个警卫，警卫身后的探照灯将桥面照得雪亮。幽灵趴在草丛里注视着来回巡视的警卫，他在等机会，现在不是着急的时候，必须有足够的耐心。

幽灵足足用了一个小时才爬到桥边，慢得如同蜗牛。敌人就在桥对面，幽灵扒着桥外侧的缝隙，如壁虎一样慢慢爬了上去。在几乎没有着力点的条件下他居然能吸附在桥的侧面，让众人佩服不已。

"他究竟是不是人？"史密斯目瞪口呆地看着屏幕。由于卫星图像并不清晰，所以在他看来幽灵就是贴在桥的侧面。

"这个问题你完全不需要怀疑，我确信他是人。"重拳颇为不满地说。

"怎么可能会有人像壁虎一样爬？"史密斯还是不相信。

"C国有种功夫叫壁虎游墙，不管多光的墙壁都能轻松爬行。"重拳开始胡诌。

"真的？"史密斯惊讶地张大了嘴巴。

"如果是假的那幽灵这是怎么回事儿？"重拳指着屏幕说道。

"人好像不见了。"史密斯看着屏幕皱了皱眉，"会不会掉进水里了？"

"他在桥底下。"山狼目不转睛地盯着屏幕，"这是避开对面警卫视线的唯一办法，只是难度有点儿高。幽灵，能撑住吗？"最后一句话是对幽灵说的。

"应该……没问题！"幽灵的声音很低沉，听得出他有些吃力。

"切记不要勉强。"山狼提醒他。

幽灵没说话，而是专心向前爬。不到十米的短桥他爬了近十分钟，可见有多难。

警卫根本没想到会有人用这种方式过河，真是从他们眼皮底下溜过去的。幽灵离开桥后沿着河岸向上游爬行，身体几乎挨着水面。为了避开警卫，他必须冒被鳄鱼攻击的危险，但幸运的是鳄鱼没有露面。爬行了三十多米后他才翻身上岸，再次爬在了并不高的草丛里。几名警卫的注意力都在河对岸，所以他并不担心。

"我过来了！"幽灵趴在地上喘气，他已经累得手脚酸软。雨天桥面太滑了，他不得不脱掉作战手套徒手爬行。他指尖已经磨得一片血红，皮都磨破了。

"不急，先休息一下，过桥体力消耗太大。"山狼道。

"这里的警卫完全不同，外围警卫松散得形同虚设，这里的警卫却个个尽职尽责。"幽灵翻了个身，注视着近在咫尺的城墙，同时戴上了战术手套。

"接近正主了，怎么也得有几个像样儿的。"重拳低声说道，"感觉怎么样？"

"手都磨破了，桥面太滑，不适合攀爬。"幽灵翻滚到墙根处继续爬，他的目标是几十米外两面墙交汇形成的一个直角处，那是上城墙的最佳地点，容易借力又不易被发现。三四十米的城堡外墙就在眼前，他搓了搓手，又到爬墙的时候了。

"我上去了，准备屏蔽雷达，听我信号！"幽灵深吸了口气开始往上爬，和爬光滑的桥身相比要容易得多，他的速度很快，整个人借助一侧墙壁的掩护迅速升高。

"他很善于攀爬！"史密斯又开始发表他的"见解"。

"这对我们来说算不得什么！"重拳无所谓地道，"攀爬应该也是你们的必修课。"

"我是内勤，会开枪能杀人就足够了。"史密斯耸了耸肩，"所以我不会太多技巧。"

"这不算什么技巧，生存需要而已。"山狼盯着屏幕说道。

"你们有多少人出身特种部队？"史密斯又问。他是第一次接触雇佣兵，所以很感兴趣，但他不知道雇佣兵很少提及自己的来历和出身。

"我们都是特种部队！"重拳敷衍着说道。

幽灵已经接近城墙的顶部，他趴在墙上一动不动，然后轻声说道："屏蔽雷达。"

城堡外墙顶部很大一片区域都是在雷达监控干扰之下的，所以幽灵不能随便靠近，他必须等待雷达信号被屏蔽之后再行动。

"好，三、二、一，屏蔽开始！"幽灵低声道。

"收到。"阿伦德尔话音刚落，幽灵随身电脑屏幕上的雷达信号瞬间消失。

幽灵爬上城墙，宽阔的城墙上一个人都没有。他弯腰奔向一侧的栈道。前方是监狱塔楼，里面闪着灯光，那里并不是他的目的地，只是从旁边的栈道前往下一层。

平坦的栈道很宽阔，从内部看根本没有任何可借助躲藏的东西。幽灵端枪快速前进，这里太危险，必须快速离开。刚经过监狱塔楼，后面的门就开了，幽灵缩身在暗处，身体顺着斜坡的边缘快速向下滑行。塔楼的门打开后两个持枪警卫从里面出来，应该是进行顶部巡视去了，丝毫没注意到离他们十几米外的地方有个人。

沿着栈道转了两个弯到达中层。整个城堡成一个立体的"凹"字形，外围由四五米厚的墙壁包围，所有建筑都是依托外墙而修造的，凹进去的部分分为上、中、下三层，而幽灵要穿过中层正对大门的几栋建筑才能到达中庭。中庭是整个城堡的核心地带，顶部修建了露天花园和现代化的游泳池，也就是曾经发现疑似萨迪曼出没的地方。

一路上幽灵看到数量众多的监控探头和红外线感应装置，他只好放慢速度小心前进。为了避开密集的监控，很多地方他都是爬墙壁过去的，一路上费了不少力气。他很快就到了警卫室的外围，这地方他可没敢靠得太近，谁知道里面藏了多少人？他从一侧绕到警卫室后面，费了一番周折后终于找到了他想要的东西，一大捆隐藏在暗处的线路。有了这东西就好办了，他将鳄鱼夹夹在其中的一根线上，很快获得了整个城堡的监控图像。

"设定完毕，测试信号。"幽灵低声说道。

很快耳机里传来了阿伦德尔的声音，"图像清晰，正在入侵监控系统，稍等片刻，监控设备的控制区将掌握在我们手里，完毕。"

幽灵装好信号发射和接收设备，将线路恢复原状后起身继续前进。在监控系统没有完全破解前他不打算继续前进，没必要冒险，同时他也需要休息。城堡足够大，找个地方休息并不困难。他在离警卫室不远的地方找了个空房子钻了进去，里面很宽敞，各种家具一应俱全，幽灵坐在沙发上深吸了一口气，道："我进来了。"

"注意安全。"山狼看了看表，"我们已经获得了监控系统的控制权限，你不必再担心监控系统找麻烦。"

"我知道。"幽灵脱掉外套，虽然防水，但一路摸爬滚打，上面满是泥巴。

"前往中庭的路不好走，警卫太多，监控上看中庭应该只是日常生活的活动区，内庭才是休息区，所以如果萨迪曼在这里肯定会住在内庭，那里几乎无法通过。"

"我会想办法。"幽灵换掉身上的衣服，"能进来就能查清楚，不必为我担心。具体情况需要进一步侦察才能确定。"

"别勉强！实在不行就等在外围，目标总会出来的，你找个观察露天花园的位置等着。"山狼不断切换着屏幕上的监控画面，希望能为幽灵找到合适的停留地点。

"先看看能不能进去，不行就守株待兔。"幽灵喝了点水，"帮我留意一下他们的换岗和巡逻规律，我休息一会儿。"

"好，注意安全。"

幽灵将上了膛的M4A1横在腿上靠着沙发闭上了眼睛。原本这次行动阿伦德尔给他配备的是更方便携带的MP5SD1，但幽灵嫌它穿透力不足，坚持带M4A1。按他的话说，M4虽然长了点儿，但比MP5用着安心。

一路消耗不小，但不至于对他产生什么影响。现在不用他亲自观察敌人动向，所以他要利用这段时间休息一下。其实他早做好了打持久战的准备，城堡太大，一晚搜索不完。

休息的同时幽灵在盘算着下一步行动。他明白越往里侦察难度越大，敌人的防御是以中庭和内庭为重点的，所以调查难度可想而知。就算能成功进入城堡，也不能保证可以成功接近中庭和内庭，但这两个地方才是他此行的最终目的地。他要确认萨迪曼是否在这里，如果萨迪曼在，那再考虑能不能干掉他，就算无法动手也要作为后续行动的内应；如果萨迪曼不在，那其他人就没必要进攻这个地方，所以他此行的意义重大。

直到凌晨三点多，山狼才将观测到的数据传给幽灵，包括敌人的巡逻路线、巡逻间隔时间、警卫数量、固定哨位置，活动范围等等。

幽灵从衣领里拉出帽子扣在头上，形象瞬间变得有点像忍者，只是他手里拿的是突击步枪而不是忍者刀。这套特质的防红外作战服是他托人特制的，目的就是为了方便侦察。这衣服除了防红外线之外还防水，别看他在雨里水里摸爬滚打，但他身上并没有湿透。

幽灵将 M4A1 背好，单手提着装了消音器的 USP45 出了门，目标中庭。现在他已经不担心被监控设备发现了，阿伦德尔的人已经完全掌握了监控系统，只要避开警卫就可以。

这一带建筑结构设计得非常巧妙，除了中庭的露天花园外，周围的通道全部都是有顶的回廊，既遮阳又挡雨。幽灵提着枪沿着回廊缓慢前进。

"五点钟方向回廊出现敌人，预计三十秒到达你的位置，注意避让。"耳机里山狼说道。

幽灵左右看了看直接缩进了回廊一侧的石墙后面，没多久一队敌人的巡逻哨从前方经过，等他们走后，幽灵从藏身处出来继续前进。

几分钟后幽灵终于接近了中庭的花园，在他打算继续向花园靠拢时山狼提醒道："你已经靠近中庭外围，前方转角处有固定哨兵，不要继续前进，注意左翼有交叉巡逻的哨兵。"

前进的路封死了，防御的确森严，不知是不是因为老板的神经质造就了他们的尽职尽责。幽灵观察了一下山狼传来的监控图像，发现内部防御是立体式的，到处都是警卫，进去不是不可能，但需要冒很大风险，而且一旦暴露肯定没命。

幽灵的本意是尝试进入，这是他的风格，但山狼的意思却正好相反，无奈之下他只能先找个地方躲藏起来，等等看敌人的防御会不会有所松懈，同时也可以想想其他办法。

03　初遇贝德

　　虽然放弃了进入中庭，但幽灵是个闲不住的人，守在一个地方等机会不是他的风格。现在离天亮还有段时间，敌人晚上最后一次换岗还有一个多小时。这段空闲时间山狼给幽灵安排了一个任务，对城堡其他地方进行侦察。他深知幽灵是个不安分的家伙，所以给他找点事儿做是为了让他少惹麻烦。幽灵接到任务后开始到处"闲逛"。

　　城堡太大了，幽灵沿右翼通道前进。他的随身电脑已经和城堡监控数据同步，所以他能看到监控传输的图像，可以轻易躲开警卫，将遇到敌人的可能性降到最低。

　　城堡很古朴，充满了岁月感，同时城堡内部很多地方都安装了现代化的设备，古老的沧桑和现代的奢华相差了千百年的岁月，在这里却融为一体，看上去非常和谐。右翼是靠近城堡的监牢区和仓库，这里人比较少，毕竟现在没犯人需要关押，也不需要储存太多补给品，所以大部分仓库是空的，偶尔有一些堆满了杂物。这里很少有人来，就连警卫巡逻的频率都要比其他地方小得多，幽灵走得没什么目的性，只是想熟悉一下环境。如果确认萨迪曼在这里，他们要在这里作战，光靠监控系统是不够的，对实际环境的了解至关重要。阿伦德尔手里有一份城堡结构图，但那已经是十几年前的老图纸了。幽灵对比了结构图和现在城堡的实际构造之后发现很多地方都大不一样，比如现在的监狱区已经缩减到不足原来的三分之一，而仓库区却向牢房区扩展，部分区域变成了杂物间，原本的仓库区整体向牢房区移动的同时大约缩减了二分之一的面积，腾出来的区域变成了居住区，驻扎着城堡里的用人、保镖，再往前就是餐厅和后厨，然后是水塔和粮库。

几乎整个城堡被改造成了几个逐渐缩小的环形结构，最外围是坚固的城墙，里面是雇佣人员的工作、休息和娱乐区，而最里侧就是中庭的露天花园和内庭的城堡主人的生活区。越往里防卫越森严，想从外围强攻进来需要付出惨痛的代价，除非用导弹大炮将城墙摧毁，然后集中火力压制防御力量的同时猛冲进来。

幽灵根据自己观察到的情况将阿伦德尔提供的城堡结构图一一进行了修正，为便于后期可能展开的行动。现在他急于找到一个从外部进城堡的突破口，但这有点难度，毕竟这是经过专业人员设计的结构，而且城堡本身就是为了防止被攻入而设计的建筑，所以想找到漏洞难度很大。幽灵借着监控设备的帮助将城堡二层的大部分区域都逛了，但没发现任何可以让自己人安全进来的通道。现在唯一能寄托希望的就是底层，但时间不够了，因为敌人换岗的时间快到了，没时间继续找下去了。幽灵悄无声息地返回最靠近中庭的位置，最终选了一个回廊的夹角顶部隐藏了起来，这里视野较高，能看到整个中庭的露天花园，而且易于隐蔽。

换岗时间到了，大批的警卫进进出出，熬夜的一脸困倦地回去睡觉，早起的也是满脸倦怠地上岗。防御依然森严，这就是人多的力量，警卫们就是再懈怠也保持了密集的防御体系，任何人都无法从如此多警卫的眼皮底下通过。幽灵盯着不时经过的警卫，能看出这些人大多受过正规军事训练。他们的枪都是上膛的，这是一种习惯，只有经历过真正战斗的人才有的习惯。

"总算换岗了。"一个警卫打着哈欠对同伴说道，"夜班真难熬。"

"是啊，困得没精神。"另一个伸着懒腰说道，"回去吃点儿东西睡上一觉。"

"老板真是的，每天都布置这么多人站岗，真不知道他是怎么想的，如此戒备森严的城堡他还不放心，难道他得罪的是外星人？真是无法理解！"警卫一脸无奈。

"小点儿声。"另一个警卫四处看看，"老板脾气不好，要是他听见你这么说，没准儿把你丢进河里喂鳄鱼！之前执勤睡觉的那小子差点儿被队长打死，你忘了？"

03 初遇贝德

"我就是一说，可没懈怠……"

两名警卫聊着天走远了，看来他们的这种密集防御已经常态化了，幽灵摇了摇头，这个所谓的主人到底是不是萨迪曼。

天亮之后，城堡里活动的人多了起来，仆人开始打扫卫生，修剪花草，处理积水，警卫依然在岗，但比晚上要轻松，他们可以低声聊天或者吸烟。

幽灵就这么干等着，天气不太好，不知道那个坐轮椅的家伙会不会来花园。

上午九点多，幽灵听到了一阵阵的低吼，他转头看向了声音传来的方向，过了一阵，四名警卫牵着两只花豹出现在他的视野里。这两只花豹皮毛油亮，非常精神，四名警卫两人一只牵着花豹遛狗一样在花园里转圈。

"养豹子？有钱人的生活就是不一样。"幽灵心里道。

"吆，又遛豹子？"站岗的警卫和牵豹的警卫打招呼。

"是啊，这两个畜生的生物钟比我们还准，到点儿就不安生，闹着要出来。"牵着豹子的警卫无奈地说。

"哈哈，不知道今天有没有戏看。"警卫大笑。

"别急，老板正发怒呢，不知道哪个倒霉蛋儿惹了他。"警卫牵着豹子进入花园。

豹子在花园里连蹦带跳，两名警卫拉着都有点吃力。没多久里面又出来一群持枪的警卫押着两个人来到花园，两人遍体鳞伤，一个年纪五十岁上下，另一个比较年轻，三十几岁的样子。两人被警卫一阵踢打之后倒在地上，然后被拉起来双膝跪地抱着头保持不动。一个人已经被打得不断吐血，但没人理他。幽灵能清晰地看到他被打穿的左腮露出沾满鲜血的牙齿。最后走出来的是个穿西装的银发男子，一脸凶悍，他刚站定就有人送来了一把椅子，他坐下看着两名俘虏。俘虏一脸木然，垂着眼皮谁也不看。

"两位就没什么要说的？"银发男子取出雪茄，旁边立即有人帮他点上。银发男子吸着雪茄，"老板说了，只要你们交出私吞的钻石就放过你们。"

"我们没有私吞钻石，是收购者压低了价格，所以收入才少了五分之一，这不怪我们，外界对我们的钻石控制很严，很少有人愿意收购……"

年长的俘虏话还没说完就被身后的警卫一脚踹倒，"老板的朋友已经确认了你们吞掉了五分之一的钻石！"

银发男子抬起手，警卫立即停手，同时闭嘴。

"我们不会冤枉任何人，老板和买家的关系密切，不会因为市面上的原因而降低钻石的收购价格，你说的话连鬼都不信。"

"贝德先生，我们说的是事实！请不要相信那些人说的话，他们的确压低了价格！"

银发男子皱了皱眉，"那就别怪我了，动手！"

守在旁边的警卫冲上去继续殴打两人，两人被打得不断哀嚎，但没人停手。

"南斯·贝德，R国人，三十岁，特种部队退役军官，曾参与车臣针对R军的战争，是个恐怖分子，已经销声匿迹多年，没想到躲在这里。"幽灵的耳机里传来阿伦德尔的声音，他已经通过监控看到了这边发生的一切，"这两个俘虏身份没查到，应该不入流。"

幽灵敲着麦克用暗码问道："这个人和萨迪曼有关系吗？"

阿伦德尔道："目前没发现，不过资料收集还在继续，稍后会有更详细的情报。他出现在这里说明城堡里藏了见不得光的人，我们正对监控截取的图像进行对比，希望能有收获。"

"内庭情况如何，为什么没有那边的图像？"幽灵调整着接收到的监控画面问。

"我们截获的监控不包括内庭，贝德出来的地方没有内部图像，里面是独立的监视系统，所以如果里面那个老板不出来的话，我们无法通过监控确认他的身份。"

两名俘虏已经被打晕过去，地上到处都是血，一名警卫提来冷水将两人淋醒。

"何必受苦，说出来吧，说出来的可以留一条命。"贝德吸着雪茄说道。

"我……我说……"年轻一点的俘虏呻吟着说道。

"哈金……"年长的俘虏打算阻止，却被警卫一脚踢晕过去。

"说！"贝德眯着眼睛道。

"我说了你确定不杀我？"哈金喘着粗气坐起来。

★ 03 初遇贝德 ★

"当然,我保证没人会威胁你的生命。"贝德肯定地点了点头。

"好。"哈金吐了口鲜血,"给我支烟!"

贝德皱了皱眉,示意旁边的人给他一支烟。

哈金吸了口烟平静了片刻,"是我们偷偷留下了部分钻石,但没有五分之一那么多,只取走了品质较好的一小部分,是卡斯的主意!"他指着地上昏迷的同伴道,"我一直都没同意,但毕竟他是负责人,我没有权利反对,所以……只是没想到老板认识买主,我们不敢说出来,老板的脾气我们了解,肯定会杀了我们。"

"那你为什么现在才说?"

"我……"哈金低下头,"我受不了了,我是被迫的,卡斯说如果我有意见就杀了我,所以我只好参与其中,希望你能履行诺言不要杀我。"

"可怜虫!"贝德冷笑,"就为了区区几百万就丢了性命,真不值!"

哈金一哆嗦,"你,你说不杀我的。"

"当然。"贝德邪恶地大笑,"当然,哈哈哈!钻石在哪儿?"

"我的那份在我家书房的地板下,他的存在银行的私人储物箱。"哈金哆嗦着道。

"很好。"贝德点了点头。

两名警卫冲上来将哈金拖到花园中央的空地,哈金看到了守在一边的豹子……

"贝德……先生,贝德先生,你说了不杀我的……"哈金剧烈地挣扎着,但还是被警卫丢到了豹子面前。两只豹子争先恐后地扑上去将他按在地上疯狂撕咬,哈金痛苦而又绝望地惨叫着,但很快就没了动静,一只豹子咬穿了他的喉咙……

"我说过不会杀你,我的人可没动手,这不算我食言。"贝德面目狰狞地说道。

"卡斯先生,该醒醒了,多么精彩的场面。"贝德对地上的另一个俘虏说道。

"我无话可说,杀了我吧。"卡斯睁开眼睛。

"嗯,有骨气!"贝德颇为赞赏地点了点头。

"反正都是死，来吧。"卡斯闭上眼睛。

"不，你是个硬汉，我佩服你！"贝德竖起大拇指，"放他走。"

"什……什么？"卡斯以为自己听错了。

两名警卫拖着他往外走，他搞不清贝德到底是要杀他还是要放他，但是等他被拖出城堡之后才发觉，真的没人要杀他。他忐忑不安地走过哨卡，没人理他，他回头看了一眼城堡才发现真的没人跟出来。"就这么把我放了？"卡斯还是不相信，但只要没死他就不会放弃逃亡，管他真假，先离开再说。他一瘸一拐地向前走，尽量让自己快起来，但无奈他伤很重，提不起速度，直到他走出去几百米后发现没人跟来心里才算有了一丝安全感。他不明白贝德为什么放过他，这不合常理。

卡斯一边走一边胡思乱想，但他不知道的是，城堡的高墙上贝德正举着望远镜注视着他，"老家伙体力不错，还能走这么快！你们几个家伙偷懒，下手太轻！"

"是，队长，下次我们注意。"贝德身后的几个人诚惶诚恐地说道。

"开个玩笑，别因为我的一句话下次直接把人打死。"贝德放下望远镜继续抽着他的雪茄。

贝德抽了会儿烟问一边的人道："多远了？"

旁边的人举着望远镜看了一会儿："大约八百米。"

"不等了。"贝德丢下雪茄，从脚下拿起一支M82A1狙击步枪架在城墙上，很快卡斯的身影出现在瞄准镜里……

"嘭……"贝德扣动了扳机。随着一声巨响，卡斯的大腿被打碎，小腿连着膝盖大部分飞出去老远，他被巨大的冲力带得翻了筋斗，重重摔在地上，昏死过去。

"该死，打偏了！"贝德对自己的准头儿颇为不满。跟着又开了一枪，子弹直接击中了卡斯的胸膛，他的左半个胸膛连同肩膀消失不见，鲜血喷泉一样涌出来洒得满地都是，碎肉和骨头渣飞出去几十米远，散落在一个很大的范围内。

"这还不错！"贝德点点头，"去收尸，别让他留在那儿碍眼。"说完扬长而去。

03 初遇贝德

"嘭……"山狼一拳将身前的桌面砸了个对穿,"这个疯子。"

刚才的一幕他通过卫星传输的图像看得清清楚楚,贝德的残忍简直令人无法忍受,用活人喂猎豹,狙杀手下取乐,这种以折磨人作为消遣的方式简直令人发指。

"放心,他必须死!"幽灵在耳机里淡淡地说道。

虽然黑血众人见惯了杀戮,但对于贝德这种残杀手下取乐的行为非常气愤。

花园的血迹早已清理干净,两只豹子正趴在廊下悠闲地舔着爪子,如同两只刚吃饱的大猫,警卫们低声交谈着,刚才发生的一切仿佛是一场短暂的演出。

离刚才豹子吃人的地方不远处,贝德一边在红木桌子前吃着早餐,一边欣赏着蒙蒙细雨。对他来说这只是平淡无奇的一天的开始,弄死两个人太平常不过了。吃完后他伸了伸懒腰叫人放开一只豹子。这时所有警卫的注意力都集中到了这边,没人感到意外,而是用一种看戏的目光盯着空地上的一人一豹。

贝德迎上去拍着手对豹子喊道:"过来,小伙子。"

豹子注视着眼前的家伙,谨慎地靠了上去,贝德和豹子对视着,"来吧,小伙子。"

豹子低吼着露出了长长的獠牙,看神情它仿佛很忌惮贝德。贝德哈着腰慢慢靠上去,"来,小伙子,到爸爸这儿来。"

出人意料的是豹子开始低吼着后退。幽灵明白了,豹子要进攻了。果然豹子后退了两步后猛地四脚蹬地,跃起直扑贝德,大张着嘴闪电般咬向贝德的脖子。贝德缩身侧头,豹爪几乎是擦着他的头皮划过,与此同时,他一个反肘上顶,准确地打中了豹子的下颌,然后手一翻揪住了豹子脖颈的皮毛,身体顺势跃起,翻上了豹子的脊背,借着冲力一下将豹子按在地上。豹子四肢乱蹬,想挣脱出来,但头颈处传来一股大力,将它死死按在地上,就算用尽全力也无法挣脱。贝德压在豹子背上拍了拍它的头,得意地道:"动作慢了。"

两名警卫冲上来给豹子戴上项圈后贝德才将豹子松开,惊恐的豹子还在剧烈地挣扎，两名高大的警卫几乎拉扯不住。

"畜生！"贝德大怒，一脚踹过去，正中豹子的肩胛，这一脚直接将豹子踢出去两米多远，豹子挣扎了半天才站起来。

"一点儿长进都没有。"贝德点上雪茄喷着烟雾说道。

豹子畏惧地缩到一边，满眼惊恐地看着贝德，它被打怕了。

幽灵将整个过程看在眼里，前后不过五秒钟，豹子就被制服，这个贝德还真不简单，是个有实力的疯子，身手不错敢于冒险。

豹子被牵走，贝德百无聊赖地在花园里闲逛，天下着小雨，但他毫不在乎。

"这小子有两下子。"别墅里重拳很有兴趣地盯着屏幕上的贝德。

"身手了得！"玛丽点头道，"这豹子至少有一百三十磅，他力气不小。"

"贝德身高六尺，体重大概两百磅，靠体重就能把豹子压住，但豹子有着非常大的爆发力，所以需要一些技巧，另外豹子很灵活，所以需要更加敏捷的身手才有机会。"狮鹫分析道，"总之这个人不好对付，残忍、谨慎、身手不凡。"

"要是能和他较量一下就好了。"重拳一脸兴奋。

"我更愿意一枪打死他。"狮鹫转身离开，同时又抛下一句话，"别把事情弄得太复杂，用枪能解决问题最简单。"

"你根本就不懂得格斗的乐趣。"重拳一脸的难遇知己。

"你又不是豹子，为什么和他斗？"玛丽拍了拍他的胳膊，学着狮鹫的口吻说道："小伙子，别把事情弄得太复杂。"

"唉……"重拳一声长叹，"你们不懂。"

山狼盯着屏幕上的贝德没说话，他明白这是个难对付的家伙，这次行动必须谨慎。

阿伦德尔的人正在忙着分析城堡的结构，这些功课不能等确认了萨迪曼在这里之后再做。找到合适的入口是他们的最终目的，他不相信这座城堡真的固若金汤。

在摩根的电脑屏幕上显示着不同时期的城堡结构图，他在进行详细的对比，希望能从城堡多次的改造图纸中找到突破口。

03 初遇贝德

平子一直在负责和幽灵的联系，虽然幽灵现在只能缩在暗处观察敌人的行动规律，但山狼却让平子随时注意幽灵那边的情况，其实他比任何人都担心幽灵。

足足等了一天正主也没露面，只是贝德偶尔出来闲逛。直到晚上九点多城堡内的活动人员减少之后，幽灵才离开了藏身之处找了个没人的房间舒展一下筋骨。

"明天得换个地方。"幽灵嘟囔着说道，显然这一天他过得并不舒服。

经过一天的观察，他发现根本没机会进入中庭。对他来说应该没有无法进入的地方，但今天他确实遇到了难题。没办法，在没确认萨迪曼是否在这里前不能硬来。

"我出去转转，看看有没有什么突破口。"幽灵休息了片刻就要出去。

"先休息，过了午夜再说。"山狼不同意，"现在外面到处都是警卫，出去太危险！"

"三天不睡觉都没什么感觉。"幽灵躺在床上无所谓地道。这房子没人住，但打扫得依然很干净。虽然床上只铺了一层薄毯，但和那个狭窄的角落相比这里简直就是天堂，起码他可以舒服地伸展四肢。

"中庭警卫约三十人，一看就知道受过专业训练，持有自动武器。这三十几人轮换执勤，和其他警卫不混合换岗，应该是他们老板或者贝德的亲信。内庭情况不明，按这里的情况推测，里面的警戒等级应该更高，很可能是比这里更受信任的贴身警卫。"幽灵闭着眼睛说道，为了不被人发现，他说话的声音非常轻。

"从监控情况来看，这里的警卫人数超过了我们之前的预计，我们遇到了个难题，找不到潜入的办法。幽灵，只能靠你了，希望你能在里面找到突破口。"山狼道。

"明白。"幽灵深吸了口气，"我找机会去下一层和底层看看，一般城堡都有排水渠，虽然很可能已经做了防御，但不可能做得太彻底，肯定有可以利用的漏洞。"

"希望你能有所发现，但切记一点，不要冒险！"山狼叮嘱道。

"我知道。"幽灵扭了扭脖子，"这里的情况比想象得复杂，城堡被改造得乱七八糟，除了外墙已经完全失去了本来的防御能力，越复杂的地方越容易出现漏洞。"

"希望能有收获，不过下一层的监控没那么多，要小心。"监控少，他们就没法通过监控给幽灵提供更多信息，很多监控不到的地方可能有敌人活动，会很危险。

"我知道，这更有挑战性。"幽灵看了看表，"我睡一个小时。"

结束通话后幽灵检查了一下房门，然后抱着枪钻到床下。虽然这房间没人住，但无法保证没人突然进来。

"芙蓉，注意幽灵所在房间外面的情况，给他提供预警。"山狼叮嘱平子。

阿伦德尔那边对城堡的分析还在继续，他们已经列出了几个可能存在原始通道或者可能被突破的地点，但在没进行实地探察之前也只是一种猜测。

山狼要了这份图纸，打算让幽灵证实一下。现在幽灵是他们唯一的希望。山狼同时也在考虑一个问题，在没有最终确定萨迪曼在这里之前，这么做是否为时尚早。

一小时后幽灵准时醒来，不用定闹钟，他的生物钟足以精确到秒，听来夸张，其实这是他的本能。打开电脑，接收了传输过来的数据之后，幽灵小心地出了门。

走廊里空荡荡的，他敲了敲通话键，耳机里立即传来平子的声音，"监控一切正常，已经完成屏蔽，在监控里你是隐身的。"幽灵敲了敲麦克表示收到，然后沿着一侧通道走向下一层。其实下一层不是底层，城堡底下还有一层地下空间，那里的情况无法知晓，因为他们截获的监控画面上根本没有地下空间的画面。

通道很长，有很多岔路，巨大的石块堆砌的墙壁非常厚实。幽灵走得很小心，躲开了两支巡逻队之后到了通往一层的入口，入口有两名警卫把守。幽灵爬上墙，从两人头顶悄无声息地爬了出去，他爬出去的位置就在监控前面，如果没有入侵监控系统他根本没法在这里自由活动。当然，别人也无法如此灵活地在这些石壁上爬行。虽然黑血其他人也能扒住缝隙在

03 初遇贝德

墙上爬,但他们无法像幽灵一样倒吊在通道顶部。靠手指和脚尖将自己固定在屋顶上的本事可不是那么容易练出来的。

下一层比上面要破败得多,看来城堡新主人只改造了自己生活所需的空间。他之所以选择这座城堡,是看上了这里的坚固性和防御性,并不是因为住着舒服。

一层的很多地方都废弃了,显得十分破败和陈旧,到处都是浮土和蜘蛛网。正因为如此,这里的监控设备才没有那么多,只在必经之路上才有。

幽灵对照阿伦德尔提供的城堡结构图开始寻找可能存在的突破点,这些突破点有几个在排水系统中。古代城堡的排水系统使用巨型铁栅栏或密集的石柱和外界相隔,毕竟那时没有炸药,很难破坏,但今天就不一样了。

幽灵发现这些原本在城堡底部和外界相连的排水口被混凝土堵死了,坚固程度丝毫不比巨石墙壁差。左侧排水口已完全堵死,幽灵并不感到意外,毕竟这些明显的漏洞连傻子都能看得出来,更别提贝德这种精通作战和防御的疯子了。

城堡基座的墙壁厚度超过五米,炸药很难炸开,想从外面强攻太难了。幽灵沿着最底层的墙壁一路向里走,越走越破败。一层人烟稀少,二层才是他们生活的主要区域。大门正对着的一层区域进行了改造,修造了延伸到二层的楼梯,下面通往一层的空间被墙壁隔绝,只留下了备用的几扇门。另外一层一侧被改造成了车库,里面停着三十几辆豪车。警卫守在出口位置聊天,没人注意到幽灵在里面闲逛,经过车库时他顺手将几块指甲壳大的炸药贴在了一些车的油箱一侧。

幽灵下一个目的地是几个下水管道,如果这些管道和外界连通就好办了。幽灵依然不抱太大希望,这些明显的漏洞敌人不可能注意不到。

警卫不多,但巡逻哨很频繁,这些家伙经常"不合时宜"地出现在幽灵附近,他必须不断躲藏,很多时候还没等他干完活儿,平子就通知他藏起来。

"该死!没了固定哨,巡逻哨安排得这么频繁干什么!"幽灵暗中大骂。

"他们安排的是十分钟间隔不间断巡逻,每组四人,六个小组每间隔十分钟出发一组,巡逻一圈后回去休息,每组人马都能休息将近一小时才能开始下一轮的巡查。"山狼盯着监控说道,"他们以此来弥补固定哨的不足。"

"太讨厌了!"幽灵低声道,"这些家伙每次巡逻都要经过我想去的地方,这是哪个混蛋设计的巡逻路线,简直不给活路。"

"这就是他们的目的,就算有入侵者进去,被发现的可能性也非常高。这种密度的巡逻在没有监控设备帮助的情况下,入侵者不可能完全躲开。"山狼分析道。

幽灵躲过一批暗哨继续前进,两分钟后到达第一个下水系统。到了他才发现入口被巨大的铁链封死,上面还装了震动报警器。锁难不倒幽灵,报警器他也有办法对付,可巡逻间隔这么短,他没机会进去寻找另一侧的出口在哪儿。幽灵无奈,看来得想其他办法。找到其他几个下水系统的入口后,幽灵发现情况几乎一样,根本没机会进一步侦察。他发现这些排污系统是新建的,并不是古老的城堡建筑,所以这东西肯定是有出口的,毕竟城堡里的污水不可能全渗入地下,肯定要排到某个地方,这就是他们的机会!可是该怎么侦察?幽灵想了半天终于有了主意,他对每个下水系统做编号,将位置图发回去,然后返回二层,在警卫休息室偷几部手机,进行简单处理后,将这些手机分别投入几个不同的下水管道的主管道。为保证手机不进水,他给手机缠上了从厨房偷来的保鲜膜,这样一来手机不但防水还能增加浮力。只要手机能离开城堡出现在某个排污系统的出口,阿伦德尔就可以根据手机信号找到出口位置,这可能是他们进来的最佳方法。虽然城堡里的主入口已经被封死,但别忘了,幽灵还在这里,有他做内应何愁无法进入城堡?

04　萨迪曼出现

虽然不知道这些通道是否和外界连接,但至少是一个机会。幽灵当晚将这一层一半以上的区域探察完毕,制作了详细的内部结构图。城堡太大,根本无法在短时间内全部探察清楚,而且还有很多警卫把守,他根本就无法进入。

底层很荒凉,几乎没人,闲置的房间和通道里满是尘土和蛛网,空气阴凉潮湿,霉气很重,边缘是巨石堆砌的外墙,厚度甚至超过了城堡外墙。幽灵参考上层结构找到了排水管道的位置,管道埋入墙壁,外表看根本找不到。

雨一连下了两天,不知是因为天气原因还是身体原因,正主一直没露面。幽灵在两天三夜里将整个城堡逛了个大概,至少三分之二的区域绘制了详细的结构图。此外,三个晚上幽灵经常出入后厨,厨房很多做好的菜肴不翼而飞。厨房的人没怎么在意,只是单纯认为是哪个馋鬼晚上饿了来偷了点食物当夜宵。

第三天终于云开见日,清晨天色就是一片大好,重拳又说了在队伍中认可度非常高的那句话,"总算出太阳了,再下雨老子都快发霉了!"

"是个好天气,今天可能会有收获。"山狼透过窗户看着天边的太阳说道,"几天不见太阳,里面的那位老板更怕发霉,今天应该会出来晒太阳,好机会!"

"快出来吧,这个地方我已经待腻了。"幽灵在单兵电台里发着牢骚,两天里他过得虽然还算舒坦,但确实没啥意思。

"里面好吃好喝的,怎么还待不住?"重拳开着玩笑说道。

"你来试试，你在外面吃喝不愁，自由自在，还有美女相伴，当然不明白我的感受！"幽灵一边检查着自己的步枪一边轻声说道。

"只有你有这个本事能进入防卫森严的城堡，我们不行。"重拳开始夸奖幽灵，"要不是你，我们恐怕很难确认目标人物的真实身份。"

"别扯了，现在还没确认，别给我戴高帽儿。"幽灵不吃这一套。

其实在入侵监控系统之后幽灵就可以离开城堡，因为一旦目标人物出现，监控的多角度画面完全能确认他的身份，但保险起见他还是留了下来，毕竟人为确认才是最准确的。另外他们还需要城堡的结构变化、行动路线等信息作为今后行动的参考。再有，有人在城堡里当内应，对大部队顺利进入城堡起着决定性作用。

在黑血中幽灵要比其他人更累一些，这并不是指单纯意义上的身体疲劳，而是因为他执行危险任务的概率要远远高于其他人。重拳和幽灵可以称作黑血的两个"拳头"，两人配合可谓天衣无缝，探察敌情、开辟通道、偷袭、暗杀，两人可谓是一流高手，但论综合作战能力重拳要排在后面，幽灵只是格斗能力逊于重拳。如果黑血损失了重拳，对整支队伍是一种打击，若是失去了幽灵，那就是黑血的巨大损失。重拳可以撑起幽灵尖兵的角色，但他绝对撑不起幽灵在丛林中无可替代的能力。总之，幽灵在黑血中是无可替代的存在。

太阳慢慢升上了天空，上午九点多露天花园终于被阳光覆盖。幽灵从警卫们的交谈中得知今天他们的老板会出来晒太阳，所以今天的警卫比平时精神得多，认认真真地站岗，再也没人聊天，看得出他们是想给老板留个好印象。

没多久贝德从里面走出来。他今天穿了一件R军空降兵的迷彩背心，露出一身健壮的肌肉和令人触目惊心的伤疤，那是战争留下的印记，是军人的勋章。贝德边吃蛇果边挑逗豹子，结果张牙舞爪的豹子又被他狠揍了一顿。

"小伙子们，打起精神来，谁要是敢给我丢脸，明天我就拿他喂豹子！"贝德大声说道，"最近太平无事，但不能大意！老板树敌无数，他的安全至关重要，很多人都在寻找他的下落，所以我要求你们每个人都要拿出作战的精神来完成每天的守卫任务！给你们那么多钱不是让你们来这里度假的，

04 萨迪曼出现

明白吗？"

"是，长官。"警卫们大声回答道。

"气势不错！"贝德满意地点了点头，"为了保证人家的战斗力，下周要进行本年度第三次为期一个月的轮训，进行体能、生存、作战技巧训练，都做好准备！"

"队长，我们什么时候可以轮休，在这里实在是太无聊了。"一个警卫问贝德。

"集训之后会安排轮休，你们的休假会得到充分保证。这份酬劳丰厚的工作并不是那么好找的，放心，跟着我，只要你们表现得好，一切都会给你们最好的。"

就在这时，中庭通道里出现了几个人影儿，贝德立即转身迎了上去。

"出来了。"幽灵也发现了。

"终于把他等出来了。"山狼的声音有些兴奋。

"王八蛋，真沉得住气！"重拳骂道，"先看看他长得什么鸟样儿再说。"

在几人的拥簇下，一名坐在轮椅上的黑人壮汉从里面出来。因为壮汉侧对着幽灵的方向，他的脸又被一名下人挡着，所以幽灵看不到他的面貌，只能从肤色上看出他是黑人。幽灵低头查看随身电脑，想通过监控看这家伙的真面目，不巧监控上也无法拍到他的正脸。

"老板。"贝德毕恭毕敬。

"嗯。"那人并没有多说话。

一名随从打开笔记本电脑开始汇报工作，"老板，L国的事情已经处理好了，交易正常进行，已经拿到了酬金，市场趋于稳定，控制区鸦片已经开始收割。昨天两名政府军间谍进入我们的地盘，被布卢萨上校抓获。钻石矿开采正常进行，上月提高产量百分之五……"

那人躲在伞下静静听着下人的汇报。从监控里只能看见他的嘴和下巴，幽灵的位置只能从后侧看到他的后脑和耳朵，至于脸，不管是监控还是幽灵都看不到。从能看到的位置上判断这家伙受过不轻的伤，脸上和后脑有很多伤疤，大小伤疤重叠在一起很恐怖。

"该死！"重拳看着屏幕骂道。

"能不能进行脸型对比？"山狼问一边的阿伦德尔。

"不行，能看到的部位太少了。"阿伦德尔摇了摇头，"他的伞很特别，卫星信号无法穿透，他是早有准备，就是为了防止被人认出来。"

"难道他每天出门都打着这把特质的伞？"重拳有些不相信地说道。

"一个人太谨慎了肯定有问题，他如此谨慎就是为了不被人认出来。"山狼托着下巴道，"不急，他已经出来了，我们该有这点儿耐心。"

"真吊胃口！"重拳抱怨道。

"对，再等等，他不可能不动。"阿伦德尔同意山狼的看法。

幽灵盯着三十几米外的目标，"可以确定这家伙是黑人，肤色不是画上去的。坐着轮椅说明他的腿坏掉了，不管怎么坏掉的，这两点都符合萨迪曼的基本特征，现在差的就是面部识别，我的位置特殊，早晚都会看到，给我点儿时间。"

"虽然各个方面的进展都很顺利，但我们前期损失过大，所以这个月的收入依然比往年少百分之三十左右，只能维持基本开销。"下人继续汇报，轮椅上的家伙静静听着，附近的警卫保持着安静，贝德坐在一边修着指甲，神情悠闲得如同汇报的一切都和他没关系。

下人的汇报足足持续了半个小时，最后轮椅上的家伙挥了挥手，旁边的另一名随从立即低声说道："好了，老板有些累了，把报告留下，你先下去吧。"

"老板，不舒服就先回去休息吧。"贝德抬起头说道。

轮椅上的人没理他，仿佛睡着了一样靠在椅背上。四周一片安静，没人说话，贝德也靠在了椅背上开始闭目养神。一名随从拿出薄毯盖在轮椅上那家伙的身上。

"这混蛋居然睡着了！"守在屏幕前的重拳骂道。

玛丽看着屏幕道："两天都等了，这点儿耐心还没有？"

"这混蛋！"重拳点上烟，"不露脸就罢了，谱儿摆得挺大！他是皇帝啊！"

玛丽道："这就是有钱人的生活方式，能享受皇帝一样的生活，他就是这城堡里的皇帝，虽然没有千军万马，但也有几十号手下，就差几个美女相伴了。"

04 萨迪曼出现

"就他？有美女也是浪费！"重拳摇了摇头，"天生废才！"

"怪不得看不到美人，原来是他本身就是个废物。"史密斯大笑。

重拳明白他在笑什么，跟着也笑了。

"你们真无聊！"玛丽拍了重拳一下。

幽灵盯着那家伙靠在椅背上的半个后脑，大约半小时后那家伙终于动了一下。他摆了摆手，随从俯下身将耳朵贴过去，他好像用非常轻的声音说了什么，随从点了点头，然后抬头对其他人说："送老板回去。"然后开始推着轮椅转向。

就在轮椅转过头的瞬间，幽灵清晰地看见了那人的脸。一脸疤痕，左边半张脸已经完全变形。幽灵一眼就看出那是被大块的弹片削掉皮肉留下的伤痕。一侧的脸已经塌陷，那还是经过整容后形成的最接近人类的面部特征。虽然一脸伤疤，虽然面部完全变形，但幽灵还是能认出他是萨迪曼！只是现在这张脸比以前更像恶魔。另外他脖颈上有一大块疤，喉咙应该受过不轻的伤，怪不得他说话如此小声。

"是他。"幽灵摁着通话器，"确认，他就是萨迪曼。"

"真的可以确定？"山狼谨慎地问。

"是的，我确定，我记得萨迪曼那张脸，没错，就是他。"幽灵肯定地说道。

"好！这次行动总算是没有白费。"山狼松了口气，"准备行动，我们找机会进去。"

"探路的人还没回来，不知道那条通道能不能进去。"阿伦德尔皱着眉道。他说的是根据幽灵投入排污系统的几部手机发射的信号找到的污水口，入口的确可以容人进入，但整条通道是否适合人通过还未知，所以阿伦德尔派人进入通道探察。

"就算那里能走，估计也好走不到哪儿去！"重拳皱了皱眉，"排污系统里面的味道可不好闻，要做好被熏死的准备。"

"有路潜入就不错了，臭不臭不重要。"山狼在地图上将城堡和排污系统的出口做了标记，计算了一下距离，"如果是直线的话我们需要在里面行走约二十分钟。"

"一般地下排污管道不会修得太曲折，那是给施工找麻烦。"重拳在地图上画了几条线，"根据我的推测，这可能是管道大概的走向。应该是根据城堡早年的排污系统改造的，管道只是前后一部分，里面的应该还是石头堆砌的通道。古代城堡里生活的人要比现在多得多，所以需要足够宽敞的排污系统才能排掉每日产生的废水，所以肯定能容纳单人通过。但现在我们面临的问题是，敌人为了防御很可能会在一些主要部位加上栏杆来防止入侵，所以我们需要切割工具。"

"推测得有道理，需要我的人回来核实一下。排污系统是古代建的，我担心里面会有塌陷，如果没有我们就走运了。"阿伦德尔看着城堡的监控画面，"这次行动我们必须谨慎，城堡里敌人太多了，而且城堡外围还有大量敌人。我们只有十几个人，一旦展开大规模战斗，我们绝对处于劣势，所以必须速战速决，争取在敌人反应过来前解决战斗。"

"是啊。"山狼点了点头，"一切都要仔细考虑。稍后我们研究一下进攻路线，争取最短时间内进入中庭和内庭，干掉这个大军阀！获取他办公室里的情报！"

"幽灵，晚上展开行动，如果有变化会另行通知。"平子向幽灵通报。

"收到。"幽灵回答得很简单，"定下具体计划通知我。"

当天萨迪曼不知道是因为身体原因还是其他什么原因再也没有出现。贝德到处闲逛，检查了整个城堡的防御情况后，就在露天花园里晒起日光浴。下午不知道从哪里弄来一个妖艳的小妞儿，两人黏在一起丝毫不在乎附近众多警卫的目光。

直到快天黑的时候阿伦德尔派出去的人才返回，路是探清了，但里面的情况比想得复杂。那是一条主管道，里面很宽阔，附近很多建筑的排污系统都汇入这条主管道，所以里面的味道非常浓烈。而且越往里走越窄，根本分不清主管道和一些分支的区别，很容易迷路，一旦走错就不知道会从什么地方出来。几个人在里面折腾了大半天才算找对了城堡入口，但他们浑身都已经被熏得奇臭无比了。

05　突袭城堡

万事俱备，一切就等行动开始了。幽灵进入休息状态，为战斗养精蓄锐。别墅里的人除了必要的执勤人员也开始睡觉，他们都在为晚上的行动做准备。山狼和阿伦德尔在制订最后的行动计划，根据幽灵提供的城堡结构图，两人制订了详细的行动路线，目的是以最快的速度和最短的路程进入萨迪曼所在的中庭。

"走左翼速度最快，但遇到的抵抗可能最猛烈，这一侧敌人太多！"阿伦德尔指着图上的一条画出来的红线说，"走右翼浪费时间，太远了，要多走五分钟。"

"左翼的确冒险，右翼相对稳妥，只要动作够快，在和敌人遭遇时干掉沿途的哨兵就会减缓敌人的反应时间。"山狼分析道，"其实两条路差别不大，一切都看我们的速度和战斗能力。"他完全是从速战速决的角度考虑问题，一路冲杀，为了不让敌人发出警报，见到任何敌人都要在其反应过来前将其干掉。但从另一个角度讲，这也是为了将己方伤亡降到最低。这是你死我活的战斗，在敌众我寡的情况下，想活着从里面出来，就没得选。

"还是征求一下幽灵的意见吧，他在里面待了两天，比我们更熟悉环境。"阿伦德尔已经完全被幽灵的能力折服，相比城堡的图纸，他更相信幽灵的判断。

"嗯，可以。"山狼点了点头。

联系了幽灵后，得到的建议是从两翼同时展开行动，给敌人来个突然袭击，让他们搞不清楚到底进来了多少人，尽快进入目标所在位置，争取在敌人反应过来之前将他们打得七零八落。这符合幽灵做事的风格，简单、直接，不拖泥带水。

傍晚阿伦德尔的人运来了大批装备，让山狼他们最满意的就是每人一件的重型防弹衣和防弹头盔。这可是保命的好东西，虽然会消耗使用者大量的体力，但在这种面对大批敌人又没有长途奔袭的任务中绝对是不二的选择。

晚上八点，所有人准时聚集到别墅的大厅开始做行动前最后的准备。

重拳敲着防弹头盔，"你们是怎么把这些东西运进来的？"

"特工当然有特工的渠道，M国有无数办法把人员和装备运往世界上任何一个地方。"阿伦德尔颇为骄傲地说道。

"哈！这可是个主权国家，你们这种行为和走私违禁品唯一的区别就是披着国家利益的外衣。"重拳一边将M4A1的弹药塞进作战背心一边说道。

"国家利益高于一切。"阿伦德尔笑了笑无所谓地说道。

"带上足够的弹药，今晚我们要面临一场恶战！"山狼这次使用的武器是M249伞兵型通用机枪，进入城堡他们必须保证强大的火力，毕竟敌人太多了。

"我们只有十几个人，动作必须够快！"狮鹫放弃了狙击步枪，使用的是加挂榴弹发射器的M4A1突击步枪，在城堡里的近距离战斗根本用不上狙击步枪。

"现在我最担心的是中庭和内庭的防御情况。"山狼边收拾装备边说。

"担心过多没必要，不管多少敌人我们都杀过去！"重拳试了试自己的负重，"还能带上些东西。历史悠久的城堡啊，今晚要陷入战火之中，让我有负罪感。"

"里面已经被他们拆得七零八落，这个责任他们比我们大。"摩根提着枪进来。

"你也参加战斗？"重拳看了他手里的枪一眼问道。

"当然！这可是一次很难遇到的战斗，攻陷城堡，这种机会可不多。"摩根笑了笑，"已经很久没参与作战任务了，再不摸枪我的食指都不会弯了。"

"哈哈，小心走火。"重拳笑着提醒他，然后对阿伦德尔道，"对了，我需要炸药。"

05 突袭城堡

"只有五公斤C4，大家分一下。"阿伦德尔一脸无奈，"我们只能找到这么多了。"

"足够了。"重拳麻利地翻出炸药开始分成小块。

晚上十一点任务开始。两辆面包车驶出别墅，车上坐满了人。他们要前往的地点是几公里外的一片河滩，那里是城堡排污系统的出口，离城堡直线距离约三公里。

"钻臭水沟不是件容易的事儿，记得上次进排水系统已经是至少半年以前的事儿了。"重拳戴上夜视仪和防毒面具，"希望里面不太难走。"

"如果没有防毒面具我怕会被熏死。"摩根深吸了一口气，"那味道洗都洗不掉。我就讨厌暗无天日、臭气熏天的地方！"

穿过河滩到达河床边缘，离着老远就闻到了一股垃圾和排泄物混合在一起腐烂的气味儿，干涸的河床上被黑色的胶状物覆盖，踩上去没脚面，每走一步都很费劲。

"城堡里的人真能拉！这足有十吨大粪。"重拳边走边低声骂道。

"少废话，把嘴闭上。"山狼怒骂了一句。

"亲爱的，你就不能闭嘴？"玛丽在耳机里柔柔地说道。她和平子留在别墅里担任后勤，原本她们是想进入城堡的，但遭到了重拳和山狼的反对。重拳的理由是男人的事儿女人少掺和。玛丽明白这是他对自己的关心，毕竟这次行动太危险。玛丽虽然不是很情愿，但心里很舒服，重拳很少有这种让她感觉体贴的表现。

入口的大洞足有一米多宽，上面手臂粗的铁栏杆早已被切割下来丢在了一边，上下残留的断口在黑夜中看上去仿佛野兽嘴里的尖牙。

"这比地狱入口还难进！"来探过路的特工发着牢骚道，"大家跟上，里面会宽敞些，注意别碰头，小心脚下。"这家伙的代号很奇怪，叫公牛。

通道里黏稠的污水足有膝盖深，水是黑黄色的，不断冒着气泡，上面漂着很多东西，流速很慢。带路的公牛说因为不是用水高峰，所以这里的水位还没到最高。从旁边墙壁上的吃水线判断，最深的地方差不多已经接近他们的胸口位置。谁也不希望在高峰时期进入这种地方，因为不难想象大便从你面前漂过的情形。

"大家小心，这里的水下很不平整，容易摔倒。"公牛提醒大伙。

走了五六分钟，通道里依然低矮。虽然戴着防毒面具，但那股味道还是能透进去。

"你不是说会宽敞起来吗？怎么……"重拳话还没完，脚下突然一滑，身体猛地歪倒在污水里，等他被狮鹫拉起来时浑身上下已经沾满了各种"奇怪的东西"。

"真是见鬼！"重拳大骂，"用大便洗澡还是头一次。"

"我只说会变宽，没说会变高。"公牛头也不回地说，"刚才警告过你注意脚下的。"

"你……"重拳甩掉糊在枪上的大便把话咽回去，他感觉在这地方吵架有点白痴。

"亲爱的，里面是不是味道浓郁？"玛丽通过单兵电台笑嘻嘻地问道。

"对！"重拳没好气儿地答道。

"好好享受，回来我给你准备好吃的。"玛丽柔柔地说。

重拳皱了皱眉，"行了，别在这种地方和我聊吃的，时间地点都不对。"

两侧都是巨石堆砌的墙壁，非常结实，经过长年的冲刷已经腐蚀得坑坑洼洼，但依然坚固如初。古人不懂得偷工减料，所以这种简单的建筑经受得住岁月的冲刷。

通道很长，在这种压抑、黑暗、臭气熏天的环境中，时间感觉被拉长了，感觉走了很久，其实只走了十几分钟。通道很矮，所有人都弯着腰前进，很容易疲劳。

公牛根据白天来时留下的记号带领众人走向目的地。最后一段通道狭窄，高度不到一米五，他们只能曲着身子走。通道开始上坡，脚下很滑，有时他们几乎在爬行。最终他们在一面墙壁前停了下来。

公牛拿着探测器在墙壁前寻找着，很快他将手摁在一个位置，"就是这里！"

摩根取出工具在上面做标记，然后开始打孔，两分钟后上面出现了一个两厘米直径的孔。他将引爆线塞过去，早已等在对面的幽灵接过引爆线和已经安装好的几个炸药点连上，摩根在这边相同的位置装了计算好的药

05 突袭城堡

量，然后摁下引爆器。

"嘭……嘭……嘭……"几声小得可以忽略的闷响过后，墙壁上出现了一个直径约有一米的大洞，幽灵站在对面看看他们，"欢迎各位。"

"终于到了！"重拳率先爬了出去，看了看四周，这才发现他们是从地下的一堵墙里出来的，他低声骂了一句之后持枪守在不远处的拐角。

"这里是地下一层，没人来。"幽灵招呼众人，"动作快点儿。"

"有什么情况？"山狼钻过来问。

"一切正常！还有半小时警卫换岗，一层巡逻哨十分钟后来。"幽灵戴上防毒面具，一是待会儿战斗要用催泪弹，二是众人身上的味道真是顶风都能臭出八百里。

"给。你的装备。"狮鹫将一个沾满污垢的背囊丢给幽灵。

"这包儿和你们一样臭！"幽灵抱怨道。他打开背囊取出防护服穿上。背囊是防水的，外面的味道没渗到里面。尽管幽灵三天没洗澡，但还是众人中最好闻的。

"走！"幽灵端起枪走到了队伍的最前面。

十几个人跟着幽灵向一层摸去。地下一层没人来，相对安全。到出口附近幽灵停下，他通过随身电脑确认前面只有两名警卫，打了手势和重拳同时摸了过去。

两名警卫在转角处抽烟聊天，丝毫没有感觉到死神即将降临。

"你是不是放屁了？"一名警卫问同伴。

"你才放屁了！"另一名警卫道。

"那为什么这么臭？奇怪了。"警卫抽了抽鼻子，开始寻找味道的来源。

"噗噗噗……"一排子弹将他原本还算英俊的脸打成一堆糨糊，鲜血喷了同伴满脸都是。"噗噗……"又是两枪，刚摸到枪把手的另一名警卫也被爆头。

幽灵和重拳各自拖着一具尸体返回地下，尸体被面朝下丢在角落里。幽灵取出一枚手雷拉开保险压在尸体下面，一个简易陷阱完成了。

一行人顺利进入一层，在一个岔路口幽灵指着另一侧的通道对阿伦德尔打手语，"右翼。"阿伦德尔立刻带人转向那个方向，幽灵对山狼打手语，

"这边，跟我来。"

两队从这里分开，山狼他们只有四个人，走的却是最危险的一条路。突击战不在人多少，最重要的是他们能否在敌人反应过来之前杀出一条血路。

阿伦德尔原本打算分出一部分人加入山狼的队伍，平衡两组人马人数上的差距，但山狼拒绝了。毕竟两组人马作战习惯不同，彼此不了解，配合上也存在问题，所以山狼宁愿人少点。他的理由是人虽然少，但目标相对也小，方便展开行动。这不是冒险，也不是自大，而是多年磨炼出来的经验和胆识。

幽灵让重拳后退，自己走到了前面。刚才发生的事情引起了他的警觉，重拳身上太臭，容易引起敌人注意，况且这种狭窄通道里的战斗他一个人就可以应付。

"臭小子，居然嫌我臭！"重拳心里嘀咕。他有些郁闷，但他清楚这不是幽灵的错，是自己经过的地方给他身上留下了太多的"纪念"。

幽灵动作很快，一路冲杀。他可以完全忽略监控，入侵监控系统后他们在敌人的监控画面上早已隐形。留守在别墅的人会根据他们行动的速度和经过的地点对监控画面做手脚，让敌人在画面上看不见他们。但是他们必须将敌人尸体处理好，他们经过后那个位置的监控画面会恢复，如果出现尸体，敌人肯定会注意到。每次处理敌人的尸体幽灵都会做诡雷，他不会给发现尸体的敌人任何机会，就算暴露了也要让发现尸体的人付出代价。

幽灵从随身电脑上看到有巡逻队正向这边走来，四人，配长枪。他挥手示意大家隐蔽，几个人就近缩进暗处。这里到处都是房间、杂物和岔路，藏人很容易。

四个警卫从里面走出来，这四个家伙不知道是因为无话可说还是懒得开口，全都默不做声，而且四人的目光都注视着不同方向。看得出他们很专业，每人负责一个方向。虽然这里很狭窄，但四人还是警觉地观察着四周。

幽灵悄无声息地出现在四人身后，几乎同时手里的步枪扫出了子弹，正面的重拳也跳了出来，两人前后夹击，四名敌人瞬间被干掉，几乎被打成了筛子。

★ 05 突袭城堡 ★

重拳踩住一名还没断气的敌人的不断颤抖的手臂，这家伙居然还在努力扣着扳机，但是他手臂骨头被打断了，用不上力气。重拳对他的头补了一枪。

几人迅速将尸体拖到暗处，幽灵指了指前面，打手语告诉山狼，"前面的岔口右侧有个暗室，里面有敌人的哨兵，经过的时候必须小心。"

暗室其实就是一间靠近走廊转角的隐蔽房间，墙上有暗口能看见外面的情况，里面藏着两人，每三小时一换班，起到暗哨作用。这种布置在内部防御中很少见，容易被忽略，可是敌人不知道，幽灵早已将这里的情况侦察得差不多，暗室的存在已经没有了实际意义。

山狼的命令是干掉里面的人。现在敌人还蒙在鼓里，尽量消灭敌人的有生力量，能减少战斗真正打响后的压力。毕竟这里有几十号敌人，而他们两组人马加在一起也只有二十来个人。幽灵接到命令之后在前面对重拳摆了摆手。

重拳一愣，心里道："你不是嫌我臭吗？"虽然这么想，但他还是走了过去。

幽灵摘下重拳的头盔示意他要借用一下，然后指着一边的角落让他躲进去。

重拳照做，幽灵弯着腰躲开前面的暗口绕到另一侧，然后将头盔丢在暗室前面不远处，"咣当"一声，声音在寂静的通道中特别刺耳。头盔在地上打转儿，几秒后墙上的暗门开启，一个提枪警卫走出来，毫无戒备地左右看着，然后蹲下观察地上的头盔，"谁的头盔，怎么这么臭！"他根本没想到会有敌人攻入城堡，没做任何防备，甚至以为有人和他开玩笑，"谁干的，快出来，我看见你了！真臭，是不是用头盔接大便了？"

"扑通！"开着门的暗室里传来一声重物倒地的声音。

"又怎么了？"警卫不耐烦地转身。这时重拳无声地从后面摸了出来，一枪击中他后脑。子弹从他嘴里飞出打在墙上，子弹的冲力使尸体撞在墙上然后倒在走廊不停抽搐。重拳捡起头盔戴上，幽灵出来看着墙上的血皱了皱眉，然后将尸体拖进暗室压上手雷关上门。

一路上还算顺利，他们走得很谨慎，遇到的敌人全都被无声无息地干掉，很快队伍就接近二层入口。幽灵和重拳正准备干掉入口守卫时，耳机里突然传来玛丽的声音。她和平子一直关注着监控画面，所以对城堡里的一切都了如指掌，"注意，一层巡逻队正向你们隐藏尸体的方向前进，可能会发现，预计到达时间一分钟。"

"该死！怎么还有巡逻队！"山狼低声骂了一句。

"一层太大了，不是所有的敌人都被我们干掉了。"幽灵皱了皱眉，"隐蔽突击可能马上结束，我们必须做好和敌人正面冲突的准备。"

"该死！"山狼的原计划是至少到达二层再和敌人发生正面冲突，就是为了防止萨迪曼逃跑。眼看着前期一切顺利，可现在又出了这种情况。

"该是关灯的时候了。"狮鹫没头没脑地来了一句。

"对！"山狼眼睛一亮，"幽灵，关灯。"

幽灵拿出遥控器，"等的就是这一刻。"说完摁了下去，瞬间城堡里变得一片漆黑。

原来幽灵早就在供电系统上做了手脚，主要线路被他装了起爆装置，就是为了在和敌人发生正面冲突时让敌人陷入致命的黑暗之中。他破坏的位置很隐蔽，除非敌人排查所有线路，否则根本找不到问题在哪儿，所以电力短时间内不可能恢复。

众人拉下夜视仪快速向二层入口冲去。两名敌人正站在原地发呆，突然出现的黑暗弄得他们还没明白到底发生了什么事情，其中一个正骂着娘发牢骚。

"噗噗……"不大的闷响中两名敌人应声倒地。为了这次行动阿伦德尔特意准备了足够的亚音速弹药，所以在使用消音器的情况下，枪声小得几乎可以忽略不计。

尸体被幽灵踢到了角落里，断电之后敌人会很快警觉过来，这种黑暗优势延续不了多久，他们必须抓紧时间。

"全速前进。"山狼低声命令道。

二层走廊里的敌人比一层要多得多。四人一路冲杀，绝大多数敌人都不知道究竟发生了什么就被打死。在和几名拿着手电的敌人遭遇后情况发生了改变，幽灵和重拳只干掉了前面三个，后面的敌人发觉不对劲儿，立刻缩进角落连续射击。枪声在城堡中响起，宁静的黑暗就此被打破，城堡里瞬间炸了锅，敌人终于从断电的迷惑中清醒过来，瞬间枪声不断。

"干掉他！不要在这里浪费时间。"山狼在后面喊道。

重拳一枚枪榴弹打过去，正中敌人藏身地，冲击波将敌人抛起重重撞在墙上。

"幽灵，带我们进入中庭，快！"山狼冲上去守住路口，"动作快点儿，在敌人彻底反应过来之前把他们打蒙。"

四人疯狂地往前冲，手中的武器不断射出致命的子弹，敌人一个接一个地倒下。到了距离中庭不远处，幽灵停下了，"有埋伏！"

走廊安静得如同没人，重拳取出两枚闪光弹对众人晃了晃，然后拉开保险丢出去。"嘭……"刺眼的白光在空旷的通道中炸开，同时里面传来此起彼伏的惨叫，敌人中招了。闪爆后瞬间重拳冲过去将几名躲在角落里的敌人打成筛子，同时走廊深处响起敌人的枪声，足有五枚子弹打在他的防弹衣上，巨大的推力将他凌空抛起，然后重重地摔在地上。

"该死！"重拳几乎疼晕过去。不光是胸前被子弹击中的剧痛，还包括背后重重的一摔，前后夹击的疼痛几乎让他晕死过去。

"死没死？"幽灵开着枪从他身上跨过去。

"去死！"重拳忍着剧痛翻滚着。有重型防弹衣没生命危险，但疼是不可避免的。

"没死就给我站起来！"山狼也从他旁边冲了过去。

"快吐血了。"重拳哼哼着说的。

"有没有内伤？"狮鹫跟着冲了过去。

"我怎么知道！"重拳没好气儿地说道。

狮鹫已经冲出去一段，只丢下一句，"跟上！"

重拳爬起来忍着痛深吸了口气，结果胸前的剧痛让他眼前一黑，"等等我！"然后端着枪冲了上去。他的速度不是很快，但还不至于被丢下。

幽灵在前面一路冲杀，手榴弹、闪光弹狠命地往前扔，白光、爆炸此起彼伏。敌人被炸得晕头转向，重拳跟在后面一路清扫。

"穿过花园就是中庭。"幽灵靠着柱子投了两枚手雷，趁手雷爆炸前打空了弹夹。

"前面有埋伏。"狮鹫向前望了一眼,"至少有十几个人。"

"按时间计算敌人该反应过来了。"山狼靠在廊柱后注视着花园,"催泪弹。"

"早准备好了。"重拳和狮鹫同时投出催泪弹,很快对面就传来了剧烈的咳嗽声。

"哈哈,爷爷赏你的!"重拳对着暴露的敌人打出一枚枪榴弹,"轰……"两名敌人被从藏身之处炸飞出去,残破的尸体落在了花丛里。

"嗒嗒嗒……"敌人开始还击,子弹打在离重拳两米远的墙壁上。

"哈!还有点儿准头儿。"重拳缩起身开始还击。

双方以花园为中心展开对射。幽灵早已沿着花园边上的回廊冲了上去,他的目的是绕过去进攻敌人的侧翼。等他冲到一半才发现敌人在两翼布置了重兵。

"侧面过不去。"幽灵靠在角落里向山狼报告。

"收到,有没有其他办法?"山狼开着枪说道。

"我试试,但需要点儿时间!"说完幽灵那边就再也没了声音。

"最好快点儿。"山狼催促道。

突然枪声停了,一个人大声喊道:"对面的,你们是谁?"说话的是警卫队长贝德,他继续说道:"别以为你们进来了就占了先机,从枪声上判断你们人不多。"

没人理他,重拳正蹲在地上换弹夹,山狼的M249也需要冷却一下枪管,狮鹫正沉稳地寻找目标,而幽灵,天知道这小子跑哪儿去了。

贝德不紧不慢地说道:"区区几个人就敢进攻城堡,我佩服你们的胆量,但也为你们的鲁莽感到惋惜。城堡里至少有一百名全副武装的警卫,是你们的几十倍,不要做无谓的抵抗了,交出武器保住你们的性命!"

谁都清楚他在拖时间,但山狼也需要些时间等幽灵那边的进度,所以他并不着急。

"我很奇怪你们是怎么进城堡的,依我看应该是从一层或者底层进入的,但我搞不清我设计的防御哪里出了漏洞,所以我对你们很感兴趣……"贝德滔滔不绝。

狮鹫早已找到了贝德的藏身之处,但这家伙很狡猾,躲得很好,根本不给他机会。

重拳可没那么多耐性,他伸头看了看,抬手就是一枚枪榴弹砸过去。剧烈的爆炸中,贝德的"演讲"戛然而止。片刻贝德的声音再次响起,只是换了方向,听得出他很愤怒,"该死!你们太没礼貌了,白白浪费我的好意。"

"你还是去死吧!"重拳骂着又砸过去一枚枪榴弹。这次敌人再也忍不住了,各种武器先后开火,子弹瓢泼一样砸过来。

"他们的援兵到了,至少有二十个人。"山狼道,"注意两翼,小心敌人包抄。"

"已经过来了。"重拳那边枪声突然激烈起来,"哈,还真不少。"

"能不能顶住?"山狼蹲在廊柱下面观察着敌人的动向,他明白要不了多久他们身后就会出现敌人,时间不等人,"幽灵那边怎么还没动静?"

"应该没问题。"重拳手雷枪榴弹一起上,将敌人打了回去。

"幽灵,你快点儿!这边情况有变,再等下去我们就该完蛋了。"山狼催促道。

耳机里没有动静,就在山狼疑惑的时候敌人后方突然传来了连续的爆炸声。这声音不单单是手雷的爆炸声,还有炸药的爆炸声,只有幽灵有这种喜好。

"终于来了!"重拳松了口气,如果幽灵再不动手他真不知道自己还能坚持多久。

敌人一阵骚动,幽灵的出现打乱了他们的部署,原本有序的进攻被搅得一塌糊涂。

"搞定,我进来了。"幽灵在耳机里喊道。

"杀过去!"山狼端着机枪冲出藏身处,等他出来才发现出来的不是时候,对面两名敌人正好和他面对面,来不及躲了。他立即扣动扳机,敌人同时开火,子弹不断打在他胸前的防护上,巨大的冲击力使他不断后退,同时他手里的机枪先后将两个敌人扫成筛子。连续中弹把山狼震得气血翻涌，胸口疼得如碎裂了一般，如果不是最后靠到了墙上他真不知道自己还能不能站住。

"怎么样？"狮鹫冲过来问道。

"死不了！趁着敌人乱了阵脚，赶紧走！"山狼忍着痛继续向前冲，一边走一边通过单兵电台吼道："一组你们在哪儿？我们快顶不住了！"

"遇到激烈抵抗，离中庭大约两分钟路程。"阿伦德尔那边的枪声非常密集。

"动作快点！我们已经攻到入口，这边的敌人已经反应过来。"山狼大骂阿伦德尔道："你们那么多人，让你们走一条敌人少的路线，居然搞成这个样子！"

阿伦德尔运气不好，断电后他们遭遇了敌人援军，本来路程就远，再一耽搁，就被山狼他们抛在了后面。阿伦德尔也觉得丢脸，所以山狼训得他一点脾气都没有。

花园的混战持续了近五分钟，敌人终于被打散。山狼他们直接冲到了中庭入口，里面的敌人依然顽强地抵抗着，五分钟内有很多敌人陆续赶到，山狼他们面临被前后夹击的窘境。就在这时阿伦德尔带人赶到了，山狼他们压力大减。

入口处的敌人顽强抵抗着，手雷、枪榴弹不断袭来，炸得山狼他们根本无法前进。

"他们的弹药得到补充了。"山狼一边还击一边大骂。

"进攻！"山狼一股脑儿地将烟幕弹、闪光弹和催泪弹一起往里扔，连续的爆炸和闪光中里面一片混乱。

重拳、狮鹫还有几名阿伦德尔的队员跟着往里打了数枚枪榴弹，里面瞬间变成了一片火海，剧烈的爆炸将两侧的墙壁撕扯得支离破碎，露出里面城堡的石墙。

"杀进去！"山狼一边扫射一边向前推进，M249机枪咆哮着洒出大片的弹雨。敌人被猛烈的攻击打得抬不起头来，就这样，山狼他们艰难地攻入了中庭。

"继续前进，别让萨迪曼跑了！"山狼继续向里猛冲，他打算趁着敌人被击溃的瞬间能向里冲多远就冲多远。

"什么鬼地方？"冲着冲着他们就发现这里有些不对劲儿。宽阔的通道异常简陋，和外面的奢华布局完全不同，谁都没预料到中庭里面会是这种情况。

"停止前进。"幽灵在后面大喊。

"什么情况？"山狼一个急刹车停住。

"前面情况不对。"幽灵摆着手让大家藏起来。

里面通道很宽，岔路不是太多，但幽灵却觉得这里的情况异同寻常。

"有埋伏？"山狼站在一边的角落里问前面的幽灵。

"不知道。"幽灵沿着墙壁小心推进，没走几步就被暗处敌人的子弹逼了回来。

"真该死！"重拳立即还击，瞬间双方交上了火，通道里枪声震耳欲聋。

"这地方很奇怪！"幽灵躲在一边喘气。

"怎么奇怪了，不就是没装修吗？"重拳一边扫射一边说道。

"这里不该是这样，一定有问题！"幽灵开始仔细观察四周。

"我们被包围了。"史密斯从后面跑上来喊道。

"慌什么，我们早就被包围了！"阿伦德尔不耐烦地吼道。

"不是，这次敌人是准备好的，他们已经开始向入口聚集了，都戴上了夜视仪和手榴弹，他们更像是要把我们往里赶。"史密斯摇着头说道。

"这是个陷阱！"幽灵突然大叫一声，"他们是在把我们往一个陷阱里驱赶！"

06　城堡鏖战

战斗陷入胶着状态，敌人前后夹击，山狼和阿伦德尔等人被敌人疯狂的进攻打得抬不起头来。

"这还真像个陷阱！"幽灵的这一嗓子大大出乎了所有人的预料。

"什么陷阱？你在说什么？"山狼在后面骂道，"把话说清楚！"

"这条通道……"幽灵观察着两侧的墙壁，"肯定有问题！之前我守在外面的时候就觉得奇怪，通道很长，但从来看不到人往里走多远就很快消失了，当时我觉得看花眼了，现在看来，他们应该根本就没往通道深处走，墙壁上有暗道！"

"你确定？"山狼问。

"确定，昨晚贝德进来时我看到通道的墙壁鼓起来一块，还以为眼花了，等我仔细看时就恢复了正常，现在想想，他应该是开了墙壁上的暗门进到里面去了。"

"那就快找！再啰唆我们都得被困死在这儿！"山狼提着枪转到另一边的墙角对重拳和狮鹫吼道："火力掩护！给幽灵争取时间。阿伦德尔，后面交给你们了。"

"敌人太多了，再这样下去我们就完了。"阿伦德尔道，"后面的敌人还在增加。"

"坚持不住我们马上就得玩儿完！"山狼骂了一句后开始向对面猛扫，他现在的目的是要压制住敌人的火力。

他们控制的通道很短，不到三十米。幸亏两侧的墙壁有着足够的凸起能让他们躲避敌人的子弹，否则他们早就完蛋了。

幽灵东敲敲西看看,最后在一块墙壁前停下来,"就是这里。"说完他取出了炸药,一边往墙上贴一边喊道:"退后!退后!"

"这么小的地方你用炸药?"重拳被他的举动吓了一跳,"不要命了?"

"不想死就离远点儿,我没时间找机关。"幽灵的疯劲儿上来了。他话没说完,一枚子弹贴着他的脸飞了过去打在墙上,炙热的气浪扑在脸上烫得他一缩脖子。敌人的攻击越来越猛烈,子弹泼水一样射过来,重拳身上连中五枪,尽管都打在防护上,但依然疼得要命,"这防弹衣还不如不穿,死了都不至于遭这么大罪。"

幽灵那边已经做好了准备,"准备起爆,倒计时,三……一!"

"数完三直接跳到一,二让你吃了!"重拳大骂着扑倒在地,同时爆炸响起。连续的爆炸扬起了大量碎石,硝烟弥漫中一道墙壁被炸出了一道三米长的口子。

"快进来!"幽灵一马当先冲进缺口。里面是一条富丽堂皇的通道,墙壁灯还亮着,这里居然有独立的供电系统。

"退入缺口,快!"山狼一边用机枪扫射一边后退,胸前不断中弹,他硬挺着愣是没有倒地,连他都惊讶自己居然有如此之强的定力。

"幽灵!我跟你没完!"重拳从地上爬起来摇摇晃晃地冲进豁口。刚才的爆炸中一块石头砸在了他的头盔上,差点把他砸晕过去。

"有命出去再说!"幽灵提枪往里冲。竟然没敌人在这儿做防御,绝不正常!

"阿伦德尔,快进来!"山狼守住缺口吼道。

"退入缺口,快!"阿伦德尔对着还在和敌人对射的手下狂吼。

"给他们来点儿刺激的!"摩根冲进缺口翻出遥控器,"都进来,快!"

"你要干吗?"阿伦德尔看着他的遥控器,"什么时候了,还有心情玩儿这个?"

"让他们尝尝什么叫碎石横飞,我在刚才停留的几个地方装了C4。"摩根向外望了一眼,"足够他们死上几次了,现在就等他们过来!"

"呵呵,你竟然有这种癖好?"阿伦德尔笑骂了一句,"那就让他们好看!"

"是他们自找的!居然敢阴我们!"摩根咬着牙说道,"别以为我们人少就好欺负！"

"别在这儿浪费时间，继续前进，小心萨迪曼跑了！"山狼在前面招呼道。

"守在这儿。"阿伦德尔拍了拍摩根的肩膀，"别浪费了你的炸药！"

"遵命，我的大人。"摩根喜上眉梢。

此时幽灵已冲进中庭，不远处的大门紧闭着。他知道走对了方向，就在他准备弄开大门时，余光发现一道黑影从侧面出现，速度很快，劲风中闻到一股野兽的味道，是豹子！幽灵回身一枪托砸过去，"嘭……"豹子一下被砸飞出去，重重摔在地上后一滚身爬了起来，龇着牙瞪着眼准备再扑上来。"噗……"幽灵根本就不给豹子第二次扑上来的机会，抬手一个点射过去将豹子的头颅打穿。

"另一只豹子哪儿去了？"幽灵脑海中闪过一个念头。就在这时身后劲风袭来，幽灵顺势一个前滚，然后落地、回身、举枪、扣动扳机，枪口几乎顶着豹子的胸膛开了火，中弹的豹子一下扑到了他的身上将他压倒在地。

"该死！"幽灵将豹子的尸体推到一边从地上爬起，这才发现背囊上被豹子锋利的爪子撕开了一条长长的口子，原来刚才的前滚没有完全躲开。

幽灵收起掉在地上的炸药随手贴在了门上。山狼此时也冲了过来。

"这门你也要炸？"山狼赶紧后退，对幽灵的疯狂举动他习以为常了。

"轰……"还没等他动手，巨大的爆炸声从身后传来，摩根引爆了通道里的炸药。他等敌人冲上来后引爆了炸药，数名敌人被埋在废墟下，更多敌人被飞石击中。"居然抢在我前面引爆！"幽灵骂着摁下了引爆器。

"轰……"幽灵引爆了门上的炸药，两块门板直接向里面飞去，硝烟弥漫中密集的子弹直接扫了出来，打在墙上火星四溅，看来里面的敌人早就准备好了。

"有埋伏！"幽灵将一块装了遥控引爆器的C4炸药扔进去，跟着摁下起爆键。剧烈的爆炸产生的气浪将山狼掀了个跟头，身体重重地拍在了墙上，他爬起来骂道，"你疯了？要是把这里炸塌了我们都得玩儿完！"

"我心里有数儿。"幽灵说着又扔进去一块。山狼翻滚着冲向一侧的角落，还没等到地方爆炸的气浪又到了，他整个人再次被掀飞起来撞在墙上。山狼干脆躺在地上不起来了，他怕幽灵再扔炸药。

连续两次爆炸后里面彻底安静了,幽灵借着硝烟的掩护冲了进去。里面是个被炸得面目全非的书房,敌人支离破碎的尸体被抛得到处都是。靠角落的地方一名被炸断胳膊的敌人靠在墙上不停抽搐,这家伙双眼空洞,已经失去意识。幽灵给他脑袋补了一枪后冲向对面大门。突然大门炸开,门板被气浪推着把他撞出五米远,又将破碎的桌子砸得粉碎。

"可恶,他们居然学我!"鲜血不断从幽灵鼻子耳朵里流出来。这种强度的爆炸没要了他的命真是奇迹,他挣扎了半天也没能从地上爬起来。

"整天玩儿炸药,今天怎么被炸了?"重拳将他从地上拉起来,"能不能站稳?"

"你小子说什么!"幽灵晃了晃脑袋,努力从眩晕中清醒过来。现在他双耳轰鸣什么都听不见,只是自顾自地骂道:"居然……居然,学我!"

"行了,到后面休息去!我打头阵!"说着重拳从敌人尸体上取出四枚手雷拉开保险一股脑儿地丢进对面那扇破门里。

"轰……"顿时火光四溅。重拳从走廊随手又拿来一枚枪榴弹,"轰……"枪榴弹直接击中一名敌人的后背,那家伙的半截身子瞬间被炸得四分五裂。

里面是个圆形的巨大厅堂,布置得奢华古典,到处都是金灿灿的金色器皿。前面的敌人还在往里逃跑,重拳一边追一边扫射,动作稍慢的敌人都做了他的枪下鬼。

"重拳,不要孤军深入!"山狼在后面大喊,"你前出太多了,小心头顶!"

重拳一个侧滚躲向一边,几乎同时巨大的吊灯重重地拍在了他刚才停留的地方。

"这是水晶吊灯,真奢侈!"重拳爬起来冲到厅堂另一头守住出口,对后面的人喊道:"快点儿!"山狼和狮鹫先后到达,三人交替掩护前进,很快追了进去。

"山狼,外围的敌人向城堡进发,最迟十分钟到!抓紧时间!"耳机里玛丽说道。

"知道了。"山狼回了一句,然后对其他人道:"动作快点儿,我们时间不多了!阿伦德尔,搞定后面的敌人。"

"收到,我们正在建立防线,稍后会派一部分人进去支援你们!"阿伦德尔道。

"这鬼地方到底有多深？"重拳一边往前跑一边抱怨。

"根据对城堡的整体空间计算，我们无法观察到的地方约有五千平方米。"狮鹫一边跑一边观察这里的环境，"这里有监控设备。"

"该死！他们能看到我们的一举一动。"山狼也发现了墙壁上的摄像头，举枪就打，几枪下来数个摄像头被打得变成了零件。

"重拳，想办法切断这里的电力！"山狼守在前面的岔路口低声说道。

"这容易！"重拳沿着墙壁走了一段，取下墙壁灯顺利制造了一次短路。走廊瞬间黑下来。山狼拉下夜视仪端着枪小心向前摸去，狮鹫在他后方五米的地方，重拳紧随其后。出乎意料的是这里一个敌人都没有。前方出现了宽大的环形回廊，中间是半人高的花草，中间是个小喷泉。这里居然有花园，花草盛开着，空气中弥散着幽香。这个地方不同寻常，山狼没有冒险前进，而是摆了摆手让后面的人停下，他打算先看看情况。

"你们还是找到这里了。"贝德的声音突然从对面响起，位置应该在花丛的方向。

"别以为设了陷阱我们就会被你们弄死！"山狼摸出一枚手雷，拇指插进了保险环里轻轻一挑，保险环被拔出，但是他没有丢出去，而是握在手里等机会。

"我们的确低估你们了。"贝德的声音很悠闲，"不过你们应该清楚自己的处境。"

"你们的处境不比我们好。这里是封闭空间，你们没多少人能进来。你们彼此不信任，分层次的守卫虽然能保证身边全都是亲信，但也把自己的力量分割了。"

"的确，这是我的错！"贝德很坦然，"不过没关系，你们是达不到目的的，这个地方可不是你们想得那么简单！"

"我拭目以待。"说话间山狼突然将手雷丢出去，他已经找到了贝德的藏身之处。

"轰……"手雷在花池中间爆炸，无数鲜花和泥土被掀起。

"没礼貌！"贝德并不生气，"既然没得谈，那你们就死吧！"说完对面没了动静。

"他是什么意思？"重拳有些莫名其妙。

"谁知道！"山狼摇摇头，"小心前进！"他端枪进入回廊，跨过栏杆向花池靠近。

"停！"重拳叫住他，然后侧着耳朵仔细听动静，"我感觉不妙。"

"确定吗？"山狼皱了皱眉小心退了回来。

"没法确定。"重拳摇了摇头，"只是感觉，感觉不好。"

"听！"狮鹫摆了摆手，示意他们不要说话。

一阵很轻微的，几乎无法察觉的声音从里面传了出来，好像是脚步声，非常轻又非常密集，仿佛来了很多只穿袜子走路的人。

"后退！后退！"山狼也觉得蹊跷，为了保险他们立即退出了回廊。

声音越来越近，密密麻麻得听起来很不舒服，三人守在暗处紧张地注视着对面。突然声音消失了，从声音停住的位置判断那些东西在花池附近。过了一会儿，花丛里突然探出一颗头，黄绿色的眼睛泛着亮光，尖尖的耳朵，满脸细密的斑点。

"美洲豹？"山狼一愣，他没想到会出现这东西。他立刻反应过来，刚才的脚步声可不是一只美洲豹能发出来的。没等他多想，那只美洲豹突然纵身跃起向他冲过来。"噗噗……"离着还有老远，山狼就扣动了扳机，豹子毫无悬念地被杀死了。就在这时又有四五只美洲豹从花池后面跳出来，向这边猛冲。

"萨迪曼是驯兽师吗？养这么多豹子！"重拳骂着开火。豹子实在灵活，三人同时开枪也显得手忙脚乱。豹子在离他们七八米的地方被全部干掉，尸体倒了一地。

"哈！玩儿这个，用豹子威胁咱们，是谁想的好主意？"重拳有些不屑。

"豹子背上有东西？"狮鹫盯着不远处的美洲豹尸体说道。

豹子的背上鼓鼓囊囊的就像穿了个马甲，黑乎乎的看不出是什么。

"难道它们也穿战术背心？"重拳抱怨了一句端枪谨慎地靠上去想看个究竟。就在他离豹子还有几米远的时候突然站住，疑惑地摁了摁耳机又小心地向前迈了两步，猛然间他一个急刹车，向后猛退，同时大声道："跑！

是金属感应炸弹！"

重拳的声音还没落，剧烈的爆炸就响起了。每只豹子身上都绑着一枚炸弹，连续的爆炸将花园炸成一片废墟。重拳被炸飞出去六七米，然后摔在通道里昏了过去。

山狼倒在地上几乎爬不起来，头嗡嗡地响，除了剧烈的头痛外根本感觉不到身体的存在，他甚至怀疑是不是自己被炸得只剩下脑袋了。他看见狮鹫冲上来将他拖到一边对着他大声呼喊，但除了嗡嗡的耳鸣外什么都听不到。

"山狼！山狼！"狮鹫在他眼前挥着手大声喊着，但山狼一点反应都没有，如同受到惊吓之后变成了白痴。狮鹫无奈，伸手给了他两耳光，"山狼，醒醒！山狼！"

"混蛋！你敢打我！"山狼终于有了反应。

"你终于回魂了！"狮鹫将他扶起来靠在墙上，"我去看看重拳。"

"我听不见！"山狼耳朵里除了嗡嗡声之外听不见任何声音，身体上的感觉慢慢恢复。他很纳闷，为什么爆炸的时候狮鹫离他并不远，现在却毫发无损。

重拳趴在地上，鼻子、眼睛、耳朵、嘴巴，到处都在流血。"重拳！"狮鹫探了探他的鼻息又摸了摸他的脉搏，这才放下心来。呼吸微弱，脉搏也很微弱，但肯定没死。此时幽灵从后面带着史密斯和几个特工上来。

"守住前面。"狮鹫头也不抬地说道，他正忙着检查重拳的伤势。几名特工迅速守住花园对面的入口，防止敌人突然出现。

"感觉怎么样？"幽灵蹲在山狼面前伸出两根手指在他面前晃了晃，"这是几？"

山狼一把打开他的手，"老子识数儿！"山狼挣扎着站起来，感觉晕头转向。"重拳！"山狼扶着墙大声吼道。人在丧失听力时会不自觉地提高音量，他也不例外。

"还活着！"幽灵在他面前晃了晃手，然后打手语告诉他。

"嗯。"山狼点了点头，"这是什么玩儿法，豹群袭击加金属感应炸弹，这个贝德不愧是恐怖分子出身，花样翻新。"

就在这时，守在前面的特工们和赶来的敌人交火，幽灵提着枪上去帮忙，重拳依然处于昏迷状态，狮鹫还在给他检查身体。

"情况如何？"幽灵问狮鹫。

"没有生命危险，不过短时间内不会醒，伤到了头！"

"有命就好！"说完幽灵向前冲去。他现在的形象不比重拳好，脸上到处是血。

"山狼，感觉怎么样？"狮鹫将重拳背起来，用绳索固定。

"我听不见！"山狼不理他，一瘸一拐地向前冲去。

"他变成聋子了！"狮鹫无奈，背着重拳跟了上去。

里面敌人不多，但有绝对的地形优势。手雷不断扔出来，炸得他们无法靠近。

"扔闪光弹。"幽灵在后面大喊。

"抱歉，我们的闪光弹在外面的战斗中用光了。"史密斯无奈地说道。

"用光了？"幽灵一愣，"真浪费！"说完他取出两枚催泪弹扔进去，里面顿时浓烟滚滚，然后对着通道顶部打了两枚枪榴弹，爆炸中下落的碎石如下雨一般。

"冲！"幽灵先杀了进去，"前面是敌人最后一道防线，大家加把劲儿。"

幽灵冲过烟雾发现里面是个如同展示厅一样的巨大空间，里面摆着各种工艺品。

"私人珍藏？"史密斯咂了咂嘴，"不错啊，这……"

幽灵将他一脚踹飞，几乎同时一排子弹从他刚才站的地方扫过。"在这儿发呆，不要命了！"幽灵骂着冲到一个展台后面和敌人对射，展台是石头的，非常结实。

"看看而已。"史密斯爬起来一瘸一拐地跟着冲上去，刚才幽灵那一脚踹得很重。

"用催泪弹！他们没有防毒面具。"山狼冲了上来，"躲避火力，交替掩护前进。"

"轰……"不知道是谁丢了两枚手雷过去，大厅另一侧的艺术品被炸得粉碎。

"这可是艺术品！"史密斯惋惜道，但还是借机向前推进了一段。

"都是赝品。"幽灵跟在后面，两人交替掩护效果不错，快速推进了一段距离。

"轰……"一声巨响，史密斯藏身的那块展台上的大卫像被敌人的枪榴弹击中，雕像四分五裂，连着左半个肩膀的头颅掉下来，正正地砸在他的头上，将他砸晕。

幽灵赶紧过去，检查后发现雕像是石膏做的，如果是石头的那史密斯早就被拍成肉饼了。幽灵转身对着敌人所在位置的屋顶连射两枚枪榴弹，无数碎石落下。虽然这些碎石不至于将敌人砸死，但还是逼得他们抱头鼠窜。幽灵要的就是这个结果，他躲在展台后面不断对逃跑的敌人开枪，很快就有三四名敌人倒在他的枪下。借这个机会众人一口气攻到大厅中部。

"敌人真顽强！"幽灵一边射击一边道。

"这里是他们的主场。"史密斯晃着脑袋冲上来，没想到这家伙醒得这么快。

"什么主场！人多而已！"幽灵发现对面有七八名敌人，"还有催泪弹吗？"

史密斯在身上摸了半天，"就剩下一枚了。"

"丢过去！他们没防毒面具！"幽灵检查了自己的弹药，消耗很大，但还够用。

史密斯将催泪弹投出，几秒后幽灵又丢了两枚手雷过去，手雷凌空爆炸，弹片俯冲而下直接打在敌人身上。

"走！"幽灵和史密斯一前一后地继续推进，山狼在后面向前望了望，发现敌人正在后退，看来是顶不住了。

"幽灵，不要鲁莽！"山狼叫住他，"敌人损失不大，怎么就跑了？肯定有问题！"

"杀过去看看就知道了。"幽灵躲在展台后面，"里面应该就是萨迪曼的藏身处，这里可能是他们最后的防线。"

"越往后越要小心，敌人不会坐以待毙。"狮鹫跟了上来，重拳还没醒。

"谨慎前进！"山狼的耳朵还在轰鸣，好在已经能听到。

"山狼，外围敌人接近城堡，预计到达时间四分钟。"玛丽继续通报外面的消息。

"收到，继续监视。"山狼皱了皱眉对其他人道："没时间了，加快进度。"

"走！"幽灵带着史密斯和另外几名特工快速向前推进。现在时间紧迫，没时间顾及太多了，一旦敌人的援兵进入城堡，他们恐怕连撤退的机会都没有了。

大厅尽头的敌人已经跑光，幽灵端枪杀进通道，对面是一扇紧闭的门。幽灵指了指门，史密斯立即带人冲上去开始往门上贴炸药。

"三、二、一，引爆！"史密斯摁下遥控器。

"轰……"门被炸得粉碎，幽灵立即往里打枪榴弹。枪榴弹爆炸后里面传来了喊叫声，"别开枪，我们投降。"

"双手抱头，滚出来。"幽灵大喊。

"别开枪！别开枪！"里面的敌人喊道。

"快出来！"幽灵往里扫了一排子弹，"再不出来扔手雷了。"

"别开枪，我们出来。"说话间一人抱着头从里面走出来，跟着又出来了三个人。

"趴在地上。"幽灵喊道。

几人照办，史密斯立即带着人冲进了房间。里面是个休息室，搜索后发现没人。

幽灵一枪崩了一个俘虏，然后用枪顶着一个俘虏的头，"萨迪曼和贝德在哪儿？"

"里……里面。"俘虏已经被吓傻了。

"说具体点儿！"幽灵在扳机上施加了一些力气，"别耍花样！"

"里……里面有……一间起居室，萨迪曼就住在那里。"

"起来，带路！"幽灵把那个人揪起来。

"不……不，会死的，会……死的。"俘虏哆嗦着说道。

"不带路我现在就杀了你。"幽灵把枪管贴在他耳朵上，"快点儿！"

"别开枪！"俘虏吓得一哆嗦，差点趴在地上。

俘虏哆嗦着往前走，速度非常慢。幽灵用枪口猛戳了一下他的后背，凶神恶煞地说："快点儿，我不缺带路的人，别逼我杀了你换一个。"

"是！"俘虏加快了脚步，刚走了没多远就被对面射来的子弹送上了西天。

"见鬼！"幽灵骂了一句举枪往里扫射。

地上趴着的另外两名俘虏被两名特工揪起来推到了前面。

"别开枪，是我们。"一个俘虏大喊，"别开枪。"

里面的人不理，继续向外扫射。

"哈，看来你们是弃子。"史密斯道，"里面什么情况？有多少人？装备如何？"

"里面有四个房间，一间萨迪曼住，一间贝德住，外面两间住的都是他们的亲信，一共五个人。刚才你们攻进来时有四五个人进去了，现在里面大约有十个人，武器……"俘虏顿了一下，"应该有七八支冲锋枪，其他的我真不知道！"

"他们还有多少弹药？"

"不知道，不过不会太多。你们来得太快，我们没机会带上太多，加上之前的消耗应该已经剩不了多少，估计快用光了。"俘虏很合作，有什么说什么。"谢谢。"史密斯抓住他的头猛地撞在墙上，俘虏眼睛一翻晕了过去。

"这个怎么办？"另一名特工问。"杀了他。"史密斯非常干脆地说道。

"不……不要杀我，我知道他们在哪儿，我知道他们多大年纪，我知道……"俘虏吓得语无伦次，"我是基督徒，我有孩子……"

"嘭……"特工一枪打爆了他的脑袋，在这种情况下没人会听他废话。

山狼、幽灵、史密斯还在和敌人对射。敌人很顽强，他们清楚这是最后的防线，一旦被攻破他们都得死，只要坚持到外面的援兵到达他们就有一线生机。山狼急了，没时间浪费了，他把所有的手雷都扔进去，趁敌人躲避的机会扫射着冲进去。

"你疯了？"幽灵见阻拦来不及了，于是跟他一起往里冲，他不能让山狼一人冒险。敌人没料到他们会玩儿命往里冲，等明白过来时，山狼和幽灵已经接近最前面的几名敌人了。爆炸结束后他们刚伸出头准备反击，突然发现两人近在咫尺。山狼瞬间将两名敌人干掉。幽灵忍着中弹的剧痛撞进房间，他几乎是压在敌人身上闯进去的。两人一起倒在地上，倒地时幽灵回手一个肘击打在了敌人胸口，然后一脚蹬开敌人横过枪扣动扳机，子弹推着敌人滑出去老远撞在墙上才停下。

幽灵迅速爬起来端枪扫视房间，确认没人后一屁股坐在地上。身上的剧痛弄得他死去活来，近距离内中弹数次，防弹衣能救命，但不能抵消子弹巨大的冲击力。

"山狼！"幽灵靠在墙上大喊，外面的枪声还在继续，山狼没反应。幽灵爬起来回到门口，发现山狼正靠在另一边墙的凹陷处和敌人对射，他摸出最后一枚闪光弹扔了出去。闪光弹砸在墙上弹进了敌人藏身的房间"嘭"地炸开，里面的敌人一阵惨叫。幽灵瞬间跳出去，身体借着惯性贴在地上滑行，同时扣动扳机，敌人的子弹大多从他上空飞过，而幽灵射出的子弹却结结实实地打在敌人身上。然后他对着最大的那扇房门打了一枚枪榴弹，房门瞬间被轰碎，同时幽灵直接滑进了房间。敌人没料到这种情况，守在右翼房间里的敌人一阵混乱，大多数人还没从闪光弹的攻击中反应过来，瞎子一样趴在地上乱叫。山狼冲上去对着里面的敌人一通狂扫，四五名敌人瞬间血肉横飞，之后他转身冲进最里面幽灵进入的房间。刚进门胸前就挨了一枪，倒地瞬间看见两名敌人正缩在墙角向这边扫射。

"趴着别动！"幽灵在旁边大喊。

"你怎么不早说！"山狼滚到了一边。

"我哪儿有时间！"幽灵骂了一句后腾空跃起，瞬间将两名敌人爆头。

"好样的！"山狼爬起来，这才看到角落里除了敌人的尸体还趴着一个人，是萨迪曼！幽灵冲上去将萨迪曼刚举起的手枪一脚踢飞，拽着他一条胳膊像拖死狗一样把他拖出来。

"萨迪曼将军，这是我们第一次正式见面。"山狼摘掉防毒面具说道。

萨迪曼没戴夜视仪，所以他什么都看不清，只是瞪着眼睛看着他们。

"你的死期到了。"幽灵表情狰狞地把枪顶在萨迪曼头上，"说！空骑在哪儿？"

"你们搞错了，我不是萨迪曼！"此人冷冷地说道，声音清晰洪亮，根本不像是喉咙受过伤的人能发出的声音。

07　目标落空

幽灵和山狼拼命冲杀，终于攻入了萨迪曼最后的藏身之所。但萨迪曼被幽灵拖出来之后的第一句话就是否认自己的身份。

"你们搞错了，我不是萨迪曼。"此人用洪亮的声音重复道。这大大出乎了山狼和幽灵的意料，之前侦察中发现萨迪曼声带受损，从不大声说话。

"少装蒜！别以为你否认我就不会杀你！"幽灵骂道，但为了保险，他还是仔细看了看萨迪曼的脸，没错！就是这张脸，所有特征都吻合。

"我只是个替身。"此人动了动居然从地上坐了起来。

幽灵和山狼的心凉了下来。先不说这个萨迪曼的话是真是假，按照艾森·布劳恩的话说，萨迪曼在莫尼比亚任务中受到重创，已经变成了瘫子，可现在他们看到的却完全不同，究竟是艾森说了谎话还是他了解的情况有误？或者这真是个冒牌货？山狼看着眼前这个萨迪曼，如果是替身，那长得也太像了。

"虽然他们打断了我的腿，但萨迪曼是高位截瘫，而我只是无法走路。"说着他捡起地上的雪茄点上，从容不迫地说："你们肯定有办法辨别我的真假，但我提醒你们，必须抓紧时间。现在我说一些我知道的关于萨迪曼的事情，这里只是他多个藏身地中的一个，他还有别的替身。我，我们都是因为身材、面部特征和他差不多被抓来的。为了把我变成他的替身，他甚至给我做了整容手术。"

"别以为我会信！"幽灵咬着牙说道。虽然嘴上这么说，但他心里已经开始相信面前这家伙所说的话了，只是在主观上不愿承认罢了。

"你相信与否对我来说都一样。"此人吸了口烟，"反正你们会杀我，我何必说假话?"说着他扯开自己的裤子,"我这腿是被打断的,应该能看出来。萨迪曼被从废墟里拔出来的时候腿骨已经断成很多段了,而我的只有一处伤。"

幽灵摸了摸,果然如他所说。山狼没说话,但目光里的东西已经说明了一切。

山狼摘掉防毒面具,用随身电脑调出萨迪曼的照片仔细进行细节对比。此人干脆扬起脸让他看个清楚,"虽然做过整容手术,但细节不可能完全一致。"他指了指自己的耳朵和脸上的疤及左鬓角。经过一番对比,山狼果然发现了差异。这个萨迪曼脸上的疤是后做的,耳廓形状也略有不同,而且左鬓角处的发髻下少一块痣。

"你到底是谁?"山狼问道。

"我只是个倒霉的替身。"替身吸了口烟,"一个以教书为乐的小学教师,就因为我的长相和身材……"说到这儿他叹口气,"我的学校在萨迪曼控制区,一年前我被抓走,萨迪曼以我的家人为要挟逼我做他的替身,我不得不同意。他给我做了整容手术,还训练我,但还没等我开始替身生涯他就出了事儿,他们又把我弄残,再次给我做整容手术,重新对我进行特训,让我适应轮椅生活,让我模仿那个恶魔的一切!为了家人,我别无选择。"说完他指着旁边的桌子,"里面有一套设备,萨迪曼用他和我联系,我在这里发怒骂人都由他指挥,我是彻彻底底的傀儡。我受够了,杀了我,我等这一天很久了。"说着他闭上了眼睛,一脸的轻松。

"你为什么不自杀?"幽灵问道。

"你以为我不想吗?"替身摇了摇头,"如果自杀,那我的家人怎么办?虽然他们不需要我的照顾,但萨迪曼肯定不会放过他们,那才是逼迫我就范的筹码。"

"他每天都和你联系吗?"山狼拉开抽屉,里面是一套卫星通讯设备。

"每天两次,他会通过城堡里的监控看到这里的一切,贝德负责监视我的所有行为,这里除了他没人知道我的身份。"

"那萨迪曼在哪儿?"山狼问。

"我不知道,我比任何人都想杀他,但我没机会杀他。"说到这儿他垂下头，"我会告诉你们我知道的一切，但你们时间不多，想知道什么尽快问。"

山狼通过单兵电台联系阿伦德尔，"准备撤离，敌人快到了，必须尽快离开。"

"这是个陷阱吗？"幽灵问替身。

"不能这么说，这里确实是萨迪曼的藏身地之一，他偶尔会来，来了也不会住太久，很少有人能知道他的行踪。他生性多疑，性情暴躁，尤其是在莫尼比亚受重伤后，他更加暴躁了。那次醒来后他搞了一次大清洗，干掉了很多手下。"

"你在这里多久了？"幽灵又问。

"七个月零八天，从我接受完特训就被运到这里，以萨迪曼的身份存在。这段时间他来过一次，住了五天，期间我一直被关起来，直到他离开。对了，萨迪曼主要产业的经营指令都是从这里通过我发出的，所以几乎所有认识萨迪曼的人都以为他在这里。你们带上那边的文件，里面很可能有你们需要的情报。"

"死前还有什么要求吗？"山狼换上一个新弹夹问。

"替我杀了萨迪曼那个魔鬼。"他咬着牙说道，"这是我唯一的愿望，拜托了。"

"为什么不求饶。"幽灵收起那套通信设备。

"你们来了，我要是不死，家人肯定遭殃，萨迪曼会认为我泄漏了什么。那混蛋多疑，我的死亡会换来家人的安全，这已经很值了。"

"好。"山狼举起枪顶在他的头上。

"手底下干净点儿。"替身闭上了眼睛，一脸的从容。

幽灵开始搜罗屋里的东西，带走任何可能存在情报价值的东西，文件、硬盘……

"我改变主意了。"山狼收回枪。

"为什么？"替身居然露出了失望表情。

"我要让你死得有尊严。"山狼捡起地上的手枪丢过去，"我们走后你自行了断。"

★ 07 目标落空 ★

"谢谢。"替身很惊讶地看着山狼,"感谢你的慷慨,作为回报,你可以带走保险柜里的钻石。"说完他看向墙上的一幅油画,"萨迪曼和贝德并不背着我,在他们眼里我只是一个可怜虫,就算给我一座金山都没用,因为我根本离不开这地方。"

"带走。"山狼对幽灵使了个眼色。

幽灵小心地取下了油画,保险柜就在画后面。居然没上锁,这不难理解,在替身眼里这些钻石和普通的石头没什么两样,因为他根本没机会将其变成现金。

"时间不多了,萨迪曼在这城堡外围布置了约两百名手下,你们必须尽快离开。另外城堡顶部的直升机已经坏了很久,你们还是想其他办法的好。"

"谢谢。"幽灵将几颗晶莹剔透的裸钻塞进背囊,最大的一颗目测超过十克拉。

"我们走!"山狼一边走一边通过单兵电台联系阿伦德尔,"你们那边情况如何。"

"敌人的进攻非常猛烈,我们已经分批撤离,你们快点儿。"

"收到。"山狼又问留守在别墅的玛丽,"告诉我外围敌人现在的位置。"

"已经通过护城河,正在进入城堡,你们的时间不多了。另外敌人开始搜索这附近的建筑物了,我们也必须尽快离开。"

"收到。"山狼拍了拍留守在通道口的狮鹫示意他撤离,继续对玛丽说:"你们尽快离开,我们在备用集结点会合,注意安全。"

"嘭……"卧房里响起了一声枪响,是替身开的枪。

"幽灵。"山狼指了指一侧的墙壁。

"已经在做了。"幽灵不断取出炸药贴在墙上,他要把这里变成一片废墟。

原路返回是不可能了,不提堵在外面和阿伦德尔的人鏖战的敌人,就算他们能突围,外围赶到的敌人也会将他们堵在一层,根本就没时间进入地下,所以他们必须走捷径——被豹子携带的金属感应炸弹炸开的那个缺口。他们直接下去能节省一分钟时间,还能完全避开正在涌入城堡的敌人,这是他们离开唯一的机会。

"重拳怎么样？"山狼问狮鹫。

"刚才醒了片刻，又昏过去了，没有检查设备无法确定伤势。"狮鹫回答道。

"嗯。"山狼点了点头没多说什么。

缺口处阿伦德尔的人已经架好了绳索，几名特工已经带着伤员下去，这里可以直通一层最里侧的位置，离阿伦德尔他们潜入城堡的那条线不远。

"撤！"山狼看向幽灵，"我不希望敌人知道我们的去向，至少短时间内不该知道。"

"这当然不是问题。"幽灵将大量的C4贴在敌人进入这里的必经之路上，然后对正在远处阻击敌人的阿伦德尔大喊道："走啦，别纠缠！"

"敌人太多了。"阿伦德尔边打边撤，"他们发疯地进攻，现在已经把外面的通道完全占领，我们一撤他们马上会跟上来。"

幽灵打开重拳的背囊取出炸药塞给一名特工，"制造塌方！让敌人短时间进不来。"

"明白！"特工抱着炸药冲向了战斗地点。

阿伦德尔拖着一名伤员过来，"幽灵，你带上他先走，我负责挡住敌人。"

"你只有不到一分钟的时间，外面的敌人已经开始进入城堡了。"幽灵提醒他。

"放心，我心里有数儿，不能让这些王八蛋占便宜！"阿伦德尔怒吼道。

"我在下面等你。"除非是山狼他们有生命之忧，幽灵是不会为别人冒险的。

一层没有敌人，敌人全去攻击阿伦德尔他们了，山狼沿着通道奔向底层。

"山狼，外围敌人进入城堡东区了，可能经过你们的预定路线。"玛丽通报情况。

"知道了，你们的位置呢？"山狼压低声音问道。

"我们已经撤离别墅，在车上呢。别墅装了炸药，我会择机引爆的。虽然现在不是时候，但我还是忍不住要问，重拳……"对讲机里很久没有重拳的声音了，玛丽察觉到重拳出事儿了。但任务中她没有询问他的消息，

★ 07 目标落空 ★

现在她终于忍不住了。

"还活着。"山狼放慢脚步,他听到前面有动静。他轻声走到转角,看到大批敌人正从前面不远处经过,都戴着夜视仪,穿着防弹衣,看来他们准备得非常充分。

"快点儿!"有人催促着,"他们还在里面,动作快点儿!老板有令,一个不留!"

看来萨迪曼已经知道这里发生的一切了,他正在调动这里所有能调动的力量进行增援。萨迪曼此时应该正躲在某个地方,遥控指挥着这边的人。

山狼摆手让后面的人放轻脚步,敌人太多了,需要避一避。狮鹫背着重拳跟上来向外看了看又无声地缩回去,幽灵带着几名特工和伤员陆续赶到,所有人都保持着安静,等待着敌人过去。

"混……蛋。"重拳很不是时候地醒过来,含糊不清地骂了一句。狮鹫立即捂住他的嘴,外面的敌人很可能听到。所有人的心都提到了嗓子眼儿,山狼靠在墙上紧握机枪随时准备战斗。幸运的是敌人正忙于涌向上层,根本没人注意这细微的声音。很快大批敌人过去了,山狼松了口气带着人继续前进。

"轰……"上一层响起剧烈的爆炸声,阿伦德尔狂奔过来,他引爆了第一批炸药。

伤员数量比预计多,在众多敌人的围追堵截下,阿伦德尔的人死伤过半。

一路奔波,他们终于返回底层的下水道入口。伤员进入后山狼指了指幽灵又指了指上面。幽灵点头,然后取出遥控器摁下。瞬间剧烈的爆炸接连不断地响起,整个城堡颤抖了,屋顶不断有尘土落下,这一层很多地方开始坍塌。

幽灵最后一个进入下水道,随手在墙上贴了块C4作为送给追兵的礼物。

众人在下水道里狂奔,没人抱怨臭了,他们现在能做的就是逃离这里。下水道空间太小,根本提不起速度。跑出几百米后幽灵引爆了洞口的炸药。爆炸声音很小,幽灵控制了药量,目的是封堵入口,没必要用太多。

城堡的爆炸还在继续,整个下水道都在跟着颤抖,很多地方都有碎石落下。这次爆炸的威力不亚于一次小型地震，城堡里的敌人可算是倒了大霉。

从排污口出来后他们回头看城堡，发现城堡已经不再是原来的样子了，原本挺拔的城堡顶部已经被消去了三分之一，很多地方都在冒火，偶尔还有爆炸声响起。

"上车，我们走！"阿伦德尔奔向停在不远处的面包车。他的人光死在城堡里的就有四个，伤员暂时没法统计。

"怎么这么臭？"重拳含糊地说道，这家伙已经是第三次醒过来了。

狮鹫将他塞进车，"没脱离危险呢，安静！"重拳开始呕吐，吐得满车都是。

"是脑震荡后遗症。"幽灵翻开他的眼睛看了看，"头晕吗？"

"很……晕！"重拳含混地说道。

"我们走。"山狼拍了拍驾驶位上的特工。

两辆面包车没开车灯，在夜色中疾驰。穿过一片杂草地上了主路后再开两公里就能离开敌人控制的区域，希望敌人的注意力全投到城堡那边了。

"嘭……"车顶一声巨响，同时开车的特工头颅突然不见，鲜血喷得满车都是，仪表盘被打出个大洞，尸体压在方向盘上，面包车瞬间失控，开始横冲直撞，幸好这里是开阔地带才没有翻车。山狼扑上去抓住方向盘努力控制住方向。

"是巴雷特！"狮鹫看了一眼车顶的大窟窿说道。

"把尸体弄出来！"山狼大吼，旁边的特工抓住尸体使劲后拉，但就是弄不出来。

"嘭……"一枚子弹贴着面包车的车顶飞过，在上面撕开了一条长长的口子。

一公里外的一栋别墅顶部，贝德抱着巴雷特M82A1从容地扣动扳机。旁边的一名手下举着望远镜担任观察手，"他们车速太快，很难击中。"

"怎么能就这么让他们跑了？"贝德努力地将面包车套进瞄准镜的十字线，但面包车不停晃动，根本没机会开枪。

"队长，我来！"一个人爬上屋顶站在贝德身后。

"太好了，巴基，你是我们中最好的。"贝德起身让开，"快点儿，别让他们跑了！"

"愿意效劳。"巴基将眼睛贴在瞄准镜上。

尸体终于被拖出来，山狼坐到驾驶位猛打方向盘控制着面包车躲避敌人的射击。

"他们在那栋别墅上，距离1200米，加速！再开700米就能脱离他们的有效准确射程。"幽灵趴在后车窗上盯着别墅的方向。

"如果是高手，3000米之前无法摆脱他们。毕竟车比人大很多了。"狮鹫道。

"嘭……"面包车的后侧一角被轰飞，风呼呼地灌进来。

"3000米！在这之前他至少还能开五枪。"幽灵看着狮鹫，"这里是开阔地，我们恐怕没多大机会能逃开，至少要死一半儿！"

08　突出重围

面包车变成了靶子，在这种地势开阔的地方，在一名专业狙击手面前，他们逃脱的可能性不大，下车会被逐个狙杀，留在车上同样可能被打死。

山狼努力控制着车辆在开阔地上横冲直撞，试图用没有规律的行驶干扰敌人瞄准，可是高速行驶很危险，容易侧翻，但这是能做到的降低敌人瞄准精度的唯一办法。一公里的距离，开车要一分多钟，短短一分多钟足够发生很多事情，敌人可以从容地在车上钻几个窟窿。不提会不会击中车上的人，就算击中油箱或者发动机，那后果也是不堪设想。

"与其坐以待毙，不如放手一搏。"狮鹫给重拳系上安全带，"把所有的战术手电都拿出来，制造炫目光线。"

"这个距离？这么小的手电？能管用吗？"幽灵以为自己听错了。

"比等死强。"狮鹫翻出战术手电，"黑夜中一点儿光亮都能影响狙击手瞄准。"

谁都知道他说的有道理，但谁都清楚这个距离这点光亮产生的效果是多么有限。

"我有办法了，但要冒点儿风险。"山狼猛打方向盘同时踩刹车，面包车原地来了个一百八十度大转弯。速度太快，面包车差一点就来了个大翻个儿。

"嘭……"面包车的左后视镜被打得粉碎，子弹穿过车门几乎是挨着山狼的屁股打进了车座，然后毫不停歇地击中了底盘，车子跟着一震。

山狼挂倒挡，踩油门，开始倒车行驶，同时打开前灯，一道刺眼的白光突然亮起。

别墅的巴基骂着立即将眼睛离开了夜视瞄准镜,"该死,居然用这招。"

夜晚中眼睛对光线的感知极敏感,无法忍受强光刺激。通过夜视瞄准镜看强光,就和戴着夜视仪被闪光弹刺激是一个道理。汽车灯光没有闪光弹强烈,但也足够让射手头晕眼花。

"滚!"贝德大怒,推开巴基想亲自上阵。就这几秒的时间面包车又远了上百米。

"嘭……"贝德扣动扳机,但不知道是因为他手法的问题,还是因为车灯闪烁阻碍瞄准,这发子弹不知道飞到了什么地方。

"该死!"贝德大骂,继续忍着强光调整枪口射击,连续开了两枪都没击中。

"来不及了!"巴基揉着眼睛道,"三千米以外我也没信心击中高速行驶的汽车。"

"就这么让他们跑了?"贝德不甘心。"通知镇子里的人注意这两辆车,短时间内他们不可能更换车辆。"

"好了,他们没机会了。"狮鹫拍了拍山狼的肩膀,"你真有办法,佩服。"

"都是被逼的。"山狼又一个原地大转弯。

"应该是贝德。"幽灵看着车顶上的洞,"还记得他杀人用的巴雷特吗?"

"在城堡里战斗到最后,只有他不知去向,应该是早就跑出来了。"山狼松了口气,但脚下继续加速,在没离开这片开阔地之前他不打算减速。

幽灵叹了口气,"他是萨迪曼的亲信,还会碰面的,到时候再解决他。"

半小时后他们到达预定地点,玛丽等人早已等在那里,并准备了各种医疗设备。

"附近安全吗?"山狼看着四周问忙碌的玛丽。

"检查过了,没有问题。"玛丽摸了摸重拳的头,"他情况怎么样?"

"初步确认是脑震荡,但需要进一步检查。"狮鹫将重拳放下,"交给你了。"说完到玛丽的车上翻出M110狙击步枪,"我去放哨。"

"我的人已经在哨位上了。"阿伦德尔说道。

"这是我们的习惯!"山狼抓起一瓶水灌下去,"可以把你的人调回来照顾伤员。"

"开启所有预警系统。"阿伦德尔敲着随身电脑检查系统开启情况,然后对山狼道:"我已经给你们提供了相应权限,这里所有防御监视系统在你们的随身电脑上都有显示。"

"知道了,先抢救伤员,我们负责警戒。"山狼从车里取出备用弹鼓和幽灵一起出了门。

山狼深吸一口气爬上一侧的大树。不用分派,不用商量,狮鹫、幽灵和山狼三人就已经控制了这里的三个方向。如果重拳没有受伤,那四个人将构成一个严密的防御体系。

"你们需要检查身体。"耳机里狮鹫说道,"爆炸中你们都出现了内出血,要及时检查。"

"没什么大不了的。"幽灵无所谓地说,"我的身体我最了解,伤势不重,不用查。"

"没事儿,我能坚持。我倒是很奇怪,你怎么就没受伤呢?这一点我们都要向你学习。"山狼淡淡地说道。其实他已经非常疲劳,浑身上下痛得要命。

"运气。"狮鹫简单地回答,看得出他没想过多解释。

山狼叹了口气将这边所遭遇的一切原原本本地告诉了本·艾伦,对此本·艾伦并没有表现出太多惊讶,他只是嘱咐山狼要注意安全,寻找合适的藏身地等待进一步的行动指示。

"写一份详细的报告交给我,在新的命令到达之前寻找安全地点休整,必须保证自己的安全。"说完本·艾伦结束了通话。

"队长是不是已经麻木了?"幽灵对于本·艾伦的平淡反应颇为不满。

"难道你希望他大呼小叫?"山狼抽了抽鼻子,"呃,这身衣服太臭了。"

"至少我们有命逃出来。"幽灵摸出一袋作战口粮就着身上的臭味儿吃了起来。

"我们可能暴露了。"狮鹫低声道。

"什么?说清楚点儿!"山狼没听懂。

"有辆车向这边靠近。九点钟方向,黑色越野车,停下后就没见有人下车。"狮鹫道。

"车里的人在监视我们。"山狼举着望远镜看了一阵,"四个人,具体情况看不清。"

"怎么找到我们的?一路上我并没有感觉到有人跟踪。"幽灵将吃了一半的口粮收起来,抹了抹嘴继续说:"难道他们有卫星追踪设备?"

"非洲军阀没那么高科技!镇子里应该有他们的眼线,这个时间在外面活动的车本来就不多,再加上我们的车和刚打完仗回来的没多大区别,太显眼了。"狮鹫将瞄准镜十字线定在越野车的驾驶位上,"只要在镇子的几个关键位置布置人手,稍加留意就会发现我们。"

"我们大意了,忽略了这一点。之前我还以为他们都被埋伏在城堡里。"幽灵摸了摸自己的战术背心,还有四个弹夹,因为是出来放哨的,所以他没带那么多。

"山狼,动手吗?"狮鹫盯着驾驶位上的司机说道,只要有命令,那家伙就没命了。

"等等,先弄清他们来了多少人。"山狼很沉稳,并没有急于发动进攻。他摁着通话键联系阿伦德尔,"我们暴露了,准备撤离。"

"这里是我们最隐秘的藏身地,不可能这么快就被发现。"阿伦德尔本来对地点的隐蔽性很自信,但山狼的话他又不得不信。他提枪爬到屋顶亲自观察情况,按照山狼的指引很快发现了情况真的不妙,他沉吟了片刻通过单兵电台对山狼道:"这里不能久留,我们走。"

山狼皱了皱眉问道:"我们还能去哪儿?你的伤员怎么办?他们受得了颠簸吗?"

"重新选择地点当然没有问题,可这些伤员……"阿伦德尔叹了口气,"总不能在这里坐以待毙!我着手准备撤离,外面就拜托你们了,我马上派人帮助你们对付敌人。"

"行了,动作快点儿,还不清楚敌人会不会进攻,没准儿他们只是负责监视我们。"山狼盯着敌人的车辆,"希望他们的人已经在城堡之战中消耗得差不多了。"

幽灵颇有信心地说道:"城堡最后一次爆炸至少能炸死他们几十人,伤员应该不在少数,还有多少人有战斗力没法估计,不过短时间内能撤出来并投入战斗的肯定不会太多。"

"现在我们只要弄清敌人来了多少，该怎么对付他们。"山狼调出这一带的卫星图像，发现还真有不少车辆正从不同方向向这边会合。山狼苦笑道："真没想到敌人还有这么多人可以调动。所有人注意，敌人正在赶来，预计到达时间三分钟，准备战斗。"

"三分钟？你开玩笑吗？"阿伦德尔道，"我这边的伤员转移至少需要十分钟。"

"那是你的问题，敌人更希望你不走！"幽灵顶了他一句。

"闭嘴！"山狼继续说道："情况有变，你们必须抓紧时间，战斗打响之后我们会尽量拖住敌人，但在敌人的包围圈形成之前你们必须离开！否则我们只能一起在这儿等死。"

"好吧，我尽力，外面的事情拜托了。"阿伦德尔道。

"你们打算怎么走？"山狼问了个很关键的问题，敌人的兵力已经合围，撤离是个问题。

"你不用担心，我们有应急通道。"阿伦德尔道。

"太好了，有了这个就方便多了！"山狼大喜。

"好了，不说了，我去组织撤离。"阿伦德尔结束通话。

"初步估计敌人大约有十四人。"山狼看着屏幕上的卫星图像道，"狮鹫，准备给他们来个警告。"

"好，什么时候动手？"

"听我命令。"山狼甩掉臭烘烘的外套将战术背心直接穿在防弹衣上，"所有人准备战斗。"

阿伦德尔将史密斯和摩根以及另外两名特工派给山狼，这是他们能抽出的最多人手了。剩下的人大多负伤，现在完全是由轻伤员照顾重伤员，没伤的都出来参与作战了。

"他们在准备行动。"幽灵通过望远镜看到车里的人正在检查武器，"看来要干一场。"

"可能是我们在城堡里的表现把他们惹毛了。"狮鹫盯着刚出现的一辆车，"这些人不是城堡里的，应该是外围没有进入城堡的敌人。"

"又是一场硬仗,看来难以避免。"山狼揉着太阳穴说道。他已经很累了,爆炸中身体受到的伤害较重,此刻他有种身心疲惫的感觉。

"史密斯,你们四个守后门,别让敌人攻进来!记住,只要敌人不动手我们就不主动攻击,尽量给伤员争取时间。"山狼看了看前面的车辆命令道,"幽灵,只要敌人有异动就动手,争取第一轮攻击就将他们打蒙;狮鹫,负责寻找敌人的指挥官,贝德那混蛋应该会来,找机会干掉他,另外他们有巴雷特狙击步枪,我不希望那东西伤到我们的人……"

山狼紧锣密鼓地布置任务,谁也说不准敌人什么时候动手,他必须尽快将一切安排妥当。

"玛丽,你们还需要多久才能撤走?"山狼问。

"大约五分钟,已经走了一部分,剩下的正在转移,再给我们点儿时间。"

"知道了,这边交给我们。"山狼刚想和阿伦德尔联系,就在这时街道上突然传来一声巨响,他转头望去,发现敌人的一辆吉普车已经炸成了废墟,更多的敌人出现在街道上。敌人开始行动了,后门的方向也传来了枪声,史密斯他们也已经和敌人交火了。

"一颗枪榴弹干掉四个人,爽!"幽灵大声欢呼着,现在他变成了一个疯子。

"注意,我们的目的是阻拦敌人,不要过于纠缠!"山狼呼喝着对众人说道。

"敌人火力太猛了。"幽灵从树上滑下来退进大厅。

"没发现贝德。"狮鹫在干掉三名敌人后果断更换阵地,之前的位置不能待了。

"他还没露面!大家小心,他手里有巴雷特,防弹衣可扛不住那东西。"山狼提醒众人道。

"我可不想被那东西击中,连个全尸都留不下。"幽灵一边对靠近院子的敌人射击一边道。

"敌人太多了,我们坚持不了多久。"史密斯在耳机里喊道。

"必须坚持到伤员全部撤离。"山狼从备用弹药袋里取出手雷不断投掷。

为了延缓敌人靠近的速度，他不在乎将所有手雷都扔出去。爆炸此起彼伏，正面的草坪被炸得面目全非。

"效果不错！"幽灵蹲在一边换着弹夹说道，"还有多少手雷？"

山狼瞟了一眼备用弹药袋，"不到十枚。"

"足够了。"幽灵伸头向外看了一眼又迅速缩回来，"嘭……"一枚子弹从他头上不足十厘米的地方飞过，如果他动作再慢一点，这一枪能直接爆了他的头。

"是巴雷特！"幽灵吓了一跳，但很快恢复了正常，"大家注意，敌人的狙击手来了，注意隐蔽！"

"在三百米外的那栋别墅二层。"狮鹫蹲在角落里说道。他早已弄清了敌人所在的位置，"大家小心，这里的所有墙壁都挡不住巴雷特的子弹。"

"早不来晚不来，偏偏这时候来，他可真会添乱！"山狼抱怨道，"投烟幕弹！让他看不见。"

几枚烟幕弹在房间里炸开，几乎所有的窗户都向外冒出乳白色的浓烟。

"哈哈，这和烧房子差不多。"幽灵戴上防毒面具继续向敌人扫射。

就在这个时候，一阵警笛声远远传来。

"警察来了！"狮鹫开着枪说道。

"不。"山狼笑了，"那是我们的援兵！"

呼啸的警笛声远远飘来，幽灵侧耳听了听，"还有两公里。你刚才的话什么意思？"

山狼又扔了几枚手雷出去，"我说我们的援兵来了。"

"我们在这里哪儿来的援兵？"幽灵推开里面的房门，发现还有两名伤员没有转移。玛丽和平子正忙得不亦乐乎。应急通道的入口太窄了，昏迷的伤员运送起来很困难。

"没错，这边我们没有援兵，我说的就是这些警察，他们就是我们的援兵。"山狼盯着随身电脑观察着敌人的动向，发现敌人正试图从侧面攻进来。

"你是想让这些警察和敌人混战？"幽灵仿佛明白了山狼的意思。

"混战不太可能，倒是能给敌人捣点儿乱。"山狼运动到侧面对着试图越过灌木丛的敌人开了几枪，将他们逼退。

"希望这些警察不会太白痴，不过从他们的反应速度上看还行。"幽灵看了看时间，"我们继续坚持三到五分钟应该没什么问题。"

"我报警到现在已经过去十分钟了，这个镇子才多大？十分钟才到，太慢了！另外从警笛的声音上判断来的警察不多，而且没有特警，看来他们没把我说的话当真。"山狼道。

"你报的警？"幽灵看着山狼。

"是啊，报警抓坏蛋，我们趁乱逃跑，多划算的计划。"山狼想了想，"时间差不多了，准备撤！对了，给他们留点儿纪念品吧。"

幽灵点了点头，"你可以放心，我是不会让他们白来的。"

"敌人和警察交上火了。"狮鹫侧耳听了听，"警察要倒霉了，他们只有手枪，这些用来对付持有自动武器的敌人简直是开玩笑。"

"这些敌人胆子真大，直接和警察干上了。"幽灵又开始他的炸药作业。

"我们走。"山狼将剩下的手雷全都丢出去，然后招呼史密斯等几名特工开始从紧急通道撤离，最后就剩下装炸药的幽灵和负责掩护的狮鹫了。

"好了，撤！"幽灵在里面对狮鹫摆摆手，两人一前一后钻进了紧急通道。通道很短，出口在三条街以外的一栋小楼的后院。两人刚钻出来就听见剧烈的爆炸声，小楼被夷为平地。

"我说你到底放了多少炸药？"山狼问幽灵。

"备用弹药包里所有的炸药都用上了。"幽灵耸了耸肩，"不算太多。"

"疯子。"山狼骂了一句，"走，离开这个鬼地方。"

远处的警察和敌人还在枪战，打得甚是激烈，听得出警察吃了大亏。众人穿街过巷离开了这片区域。

和阿伦德尔他们会合已经是一个小时之后了。一辆黑色的面包车停下将众人接走，悄无声息地向镇子外驶去。

"伤员情况怎么样？"山狼问开车的特工。

"已经安置妥当，正在处理伤势，有些人的情况不容乐观。"特工说道。

"该死的贝德。"幽灵低声骂道，要不是这家伙来捣乱，伤员的伤情也不至于这么严重。

新的藏身地点在小镇近郊的树林里，是一栋独立的别墅，空间宽阔，足够住下二十几个人。

阿伦德尔的人已经占领了附近所有的制高点，为了保险他又调来了几个人负责这里的防御，所以山狼他们不再担心安全问题了。

"情况怎么样？"山狼问正在忙碌的玛丽。

"还好。"玛丽根本没时间说话，端着手术器械就进了临时手术室。

"看来不乐观。"幽灵皱着眉说道。

"重拳在哪儿？"山狼四下张望，没看见重拳的影子。

"他在二楼。"玛丽出来说了一句又回去了，她在给主刀的医生当助手。

二楼一个房间里重拳躺在床上，身上臭气熏天的衣服已经被脱掉随意丢在地上。

"嘿，伙计们。"重拳见众人进来，有气无力地打着招呼。

"感觉怎么样？"山狼问。

"头晕。"重拳一脸疲惫，说话的力气不足，"还有，你们身上太臭了。"

"还有力气开玩笑，他没事儿。"幽灵笑道。

"的确太臭了，找个地方洗洗吧。"山狼站起身。

"外面有水管，你们可以洗一下。"摩根趴在门口说道，"衣服已经为你们准备好了，去换一下吧。"

"走。"山狼捡起地上重拳的脏衣服，"你好好休息。"

别墅门外几个人脱光了衣服用凉水冲洗身体。清洗得差不多了，但幽灵还是能隐约闻到一股臭烘烘的味道，不知道是没洗干净还是鼻子被熏出了毛病。换上干净衣服后几个人又回到了重拳的房间，这小子已经处于半睡眠状态，大家一进屋他马上清醒过来。

"医生怎么说你的伤？"山狼问重拳。

"脑震荡，需要卧床休息。"重拳喝了点儿水精神好了很多。

"这次行动你伤得最重。"山狼靠在墙上，"幸运的是我们都活着出来了。"

"阿伦德尔的人损失不小。"重拳揉着太阳穴说道，"刚才听玛丽说，到目前为止他们那边已经死了五个，还有三个重伤，数人轻伤。"

"这次白跑了。"幽灵低声道。

"萨迪曼跑了？"重拳一愣，因为一直陷入昏迷，他根本不知道发生了什么。

"不，那混蛋根本就没在那里，城堡里的是替身，我们被骗了。"山狼丧气地道。

"真的？"重拳用目光向狮鹫求证，这几个人里只有狮鹫不会拿这种事情开玩笑。狮鹫点了点头，重拳这才知道山狼的话是真的。

"我们被耍了？"重拳揉着太阳穴，"这完全是个陷阱，萨迪曼在玩儿我们？"

幽灵摇了摇头，"替身说过，那座城堡的确是萨迪曼的藏身地之一，只是我们去时那混蛋没在那里，所以算不得是一个真正意义上的陷阱。"

"但至少起到了陷阱的目的，我们差点儿被困死在里面。"重拳仍然坚持自己的看法，"那有没有关于萨迪曼的新消息？"

山狼摇了摇头，"暂时还没有，我们正在根据他和替身的通信设备进行反追踪，希望能找到他的藏身地，不过这需要时间。"

"萨迪曼肯定知道这边出事儿了，应该不会再待在之前藏身的地方。"狮鹫抱来一堆战斗口粮分给众人，战斗了一晚上所有人都饿了。

"希望我们下次找到的是他本人，而不是替身。"幽灵叹着气问山狼，"下一步我们该怎么办？"

"等命令。"山狼一边吃着巧克力一边说道，"先休整一下。"

"出来这么久，不知道另一组人马如何了。"幽灵吃完一袋又摸起一袋，看来没吃饱。

"还真是，有段时间没联系那边了，不知道赌徒他们怎么样了，应该归队了吧？"重拳捂着头躺下，现在他头晕得厉害。

"应该差不多了。"山狼靠在床上，"听队长说他们已经是第二次出任务了，我们这边浪费了太多时间。"

直到第二天早上，对阿伦德尔手下特工的抢救才算结束，总算保住了几个重伤员的性命。其实在出发前他们就预料到这次任务会有伤亡，但没料到会是这种结果。

玛丽和平子帮了一晚上的忙，抢救结束之后她们几乎累得虚脱。

镇子里的特工传来消息，整个镇子已被封锁。昨晚警察和贝德的人遭遇后损失惨重，现在警方正在发飙，但他们却不知道昨天晚上到底是谁伏击了他们。

"白痴！出了这么大的事儿连点儿头绪都没有。"幽灵关掉电视，他没心情看官方新闻。

"你指望他们有什么发现？这里已经有相当长的一段时间没有出现过大规模枪战了，这些警察很少有人有这方面的经验。"山狼靠在沙发上说道。

"他们会不会搜索郊区？"重拳有气无力地问道。一直的头晕让他很不适应。

"怕什么，我们可以随时转移。"幽灵无所谓地说道。

"我现在不想动。"重拳躺在床上，"一动就晕。"

"我可以抬你出去。"幽灵过去爱抚着他的头戏谑地说道，"我不会丢下你。"

"滚。"重拳一巴掌抡过去，幽灵早有准备，闪身躲开了。

山狼摇了摇头，他从不参与这种玩笑，他有自己的工作要干。不得不说这次任务很失败，浪费了大量时间、人力、物力，只得出这么个结果，不是他们太无能，是萨迪曼太狡猾。狡兔三窟，可萨迪曼何止三窟那么简单？虽然这次黑血损失不大，但阿伦德尔那边却没那么幸运。估计队长和马丁都要面对 M 国政府的压力，这次任务之前 M 国情报部门就对本·艾伦隐瞒消息的做法不满，现在终于找到机会进行指责，队长的日子肯定不好过。

现在山狼对下一步的行动有些迷茫，没有方向感。一直以来针对握手组织的复仇行动都处于这一状态，难道是情报收集方面出了问题吗？应该不是，有马丁这个情报官做后盾，就算不能提供详细的情报也不至于走多少弯路，何况很多任务他的人也参与其中。想到这儿，山狼突然发现一个问题，在黑血的复仇行动中，如果复仇对象是 M 国的敌人，任务都完成得很顺利，而复仇对象非 M 国的敌人时，任务都困难重重。难道 M 国故意刁难黑血？山狼被自己的想法吓了一跳。放下这些暂且不提，每次任务失败的主要原因都是情报的不及时与不准确，另外握手组织设下的陷阱和传出的假消息让他们疲于应付。虽然绝大多数任务他们都能完成，但实际上他们还没有真正碰到握手组织的核心集团，比如萨迪曼。

山狼将自己的想法也附在了报告后面，但发过去后没多久队长就打来电话将他骂了一顿，说他不相信盟友，警告他立即放弃这种想法。山狼很郁闷，只是说了些自己的见解，却被本·艾伦骂得体无完肤。他发觉本·艾伦变了，虽然因为任务的原因和本·艾伦相聚的时间越来越少，但每次回去他都会发现本·艾伦变得与以往略有不同，最明显的就是没有耐性。开始山狼觉得可能是情报工作压力太大，但现在想想，恐怕没那么简单，本·艾伦好像隐瞒了什么，这让他觉得很不安。

报告交上去之后得到一顿臭骂，这让一直在外面浴血奋战的山狼心里多少有些不平衡。但这件事他并没有告诉其他人，作为队伍的长官，他明白稳定对队伍有多重要。

第二天本·艾伦又打来电话询问了一下他们的情况，话语中本·艾伦用暗语告诉他用安全线路联系。山狼还没弄懂本·艾伦的意思电话就挂了，但他还是立即准备了安全通信。

所谓安全通信是黑血内部特有的通信方式，这是信使设计的一种反监听通信系统。设备很小，使用时只需要和普通通信设备相连即可，通过过滤与加密达到反监听的目的。早期型号只有音频通信功能，现在他们用的第四代产品可以在全球范围内实现音视频同步。

山狼不清楚发生了什么，但他明白，非紧急情况本·艾伦是绝对不会开启安全通信线路的。

带着疑惑，山狼出了门。他卸掉了所有装备，只带了一把手枪和一部信使提供的手机。这部手机从外表上看很普通，但其内部功能却超级强大。他进入林子后找了个安静的地方拨打了一个号码，很快本·艾伦那边就接通了，他应该是一直在等着山狼的电话。

"安全吗？"本·艾伦问。

"嗯。"山狼看着四周。

这时候信使的声音闯了进来，"注意，使用加密频率3，随即确认密码NR96，线路98，无视频功能，屏蔽不明信号数量5，稳定度百分之四十，声音识别确认，通信安全度确认，你们只有四十秒的安全通话时间。"

听到这儿山狼才明白原来之前本·艾伦问的"安全吗"是对信使说的，同时觉得事情变得严重起来，这是安全线路，怎么会有不明信号入侵？难道他们一直在受人监听？

本·艾伦道："山狼，我们的处境并不安全，很多人在监视我们，包括M国情报机构，所以一言一行都要注意。他们的目的还不清楚，但可以肯定短时间内他们威胁不到我们。"

山狼不明白本·艾伦话语中的含义，"队长，这到底是怎么回事儿？"

"这些问题暂时无法回答你，你只要清楚一点，那就是我们并不安全，任何时候我们都被人监视着，包括现在我们的通话，他们正在努力破解我们的通信。"

信使插话道："还有二十秒。"

山狼立即问道："那我们该怎么办？"

"保护好自己。"本·艾伦叹息着说道，"情况没有明了之前不要引起那些特工的注意，另外这件事我不希望除你之外的其他人知道，我们的队伍并不如想象中的那么纯洁。"

09 危机重重

本·艾伦的话让山狼有些发蒙，他没想到事情居然如此复杂，队长如此的谨慎究竟是在顾忌什么？M 国人？黑血中真的有内奸吗？山狼不敢去想。那些都是出生入死的兄弟，可以说都是有着过命的交情，有谁会出卖自己的兄弟吗？幽灵是自己一路带出来的，绝对没问题！狮鹫无数次和自己同生共死，玛丽对重拳是一片痴心，平子……山狼突然想到平子到护士团的时间最短，这个人的一切还有待观察，但并不能以此作为怀疑她的理由，一切要靠证据，妄自猜测只能徒增烦恼！山狼一阵头痛，他想不通，也想不明白究竟是什么时候开始变得如此麻烦的。队长说 M 国情报机构一直监视他们的动向，而黑血内部有人一直向外泄漏他们的行踪，那 M 国情报机构目的是什么呢？山狼忍不住地胡思乱想着。

通话结束得很仓促，仓促到山狼没机会问一些关键性问题，所以他此刻一头雾水。他相信本·艾伦，但他却无法相信身边存在奸细，而这偏偏又是本·艾伦亲口说的，所以他内心很矛盾，矛盾到不知道该怎么办，矛盾到他更希望本·艾伦搞错了，只是情报有误，虚惊一场，但他更加清楚的是搞错的可能性不大。

回到别墅的时候幽灵正在准备午饭——加热战斗口粮。阿伦德尔提供的战斗口粮种类还蛮多的，M 军的二十四种口味都有，所以短时间内他们还真不可能吃到重样儿的。

"什么情况？脸色怎么这么难看？"幽灵一眼就看出来山狼状态不对。

"你倒是很善于观察！"山狼应付着说道。

"一起混这么多年了，还是了解一些的。新人不敢说，咱们这批老家伙谁有心事一眼就能看出来。"幽灵自信地说道,"说吧,什么情况?应该不是敌人杀过来了,也不是我们暴露了,难道是队长他们那边出事儿了?还是你的私人问题?"

"少来。"山狼摆了摆手,"只是不太舒服。"

"就这么简单?"幽灵不信。

"难道我便秘也要告诉你?"山狼故作轻松地说道。

"也是。"幽灵点了点头,"有什么直接说出来,内部问题好解决,私人问题嘛,至少大家可以帮你分析一下,至于便秘的问题,我可以送你一把勺子。"

"去你的,勺子留着你自己用吧。"山狼笑骂道。幽灵的表现让他心中有些愧疚,刚才在外面他还逐个分析,判断谁是内奸,现在看来,他宁愿相信是本·艾伦搞错了。但话说回来,他还不至于那么感情用事,所以他只能将这件事埋在心底。

"吃吧,加热好了。"幽灵将几袋加热口粮分给众人,"这地方没什么好吃的,能保证吃饱,没法保证吃好。不过这里口粮种类齐全,可以挑着吃,总有几种对口的。"

"山狼,队长要我们在这里等到什么时候?"幽灵边吃边问。

"不知道,在没有新任务之前我们都待在这里。"山狼耸了耸肩。

"为什么不让我们回基地?在这种地方待着很无聊!"幽灵苦着脸说道,"这里还在大搜捕,我们也不能出去,整天看着树林还不如回基地打靶来得痛快。"

"队长肯定有他的用意。"狮鹫放下吃光的包装袋。他吃饭的速度几乎无人能及,"觉得无聊就睡觉,正好恢复体力。"

"算了,我还是对着树林发呆吧。"幽灵摆了摆手。幽灵有个习惯,就是每天睡觉时间是固定的,不是时间固定,是长度固定,他每天睡觉最长不会多过五小时。即使三天不睡都没有问题,五小时睡眠足够他恢复一切疲劳。

"幽灵,你可以去练单刀。"重拳道,"是个好机会,时间充裕,足够你练熟。"

"早就练熟了。"幽灵摆了摆手,"一点儿难度都没有,你是不是绝招儿没给我?"

重拳笑道:"哪儿那么多绝招!先人们习武时最常说的话是'熟能生巧'。"

"这玩意儿有什么熟不熟的,我觉得我已经很熟了。"幽灵还是不相信。

"招数是死的,人是活的,你什么时候能练到可以灵活多变地利用每一招,就说明你真的练熟了,到时候你随手一刀都能变出很多招式。你什么时候能练到把刀法运用到其他任何武器上的时候就算有所成了。"

"没那么夸张吧?"幽灵挠了挠头,他并不理解重拳的意思,"会了和熟了差别就这么大?再说把刀法用在其他武器上是什么意思?"

重拳举起手里的塑料叉子,"同样的东西在不同人的手里发挥的作用大不相同,比如我能用这叉子在这个距离杀掉你。"

"开玩笑!"幽灵看了看那把比手指长不了多少的塑料叉子,"如果近距离攻击我的眼睛或喉咙,我信你能伤到我,但现在我离你有五米远,你能用这东西杀我?"

"当然。"重拳点点头。他突然将手里的塑料叉子弹出去,幽灵感觉耳边一凉,等他回过头才发现那把叉子已经钉在了身后的窗帘上,叉子尖完全刺穿了窗帘。

如果不是亲眼所见,幽灵不可能相信这是真的。塑料叉子比纸重不了多少,如果没有足够的力道是根本无法穿透窗帘的。不光是幽灵,在场的几个人都露出了不相信的表情,但事实摆在他们面前,由不得他们不信。

"插入窗帘需要多大力道?如果我用这力道攻击你的颈动脉,你有多大把握能保住性命?"重拳看着他,"去练刀吧,练到能砍断我的头发但伤不到我的头皮就算练成了。"

"我不练刀了,我要学这飞叉子!"幽灵瞪着眼睛说道。

"你……"重拳差点被气晕了。

"怎么?不打算教我?"幽灵眨了眨眼睛。

"滚。"重拳背对着他,"有多远滚多远。"

"为什么?"幽灵也不生气,"我只是想多学一样。"

"C国有句老话,'贪多嚼不烂'。"重拳背对着他,"练熟刀法后教你。"

"这有什么难的。"幽灵站起身往外走,"史密斯,给我找一把开山刀。"

"重拳,你让我刮目相看了。"山狼佩服地说道,"你这招儿叫什么?"

"这叫弹指神功。"重拳又开始吹牛。

"跟黄老邪学的吧?"狮鹫在一边说道。

"黄老邪是谁?"山狼突然明白过来,"跟我扯淡!你怎么不说是跟洪七公学的。"

重拳忍不住笑出声来,"这只是个小把戏,逗幽灵玩儿的,没想到他信了。"

"唉……别扯淡了。"重拳慢慢坐起来,"这次除了我,大家都没什么大事,特工们损失却那么大,会不会影响我们之间的合作?"

山狼摇头,"应该不会,损失又不是我们造成的,他们不该把怨气撒到我们头上。"

"可这毕竟是我们的任务,他们是奉命配合。"狮鹫摇了摇头,"真不好说。"

"他们也对萨迪曼感兴趣,所以应该说是合作,但谁都没想到会出现这种情况。"

"如果萨迪曼是真的还情有可原,可却是个冒牌货,他们很可能将这一切归咎在我们情报工作失利上。"狮鹫担忧地说道,"所以恐怕没那么简单,他们很可能会找我们的麻烦。"

"不行就走,没什么大不了!"山狼本想说些狠话,但想起本·艾伦的提醒又咽了回去。万一他们真被监视着,那就得慎言了。

第二天山狼向阿伦德尔辞行,他并没说要去什么地方,只说换个地方。任务已经结束了,所以阿伦德尔没有挽留,双方就此平淡地分开。阿伦德尔给他们准备了一辆车,之前提供给他们的武器也没有收回,说是送给他们防身。

山狼之所以这么做是有目的的,他想证实一下是否有人监视他们。

"我们去哪儿?"重拳将步枪拆开装进背囊,现在他的状态已经恢复得不错,虽然偶尔会头晕,但只要不做剧烈运动就没什么问题。

"三十公里外有个小镇，我们在那里落脚。"山狼上了车。

"为什么突然要走？"狮鹫感觉有些蹊跷。

"没什么，只是不想给他们添麻烦。"山狼边说边打手语，"小心，可能有人监听。"

"至少可以不用整天吃作战口粮了。"重拳说道，同时打手语问，"谁？M国人？"

"你想吃什么都可以。"山狼用手语回复，"不清楚，只是感觉。"

所有人都不说话，山狼不清楚这么做对不对，测试是否受到监视？会不会惊动身边的那个人？他不清楚，直到现在他还不相信身边真的会有人是内奸。

进入小镇后他们选了一栋别墅住下。山狼和平子出去买了足够的生活用品。进入别墅后他们换掉了所有的衣服，检查了所有装备，确认没有窃听器后才放下心来。

"你是不是太多疑了？"重拳问。

"不知道，总感觉哪里有些不对，但一直找不到原因。"山狼点上一支烟，"但愿是我多疑了，不过还是小心点儿为好。"

"除了M国人也没别人，只有他们能监视我们的行动。不过我倒是想不通他们到底有什么目的。"幽灵将拆散的武器重新组装。

"这里真无聊！队长干吗不让我们回去？"重拳躺在床上，"难道是给我们放假？"

"做梦吧！"幽灵将枪一一摆好，反问道，"我们现在有假期吗？"

"无事可做就是变相休假。"重拳打着哈欠，"哎，什么时候能不头晕？"

"等你安心静养的时候。"玛丽摸了摸他的头，"别动，护士姐姐给你检查身体。"

玛丽给他做了一番检查之后说道："没什么大事儿了。"

"除了重拳之外晚上轮值，不要随便外出，我去联系队长。"山狼站起身上楼。

这次山狼依然使用了安全通信频率，但这次他用的是视频通话。令他意外的是出现在屏幕上的是信使而不是本·艾伦。

"山狼，我们正面临前所未有的危机，听完这个消息你要冷静。"信使面色凝重。

山狼没什么太大的反应，到现在黑血已经无数次面临危机，经过大风大浪的人往往在关键时刻能保证自己有一个沉稳的心态。

信使开口说道："半小时前接到消息，我们的另一队人马失踪了！"

"失踪了"，这三个字大大超出了山狼的预料。如果说一个人失踪他还能理解，但一队人马失踪他就想不通了。每个黑血战士都是身经百战的精英，不管是谁想对他们中的任何一人下手都不是一件容易的事，而现在居然有一队人马失踪。

"什么时候？在哪里？都有谁？"山狼问了几个关键性的问题。

"他们在米洛斯迪尔的占领地附近活动，目的是收集相关情报，准备干掉这老家伙。最后一次联系是四小时前，当时一切正常，但之后的例行联系无应答。之前他们并没有进入任务状态，所以我们始终保持正常通讯。人员有弯刀、树妖、赌徒、巨人、飓风、军医、莽汉、烟鬼、水鬼、光速，几乎除了你们之外的所有人都在那边。"

事情比山狼想得要糟糕得多，但他又想到了一个问题，问道："当初确认名单的时候不是只有弯刀等几个人吗？怎么主力都去了那边？"

"先期只有弯刀、树妖、巨人和军医，后来我们截获了米洛斯迪尔出行的情报，他有军队护驾，队长觉得有下手机会，就把剩下的人都派过去了，没想到还没动手就出了事儿。"信使叹了口气，"对了，剃刀外出执行暗杀任务，所以不在那边。"

"嗯，队长呢？"山狼又问。

"他带着绅士、响雷、机械师以及四名新人赶往事发地点，半小时前出发的。他告诉我联系上你们之后让你们立即赶过去，那边需要帮手。护士团正在执行作战任务，抽不开身。稍后我会将事发地点的坐标传过去，你查收一下。"

"我们过去只能乘坐民用航班，到那边装备怎么解决？"山狼问。

"这件事队长会解决，到那边他会主动联系你们，不要太着急，尽快赶过去就是。"

"好，我们马上出发。"山狼点了点头就要中断通话。

"等等，你们的安全通信系统需要重置，之前的已经不安全了。"信使叫住他。

山狼一愣，"被入侵了？"

"是的，他们找到了防御漏洞，这次我使用了单方面加密，虽然暂时没什么问题，但我无法保证下次联系同样安全。"

"好吧，我收集一下其他人的安全通信设备，然后远程连接。"山狼点了点头。

"好，尽快，我不能完全保证这条线路的安全，所以还请抓紧时间！"

升级系统耗费了接近一个小时。重拳他们早已心急如焚，他们恨不得马上飞过去。升级系统之后信使叮嘱山狼，为了保证通信系统不被再次入侵，要尽量减少联系，最好不要主动联系任何人，队长会在必要的时候主动联系他们。

"好，知道了，我们这就出发。"结束通话之后山狼下楼，出门，上车。重拳他们早已做好了准备，汽车风驰电掣地直奔最近的机场。

"到底什么情况！怎么会突然失踪？"重拳坐在车上暴躁地嚷嚷道，"十几个大活人就这么消失了，这太不正常了！"

"不知道。"山狼靠在座椅上说道，"具体发生了什么没人知道。队长也得在数小时后才能到坦普亚，然后乘车前往事发地点。事发地是米洛斯迪尔的控制区，要穿越政府军的封锁线才能到，所以队长最快也要明天早上才能到。我们估计要明天下午或者晚上才能到。"

"我们的主力可都在那边，十几个人居然也能失踪，那说明他们遇到的麻烦不小。"狮鹫看着窗外颇为担忧地说道。

"什么情况能让他们连发信号的机会都没有？看来是遇到了大麻烦。"幽灵道。

山狼睁开眼睛，"这是黑血有史以来面临的最大的危机，我们不知道到底发生了什么，百分之六十以上的主力同时消失，不知道敌人是谁，不知道该从何入手，没有装备，没有后援，同时我们还受到不确定组织的监视，这是前所未有的窘境。"

"不确定组织？你直接说 M 国情报部门多省事儿。"重拳气愤地说道，"有什么好回避的，除了他们谁会有那么强大的监视能力？"

山狼皱着眉提醒重拳道："在没有确凿证据之前最好不要这么说，毕竟现在我们仍然处于合作阶段，注意自己的言行。"

"合作？除了提供装备外他们没给过一分钱，看似提供了情报，其实只是为他们做了清道夫，见不得人的脏活儿累活儿都是我们干的，我们打掉的几个毒枭帮他们减少了百分之十的毒品输入，干掉艾森·布劳恩至少帮他们减少了百分之十八的军火走私。他们给我们什么了？利用握手组织的情报做噱头逼我们去世界各地出生入死，他们却在一边看热闹，这算盘打得真到家。"重拳发起牢骚来就没完。

"重拳，注意你的言行。"山狼提高音量。重拳的话有道理，至少 M 国的情报机构的确是在用握手组织的情报来调动他们的积极性。

重拳一脸的无所谓，"反正我们中没人对 M 国有好感，再说如果他们真能监听到这些还好，就怕我浪费口舌之后他们根本就不知道我在说什么。"

"这不是好感的问题……"山狼想纠正重拳的观点，最终却说："嗯，你说得对！"

"居然不能带武器，这让我没安全感。"幽灵拔出自己的手枪丢到储物箱。

"没办法，这是民航，不能携带任何武器上飞机。"狮鹫卸下自己的防身武器。

到机场后他们又遇到一个难题，航班座位不够，他们必须分两批走，最终重拳和玛丽被抛下。因为重拳还在头晕，山狼让他留下等下一班飞机，玛丽留下照顾他。

"居然丢下我。"重拳看着通过安检的几个人干瞪眼。

"走吧，下一班要等六小时呢，你不打算在这里待六小时吧？"玛丽拉住他的手。

"如果多转几次机的话我们要晚多久赶上他们？"

"八小时，不对……"玛丽算了一下，"大概晚五小时吧，如果任何一个班次都不晚点的话。"

"那我们转机。"重拳看了看时间,"节省一个小时是一个小时。"

"你身体没问题?"玛丽有些担忧地问。

"当然,我健壮如牛。"重拳用力捶了捶胸膛。

"是一头有些脑震荡的牛。"玛丽白了他一眼,"我去看看还有没有机票。"

重拳在候机大厅找个空位坐下,他心急如焚,但受距离和航班的限制他又很无奈。

"究竟出了什么事?"他靠在椅背上望着天花板发呆。

这时两名警察向这边走来,重拳习惯地起身向反方向走去,走了没多远发现前面也出现了两名警察,他马上警觉起来。随即他发现警察是在查验一些旅客的证件,他的位置正处于两排座椅中间,前后都有警察,看来避无可避了,为了不引起怀疑他只好坐下。虽然他证件齐全,但他还是不喜欢和警察打交道。

警察陆续查验着旅客的证件,没多久就到了他跟前:"先生,请出示您的护照。"

重拳取出护照递过去,同时很配合地抬起头。警察翻看了护照后仔细地端详他的脸,反复几次,重拳觉得有点不妙。

"先生,请跟我来。"警察并没有将护照还给他,这时候另外两名警察也已经走到了跟前,四名警察将他围住。

"有什么问题吗?"重拳站起身,装作一脸迷茫地问。

"我们需要查验一下护照的真伪,请配合。"警察做了个请的手势。

"好吧。"重拳耸了耸肩。四个警察他并不放在眼里,他有信心五秒内将他们放倒,但他现在急于乘飞机离开,所以他不想惹麻烦。

重拳被带到了警卫室,等进去后他才发现,里面还有四名警察和几个正在接受盘查的旅客,全都是青壮年男子。

"请坐。"警察指了指座椅。

重拳坐下,但他发觉有点不对劲儿,屋里的人不再说话,全都看着他,他一下警觉起来。旁边的警察用安慰的口吻说:"先生,别紧张,我们只是核对一下……"话还没说完警察突然抓住他的胳膊,几乎同时几个警察和旅客全都扑了上来。

重拳瞬间明白了这是个圈套，骗他到这里来是为了抓住他。他猛一缩身瞬间钻到了桌子底下，扑上来的人全都挤在了一起。这时重拳的一条胳膊还在那名警察手里握着，他在桌子下面一转身，双腿猛蹬刚才坐着的座椅，四五个挤在一起的人全都被蹬了出去翻倒在地，同时重拳的胳膊也抽了回来，借着蹬力身体从桌子另一侧滑了出来。没等他站起身，附近的两名警察同时扑过来，结果重拳双手在墙壁上用力一推，人又滑回了桌子下。一名警察冲上来就要把他拉出来，结果脸上结实地挨了一脚，整个人飞起来撞在了墙上昏死过去。重拳又从桌子下钻出来时，警察们已经拔出手枪对准了他，他们明白了这个人用体力对付不了。

"不许动！"五名警察三名乘客全都拔出手枪。那几个乘客果然是便衣，装成乘客就是为了对付他。这是一个设计好的局，大厅里警察查护照就是为了迷惑他，将他骗到这里。重拳看了看门，又看了看六七把手枪，他只能举起双手。

一名警察取出手铐丢过去，"自己戴上，别耍花样儿！"重拳照做，警察们这才松了口气，但枪还是没放下，直到上来两人将他按住后才收起枪。

"布恩先生（重拳护照上的名字），您涉嫌近期的一次发生在临镇的武装冲突，现在正式拘捕你。"一名警察对重拳说道。

"罗卡的鼻梁骨断了。"一名正在给昏迷的警察检查伤势的便衣惊呼。

"再加一条罪名，袭警！"警察转头对重拳说道。

重拳看都不看他一眼，面无表情地低着头。"突袭城堡的行动中所有人都戴着面具，应该不会暴露身份，那又是从哪里走漏的消息呢？"重拳在心里盘算。

"坏消息，那个女的跑了。"一名警察推门进来。

重拳心里一松，总算玛丽没被抓住。

"这个人怎么办？"有人指着重拳问，"要不要在这里先审审？"

"算了，带回总部，等反恐局的人来了交给他们，这种事不归我们管。"一名看似头目的警察说道，"叫巴恩斯和康斯来，这家伙不好对付，我们小心点儿。"

09 危机重重

没多久两个身高体壮的警察走进来，其中一个足有两米高，一身警察制服遮不住他小山一般的肌肉。

"罗卡怎么了？"其中一个壮汉看着躺在地上的警察问。

"被这小子踢断了鼻梁骨，重度昏迷。"

"一群笨蛋，你们怎么没叫我过来？"壮汉撇着嘴说道。

"没想到这家伙这么难对付。"警察头头耸了耸肩。

按着重拳的警察道："老实点儿！巴恩斯可是两届欧洲拳击冠军，他一拳能把你砸到地下去，康斯是我们的脚力冠军，不想受苦的话就乖乖听话。"重拳抬头看着比自己高了近一头的巴恩斯没说话，事实上从进屋到现在他没说一句话。

"跟我走，瘦猴子。"巴恩斯伸出蒲扇般的大手抓住重拳的胳膊。

重拳被两个壮汉押着出了机场上了辆面包车，两名壮汉将他夹在中间，巴恩斯将重拳的包放在一边，然后敲了敲前面的窗户对司机道："我们走。"

重拳被戴上手铐押上车。他闭上眼睛，开始分析目前的状况。

看得出警察的行动非常有针对性，应该得到了准确情报。从山狼他们能安全登机上判断，警察得到情报的时间应该很短，自己被俘是因为错过了上一班航班。而且警察肯定有他们几人的面部图像，否则不可能这么快锁定自己。知道他们行踪的只有M国情报机构，因为M国人一直在监视他们，阿伦德尔通过专业的设备可以轻易获得他们的行踪。只是重拳不明白M国人为什么要这么做，目的何在。目前掌握的信息太少，无法进行准确的判断。现在重拳最担心的就是山狼他们，既然这边已经得到了准确的消息，那么山狼他们下飞机时也有可能遭到警方的抓捕。必须立即脱身，设法通知他们。

重拳闭着眼睛盘算着脱身之计。他的手被铐在前面，这些警察很有经验，因为铐在后面重拳的双手会离开他们的视野，而两名壮实的警察又紧紧地抓着重拳的胳膊，这样重拳就没机会耍花样儿了，甚至连动一下都很困难。

一阵喇叭声把重拳从沉思中拉回到现实。喇叭声很急，好像后面有车辆要超过去，但被警车挡住了，所以狂按喇叭。重拳睁开眼睛，机会来了！

"嘿！这是警车！"开车的警察吼道，"今天怎么遇到了敢和警察叫板的疯子？"

"要不是要押这小子，我肯定扣了这混蛋的驾照。"康斯看向后面的黑色轿车道。

"说不定他真有急事。"巴恩斯也转过头向那边看。

"甭管什么急事，敢和警车叫板的我还是第一次见，他以为他是总统吗？"康斯对着前面开车的警察喊道，"不要给他让路，我倒要看看他能怎么样！"

"我就没想让！"开车的警察故意放慢速度挡住车道，"有种儿撞我啊，来啊！"

"别玩儿了，快回警局交差。"巴恩斯道，"我们车上的可是要犯。"

"你们回不去了。"重拳突然开口说道。

"什么？"康斯莫名其妙地看着他，"你说什么鬼话？"

"你们听。"重拳侧着耳朵听着喇叭声。"没什么？"重拳一脸无所谓的表情。

"你敢耍我？"巴恩斯大怒，挥拳要打重拳。

但在这时，后面的汽车猛地加速一下撞到了警车的车尾，开车的警察习惯性地急刹车，车身一阵猛晃，后面几个人一下被甩离了座椅。重拳猛地摇晃肩膀挣脱两人的手，一个肘击打在了巴恩斯的下巴上，这个两米多高的壮汉直接就昏死过去，重拳用力太大，直接将他的下巴打掉，鼎鼎大名的拳王连还手的机会都没有就被打晕了。康斯还没弄清发生了什么，他的注意力还集中在车辆追尾上，等他转过头时巴恩斯已被打倒，重拳的双掌已经打在了他的下巴上，他整个人瞬间飞了出去，后脑将后车窗玻璃撞得粉碎，半截身子也跟着飞出了窗外，整个人卡在窗户上昏死了过去。重拳发现开车的警察被吓得直哆嗦，也就没理他。从巴恩斯身上找到钥匙打开手铐，拎起自己的背包下车。此时玛丽已经从后面的车上下来。

"来得是时候！"重拳一边抖落背包上的碎玻璃一边问道，"哪儿来的车？偷的？"

"没办法，我们之前的车被警察拖走了。"玛丽从晕倒的警察身上搜出一把格洛克 17 手枪和两个弹夹，"我们现在是全国通缉犯，所以要尽快离开这里。"

"我们的枪都没了。"重拳赶紧上车把巴恩斯和康斯的手枪和弹药搜出来。"走，这里不宜久留。"他看了看四周，附近的人虽然不多，但估计已经有人报警。

没多久他们又搞了一辆车上了高速公路向北部进发，很快他们就从收音机上听到了关于自己的通缉令，他们被描述成了袭击城堡的恐怖分子。

"该死，居然把我们说成恐怖分子。"重拳骂道。

"现在城堡的主人居然成了受害者，真不知道他们是怎么掩盖的。"玛丽也很纳闷，"看来萨迪曼的手段真不一般，居然可以摆平这件事，把责任归在我们身上。"

"现在咱们被全国通缉，肯定会四处设卡，我们得伪装一下。"重拳道。

"你可以直接把伪装卸掉，保证没人认得出，换本护照就是了。"玛丽说道。

他们现在用的护照是到这里后摩根伪造的，而他们来时带了马丁伪造的另一套护照也是伪造的真护照。之所以说是真护照是因为能在该国出入境系统上查到。

"问题出在哪儿呢？"重拳思考着。他认为嫌疑最大的就是阿伦德尔，但他找不出阿伦德尔出卖自己的理由。虽然他对 M 国情报机构并无好感，但现在的确如山狼所说，双方处于合作阶段，而 M 国情报机构暂时还没必要将他们抛出去，至少现在他们还有用。

"没有证据前不要胡乱猜测，那会影响你的判断力。"玛丽仿佛看出了他的心思。

"嗯。"重拳点点头。他去除了脸上的伪装，肤色、发色、瞳孔色变回了原样。

玛丽做了针对性的化装，两人大变样了。当晚他们在一片树林里露营。重拳联系了信使，说了这边遇到的情况，信使也是一头雾水，搞不清问题到底出在什么地方。更让人担心的是山狼他们一直联系不上，不知道在下飞机后会不会出问题。

直到第二天他们才联系上山狼。奇怪的是山狼他们下飞机后没遇到什么问题。重拳和玛丽的遭遇山狼也是一头雾水。

"我们只能走其他途径过去了，可能要晚很多。"重拳无奈地说道。

"没关系，在保证安全的前提下尽快赶来，我们在坦普亚会合。注意自己的行踪，我们现在在哪里都不安全。"山狼又叮嘱了一番才结束了通话。

重拳和玛丽用了两天时间才穿越了边境，赶到坦普亚的时候已经是几天之后了。他们穿越政府军的防区前往事发地，直到和接应的平子会合后重拳才算是多少放了心。和山狼他们会合的时候已经整整晚了三天。

他们的停留地是一片山林，几个帐篷就是他们的营地，营地里只有山狼和幽灵在。

"还没有消息吗？"重拳问山狼。

"没有，队长出去探听消息，到现在还没回来，已经两天了。"山狼有些担忧，"太奇怪了，我们查不到任何线索。弯刀他们消失的最后坐标点离这里不到五公里，但我们几乎搜遍了整片林子也找不到任何有价值的线索。"

"不可能吧？"重拳挠了挠头，"幽灵也找不到痕迹？"

"根本就没有痕迹。"幽灵道，"对了，有山羊和牧羊人的脚印，但已经很模糊了，那附近有个村子，应该是村里人留下的。"

"附近到处都是米洛斯迪尔的叛军，这是我们更换的第三个营地。"山狼指着地图上的一个位置，"弯刀他们的信号就是在这里消失的，离叛军的一个营地很近。"

"把衣服换上。"平子拿来两套丛林作战服，"我们现在没有后援，所以一切从简，没有防红外作战服，没有防弹衣，没有夜视仪，没有单兵食品，什么都没有。"

"那我们有什么？"重拳脱掉自己的登山装开始换衣服。

"五成新的 AK-47 和老掉牙的手枪。"幽灵从屁股底下的木箱里取出两支 AK-47 和两支马卡洛夫手枪。

"这枪的年纪快赶上我爷爷了。"重拳拿起老旧的马卡洛夫手枪无奈地说道。

"对，还没有消音器。"幽灵拿出一个矿泉水瓶做的消音器放在桌子上，"自制产品，效果一般，用的时候有点儿麻烦。"

"这次行动完全是靠自己，没有马丁的帮助装备将大打折扣。"山狼拿出两个民用对讲机，"这是战乱国家，我们找不到合适的军火商，所以只能用这些装备，GPS设备还没运到，要知道在这鬼地方除了AK-47外买任何东西很难。"

"不是有随身电脑吗？那玩意儿能连接GPS，抗干扰能力也强。"重拳道。

"不能用，已经不安全了，我们的系统很可能已经被入侵，所有随身电脑已经剥离了所有的远程功能，只保留了电子地图，连GPS都不能用了，那可能会暴露我们的行踪。"山狼揉着太阳穴，"所以我们遇到的麻烦可能比预计更大。"

重拳一愣，"被入侵了？信使可没说这事儿。"

"在你进入这个国家之后，信使就用他的权限关闭了你随身电脑上的大部分功能，直至你和芙蓉会合，就连通信功能都被他关闭了，目的就是为了让追踪者无法通过我们的随身设备确定我们的位置。"

重拳取出随身电脑丢在桌子上，"那这东西还有什么用？"

"所以我们已经不需要这东西了。"山狼将电脑拿起来丢进身后的火堆。

"没了高科技我们一样是战士。"幽灵拍了拍AK-47，"这可是老伙计，合作愉快。"

"好！晚上吃什么？"重拳干脆不再去想这些，反正事已至此想也不解决问题。

"野猪肉！"幽灵取出一大块野猪肉架在火堆上，"本次行动在某种意义上让我们重新体验了一次纯正的野外生存训练。"

"吃饱喝足！晚上向南部进发，那边是叛军控制区，看看能不能找到什么有价值的线索。"山狼看看表，"还有两小时休息时间，大家抓紧时间干自己的事儿。"

重拳坐到火堆边检查自己的武器，这是他的习惯，"我们要搜索的面积有多大？"

"大概两百平方公里,希望他们还在附近。"山狼道。

"两百平方公里!"重拳一字一顿地说道,"这么大的面积要搜索到猴年马月啊?"

幽灵翻动着火堆上的野猪肉,"别忘了这里是叛军控制区,到处是叛军,所以搜索起来非常困难。我觉得弯刀他们多半是被叛军俘获了,或者……"他没说下去,重拳也明白他的意思。弯刀他们被俘或被杀的可能性各占百分之五十,在没得到确切消息前他们不能放弃。

"那和M国人的合作和我们受到监视的问题现在怎么解决?队长安排了吗?"

"队长已经顾不上那么多了,他的精力全在找人上,其他事务完全处于停滞状态,萨迪曼、握手组织,我们已经顾不上了。"幽灵拨弄着火堆道。

"这件事不彻底结局我们将永无宁日。"重拳从自己的旅行袋里取出水壶,"我们和握手就是你死我活,不干掉对方谁心里都不踏实,只是我们现在处于劣势。"

这时狮鹫提着一支SVD狙击步枪从外面进来,看了重拳一眼没理他,而是对玛丽点了点头,算是打了招呼。

"我不是透明的,你个重色轻友的家伙。"重拳抗议。

狮鹫放下枪坐到火堆旁,"这是信任,不是无视。"

"就他会说。"重拳从背包里取出一袋盐,"看我带了什么!"

"好东西。"幽灵大喜,"我带的盐已经不多了,没想到你会带这东西来。"

"我预见到会用得上。"重拳得意地说道。

"别听他的,路上我们也打过猎,这是用剩下的。"玛丽又开始揭他的老底儿。

"有盐就更美味了。"幽灵用刀切下一层烤熟的猪肉,"自己动手,吃不到别怪我。"

"最近的叛军离我们有多远?"重拳又问。

"五公里外就有一个叛军的营地。"狮鹫检查了一下自己的狙击步枪,"昨天晚上我潜进去搜索了一下,没发现什么有价值的东西。"

"没抓个活口问问？"

"这几天已经弄死了五个了，可什么都没问出来。"幽灵一边吃一边说道，"我们的搜索自北向南，一路过来什么都没找到。"

"村子里呢？"重拳切下一块肉递给旁边的玛丽。

"村里也搜索过了，还真找到点儿东西，是弯刀他们留下的。"幽灵从一边拿出一把已经变了形的生存力递给重拳。

"飓风的刀！"虽然刀的握把少了一半，刀刃上也出现了一个大缺口，但重拳还是一眼就认了出来，"这缺口是枪打的，他们经历过战斗。"

"是一个村民在离最后坐标两公里外的林子里捡的，但那里除了羊群留下的足迹外没发现其他东西，可能是牧羊人在某地捡到后随手丢在那里的。"幽灵分析道。

10　探察消息

情况变得有些混乱，一组人马消失得无影无踪，另一组人马却漫无目的地在丛林里乱转的同时还要面对大批叛军搜索队。虽然叛军不针对他们，但仍然是在冒险。

重拳发现他们好像没什么目的性，找人？找线索？就算弯刀他们还活着，最大的可能就是全部被俘。如果是这样，他们可能会被带到任何地方，也就是说他们应该已经不在这里了。现在他们能做的唯一的事情就是查找他们失踪的原因。

"叛军营地规划得很科学。"重拳研究着地图道。地图上标注了所有的叛军营地，这些营地完全控制了这一带所有的战略位置和制高点，任何一个营地遇袭都会在最短时间内得到其他营地的支援。

用久了电子地图的重拳一时间对纸质地图有些不适应，他总把地图当触屏在上面做放大或缩小的动作，不禁感叹自己的能力退化了。

"这种布局对我们很不利，只要我们暴露了就很难离开，敌人能在最短时间内完成对大部分地区的封锁。而且山地丛林地形没有合适的藏身地点，面对叛军的地毯式搜索撑不了多久。"狮鹫指着地图上几个标注了红点的营地说："这些是我们已经探察过的营地，全分布在弯刀他们最后坐标的附近。"他的手指继续向前延伸，"这是我们的搜索方向，从这里一直延伸到米洛斯迪尔的大本营——勇士军营，一个有两千名士兵的山谷营地，不提防守问题，光人数就是我们无法应付的。"

"在这种常年战争的国家，士兵都有丰富的战斗经验。"幽灵搓着脸，"所以我们不是去冒险，是去自杀，但最让人无奈的是这是我们必须走的一条路。"

"我们是不是应该先去这里？"重拳指着地图上的叛军大本营说，"如果弯刀他们被俘，很可能被押送到大本营审讯或者处死。"

"太危险了！队长的计划是尽量从外部确认弯刀他们是否在叛军大本营里。"幽灵在地图上比画着，"这里只有一条路能通向大本营，但大量叛军把守下很难通过，我们要进去就得翻过这些悬崖。这些悬崖有没有叛军不提，光路程就能把我们累死，到了大本营时我们的战斗力还剩多少？再看我们的破装备，潜入大本营的难度会很大。但如果我们能在外围找到线索就先不冒险进去，等订购的装备到达后再考虑是否到大本营去冒险。"

"后续装备？"重拳不太明白，"不是买不到合适的装备吗？"

"到这里之前，队长通过中间商订了批装备，但到达的过程很漫长，要经过几次转运，价格贵得离谱不说，能安全送达的可能性只有百分之三十。如果这批装备无法到达，又能确认弯刀他们的位置，我们也只能展开营救行动了。"狮鹫道。

重拳点头道："从你的话里我能听出，其实你们已经认定弯刀他们被叛军活捉了。"

"我们都希望他们还活着，这是最好的结果。"幽灵抹了抹嘴，"如果他们都死了，我们就不要冒险靠近叛军大本营了。别嫌我说话难听，事实如此。"

幽灵说得对，他们现在需要证实的是弯刀他们还活着，还有营救价值，如果他们都死了，他们就没必要在这里浪费时间。听起来很冷血，但这是事实。

众人陷入了沉默。他们现在要做的只有两件事，一个是确认弯刀他们还活着，然后设法去营救，另一个是确认他们已经死了，然后为他们复仇，就这么简单。

当晚他们向下一个搜索点进发，本·艾伦他们还是没回来，山狼很担心。现在他们缺乏远程通信设备，靠民用对讲机无法联系上数公里外的本·艾伦他们。

"没有远程通信设备太费劲了！"重拳抱怨道，"你们就没买一台远程

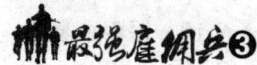

通信设备？"

"买了，用了一天就坏了。"幽灵道，"是不是我们已经倒霉到极点了？"

"队长他们知道我们的去向吗？"重拳低声问。

"他知道我们的搜索计划，完成那边的搜索后会赶来和我们会合。"山狼取出地图用布蒙住手电仔细看了看，修正了前进方向，没有定位设备他们只能靠地图。

下一个搜索点在七公里之外，那里有一座叛军军营，准确来说是个补给营地，储存着足量的燃油和弹药，驻扎着一个营的兵力，处在几个营地的防守核心位置。

山里的路并不好走，不时会遇到叛军的巡逻队。每支巡逻队大约都有二十人，分属不同营地。这种交叉线路巡逻的方式很有效，可以控制大部分区域，一旦有事可以迅速建立无数条防线，可以在大规模外敌入侵时给自己人提供预警，还可以困死小规模的入侵者。

没有夜视仪，一切只能靠双眼，现在正是幽灵大显身手的时候。他走在最前面，每次都能在巡逻队还在很远的地方时做出预警，给队伍的隐蔽争取充裕的时间。

走了不到两个小时他们就遇到了三支巡逻队，这让山狼很无奈，他们正穿越敌人的防线进入敌后的重兵防守地区，这是非常危险的，稍有不慎他们就会全军覆没。

"今天的巡逻队比之前都多，好像不太正常。"幽灵对着对讲机低声说道。

"这里接近叛军的补给站，防御应该很严密，只要我们谨慎前进不暴露行踪就不必担心。"山狼低声回复道。

"这些巡逻队太麻烦。"幽灵低声道，听得出他对这种缓慢的前进方式很不适应。

"稳住，我们不能冒进。"山狼叮嘱道。

"这些叛军设置的陷阱太没水准了。"没多久幽灵又开始发牢骚，"根本就没什么技术含量可言，还赶不上专业猎人。"

"他们布设陷阱的目的是阻挡潜入者的前进速度，简陋不要紧，他们的

10 探察消息

目的达到了。"玛丽分析道。

但在重拳看来幽灵并非不知道这些，他是在发泄自己烦躁的心情。山狼也看出了这一点，于是派重拳配合幽灵的行动，幽灵对这种配合很不屑一顾，"你最好跟得上我的速度。"

"只要你不坐飞机我就跟得上。"重拳跟着幽灵前进。他不必做太多事情，幽灵几乎可以干完所有的活儿，所以说他在配合幽灵的行动并不恰当。重拳就像个看着淘气孩子的大人，只要孩子做得不过火儿就不需要他做什么。

过了午夜他们才走了不到一半的路，一路上没遇到太多危险，但速度太慢了，直到凌晨四点他们才到目的地。幽灵和重拳去巡查周围的环境，山狼带着剩下的人开始选择营地。在这种到处都是巡逻队的地方不能搭帐篷，只好找了林子相对密的地方作为营地。半小时后幽灵和重拳返回，两人看了看这个宿营地，还算满意。

"这地方不错，在叛军巡逻线路旁边。"幽灵丢下自己的包。

"所以叛军才不会注意，最危险的地方也是最安全的地方。"平子从旁边的灌木丛里钻出来，"除了无法避雨一切都还不错。"这谁都清楚，但只有她说了出来。

"情况怎么样？"山狼问重拳。

"雷区、陷阱、叛军巡逻队，除了这些之外还算干净。"重拳抱着枪坐下。

"不错，防御很严密，有挑战性，看得出是经过专人设计的，没想到米洛斯迪尔手下还有几个懂行儿的人。"幽灵摸出块烤猪肉边吃边评价叛军的补给营地。

"选好进去的路线了吗？"山狼问。

幽灵道："我们要进去得费点儿力气，不对，是你们进去要费点儿力气，我不同，给我命令，今晚我去探察一下，带个活口出来。"

"来不及！你无法在天亮前返回。"山狼看了看天，"现在进去太冒险了。"

"我可以在里面待到天黑，放心，他们根本找不到我。"幽灵不在乎地说。

"幽灵，你是我们中最精明能干的，我们需要你的能力，所以你还是老实点儿好！"山狼把AK横在腿上，厉声说："我们已经有一大半人马消失了，剩下的每一个人都是无比重要的作战资源，我们已经再也无法承受损失了！或许我们是黑血最后的力量，如果我们再出事，那黑血就完了！所以我们要谨慎，再谨慎，为了黑血的将来，明白吗？臭小子！"

所有人都陷入了沉默。其实每个人都不知道黑血能否渡过这次危机。

幽灵忘了吃那块烤肉，过了很久他丢下手里的肉，说道："我不是个乐天派，但我尽量让别人看着轻松。我不知道即将面临什么样的局面，但日子还得过，别给自己太大的压力！任务要做，人要找，但要轻松点儿，兄弟们。"

算不上劝告或开导的一段话，可从幽灵嘴里说出来就完全不一样了。从一个丛林流浪儿走到今天，他似乎已经从地狱走向了天堂，但在别人眼里他的天堂依然是地狱，一个充满杀戮和恐惧的地狱，但在他看来，这已经足够了。他将在这条道路上走下去，他人生的意义就在于不停地战斗，战斗就是他存在的价值。他孤身一人，没有亲人，只有这些多年出生入死的伙伴。在别人看来这是悲凉的人生，但在他看来这是一种坦然和自在，是他生命的全部。

在重拳看来幽灵和黑血是一体的，不同于本·艾伦对黑血的感情，幽灵对黑血的感情是特殊的。如果没有了黑血，那幽灵可能不会加入任何组织，黑血要是没了，那幽灵的家也就没了。幽灵就是这样一个悲凉的勇士。

"睡吧。"山狼轻轻说道。

气氛沉闷得让人无法忍受，恍惚间重拳仿佛看到了黑血的结局，他仿佛看到了黑血所有的人都坐在一起，恐惧、开膛手……所有已经战死的人都在。所有人都不说话，然后本·艾伦笑了，接着所有人都跟着笑了，笑得非常坦然，跟着所有人都飘了起来，如同一群要奔向天堂的灵魂……

重拳发现自己居然不觉得奇怪，看着一大群人越飘越高。突然恐惧开口道："我们上不了天堂，杀了那么多人，都该下地狱。"

突然所有人都从空中掉落下来，直接没入地下……

重拳从噩梦中惊醒，天已经亮了，晨光透过树冠的缝隙照进来。此刻的景色是如此的美好，但他感觉现在看到的一切是梦境，因为刚才的梦境太真实了。

"早上好，小子。"山狼坐在一边跟他打着招呼。

重拳看了看表，发现才过去一个小时，"你没睡？"

"还不困，反正时间充裕，我们有一天的时间恢复体力。"山狼递给他一块烤猪肉，"这里不能生火，所以只能吃冷肉，幸亏你带了盐。"

"谢谢。"重拳接过来了一口，"今晚行动？"

"对。"山狼吃着肉说道，"白天充分休息，为晚上的行动做准备。记住，我们是来探察消息的，不是来劫营的，所以要谨慎，一旦暴露我们就只有死路一条。"

重拳点了点头又问道："之前叛军不断有人手失踪，就没有引起他们的警觉吗？"

"当然会，他们又不是傻瓜，不过除了巡逻队翻倍之外并没有其他措施。"山狼取出地图，"我们搜索过的这些营地叛军数量都不多，大多是预警营地，无法组织大规模行动，只要大本营不派人过来，他们就只能维持现状。"

一边的狮鹫分析道："从目前敌人的活动规律来看，他们对人员失踪并没有足够重视，应该和叛军中经常有人出逃有关。他们的军队都是抓来的，所以出现逃兵是很平常的事儿。"

山狼看着地图说道："交火区附近的村子全空了，听说是在战争开始前被叛军全屠杀了，因为他们担心这些村民会成为政府军的向导或者支持者。"

"米洛斯迪尔就是个恶魔！"重拳怒吼道。

"百分之九十的军阀都是恶魔。"山狼抬起头道。

"这个国家的军阀何止米洛斯迪尔一个？他们争斗不休，政府军武力围剿，倒霉的只有老百姓。"玛丽将水壶递给他，"速溶果汁。"

"待遇不错，让人羡慕。"山狼看着重拳。

"这是我的私藏，自己都没舍得喝呢。"玛丽扬了扬眉，刻意强调果汁的珍贵性。

"你们真是一对活宝。"山狼摇着头说道，"我一直在考虑这次行动把玛丽和平子带来会不会是一个错误的决定。"

"因为我和她的关系吗？"重拳抬起头，显然他对此不以为然。

山狼摇了摇头，"不光是，这次行动太冒险了，不应该让她们参与进来。"

重拳道："其实她们首先是战士然后才是女人。这不怪你，我们现在极度缺少人手，另外护士团的主力还没到，如果你觉得太冒险了不如通知她们不要过来。"

"已经通知过了，她们不会到这里来。其实我还是信奉战争让女人走开这句话。"山狼收起地图又看了看表，"敌人的巡逻队该到了，隐蔽。"

几个人立即收起所有东西消除留下的痕迹，然后迅速消失在附近的林子里。

几分钟后一对叛军巡逻队出现在他们的视野中，十二个人，有一半是十七岁以下的孩子，清一色的老旧AK-47，军装并不规整，但目光锐利，仿佛什么都逃不过他们的眼睛。他们动作不快，没人说话，目光注视着能看到的一切。经过山狼他们停留地点的时候，一名队尾的叛军停了下来，他看着四周抽了抽鼻子。

"布尼姆，怎么了？"一个看似头领的叛军转过头问，说的是本地的一种土语，这种土语在附近几个国家通用，队伍中只有幽灵和狮鹫能听懂。

"我好像闻到了烤肉的味道。"布尼姆皱着眉说道。

叛军一阵哄笑，头目无奈地摇头："看来玉米饼和杂菜汤已经不能满足布尼姆了。"

"我没开玩笑。"布尼姆继续看着四周，"是烤猪肉的味道，另外还有女人味儿！"

"哦，布尼姆到了青春期了。"有人开始调侃起来。

头目学着布尼姆的样子嗅了嗅，但什么都没闻到，开口道："布尼姆，政府军的宗教信仰不允许他们吃猪肉，另外政府军中没有女兵，所以你的发现不合逻辑，我怀疑你的鼻子有问题。如果不想回去挨鞭子就不要胡闹，我不想因为你的鼻子而遭受队长的处罚。"

"对不起，头儿，我弄错了。"布尼姆赶紧承认错误。

"好了，我们走。"说完头目扛起 AK-47 继续前进。

布尼姆回头看着眼前的林子又抽了抽鼻子，过了许久他才摇了摇头低声说道："应该没错。"然后紧跑了几步跟上队伍走了。

"好险。"听了狮鹫的翻译山狼的心一下揪了起来。

"狗鼻子！"重拳蹲在树上看着远去的巡逻队，"和幽灵有一拼。"

"声明一下，我们没用任何化妆品。"平子强调。

"我知道。"山狼也抽了抽鼻子，结果什么都没发现。

重拳将烤猪肉外面加了几层包装，"看你还能不能闻到！"

"离开这儿！"山狼取出地图，"在下一支巡逻队到达前我们必须更换藏身地。"

玛丽看着树木道："林木密度不够，高度不够，地表植被密度和高度也不够。"

"离叛军巡逻线路远些就行。"山狼在地图上画了几个圈儿，"去这些地方看看。"

狮鹫看了看地图，"那里会不会离补给营地太近了？"

"至少远离叛军的巡逻路线，叛军不会想到有人在他们眼皮底下活动。"山狼道。

"有点儿冒险。"重拳道，"你这圈儿画得一半在雷区里。"

"雷区？很好！"山狼点了点头。

一小时后几人出现在雷区附近。这里树木相对高大，但地面开阔。看得出这雷区有些年头儿，到处长满杂草不说，很多地雷经过长期雨水冲刷已经露出了地表。

"你打算怎么办？"谁也不知道山狼葫芦里卖的什么药。

"做个鸟巢！"山狼观察着雷区说道，"有没有人反对？"

"好主意，这个我喜欢。"幽灵笑了。

"在雷区上面？"重拳看着附近的大树问。

"对，而且是更靠里一点儿。"山狼一脸认真地说道。

山狼选了一棵树开始往上爬，很快爬上了树冠，然后经过几次跳跃，到了相邻树冠之后慢慢向雷区深处靠近。这里绝对没有叛军靠近。

"绳子不够了，只能毁掉帐篷了。"重拳跟上来说道。

山狼嘱咐道："留下一部分做底。"然后选了几株临近的树冠开始作业。

"知道了。"重拳拔出刀开始裁剪帐篷。

一个小时后，一个隐藏在树冠里的藏身地落成，虽然不大，但容纳六七个人还是不成问题的。帐篷的顶被重拳留下在上面做了个棚，上面绑了树枝之后，既隐蔽又遮风挡雨。

"感觉不错，可以踏实睡觉了。"山狼对这个简易树屋相当满意。

"我就不信在这里吃东西味道还能被闻到。"幽灵取出烤猪肉大胆地吃了起来。

"别弄掉东西触发地雷。"山狼提醒大家，"万一引来叛军这帐篷就白搭了。"

"放心吧，这个我心里还是有数儿的。"幽灵毫不在乎地说道，"这里是雷区，但我们还不至于白痴到这个地步吧？"

这个地方果然不错，叛军的巡逻线路还有一段距离，所以可以说是个相对安全的地方。一个白天他们得到了充分的休息。

当晚，就在他们准备行动前，本·艾伦终于带着绅士、响雷、机械师和两名新人赶到。

"少了两个人？"重拳看着他们背后的几个人说道。

"去接货了，我们的装备会在三天内到达。"响雷道。

树顶的藏身地容不下这么多人，他们只能在雷区边上找了块地方做临时落脚点。

"有什么发现？"山狼问本·艾伦。

"没有，一切都正常得不能再正常，叛军仿佛根本不知道最近有人被俘或者遇难。"本·艾伦阴着脸，"如果我们还没发现线索，就只能去他们的大本营了。"

"既然叛军都不知道这件事，那有没有可能弯刀他们根本就没在这里？"山狼又问。

"我怀疑事情没那么简单，他们在大本营的可能性超过百分之五十。我现在奇怪的就是为什么事发地点附近的军营没有任何人知道这件事。我现

10 探察消息

在要确认的就是他们在里面是活着还是死了，这决定着我们下面的行动。"本·艾伦揉着太阳穴，看得出他非常疲惫。

山狼真不知道万一弯刀他们真的全军覆没本·艾伦会变成什么样，他不敢想。

"查完这个补给营地我们直接去他们的大本营。"本·艾伦抬起头，"午夜行动！"

从他的话语中山狼能听出对于在补给营地中发现什么他根本不抱希望。

"我一个人进去就行，明天一早出来，你们等我消息。"幽灵叼着一根木棍说道。

"一个人太冒险了。"本·艾伦摇了摇头，"晚上我跟你进去。"

他这句话出乎了所有人的意料。重拳原本以为和幽灵进补给营地的应该是自己，可没想到多年不参战的队长居然要铤而走险。

"队长，还是我来吧，这种事儿不需要你亲自出马。"重拳赶紧阻拦。他看见幽灵的脸色并不好看，看得出幽灵怕本·艾伦变成拖累，但他又没法直说。

"怎么？看我是个老家伙？"本·艾伦笑了笑，"谁也别拦着我，这是我该做的。"然后他对幽灵道："放心，我不会拖慢你的速度。"

"但愿如此！"幽灵嘟囔着说道。

"你说什么？"原本已经转身准备离开的本·艾伦又回过头。

"一定不会。"幽灵赶紧改口。

"你小子，口不应心。"本·艾伦摇了摇头走了，"我要睡三个小时，不要打扰我。"

"山狼，你觉得队长行吗？"幽灵低声问道。

"我不做任何评论。"山狼摇了摇头，"但我觉得队长决定的事儿很难改变。"

三小时后本·艾伦准时醒来。幽灵已经做好了所有的准备工作，包括把两人的马卡洛夫手枪装上用矿泉水瓶制成的消音器。

"都准备好了。"幽灵将加了消音器之后变得怪模怪样的手枪递给本·艾伦。

本·艾伦掂了掂手里的枪不由得感叹道:"没想到我们黑血居然沦落到这种地步。"

"就算没有枪,我也一样杀人。"幽灵倒是觉得无所谓,他对本·艾伦的感叹并不理解。

"你是个乐天派,不是因为你的外在,而是因为你的心态。"本·艾伦拍了拍他的肩,"走吧。"

"带不带长枪?"幽灵问。其实他们没有消音器,所以带 AK-47 进去唯一的作用就是在暴露后多一把火力较大的武器,但这东西在军营里随处可见,夺取或者偷起来非常方便。

这次行动幽灵虽然是主要作战力量,但本·艾伦才是有决定权的人。让幽灵意外的是,本·艾伦的话说得很到位,"如果你觉得有必要我们就带着,这方面你更在行儿,我不发表什么见解,一切听你的。"

这倒是让幽灵有些犯难,不是因为带不带枪的问题,而是他对做主有些不适应。他想了想,"还是不带吧。"

"好。"本·艾伦点了点头,"那就不带。"

两人收拾好东西,用幽灵收集的木炭灰涂满了脸,然后悄无声息地离开了临时营地向叛军的补给营地摸了过去。

天很黑,没有月亮,只有漫天星斗,因为缺乏夜视设备两人走得很小心。为了照顾本·艾伦幽灵故意放慢速度,显然本·艾伦发现了这一点,他打手语告诉幽灵他能跟上,幽灵点了点头,但速度并没有变化。本·艾伦无奈,看来这小子真把自己当老家伙对待了。

前面是雷区,两人观察后沿着叛军巡逻队的路线轻松通过。经过白天的观察,幽灵已经完全掌握这一带的情况,巡逻队的巡逻间隔、暗哨位置、雷区面积等都牢记于心。穿过雷区前面是一片树林,叛军在这里布置了大量暗哨。两人走走停停,用了近二十分钟就安全穿过了暗哨封锁区。

在他们准备继续前进时,身后林子中灯光一闪,一队车辆疾驶着直奔营地大门。车辆经过的瞬间,本·艾伦和幽灵同时发现车里坐着几个白人。在非洲的战乱国家白人并不多见。

幽灵看了看本·艾伦,本·艾伦摇了摇头,看来他也不清楚这些人来

10 探察消息

这里的目的。两人继续前进,穿过树林前方不远处就是营地外墙了,准确来说应该是双重铁丝网和木质围墙。

幽灵蹲在地上仔细观察了一阵,指着他们和外墙中间的草丛告诉本·艾伦哪些地方有敌人暗哨,然后带着他左转右转足足走了半小时才到了营地外墙的下面。幽灵让本·艾伦等在外面,自己先钻过铁丝网爬上木质的外墙,过了十分钟,幽灵终于发出信号让他跟上。

穿铁丝网,翻墙,这些本·艾伦做起来还不算费力,幽灵正在里面的草丛里等他,见他下来后幽灵指着草丛打手语道:"雷区,跟着我的脚印走。"

二十几米外是一排木制营房,只有靠近营地中间位置的一片区域有灯光。两人一前一后向营房摸去。营房里没人,只有一些杂物。幽灵让本·艾伦等一下,然后独自离开了,一会儿他带了一套叛军的军装回来让本·艾伦换上,他自己已经穿了一套在身上。

两人沿着一侧的营房往里走。很快他们就发现这个营地里的人远比他们估计的要少,很多营房都是空的,他们甚至连一个可以下手的敌人都没找到。

避开巡逻队两人很快接近了叛军的仓库,这里站岗的敌人不少。幽灵四处看了看,用手语对本·艾伦道:"去营部还是抓个活口就走?"本·艾伦思索了一下还是决定去营部。

确定了目标后在躲避巡逻哨时幽灵钻进了军火库,顺手牵羊偷了几件武器出来。这些叛军太穷了,没什么像样儿的东西,幽灵只从里面带出一把半新的 92F 和一把 M1911A1。

叛军的营部是一栋独立的营房,把守得很严,附近还都架着探照灯。两人转到营房的后面靠在木质的墙壁上听着里面的动静。里面很热闹,本·艾伦趴在墙壁的缝隙上向里张望,发现屋里人不少,三名白人和两名黑人正在交谈。

只听一名黑人说道:"可以,但必须给我们更多的优惠。"

"细节问题以后谈,今天我们先确定合作的初步框架。"一个年轻的白人道。

"我们不缺钻石,总统同意的价格我无权改变,但我们希望以这样的价格换取更多的东西。"黑人拿起桌上崭新的 M16，"我想你们清楚，在这里 AK 更受欢迎。"

从谈话内容上不难判断这些白人是军火商。战乱国家是军火商的天堂，他们将大批武器源源不断地运入战乱地区，给军阀甚至政府军提供大批武器弹药来互相屠杀，而他们用武器换取高价钻石出去抛售，这些钻石被称为"血钻"。

"这些 M16 是赠品，送给你们试用，如果喜欢随时可以订货，这次我们只带来了十支。"白人取出一个金属箱放在桌上，"这是见面礼。"

黑人军官打开箱子，一支金色的沙漠之鹰手枪露了出来。

"虽然不是纯金的，但的确独一无二。"白人笑了笑，很直接地说道："我们的目的是订货量增加百分之二十，价格不变。"

黑人军官把玩儿着沙漠之鹰道："增加订货量有难度，在价格上你们要让步。"

另一个白人说道："价格不能变，但我们可以送些赠品，让你在总统面前有交代。"

"那要看赠品是什么了。"黑人军官拿起沙漠之鹰，"这不算赠品，只是礼物。"

"好！只要达成协议，我们可以谈谈赠品的细节。"白人取出一瓶酒，"边喝边聊？"

几个人继续谈起交易细节。就在本·艾伦准备离开时，他突然在一名军火商背后的墙壁上发现了很多杂乱无章的符号，像是有人闲着无聊用指甲随意刻出来的痕迹。本·艾伦一愣，他仔细看了看。很多符号都被挡住了，只露出一部分。他叫来幽灵，让他看了看。幽灵完全证实了他的想法，是弯刀的特殊符号！因为一部分挡住了，所以看不出刻的是什么。

这种符号是黑血内部的联络暗语，大多用于遇到危险来不及发出警告时，或者紧急撤离无法通知其他人时，标明自己的去向或者遇到的危险。

弯刀来过这里！本·艾伦深吸了一口气，这次进入这个营地总算是没白来。现在他们唯一能做的就是等机会进去看看弯刀到底留下了什么样的线索。

10 探察消息

屋里的人谈论得很激烈,两人对他们的谈话已经不感兴趣,他们找了个相对安全的地方一边监视营部的动静一边休息。

直到深夜里面的人才离开。两人立即分头行动,幽灵负责跟踪那个头目,而本·艾伦设法进入营房查看弯刀留下的痕迹。

营房正面有固定哨把守,侧面有巡逻哨持枪走动。本·艾伦趁着哨兵点烟的机会从暗处跑出来躲到了营部后面的黑暗中。等哨兵转身向前走时他又出来沿着墙角来到窗下直接翻进去。外面探照灯很亮,所以屋里不黑。本·艾伦轻声来到墙边,仔细看上面的痕迹。

痕迹刻得很仓促,很凌乱,很多符号距离比较远,像小孩子的涂鸦。大致内容是:我们全部被俘,这是个圈套,危险,勿近,弯刀。日期正是弯刀他们消失那天,也就是说他们曾经被带到这里,进入过这个房间,所以弯刀才有机会留下痕迹。从凌乱的痕迹上看,当时他很仓促,或者是背对着墙壁,所以符号才较为混乱。

既然确定是被俘了,那么他们活着的可能性就很大,也就是说这个营地里肯定有人知道他们的去向,最有可能知道详情的就是那名军官。

"幽灵,抓活的!我们要知道更多消息。"本·艾伦有些激动。

"明天这里的人看不到他肯定会引起警觉,这不是个好办法。"幽灵低声回复道。

"管不了那么多了,我们现在迫切需要知道弯刀他们的下落。"本·艾伦一边回答一边翻找桌上的文件,希望可以发现一些有价值的线索。

"好,我知道了。他们在吃东西,一会儿在那些空闲的仓库里集合。"幽灵道。

本·艾伦翻阅着文件,发现没有任何与弯刀他们有关的情报,他有些失望。抽屉里放着一些钻石和那把沙漠之鹰,眼下这些东西对本·艾伦毫无价值。他找了纸笔抄写了墙上的符号,然后将纸揣进怀里无声地离开营部,直奔和幽灵约定的地点。他选了一间相对僻静的仓库作为审讯俘房的场所。

"幽灵,我到了,位置632。"本·艾伦摁着对讲机低声说道。

"收到。"幽灵简单地回答。

对面屋子里，黑人军官正陪着几名白人吃饭，听得出他们已经达成了一致。幽灵离着屋子不远，所以大致能听到他们的对话。

"合作愉快。"黑人军官举着酒杯，"职责所在，不能陪你们畅饮，很抱歉。"

"上校客气。"

几个白人军火商很客套，频频举杯。喝到一半黑人军官叫来了几个黑人姑娘，这些姑娘很年轻，最多十六七岁，应该是从外面抢来的。

这一餐吃了足有一个多小时，几个人都喝得醉醺醺的。最后黑人军官命人将军火商和几个姑娘送到客房。黑人军官醉醺醺地往回走，从方向上看他好像是要去营部，幽灵躲在暗处远远跟着。进了营房军官独自一人坐在沙发上，把玩儿起那支沙漠之鹰手枪。他感觉很舒服，喝完酒后飘忽忽的，他将沙漠之鹰揣进怀里晃晃悠悠地向营房走去。营房离住所还有一段距离。黑人军官哼哼着小调往回走，在转过一排营房时他觉得后脑一阵剧痛，接着眼前发黑，然后就失去了知觉。

不知道过了多久，他从昏迷中醒来。睁开眼睛，发现附近很黑，接着他发现自己的嘴被封住，手脚被捆绑，整个人被扔在地上，脸贴在地上，很多尘土被吸进了鼻腔，但因为嘴被封着，所以咳不出来也无法打喷嚏，呛得他涕泪横流。

"醒了。"突然黑暗中有人低声说道。

黑人军官抬起头，发现了一个人影儿，太暗了，看不清那人的长相。此人正是本·艾伦。本·艾伦站起身拔出手枪对着黑人军官的两条大腿分别开了一枪，黑人军官疼得晕死过去。本·艾伦抬脚踩在他的伤口上用力碾压，军官很快醒了过来。本·艾伦不说话，而是又对着他开了两枪，这两枪直接将他的耳朵打没了。黑人军官痛苦地在地上闷哼，连打滚都不能，因为本·艾伦踩着他的大腿。

本·艾伦之所以出手如此狠辣，主要原因就是他没耐性也没时间，他要直达目的，他要让对方知道，说和不说都是要死的，只是受刑多少不同罢了。

"我知道你会说英语，所以你给我听好了，我需要你回答一些问题，如

10 探察消息

果你愿意合作就点点头。"本·艾伦瞪着黑人军官。

黑人军官猛点头，看得出他已经经受不住这种折磨了。

本·艾伦把黑人军官嘴上的胶带撕开一半，然后用枪顶着他的嘴，"别耍花样。"

黑人军官继续猛点头。

"姓名，职务。"本·艾伦低声问。

"兰姆，象山补给站负责人，上校。"军官含混地说道。

"这里有多少人？"

"一个营，但实际兵力不足三百，我们兵力不足，很多建制都是名字大人数少。"

"嗯。"本·艾伦点了点头，"前两天抓的那些外国人是什么身份？在哪儿？"

"外国人？"兰姆一愣，"你说的是那几个雇佣兵？"

听他这么一说，本·艾伦心里一喜，终于对上了，"回答问题！"本·艾伦厉声道。

"是总统卫队亲自进行的围捕，具体的不太清楚。我只从总统卫队的人那里听说那些人是雇佣兵，据说他们试图行刺我们的总统……"

"他们现在在哪儿？"本·艾伦继续问。

"在大本营，由总统卫队负责审讯和看管，应该还活着，在弄清他们的身份之前总统是不会杀他们的。"兰姆很合作。

"你们的总统是怎么知道他们要行刺他的？"

兰姆摇摇头，"这我不知道，只听总统卫队的人说总统得到了这方面的消息，所以才进行那次围捕。据说很成功，总统卫队没有任何伤亡就俘虏了那些雇佣兵。"

11　孤军深入

在敌营的一间废弃仓库里审讯敌人的指挥官，感觉很奇妙，也很不可思议。本·艾伦从没想过自己会干出这么鲁莽的事儿，可今天实实在在地干了，而且还是以这么残酷的手段。兰姆上校在酷刑下很听话地回答了本·艾伦的所有问题。

总统卫队直接负责行动，时间地点都拿捏得如此准确，这说明一个问题，有人泄露了弯刀他们的行踪，以至于米洛斯迪尔掌握了准确的情报，才导致弯刀他们被俘。那究竟是什么人泄露了消息？自己人中有内奸还是从其他渠道？或者，他们遭受了监视？本·艾伦能确定的是他们一直在遭受M国情报机构的监视，虽然过去一段时间双方一直貌似融洽地合作着，但M国情报机构对他们的监视却一直没停过。尽管马丁说这只是上层的例行公事，出于对黑血的不信任，但本·艾伦却隐隐觉得这并不是最主要的原因。

本·艾伦觉得脊背发凉，那个泄露消息的人竟能如此准确地掌握弯刀他们的行踪，那现在自己和手下人……他不敢想了，他不希望他们再出现弯刀他们遇到的情况，那样黑血就真完了。想到这儿，本·艾伦继续问："那些人的伤亡情况如何？"

"总统卫队撤离时在我这里稍作停留，我没看到伤员。总统卫队负责人在我的办公室对他们进行了审讯，但没得到什么有价值的东西。"兰姆的声音越来越弱。本·艾伦还以为是伤痛让他没了精神，但后来才发现有一枪伤到了他的腿动脉，看来这家伙不行了。本·艾伦立即选择了一些关键性问题，兰姆死前他必须知道更多情况，于是他询问了俘虏的样貌、人数等

11 孤军深入

关键信息，兰姆招认的完全和弯刀他们的情况吻合。通过进一步讯问本·艾伦了解到总统卫队是米洛斯迪尔手下的王牌，全都是从米洛斯迪尔家乡的军队中精挑细选出来的精兵强将，由米洛斯迪尔直接领导，接受外聘教官的专业训练，武器是米洛斯迪尔的军队中最好的，人数约两百人，全都经过战火的考验，年龄在二十五岁到三十五岁之间，全部是中尉以上军衔。除负责米洛斯迪尔的安全保卫外，还执行一些秘密任务，如监视米洛斯迪尔手下的将军和官员，暗杀叛逃者，行刺政府军官员等特种作战任务。

"有人来了！"在外面放哨的幽灵通过对讲机低声说道。

本·艾伦立即用膝盖压住他的背，用枪顶住他的脑门，"不想死就老实点儿。"

兰姆很听话，静静地躺在地上一声不吭。

"是巡逻队。"幽灵低声道，"有点不对劲，巡逻间隔时间不对，他们来早了。"

"会不会是他们发现了拉姆失踪？"本·艾伦皱了皱眉。

"不像，最高长官失踪肯定闹得比这凶。"幽灵伏在暗处盯着越来越近的巡逻队。

"准备撤离，这里不能久留。"本·艾伦皱了皱眉，他搞不清到底出了什么事，不过他清楚敌人早晚会发现兰姆失踪。

"这家伙怎么办？他可是不会当逃兵的，他消失了肯定会引起敌人的警觉。"

"我有办法。"本·艾伦简单地回答道。

巡逻队并没有什么目的性，只是例行公事地走了过去。直到他们离开幽灵才松了一口气，看来叛军并没有发现什么异常，是自己想多了。

"巡逻队走了，安全。"幽灵向本·艾伦报告。

"收到。"本·艾伦抬起压在兰姆背上的腿，"继续说！"

兰姆没反应，本·艾伦发现兰姆已经不行了。"该死！短命鬼。"本·艾伦骂道。

本·艾伦拖着尸体出了门对幽灵道，"处理掉血迹，我们走。"

幽灵进入仓库，将里面的血迹小心地掩盖起来，然后出了门去追本·艾伦。

本·艾伦将兰姆的尸体挂在雷区上方的树上，下面正对着一颗地雷，"走，离开这儿。"

"他怎么办？"幽灵看着尸体。

"这个你不用管，我有办法。"本·艾伦点上一支烟插进挂住兰姆的绳套，"用不了多久他就会被下面的地雷炸得粉身碎骨。他喝醉了，所以敌人不会发现异常。"

幽灵不得不佩服本·艾伦有办法，用地雷掩盖一切，敌人在短时间内是不会发现兰姆真正的死因。

"快走，在地雷爆炸之前我们最好远离这里。"本·艾伦看了看表，"离下一批巡逻队到达还有将近十分钟时间，足够用。"

两人翻过围墙，穿过铁丝网消失在夜幕之中，还没等他们穿过草地，营地里就响起了爆炸声，紧跟着警报声就跟着响了起来。幽灵和本·艾伦立即趴在地上，很快附近就有了异动，暗哨被惊动了，两个人缓慢地向前爬行。等敌人开始全营大搜捕时，两人已经进入了营地外面的丛林地带。

敌人大乱之后找到了被地雷炸得残缺不全的兰姆的尸体，最终得出的结论是这老兄喝醉了后误入雷区……

先是营地爆炸，然后警报响起，把在外围的山狼他们吓了一跳，还以为幽灵他们出了什么事儿，直到两人进入通信范围之后他们才放下心来。

"有什么发现？"山狼着急地问道。

"自己看。"本·艾伦将那张抄着弯刀符号的纸拍在他的怀里，"外围的敌人有什么异动吗？"

重拳摇了摇头，"没有，爆炸的时候巡逻队建立了警戒线，但没多久就取消了！"

"他们还真被俘了！"山狼看着弯刀的符号说道。

"米洛斯迪尔手下的总统卫队干的，他们是一支不可轻视的作战力量，如果要救他们就免不了和他们打交道。"本·艾伦将此行的发现原原本本地讲述了一遍，最后他说："到目前为止我们还没有得到他们死亡的消息。如果米洛斯迪尔要他们死，就不会费力将他们全部俘虏，就算他另有打算，弯刀他们还活着的可能性依然很大，所以我们必须抓紧时间把他们弄出来。"

11 孤军深入

"从得到的情况来看，这支总统卫队好像不太好对付，我们人手不足，装备有限，要深入米洛斯迪尔的大本营太难了。"山狼摇了摇头，"这件事我们必须从长计议，M 国人这么多年都没能干掉米洛斯迪尔，并不是他们无能，而是米洛斯迪尔太狡猾了。"

山狼说得没错，米洛斯迪尔可谓是 M 国人心中的一根刺。他支持针对 M 国的恐怖袭击，他给恐怖分子提供资金和避难场所，因此他才会被 M 国支持的现任政府军赶下台，跑到深山老林里避难。之后他更加痛恨 M 国，继续支持针对 M 国的恐怖袭击。所以 M 国一直想将他处之而后快，曾经组织了数次针对他的暗杀，结果全部以失败告终，就算动用了巡航导弹和无人机也没能将他炸死。

米洛斯迪尔的大本营地处深山老林，整个营地隐藏在密林和山脊之间，不管是卫星还是无人机都无法看到整个营地的具体位置，最多发现在营地周围活动的叛军。营地依山而建，一侧是悬崖，一侧是完全由米洛斯迪尔军队控制的该国第一大河流——绿水河。

进出营地只有两条路，一条是顺着河流漂流几公里后上岸，然后经过重兵把守的关卡前往营地的北端，另一条路是从他们现在的位置经过数道封锁线前往营地的南大门。不管哪条路都很难进入，在大批叛军严防死守之下，他们几乎没有可能悄无声息地进入米洛斯迪尔的大本营。

"我当然清楚这一点。"本·艾伦靠在树上，"所以我们才要想办法。"

"首先我们需要大量的现代化装备，至少能帮助我们发现远处的敌人，让我们能及时避开敌人的暗哨和搜索队，这能大大降低我们的心理压力和疲劳程度。"山狼低声说道。

"我联系了马丁，他已经答应给我们提供足够的装备。"本·艾伦淡淡地说道。

"马丁？你还信任他吗？"山狼道。所有人都吃惊地看着本·艾伦，毕竟 M 国人一直在监视他们。

"没什么信任，我们只是互相利用罢了，他们希望米洛斯迪尔死，我们却必须进入这个营地救人，所以我们各取所需。"本·艾伦有些无奈地说道，"得到他们的支持是需要付出代价的，我们除了这一身本事之外没有任何筹码。"

"既然是合作,那我们需要的装备就不能太随便了。"幽灵准备狮子大开口。

"放心,我会和马丁说的,如果不能提供最好的装备我们就无法干掉米洛斯迪尔。"本·艾伦站起身,"马丁明白我们需要什么样的装备。"

"那即将送来的装备是不是我们需要的?"重拳突然想起有两名新人已经出发。

"不,那是我之前高价购买的一批,不多,但足够用,虽然还达不到进入大本营的作战要求,至少能满足现阶段的防御需要。"

"我们缺乏必要的远程通信设备,我要离开两天。等马丁的装备到达至少需要一周时间,这段时间你们没必要都留在这里。"

山狼点了点头,"嗯,留下必要的侦察人员,其他人都到安全地带等消息。"

"我留下。"幽灵淡淡地说道。

"我也留下。"重拳站出来。

"还有我。"狮鹫在后面说道。

"嗯,有东方三剑客在,应该不会有问题。"山狼点了点头。

"好,留下所有补给品。"本·艾伦道,"你们留下的目的是监视叛军的动向,尽量靠近米洛斯迪尔的大本营,把那里的情况摸清,方便我们之后的行动。"

"这是个好地方。"幽灵伸了个懒腰,"不要补给品,把盐给我们留下就行,弹药我们自己会搞定,AK 这里满地都是。"

"一定要保证自己的安全,这是首要目的。"本·艾伦叮嘱道。

"这种地方我们肯定不会出任何问题,保证叛军不会发现任何踪迹。"幽灵自信满满地说道。如果这话是别人说出来的,本·艾伦可能会觉得他是在说大话,但幽灵说出来就不一样了。

"你们保重。"山狼拍了拍幽灵的肩膀。

"带点儿好东西回来。"幽灵看着大伙,"我们会沿途留下记号。"

"切记,以生存为首要目的。"本·艾伦再次叮嘱道。

"放心,我们会活下来的。"重拳点了点头,"快点儿回来,这里很无聊。"

本·艾伦道:"我会叫牧马人把接到的装备送一部分给你们,包括卫星通信设备、防弹衣、全套的山地作战装备，以及趁手的武器。"

"那太好了！不过，牧马人是谁？"幽灵问道。

"新加入的兄弟。"本·艾伦看了看表，"还是跟我们一起走吧，去接受装备。"

幽灵和重拳对视了一下又看了看狮鹫，见他们都没反对就点了点头，"也好，有足够的装备我们也不至于无法和你们联系。"

就这样一行人再次出发，他们要在天亮之前离开这片靠近补给营地的区域，这里的巡逻哨太多了，所以他们必须尽快离开。

次日清晨他们已经翻过了数公里外的山脊。白天他们原地休息，直到天黑才继续上路。当晚午夜他们到达了叛军控制的边缘地带，牧马人他们已经将装备运到。

"十个人的作战装备。"牧马人打开皮卡的后厢，"除了没有远程通讯设备之外其他东西都全了。"

"没有远程通信设备？"本·艾伦皱了皱眉。

"是的，中间人也不清楚为什么没有运到，他们把那部分钱退回来了。"

"见鬼！还有这种事儿？"本·艾伦颇为无奈地骂道。

"没关系，有枪就好。"幽灵拿起一支加了消音器的G36C。

"的确不错。"牧马人摇了摇头，"这些武器比市面上的价格贵了两倍多。"

"谁敢敲咱们的竹杠？"幽灵大怒。

"没关系，这事儿以后再说，至少我们拿到了趁手的武器。"本·艾伦摆了摆手。

"看来我只能选这个了。"重拳从下面翻出两个C-Mag弹鼓塞进自己的包，然后也拿起一支加了消音器的G36C。C-Mag弹鼓可在M16系列、斯太尔AUG系列、G36系列等武器上通用。

"火力支援就交给你了。"幽灵脱下衣服换上山地作战服。

"没问题。"重拳将UPS手枪塞进腿部的枪套。

狮鹫没得选，牧马人带来的狙击武器中只有一支SL9SD狙击步枪。虽然没得选，但这至少比他现在用的SVD狙击步枪好用得多。他简单调试了一下，然后选了相应的配套装备，包括狙击手背囊以及一支消音版的MP7

作为副武器。

"这次连顺手的军刀都没有。"幽灵翻出一把 M9 多用途刺刀丢给重拳，"将就用，没你的古罗马执政官好用。"

"有的用就行。"重拳拔出刀子试了试锋口，又插回去固定在左胸前，"再来一把！"

幽灵又甩了一把过去，重拳将这把刀固定在小腿上。重拳喜欢玩儿刀，长的短的都可以，虽然不到万不得已他不会动刀子。

"不如多带点儿弹药。"幽灵将大量的炸药塞进背囊，"这东西最实用。"

"我们是去侦察，你带那么多炸药干什么？"狮鹫一边整理自己的装备一边问。

"有备无患。"幽灵又将一支格洛克17塞进小腿的枪套，"放心，我不会负重太多的。"

"尽量减轻负重。"本·艾伦将一些单兵食品递给他们，"你们深入敌人控制区，至少要潜伏一周，我希望这段时间内你们不要主动招惹敌人，明白吗？"

"放心吧，我们心里有数儿。"幽灵试了试背囊，"还能再装点儿。"

"亲爱的，别忘了我在等着你。"玛丽一边帮重拳整理装备一边低声道。

"放心吧，我没事儿。"重拳握住玛丽的手，"好好照顾自己。"

幽灵拍着重拳的肩膀，"要不你留下吧，省得有人担心。"

"滚开，这儿没你事儿。"玛丽推开幽灵抱住重拳直接献吻。

重拳只是对幽灵挥了挥手让他走开，因为他的嘴正忙着呢。

幽灵走到一边对本·艾伦说道："不是我多嘴，让他留下是不错的选择。"

"在黑血，每个人都有自己选择去留的权利，我不会强迫任何人干自己不愿意干的事儿。"本·艾伦看着缠绵在一起的重拳和玛丽，"他们有自己的选择，也有自己的自由。"

"照顾好自己……"重拳推开玛丽，"下次见面的时候我不希望看见你变得憔悴。"

"这句话应该我说。"玛丽摸着重拳的脸，"照顾好自己。"

"去买一栋庄园吧，了结了这件事我就去找你。"重拳低声说道。

11 孤军深入

"真的？"玛丽颇为意外地看着重拳，她从没想过重拳会突然给出这种承诺。

"当然，这可不是开玩笑。"重拳摸着她的脸，"我是认真的，了结了这里的事情，我们去过二人世界。"

"好！"玛丽一脸温柔地看着他，"我等你，不过得等这件事了结之后，我可不想在这个时候当逃兵。"

重拳叹了口气，他最初的目的就是让玛丽脱离这次危险的行动，但从玛丽的态度上看，她恐怕不愿意在黑血最困难的时候选择退出。

"放心吧，小子，我们会好好照顾她。"本·艾伦拍了拍重拳的肩膀，"只要你愿意，随时都可以退出，没人会怪你。"

"对不起长官，我没打算退出。"重拳摇了摇头，"我不会在这个时候离开黑血。"

"好样的！"本·艾伦拍了拍他的肩膀，"你可以放心，我们会照顾好玛丽。"

"我可不需要照顾。"玛丽走到平子身边，"我们有能力照顾自己。"

重拳趴在本·艾伦耳边低声说道："不要再让玛丽回来，这是我唯一的请求。"

本·艾伦没有任何表情地点了点头，"好吧，我尽力，但别忘了，在黑血每个人都有自己选择的权利。"

"谢谢长官。"重拳提着枪走到狮鹫和幽灵身边，"可以出发了。"

"想好了？"狮鹫问。

"这有什么好想的。"重拳对狮鹫和幽灵摆头，"走！"

"队长，我们走了。"狮鹫冲本·艾伦点了点头。

三人很快消失在不远处的树林里。玛丽看着他们消失的背影无声地叹了口气。

本·艾伦转回身对其他人道："我们走。"

"去哪？"山狼问。

"还不知道，先找个能打电话的地方。"本·艾伦无奈地说道，"在这个国家，打电话都是一件奢侈的事情！"

在补给营地里，一个黑人正蹲在地上仔细检查着兰姆已经被炸得支离破碎的尸体。过了许久他站起身对不远处的一名白人说道："他在被炸碎之前就已经死了，死因是失血过多。"

白人把玩儿着那支已经被炸得变了形的金色沙漠之鹰，"还有其他发现吗？"

"左腿的腿骨是被打断的，而不是被炸断的，子弹直接命中了腿骨，另外肌肉上有弹孔，这和地雷弹片形成的创口完全不同，是手枪近距离射击造成的，9mm口径。"黑人规矩地站在一边低声说道。

"也就是说他并不是喝高了自己闯进雷区的。"白人还是不抬头。

"是的，另外这里离他的营房非常远，所以他没有任何理由或动机到这边来。"黑人分析道，"我已经让他们搜索这附近，希望能发现一些有价值的东西。"

"嗯。"白人点了点头，"帕斯，你长进了很多，越来越专业了。"

"谢谢教官。"黑人很谦逊地说道。

"这次我们来就是为了查清是否有敌人在附近活动。看来我们来得很是时候，总统得到的消息很准确。"白人将沙漠之鹰丢在地上，"放了那几个军火商，这件事和他们没关系，另外送他们去见总统，这次的军火采购很重要，我们必须保证能顺利进行。"

"是。"帕斯点了点头，"还有什么吩咐？"

"把我们的人编入营地的防御力量，排级以上所有职务都由我们的人接手。"

"这次我们只有十几个人，恐怕控制不了那么多人！"

白人无所谓地摇了摇头，"没关系，其实我们这十几个人对付入侵者已经足够了，敌人最多不超过十个，这里的士兵只是起辅助作用。"

"是，我这就去办。"帕斯点了点头。

白人看着远处被地雷炸得支离破碎的兰姆自言自语地说道："本·艾伦，你们的末日到了。"

"情况好像不太妙。"幽灵通过单兵电台低声说道。

"怎么了？"重拳问。

11 孤军深入

"巡逻队增加了一倍，他们好像是在找什么，难道我们暴露了？"幽灵通过望远镜看着远处的巡逻队说道。

"我们刚回来他们就发现问题？太快了吧，再说这路程还没到三分之一，他们的搜索范围不可能这么大，问题不在我们。"

"不一定，总觉得不太对劲。"幽灵看了看地图，"我们的位置不到之前深入的三分之一，这里非常接近叛军和政府军的交火线，叛军会严防死守。但之前的确没有这么多巡逻队，所以我们要先观察一下再决定是否通过。"

"那就先不动。"狮鹫低声道，"情况没摸清之前不要轻举妄动，我们这次要深入叛军控制区，必须谨慎，盲目行动会出乱子的，先观察情况。天也快亮了，我们等到晚上再行动，用一整天观察敌情。"

"也好。"重拳点了点头，"谨慎点儿没错。"

"既然你们都同意，那我反对也没用。"幽灵耸了耸肩，"好吧，我去找宿营地，这里还算安全，我们能好好休息一下。"

"叛军不会轻易越过防线行动，这边他们很少来。我只是奇怪他们为什么突然增加了人手？如果不是因为我们暴露了行踪的话……难道是政府军要发动进攻了？"重拳一边在地图上做着标记一边说道。

"应该不会。"狮鹫摇了摇头，"最近政府军没有大规模调动的迹象，他们在前线的那点儿军队防御虽然绰绰有余，但发动进攻就太勉强了。你别指望政府军能以多胜少，从政府军防线经过的时候我发现他们武器弹药严重不足，所以他们不会轻易开战的。"

"一群废物！"重拳摇了摇头，"连这种漏洞百出的防线居然都搞不定，我真不懂政府军到底是干什么吃的。"

"政府军不一定是正规军，这个国家的军人大多都是抱着扛枪吃粮的念头参军的，有些人连字都不识，顶多算是拿着枪的农民，你别指望他们有多强的战斗力。"

"那倒是，这种常年战乱的国家有多少人能有机会完成学业？"重拳抬起头，"我倒是很有兴趣见识一下他们的总统卫队，据说是外籍教官训练出来的。"

"外籍教官？"幽灵在耳机里说道，"有好老师还得有好学生，这是相互的，你不能指望有好老师就能教出好学生。算了，说这个没用，我在三点钟方向的山脊后面，你们过来。这里环境不错，视野开阔，还适合过夜。"

"我们马上过来。"重拳站起身看了看四周，"走。"

两人一前一后地赶往幽灵所在的位置，到了之后才发现这个地方真的很不错，几乎可以俯视整条叛军的防线。

"地方不错，今晚观察一下叛军的动向，希望不是冲着我们来的。"重拳坐在山脊上，"这可能是我们进入叛军控制区过得最安生的一个晚上。"

幽灵调试了一下夜视望远镜开始盯着叛军的动向。

当晚他们仔细观察了叛军的动向，叛军的确增加了人手，为了保险他们第二天晚上并没有出发，而是换了个地方继续观察叛军。直到第二天叛军的活动不再那么频繁之后他们才出发，三人很轻松地越过了叛军的防线。这次行动不需要搜索军营，只需要一路探察，寻找安全的路线，给后续部队留下线索。

一天后他们返回到补给站的外围，这里是前往大本营的必经之路。补给站的情况依然如初，没太大变化。

"死了个官也没引起他们的警觉！"重拳蹲在树上观察补给站方向的情况。

"估计是没弄清死因。"幽灵在地图上做着标记，他选择了几条备用路线，但没一条好走的。

"你别把我们当猴子。"狮鹫扫了眼地图，"你能通过的地方未必我们也能通过。"

"我已经在我的标准上降低了难度。"幽灵抬头看着狮鹫，"难道这也算有难度？"

"你觉得我和重拳翻过这两个悬崖的可能性有多大？"狮鹫指着地图道。

"有我在当然不是问题，我会先上去然后给你们放绳子。"幽灵耸了耸肩，"所以你们会很轻松。"

"希望你的选择是对的。"狮鹫摇了摇头。

"当然，这可是最顺的路。"幽灵指着地图，"这里敌人不会留太多人把守。"

"我们过去之后谁给队长他们放绳子？难道你要把绳索留在悬崖上？"狮鹫道。

"这……"幽灵皱了皱眉。的确,留下绳子是个不明智的做法,如果被敌人发现了会很麻烦。

"所以,你要照顾所有人,并不是只照顾我们两个。"狮鹫拍了拍他的肩膀,"除非你能想到更好的办法解决绳索的问题。"

"让我想想。"幽灵摸着下巴陷入了沉思。

"翻过山崖是我们唯一的选择,但是所有能通过的地方肯定都有政府军把守,显然难度非同一般。"狮鹫敲了敲麦克,"重拳,换岗。"

重拳从树上下来,摁住通话键道:"附近没有叛军活动。"

"嗯,知道了。"狮鹫转身钻进了林子。

"我们先去悬崖下面看看,根据实际情况决定。"重拳指着地图道,"叛军肯定在崖顶设有守军,我们必须小心。"

"肯定会有人,只是多少的问题。"幽灵思索着说道,"我们上去没有问题,只是这绳子该怎么处理?"

"晚上我们去看看再说。"重拳坐下取出一块巧克力塞进嘴里。

"不用等晚上,一会儿我们就过去看看。"幽灵看了看表,"如果动作够快我们能在两个小时之后到达第一个悬崖。"

重拳点了点头,然后摁着通话器低声道:"狮鹫,我们需要你的建议。"

"半小时后出发。"狮鹫淡淡地说道。

"好。"幽灵大喜。

"后面的路就是我们没有走过的了,必须小心。"狮鹫强调道。

"放心,有我在你们不会有危险的。"幽灵满不在乎地说道。

"我相信你,但希望你不要大意。"狮鹫抱怨道。

"肯定不会,我不会拿别人的命开玩笑。"幽灵很严肃地说道,"如果是我自己一人行动,现在应该已经在崖顶甚至更靠近大本营的地方。"

"别说得好像我们拖了你的后腿一样。"重拳白了他一眼。

"当然不是这个意思。"幽灵看着他,"我是说我自己行动会毫无顾忌,但和你们在一起就不同了。这是团队行动,不是我的单独表演。"

半小时后三人继续上路,越往里走林子越密,满地的杂草和枯叶,踩上去软软的。幽灵继续走在前面,速度很慢,并不是为了照顾后面的两个人，而是他感觉到空气中多了一丝异样。最终他停了下来，跪在地上观察着四周。狮鹫和重拳分别守在不远处，他们没有打扰幽灵，只是静静观察着附近的情况。

过了足足三分钟，幽灵打手语告诉他们，"等在这里。"然后独自一人向前摸去。五分钟后幽灵发来消息，"我在你们的九点钟方向，距离三百米。"狮鹫和重拳寻迹跟上，发现幽灵正蹲在一片灌木丛里。

"这里有人打过埋伏。"幽灵拨开灌木丛指着一片已经被压倒的野草道，"离开的时间不会太长，他很可能就在附近。"

"只有一个人？"重拳看着痕迹皱了皱眉。

"对，只有一个人，另外我还找到了半个军靴印。"幽灵指着另一方向，"距离一百米，是一种我不认识的鞋印儿。"

"会是什么人在这一带活动？叛军不可能单独行动，而且行走方向和大本营方向相反，也就是说他们并不是要前往大本营。那就奇怪了，既然不是叛军的巡逻队，那又是谁呢？"重拳不解。

"可能是叛军派出的潜伏哨，但叛军的潜伏哨应该没有这种水平……"狮鹫抬起头看着四周，"或者是抓走弯刀他们的总统卫队！"

"总统卫队？他们没事儿跑出来干什么？"重拳皱了皱眉，"难道我们的行踪又暴露了？"

"应该没有，否则叛军不会这么安静，可能是在防御可能出现在这里的我们。"

"什么叫可能出现在这里的我们？"重拳和幽灵都不太理解狮鹫的意思。

"叛军可能已经得到了我们会来的消息，也可能推测出我们会来，但这只能是叛军高层才会有的判断。"狮鹫叹了口气。

"你的意思是说叛军可能预见到了我们的出现？或者有人给他们通风报信？"重拳眯着眼睛说道。

"这两种可能都有。"狮鹫点了点头。

"你这是在间接地说有内奸泄露了我们的行踪，毕竟这次行动只有我们内部这些人知道，连马丁都还不清楚，我们也抛弃了原有的联系方式，所以被监视的可能性并不大，唯一能泄露我们行踪的只有内部这几个人。"幽

11 孤军深入

灵站起身扫了一眼四周,"这里不安全,我们尽快离开。"

狮鹫的一番话让所有人心里都蒙上了一层阴影。内奸,这个词谁都不想听到,想遍了所有人也没能得出一个值得怀疑的对象。如果这是在平时说重拳会觉得太扯了,但经历了从T国到现在的所有事情之后他发现很多事情他不得不信。

通往悬崖的这段路上,他们又发现了几处敌人曾经停留过的痕迹。

"根据几次发现推断,这一带活动的敌人至少有一支小队。"幽灵抬头看着悬崖,"所以我们只能天黑之后再行动。"

悬崖不是很高,大约有三十米左右。这对重拳和狮鹫来说算不得什么困难,这还不是他们真正要面临的挑战,狮鹫担心的是第二道悬崖,那个悬崖全都是倒垂下来的长型石条,自下而上爬行会非常困难。白天容易暴露,晚上又不利于观察。虽然幽灵可以轻松地爬上去,但留下的绳索该如何隐藏才不会被敌人发现呢?这是个问题。

"这条悬崖还真算不得什么。"重拳隐藏在树丛里,"应该所有人都能过去。"

"这条悬崖当然算不得什么。"幽灵从树丛里钻出来,"二三十米的高度徒手爬行都不成问题,但是下一条就没这么好过了。"

"都闭嘴,有敌人靠近。"狮鹫低声道。

"敌人?巡逻队不是刚过去吗?"幽灵迅速缩进了灌木丛,他们没想到这么快就有敌人过来。

没多久两名敌人出现在他们的视野中。这两个人的作战服和普通叛军的绿军装不同,他们穿的是丛林迷彩,还披着伪装,满脸的迷彩油,武器是半新的AK-74和SVD狙击步枪。装备远比叛军普通士兵好得多。

这是一个二人狙击小组,两人的动作很专业,配合默契,看得出是经过了严格的正规训练的。这让幽灵他们颇觉意外,不用多想就能猜到这两个家伙应该属于所谓的叛军精英——总统卫队。

两名敌人在附近转了半天,仔细观察了一下悬崖之后居然在离他们不到二十米远的一片灌木丛里隐藏了起来。

"这些该死的叛军!"重拳低声骂道,"他们打算守在这里防止有人爬过悬崖,来得可真是时候!"

"哈，有点儿战略眼光，他们的位置几乎控制了这附近所有能靠近悬崖的路线。"幽灵眯着眼睛盯着已经伪装好的敌人。

"看来我们得等他们离开后再考虑下一步行动。"重拳有些无奈。敌人的位置虽然并没有直接对着他们，但他们也无法悄无声息地离开。

"我倒要看看这些所谓的精英到底有多专业。"幽灵倒是很有兴趣。

"不要惊动他们，等他们走。"狮鹫低声说道。谁也不知道他藏在什么地方。

"从作战习惯上看，他们偏向于R国特种部队的打法。他们的教官应该有过在R军受训的经历，或者研究过R国特种部队的作战特点。"幽灵低声说道。喉式对讲机的好处就是不需要发出什么声音就可以畅快地和队友交流。

"R军的习惯就是简单、直接，最容易被这些黑人接受。"重拳透过瞄准镜仔细观察着狙击手，"握枪习惯整齐划一，的确很R式。"

"墨守成规！"幽灵终于找到了一个词儿来形容这个狙击小组。一切都是严格按照教官所授予的执行，缺乏应变性，可能参与实战相对较少，还没有摸到门道儿，不懂得随机应变。

"他们应该参加过实战了。"重拳继续观察着说道，"否则没有这种战场气势，他们不单单只是受过训练那么简单。"

"兽人（本·艾伦的代号，在战场上不能称呼名字也不能称呼队长，只能以代号互称。）审讯得到的消息中曾经提到，总统卫队负责暗杀政府军的军政要人以及叛军内部的叛逃者，还偷袭过政府军的指挥部、补给站和哨卡。在这种战乱不断的国家不会有没有经过实战考验的军队，所以他们肯定参与过实战。"幽灵道。

叛军的狙击小组很有耐性，一直在这里潜伏了四个多小时，直到天色暗了下来才撤走，离开的时候观察手还细心地抹除了他们留下的痕迹。

"真的很墨守成规。"重拳摇了摇头，"抹除痕迹居然要跑出去老远找枯草，却不知道身边的细灌木叶有同样的效果。"

"应该是在担心灌木上出现新的断口形成新的痕迹。"幽灵从藏身处出来。

11 孤军深入

"这种灌木是鹿类动物的食物,只要处理得好,完全可以伪装成被啃食的痕迹。"重拳摇了摇头,"或许是他们对自己的伪装能力没有信心,所以才会弄得这么麻烦。"说着他蹲下仔细观察敌人没有扫干净的鞋印,"还记得这鞋印吗?和我们之前见过的一模一样。"

"嗯,之前遇到的也是他们。你不能用一个成熟作战人员的眼光来看待新人,你入行多少年了?他们呢?不是一个级别上的,当然不能相提并论。"幽灵蹲下仔细看了看敌人曾经藏身的灌木丛,"哈,居然还布设了诡雷。"

"还是墨守成规的打法!"重拳摇了摇头。

"做得太粗糙了,我来帮个忙。"说着幽灵伸手就去对叛军设下的诡雷进行改造。

"幽灵,不要节外生枝。"狮鹫从林子里出来见幽灵又开始干一些不靠谱的事儿就皱起了眉头。

"放心,这一点我懂,他们会回来查看诡雷,所以我要帮他们做得好一点儿,让他们变成被自己炸死的笨蛋。"幽灵在诡雷的下面又加了引爆机关,"我保证没人会注意这个细节,也没人会认出这个诡雷做过手脚。"

"话别说得太大。"重拳对幽灵的话很不感冒。

"当然不是。"幽灵站起身,"因为见识过这种诡雷的人都被炸死了。"

"行了,上崖。"重拳踢了他屁股一脚,"别在这儿浪费时间,你在前面,我断后,注意崖顶可能有叛军的潜伏哨。"

"放心。"幽灵揉着屁股看了看悬崖,"这就和走自己家后门一样轻松。"说着他背好步枪摸着岩石的缝隙开始向上攀爬,灵巧得像一只猴子。天开始黑了下来,很快幽灵就不见了踪影。

"天啊,这身手……"重拳不知道该怎么形容。

"别光顾着看戏,注意身后。"狮鹫提醒重拳。

"知道了。"重拳转回身端起枪单腿跪在地上观察着附近的情况。

狮鹫见幽灵已经攀上了崖顶也开始向上攀爬。重拳发现其实他的速度并不比幽灵慢多少,自愧不如地在心里道:"这两个人真厉害。"

"上来吧,这里安全。"幽灵在耳机里低声说道。

"收到。"重拳谨慎地扫视了一下附近的树林,确认没有任何危险之后才背好枪,迅速向崖顶攀去。

其实这个小悬崖比预想得要好攀登得多,到处都是缝隙和植被,很容易固定住身体,重拳没费什么事儿就爬了一大半,就在他准备继续向上攀登时,耳机里突然传来了狮鹫的声音:"有叛军靠近,隐蔽。"

重拳一愣,他没想到叛军会在这个时候出现,这也太是时候了,悬在半空往哪里隐蔽啊?他左右看了看,迅速向一侧长在悬崖上的小灌木方向移动,然后伏在灌木旁边一动不动。其实这点灌木和草根本就挡不住他的身体,他只能期盼天色太黑叛军看不清这边的情况了。

"别动,他们没有夜视设备,看不见你!"狮鹫伏在悬崖上轻轻地拉动枪栓,将枪口对准下面的叛军。

"不动?说得轻巧,现在我的两条腿和屁股还在外面。"重拳一动不动地趴在悬崖上,他侧着头,能看见下面的丛林,但看不见叛军的影子。他将腿提起来一条慢慢地卡在那株小树上,让身体大部分都隐藏在灌木下面。

"六个敌人,是一支巡逻队。"狮鹫调整了一下枪口,"他们在靠近悬崖的底部。"

重拳终于看见了手电光,很亮,也很近。狮鹫向前爬行到悬崖的边上,几乎将上半身探出悬崖。

叛军开始往崖壁上打手电,一边照还一边叽里咕噜地交谈着什么,虽然听不懂,但从他们交谈的语气中判断他们没有发现重拳。

重拳一动不动地趴在岩壁上,他现在的位置离地面不到二十米,太近了,几次手电光都从他背上扫过去。他甚至觉得自己已经被敌人发现了,很快就会有子弹扫过来。但想象中的子弹没有光顾,叛军继续在附近照个不停。这种感觉非常不好,随时都有可能被人发现,而自己却又毫无办法。他想象自己是一块石头,迫使自己忍住乱动的念头。从叛军的表现上看应该没被发现,但这些该死的叛军居然不离开,而是不停地照着岩壁在那儿聊个没完。手电光就照在他旁边不远处,他的位置正好在光圈的边缘地带,虽然没正对着他,但只要他一动马上会被发现。

"这些混蛋在干什么?"重拳在心里骂道。他的手已经开始发麻,他现在的姿势虽然将自己的大部分身体都藏了起来,但非常不舒服,他真怕时间太久了自己会因为手足麻木而直接掉下去,那样不用叛军动手自己也得被摔死。

就在这个时候,他看见一只蝎子从岩壁的缝隙里爬了出来,黑褐色的蝎子足有五厘米长,最要命的是蝎子所在的位置就在他的左手边上。这只蝎子对重拳的手颇为感兴趣,不断在附近转来转去,仿佛想搞清这是个什么东西。重拳也不理它,自己的战术手套可没那么容易被刺穿。蝎子得寸进尺地爬上了他的手臂,然后沿着他的胳膊慢慢向上爬,最后居然停在了他的肩膀上,对他的脸不断地挥舞着尾巴。重拳可不想被这东西在脸上来一下,就算毒不致命,但让他满脸红肿,头晕眼花一两天还是不划算的。可要命的是现在他根本就不能动,要被下面的叛军发现了,那挨子弹是免不了的,所以他宁愿被蝎子蜇一下。一人一蝎就这么大眼瞪小眼地看着对方,一个面无表情一个张牙舞爪。

叛军还在下面不断地打着手电往上照,重拳有些郁闷,"快走,快走……"重拳不断在心里默念,他期盼叛军赶紧离开,期盼蝎子快点滚蛋。

就在这个时候,重拳听到一声清晰的闷响,距离不算太远,就在身后的林子里。叛军的手电光一下就消失了,紧跟着是一阵连续的拉枪栓声和脚步声。

"快上来!"狮鹫在耳机里低声说道。

重拳总算松了口气。他歪着嘴巴猛地吹了口气,蝎子猝不及防地翻着筋斗掉了下去。他立即张开手脚向上爬,一口气爬到崖顶,悬着的心才算放下。

"刚才是什么?"重拳回头看着悬崖下丛林里时隐时现的手电光问狮鹫。

"我扔了块石头。"狮鹫道。

"不错的办法。"重拳深吸了一口气。

"走!"狮鹫提着枪转身钻进了林子。

幽灵已经将这一带的情况摸清,"还算干净,不过这里叛军留下的巡逻痕迹比下面要多。"

"越是接近大本营,防御就越森严。"狮鹫蹲在地上看着地上的脚印,"他们已经开始不隐藏自己的印记了。"

"也就是说总统卫队的巡逻在这里已经常态化了。"重拳摸着下巴说道。

"总统卫队总共也没多少人,他们只能抽调小部分人马参与防御,主力应该都在大本营才对。"幽灵在单兵电台里插话道。

"对,这里巡逻的主力还是以叛军的普通巡逻队为主。"狮鹫点了点头,"但最不好对付的还是这些潜伏在暗处的总统卫队,我们必须小心,一旦暴露行踪,我们的行动将前功尽弃。"

"当然清楚。"说着重拳在后面留下一些不规则的痕迹,这是为了给队长他们指路。

"走吧。"狮鹫将SL9SD狙击步枪背在背上,手里提着装了消音器的MP7冲锋枪前进。在这种丛林推进,狙击步枪几乎派不上什么用场。

当晚他们向前推进了十五公里,速度已经很快了,期间遇到了一支巡逻队。这里的巡逻队规模要比之前遇到的大得多,每支队伍都有三十人上下,配备的武器也比较齐全,从AK-47到便携式迫击炮都有,可以说是应有尽有。他们甚至还在其中的一支叛军巡逻队中发现了火焰喷射器。

天亮的时候他们已经进入了密林地区,他们要在这里短暂休息。

幽灵喝光水壶里的水,"没水了,需要找到新的水源。"

"下场雨就好了。"重拳透过树冠的缝隙看着半阴的天空低声说道。

"我们已经走完了前往叛军大本营路程的三分之一,后面会更加困难。"幽灵在地图上找到自己的位置,"希望队长他们一切顺利。"

"下一个悬崖还有多远?"重拳靠在树上问。

"今晚就能到,有什么问题吗?"幽灵头也不抬地问道。

"没有。"重拳伸展了一下腿脚,"我睡一会儿,一个小时后叫醒我。"

"好的。"幽灵收起地图,"把水壶给我,我在附近转转,看看有没有水源。"

"注意安全。"重拳将水壶抛给他。

"放心吧,我不会走太远。"幽灵转身进了林子。

重拳钻到灌木丛下面,走了一晚上的确有些累了,没多久他就进入了梦乡。半小时后幽灵返回,带回了充足的清水。重拳睁开眼睛看了一眼后继续睡觉。三人轮番休息,直到下午两点多才继续前进。

他们走了一段之后发现叛军的巡逻队居然越来越少了,这未免有点不

11 孤军深入

正常,按理说接近叛军的大本营,防御应该更加森严才对,这是个什么情况?直到一个小时后他们才发现了问题的所在——前方出现了大片的雷区。

"密度很大。"幽灵一阵头疼。雷区面积太大了,横向纵向都看不到头。

"米洛斯迪尔居然用雷区把自己围起来,怪不得巡逻队越来越少,原来有这东西。"重拳蹲下仔细观察着横七竖八的雷场,"各种型号,各个年代,各个国家的都有,这是地雷展览馆吗?"

"密度太大了。"幽灵皱着眉说道,"先看看能不能绕过去。"

"可能性不大。"狮鹫皱着眉说道,"既然连巡逻哨都减少了,那说明他们对雷区有足够的信心,所以这应该是个相当大的雷区,绕过去的可能性非常小。"

"那就找个窄点儿的地方通过。"幽灵对照了一下地图指着北方,"我去那边。"

三人分头行动,寻找雷场的边缘。

一会儿重拳发现了雷区的边缘,那是一条公路,一路向前延伸,路边的哨卡里至少驻扎着一个连的叛军。

公路很繁忙,不时有车辆通过哨卡,全都是叛军的车辆。看得出司机和哨卡里的人很熟悉,不时开着玩笑,尽管如此哨兵还是例行公事地进行着检查,不能说一丝不苟,但至少会围着车子转一圈,看看后箱、副驾驶位之类的地方。

"我们怎么通过雷区?"重拳看着经过的叛军卡车道,"总不能坐车过去吧?"

"我们过去不是什么问题。"幽灵思索着说道,"但后续人马不可能那么容易通过,他们目标太大了。"

"你怎么过去?"重拳看着公路,"搭车?"

"当然。"幽灵很正经地说道,"我们可以倒挂在车底下,这个应该不难吧?你没发现他们根本就不检查车底吗?但不能指望后续十几个人都用这种方法通过,那样不但危险,而且容易暴露。"

"所以我们要开一条路出来,方便后边的人通过。"狮鹫思索着说道,"除了排雷还有其他办法吗?"

"这得好好想想。"幽灵从前面退回来,"咱们找个安全的地方仔细考虑一下。"

三人回到林子里,各自守住一个方向然后开始想办法,谁也不说话。雷区面积太大了,排雷太困难,还容易被敌人发现,而公路又有大批叛军把守,所以他们一时间也想不出什么好办法来。让人讨厌的是叛军的巡逻队不时出现,虽然没有之前密度大,但每次都会仔细查看雷区附近的情况,看得出他们很谨慎,并不完全相信雷区可以挡住入侵者。

"要不我们先过去探察一下情况?或许可以从雷区对面想想办法。"幽灵提议,因为他实在想不出什么好办法来。

"那有多大意义?后续人马无法安全通过,我们怎么营救其他人?"狮鹫低声道,"我们的目的是设法给队长他们开辟道路,而非孤军深入。"

"我们过去至少能将里面的情况摸清。"幽灵反驳道。

"里面的情况再清楚又如何?后面的人进不去也无法展开行动,我们三人根本就没有能力把弯刀他们救出来。"狮鹫道。

幽灵没理会他,而是一边看着地图一边说道,"这片雷区至少有几百米宽,面积很大,过去并非不可能,但需要冒点儿风险。"

"还是想个相对稳妥的办法吧,我们暂时还不能暴露,整个营救任务展开之前都不能暴露。"狮鹫道。

"幽灵,我们在树冠上搭索桥过去怎么样?就像之前在补给营地外面建的空中营地那样?"重拳突然说道。

"这个……"幽灵抬头看着树冠,"理论上可行,这里的林子足够茂密,不过这么长的距离恐怕要消耗很多绳索,我们手里的恐怕不够。这个办法最大的优点就是我们可以将绳子藏在树冠里,留给队长他们用,这几乎很难被敌人发现。"

重拳道:"狮鹫的意见呢?我觉得可以试试,如果可行的话我们再去弄绳子。"

"可以试试看,这是目前我们想到除了排雷之外唯一可行的办法。"狮鹫拍板,"都谨慎点儿,我不希望有人掉进雷区。"

"掉进雷区?有我在你们没机会!"幽灵大大咧咧地说道。

11 孤军深入

三人开始在雷场上面借助高大的树冠架设索桥。有幽灵这个猴子在树与树之间作业，很快他们就前进了百余米。索桥通过性很好，安全度很高。

"还不到一半，绳子用得差不多了。"重拳蹲在树上。

"你怎么知道雷区多大？没准儿再有几十米就结束了呢？"幽灵跟他抬杠。

"你们别扯淡了，快出去搞绳子！"狮鹫在后面嚷道。

"那只能去叛军的营地'借'了。"重拳计算了一下绳子的消耗，"我们至少还需要两百米左右的合格绳子。"

"绳子我去搞，给我两个小时时间。"幽灵从最前面荡回来，"绳子肯定不够了，再说后面我们也需要足够的绳子过悬崖，我去搞一些回来。"

狮鹫思索了片刻最后决定道："好吧，我陪你去。重拳，守在这里！"

"啊？你们留下我？"重拳道。

"因为我们不需要太多人手。"幽灵很开心地丢下一句话和狮鹫离开了。

重拳无奈，他看了看脚下的雷区，干脆用绳索在树冠上搭个吊床，躺在上面休息。

一个半小时后两人返回。他们并没有找到太合适的绳子，但幽灵却带回了一大捆铁线，这种直径接近六毫米的铁线足够承受一个成年人的体重。

三人足足用了一夜才将整条长约四百米的隐藏在树冠中的索桥架好。

幽灵从另一端下到地面之后长出了一口气，"大功告成。"

"变态的雷区，居然有四百米宽。"重拳从树上下来擦了擦脑门上的汗珠低声道。

"这是最窄的一段。"幽灵对照了一下地图，"最宽的地方接近六百米呢。"

"叛军没想到我们会走这条路。"重拳一边甩着累得酸痛的双臂一边说道。

"离大本营还远，不知道后面还有什么等着我们，我去前面看看情况。"说完幽灵提枪钻进了林子。

狮鹫也从上面下来，"标记做好了，我们走。"

"希望叛军不会发现我们的踪迹。"重拳道。

"叛军的巡逻队每次都会查看雷场边缘，几乎很少有人注意树冠。他们只要不上树查看就应该没有什么问题。"狮鹫伸手在身边的树干上抓了一把，留下一个看上去就像是某种动物啃过的痕迹，然后在旁边用一种特制的荧光笔做了标记。这种荧光标记只有用相应的设备才能看得出来，只有知道光谱波长的人才能经过对设备的调试发现，所以非常保险。之所以做明暗两种记号就是为了更加的保险。

"我到崖底了，这一带比较安全，没有叛军活动。"幽灵在耳机里低声说道。

"收到，我们马上过来。"说完狮鹫提着枪，"我们走！"

很快两人就到了幽灵所在的位置。前面是一条高度超过五十米的悬崖，悬崖底部完全凹陷进去，形成一个向前凸出的巨大"屋檐"。这种前凸的悬崖是非常难攀爬的，很多突起的地方人只能依靠手脚的力量倒贴在岩壁上。

"这是抱石攀岩，难度系数在 5.13 以上，没有攀岩鞋，没有镁粉袋，没有抱石垫，哈！咱们什么都没有，完全依靠手脚。"重拳看着悬崖道。一般说来没有受过攀岩训练的人难度系数可以上到 5.6，受过基本攀岩技术训练的人难度系数可以上到 5.6 到 5.9 之间，从难度系数 5.10 开始需要较高的攀岩技术。抱石，是指攀岩者在无绳索的状态下，只靠自身的力量完成攀岩。

"有双手就可以，应该没什么问题。"幽灵卸掉所有装备，只带了绳索和一支 USP 手枪外加一把刀。

"有把握吗？这可不是闹着玩儿的。"狮鹫看着悬崖颇为担心地问。

"试试看。"幽灵活动着手脚说道，"之前爬过类似的悬崖，只是没有这么大的仰角，需要适应一下。"

"晚上视线不好，千万小心。"重拳叮嘱道。

"放心。"幽灵将成捆的绳捆斜挎在身上，然后转身到悬崖下面双手扒住岩缝开始往上爬。开始一段他的速度很快，等到了二十米左右的时候岩壁开始出现仰角，他的速度瞬间就慢了下来。

重拳和狮鹫退到林子里盯着幽灵。说实话，他们心里都没什么底，包括幽灵在内。

岩壁的弧度越来越大，很多地方都找不到着力点，幽灵不得不不断地横向移动，变换着位置。从下面向上看，他整个人如同壁虎一样贴在岩壁上，几乎是一寸寸地往上挪。

爬到三分之二的时候他已经接近了最难爬的一段，是一处仰角的顶部。

11 孤军深入

从耳机中能听到幽灵略微沉重的呼吸声,这种抱石攀岩非常耗费体力,对双手力量的要求极高,还需要非常丰富的攀岩经验和技巧。

只要过了这个仰角,后面的几十米就没有任何难度了。在最难的地方幽灵停了下来,只见他一手抓住岩缝,然后整个身体完全悬空,单臂挂在崖壁上,身体来回摆动。他的这一举动把下面的狮鹫和重拳吓了一跳。

"怎么了?"重拳问。

"歇歇手。"幽灵用力地甩着另一条手臂,长时间紧绷的肌肉已经变得酸麻。片刻之后他用这只手挂住身体,开始活动另一只手。休息了会儿他继续向上爬,在接近仰角边缘的时候他几次差点掉下来。下面的重拳和狮鹫心已经提到了嗓子眼儿,这个高度,一旦掉下来肯定会被摔死。直到幽灵翻过仰角之后两人的心才算放下,剩下的十几米已经算不得什么了。

"好险!"幽灵心里道。腾出手擦了擦脑门上的冷汗,然后一鼓作气爬了上去。到达顶部之后他没有贸然翻上崖顶,因为这种地方最适合设置暗哨,只要一个人就足够守住整个悬崖。

他探出头,谨慎地观察了一阵,没发现异常之后才小心地爬了上去。崖顶到处都是杂草和灌木,树林就在不到十米之外。幽灵蹲在原地仔细地观察着树林里的动静,他不相信敌人不会在这里布置哨兵。

"幽灵,报告情况。"已经过去十分钟了,崖顶没有任何动静,重拳有点着急。

"别紧张,上面可能有情况,给他点儿时间。"狮鹫倒是很坦然。

耳机里传来了轻微的叩击声,看来崖顶果然有叛军。重拳仔细地听了一会儿,"走,幽灵换了地方。"

两人沿着悬崖向前走了足足三十多米才停下,幽灵的绳索已经抛了下来。幽灵在麦克里低声说道:"崖顶有哨兵,做好警告标记。"

"收到。"重拳守在一边负责警戒,狮鹫先把装备弄了上去,然后才攀着绳子爬上了崖顶。

重拳留下记号之后攀着绳子开始往上爬,他将下面的将近二十米的绳子收起来藏在了悬崖上的一条缝隙里。这段非常好爬,后面的人能很轻易地上来。重拳在藏绳地点做好标记之后将剩下的绳子塞进了悬崖上的灌木和藤条之中。唯一没地方藏的就是接近仰角的位置，绳子只能垂在外面，重拳只好将几条野葡萄藤和绳索绑在一起伪装起来。

爬上崖顶之后重拳又趴在边上向下看了半天，他始终觉得绳索的伪装不太靠谱。

狮鹫看出了他的担心，"没关系，崖下没有叛军活动的痕迹，再说崖上还有很多倒垂的藤条，经过伪装的绳子不会被发现的。"

"万一被发现我们就等于害了后续部队。"重拳还是觉得有点担心。

"放心，万无一失！走吧。"狮鹫拍了拍他的肩膀，"幽灵在前面等我们呢。"

重拳摇了摇头，也不知道是不是自己太过于担心了。

幽灵已经进了林子，正蹲在一棵树下听着四周的动静，狮鹫和重拳靠近的时候他让他们保持安静。两人立即俯下身观察着附近的情况，幽灵指着一边对他们点了点头。二人顺着他指的方向看去，很快就发现了问题。在离他不足十米远的地方有一片野草不太正常，仔细观察了之后发现了隐藏在草丛中的枪管，有敌人！幽灵打手语告诉他们道："睡着了，我们走。"

敌人居然在这种地方睡觉，重拳觉得好笑，但又一想，在这种地方执勤，不睡觉还真没什么好做的，毕竟这条悬崖除了他们还真没人光顾。虽然他们在这里布置了哨位，可能从设置那天起他们就没有发现除了动物以外的任何东西出现过。

过了这条悬崖之后他们就算是真正进入叛军大本营的范围了。虽然还有很长一段路要走，但地形上的问题基本上已经解决，剩下的路程虽然不近，但基本上已经没什么太难走的地方了，最后的一个小悬崖不值一提，他们剩下要面对的基本就是叛军的防御部署问题。

进入这一地带后，三人更加小心了，一路到此非常不容易，他们不能因为任何差错而导致整个任务前功尽弃。现在他们已经身处大山深处，米洛斯迪尔之所以能割据一方活到今天，很大程度上都要归功于坦普亚这个国家的自然环境和落后的经济。这里山多林密，地形复杂，在交通极其不发达的山区，两个村落之间相隔数十公里，很多人还以原始农业为主要的谋生手段，没有现代化的工具，生产力极其低下，大部分山区没有通电。这种没有公路可以进入的山区给叛军提供了得天独厚的藏身之地。米洛斯

11 孤军深入

迪尔通过剥削原住民开采钻石矿养活着手下的军队,和政府军抗衡,在这里他是独霸一方的皇帝,政府军想剿灭他几乎是不可能的。

越往里走地形越复杂,起伏的山势纵横交错,植被疯长,到处都是险峻的山脊和几十米高的林木。叛军的巡逻队数量越来越多,装备也比山外的更加精良,很多不易防守的地方都架设了铁丝网并布设了雷区,几乎每座山峰上都设置了瞭望哨和迫击炮阵地。叛军缺乏现代化的侦察设备,没有雷达预警,预警要靠人去完成,大批的军人在丛林中往来穿梭,几乎控制了所有的险要之地,但这里实在是太大了,叛军只能将一些容易通过的地方封锁起来。所以重拳三人只能翻山越岭,从几乎不能通过的地方向叛军的大本营进发。

"我们真是往笼子里钻。"重拳看着从山路上经过的敌人说道。

"没人会想到有傻瓜正在走这条险路。"幽灵对照地图修正了一下方向,"我现在都不敢想出来的问题。"

"先完成任务,然后再考虑离开的问题,这并非是一条不归路。"狮鹫呼了口气,"这么大的山叛军无法全部控制,我们有机会!"

"我们和他们打游击战,这想起来就有意思。"幽灵指着东面一个山头,"那可能是到达叛军大本营前的最后一道防线了。"

"终于要到了。"重拳擦了一把汗,"鬼地方,我们来了!"

12　大本营

在登上最后一座山峰之后他们终于看到了叛军的大本营，一个建在山谷里的巨大军营，正确的说军营是依山而建，两座相邻大山的谷底完全被开垦了出来，军营坐落在成片的树林之中。叛军在两侧的山体上开凿了无数的洞穴，那也是军营的一部分。在大山深处谁也无法想到会有这么大一个军营存在。

"兔子窝。"这是重拳看到叛军大本营的第一个感觉，"他们居然掏空了山体？"

"经过长时间的经营完全有这个可能。"幽灵举着望远镜仔细观察着叛军，"伪装得很好，树木遮挡之下空中侦察几乎无效。车库、弹药库、高射机枪阵地和火炮阵地都在山体里，三层布防，立体防御，交叉火力封锁，看来布局得很严谨。哈哈，他们居然还有一片农田，自给自足吗？"

"变态的米洛斯迪尔，怪不得他能活这么久。"重拳将看到的一切全都标注在地图上，"看营地的规模，这里应该不止两千人吧？"

"两翼重兵防守，正面炮火防御，这是谁设计的？就算政府军来了也不可能在短时间内拿下来。"幽灵指着营地左翼的一片区域，"看那边，驻扎一个营就能让入侵者付出巨大的伤亡代价。"

"我现在考虑的问题是弯刀他们在哪儿？我们该怎么进去？"狮鹫一脸的担忧。

"慢慢想，我们还有时间。"重拳提起枪，"我去放哨。"

"必须抵近侦察。"幽灵放下望远镜，"他们甚至在这里布置了炮兵阵地，他们可能有坦克。"

"先观察一下再说,不要太着急。"狮鹫举着望远镜仔细研究营地的细节,"南面的公路是进入这里唯一的通道,可以算是叛军的生命线,一切物资都从那里运进来,对了,还有一条水路,应该在山的后面。"

"如果坦普亚政府能和邻国达成共识,切断公路运输,那米洛斯迪尔就断粮了。"

狮鹫摇了摇头,"短时间内不可能,不提水路的运输能力,现在的坦普亚政府和邻国的关系很糟,邻国甚至还和米洛斯迪尔保持着'正式'的外交关系。米洛斯迪尔虽然只控制着这个国家不到百分之二十的国土面积,但却控制着坦普亚百分之五十的经济收入。这个国家主要的自然资源都在这里,包括最大的钻石矿。米洛斯迪尔和邻国的贸易额占坦普亚贸易总额的百分之四十,所以他才有能力养活这么多军队,甚至有闲钱支持恐怖组织袭击 M 国。"

"他就是一个土财主,不过钻石总有采光的一天,我不相信他还有东山再起的机会,顶多在这里做个土皇帝。"幽灵坐下,"不过在这里做土皇帝也不错。"

"有钱就可以招募更多的军队,米洛斯迪尔一直在谋划着夺回政权,现在他在积蓄力量,而政府军却无力清剿,只能眼睁睁地看着他做大。"

"米洛斯迪尔顶多能够自保,至于夺取政权,我看他没这个能力,这点儿军队不够看家的,外围那些军队也只能防御,根本就没有进攻的能力。"幽灵从屁股下面摸出一只蝎子,"啊!敢蜇我屁股?"扬手就要扔,但他想了想又拿回来直接塞进了嘴里。

狮鹫看了他一眼,"晚上轮值,今晚不行动,充分休息恢复体力,明天开始侦察行动。这里是叛军的大本营,我们要格外小心。"

"这种深山里的营地不会有应对大规模进攻的防御工事。政府军根本没有机会进来,就算进来,在到达之前现修也来得及,顶多有一些反渗透的传统障碍工事和雷区。"幽灵吐出蝎爪,"这蝎子味道真怪。"

"侦察也是一种繁重的体力工作。"狮鹫摇了摇头,"抓紧时间休息。"

"这工作是有技术含量的。"幽灵躺在地上,"只不过是份儿苦差。"

当晚,三人住在背风一侧的山坡上,叛军的观察哨就在离他们不到五十米的山顶，敌人怎么也不会想到会有人潜入到离他们如此之近的地方。

第二天一早他们开始分头行动，从不同角度对叛军营地进行拍摄，汇总、输入电脑，开始绘制营地的立体结构图。然后继续观察敌人的起居、训练以及巡逻规律，全方位获取情报，寻找防御弱点，制订行动计划。这是一个耗时而又庞杂的工作，必须认真仔细。

"他们每天都有物资运进来吗？今天怎么这么多？"重拳在山口的位置，负责监视大本营的正面。他前方一公里处就是叛军唯一的交通要道，从早上开始卡车就源源不断地驶入营地后面的一个巨大的山洞。从开始观察到现在已经有二十几辆陆续进入营地，后面还有很长的车队。

"这么多人的吃喝拉撒都必须从外面运进来，粮食、军火、服装甚至卫生纸都要经过长途运输到这里，多点儿车辆是正常的。"幽灵并不觉得奇怪。

"你觉得叛军用卫生纸吗？"重拳一边观察着叛军车辆一边说。

"难道他们用手擦屁股然后撒尿洗手？"幽灵反问。

"你真恶心。"重拳举着望远镜看着下面的车，"车身很重，里面拉的东西不轻。"

"可能是弹药。"狮鹫道。

"可能是米洛斯迪尔开始备战了。"另一边的幽灵也举着望远镜，他的观察目标是营地里巡逻的哨兵，"这里士兵配备的弹药数量不多，每个人只有一个弹夹，没有手雷。"

狮鹫道："营地巡逻哨没必要带太多弹药，又不是作战任务。看你的九点钟方向，那些人在练习砍刀的使用技巧，看得出他们的弹药并不充足。"

"穷到拿砍刀应急？"重拳不相信，不过他的位置看不到叛军练习刀法的景象。

"近身砍刀更好用，只不过他们没掌握方法，是不是重拳？"幽灵笑嘻嘻地说道。

"两码事儿！"重拳并不觉得这和他练习的单刀有任何联系。

"看，营地西侧边缘地带那个空场，有两个白人在训练一小队士兵，从衣装上看应该是总统卫队。"幽灵又有了新发现。

"白人？特训教官？"狮鹫问，他的位置看不到那边的景象。

"应该是。"幽灵调整着焦距,盯着那两名白人。两个人长得很彪悍,身材魁梧,满脸的杀气,正大声对受训的士兵说着什么。看得出他对这些士兵的表现非常不满意,从口型上看是在骂人。翻译忙着向受训的士兵翻译,但幽灵发现这个翻译略去了很多脏话。这时一队士兵押着几个俘虏进入空场,看得出俘虏都是青壮年男性,大部分人身上还穿着破旧的政府军军装。

"搞什么?"幽灵有些糊涂。

只见两名俘虏被放开,其中的一个白人招了招手,两名俘虏对视了一眼,然后猛扑上去,结果被白人三拳两脚打倒在地。白人走到场边取来两根木棍递给俘虏,让他们继续。幽灵明白了,原来白人教官正在给受训的人示范徒手格斗。俘虏接过木棍再次冲向白人,虽然手里有了棍子,但还是很快被白人打倒在地。白人大声训斥了一阵后让那些受训的总统卫队一个个上去和俘虏交战,大多都是一个人应付两名俘虏。这些总统卫队的士兵个个高大健壮,一个人对付两名俘虏虽然没有白人动作利落,但也基本上都能达到目的。

"一群笨蛋,这水平也太差了。"幽灵摇着头骂道。

"别大意,这些可能是新人。"狮鹫已经转到了另一侧,他也看了一会儿。

幽灵调转望远镜的方向看了一会儿,"我能看到的炮位大概有四个,只有一门105榴弹炮,不过这些火力足够覆盖整个山谷和正面的几个山峰,包括我们现在所在的位置。"

"从目前能看到的叛军数量来看,外部活动的叛军不超过五百人,但从营地的规模来看,这里至少能容纳数千人,可能很多人都在山体里面。"狮鹫道。

"我还真不相信他们有那么多人,再说山里能藏多少人?他们把整座山掏空的可能性不是很大。"幽灵观察着山体继续说道,"再说现在又不是战时,这里又地处大后方,没必要把兵力隐藏起来。"

"我总觉得这个营地没那么简单。"狮鹫皱着眉说道,"希望你的推测是对的。"

"不管是政府军还是叛军,他们其实只是扛枪的农民,算不得军队。尽管有总统卫队这支所谓的精英,但毕竟只是相当少的一部分。虽然我们必须重视叛军,但别让这种重视变成压力。"幽灵道。

"别过早下定论,我们有足够的时间观察,在后续人马到来之前必须弄清弯刀他们被关在什么地方。"狮鹫看着军营有些担忧,"这是颇有难度的任务。"

"晚上我过去看看,先把军营外围情况摸清,然后找机会进入。"幽灵换了位置,继续观察总统卫队的训练,但这次他看到了不一样的东西。只见一名俘虏被带到了营地边缘地带绑在木桩上,而另一边的总统卫队士兵已经开始调试枪支。

"这是……枪决吗?"幽灵低声道。

"是在练习射击活人,锻炼胆量的同时还能观察身体不同部位的中弹效果,这群疯子。"另一边的狮鹫转到了视野较好的位置,和幽灵一起观察着场地上的情况。

那名白人教官一边对士兵们说着什么一边拿起一支 AK-74。他一直背对着这边,所以无法读出他在说什么。只见他抬手就是一枪,根本就没瞄准,俘虏的一条胳膊被打断,鲜血狂喷而出。俘虏痛苦地惨叫着,受训的士兵全都一脸漠然地看着发生的一切,仿佛对此已经习以为常。白人教官带着士兵走到俘虏身边指着伤口继续训教,这次他面对着幽灵的方向,可以清晰地读出他的口型。

"子弹只有准确击中臂骨才能造成手臂的断裂,如果只击中肌肉组织,百分之六十的可能需要截肢,百分之三十的可能会失去部分手臂功能,还有百分之十的可能能够治愈。我的要求是即使不使用达姆弹也能打断敌人的手臂,因为一旦手臂被打断,敌人就无法再使用这条手臂,防止产生二次威胁……"

"讲得还头头是道。"幽灵摇了摇头,"典型的疯子。"

"继续看。"狮鹫低声道。听得出,他的声音中带着一丝愤怒。

白人教官继续说道:"战争中你可以使用任何手段杀死敌人,目的只有一个,不让敌人有二次伤害你的机会,但请记住,一切以保证自己免受伤害或者少受伤害为前提。在特种作战中,我们大多数时候要深入敌占区,四周到处都是数倍于我们的敌人,暴露自己会给整支队伍带来巨大的麻烦。受伤会拖慢队伍的行进速度,给战友添麻烦,如果因伤无法行动,那你就准备去死吧。"

翻译用了半天才将这番话翻译完,士兵们一阵骚动,开始交头接耳。

"闭嘴!"白人教官怒喝道,"你们是第六批受训队员,也是我见过的最笨的一批,我真希望你们都去死,让我清静清静!今天我要求你们打移动靶,这种机会不是很多,希望大家珍惜。当然,这么多人不可能所有人都有机会,各组的组长先来,其他人列席。"说着他指着一名俘虏道,"放开他!"

俘虏满脸惊恐,他已经知道要发生什么了,命运已经注定,死神即将降临。

白人教官对翻译道:"告诉他,现在开始跑,如果他跑到后山还没死,就放了他。"

不知道是俘虏不相信,还是被吓傻了,不管翻译说什么他都只是原地抖作一团。

"跑!"白人教官对着俘虏脚下开了一枪,俘虏吓得跳了起来,然后转身就跑。白人教官把枪递给身边一个士兵,"一百米之后开火,单发,你只有开三枪的机会,如果打不中我就抽你三十鞭子。"

士兵沉稳地接过枪,检查了一下,然后慢慢举起来,此时俘虏已经跑到七八十米外了。他的枪法不赖,在一百二十米的距离一枪命中目标,子弹穿胸而过,俘虏倒在地上扭动了一阵就不动了。

几名俘虏都没能逃脱被射杀的厄运,几乎全都死在了一百五十米之内,反倒是那名被打断手臂的俘虏还有一口气,但失血过多,估计活不了多久了。

白人教官对这个结果颇为满意,但他也只是点了点头,依然阴着脸。这时候一个士兵跑过来低声对翻译说了些什么,翻译立即报告白人教官。白人教官听完大喜,"你们的运气来了,我向总统大人提交的申请终于得到了批示。下面继续进行格斗训练,我给你们找来了一个强者,你们会从他身上学到很多东西。把人带上来!"

一会儿，一个浑身是血的人被四名非常健壮的士兵押了上来。这个人走路一瘸一拐的，戴着手铐和脚镣，满脸的络腮胡子，一只眼睛已经睁不开。虽然被打得鼻青脸肿，但幽灵还是一眼就认了出来，这个人居然是赌徒！

赌徒赤裸的上身全都是伤痕，裤子已经破得不成样子，露出的大腿上也全都是紫青和伤口，络腮胡子上沾满了血迹，戴着手铐和脚镣的地方已经被磨得皮开肉绽，看得出他遭到了严刑拷打。赌徒被带到了场地中间，他瞪着一只还能睁开的眼睛冷冷地看着那名白人教官。

谁也没有料到赌徒会在这个时候出现。幽灵愣愣地看着望远镜里的赌徒，许久才说道："他们要干什么？"

"还好，他还活着。"狮鹫低声说道。

"这还是赌徒吗？我怎么有点儿认不出来？居然被折磨成这个样子！不过你说得没错，至少他还活着。"听到了赌徒的消息重拳第一时间赶了过来。

"不知道其他人怎么样了！"幽灵说道，"希望他们和赌徒一样都还健在。"

"他们要动手了。"狮鹫低声说道。

只见白人教官围着赌徒转了一圈儿，"我来给大家介绍一下，这位就是大名鼎鼎的黑血雇佣军中的赌徒中士，I国人，优秀的特种战士。别看他伤得很重，以你们现在的能力无法对付他，所以你们一对三，可以用木棍，如果三人能打倒他就算你们合格。"

听了翻译的现场翻译之后，总统卫队的人被激怒了，他们并没有将这个戴着手铐脚镣的重伤员放在眼里，都很不屑地看着连路都走不稳的赌徒。

这时两个押解赌徒的士兵上前，将脚镣中间固定住，缩短两脚间铁链的长度，赌徒几乎迈不开步。然后手铐又被用一根细铁链和脚镣连在一起，这下他连手都无法完全抬起来，最高只能抬到胸前，根本无法向前伸直。

"卑鄙！"幽灵骂道，"不如直接捆起来让你打算了。"

"没关系，这困不住赌徒。"重拳举着望远镜，"赌徒有足够自保的能力。"

场地被腾空，三名总统卫队士兵拎着木棍从三个方向慢慢靠近，赌徒垂着手一脸的漠然，那眼神，仿佛面对的是三只乱转的苍蝇。

三名士兵谨慎地围着他转圈儿。赌徒一动不动，他的腿上还在流血。突然，一个士兵喊了一声，三人几乎同时扑了上去，三根木棍同时打向赌徒的后脑、腰部和脖子。赌徒上步、弯腰、转身，上面的两棍扫空，而打向腰部的棍子已经到了近前，他用手铐中间的铁链架住棍子的同时双手抓住棍端用力后拉。士兵没松手，而是打算把棍子夺回去，但他低估了赌徒的力气，结果整个人被拉了过来。赌徒用力向左一甩，士兵一下失去重心向前扑去。赌徒左膝提起狠狠地撞在了士兵的肚子上，士兵被撞出去两米多远倒在地上，整个人如同大虾一样弓着身子在地上打滚儿。

一个照面就放倒了一个，赌徒转回身看着剩下的两名士兵，一脸的冷漠。两名士兵被镇住了，他们根本没想到一个伤成这样的人还有如此敏捷的身手。二人对望了一眼再次同时扑上来。赌徒左挡右架和两人打在一起，因为手脚受到限制，身上挨了几记棍子。一名士兵被他抓住脚腕向上猛推，整个人在空中翻了个筋斗，头下脚上地摔在了地上，颈骨折断，当场死亡。

"干得好！"幽灵很解气地说道，"从来没注意到他的身手这么好。"

"唉？怎么不用肘击？困住双手肘击也不受限制啊，真笨！这么好的招式都不知道用！"重拳叹道，"这三个都该被打死才对，居然只死了一个，太可惜。"

"他不是你，别那么多要求。"狮鹫训斥道，"赌徒的腿伤很重，能做到这一点已经不错了。"

最后一名士兵彻底被吓到，手里拿着棍子不断后退。

"一群笨蛋。"白人教官大骂着上去给了士兵一个耳光，"滚回去！"

士兵灰溜溜地回到队伍当中，尸体和伤员被抬走，空地上只剩下赌徒站在那里，神情漠然，仿佛刚才发生的一切都和他没有关系一样。

"很不错！"白人教官鼓掌上前，"好身手！"赌徒依然默不做声，甚至连看都不看对方一眼。

"教训他！"白人哼了一声，挥了挥手。押送赌徒的四个士兵冲上来，他们并没有轻易靠近，而是先用长杆将赌徒打倒，然后冲上去用短棍开始对他进行疯狂的殴打。赌徒身体缩成一团，双手护着头倒在地上来回滚动。

白人教官转回身对那些受训的士兵说道："你们就是一群笨蛋，三个人拿着棍子还打不过一个捆住手脚的伤员，居然还被打死了一个，这种战斗力真是让我无法理解，要不要我把他绑在柱子上让你们打？精英？扯淡！你们就是一群废物，我训练了你们快一个月了，你们就交了这么一份答卷？我要申请调离，再这么对着你们下去我怕自己也会变白痴……"

咒骂足足持续了五分钟，而整个过程中那四名士兵对赌徒的殴打就没停过。

"好了，别打死了，带回去，他还有用。"白人教官挥了挥手，叹了口气说道："看来需要修改训练计划了，这群人还真是……这句话不用翻译。"满头大汗的翻译唯唯诺诺地答应着退到了一边。

"这群混蛋！"幽灵的牙齿咬得咯咯作响，整个过程他看得清清楚楚，但无奈的是他毫无办法。赌徒已经被打得昏了过去，被两名士兵拖走，地上留下了一条长长的血迹。

"重拳，看他被送到了什么地方！"见赌徒被拖着狮鹫立即说道。

"收到。"重拳一边观察着赌徒被带走的方向一边变换着自己的观察角度。

见幽灵还在那边咬牙切齿，狮鹫过去拍了拍他的肩膀，"至少他还活着。"

"是啊，还活着。"幽灵长叹一声，"伙计们，一定要撑住，我们来了！"

经过这一幕之后，三人的心情都变得十分沉重，发现赌徒的那份惊喜已经被一扫而空。兄弟们在里面受苦，而他们只能眼睁睁地看着，这种滋味并不好受。

"他被带入了主洞穴。"重拳在耳机里说道，"里面的情况看不到。"

"在营地结构图上做好标记，侦察行动继续。"狮鹫提着枪走向自己负责的区域，"伙计们，打起精神来，我们在准备救他们，别因为这点儿小插曲影响了我们的工作效率，OK？"

三人回到自己的位置，默不做声地继续着自己的工作，谁也没心情说话。晚上在汇总情报的时候三人将自己的发现仔细进行了整理，该标注的标注，该绘图的绘图，整个过程简单而有序，这些资料将成为整个营救行动的依据。

"晚上看看夜间防御,把夜间防御部署弄清楚了再说。"狮鹫一边吃着战斗口粮一边说道。

"外围的部署情况需要抵近侦察。"幽灵道。

"晚上你可以靠近营地,但别靠得太近,把外围哨兵的情况摸清就可以了。"狮鹫对幽灵非常不放心,幽灵很难控制,说不准会干出什么事儿来。

"我心里有数儿。"幽灵看着营地的方向,"放心,我不会坏了大事。"

其实狮鹫最不放心的就是幽灵的这一点,他的自主性太强了,整个黑血几乎没人能掌控他,就连山狼和本·艾伦都做不到。

"但愿如此。"狮鹫欲言又止。

幽灵吃着东西望着营地的方向,"我倒要看看这个兔子窝究竟有多深?"

晚上十点多幽灵动身前往营地外围。临走之前狮鹫没有对他过多叮嘱,他清楚叮嘱没有任何作用,一切都得靠他自己。

狮鹫举着望远镜盯着营地的方向,虽然他清楚幽灵的行动路线,但他却无法找到幽灵的影子,在黑夜和丛林的掩护之下,他真正地变成了幽灵。

"希望不会闹出什么乱子。"重拳在耳机里低声说道,他也在关注着幽灵的动向。

"不会,他不是疯子,应该有分寸。"狮鹫淡淡地说道。

"他要是正常人我们就都疯了。"重拳笑了笑,"这小子是天生的疯子,一匹无法驯服的野马。"

"嘿,我在听。"幽灵突然插话道。

"啊?糟糕,忘了这是群聊频道。"重拳无奈,"听到能怎么样?你就是疯子,不服来咬我啊?"

"幽灵,别理他,集中精力,干好你的活儿。"狮鹫呵斥道。

幽灵没说话,看来他已经进入叛军外围的哨兵控制区域了。

"注意,右翼出现巡逻队,正在靠近你的行进路线,预计到达时间三分钟。"重拳将自己看到的情况说给幽灵。他不知道幽灵现在的位置,只能将准确的信息传达过去,至于怎么应对就得靠幽灵自己了。

耳机里传来几声清晰的叩击声,幽灵表示收到。除了叩击声之外什么都听不到，没有衣服的摩擦声，没有林木随风的摆动声，甚至连幽灵的呼吸声都听不到，一切静如深海。

"右翼巡逻队出现，人数十二，距离你的路线两分钟路程。"重拳继续传递消息。

幽灵依然是叩击麦克表示收到。整个行动过程中幽灵每五分钟就会叩击麦克一次，表示他一切都好，处于绝对安全状态。

狮鹫和重拳在关注幽灵的同时也在仔细观察着叛军的夜间布防情况，巡逻时间、换岗时间、巡逻间隔、巡逻密度、巡逻路线一切都被他们详细地记录下来。

直到凌晨三点多他们才听到幽灵的声音，"回来了，一切顺利。"

幽灵出现的时候把重拳吓了一跳，他原本涂满迷彩的脸上已经完全变成了单一的黑色，"怎么弄得和掉进煤堆里似的？"

"方便。"幽灵从背囊里翻出自己的水壶喝了一口，"哪儿找的水？味道不错。"

重拳道："狮鹫弄回来的，应该不远，里面情况怎么样？"

"外围情况基本摸清了，所有的暗哨、雷场、狙击阵地、观测点、人员布防、武器配置全都查清了。"幽灵又喝了口水，"不过需要再侦察几次进行核实，防止叛军重新调整部署。"

"嗯。"重拳点了点头，"营地里呢。"

"营地里防御比外面松懈得多……"幽灵突然反应了过来，"你诈我？"

重拳露出一个阴谋得逞的奸笑，"你果然还是进去了。"

"他不进去也不会用这么长的时间。"耳机里狮鹫用一种早已料到的口吻说道。

"还真瞒不过你们。"幽灵挠了挠头，"算了，直说吧，内部情况不复杂，除了巡逻哨之外很少有地方设置固定哨。不过很多士兵都是睡在岗位上的，比如炮位、防御阵地、角楼，里面都是轮值哨兵，外面执勤里面睡觉，随时换岗，爬起来就可以直接进入阵地。"

"营房里住的人多吗？"狮鹫问。

"外围绝大部分营房都是空的，只有执勤和外围防御的士兵住在营房里，粗略计算，外围只有不到六百人，远远低于大本营所拥有的军队数量。从这个营地的规模和日间运输给养的数量来看，这里驻有大规模军队的可能性极高，所以我觉得大部分军队都在山里，这两座相邻的山恐怕已经被掏空了。"

"嗯，还有什么发现。"狮鹫又问。

"我在北边的11和12号洞穴发现了三辆T55坦克。对了，外围的营地中没有军火库，也没有任何仓库，大部分是空的，里面甚至连床铺都没有，看上去是摆设。"

重拳道："应该是迷惑政府军的诱饵，把军队都藏在山里，外面装装样子。就算政府军到达这里，不进入营地也搞不清这里到底有多少人。就算遭受导弹攻击损失也不会太大，除非用钻地炸弹直接攻击洞穴，否则根本无法达到消灭叛军有生力量的目的。看来这个米洛斯迪尔很有头脑，想得足够长远。"

"这里的一切布局都很专业，米洛斯迪尔手下应该有能人存在。"重拳说道，"如果是这样的话，那山中的结构恐怕更加复杂！"

幽灵点了点头，"里面空间太大，我们得想个办法把里面的情况弄清，否则根本无法展开行动。"

狮鹫道："进入山洞可没那么容易，你暂时不要打这个主意，我们要从长计议。"

"好的。"幽灵答应得非常痛快，"我不会贸然进入，先观察一段时间再说。"

"叛军外围的布防有漏洞吗？"狮鹫又问。

"没有找到什么弱点，但我们在行动的时候可以借助复杂的环境进入，成功的可能性非常大。"幽灵取出做了标记的地图，在上面画了两条线，"我选了两条线路，但需要再观察一下才能最终确定。"

狮鹫道："嗯，把发现和计划都做好，一会儿我回去看。"

"放心，已经做好了。"幽灵拿起战斗口粮吃了起来，"重拳，你先休息吧，一个小时后我叫你。"

"好，那我先睡了。"重拳也不客气，倒下就睡。

第一轮侦察结束,从白天到晚上的叛军活动他们都详细地做了记录,剩下的就是每天针对性地观察,寻找其中的变化。

监视和侦察这两项工作的确很辛苦,时间长不说还很乏味,用幽灵的话说就是:既不能分神儿又很无聊的工作,必须时时刻刻盯着,但又没什么意思。

第二天的工作继续,三人继续分头行动。虽然他们每个人只休息了不到三个小时,但体力基本上已经恢复。

整个上午没有什么有价值的发现,叛军只是按部就班地出勤、巡逻、换岗、训练。上午十点多,那支总统卫队又出现了,很快赌徒又被带了出来,看来他又要吃一次苦头了。这次赌徒并不像昨天那么没精神,虽然依然浑身是伤,但眼睛里有了神采,不时地东张西望。

"什么情况?今天他怎么这么精神?被打出毛病来了?还是叛军给他吃了兴奋剂?"重拳纳闷。

"不是。"幽灵透过望远镜盯着赌徒,"他知道我们来了。"

13　内部消息

赌徒仰望着群山，目光中充满了坚定，被伤痛折磨得不成样子的身体仿佛充满了力量，他不时轻转着头颅，仔细看着附近的每一座山峰，最终将目光停留在了三人藏身的这座山上。

"你昨天晚上给他留了口信？"重拳问幽灵。

"是的，在某些地方我刻下了符号，告诉他们我们来了。"幽灵透过望远镜盯着赌徒那伤痕累累的脸，"他在说话。"

在叛军看来赌徒只是在发呆，一边的教官正在咒骂受训的士兵，强调今天训练的目的性，没人注意赌徒的一举一动。

"不要试图营救我们，不要白费力气，回去，这里太危险。"幽灵读着赌徒的唇语低声说道。

"废话！谁都知道这里危险。"重拳低声道，"既然来了就是要救你们出来！"

"整座山已经被掏空，山里至少有一支千人以上的军队。另外，有人泄露了我们的行踪，否则我们不可能被俘，这个人很可能在我们内部，他熟知我们的一切。到目前为止我们已经失去了三个伙伴，树妖、莽汉、光速已经被折磨致死，剩下的大多已经身受重伤。我们已经料到你们会来，但我们也恳求你们，不要冒险，这是一个局，有输无赢！米洛斯迪尔之所以没杀我们，就是为了引你们上钩，这是握手组织精心部署的一个陷阱！不要拿兄弟们的性命做赌注，我们只要你们给我们报仇，不要试图营救，仅此而已。"幽灵默默地念着赌徒的唇语。

已经死了三个人，重拳他们真不知道该庆幸大多数人都还活着还是为死亡的三名战友感到悲哀，这种矛盾的心情真的无法形容。

"你们能来我很欣慰，但请考虑这里的情况，回去吧，伙计们，谢谢你们。"突然，赌徒喷出一口鲜血，直挺挺地倒在了地上。

"他怎么？晕了？"幽灵一愣。

"应该是他不想在这儿浪费时间。"重拳思索着说道，"他想回牢里，把这件事告诉其他人。"

"不想打架？"幽灵摇了摇头，"真有他的，装死是个好办法。"

"我们来了对他们是个好消息，起码能振奋一下士气。居然已经有三人被折磨死了，好狠毒的米洛斯迪尔。"重拳叹了口气。

幽灵无奈地说道："这个局很明显，不杀死他们就是为了让我们自投罗网。看来握手组织很了解我们，他们清楚我们不会丢下任何人，只要他们活着我们就不会放弃营救，不用精心部署，只要借助这个军营就行了，叛军再蠢凭数量优势也够我们受的。"

"先不考虑那么多，我们已经在这里，不管结局如何我们都要继续下去。"重拳继续说道，"现在我最关心的就是他说到的泄密问题，看来我们中真有内奸。"

"应该不在我们这边。"幽灵看着赌徒被人拖走继续说道，"我们在T国的人根本不知道他们的行动地点和时间，根本无法给敌人提供准确的情报，所以那个内奸应该在被俘的人里。"

"我真想不出会是谁，每个人都曾和我同生共死。"不管这个内奸是谁重拳都无法相信，在他看来谁都不像是内奸。

"人是会变的，昨天的兄弟很可能就是明天的敌人。"幽灵目送着赌徒消失在视野里之后才放下望远镜，"不管是谁，别让我逮到！"

"队长肯定会追查到底，这次泄密几乎毁掉了半个黑血，他不会善罢甘休的。"重拳转到一边，"不知道赌徒回去如何处理我们来了这个消息，如果有内奸的话……"他摇了摇头，没说下去。

"你是怕消息被可能存在的内奸知道？"幽灵问。

"是啊，这可关系着我们的行动。"重拳颇为担忧，"每个人都可能是内奸，赌徒如何处理需要费一番头脑。"

13 内部消息

"他肯定有自己的办法,这个不需要担心。现在最重要的就是我们已经和他们建立了联系,我留下的信息是让他们想办法把他们的位置和了解到的内部情况传递出来,在没有新的侦察手段之前这可能是我们获取内部情报的唯一手段。赌徒虽然不希望我们进行自投罗网般的营救行动,但他肯定明白无法劝阻我们,他肯定会将知道的信息告诉我们。"幽灵胸有成竹地说道。

"但愿如你所说。"重拳摇了摇头,"我去继续未完成的任务。"说完提枪走了。

和赌徒建立联系的意义重大,这是幽灵冒险进入营地最大的收获,至少可以单方面地传递消息。现在他们急需的就是山体内部的情报,这对行动至关重要。

这才是他们到达这里的第二天,本·艾伦带人赶到至少还要一周的时间,他们还有大把的时间收集情报,只是很多重要信息并不是那么容易获得的。从前期获得的信息来看,军营的主体在山里,外围的营地是摆设,叛军的主要力量并没有显露在外,这是躲避打击的好办法,但也给他们获取情报制造了不小的麻烦。

经过几天的重复观察他们发现了一个细节,就是每天外出执勤和训练的士兵都不一样。原来叛军是分批次地进行每日轮岗,每日数百人的轮换可以让在山里的人轮番出来晒晒太阳,这也是个不错的办法。

"叛军已经两天没有进行格斗训练了,是不是叛军发现了什么?"幽灵有些担忧,自从和赌徒建立联系之后叛军再也没有带黑血的人出来。

重拳不这么认为,"如果泄露了信息,我们就不可能安静地待在这里了,叛军早就该展开搜山行动了。"

第四天赌徒再次出现,相比之前两次他的精神要好很多。这次依然是和叛军的受训士兵格斗,但他这次下手并没有之前重,没再杀人,看得出他在拖延时间。

对于他的表现,那个白人教官很满意,不停地点评,最后他甚至还递给了赌徒一支烟,作为今天合作的奖励。

这次赌徒传递出来的消息很多,看得出,他已经明白了整个营救行动不会取消，因为他了解本·艾伦的性格，也了解这些兄弟的决心。

"他们被关在入口里面大约六百米的地下，路上要经过四道门，转很多弯，要走向下的楼梯，经过一个对外的防御阵地，路线曲折，行程大约八分钟，他们分别被关在四个不相邻的牢房里。现在知道我们来的只有弯刀、巨人和他自己，其他人还蒙在鼓里。他们三个已经达成共识，为了保险暂时不把这消息告诉其他人。据他们猜测，整个山体内的结构大得超乎想象，但他们根本没机会'参观'整个基地，所以了解的情况有限，他们会尽量获取相关的情报传递出来。"幽灵将赌徒传递出来的消息详细地做了记录。

"还有什么？"狮鹫问。

"经过长时间的观察，他们发现叛军的弹药严重不足，并不是所有人都发到了枪，只有中士以上的士兵才有资格持枪。接受训练的都是从普通士兵中选出来的精英，这些精英中再筛选之后剩下的才是总统卫队，我们看到的和赌徒格斗的士兵只是初选的人员而已。另外这里的下士只能在训练的时候摸到没有子弹的枪，在这里大部分下士从事工兵的工作，基地里的一切都由他们打理，建筑、开凿、清洁、采集、播种，他们更像是一群在被监视的苦力。另外这里的军事顾问都是外国人。米洛斯迪尔的住所在一个很隐秘的地方，他们曾经被带过去接受审讯，但全程被蒙上了眼睛，路程很长，他们甚至在山里坐了车。"

"这些情报太少了。"狮鹫叹了口气，"我们得想其他办法。"

"对了，赌徒还提到，这里有三百人左右的政府军俘虏，赌徒他们也只见过一次。他们在这里从事繁重的体力劳动，全都蓬头垢面、骨瘦如柴。另外他们还听到过机器的轰鸣声，来源于地下，所以这个基地应该有向下延伸的部分。"幽灵整理了一下自己的记录继续说道，"还有一个消息就是，这里的有些叛军吃人。"

"吃人？"重拳和狮鹫同时一愣。

"对，因为缺少食物，很多叛军会对俘虏下手。他们将一些没有劳动能力的俘虏杀死吃掉，而人肉是叛军军官才能享受的食物，一般士兵吃不到。"

"这里是地狱吗？怎么住了这么多恶魔！"重拳惊讶道。

"米洛斯迪尔本身就是个食人魔，他很喜欢吃人肉。据传他每个月都要

13 内部消息

吃一次人肉，已经近乎病态！"狮鹫冷笑着说道，"什么人带什么手下，食人魔大聚会。"

"杀了他们算不算拯救世人？"重拳道。

"切，你又不是上帝，杀了这些人算你积德就不错了。"幽灵很不屑地说道。

"上帝很忙，忘了这些魔鬼，我们有义务将他们从人间铲除！"重拳正经地说。

"伙计们，闲聊的同时别忘了干活。"狮鹫提醒二人。

"放心，肯定误不了。"重拳从树上下来，"今晚再去转转，确认一下哨兵的位置。"

"还是我去吧，已经去过两次了，路比你熟。"幽灵整理着自己的观察记录道。

"你总往军营里溜达，不靠谱。"重拳提枪回来，"还是我去吧，能放心点儿。"

"幽灵去吧，他比较熟。"狮鹫突然说道。

"还得我去吧？"幽灵很得意地看着重拳。

"别惹乱子。"重拳悻悻地说道。

"放心。"幽灵拍着胸脯保证，但越是这样重拳越不放心。

晚上幽灵收拾好东西，只带上手枪和刀子，"一会儿见。"说完钻进了林子。

"你就这么放心？"重拳问刚回来的狮鹫。

"虽然幽灵有点儿野，但还算靠谱，再说他路比你熟，你只接近过营地的外围，他却进去两次。"狮鹫靠在树上，"再过两天队长他们就到了，我们必须抓紧时间。"

重拳无语，过了一会儿他才开口说道："咱们该到后山去看看，这两座山太大了，又有叛军把守，所以没法翻过去，只能绕路，估计要走很远。"

"明天我和幽灵去后山，你留下继续监视这里的情况。"狮鹫翻出一包巧克力丢给重拳，"我们会在后续人马到达之前返回，你这边要留意赌徒带出来的消息和叛军的动向。"

重拳有些担忧，"我们没有远程通信设备，发生什么事情都无法互相通知，分兵有点儿危险。"

"也只能这样了，再过几天队长会带人过来，在这之前我们必须尽量收集更多的情报。时间不多了，内部情况弄不清是没办法，外部情况弄不清就是我们无能了。外围情报越详细对我们的行动越有利。"狮鹫道。

"好吧，我留下，你们至少需要一天的路程才能绕开叛军的防御圈，所以千万小心。"重拳道。

"放心，有幽灵在应该不会有什么问题。"狮鹫将一天观察到的信息输入电脑。

午夜幽灵返回，敌人部署的变化不大，没什么特别的发现。他又进去给赌徒留了信息，内容很简单，尽量提供里面的情报，随时做好被营救的准备。

凌晨三点多幽灵和狮鹫就出发了，重拳独自一人留下。在他们离开的第三天，本·艾伦带着大队人马到了。说是大队人马，其实只有山狼、绅士、响雷、机械师和本·艾伦本人，新人一个都没来，本·艾伦的理由很简单，没有理由让那些新人跟着冒险，他们还没真正融入这个圈子。他们每个人都背着沉重的背囊，几乎是平时的一倍。

"路上还顺利吗？"重拳低声问。

"还好，你们选择的路线很好。"山狼点了点头。

"雷区遇到了点儿麻烦，你们留下的绳索被什么东西咬断了，我差点儿掉进雷区。"响雷卷起袖子，手臂上有一条长长的口子，"不过还好，只有这点儿伤。"

"剩下的一切都很顺利。"山狼递给重拳一个 GPS，"新式的。"

"哪儿产的？怎么没见过？"重拳翻来覆去看了半天，没发现上面有任何标志。

"M 国陆军的最新产品，还处在试验阶段。"山狼边说边给重拳演示使用方法。

"试验性产品？"重拳问。

"是的。"山狼苦着脸说道。

13 内部消息

"M国人向来利字当头,测试武器连自己人都不用。"重拳道。

"重拳,把营地的地形图表标注在卫星地图上。"本·艾伦一边看着他们的侦察记录一边说道。

"是。"重拳立即开始干活。

"除了赌徒还见过其他人吗?"本·艾伦看着记录问道。

"没有,只有他被带出来几次,我们已经建立了联系,他在尽量给我们提供山体内部的情报。"

"嗯,干得不错。不过建立联系这件事有些冒险,我们还不知道谁是内奸,万一泄露了消息,我们的行动将前功尽弃。"虽然这么说,但本·艾伦并没有责怪的意思,他继续说道:"情况比我们预想得要复杂,山体里的情况我们到目前为止还没有弄清,这是个巨大的麻烦,我们必须想办法解决这个问题,否则我们的行动将无法展开。"

"幽灵曾试图进入,但狮鹫不允许,他担心万一出事我们就没机会动手了。"

"这种担心不是多余的,如果真的没有其他办法,那我们只能冒险进去了。"本·艾伦抬起头,"行动时间定在四天后,我们还有充裕的时间想办法。"

"四天后?"重拳一愣,原本他以为本·艾伦到了之后会立即展开行动,最迟不会超过两天。

"对,如果没有特殊情况行动不会提前。"本·艾伦站起身看着远处的叛军大本营,"等狮鹫和幽灵回来我们再做打算,进入营地幽灵是最合适的人选。"

"他们离开之后赌徒只出现了一次,依然是被叛军围殴,我真怕他坚持不了多久。"重拳有些担忧,"他的伤势不轻,看得出他一直在硬撑。"

"伙计们,坚持住,我们来了!"本·艾伦对着营地的方向低声说道。

14　突入敌营

两天后狮鹫和幽灵返回，二人带回了大量的后山地貌、水文资料，以及叛军的防御部署情况，很多东西是卫星拍不到的。

"总算回来了。"绅士拍了拍幽灵，"好久不见，游击小子。"

幽灵给了他一拳，"欢迎参战。"

"后山的情况更加复杂，部署严密，这是我们弄到的详细情况。"狮鹫将自己的随身电脑递给本·艾伦，"后山虽然没有重兵，但到处都是暗哨和雷区，密度远大于这边。"

"先汇总情报再说。"本·艾伦将几天来收集到的情报进行了整理，营地图纸日趋完善，剩下的就是山体内部的情况了，但赌徒再也没有出来，他们和里面的联系断了。

"在不了解内部情况的前提下我们动不动手？"山狼问本·艾伦。

"时间一到必须行动，我们没有第二次机会。"本·艾伦反复地看着叛军后山的军事部署图，"能不能把他们救出来就看我们怎么行动了。"

"嗯。"山狼点了点头没再说什么。

"后山有多少叛军？"山狼问幽灵。

"不到一个营。虽然叛军的营级编制小一些，但至少也有两百人。后山地形比这边复杂，易守难攻，遍地都是暗哨和雷区。"幽灵摇了摇头，"相比后山，这边虽然人多了点儿，但进去的路要好走得多，行程也没那么长。最可惜的是后山没有找到能进入内部营地的路，那边入口看守得更严。咱们什么时候动手？"

"两天后。"说完山狼指着一边的几个大背囊，"尽快熟悉一下你们的装备。"

第二天下午，赌徒再次出现，这次他并没有带来多少新的情报。作为一名俘虏，他能了解到的情况相当有限，只有一条信息引起了他们的注意，营地里配发枪支的士兵突然多了起来，数量比之前翻倍了，不知道是不是他们察觉到了什么。

对此本·艾伦并没有表现出过多的惊讶，只是告诉其他人不要担心，这和他们的到来无关。

行动的当天早上，叛军突然出现异动，一辆辆满载士兵的卡车开出营地奔向远方。

"什么情况？怎么突然出现军事调动？"幽灵有些紧张，"会不会是在对我们进行合围？"

本·艾伦道："不用担心，这和我们没关系，叛军是在向前线增兵，政府军的异动惊动了他们。"

"政府军大规模异动？他们要开战吗？"幽灵问，"太好了！这么一折腾倒是成全了我们。"

"政府军的军事调整是为了配合我们的行动，目的是吸引叛军的兵力。这次回去我和政府军上层做了交易，他们负责将这里的兵力吸引出去，我们负责杀掉米洛斯迪尔。"本·艾伦看着一辆辆满载士兵的卡车，"目的已经达到了，现在就看叛军会调遣多少人去前线了。"

"政府军在帮忙？"幽灵有点不相信。

"利益交换而已，调动军队又不是打仗，政府军现在还无力进攻，只能摆开阵势装装样子，除非真的看到有利可图，否则他们是不会开一枪的。"山狼看了看表，"叛军的反应很迅速，看来政府军内部有人给他们通风报信。"

"如果我们干掉了米洛斯迪尔，政府军就不会是装装样子了吧？"重拳问。

"政府军虽然无能，但也不是傻瓜，他们不会错失这样的良机，肯定会有所行动。"本·艾伦看着源源不断地从营地里开出来的运兵车皱了皱眉，"米洛斯迪尔的运输能力的确不俗，我倒要看看他能运出多少人来。"

"当然是越多越好。"幽灵吃着东西说道,"这里空了,方便我们行动。"

"留守营是不会动的,那是米洛斯迪尔保命的本钱。"重拳看着军营两翼的防御部队阵地说道,"光驻守前后山的军队也得有六七百人。"

"这个地方地形上不适合大规模作战,固守要塞有两百人足够了。"山狼道。

"再少也不是我们能正面应付的,只是多些机会。"本·艾伦叹了口气,"特种作战叛军不是我们的对手,但人数优势足以弥补一切不足,五百人和一千人对我们来说差别并不大。"

叛军的运兵卡车断断续续过了近一个小时,粗略估计至少运走了一千五百人。

"就这么点儿?情报上不是说这里至少有两千人的军队吗?从营地规模上分析,这里装下四五千人都不成问题。如果没有那么多人他们也没必要建设这么大的营地啊,就算留有备用空间,那这里至少也应该有三千兵力。"重拳有些失望。

"没准儿是米洛斯迪尔好大喜功,错误估计了自己招兵买马的能力。"本·艾伦返回去继续整理他的资料。计划已经制订完毕,他在进行反复推敲。

一整天军营里都非常热闹,士兵不断进出,准备着各种战略物资。傍晚,车队返回,又开始运送物资和兵力。原来米洛斯迪尔的运输能力没有想象中的那么强,他只能分批将兵力和物资运往前线。从叛军的调兵规模上能看出政府军折腾得动静不小,米洛斯迪尔真的害怕了,否则也不至于如此焦急地将军队运往前线。

"哈,原来米洛斯迪尔就这几十辆卡车,我还以为他有多大能力。"幽灵一脸不过如此的表情。

"在坦普亚他是唯一拥有这种能力的军阀,其他的只不过是规模稍大的游击队而已。"本·艾伦不抬头地说道。

"看看这次能运走多少人!"重拳坐在一块石头上默默计算着经过的车辆。

"米洛斯迪尔又要破财了。"幽灵摇了摇头。

"为什么?"绅士不知道他指的是什么。

"这么折腾下去，他攒下的家底儿估计剩不下多少了，邻国还能卖点儿弹药给养发一笔小财。"幽灵分析道。

"打仗要是没钱那就等死吧，他也就靠向邻国购买战略物资来维持这种'外交'关系，否则邻国早就和现在的政府建交了，利益驱使而已。"

"没事儿的都去睡觉，别在这儿闲扯，养足精神，准备晚上的行动。"山狼挥挥手，"这次行动至关重要，都给我精神点儿！"

"Yes，sir。"

直到晚上九点多叛军的兵力运输才算告一段落。两次加在一起这个营地里至少被运走了接近三千人，真没法估计这里到底藏了多少叛军。

十二点整，本·艾伦叫醒了所有人，"行动倒计时，一小时准备。"

所有人都开始整理自己的装备。重拳翻着山狼他们给自己带来的装备包，从里面取出一套重型护甲，这是本·艾伦花了很大力气才向马丁要来的杀手锏，变态的防护能力几乎可以无视任何近距离扫射过来的子弹，甚至可以抵挡三次以上枪榴弹的直接命中，当然，如果里面的人没被震死的话依然能继续作战。可惜的是只有两套，本·艾伦将这两套分给了重拳和机械师，他们必须在战斗打响之后担任开路先锋的角色，要迎着敌人的子弹勇往直前。他们的武器是两挺M249伞兵型通用机枪，他们必须保证足够的火力。

响雷和山狼也使用通用机枪，其他人使用的不是M16A3、M4A1就是G36短板配100发的C-Mag弹鼓，下挂榴弹发射器，完全是近乎变态的火力配比。

狮鹫拆开自己的狙击步枪装进了背囊，改用重枪管型的M4，这种作战环境狙击步枪没有优势。

只有幽灵有点另类，他用的只是一支加挂榴弹发射器的普通AK-47。他的理由非常简单，进入营地AK弹药随处可见，不用为弹药发愁。对此不管是本·艾伦还是山狼都没有阻拦，都是老兵，每个人都有自己的作战习惯，这很正常。

幽灵用胶带将两个弹夹反着缠在一起做成并联弹夹，然后逐一装进战术背心。他的战术背心已经临时做了改动，上面挂满了手雷和一排排的弹夹,和以往相同的是,他又带上了大量的炸药。

雷除响了配备机枪之外,背上还背着一支气锤霰弹枪。这玩意儿在近距离遭遇战中火力超猛,一枪过去敌人会被打成筛子,没有被救活的可能。

绅士的武器颇为特殊,手里握着一支 UMP45 冲锋枪,背上背着一支 M-32 式转轮榴弹发射器。

见所有人准备得差不多了,本·艾伦开口道:"小伙子们,能站在这里的都是能同生共死的兄弟,我不劝阻,不煽情,只说心里话!这注定是一场恶战,我们没有退路!"他指着军营的方向,"那里有我们的兄弟,我们不能抛下他们,黑血从未抛下过任何人,过去是,现在也是!生与死就在今夜!我再次强调一遍,我们是来救人的,米洛斯迪尔该死,但我不强求,如果有机会就顺便干掉他,没机会也不硬拼,好了,话就说这么多,准备战斗!"

"战斗,战斗,战斗!"所有人跟着低吼。

"出发!"本·艾伦猛地一挥手。

一行人借着夜色的掩护摸向营地。重拳抬头看了看天,心里不禁有些感叹,这次行动九死一生,这可能是最后一次看到天空,这种感觉有些与众不同。

幽灵已经不止一次走这条路了,他轻车熟路地带着众人轻松地避开了暗哨和巡逻队,直奔营地的外围。十几分钟后他们越过了雷区出现在营地铁丝网外,幽灵很轻松地钻了过去,那里是他几次过来时留的后门,铁丝网早就被他做了手脚。

营地里非常安静,队伍一路向前,并没有遇到什么意外。幽灵对这里非常熟悉,几次来他已经将情况完全摸透。大部分的营房都是空的,借助这些营房的掩护他们很轻松地绕过了防区,再走一程就是主入口了。就在这时,一名士兵突然从一间空房子钻出来,还没等他看清眼前的情况嘴巴就被捂住,一把刀同时刺入了他的后心。幽灵将尸体拖进屋里,他这才发现,屋里的地上铺着一床被子,这家伙是跑进来偷懒的。直到把尸体丢进里面的杂物堆他才把刀子拔出来,用杂物盖住尸体之后他才出了房子,随手关上门。

14 突入敌营

这短暂的时间里狮鹫已经进入停放坦克的洞穴，在坦克下面装上了炸药。进入山洞之后坦克对他们的威胁几乎不存在，之所以这么做的目的就是为了在和敌人发生正面冲突的时候制造混乱，让敌人搞不清他们到底来了多少人。

靠近主入口的地方有四名哨兵把守，被幽灵和山狼的消音手枪直接点射干掉，尸体被迅速拖到了暗处隐藏起来。

众人鱼贯而入，成双箭队形迅速向里推进，幽灵和山狼冲在最前面。通道里很黑，叛军穷得甚至无法保证长时间的电力供应，在平时基本上使用的都是火把。这种漆黑的环境可算是帮了他们大忙。

前方百余米处能看见火把的亮光，墙壁上两侧插着几支火把。哨卡里有六名叛军，机枪位上空着，叛军正靠在沙袋上困倦地打盹。这里算是大后方，自基地修建以来就没有战火波及到这里，防御看似森严，但士兵其实已经懈怠得不成样子了。很简单地无声射杀，六名叛军全都死在了梦里，尸体全都被丢在了掩体的后面。幽灵做了诡雷，又加上了C4炸药，威力足够将山洞炸塌一半。

前面的洞穴开始出现岔路，根据赌徒提供的内部结构情况，他们沿着左侧洞穴深入。没走多远就遇到了哨卡，众人继续无声射杀，但这次他们却遇到了麻烦。一名躺在掩体后面睡觉的士兵没有被发现，而趴在掩体上睡觉的叛军被打死之后鲜血溅了他一脸，他从梦中惊醒过来大叫一声跳了起来。虽然被赶到的幽灵干掉，但一切都晚了，这一声喊叫足以惊醒里面的敌人。很快洞穴深处传来了询问的喊叫，接着就是子弹上膛的声音。

"冲！"本·艾伦简单地下达了命令。

穿着重型防护服的重拳和机械师一马当先冲到了最前面，幽灵和山狼紧随其后。刚转过弯道就看见四名叛军端着枪举着火把向这边跑过来，重拳直接扣动了扳机。M249通用机枪装上消音器之后效果并不是很好，声音在空旷的山洞里非常刺耳。哨卡里留守的叛军清楚地看见前面的人被扫倒在地，一边喊叫着一边扣动了扳机，枪声在山洞里震耳欲聋。虽然敌人很快就被干掉了，但枪声彻底打破了平静，叛军已经被惊动了。

"引爆炸药！尽快找其他人！"本·艾伦一边向前狂奔一边说道。

"轰……"设置在外面的炸药被引爆，营地里到处开花。

一行人按照赌徒提供的信息向牢房的方向冲去，一路上出现的叛军全都被他们打死。终于他们冲到了向下的楼梯，在这里他们和敌人发生了正面冲突。敌人借助狭窄的楼梯进行顽抗，几支枪伸出来不停地扫射。看似凶猛的火力对他们根本构不成威胁，几发枪榴弹打过去敌人顿时被炸得血肉横飞。

"过了这条通道就是监狱了。"幽灵大声喊着冲了下去，里面还有叛军，他立即和敌人对射了起来。

"别在这儿浪费时间！"绅士端着 M-32 式转轮榴弹发射器冲了上来。他连续扣动扳机，里面的敌人可遭了殃，爆炸中烟雾滚滚，碎石横飞，被炸碎的尸块夹在其中飞得到处都是。

"到现在我才发现你这么暴力！"幽灵嚷嚷着冲了过去，他又开始发疯了，这活儿原本是重拳和机械师的。

前面是一条较为狭窄的通道，两侧都是非常狭窄的牢房，里面关着不少人，大多遍体鳞伤，骨瘦如柴。

"在这里！"通道里有人大声喊着，听声音是弯刀。

幽灵冲过去从小窗户向里望了一眼，里面很黑，只能看见弯刀的半张脸，"退后！"说完对着门锁的位置就是几个点射，然后一脚将门踹开。

里面几个大胡子冲了出来，幽灵辨认了半天才发现是弯刀、赌徒和军医。几个人胡子老长，头发蓬乱，脸上到处都是淤青。

"你们还是来了！"弯刀一瘸一拐地往前跑，"跟我来！"

在他的带领下被关押的几个人全都被救了出来。巨人还有点反应不过来，当他弄清怎么回事的时候不由得大骂赌徒不够意思，什么都不告诉他。

行踪彻底暴露，只能和叛军展开正面交锋，这是本·艾伦不愿意看到的，但又必须面对的结果。他们不可能在如此之多的叛军眼皮底下悄无声息地将人救出去，除非他们是隐形人，可那不现实。所以有些东西是必须面对的，哪怕再难也要面对，因为这是他们自己选择的道路。

其实他们的行动已经算是非常成功了，从开始行动到找到弯刀他们，整个过程用了不到半小时。如果从进入营地开始计算时间的话，连十分钟都不到,好像有点过于顺利,这倒是让他们有点不敢相信。

伤员的情况还算乐观,七个人都还能走,虽然烟鬼的伤势颇重,但走路还是没问题的。伤员们出了牢房就被其他人套上了防弹衣。救人任务已经结束,剩下的就是活着将他们带出去。

本·艾伦冲进来扫了众人一眼之后只是简单地说:"走!"

巨人一把夺过响雷手里的M249通用机枪发飙地往外冲,"我要杀光这群兔崽子!整天打老子!今天老子宰了你们!"

"所有人注意!原路返回,目的达到,我们撤!争取在敌人反应过来之前离开这里。"本·艾伦一边沿着通道向上跑一边说道。

"兽人,我们进来得太顺利了,小心情况有变。"狮鹫提醒本·艾伦。

"我知道,现在没时间考虑那么多,往回冲!"本·艾伦一边跑一边说道。

进来的容易,出去的时候情况就完全不一样了。大批叛军已经集结,从不同方向涌向出事地点。虽然敌人还没弄清到底发生了什么,但敌人的数量足以给黑血众人带来致命的威胁。

"叛军大部队到了。"幽灵从前面退回来,紧跟着他身后就传来爆炸声,通道瞬间被碎石阻塞。原来他在发现有大批叛军接近之后立即在通道里装上了炸药,能炸死多少敌人不重要,重要的是可以挡住更多的敌人涌过来。

在经过那些牢房的时候,幽灵将牢房门锁逐一打烂,把里面关押的战俘全都放了出来,他一边跑一边用本地语言喊道:"米洛斯迪尔要杀光你们,现在外面都是他的人,拿起地上的武器,拼命的时候到了!"

这些战俘大多伤痕累累、骨瘦如柴,而且地上叛军尸体旁边的枪支数量也有限,幽灵并不指望他们能起到多大的作用。他之所以放出这些人就是为了拖住叛军追赶他们的脚步。

"走这边!"重拳在另一条通道喊道。

"那边是厨房和仓库。"赌徒看着通道说道。

"管它是什么地方,先过去再说!"重拳一马当先,机枪不断咆哮,不时出现的敌人全都被干掉。他仗着身上的重型铠甲,几乎无视敌人所有的攻击，子弹打在他身上根本就伤不到他分毫。

众人一路冲杀，很快就到了厨房。等到了他们才发现，这里的厨房真是太原始了，木柴、灶台、大锅……没有任何现代化的炊具。这让原本打算用煤气制造爆炸的幽灵计划落空。

"真环保。"这是幽灵给这个厨房的唯一评价。

"把那些木柴和所有能烧的东西都点着！"本·艾伦指着厨房和仓库，"把里面的粮食也烧掉，把道路用火封死！"他的目的很简单，和幽灵放出囚犯的目的是相同的，那就是尽一切可能制造混乱，让叛军弄不清他们到底有多少人，他们好趁乱外逃。

很快大火吞没了通道，本·艾伦一行人扬长而去，只留下被弄得晕头转向的叛军匆忙地救火。十几个人一路冲杀，终于进了一片较为宽敞的区域。

赌徒看着四周，有些吃不准地说："我好像来过这里，被抓来的时候，对！去见米洛斯迪尔的时候就是走的这里，军医你还记得吗？"

"有点儿印象，不过，"军医也有些吃不准，"又好像不太一样。"

赌徒从一具叛军的尸体上捡起一支 AK-47，检查了一下发现只有二十发子弹，尸体上也没有备用弹药了，他不由地道："叛军真穷！一个士兵只配备三十发弹药，这和让他们自杀有什么区别？"

"别废话，给我们个方向！"本·艾伦在前面喊着。

"这里我也就来过一次，还被蒙着眼睛，没什么方向感。"赌徒有些无奈。

"你好歹还来过一次，我们一次都没来过，快点儿指条路，我们坚持不了多久！"说话间山狼从后面跑上来，"坚持不住了，追兵上来了！"

"走大路，至少不会被困死。"赌徒喊道。

"这话等于没说！"重拳一马当先地冲向了最近的一条通道。机械师转到了队伍最后面，因为追兵太多了，其他人挡不住汹涌的追兵，他还能依靠身上的重型防护装甲硬抗一阵。

"幽灵，炸药！"本·艾伦在前面喊。

"收到！"幽灵撒腿就跑，他要在叛军最多的通道里安装炸药。现在他们没有能力和大批叛军发生正面冲突，所以要多制造点麻烦，让叛军多吃点苦头。

"这里应该有结构图，洞穴太复杂了，就算是他们自己人也无法将所有通道全记住！"弯刀大声喊着。他左手单手提着一支AK-47，右手在刚才的战斗中被擦伤，现在连枪都握不住，因为情况紧急，他甚至连处理伤口的时间都没有。

"轰……"一声巨响中，重拳狼狈地从前面退回来，"有火箭弹，大家小心！"

"我用枪榴弹干掉他！"山狼在后面大喊，直接冲上去发射枪榴弹，但是里面火箭弹爆炸的硝烟太浓了，什么都看不清，也不知道他这枚枪榴弹的效果如何。他干脆喊道："再给他来几枚！炸死这群狗娘养的！"

"我来！"绅士端着M-32式转轮榴弹发射器冲上去连续扣动扳机，一连发射了四五枚出去，通道里顿时被炸成一片火海。

"走！"重拳二次冲进去。等进去之后才发现，里面只有一名士兵和一名火箭弹射手，两人都已经被炸得支离破碎了，一侧的岩壁已经被炸得塌了下来，堵住了半边通道。

"亏了！这里只有两名敌人，浪费了那么多榴弹！"重拳一边骂着一边往前冲。跃过被炸塌的通道他就远远地看到十几名叛军正向这边跑过来。叛军没有夜视设备，在远处他们根本就搞不清战斗的具体发生地点，如果没有爆炸的火光或者枪焰的指引，他们甚至会完全失去方向感。

重拳毫不客气地扣动了扳机，子弹横扫过去，瞬间放倒了四五个。叛军立即还击，密集的AK-47子弹扑过来打在他的防护服上，一阵闷响中重拳被打得不断后退。子弹撞在身上的感觉并不好受，但敌人弹药不足的劣势很快显现了出来，一番猛烈扫射之后敌人的枪声开始变得凌乱起来。每个人一个弹夹的弹药量在平时巡逻时勉强够用，但一旦遭遇大规模战斗，这点弹药就不够了，连一场阻击战都打不了，再加上心理紧张或者缺乏训练以及没有良好的武器使用习惯，这点弹药几乎在不知不觉间就打光了。

稳住身形的重拳抬起机枪继续疯狂扫射，敌人瞬间被打得抬不起头来。叛军在付出了四五条性命之后开始明白了他们根本占不到任何便宜，于是开始退走，但是已经来不及了。重拳大步流星地冲了上来，除了两名位置靠后的叛军士兵成功退走之外，其余的全都被重拳打死。

后面的敌人更多，机械师有点应付不过来了。密集的子弹打在他的护甲上推着他不断后退，很多时候他握枪的双手都因为子弹强大的冲击力而抬不起来。

"退！退！退！"本·艾伦在不远处焦急地喊着，"绅士，榴弹压制！"

"收到！"绅士连续六枚榴弹砸过去，叛军疯狂进攻的势头才算被压制住，但这也只是暂时性的压制，一旦敌人运来大威力武器或者绕路过来，那就算他们有榴弹发射器也坚持不了多久。所以他们不能在一个位置停留太久，必须在敌人完成包围或者大部队赶到之前离开。

"继续前进，不要过久停留，敌人正在四处找我们，一旦被堵住我们就完了。"山狼对着通话器大喊。

"轰……"一声巨响，大片的落石将身后的通道堵死。幽灵灰头土脸地从烟雾里钻出来，"短时间内他们是堵不住我们的。"

"炸药省着点儿用，那可是我们保命的本钱。"山狼见他跑出来才放下心，爆炸的时候没见幽灵的影子，还以为他被炸死在里面了呢。

"带得足够！"幽灵咳嗽着说道，"他们多久没打扫卫生了？全都是灰尘。"

"哪里来的那么多废话，快走！"山狼催促道。

"必须找到结构图，我们在这里瞎闯出去的可能性太低了。"幽灵边跑边说。

四通八达的通道里，他们横冲直撞，但由于对地形不熟，所以没什么方向感。

在他们的疯狂冲杀之下叛军死伤惨重。叛军虽然多，但吃亏在没有夜视装备，在这山洞里就算你弄再多的火把也没有用，根本无法提供有效的照明。所以兵力众多的叛军在没有夜视装备的条件下对付黑血众人恐怕不太容易，至少要付出巨大的伤亡代价。

"前面是什么地方？怎么有这么多叛军把守？"响雷提着气锤散弹枪退回来，敌人密集的火力之下根本无法再前进一步。

14 突入敌营

"肯定是想在这里堵截我们的。"本·艾伦将几枚烟幕弹、闪光弹和手雷一股脑儿地丢过去，闪光、浓烟、要命的弹片，在叛军中引起了不小的骚动。

"机械师，干掉他们！"重拳招呼着机械师一起从藏身处冲了出去，两人两挺机枪开始疯狂地向敌人扫射，根本就不理会敌人扫过来的子弹。两个刀枪不入的入侵者的出现让叛军陷入了混乱，他们还是第一次见到顶着子弹冲锋的敌人。

"轰轰……"数枚手榴弹丢过来在重拳和机械师附近爆炸，冲击波和弹片撞在他们身上，重拳一个没站稳直接坐在了地上，几乎同时头盔上又连续中了好几枪，巨大的冲击力直接将他撂倒在地。重拳费力地从地上爬起来，刚一抬头就发现一个东西飞了过来。他随手一挥，将那东西打飞，还没等他反应过来，那东西"轰"地一声炸开，冲击波和弹片再次撞在他身上，他继续倒地。

"见鬼！"重拳大骂。他抓起垂在腰间的通用机枪继续狂扫，脚下加快速度追上机械师的脚步，两人冒着枪林弹雨硬生生地闯进了敌人的防线。

敌人的防御迅速崩溃，两人一路追杀，终于将叛军杀散。等他们停下来才发现，这里并不是敌人刻意堵截他们设置的防线，而是这些叛军在守卫后面的仓库，仓库里装满了油桶。

"到油库了。"幽灵冲上去将油桶踹倒，然后往外推。见其他人发愣他不由得大怒，"帮忙！叛军追兵快上来了。"

其余人这才反应过来他要干什么，立即上前帮忙。

幽灵一脚将油桶踹了出去，油桶滚动着冲进通道，幽灵跟着扔了一枚手雷过去。

"轰……"剧烈的爆炸中通道里火光冲天，地面、墙壁、通道顶部燃起了熊熊大火，整条通道变成了炼狱，炙热的气浪翻卷涌动。里面的叛军可算是倒了大霉，七八个人瞬间被大火吞没，后面的叛军惊恐地逃开。

山狼他们如法炮制，附近的几条通道都被大火点燃，算是在一段时间内彻底断绝了追兵前进的道路。

"走！"本·艾伦带人冲向了唯一一条没着火的通道。现在他们已经分不清到底哪个方向能出去，完全是凭感觉走。他们现在唯一能做的就是趁着弹药充足尽快找到出去的路。前路渺茫，真是一点方向感都没有，一路上他们没有发现一张结构图，哪怕是一块路标都没看见，不知道是被叛军拿走了还是这里本来就没有，他们只能根据基本方向向后山前进。按理说后山肯定有出口，只要他们把握好方向，一路向后山方向进发，不管绕多少弯路肯定能出去，这是他们在找到路线图之前唯一的办法。

"这是什么地方？"幽灵一边跑一边问赌徒。进入这条通道之后叛军的数量越来越少，到最后只是偶尔出现，几乎不用费什么力气就能将之解决。重拳一马当先，在宽阔的通道中快速推进。

"不知道，我没来过。"赌徒摇了摇头，"不过这里有点古怪，怎么叛军越来越少？"

走在前面的重拳突然一个急刹车，然后整个人一下从众人的视野中瞬间消失。

15　生死之战

　　重拳突然消失把后面的人吓了一跳，这里没有岔路，只有一条笔直的通道，人怎么可能突然不见？后面的山狼立即冲上去查看情况，他透过夜视仪看见前面的通道有些异样，似乎宽了很多。就在这时突然见前面有人，此人喊道："小心！"居然是重拳的声音，山狼大怒，"你小子搞什么？为什么突然藏起来？"突然觉得脚下一空，整个人失去了平衡。瞬间他明白了是怎么回事儿，原来下面是空的，重拳不是消失，而是掉了下去，但一切已经晚了。他觉得自己正在迅速下落，紧跟着肩膀上一紧，作战背心狠狠地勒在身上卡得皮肤一阵剧痛。他抬起头才发现，重拳就在他的头顶，正一手扒着岩壁一手抓住他的作战服。

　　山狼看向四周，他们正身处一个巨大的大坑之中，脚下深不见底，能看到的全都是锋利如刀的岩石，洞穴纵向宽度至少有百余米。谁也没想到这里居然会有这么巨大的坑。

　　"让你小心，你居然还是掉下来了，幸亏我接住你了，否则你非摔死不可。"重拳很吃力地挂在岩壁上，"快找落脚点，我坚持不住了。"

　　"谁知道你说的是什么意思，还没等我明白就下来了。"山狼试着扒住岩壁固定身体，这里的岩壁凹凸不平，很容易抓住。

　　"坚持住！"幽灵在上面喊。

　　"你来坚持一下试试！"重拳道。他身上的东西比别人多，自重大，所以挂在上面很吃力。

　　很快绳子抛了下来，两人先后顺着绳子爬了上去。

　　"什么鬼地方？差点儿要了老子的命！"重拳敲着胳膊大骂。

"这里怎么会有这么大的坑？"本·艾伦趴在巨坑边上向下看，巨坑根本看不到底。他向后面喊道："守住后面！"然后取出望远镜观察巨坑。仔细一看才发现，整个巨坑呈一个不规则的枣核型，上下空间小，中部空间巨大，四壁上密密麻麻的全是人工开凿的洞穴，如同被无数虫子咬穿了一样。

"叛军上来了！"阻击叛军的机械师在后面喊道。

本·艾伦辨认了一下方向，"从这里下去，找个洞进去！退回去是不可能了，先避开叛军再说！幽灵准备炸药，把敌人堵住。山狼，放绳索，你先过去。"

山狼趴在巨坑边上观察了一下，发现巨坑中最近的洞穴也在几十米外，不过还好是在斜下方，虽然费力，但不会太困难。

山狼卸下装备将绳子甩下去，拴在岩石上爬了下去。岩壁很不规整，所以爬起来相对容易，他很快就到了那边的洞穴。进去后他端着枪谨慎地观察了一下这条通道，确认安全后通过单兵电台低声道："安全。"

"伤员先下。"本·艾伦对弯刀他们挥了挥手。

弯刀对一边的飓风道："你先来，我手不方便，会耽误时间。"

飓风背好枪系好绳索抓住绳子小心地滑了过去，现在不是客气的时候，要尽量节省时间。他的体力还可以，下去能帮助山狼建立阵地。

很快几名伤员都顺利通过，本·艾伦这才叫幽灵引爆炸药把通道堵住。

众人进入洞穴，发现这洞穴开凿得很粗糙，到处是凸出的岩石，不像是特意修的通道，更像是为了挖什么东西而开凿的。很多地方非常低矮，弯着腰勉强能通过。

"什么鬼地方？修得和矿洞似的！"幽灵低声道。

"报告弹药消耗情况。"本·艾伦低声道。

"消耗超过百分之五十。"重拳在一边说道，"这样下去坚持不了多久，必须找到出去的路，不能瞎闯了，一旦弹药耗尽，我们只能坐以待毙。"

本·艾伦点点头，"我会想办法。"但他心里清楚，这办法好像没那么好想。

其他人的情况也差不多，弹药消耗非常快。其中手雷、枪榴弹消耗最

★ 15 生死之战 ★

快,已经接近所有人携带量的百分之七十。他们之所以能在这里横冲直撞很大一部分原因就是火力足够凶猛,如果在弹药耗尽前找不到出路他们就真要完蛋了。

"节省弹药,我们后面还有很长一段时间要在战斗中度过。"本·艾伦虽然嘴上这么说,但心里更明白,这话起不到什么作用,因为在和大批敌人遭遇时必须用火力压制的方式和敌人战斗,节省弹药是不可能。

洞穴环境很差,很多地方都在滴水,所以湿度很大,积水深的地方水能没脚面。幽灵小跑着向前猛冲,这种压抑的环境让他非常不适应。

行进百余米后他们终于进入了一个较大的洞穴,里面有半米多深的水,岩壁斑驳满是坑洼,有三条洞穴延伸向不同方向。

"搞什么?他们在这里修迷宫?"这里的水特别凉,赌徒被冰得浑身直颤。

"走那边?"重拳低声问。

"不知道。"幽灵摇了摇头,"这地方我没什么方向感。"

"选最大的一条!"本·艾伦指着一条洞穴道。他的理由很简单,洞穴宽阔走得会远一点,半截被堵死的可能性相对较小。

幽灵二话不说先一步走了过去。走了一会儿洞穴开始向下,走了足有一公里,前面再次豁然开朗,一个巨大的地下空间出现了。在昏黄的灯光下,只见几百米外的空地上密密麻麻的全都是人,全都站在齐腰深的水里木然地干着活。

"我终于知道这是怎么回事儿了。"幽灵恍然大悟道,"怪不得那些洞穴修得和矿洞一样,原来这就是一座矿!他们在山上打洞是为了开采钻石,这个山中军营居然建在一个巨大的钻石矿上,米洛斯迪尔果然厉害!"

"整座山都被掏空了!"重拳抬头仰望,上面一眼看不到顶,能看见的只是螺旋向上的一条窄路,对面山壁上还有一部巨大的电梯,应该是运输设备用的,几十名叛军士兵站在高处端着步枪监视着下面人的工作。

"这些就是政府军的俘虏,原来他们在这里做苦力。"赌徒低声对本·艾伦说道,"怪不得我只见过他们一次。"

"一共三十八名看守,四挺机枪,两门迫击炮。"幽灵从前面回来低声说，他已经将叛军的情况摸清。

本·艾伦观察了一下环境，对山狼道："干掉这些看守，把战俘放出去，你明白我的意思吧？"

山狼点了点头，"那好，伤员留下，其余人分头行动，目标是干掉这些叛军看守。"

"这活儿我最喜欢。"幽灵眉开眼笑地提着枪离开。

"又要发疯。"重拳道，"迫击炮交给你了，我可不想让那东西一直悬在头顶。"

"放心，这算不得什么活儿。"幽灵摆了摆手沿着石壁的边缘向远处走去。

三十八名看守几乎完全分散，全部悄无声息地干掉不太可能，但是他们还是在第一轮就干掉了十六个，最接近俘房的看守几乎一扫而光。高处两个机枪堡垒里的看守被狮鹫和本·艾伦远距离射杀。就在这时，剩下的看守终于发现了情况不对，立即开始反击，两挺机枪先后开火，成片的政府军战俘被扫到，原本浑浊的积水变成了血红色，战俘开始四散奔逃。

本·艾伦对幽灵喊道："告诉这些战俘，就说我们是政府军，来救他们了！"幽灵随即用土语开始大喊起来。

剩余的叛军看守大多在高处，占有地利优势，还装备了两挺机枪，密集的子弹直接从高处砸下来。下面大批战俘乱跑分散了看守的注意力，倒霉的战俘们在机枪扫射之下死伤惨重，趁着混乱山狼他们不断转移着阵地。

"干掉机枪手！"山狼一边射击一边喊道，"绅士，炸了他！"

"已经在做了。"绅士端着转轮式榴弹发射器向这边猛冲。他的位置不好，连机枪阵地都看不到。

"你们是政府军？"一名蓬头垢面的战俘谨慎地问赌徒，战俘脸上充满了疑惑。

赌徒看了看自己的衣服立即明白了他为什么不相信，干脆也不解释，指着前面战斗的山狼他们说道："他们才是，我们也是俘虏。"

"政府军开始向这边进攻了？"俘虏满脸的惊喜。

"是的，已经行动了。"赌徒说道，"拿起枪反抗吧！米洛斯迪尔是不会

15 生死之战

让你们活着离开这里的,就算他失败了也会先把你们全都杀光。"

"我知道,我们缺少的是机会。"俘虏点了点头,"你们来了,我们的机会也来了。"

"你知道出去的路吗?"赌徒问。

"知道一条,那条路就是我参与修建的,当时我们有一百多人活活累死。"俘虏双眼喷火地说道。

赌徒大喜,立即将这一消息告诉了本·艾伦,终于不用再继续乱闯了。

"集结一下你们的人,拿起武器,跟我们一起杀出去!"赌徒开始煽动战俘。

"我这就去召集他们。"战俘起身就走。

"轰……"机枪堡垒被榴弹攻破。

整个战斗持续了将近五分钟才结束。本·艾伦带人占领了电梯,"山狼,带人先上去,建立阵地。"

"你们是政府军的特种部队吧?"那个战俘面带狐疑地过来问,这次他手里拿了一支缴获的AK-47。不怪他怀疑,不论是从本·艾伦他们的武器还是服装上看他们都不像政府军,口音上就完全不是本地人。

"是!准确地说我们受雇于政府军,来干掉米洛斯迪尔,顺道救你们出去。想活命的就跟着我们杀出去!"本·艾伦看着骨瘦如柴的战俘,"你们有多少人?"

"两百多,不断有人被押来,又不断有人被折磨死,最多的时候有五百多人,现在只剩下这么多了。我是科诺中尉,政府军混编旅第三团二营。"俘虏自我介绍,"我们已经来了很久,早就盼望离开,终于等到这一天了。"

"好!有枪的跟我们上电梯建立阵地,其余人尽快上去,我们会缴获更多的武器给你们。"本·艾伦看着科诺,"去和他们说,我们需要的是作战人员,有枪的先上,别着急,都能离开。"

"这个交给我。"科诺立即将本·艾伦的话告诉了战俘们,战俘们一阵欢呼。

"他们的战斗力……"赌徒摇了摇头没说下去。

"只能指望他们给叛军制造点儿麻烦,至于作战能力就不说了。"军医道。

"至少有人认识路,总算遇到了合适的向导,我们走!"本·艾伦道。

等本·艾伦带着二十几个战俘上去之后才发现山狼他们已经和叛军交上火了。幸亏通道不宽敞,敌人无法发挥人数优势,在重拳和机械师的冲杀之下已经开出了一条血路。

二十几个战俘的加入至少能增加一下火力的密集度。在本·艾伦攻下一条走廊之后,更多的战俘从下面上来,他们捡起叛军尸体旁的枪支陆续加入战斗。此时叛军的兵力也陆续赶到,双方陷入了大规模混战,枪声密集得分不出个儿,爆炸声此起彼伏,硝烟弥漫中尸横遍野。

"右边的通道直通米洛斯迪尔的宫殿,旁边第二条通往军营,左边第二条通往军火库。"科诺给本·艾伦介绍情况。

"哪条能出去?"本·艾伦问。

"都能出去,三条路都和通往后山的主路相连。"科诺指着通往米洛斯迪尔宫殿的道路,"这条最近,从军营那边走最远。"

"军火库那条呢?"本·艾伦问。

"和宫殿相通,呈弧形走向,距离稍远。"

"嗯,走这条。"本·艾伦点了点头,大声对其他人道:"走右数第二条通道。"

"总统卫队出来了。"科诺指着一边说道,"他们有两百多人,是米洛斯迪尔手下的特种部队。"

"去死!"绅士的榴弹疯狂地砸过去,总统卫队出现的通道顿时变成了一片火海。

"把能炸塌的地方全都炸塌!争取堵住叛军。"本·艾伦大喊,"科诺,带上你的人跟我们上,进去通往弹药库的通道,你们比我们更需要武器。"

"跟我来!"科诺振臂高呼,大批战俘跟着冲了上来,但他们绝大多数人手里没有武器,所以死伤惨重。

"轰轰……"连续的爆炸中整个洞穴都跟着不断颤抖。

"幽灵,少用点儿炸药,我不想被活埋!"山狼对着耳机大喊。

"不是我。"幽灵从他后面跑上来。

"那是怎么回事?"山狼回头看,只见战俘后面到处都是烟尘。

"是叛军的火箭弹。"科诺从后面跑上来,"他们的射手被打死了,我们用火箭弹炸塌了一处洞穴,他们要绕过来至少需要五分钟时间。"

"尽量阻挡敌人,我们负责开路。"山狼将几个缴获的弹夹塞给科诺。

"叛军太多了,我们没有武器损失很重!"科诺换下弹夹说道。

"明白,所以我们才要去弹药库,如果到弹药库之前你的人还没死光就算成功了。"说完山狼提着枪向前冲去。

极度混乱的战斗中叛军越来越多,幽灵不得不到处装炸药制造塌方,这是他们现在唯一延缓敌人靠近的办法。战俘队伍中很多人没有武器,伤亡惨重,每时每刻都有人倒下。重拳和机械师凭借重型装甲的保护在前面一路冲杀,将叛军的防线冲得七零八落,后续人马把已经被冲散的叛军杀得抱头鼠窜。战斗以一种近乎疯狂的方式进行着。叛军对这种战斗方式很不适应,在这种狭窄的环境中根本无法发挥人数优势,火力太弱也挡不住重拳和机械师的正面冲击,所以叛军已经被打得晕头转向,重拳他们到哪里,叛军就在哪里溃退。

这种战斗方式看似黑血占了优势,但他们的弹药消耗是巨大的。幽灵的连续爆破之下他的C4已经所剩无几,其他人的弹药也处在高速消耗中,这样下去他们用不了多久就会耗尽弹药。这是一场消耗战,他们再找不到出去的路就只能等死。

"科诺……"山狼在前面大喊,"军火库在哪儿?"他们现在迫切需要补充弹药,不管是什么武器,只要弹药充足就行,至少比打光手里的子弹等死要好得多。

"前方第四个岔口,距离两百米。"科诺在后面喊道。这种环境下,喊都不一定能听见,到处都是枪炮声。

"还有两百米?"山狼无语,原本他以为马上就到了呢。短短的两百米会让他们付出更多的代价,他甚至怕手里的弹药无法坚持走过这短短的两百米。

"巨人!"后面的弯刀大喊大叫起来。

"怎么了?"本·艾伦转过头,发现巨人硕大的身躯躺在地上,弯刀正拖着他往一边躲,地上有一条长长的血痕。本·艾伦心里一沉,马上冲过去,"怎么了?"

"中弹,巨人中弹。"弯刀跪在地上捂住巨人的脖子,鲜血从他的指缝里喷涌而出,子弹穿破了他的左颌,伤到了动脉。

"巨人,挺住。"本·艾伦抱住巨人的头,"先止血,拿我背囊里的急救包。"

"按住伤口。"弯刀手刚松开鲜血就喷起老高,本·艾伦赶紧伸手捂住。

"巨人,听我说,坚持住。"本·艾伦大声呼唤着,巨人已经处于半休克状态,在本·艾伦的不断呼唤之下眼中终于出现了一丝清醒。

"兽……兽人!"巨人抬起手,鲜血不断从他嘴里喷出来,"我不……不想……死!"

"你不会死,坚持住,我一定带你出去。"本·艾伦用另一只手抓住巨人的手。

"不……不可能……了!"巨人吐出一口鲜血,"我知道,我现……现在……"

"不要说话,坚持住,马上给你止血,你会没事儿的。弯刀!你他妈快点儿!!"

"兽人……队……长,照顾,我……女儿……"说着巨人用力握住本·艾伦的手,身体一阵抽搐,然后突然一软就再也不动了。

"巨人!巨人!"本·艾伦大声呼喊着,但巨人已经不行了。

弯刀看了看手里的急救包,又看了看巨人,只好收起来闷声不响地提起枪,"我去帮忙阻击敌人。"

本·艾伦不说话,这次行动开始之前他就预料到会有伤亡,这是一次冒险的行动,九死一生,但是当死亡真的出现在自己人身上的时候他还是觉得意外。潜意识里他不希望任何人出事,但战争是残酷的,一切都无法预计。本·艾伦知道,他不可能保住所有人的性命,牺牲在所难免,但牺牲真的值得吗?他不断地问自己,但他却一直得不到答案……

"对不起巨人,不能带你走了!"本·艾伦站起身,从背囊里取出一瓶燃料倒在巨人的尸体上,然后点燃。巨人被俘后士兵牌被掳走了,所以他现在除了这具尸体外什么都没有。火烧得很旺,本·艾伦敬了个军礼,最

15 生死之战

后看了一眼已经变成烈焰的巨人转身就走。他不可能带上巨人的尸体，所以能做的也只有这么多了。他突然感觉自己很无能，连兄弟的归宿都无法选择，只能让他在这阴暗的山洞里和这些叛军尸体待在一起。

后面的山洞已经被幽灵炸塌，叛军暂时无法跟上。战斗略显缓和，整条通道里到处都是战俘的尸体。科诺正在整理着弹药，见到本·艾伦就跟了上来，"我们的伤亡太大，必须拿下弹药库，拿到武器后我们可以帮助你们，就算死也要战死。"

"我的人正在攻击弹药库，叫你的人跟上。至于伤员，能够走的都带上，不能走的……"本·艾伦顿了一下，"你自己看着办吧。"

科诺没说话，他明白本·艾伦的意思，这种事没法明说。

最前面的重拳已经攻到了军火库的外围，后面的山狼投掷了大量的催泪弹过去，叛军在刺激性烟雾的攻击下更加脆弱不堪，很多人被呛得倒在地上打滚儿，完全失去抵抗能力，只有一部分动作快的叛军撤离了这里。山狼带人一鼓作气杀了上去，敌人退走，幽灵马上将三条通道中的两条炸塌，叛军短时间内攻不进来。

"补充弹药。"本·艾伦从后面上来低声说道。

"所有人注意，尽量携带更多弹药，这可能是本次行动中的最后一次补给，手里的武器弹药不足的可以丢弃，但不要留给叛军，明白吗？"山狼一枪打碎门锁和重拳一起推开弹药库的大门。里面很黑，但透过夜视仪能看见里面的情景。这个弹药库的规模并不大，比他们想象的要小很多。

"怪不得每个叛军只配备一个弹夹，原来他们这么穷，这里的弹药根本不够应付一场小规模的战争。"重拳端着枪走进去，查看是否有叛军藏在里面。

"大批叛军已经被送往前线，这里的弹药应该已经被运走大部分，这些只是留下来作为基地防御用的。"山狼撬开旁边的木箱，里面是满箱的AK-47的弹药。

"尽量拿，能拿多少拿多少。科诺，叫你的人进来。"山狼大声招呼着。

飓风开始寻找趁手的武器，很快他就抱着一支PK通用机枪出来，身上缠满了弹药。他一边走一边兴奋地喊道，"巨人，赶紧拿枪，巨人，巨人？"

"巨人……走了，他没能坚持下来。"本·艾伦拍了拍飓风的肩膀，"对不起，我没法带上他。"

"走了？"飓风一愣，但马上意识到本·艾伦说的是什么意思，"走了？在哪儿？我要看看他！"

"已经过去了，我已经把他烧了，不会留给叛军。"本·艾伦叹了口气，"放心吧，他死的时候没有受苦，子弹穿过脖子，很快的。"

"我去看看，我去看看！"飓风转身就往来路跑去。两人关系非常好，可以说是情同手足。本·艾伦没有阻止，他知道他无法拦住飓风，他只是对着飓风的背影喊道："快点儿归队，我们时间不多。"

"科诺，叫你的人尽量携带弹药，后面的战斗会更加激烈。"本·艾伦叫住科诺，"还有，统计一下，看看还有多少人能参加战斗。"

"伤亡已经过半，能参加作战的一百人左右。"科诺低声说道，"拿了武器之后会好一些，但不能指望太多，我们已经有好久没摸过枪了。"

"想活命就继续战斗吧。"说着本·艾伦进了弹药库，"随便拿，能拿多少拿多少，然后我们把这里炸掉，一颗子弹都不留给叛军。"

"有子弹就行！"重拳将机械师剩下的弹药收过来，弹药足够应付一段时间，所以他没有更换手里的M249通用机枪。

"榴弹充足，但发射器很单一，没有M32好用。"绅士从里面出来，手里拿的是GM94榴弹发射器，"我的M32榴弹发射器弹药基本耗尽，不得不换。"

黑血众人用了不到两分钟就补充好了弹药，政府军俘虏在拿到武器之后状态有所好转，不再像刚才那样混乱了，有了武器壮胆，心里底气十足。

"这里有很多黄色炸药，大家多带一点儿，用得上！"幽灵手里的枪已经换成了AK-74U。

"尽量多带炸药。"山狼也招呼众人，"实在不行我们就自己炸出一条路来。"

"好主意，你拿山体结构图来，我肯定能开出一条路来。"幽灵说道。

"不用结构图也能开一条路出来那才叫厉害。"山狼不以为然地说道。

飓风很快就回来了，只见他背上多了个包裹，里面包着巨人没烧完的尸体。

15 生死之战

"我不能把他留在这里,他必须回家。"飓风看到本·艾伦欲言又止就抢先开口说道。

"好吧,你自己小心。"本·艾伦原本想劝他,可话到嘴边又不知如何说好,最后也只好作罢。

"走,继续前进!"本·艾伦招呼众人,"科诺,跟着我,给我们指路。幽灵设置炸药,毁了这军火库。"

"前面大约还有一千米的洞穴,穿过去就是后山。"科诺指着前面的通道,"那是一条主路,很宽敞,比这里好走多了。"

"后山……"虽然这是个好消息,但本·艾伦还是高兴不起来,因为后山的敌人数量同样不是他们能应付的。在山洞里他们还能借助地形,若是到了外面真不敢想象会遇到什么样的困难。

"走!杀出去,死也要死在外面。"山狼端着枪冲了出去,前面是狮鹫带着几个人和试图攻进来的叛军对战。狮鹫的手臂已经见血,额头也被弹片划破,但他仍然坚持着,叛军没能前进一步。

"让开!"重拳从后面冲了上来,"这活儿应该交给我!"说着端枪杀了出去,但还是在连续的爆炸中被震翻在地上。

"为什么没人告诉我敌人的火力这么猛!"重拳爬起来一边还击一边大骂,结果再次被敌人密集的弹雨击倒在地半天没能爬起来。

"你没给我机会!"狮鹫在后面喊道。

"机械师,快过来,我顶不住了!"重拳被密集的弹雨扫倒在地上大声喊道。

"集中火力把敌人的防线打开!"山狼连续发射着枪榴弹,同时喊绅士上来帮忙。

"轰……"洞顶突然被叛军的火箭弹击中,无数的碎石落下来砸在重拳的身上,砸得他晕头转向。

"他们想把我活埋了!"重拳大骂着连续甩出几枚烟幕弹,他希望借助烟幕弹的掩护从地上爬起来。

"这招儿不错。"后面的绅士也抬起了榴弹发射器,对着叛军头顶就是几个连续射击。大片的碎石纷纷落下,叛军立即吃不消了,火力瞬间减弱。

借着这个机会,机械师冲上去用 PK 通用机枪疯狂扫射着叛军的阵地。

"冲过去!"山狼喊了一嗓子紧随着冲了上去,其他人也陆续跟上。战俘队伍在最后面,冲锋根本指不上他们,他们能给叛军捣捣乱就不错了。

这一通冲杀之后,飓风和山狼负了轻伤,烟鬼被击中头部,没了半个脑袋,当场就死了。

好不容易占领了叛军的阵地,可还没等他们继续前进,大批的叛军就杀了回来,发疯一样冲了过来。

"敌人太多了,我们冲不过去。"重拳几次冲锋都被敌人炸了回来。前面的敌人太多了,他几乎一露头就被打趴下。叛军根本就不给他们冲锋的机会。出口就在前面,可就是出不去,叛军已经弄清了他们的目的,准备把他们困死在里面。

"火力太猛!过不去!前面通道上叛军已经摆下沙袋,准备展开进攻!"狮鹫在前面喊道。

敌人已经做好了一切准备,彻底封锁了通往外面的道路,看来他们已经没有机会从这里通过了。

"科诺,有没有其他的路可走?"山狼问。

"没有,只有这一条路,不过据说下面有一条备用通道。对了,米洛斯迪尔还有一条秘密逃生通道,但我只是听说,不知道是真是假,更不知道在哪里。"

"杀过去算了!"飓风红着眼睛吼道。

"杀过去,那和自杀有什么区别?这里应该是快到出口了,所以通道宽阔起来,方便车辆通行,很适合叛军建立阻击阵地。"山狼分析着情况。

"车辆?"幽灵灵机一动,"车库在哪儿?我们可以开车冲出去。"

"不行,露头就会被打爆,再说叛军肯定不会给我们找到车辆的机会。"本·艾伦摇了摇头。

"那怎么办?"幽灵道。

"米洛斯迪尔的行宫在哪里?"本·艾伦问科诺。

"下一层,那里到处都是总统卫队,别想靠近。"

"这附近哪里有整个基地的结构图?"山狼问道。

15 生死之战

科诺想了想,"只有作战司令部有,离这里大约三百米,隔着七条通道,应该有重兵把守。"

"我们先找到地图再说,去作战司令部!"本·艾伦吼道。

"那里更加危险。"科诺提醒他。

"乱走也离不开这个鬼地方,我们的行动必须有目的性。"本·艾伦对科诺说道。"好吧,跟我来,但愿你的选择是正确的。"科诺无奈。

"幽灵,炸了通道,我不希望有尾巴跟着。"山狼指了指身后。

"放心。"幽灵开始忙活起来。

"幽灵,等我们到达足够远的地方引爆军火库,给叛军制造点儿恐慌。"本·艾伦吩咐道。

"交给我吧!"幽灵道。

叛军的作战司令部在一个大一点的山洞里,原本预料的激烈抵抗没有出现。这边的叛军并不多,可能是他们将主要兵力都集中在出口位置,作战司令部这边的防御相对较弱。

本·艾伦带着众人一口气杀过来,占领了作战司令部。这里除了一些粗糙的木柜、桌椅和通讯设备之外,没有其他像样儿的东西,连电脑都没有,只有一幅大大的地图挂在墙上,标注了政府军和叛军犬牙交错的防线和阵地。

"找到结构图了!"弯刀拿着一张纸从里面跑出来。

"好!"本·艾伦一把夺过来,看了几秒钟,"果然有很多条路可以出去!山狼,扫描到电脑里,我们走,去找米洛斯迪尔!"

"那边可都是总统卫队,我们去了等于找死。"科诺提醒他。

"没关系,我们不和他们发生正面冲突。"本·艾伦回味了一下地图上的基地结构,发现这里真是很大,比他预计得至少大出一倍多。这里不同方向有好几个出口,离他们最近的就是后山的主出入口,但是后山有大批叛军把守。米洛斯迪尔宫殿前方有一个备用出口,那里可能是个机会。

离开作战司令部,他们一路向下,不过他们并没有靠近米洛斯迪尔的宫殿,而是继续往下一层走,这里的叛军更少,几乎没有遇到成规模的抵抗。

"幽灵，引爆军火库。"本·艾伦说道。

"早就等你命令了。"幽灵摁下了遥控器。因为他们出来的时候已经将通往弹药库的所有通道都炸断，所以叛军在短时间内根本无法进去，这是幽灵留给叛军的一个"惊喜"。

"轰……"沉闷而巨大的爆炸声远远传来，军火库被引爆，整个洞穴跟着一阵剧烈颤动，无数的碎石和尘土落下来砸在众人的身上。地面晃得越来越厉害，更大的碎石从上面落下来，洞顶传来一阵石块碎裂的咔咔声。

"不会塌了吧？"科诺扶着墙稳住身体。

"塌了才好。"本·艾伦一边看着地图一边说道。

"往哪边走？"机械师问本·艾伦。

"向侧面出口进发，希望那里敌人能少一点儿。"本·艾伦指着一边的洞口继续说道："大家不要灰心，我有办法带大家出去，虽然危险，但机会很大。"

科诺这才弄明白，原来本·艾伦的目的并不是杀米洛斯迪尔，他只想从这边通过，直奔侧面的出口。侧面的出口通道没有那么开阔，叛军无法在这里建立封锁阵地，出去之后也不会直接面对外面的守卫部队，生存概率要大一些。但是真的会那么容易吗？所有人的心里都有相同的疑问。

没走多远他们果然遇到了叛军，虽然数量不多，但足够拖慢他们的行进速度，这是他们目前最不愿意遇到的事情。他们的出现，会招来更多的叛军，一旦速度慢下来就有可能陷入包围，那样就会被困住，哪怕离出口很近也别想轻松地出去，甚至有全军覆没的危险。

"强攻！这是敌人的防御部队，在敌人主力到达之前我们必须强攻过去，否则就别想出去了。"山狼在后面大喊。

"攻不上去，敌人用火箭弹封路，我们快被活埋了。"重拳和机械师从前面退回来，两人非常狼狈，差一点就被火箭弹击中。

"轰……"通道里突然传来一声巨响，接着尘土飞扬，狮鹫抱着枪从里面冒出来，"敌人封路了，他们把通道炸塌了。"

"该死！都学会了这招儿！"山狼大骂，"走！找其他路，兽人，给个方向。"

15 生死之战

"敌人连侧面都做了防御,说明敌人已经完全明白了我们的意图,他们根本不打算让我们出去,别的路应该已经被堵住。"本·艾伦看着地图,"现在离我们最近的就剩下后面的主出口,但已经被敌人大队人马封死。还有三个可用的出口,我们进来的正面出口、右翼备用出口和米洛斯迪尔的紧急出口,但距离都很远。"

"没时间了,叛军的运动速度比我们快,我们不管赶往哪个出口,都没办法抢在叛军的前面。"山狼摇了摇头。

"我们可以用炸药一路炸过去,走直线,这应该会出乎叛军的意料。"幽灵说。

"不行,这里的通道石壁厚度完全不一样,不是所有的通道都能炸开。"科诺道。

"那我们怎么办?"幽灵道。

本·艾伦不说话,而是继续翻着结构图。他这才发现正如科诺所说,整个基地的通道并不规律,之间的间隔厚度也完全不一样。基地建得毫无规律,如同一个四通八达的蚂蚁窝。

"先退回去再说,这里不适合久留。"幽灵指着头顶的一条裂痕继续说道:"叛军使用的炸药过量,而且设置位置存在问题,导致了连锁反应,这里正在开裂。"

"跟我来。"本·艾伦抬起头,"我有个想法。"

他们跟着本·艾伦往回走,到了一个地方之后他指着上面问道:"科诺,这里上下层间隔的厚度是多少?"

"最厚的地方有三到五米,最薄的地方大约三十公分。当初设计的时候并没有考虑厚度问题,只是根据矿脉开采之后的洞穴进行的修整。整个山体是一个巨大的矿脉,这个营地就是根据矿脉的走向加以扩张之后修建的,所以很多地方都是打通的。因为矿脉的纵横交错并没有什么规律性,很多地方不得不重新进行间隔,因此很多地方并没有太厚的间隔层面。"

"嗯。"本·艾伦指着地图,"这些地方有多厚?"

"这里的厚度不到一米,大约在十四到七十厘米之间。"

"在这些地方装炸药,能把两层间隔炸穿。"本·艾伦指着一个地方对幽灵道。

"这种厚度需要打孔。"幽灵计算了一下药量和时间,"得浪费点儿时间。"

"时间我们给你争取,动作快点儿。"本·艾伦又对山狼说道:"挡住后面的敌人,把通道炸断,先制造一次塌方。"

"是!"山狼带着人向来路冲去。

幽灵的效率很高,不一会儿就装了八个爆炸点,而且还是打孔作业。

"完成!"幽灵对着通话器大声喊道。

"走!"本·艾伦对其他人喊道。队伍继续向通道深处进发。现在不光是敌人,就连他们自己都不清楚本·艾伦到底要带他们去哪儿!

"我们去哪儿?"重拳问一边的机械师。

"不知道。"机械师的回答很简单。

两人继续担任开路先锋,这一带叛军不多,几乎没有遇到有效的还击。本·艾伦看了一眼地图对幽灵说道:"引爆。"

又是一声天崩地裂的闷响,地面剧烈颤抖,翻卷的气浪夹杂着尘土从后面扑上来,无数的碎石落下,到处一片狼藉。

本·艾伦指着一条向上的岔路说道:"从这儿走。"

转了几个弯儿之后,本·艾伦又指着一面石壁对幽灵说道:"炸开它。"

幽灵不知道他要干什么,但还是开始计算墙壁厚度和药量。

本·艾伦又说道:"绅士,准备榴弹发射器,其他人准备枪榴弹。"

"好了,大家退后。"幽灵举着遥控器挥了挥手,"三、二、一,引爆!"

"轰……"石壁上开了一个大洞,众人跟着本·艾伦冲了上去,转了两个弯儿之后,他们发现居然回到了刚才幽灵引爆炸药位置的上一层,只不过这里已经被炸出了一个巨大的缺口,洞壁已经塌陷。对面是一个富丽堂皇的空间,不用问就知道这里肯定是米洛斯迪尔的宫殿。幽灵将后侧的地面和墙体完全炸塌,让整个宫殿暴露在众人面前,但中间却隔着被炸出来的破洞。

"炸平它!"本·艾伦指着对面说道。

绅士立即开始向对面发射榴弹,众人也开始往对面招呼。幽灵又开始用炸药装遥控引爆器当手雷用,这东西威力巨大,几块过去就将对面炸得

15 生死之战

面目全非，再加上手雷和枪榴弹的攻击，对面瞬间变成了一片废墟，墙壁间隔被炸穿，里面所有的东西都被炸得七零八落。

"科诺，带着你的人留在这边，有敌人就挡住他们，我们去抓住米洛斯迪尔，让他带我们出去。"山狼瞬间明白了本·艾伦的用意，他一马当先从破口跳了下去，然后踩着废墟向对面冲去。纵横交错的落石已经将很多地方垫高，他踩着这些落石冲向了对面，并没费多大力气就爬了上去，其他人迅速跟上。

这是米洛斯迪尔的宫殿的边缘地带，他们端着枪就往里冲。一路上只遇到了几个仆人，不管有没有武器都被打成了筛子，宫殿里几乎没有防御。

宫殿里太豪华了！镶满钻石的画框、雕花的装饰、巨幅的油画、金银器，各种奢侈品随处可见，名酒摆得到处都是。冲杀中，他们还发现了十几个黑人美女，米洛斯迪尔可真会享受。

"说！米洛斯迪尔在哪里？"绅士揪着一个美女的头发把她拖了出来。美女吓得尖叫不止，绅士一巴掌打过去，美女口鼻流血，半边脸瞬间就肿了起来。

"我再问一遍，他在哪里？"绅士很"绅士"地问道。

"里……里面，刚进去。"美女哆嗦着说道。

"哪边？"绅士又问。

"那……"美女伸手指着一扇门。

"滚！"绅士推开美女，对着那扇门就是一枚榴弹打过去，房门直接被炸得粉碎。他继续往里发射榴弹，直到发射器里的弹药打空。

"注意防御从正面进入这里的总统卫队。"本·艾伦提醒众人。

重拳凭借一身的重甲一马当先冲了进去。里面已经被绅士炸得一片狼藉，巨大的办公桌被炸得粉碎，地上两具尸体也支离破碎，地毯已经被引燃，浓烟四起。

"没有！"重拳往对面的房门冲去。他没打算开门，而是直接撞了上去，房门直接被撞飞了。他一进门就遭到了敌人的扫射，子弹打在他的护甲上一阵乱响，震得他头晕眼花。重拳吼了一嗓子抬起手里的通用机枪开始还击。几名敌人直接被打死，一名敌人被拦腰打断，肠子流了一地，倒在地上不断惨叫。

重拳继续往里追,他看见前面有十几个总统卫队的士兵正护卫着一个大胖子沿着通道向前跑。他抬枪扫射,但胖子已经转弯不见了踪影。断后的两名总统卫兵几乎同时向他开火,双方在狭窄的通道里展开了对射,不到两秒钟就分出了胜负,重拳凭借护甲优势硬抗了敌人的子弹,并将两名敌人打成了筛子。等他再次追上去的时候才发现,转过弯道前面是一扇铁门,他被挡在了外面。他摁着通话键大喊道:"幽灵,快过来!快把这个铁门给我炸开!米洛斯迪尔跑了!"

"在这儿。"幽灵从后面冲上来,敲了敲门,"退后。"然后他迅速在门上装了四小块炸药,"引爆!"

"轰……"铁门直接被炸飞了。重拳继续前冲,结果一脚踏空整个人直接滚了下去,原来这是一条很陡的向下延伸的台阶。他连滚带爬地出去十几米才停下来,站起身发现,原来这是一条向下的旋转楼梯。侧耳细听,还能听见下面凌乱的脚步声,就这短短的几分钟,米洛斯迪尔已经跑出去很远了。

"跟上,他们在这里!"重拳一边跑一边喊道。

"一定要干掉他!"耳机里山狼大吼,"我们就在后面,幽灵,断了后路!总统卫队来了,别让他们上来!"

"已经装好炸药了,你们过来我就炸。"幽灵在耳机里说道。

"有没有跟上的,我就一个人,恐怕对付不了米洛斯迪尔和他的手下。"重拳一边跑一边喊。

"你保持跟进,我们随后就到……啊!"话没说完山狼突然一阵惨叫。

"这有个旋转楼梯!"幽灵喊道。

"不早说!"山狼爬起来,已经被摔得鼻青脸肿。

"光顾着装炸药,忘了。"幽灵嘿嘿一笑。

"快下来!米洛斯迪尔就在前面,急需人手!"重拳在耳机里喊道。

"就来!"山狼一瘸一拐地开始往下追去,一边跑一边吐出嘴里已经磕掉的牙齿大骂道:"幽灵,你赔我的牙!"

"有命出去再说吧!"幽灵将最后一块炸药装好,"快过来,我要封路了。"

15 生死之战

绅士从里面冲出来,结果也一脚踩空。

"小心脚下!"幽灵一把抓住他的背囊,"去下面帮忙,快!"

绅士被吓了一跳,但站稳之后就脚不停歇地向下冲去。

"我再说一遍,这里有楼梯,注意脚下,摔了不要怪我!"幽灵在通话器里又强调了一遍。

"撤!"本·艾伦一边向这边跑一边喊。听他身后枪声的密集度,至少有几十名敌人在向这边进攻。

"小心脚下!"幽灵提醒本·艾伦,但他还是一脚踩空,幸好被幽灵接住,但后面的机械师和响雷就没这么幸运了,两人一起滚了下来,摔得直骂娘。

"一群白痴。"幽灵无语。

人马陆续撤了进来,大半都是打着滚儿下的楼梯。等最后一个滚下楼梯之后,幽灵这才引爆了炸药,无数的碎石落下将门口死死封住。

"快下来,这是一条直路,没有岔口,不知道米洛斯迪尔要去哪里。总统卫队人数增加至三十人,我一个人应付不过来。"重拳在耳机里焦急地呼叫。

"拖住他们,我们马上到!"山狼一边跑一边喊,这条通道太长了,一路向下,真不知道会通到什么地方。

16　军阀末日

米洛斯迪尔没想到自己的宫殿会遭受攻击，他原本以为门外的上百名护卫足够保证他的安全，还有着固若金汤的防御，他从没想到敌人会攻进来，就算基地里已经打得到处开花，他也没放在心上。但是，敌人却从后面炸开了石壁钻了进来，幸好自己还准备了逃生通道，可以在卫队的保护之下撤走。

重拳在后面紧追不舍。他身上的重型护甲可以无视大多数的武器攻击，一时间总统卫队还真奈何不了他，只能拼命用火力压制。各种口径的武器同时招呼过去，这是目前为止他们手中威力最大的武器。

重拳不惧怕子弹，但被攻击的感觉并不好受，子弹打在身上虽然无法穿透护甲，但产生的巨大冲击力还是会给他带来一定的伤害。表面上看，他生龙活虎，其实长时间遭遇弹雨和爆炸物的攻击，他已经受了不轻的内伤，再加上护甲的自身重量，使他体力消耗很大，现在他也是硬扛着而已。

"支援！支援！"重拳暴躁地对着通话器喊道。他不时扫射着向前冲，给敌人制造足够的心理压力。每次他都能干掉一两名叛军，但同样也付出了内伤加重的代价。他现在的状态非常糟糕，其实早在进攻军火库的时候他就已经发觉身体状况出现了问题，但他一直坚持着。

"马上到，我们就在你身后！"山狼大声喊着。

"快点儿，我需要重武器开路，米洛斯迪尔要跑了！"重拳的枪管已经打得发红，在枪管冷却之前，他根本无法有效进攻。

"让开！"山狼冲上来第一个反应就是先打枪榴弹，然后往对面扔手雷和催泪弹。这里的叛军很少配备防毒面具，所以这招屡试不爽。等对面传

16 军阀末日

来剧烈的咳嗽声之后,山狼立即冲了上去。果然,几名总统卫队士兵已经被催泪弹搞得涕泪横流,失去了作战能力。山狼抬枪扫射,无情地将这些人射杀。

"跟上,米洛斯迪尔就在前面。"重拳大步流星地冲上去,开路这活儿还得他来,山狼没有护甲,不能让他冒险。

前面的敌人已经被冲杀得七零八落,催泪弹的波及范围很广,很多敌人已经被熏得失去了战斗力,重拳根本不理会他们,只管向前追赶米洛斯迪尔,把这些敌人留给后面的人处理。

穿过一条弯道,前面就出现了米洛斯迪尔和大批随从的身影。他刚要举枪射击,却突然被绊倒,七八个叛军跳出来死死地将他压在下面,这里居然有埋伏。重拳大骂着用力挣扎,但对方人太多了,他根本就爬不起来。极度混乱中,他看见数名叛军涌上去堵住缺口疯狂地向山洞里射击,试图阻挡后续人马靠近。

这时候一名叛军冲上来对着他的头部就是一枪,子弹打在全封闭头盔上发出一声非常响亮的脆响,重拳的头在巨大冲力下狠狠地撞在了地上。虽然子弹没能击穿头盔,但剧烈的撞击差点将他震昏,瞬间双眼一片模糊。那枚子弹在击中头盔之后二次弹射,将旁边一名按着他胳膊的叛军的脑袋打了个稀巴烂,鲜血和脑浆喷在他的头盔上遮住了半边视野。重拳在胳膊被松开的同时回手就是一拳,合金的拳盔重重地砸在一名叛军士兵的膝盖下面,那家伙惨叫一声倒在地上,大腿弯曲成一个很恐怖的角度,这一拳将对方的小腿打得完全脱臼。

重拳几乎陷入半昏迷状态,但他依然反抗着,回手又是一拳,正中一名叛军士兵的脸颊,这个人被打飞了出去,狠狠地撞在一边的岩壁上昏死过去。又一名叛军士兵从后面上来试图抓住他的胳膊把他控制住,重拳在他的裤裆上狠狠地来了一拳,这小子惨叫着捂住裤裆倒在地上就地翻滚。重拳的视野依然一片模糊,他疯狂地挥舞手臂见人就打,发疯一样攻击按住他的敌人,剩下的几名叛军士兵根本就按不住他。一名叛军士兵抡起枪托重重地砸在他的头上,重拳的头撞击到地面,他顿时双耳嗡嗡作响,眼前的一切都变成了慢动作。模糊的人影二次抡起枪托又给他来了一下,然后几名叛军士兵拖着他就往前跑,也不知道要把他带到哪儿去。

恍惚间,他看见两名叛军士兵正拖着自己的胳膊往前跑,后面的叛军一边向后射击一边退回来。他的意识已经模糊,但他心里清楚一旦被带走只有死路一条。重拳晃了晃头,努力让自己清醒过来,突然他手臂用力下拉,同时腹肌内收,大腿在地上一撑,身体借着向前的冲力猛地来了个倒翻。显然拖着他的两名叛军士兵根本没想到他会来这一手儿,下意识地双手同时用力,试图再次将他制服,重拳双臂向下猛地一沉,拉近自己和叛军士兵之间的距离,迎头撞向抓住他右臂的叛军士兵,头盔结结实实地撞在了叛军士兵的脸上,叛军士兵惨叫一声松开了抓着他右臂的手。

就在重拳准备再攻击另一名叛军的时候,又一个枪托抡了过来,砸在他的头盔正面,他的脖子几乎被砸得90度后仰,人不由自主地倒飞出去,抓着他左臂的叛军士兵也被带着向前扑倒。再次遭遇重创之后,重拳彻底失去了抵抗力,但他依然双手乱抓,无意间将扑在他身上的叛军士兵胸前的手雷保险环拉开。恍惚间他听见了一声惊呼,接着手臂一松倒在地上,跟着就是一声巨响。血光中他被气浪推着翻出去老远,再次重重地摔在地上之后就开始狂喷鲜血,面罩上几乎完全被鲜血遮住,除了一片红色什么都看不见。抓他的几个叛军士兵中有两个被炸死,一个重伤倒在地上,空气中硝烟弥漫之外还飘散着浓重的血腥味儿。这一切都发生在瞬间,等后面的人冲破叛军防线上来时,一切已经结束。

幽灵从后面冲上来,见到重拳的状态着实吓了一跳。重拳整个头盔上全是鲜血和脑浆,根本就看不见他的脸。

"看看有没有事儿,其他人继续追。"山狼越过两人的位置毫不停留。

"照顾好他。"本·艾伦也冲了过去。

"一定要救活。"绅士经过。

"尽快跟上,别落单。"弯刀掠过。

……

每个人都留了一句话,重拳躺在地上虽然没有力气动一下,但基本都听到了。他不由得在心里大骂:"这群王八蛋,根本就不看看我是死是活。"

"原来这不是你的脑浆。"幽灵抹掉头盔正面的血迹和脑浆。

"去死!"重拳嘴里喷着血说道。

"还行,还有力气骂人,看来死不了。"幽灵这才放下心来,立刻将他的头盔摘下来,这才发现他的伤势比想象中的严重,后脑和脑门已经破了,出现了两条长长的口子,正向外流血,加上他吐出来的血,头盔里积了足有两指厚的血水。

"是内伤。"幽灵道。重拳咳嗽了几声,大口地喘起了粗气。

"喝水,快起来,我们得走!"幽灵往他嘴里倒了点水,结果全都被他喷了出去。"能走吗?"幽灵把他架起来问道。

"走……走!"重拳说话都不利索,但还是没忘捡起地上的头盔。

两人磕磕绊绊地向前冲去,没多远就追上了本·艾伦他们。叛军发了疯地抵抗,他们的行进速度并不快,米洛斯迪尔就在前面。

"什么鬼地方!这么长的通道!"机械师一边骂一边往前冲。重拳受伤之后他成了唯一的先锋,继续迎着枪林弹雨往前冲去。

"这是一条秘密通道,结构图上没有,必须抓住米洛斯迪尔,这是我们最后的机会!"本·艾伦发疯地喊道。

"他身边的人不多了,只剩下十几个,杀光他们!"山狼也是拼了命地往前冲。

"枪榴弹,给我炸!"本·艾伦怒吼。

"催泪弹!催泪弹!他们没有防毒面具。"山狼在后面喊着。

战况空前激烈,狭窄的通道里到处都是叛军的尸体,子弹打在石壁上,来回地弹射着,各种爆炸物产生的弹片飞溅。死神近在咫尺,无时无刻不在收割着生命。不断有人被弹片或者流弹击中,叛军没有防弹衣,死亡惨重,黑血虽然都有防弹衣,但也人人带伤,这是玩儿命的时候,谁都顾不上这些伤,只能拼命地往前冲,能走就绝不能停下来,必须战斗下去,他们是在用生命争取生存的最后一线希望。然而,有些死亡却是无法避免的。

"弯刀!弯刀!"飓风拖着倒地的弯刀躲进拐角,一枚子弹打碎他的下巴钻进了他的大脑,当场死亡。

飓风疯了一样提着PK通用机枪冲了上去,他再也无法保持平静,可刚跑出去没几步就被山狼一脚踹倒在地,"冷静点!你死了,他也活不过来!"飓风安静了下来，他呼呼地喘了几口粗气，端起枪和其他人一起交替向前推进。

激战持续了十几分钟，米洛斯迪尔的随从伤亡大半，狼藉的洞穴中几乎灌满了硝烟，然而米洛斯迪尔还在逃跑，本·艾伦带人穷追不舍。

山洞终于到了尽头，剩下的十几个随从护送米洛斯迪尔冲出洞口之后留下一半人建立防线打阻击，剩下的人护着米洛斯迪尔继续往前跑。但那几个人根本挡不住机械师的横冲直撞，防线瞬间崩溃。

等他们冲出来才发现，这是个更加巨大的山洞。前方是一条暗河，河边修建了一个小码头，几艘快艇停在码头边。原来这才是米洛斯迪尔逃跑的真正目的，这是一条应急逃生通道，是专门为他修建的，以备紧急情况下离开，很少有人知道。可米洛斯迪尔没想到的是，这条通道将他和手下的军队完全隔开，隐秘的通道让他上面的大批军队失去了作用。

"别有洞天啊！"山狼冲出来对着码头的方向就是一个长点射，米洛斯迪尔肥大的身躯吓得摔倒了，然后又被人搀扶起来跳上了一艘快艇。

"要跑！"山狼一边扫射一边冲上去，最后两名登船的敌人被直接击中掉进水里。

"嗵嗵嗵……"绅士将榴弹发射器里的榴弹全部打出去，但全打在了水里，爆炸产生时水浪将快艇掀得东倒西歪。

"追！"本·艾伦一边扫射一边冲向码头。

码头边上还有三艘快艇，众人冲上去。

"嗒嗒嗒……"军医一排子弹扫过去，将准备破坏快艇的一名叛军打死，尸体直接掉进了水里。

"后面的跟上！"本·艾伦跳上一艘快艇喊了一嗓子将快艇发动起来，带着山狼、绅士、飓风、水鬼就追了上去。后面幽灵、重拳、狮鹫、赌徒、军医跳上了另一艘快艇。

"快！快！快！"幽灵发动快艇之后催促众人。"坐稳了！"他的话音未落，快艇就冲了出去，速度快得几乎飞起来。重拳被抛起来又重重地落在船上。"叫你抓稳！"幽灵操纵快艇的手法非常娴熟，很快就追上了本·艾伦他们的船。

"追！追！"本·艾伦对他挥着手。

16 军阀末日

"交给我!"幽灵一打方向猛冲了上去。

"嗒嗒嗒……"叛军船上一排子弹扫过来打在水里。

"还击!还击!"幽灵喊着,其实不用他喊,其余人已经开始对着前面的快艇扫射起来。漆黑的山洞里枪声被无限放大,特别响,接连不断的枪声在洞壁和水面上不断地反射形成特有的回音。

"嗖……"一枚火箭弹从叛军的快艇上飞过来,一头撞在不远处的岩壁上,剧烈的爆炸扬起的碎石飞得到处都是。

"居然还有火箭弹。"重拳躺在甲板上骂道,他的状态还不是很好。

"我们也有!"赌徒拉开后面的箱子,弄出几枚火箭弹。他扛起发射器就射出一枚,"嗖……"一枚火箭弹在敌人快艇不远处爆炸,水浪将快艇掀起老高,一名叛军被抛进了水里。

"准头不够!"幽灵喊道。

"还有。"赌徒又重新装填了一枚,瞄了一下就直接扣动了扳机,火箭弹拖着长长的尾巴直奔叛军的快艇。可就在这个时候,叛军的快艇突然转弯,进了一条岔路,火箭弹一下撞在了岩壁上轰然炸开,一根石柱被炸断,直接从上面掉下来。幽灵急打方向,石柱几乎是贴着快艇落进水里,水浪翻涌将快艇抛出去老远,差点儿就翻了。

"混蛋!你和谁是一伙的?"幽灵大骂。

"抱歉,意外,意外。"赌徒赔笑脸道。

"快追,米洛斯迪尔要跑了!"本·艾伦在后面喊道。

漆黑的地下暗河中三艘快艇你追我赶,全都毫不吝啬地倾泻着弹药,连续的枪声此起彼伏,子弹打在岩壁上激起大团的火花。

"快!快!快!"赌徒拍着快艇不停催促。

"嫌慢你来。"幽灵大力地打着方向,跟着米洛斯迪尔的快艇钻进了那条洞穴。里面七扭八歪非常狭窄,根本就提不起速度。敌人的快艇时隐时现,双方对射的子弹都打在了岩壁上。敌人这次学聪明了,不停用火箭弹攻击洞壁,造成大片的碎石下落,逼得幽灵手忙脚乱。

本·艾伦的快艇跟上来,但被堵在了后面,不管他们怎么着急就是追不上前面的敌人。这种憋气带窝火的战斗持续了近五分钟才有所改善,水洞突然宽敞起来。

"终于出来了！"幽灵立即爆发，开着快艇冲上去，几乎是直奔敌人的快艇撞过去。敌人立即开始反击，子弹瓢泼一样扫过来。

"你疯啦？"狮鹫吓了一跳，但随即他发现幽灵一打方向猛地掀起了大浪，然后他喊道："开火！开火！"

几个人这才明白他的意思，他是在拉近和敌人之间的距离。他们立即举枪反击，恰好水浪落下去，敌人的快艇露了出来，密集的子弹扫过去两名叛军直接被扫翻掉进了水里。

"米洛斯迪尔，你跑不了了！"幽灵突然吼了一嗓子。

"和他废什么话，直接打！"赌徒对着敌人的快艇打了一枚火箭弹过去。

"轰……"快艇船尾被击中，巨大的爆炸将快艇抛离了水面，上面的人全都被抛了下去，快艇在空中二次爆炸，变成了无数的碎片。

幽灵降低船速在水里转圈儿，赌徒和军医端着枪开始射杀水里的叛军，单方面的屠杀毫不费力，没到一圈儿除了米洛斯迪尔之外的其他人全都被杀死。

米洛斯迪尔在水里扑腾着，不停地喊着救命，原来他不会游泳。幽灵停下快艇，看着米洛斯迪尔的水中"表演"，本·艾伦的快艇也过来停在一边。米洛斯迪尔在水里上下翻腾，这个称雄一方的暴君现在就是一条落水狗。

"救命……我给你们钱，多……少都行……快救我。"

两只快艇上没人理他，也没人说话，全都满脸冷漠地看着他在水里翻腾，直到他被淹到半死。

"把他捞上来。"本·艾伦低声说道。

米洛斯迪尔被拖上船，这个二百多斤的大胖子趴在船上不停地吐着水。

"我们下一步怎么办？"山狼问本·艾伦。

"带上他，我们出去，离开这个该死的地方，有他做筹码外面的叛军不敢对我们不利，然后杀了他。"本·艾伦面无表情地说道。

"科诺他们怎么办？"赌徒突然问道。

"顾不上他们了，自求多福吧。"山狼叹了口气，"希望他们有命活下来。"

"找路，出去！"本·艾伦看着附近的环境，"这个地方很大，岔路很多，仔细找找，还得快点儿。"

两艘快艇开始在洞穴里打转儿，试了几个洞穴之后终于找到了出口。洞穴非常长，他们行驶了很久才出来，等他们离开地下暗河的时候外面的天已经亮了。晨光透过茂密的树林照过来，空气清新，浓密的丛林一片生机盎然。

这是一条并不算宽敞的河流，水流缓慢，四周一片恬静。

本·艾伦取出卫星定位设备看了一下，不由得松了口气，"我们已经远离了叛军的营地。这里是绿水河下游的一条支流，离叛军大本营约八公里。"

赌徒一屁股坐在甲板上，"终于逃出来了。"

大战之后的突然解脱让所有人心头都是一松，他们甚至有点不相信会这么容易地脱离了叛军的重重包围。

"值了。"本·艾伦看着被救出来的几个人点了点头，"总算是没白来一趟。"

"谢谢队长。"军医一脸肃然地说道，"我发誓，我会用这辈子来报答你的救命之恩，还有你们……"他的目光从其他人脸上逐个扫过，"都是我一辈子的兄弟，同生共死！"

"只要是你的命令，只要是兄弟有难，我决不退缩。"水鬼说道。

这次营救行动算是彻底把这两个半新的队员拉入了黑血，今后他们肯定会对本·艾伦死心塌地。

"嗯。"本·艾伦拍了拍军医的肩，又对另一条船上的水鬼点了点头，"回来就好。"

"表忠心吗？这个我可不会！"飓风靠在快艇上看着本·艾伦，"不过我肯定会为你拼命。"

"你太感情用事，发起疯来没人控制得住，还是算了，我不用你拼命。"本·艾伦摇了摇头，"不过你可以继续留在黑血，只要你不想走，我就不会把你赶出去。"

"算我一个，就算哪一天我负伤没法儿打仗了，我也会留在基地帮你看大门。"赌徒懒洋洋地举起手。

"出来了真好。"重拳躺在甲板上，"行动之前我还以为再也见不到这片天空了，出来之后才发现，天空居然这么美，太舒服了，我睡一会儿。"

"别打呼噜，会把叛军招来。"幽灵说道。

"打呼噜又不是打雷。"重拳没好气儿地道。

"这家伙怎么办？"赌徒踹了一脚还躺在地上的米洛斯迪尔。

本·艾伦看了一眼，阴着脸说："带着，过境之后我要和他好好聊聊。"

"有好戏看，嘿嘿！"军医笑着说。

"别太放松，我们还在叛军的地盘上。"本·艾伦对照了一下地图，"继续顺流而下，如果顺利，能在今晚进入邻国图尼比亚，我们可以从那里回去。"

"米洛斯迪尔不是和图尼比亚还保持着正式外交关系吗？我们去那边会不会自找麻烦？"绅士问。

"边界是大片的丛林，没有守军，我们可以很轻松地过去，然后前往预定地点，马丁会派人接我们。"本·艾伦关掉电脑，"全速前进，不给叛军追击的机会。"

"是！长官，全速前进！"幽灵开始加速，快艇犹如离弦的箭一样疾驰。

"小子，小心撞树。"狮鹫盯着两岸的丛林说道。

"这不可能。"幽灵大笑着说道。

离开生死战场的感觉真好，没有了震耳欲聋的枪声，没有了满地的尸体和横流的血水，没有了死亡的威胁和令人恐怖的气息，一切都是那么安静。山川、丛林、河流，让人心驰神往的自然……

一路上还算安全。

他们航行在绿水河的一条支流上，这里位于叛军的大后方，紧邻邻国图尼比亚，周围丛林茂密，渺无人烟，叛军并没有部署兵力进行防御，所以没人能威胁到他们。

当然，除了快艇的燃油之外，还没到边境一条快艇的燃油就耗尽了，所有人不得不挤在一条快艇上继续前进。

最后的几公里还得上岸步行前进，因为这条快艇的燃油也用完了。

米洛斯迪尔已经醒了过来，他看到眼前的一切什么都明白了，作为握手组织最大的参与者和资助者，他当然对黑血有相当透彻的了解。

就是这些人将他从坦普亚的总统宝座上赶了下来，他失去了一个王国，偏安一隅成了一个只能统治少部分国土的土皇帝。

"你们要什么？只要提出来我都可以满足。"米洛斯迪尔看着本·艾伦，"没想到你们这么厉害，放了我，满足你们一切要求。"

"可以。"本·艾伦抽着烟，"我要知道更多握手组织的情报。当然，我们知道的肯定没有你多，但至少比你想象中的多。"

"那只不过是一个合作性的组织而已，为了消灭你们的一个联盟，成员全部是你们的仇敌。虽然你们只为钱干活儿，但你们却让我们失去了太多东西，国家、事业、家庭，还有原本属于我们的精彩人生……"米洛斯迪尔盯着本·艾伦，一脸的沉静，仿佛在和一个老友聊天，根本就不像是一个落在敌人手里的俘虏。

"国家？"本·艾伦冷笑，"我不为我们的行为开脱，但你也不要粉饰你们的自私自利。作为独裁者，被你杀掉的人和因你而死的人远远比我们杀掉的人多。不错，我们是为了钱，但你贪污的财富少吗？掌握一个国家的命脉，操纵无数人的生死，你远比我们可恶得多！还有你所谓的事业，对人民横征暴敛，强征童子军，奴役战俘为你开采钻石，这也算事业？你知道有多少人因为你的暴政而丧命？相比之下我们杀的那点儿人真是小巫见大巫了。至于家庭，每个人都有家庭，被你杀掉的人没有家庭吗？你操纵的军人没有家庭吗？你的一个命令就可以让无数家庭支离破碎。别和我讲这些道理，我们只是为钱卖命，远比你干净得多！"

"伟大君王的胜利是无数枯骨堆积而成的，革命的道路上不免流血牺牲，这就是变革的代价，我只是千百个独裁者中的一个，只是我没有成功而已。"米洛斯迪尔自嘲地笑了笑，"这个国家由谁来统治都一样，过程是相同的。每个独裁者的失败过程都非常相似，崛起、没落，最终走向死亡，我试图改变这种现状，但你们破坏了我的机会。"

"你我都一样，没有所谓的正义，这个词儿和我们关系不大，甚至离我们很远。你追逐的是权力，我们追逐的是金钱，这两种东西都是男人最渴求握在手里的，不同的是大多数男人只是想想，而我们都在用一种极端的方式拼命去争取。但今天，你失败了，而我们还要继续下去，至少我们有可以努力的未来，而你……"本·艾伦盯着米洛斯迪尔，"活不过今天。"

"既然是为了钱，那我们就有共同语言。"米洛斯迪尔依然沉稳，"我可以给你们钱，钻石也可以，出个价，我叫人送到你们认为安全的地点。"

"哈哈……"本·艾伦大笑，"钱……没错，我们喜欢钱，那我们就谈谈你的身价吧！"

米洛斯迪尔大喜，总算是有了一线生机，不过他还是不动声色地继续说道："我珍藏着五颗鸽卵大小的彩钻，五种颜色，每颗都价值连城；我在F国的秘密账户上还有1.5亿欧元。"

"就这些？"本·艾伦看着他，"堂堂一国总统就这点儿身价？"

"好吧。"米洛斯迪尔仿佛下了很大决心，"慕尼黑的银行里还有0.3吨黄金。"

本·艾伦盯着他不说话。

米洛斯迪尔咬了咬牙，"伦敦的银行里还有1335克拉的无瑕大克拉裸钻，这是我所有的私人财产！真的没了！"

"如果你在四个小时之内能将这些东西交给我的人，我就不杀你。"本·艾伦盯着米洛斯迪尔。

"这……四个小时完成如此大规模的交易几乎是不可能的。"米洛斯迪尔看着本·艾伦，"而且我怎么才能相信你。"

"你必须相信我，这是你唯一的机会。"本·艾伦点上一支烟，看了看表，"你还有三小时五十九分十五秒，生命宝贵，抓紧时间。"

米洛斯迪尔不说话，看得出他在进行激烈的思想斗争，足足过了三分钟他最终点了点头，"好吧，不过我要打电话联系我的经纪人。"

"山狼。"本·艾伦摆了摆手。

山狼将一个卫星电话丢给米洛斯迪尔。

米洛斯迪尔看了看电话，"给我交易的时间、地点和联系人。"

本·艾伦把信息告诉他，米洛斯迪尔开始拨号，本·艾伦按住他的手，"我们都在看着你，别耍花样儿，如果让我觉得你透漏了任何消息……"

"嗖……"一道寒光贴着米洛斯迪尔的脖子飞过去深深地扎进了他身后的树干，他回过头的时候正看见重拳刚放下甩刀的手。米洛斯迪尔被惊出了一身冷汗，他下意识地摸了一下脖子，上面被划开了一条细长的口子。

"下一刀我会直接扎你的脖子。"重拳靠在树上面无表情地说道。

电话通了，米洛斯迪尔很快就将事情交代清楚，之后山狼打电话做了相应安排。

"交接会在半小时后开始。"米洛斯迪尔看着本·艾伦，"电子转账很快，但实物交接会耽搁点儿时间，必须履行交接手续。"

"这个你不用担心，我们在各地都有自己的人手，会和你的人进行交接。"本·艾伦丢给他一支烟，"钱的问题已经解决完了，那我们谈谈握手组织吧。"

"你们想知道什么尽管问！"米洛斯迪尔看了看本·艾伦丢过来的烟，没有动，"我不吸烟。"

"从握手组织的形成开始，详细地说一下。"本·艾伦抽着烟道。

"其实我和萨迪曼都是这个组织的投资人，我们负责资金方面的问题，但并不是所有的钱都是我们出的，其他人也要缴纳一定的款项，这不是钱多钱少的问题，只是为了公平。"米洛斯迪尔靠在树干上，"我和萨迪曼并不是握手组织的发起人，在这之前我们并不认识，促成握手组织的是一个中间人，没人见过他，一切都由他操控。我曾雇人对这个中间人进行过调查，但可惜什么都没查到，唯一知道的是他对你们的仇恨很深，他的目的就是将你们全部干掉。为了让我们相信，他组织了针对你们基地的袭击，那次是完全由他单方面出资的，据他讲几乎耗尽了他所有的积蓄。从那之后我们真正相信他了，于是我和萨迪曼参与其中，至于艾森、杰西卡·艾尔、图拉索，他们只是小喽啰，负责抛头露面参与行动，而我们负责幕后操控。其实我和萨迪曼也只是被操控着而已，至于那个幕后人我们从没见过面。萨迪曼或许和他接触过，我曾经在通话时听他提起过，说曾经在罗马和那个人进行过一次长谈，他说对方是个不错的年轻人，值得信任。"

米洛斯迪尔很配合，在死亡的威胁面前他放弃了一切尊严，能屈能伸，怪不得他能走到今天。其实他提供的情报大多都是本·艾伦他们之前已经搜集到的，有价值的信息并不多。

虽然他看似很合作的样子，其实本·艾伦非常清楚他还有很多事情没说出来，这种人是不会一次性把知道的东西都说出来的。

这种能称霸一方的人绝对不是一般人能比的，城府之深远超常人。在这种完全受制于人的情况下他要用这些情报保命，虽然他们已经达成了以财物换取性命的共识，但那只是稳住对方的一个筹码。

要保住性命就得拿出足够的筹码，但是，钱真的能买回自己的命吗？连他自己都不知道。其实他心里隐约明白，交出那些钱财只能保证自己短时间内的生命安全，但也只是争取到了四个小时，所以他不会轻易将自己知道的东西和盘托出。

"现在整个握手组织已经被打得七零八落，我们操纵的几股势力已经被你们清剿得差不多了。我今后不会再和你们作对了，所以只剩下萨迪曼和那个中间人了。现在他们才是你们应该对付的敌人，消灭他们，握手组织就彻底瓦解了。"米洛斯迪尔敷衍地说道。

"就这么多？"本·艾伦眯着眼睛盯着他，"听你这么说，好像我们能轻松地找到剩下的两个人。"

"对于中间人我确实不了解，毕竟我从没有正面接触过他，只通过电话联系过。"米洛斯迪尔摇了摇头。

"电话联系？不可能，没这么简单。"本·艾伦不相信地说道。

米洛斯迪尔闭上眼睛，过了半晌才说道："我可以告诉你们萨迪曼的去向，他一周前前往V国，住在M市。"

"怎么找到他？"本·艾伦又问。

"我可以把他的电话给你，这是握手组织的内部联系方式，你们可以通过M国情报机构的关系进行定位。"米洛斯迪尔想了想说出一个号码。

本·艾伦立即将号码传给基地的信使进行核实。其实以他们现在拥有的设备和技术，已经不需要马丁背后的情报组织的帮助就能准确定位了。

"你怎么知道我们在和M军合作？"本·艾伦突然意识到这个问题，他和马丁达成共识以及展开合作都是秘密进行的，完全不存在泄密的可能，现在居然连握手组织都知道，这还算什么秘密合作。

"中间人对你们的一切都非常了解，至于情报的来源我就不得而知了。我能抓住你们的人就是他提供的消息，时间、地点、人数都非常准确。"米洛斯迪尔的话如同炸雷一样让所有人都惊呆了。

所有人的注意力都集中到了这个问题上，如果米洛斯迪尔说得是真的，内奸的问题又被翻了出来。

本·艾伦看着其他人继续问道:"对于中间人,你们是不是也采取相同的联系方式?"

现在不是探究内奸问题的时候,查肯定要查,但不是现在。毕竟米洛斯迪尔也不知道是谁在泄密,而这个中间人至关重要。

"是的,但我们无法直接联系中间人,只能是中间人联系我们,不知道为什么,我回拨过去的电话都是无法接通的。"米洛斯迪尔继续说道,"另外,等你们放了我之后,我会把空骑的消息告诉你们。"

米洛斯迪尔又抛出了一枚筹码,他把这个当成了保命符。他看得出本·艾伦是个重情义的人,既然能冒险来这里救手下人,肯定会非常看重空骑的下落,这样自己生存的可能性就又大了一些。

"你知道空骑的下落?"赌徒一把揪住了米洛斯迪尔,几乎把他提起来。

"他只是被关了起来,没死。"米洛斯迪尔点了点头,"我知道你们一直在找他。"

"他在哪儿?"赌徒大声问道。

米洛斯迪尔看着赌徒,一句话不说,显然没打算告诉他。

"赌徒。"本·艾伦低喝了一声。

赌徒放开手,退到一边。

"中间人多久和你联系一次?"本·艾伦继续问,他现在最关心的就是和中间人相关的情报,可惜的是相关的情报太少了。

"时间不固定,他可能随时打电话过来,但也只是要求我们提供资金。每次提供资金之后都会发生一些事情,比如苏帝米亚的伏击。其实除了钱之外我几乎没参与任何针对你们的行动。"

"嗯,这就足够了,你的钱能玩儿转一切,足够把我们都弄死。"本·艾伦冷笑,"别把自己说得那么干净,没有你的钱,我们也到不了今天,你是主谋之一。就是因为你们的投资,我已经有很多手下死在了你们的阴谋之中。"

"我知道,我无法摆脱干系,但我可以补偿,至少可以从经济上为你们提供一些帮助。"米洛斯迪尔慢慢悠悠地说道,"至少我可以帮你找到萨迪曼。"

"哼！别把这当成交易，先想想自己现在的处境，你是俘虏，这不是什么平等合作。"本·艾伦提醒他。

米洛斯迪尔的脸变了变，但还是嘴硬地说道："不合作也罢，不过我的确是在尽量给你们提供情报，所以请记住我们的约定。"

本·艾伦站起身："你看似合作，其实提供的都是一些边缘性的情报，看似丰富，其实没什么实际的东西，怎么？留着那些保命？你以为我真的不会杀你？"

米洛斯迪尔脸上又是一变，这才发现对方不好对付，自己的心思已经被识破了。

"想活命就把我感兴趣的东西说出来，我没时间和你斗心思！下面提供的情报再无法让我满意，就别怪我不客气！"本·艾伦盯着米洛斯迪尔。

米洛斯迪尔沉默了很久，"好吧，我们单独谈谈。"

本·艾伦扫了一眼其他人然后挥了挥手，"我给你十分钟，最好别耍花样儿。"

其他人退走，只剩下了他们两个，米洛斯迪尔整理了一下思绪才开口道："这件事要从我失去坦普亚的控制权说起……"

重拳找了个地方躺下，他现在的状态依然不怎么好，前额和后脑都贴着止血胶。卸掉重甲之后他总算是松了口气，那玩意儿真是太重了。

"山狼，可不可以打电话？"他躺在地上问道。

"这不合规矩。"山狼摇了摇头。

"我只想给玛丽报平安。"重拳闭着眼睛，"要知道，这次我们是抱着必死的决心来的，没想过能活着出来。"

"我也没想。"山狼丢给他一根烟，"一切都像做梦一样，是运气。"

"灭了握手组织之后我就退出，不再干了，我厌倦了。"重拳点上烟轻声说道。

"怎么？终于被玛丽感动了？"山狼坐在他身边，"她是个不错的姑娘，但是否适合做老婆我就不知道了。"

"没什么感动不感动的，有个对自己死心塌地的女人不容易，何况她还很漂亮，所以说是我想开了。"重拳抽着烟说道。

突然一个卫星电话丢在了他的身上,"给你五分钟时间,但我必须在旁边。"山狼淡淡地说道。

"谢谢。"重拳大喜,他拿起电话拨通了一串号码,放在耳边听了听之后就挂断了电话,又拨然后又挂掉,反复几次之后把电话还给山狼。

"怎么了?"山狼奇怪。

"我们的暗语,我已经把我活着的消息告诉了她。"重拳笑了笑。

"嗯。"山狼收起电话。

"怎么处置米洛斯迪尔?"重拳又问。

"不知道,队长肯定有自己的安排,相信他。"山狼伸了个懒腰,"我去警戒,好好休息。"

幽灵走过来将一把乱草丢在重拳身上,"长叶外敷,圆叶片吃掉。"

"到哪里你都能找到草药。"重拳坐起来说道。

"这是本能。"幽灵嘴里嚼着东西说道。

"你抵得上半个军医了。"重拳把那些叶子收起来照幽灵说得做了。

"我不需要军医!"幽灵靠在树上眯起眼睛。

"什么事儿?"军医走过来就准备给重拳检查身体,"头晕还是有其他问题?"

"没事儿,我们在聊天!"重拳摆了摆手。

"是在说我坏话吧?"说着军医仔细看看重拳的眼睛,"还好,脑震荡不严重。"

本·艾伦和米洛斯迪尔足足谈了两个多小时,谈完之后本·艾伦把山狼叫过去,"给他点儿吃的。"

山狼取出一包压缩饼干丢给米洛斯迪尔,然后很不满地说道:"你把我们折腾成这样儿,我们还得管你饭吃!"

"因为我还有价值。"米洛斯迪尔捡起压缩饼干拆开取出一块塞进嘴里,嚼了几口不禁皱起了眉。

"吃惯了好东西对这个很不习惯吧?"山狼冷笑着问。

米洛斯迪尔没说话,只是闷声不响地吃着压缩饼干。到了这个地步,还有命在,能有吃的就是上天恩赐了。

本·艾伦靠在树干上闭目养神。到了这里基本上安全了，一夜的苦战，紧绷着神经，早已累得够呛。几个被救出来的都浑身带伤，所以正好在这里休整一下。

林子里很静，上午的丛林很清新，空气也很凉爽。除了执勤的人之外大家都躺下睡了，米洛斯迪尔靠着树干一边吃着压缩饼干一边不停地看着四周的环境。

"别耍花样儿，你跑不了。"山狼闭着眼睛说道。

米洛斯迪尔没说话，不知道他在想什么，只是继续闷头吃压缩饼干。其实他很清楚自己的处境，看似松散的防御其实滴水不漏，只要逃跑肯定会被瞬间击毙。

也不知道过了多久山狼的卫星电话震了起来，他接通之后听了一阵，然后非常简单地说道："好，我知道了。"挂断后他对已经睁开眼睛的本·艾伦点了点头。

本·艾伦没什么反应，而是闭上眼睛继续睡觉。

直到下午，所有人才陆续醒了过来。这一觉睡得很舒服，体力基本恢复。本·艾伦站起身，"时间差不多了，我们走。"

"兽人。"赌徒叫住他看了一眼一边的米洛斯迪尔。

"哦！"本·艾伦拍了拍脑门，仿佛才想起这件事。他看了米洛斯迪尔一眼，然后对赌徒道："他归你了。"

"谢谢长官。"赌徒邪恶地笑了笑，拔出重拳的刀子直奔米洛斯迪尔。

"我们已经达成协议……"米洛斯迪尔马上明白了即将发生的事情，他站起来就往后退，"我们说好的！"

"帮忙。"赌徒一边逼近米洛斯迪尔一边招呼旁边的飓风，两人冲过去将米洛斯迪尔架起来。

"你说过不杀我！"米洛斯迪尔对本·艾伦大吼。

"当然。"本·艾伦耸了耸肩，"我没动手。"

"你是个混蛋！没有信誉的无耻之徒……啊……"米洛斯迪尔大骂着，但话还没说完赌徒的刀子已经穿过他的手腕下端尺骨和桡骨的缝隙然后狠狠扎进树干。

另一边飓风也以同样的方式将他钉在树干上，米洛斯迪尔呈大字形挂在树上。

"你们……不能杀……我！"米洛斯迪尔忍着剧痛断断续续地说道，"我还有钱，我……我还有一些消息……"

不管他说什么赌徒和飓风都不理他，而是用刀子割他的衣服。

"交易已经完成了，消息已经知道得差不多了，你没用了。"山狼冷冷地道。

"我，我还……知道空骑的下落！"米洛斯迪尔依然不肯放弃。这时候赌徒已经将他的上衣剥光，露出里面的一身肥肉。

"忘告诉你了，我知道空骑的去向。"本·艾伦懒洋洋地说道。

"我还知道……啊！"米洛斯迪尔还想说什么，但赌徒的刀子已经扎进他的胳膊。

"你以为用钱就可以买通我们？"本·艾伦点上烟看着痛苦不堪的米洛斯迪尔，"你杀了我兄弟，所以你必须死。你的钱我们要，命我们也一样要。"

"啊……"米洛斯迪尔继续惨叫，他已经说不出话来了。

"别以为你出了那么多钱就能买回自己的命，哼……"本·艾伦冷笑。

米洛斯迪尔不断惨叫，没多久他就不叫了，昏了过去，然后疼醒过来，再昏过去，再醒过来，如此反复，大小便失禁，血腥和恶臭在空气中交织在一起。

"你真残忍。"重拳将刀子插回刀鞘。

"他应得的，这种人就不能让他死得太痛快，那样太便宜他了。"赌徒提起自己的枪，"想想他害死了我们多少人吧，再想想他还是吃人的恶魔，所以这么对待他不过分。"

"走吧，握手组织又少了一分子，我们的计划还得继续下去。神秘的中间人还没露面，他才是我们最大的敌人，萨迪曼依然活着，这是我们不能容忍的。"本·艾伦道，"回去之后我们计划一下，把萨迪曼干掉，我不在乎用什么手段，只要求结果，那就是他必须得死！"

"放心吧，我们绝不放过他。"山狼说道。

"还有多远？"重拳问。

"大约……"本·艾伦看了一下地图,"六公里,直升机会在那里接应我们。"

山地丛林走起来虽然并不容易,但至少可以隐藏他们的行踪,一路上除了野兽之外没遇到什么太大的危险,当他们到达目的地的时候直升机还没到。足足等了两个多小时,直升机才出现在远空,他们悬着的心这才放了下来。直升机载着他们飞往位于公海的 M 军驱逐舰,航行数天之后将他们送到了 F 国边境,然后乘小船上岸。

17　再次行动

　　回到基地城堡的时候时间已经过去一周了，直到这时他们才知道，坦普亚政府军已经趁机"解放"了米洛斯迪尔控制的地区。等政府军到达米洛斯迪尔的大本营时，发现里面已经面目全非，所有的通道几乎都被炸断，山体大面积塌陷，内部几乎完全被封死。他们认为是叛军离开的时候进行了大规模的破坏活动，政府要想在这里重新开采钻石恐怕要费些工夫。

　　关于那些政府军战俘，生还的只有三十余人，剩下的全都战死在里面。米洛斯迪尔的私人顾问和外雇军事教官全部失踪，没人知道他们去了什么地方。不过可以肯定的是他们离开的时候带走了大量的钻石，那些都是米洛斯迪尔的家当。

　　至此坦普亚最大的军阀被剿灭，最富有的一片土地被政府军控制，剩下的小股叛军和零星的游击队已经不足为惧，政府对全境国土的大一统指日可待。

　　为此，本·艾伦特意找了政府军支付酬劳，不知道他怎么谈的，最终要回了价值大约六百万美元的钻石。

　　"是不是少了点儿？"大厅里赌徒靠在沙发上问。

　　本·艾伦喝着酒，"原本达成协议的时候是没有这笔酬劳的，这是我谈判得来的。"

　　"最大的赢家还是M国。"山狼喝着酒道，"他们已经和坦普亚现政府达成了一系列的协议，包括军火采购、矿山开采、商业投资，M国正在逐步控制这个国家的经济命脉。其实我们是帮了M国的忙，而他们却一分钱都不用出，给我们的装备值多少钱？我们帮他们换回了多大的利益？"

"我们越来越像 M 国人的打手了。"重拳无奈地摇了摇头,"他们的国家利益由我们来实现,M 国做尽好人,我们却……"

谁也不说话,大家都闷头喝着酒。他们报了仇,而 M 国人却趁机坐享其成,赚尽了好处。

"队长,从米洛斯迪尔那边弄回来的现金已经被信使汇入黑血的账户,钻石和黄金还未变现,现已妥善保存。"山狼汇报道。

本·艾伦点了点头,"取出一部分汇给阵亡兄弟的家人,然后发放这次任务的分成,钻石和黄金先不要动。"

"能分多少?"水鬼很感兴趣地问道。他第一次参与如此大规模的行动,所以很关心酬劳的问题。

"这次行动每个人大约能分到约百万欧元,大家辛苦了。"本·艾伦说道。

"多少不重要,重要的是我们都还活着。"山狼躺在沙发上慵懒地说道。

"就是,能活着就是最大的财富。"玛丽旁若无人地腻在重拳的怀里。重拳回来之后两人的关系比之前亲密了许多,居然前所未有地在众人面前秀起了恩爱。

"你的庄园选好了吗?"幽灵在一边问。

"还没有,不过已经做了几个方案,等有时间的时候我们一起去看看。"说着她抱了抱重拳的胳膊。

本·艾伦对幽灵道:"明天你去一趟 V 国,侦察一下萨迪曼的藏身地。我们要最后确认一下他是否在那里,稍后我们会赶过去采取针对性行动。"

"好,我明天一早出发。"幽灵点了点头。

"其他人暂时留在基地休整。"本·艾伦的目光从所有人的脸上掠过,"黑血已经禁不住更大的损失了,活下去,兄弟们。"

"新人的补充速度要加快了,我们人手严重不足。"山狼晃着酒杯说道。

"目前我已经暂停了新人的招募计划,虽然我们的人不多,但在完成复仇行动之前不会再添加新人。"本·艾伦将酒杯放下,"我们的复仇不同于外部任务,不宜把新人牵扯进来。现在的新人只负责留在城堡里看守基地,敌人把我们的情况摸得很透,不得不防。"

★ 17 再次行动 ★

"也好，省得带新人麻烦。"军医点了点头，表情有点滑稽。他这个加入黑血时间不长的新人现在居然也以老手自居了。

"现在不得不提一个任何人都不愿意面对的问题，我们内部真的不干净。"本·艾伦看着众人，"在情感上我不希望任何人是内奸，但几次的遭遇已经证明了这个内奸是确实存在的，这个人已经危害了黑血的存在，所以我会对每个人进行调查，大家不要怪我。"

"队长，你说出来不怕那家伙有准备吗？"重拳搂着玛丽懒洋洋地说道。

"哼！"本·艾伦摇了摇头，"没关系，这也算是给他个机会！让他清楚，我们没忘了兄弟的情分！"

"差点儿把我们都害死，这个人一定要抓到，我要扒了他的皮！"赌徒阴着脸扫视着在场的每一个人。

"好了，在没确认之前大家别互相瞎猜，我自有分寸。"本·艾伦拿起酒杯，"任务还要继续，大家打起精神的同时要小心潜在的威胁。我不希望坦普亚小队被俘的事情再次发生，我们已经再也禁不住这样的损失了。"

的确，虽然这次他们干掉了米洛斯迪尔，获得了巨额财富，但损失也同样惨重，树妖、莽汉、光速、烟鬼、巨人、弯刀全都死在了那里，六个人几乎占黑血主要战斗力的三分之一。

黑血众人已经有相当长的一段时间没能安心睡觉了，不停地在外面奔波，相当长的一段时间都睡在山林里，再次回到自己的床上才发现，原来这普通的床铺睡上去真是无比的舒坦。

重拳看着房间里熟悉的环境深吸了一口气，一边抽着烟，一边抱着电脑靠在床上上网。他的身体状态并不是很好，偶尔头还有些晕，军医给他做了检查，得出的结论是他有轻度的脑损伤，需要长时间静养。

长时间不上网的结果就是邮箱都快满了，足有三十几封未读邮件，除了广告等无用的内容之外，很多都是亲友发来的。因为他出任务的时候无法联系到，所以电子邮件就变成了他和亲人、朋友之间唯一的联系方式。

回邮件，发照片，这基本上就是他向亲友报平安的方式。就在这时，他发现了一封不太寻常的邮件，内容如下：

"黑血已经被推到了风口浪尖，你们必须正视这一问题，你们的一切都处于严密监视之中。此为加密邮件，他们无法获取内容，但为了以防万一，下面的内容我还是用暗码书写。"

下面是一排数字和字母的混合，很长，杂乱无章，没有任何规律。

邮件没有署名，只是附上了一个图案，金色的盾牌上有一条龙。

重拳心里一惊，马上跳下床冲向了本·艾伦的房间。

"你不困可以去打靶，我没时间和你闲聊。"本·艾伦很不高兴地看着重拳。

"队长，我给你看点儿东西。"重拳也不客气，直接挤了进去。

本·艾伦见他拿着电脑就说道："我对色情录像没兴趣。"

重拳对本·艾伦认真地说："这个你必须看一下。"

本·艾伦开始不太在意，只是懒洋洋地看着，很快他的脸色就变了，他一把夺过电脑仔细看了起来。他抬起头刚要说话，重拳摆了摆手，拿回电脑在上面找出一段音乐播放起来，然后将音量调到最大。

"我们的一切都受到监视。"重拳指着屏幕上的内容低声说道。

本·艾伦点了点头，虽然这是他自己的房间，但小心一点是没错的。

"这个发邮件的是谁？"本·艾伦问。

"朋友，一个老雇佣兵，他现在是独行侠。"重拳调增了一下音量，两人的对话完全被淹没。

第二天，本·艾伦就带着绅士前往了马丁的办公地点，他们的合作还要继续下去，形势所迫，不得不如此。

幽灵已经赶往V国，在黑血中幽灵是大忙人，如果他要是没事儿干了，那恐怕会出问题，说不定会惹出什么乱子来。所以必须给他找事情做，本·艾伦清楚，山狼更清楚，所以二人在讨论针对萨迪曼侦察事宜的时候首先想到了他。

现在本·艾伦最担心的就是握手组织那个无所不知的中间人，他们的一切都在此人掌控之中，这个人究竟是什么来头？

为了对付内部隐藏的内奸，本·艾伦不得不让幽灵冒险，现在他信任的人不多。幽灵在这个世界上没有任何亲人，也就是说他没有任何的牵挂，黑血就是他的归宿，他出卖黑血的可能性之低可以忽略不计。

17 再次行动

幽灵出发之前，本·艾伦暗地里给了他一部手机，一切都要单线联系。幽灵的行程暴露的可能性很大，非常危险，所以他在幽灵离开之后给他打了电话。在前往V国的过程中一切要见机行事，如果有追踪者，就抓个活口。这等于是拿幽灵做诱饵，危险系数相当高，而幽灵的反应却非常兴奋，对他来说这是一种游戏。

昨晚重拳汇报的消息本·艾伦没有告诉任何人，在这种极度复杂的情况下，他不相信任何人。虽然都是多年出生入死的兄弟，但人是会变的，他不愿意相信任何人会出卖黑血，但是事实摆在面前，他不得不对每个人进行调查，而且还要暗中调查，秘密进行。

坦普亚营救任务完成之后伤员不多，也没有伤势太重的，所以用不了多久就能恢复战斗力，所以他们现在要做的就是等消息。

本·艾伦有自己的打算，所有任务还要继续，但他们要多做准备，避开敌人的监视。三天后他将一部分人派到了Q国，然后让山狼收走了所有人的通信设备，并且将这些设备丢弃，剩下的一切都由山狼和本·艾伦单线联系，然后辗转四地最后到达V国，以此避开潜在敌人的监视。

到达V国之后从秘密渠道拿到武器，然后前往M市。这次他们只来了四个人，山狼、狮鹫、重拳和身体还未痊愈的赌徒，这些是本·艾伦比较放心的人，也是他要检验的第一批人。

"幽灵那边已经完成了侦察，萨迪曼就在东郊的一栋十五层高的大厦里。这栋大厦是他的私人产业，戒备森严，有四十几名保镖，几乎和外界完全隔绝。"山狼开着车说道。

"咱们用什么样的打法？潜入还是突袭？"重拳低声问。

"先赶过去了解一下具体情况，幽灵在那边。"山狼说道。

到达目的地的时候已经是深夜，对面就是萨迪曼的藏身之处，大厦里漆黑一片，仿佛是一座鬼楼。

幽灵在后巷的暗处等候，等他们都下了车他才鬼魂一样飘出来，无声无息地出现在众人背后。

"你……你能不能先打个招呼。"重拳吓了一跳。

幽灵挥了挥手，"跟我来。"

众人提着装备包跟着幽灵进了一栋大楼。这是一栋普通的商业楼盘，因为经济不景气已经没了什么商户，他们上了顶楼，这一层全都空着。

"这地方不错，我一直在这里监视对面的动静。"幽灵指着不远处的大厦说道，"萨迪曼就在对面，一个瘫子。"

"防御情况如何？"山狼看着不远处的大厦问。

"到处都是警卫，想进去不容易。"幽灵打开电脑调试了一下，将屏幕对着众人，上面是一段视频，萨迪曼坐在轮椅上看着外面，图像很清晰。

幽灵指着萨迪曼身后的一个人问道："眼熟吗？"

开始大家都盯着萨迪曼，他这么一说注意力才集中到这个人的脸上。

"南斯·贝德，萨迪曼的护卫总长。"狮鹫低声说道。

"对，就是用活人喂豹子的混蛋。"幽灵点了点头，"他依然负责萨迪曼的保卫工作，整栋大厦的防御滴水不漏，从天台到入口，守备森严。"

"是防弹玻璃？"狮鹫问道。

"是的，而且是三层加厚的，除非用巴雷特，否则别想击穿。另外这老小子很少出现在玻璃后面，这么多天我就见过一次，而且就短短的几分钟。"幽灵道。

"我们这里萨迪曼的人不会过来检查吗？"重拳看着四周问道。

幽灵点了点头，"当然，这里能直接威胁到他，所以定期会有他的人过来，大概每两天来一次，全楼大搜查。今天刚检查过，后天才会有人来。"

"有什么计划？"山狼问。

"直升机，空降天台，然后杀进去。"幽灵低声说道。

M市，V国首都，这原本是个气候凉爽，景色秀丽的城市，是V国的风景胜地，但在常年战乱的摧残之下，如今这里到处充斥着暴力、死亡。战火随处可见，街上人人带着枪支，恐怖充斥着这座城市，几乎随时随地都能听见枪声，每时每刻都有人被杀害。

幽灵一个人在这里将萨迪曼的情况基本上摸清，为进一步的行动做好了准备。他的计划中还有伏击追踪者的任务，但一路上他也没发现什么异常，这让他很意外，难道是自己的行踪没有暴露，还是敌人跟不上自己的节奏？不管怎样，至少现在他们是安全的，应该没人发现他们的行踪。

── ★ 17 再次行动 ★ ──

对于如何干掉萨迪曼,幽灵的计划简单直接,空降大厦,然后一路杀进去直到把萨迪曼变成一具尸体。

"在这里直升机的问题恐怕不太容易解决。"山狼摇了摇头。

"可以租,但是会贵一点儿。"幽灵翻出一份记录,"我收集了几家有直升机的商户,也打听过,只要肯出钱,他们会出租,但夜航能力差一点儿。"

"对面有多少人?"重拳问。

"五十八个,萨迪曼长期居住在十四层,那一层就有二十几个守卫,剩下的分散在一层和顶层,中间楼层守卫的人不多。"幽灵调出大厦的结构图,"整座大厦都是萨迪曼的私产,是三年前买下来的。据说当时是作为驻索马里的大使馆使用的,但没等装修完成他就下台了,于是这里就闲下来了。我花了笔钱买到了建筑图纸,但这是最初的图纸,根据搜集到的情报,大厦在一年前开始了装修,直到半年前才完工,这次装修增加了很多东西,改造了内部结构,所以用原始建筑图纸去套用是不可取的。"

"不可能所有的玻璃都是防弹的吧?"重拳问。

"我观察之后发现,十三层以上的玻璃全都是防弹的,而且是双层厚度。另外大厦的墙壁是加厚的。"幽灵耸了耸肩,"这老小子真肯花钱。"

"惜命鬼!"重拳骂了一句,"地下呢?从下水道进去的可能性有多大?"

幽灵摇了摇头,"情况不明,这里的下水系统非常混乱。按照大厦的防御等级,应该进行了防御设置。我曾经进行过调查,但没什么结果,四通八达的下水道里很容易迷路,我差点儿被困在里面。"

"早知道这样就带巴雷特来了。"重拳摇了摇头。

"那么大个头儿的东西带进来很困难。"狮鹫蹲在地上观察着那边的大厦。

"在这里能不能买到?"山狼问。

"恐怕不太容易,巴雷特不是 AK-47,花点儿钱就能买到,如果从马丁的渠道走私进来倒是有可能,不过需要相当长的时间。"幽灵抬起头,"我去过这里的武器黑市,种类虽然齐全,但并没有巴雷特。"

"这种兵荒马乱的地方萨迪曼居然也能待下去。"重拳有些郁闷,"那我们怎么干掉他?"

"这是一层的侦察录像。"幽灵指着屏幕,"正面四个人,大厅两个人,后门四个人,左面的警卫室有三个人,内外遍布监控。"

重拳看着图像低声说道:"想从一层进去,除非先入侵监控系统,然后断电。"

"但我们不可能在杀上去之前保持绝对安静,只要一断电敌人就会发现。"狮鹫摇头道,"敌人多,正面冲突没有优势,就算占领一层也不行,杀上去太困难。"

"所以我说还是空降进去靠谱儿。"幽灵道。

重拳摇了摇头,"关键是这地方用直升机会不会被打下来,这里可是战乱地区。"

三人低声争论着,山狼没说话,只是看着远处的大厦,最后说道:"先休息,有事情明天再说。"看得出他也没什么主意,所以干脆不再考虑这些,先恢复体力,有问题明天再说,也不急于一时。

几个人随便找了个地方休息,这里的夜晚很不消停,偶尔还能听见枪声。M市,一座处于战火中的城市,夜晚一片黑暗,枪声是这个城市的催眠曲,当地人对此已经习以为常。

重拳看着外面的夜色,因为没有灯光的干扰天空很干净,星星闪亮。

幽灵坐在一边吃着东西,看到重拳没睡,幽灵丢了一块压缩饼干过去,"睡不着?"

"很累,但没什么困意。"重拳接住压缩饼干咬了一口,"萨迪曼的人来的时候你怎么躲过去的?"

"很简单,溜下去,然后到处逛逛,等他们走了再回来。"幽灵指着后面的窗户,"他们是一层层搜的,他们搜到下一层的时候我就开始往下爬,越过他们所在的那层,然后离开。"

"你小子倒是有办法。"重拳道。

"一个人方便。"幽灵说道。

"来了这么久,有没有发现他们的防御漏洞?"重拳举起望远镜看着那栋大厦,发现窗户不是全黑,隐约间透着一些光亮,"他们好像用东西遮住了窗户。"

17 再次行动

幽灵拍了拍手站起身,"萨迪曼的活动区域是十三到十五层,但大多数时间都在十四层。他很少晒太阳,我来这么久也只见他出来一次。"

"能确定他在这里就好。"重拳放下望远镜,"这是个机会,这次必须干掉他。"

"虽然防守森严,但远远比不上T国的那个城堡。"

"要是能弄一枚巡航导弹直接把大厦轰平了就好了。"重拳摸着下巴说道。

"这个国家弄导弹恐怕没那么容易,巡航导弹在他们军队中都很少见,如果是便携式导弹还有可能弄到一两枚,但那根本就不可能对大厦构成致命威胁。"幽灵把电脑拿起又放了一段视频,"整个大厦的防御几乎找不到薄弱点,从外面爬上去几乎不可能,只有从顶部偷袭。"

"多制订几条作战计划吧,剩下的就看山狼怎么权衡了。"重拳拿起自己的枪,"睡不着,我去把山狼换回来。"

山狼坐在天台边缘看着那栋大厦,重拳上来时他只是回头看了一眼:"睡不着?"

"还不困,你下去休息吧,这边我盯着。"重拳放下自己的枪说道。

"我在想怎么进去。"山狼依然盯着对面的大厦。

"可以慢慢想,时间足够。"重拳举起望远镜,发现大厦顶部有人在活动,"天台的警卫哨?"

"人还不少,从天台空降下去不被发现的可能性并不大。"山狼摇了摇头,"但那里是最接近萨迪曼居住地点的。"

"也是目前最稳妥的作战方式。"重拳向后缩了缩,以防远处的敌人发现异常。

"先观察一下,不急于一时。"山狼坐下靠在一边,"能找到萨迪曼就好,把握住机会,不能操之过急。"

"我现在一直在考虑这个问题,握手组织的中间人知不知道我们在这里?"

"这是个问题,我们必须小心。在坦普亚能活着出来是运气,绝对不能再中招了。"山狼一边说一边继续盯着对面的大厦。

"我们能不能想个不用进去的办法?"重拳突然说道,"这样就算是个陷阱我们也不怕。"

"你有什么办法？这里可没巴雷特。"山狼头也不抬地说道。

"明天去看看，黑市上应该有直瞄炮，这玩意儿可不是什么高科技武器。"

"嗯。"山狼明白了他的想法，但随即又想到了一些问题，"这个距离用直瞄炮打穿防弹玻璃没什么问题，但我们却没办法确认萨迪曼是否真的死亡。"

"其实用火箭弹效果更好，但同样无法确认萨迪曼的死亡。不过我觉得萨迪曼既然能在这里藏身，那就是说明他已经做好了一切防御准备，所以这种直接打击的效果如何还不知道。我最担心的就是万一我们动用这类武器之后还不能干掉他，那我们后面就更难得手。"

"要是能把整栋大楼都摧毁就好了，那样萨迪曼必死无疑。能不能叫队长劝劝M军动用巡航导弹？"

"那不可能，M国不会这么干的，政治风险太大，谁也承担不起。"山狼摇头道。

"其实我还有一个计划，这个相对要容易一些，但就是有些太暴力了，可能会惹出点儿麻烦。"重拳又说出了一个计划。

山狼听完之后皱了皱眉，"这个先列为备用计划，我们再侦察一下看看，最好能找个稳妥一点儿的办法。"

"嗯。"重拳点了点头，"那就明天再看看具体情况，重新制订计划。"

"好了，我去睡觉，两个人守在这里是一种资源浪费。"说完山狼起身下楼。

重拳架好望远镜躲在暗处盯着大厦的方向，除了在顶部活动的哨兵之外，看不见任何活动的人影。他计算了一下距离，如果用直瞄炮或者火箭弹攻击，干掉萨迪曼的可能性只有百分之五十，这还得是在能看得见萨迪曼的前提之下，如果胡乱攻击杀掉萨迪曼的可能性就太小了。

他又将望远镜对准了大厦的底层，偶尔能看见警卫出入。大厦的三面都是宽阔的马路，交通十分便利，夜色中，街上没有车辆和行人，只有两名巡逻警卫在街边抽烟，这些警卫都背着枪。

★ 17　再次行动 ★

在 M 市，很多人逛街都带着武器，这是一个极度没有安全感的城市，到处都是战乱和屠杀，每时每刻都有惨剧发生。虽然带着枪不可能完全自保，但起码可以壮胆，真的无法想象这里的人每天是如何生活的。

次日清晨，幽灵将自己制订的几个作战计划全都提供给了山狼，结果没有一个通过，全都被打到后备计划之中，因为山狼觉得这些计划都没有十足的把握可以干掉萨迪曼，几个人只能继续围绕大厦展开侦察工作。

这次他们是秘密出动，所以没有 M 军侦察卫星的帮助，没有高精度的电子设备，可以说没人知道他们在这里。虽然本·艾伦泄露了他们的行踪，明确说出了他们要到 M 市干掉萨迪曼，但他们一出发就直奔了 Q 国，这会给潜在敌人带来足够的麻烦，会搞不清他们的目的地，几次跳跃式转移可以完全将追踪者抛开。

后面的几天里，他们又根据实际情况制订了很多方案，但山狼对这些方案都不怎么满意，最终全都被放弃。

萨迪曼这几天根本就没露面，反倒是那个贝德不时出来闲逛，但也只限于从一楼到顶楼。里面的人好像从不离开大厦一样，甚至连食物都不外出采购。

"这不正常。"山狼看着大厦说道，"他们的补给从哪里来？幽灵，你见过运送补给品的车辆吗？"

"这还真没有，难道他们吃的是储备粮？"幽灵皱着眉说道。

"不可能。"重拳指着大厦的结构图说道，"唯一的解释就是这栋大厦下面有秘密通道，他们可以自由出入。"

"如果有通道的话……"幽灵思索了片刻，"那只能对旧下水道进行改造，这是唯一的可能，因为他们根本不可能独立开采一条通道出来，耗时耗力不说，他们也没这个能力。"

"好吧，我们去侦察一下。"山狼合上地图，"狮鹫，晚上跟我走，我们去看看到底是怎么回事儿。"

晚上，两人趁着夜色进入了下水系统。因为没有下水道的结构图，他们只能依靠指向设备往大厦下面摸去，几次都差点走错方向。等他们到了大厦的下面才发现，原来这里所有的下水道入口都被堵死了，真不知道大厦里面的污水都流向了何方。这下面简直就是一个和大厦一体的极大封闭空间，内外完全隔绝，如果想进去只能炸开墙壁，但那样肯定会惊动敌人。

这条路算是被堵死了，两人除了把自己弄得如同掉进粪坑一样臭不可闻之外，没有任何收获。

"下水道被完全堵死，下面的路进不去了。"山狼沮丧地说道。

"那我们怎么办？继续等下去？"幽灵点上烟问。

"实在不行就得来硬的了。"山狼皱着眉思索了片刻，"让我仔细考虑一下。"

其余人都不说话，过了很长时间山狼才开口说道："幽灵和重拳去采购武器，炸药和火箭弹都要。不在乎花销，我只提几个要求，炸药威力要够大，有多少买多少，火箭弹要有热追踪功能，也是数量越多越好，我只有这些要求。"

18　刺杀萨迪曼

M市，一个动乱中的城市，萨迪曼藏身于此。他的身边配备有几十名专业警卫，山狼一直不能找到一个合适的办法稳妥地干掉这个恶魔。

攻入大厦需要人手，而他们现在最缺的就是人手，如果从外部进行打击，必须动用巡航导弹级别的重型武器，可他们目前没有这个能力，而普通的火箭弹只能将大厦打出几个窟窿，除非直接命中萨迪曼或者弹头在他身边爆炸，否则很难保证准确无误地将他干掉。这个家伙太狡猾了，他们过来以后就没见过萨迪曼露面，只能通过反射式监听设备搜集到的声音来监视里面的动静，通过监听收到了萨迪曼的声音，由此判断，他还在这里。

重拳和幽灵接受了山狼的命令，前往当地的武器黑市购买武器装备。武器黑市在东郊贫民窟附近的一座废弃的防空洞里。这个防空洞内部空间巨大，当地的一个黑帮在这里把持着，把这个防空洞改造成一个武器种类相对比较齐全的黑市武器交易市场。这里武器摆放得像个超市，各种武器随意摆放在两侧的架子上，种类繁多，但大多都是平民化的武器，以AK为主，各种各样的改进型和仿制型都有。RPG火箭弹有很多，价格也便宜，很受游击队和恐怖分子的欢迎。

"这是当地第二大军火市场，很多黑帮、游击队和恐怖分子都从这里购买武器。"幽灵指着市场说道。

"那第一大军火市场在哪？"重拳问。

"那是由巴萨将军管理的市场。巴萨将军是当地第一军火商，虽然他手中的武器没有这里齐全，但他掌控着这里主要的地下军火生意，部分政府军的武器都是由他供应的。他有政府背景，没人敢惹。"

幽灵之前来过这个市场，有着前期的合作基础，再来就没有第一次那么麻烦了。接待他们的是黑帮负责军火交易的一个小头目，是个满头小辫子的黑人。

"嗨，伙计！"小辫子很热情地和幽灵击掌。

"这是我兄弟。"幽灵指了指重拳，在这里不用多做介绍，打个招呼就可以。

"你好！"小辫子居然很有礼貌地和重拳握了握手，"看得出你们是实力派人物，我们到里面谈。"

两人被小辫子带进了办公室。小辫子边走边问："两位雇佣兵大爷有什么需要？"

"哦，我们是雇佣兵？何以见得？"幽灵不承认也不否认。

"我接触过形形色色的人，你们有军人的气质，但没有军人的古板。你上次买的武器并不统一，这和军队的习惯完全不同。你们又不像间谍或者特工，所以我猜你们是雇佣兵。"小辫子一边把玩儿着左轮一边察言观色地看着他俩，看得出小辫子在试探他们的来历。

幽灵只是笑了笑，没有承认，也没有否认，想从他脸上看出问题是根本不可能的。

见自己的试探失败了，小辫子只好放弃，反正要做买卖，不知道对方的身份也无所谓，只要对方给钱就行，"你们要什么尽管开口。"

"我们需要一些特殊的东西。"幽灵毫不客气地说道。

"需要什么可以直说，别人有的，我们有，别人没有的，我们也有，所以你来找我算是找对人了。"小辫子请两个人坐下。

"炸药，大量的炸药，威力要足够大，最好是C4，有多少我要多少。"幽灵看着小辫子。

小辫子皱了皱眉，很谨慎地看着幽灵，有点吃不准他的目的，过了半天才开口道："你要干什么，如果是针对政府进行袭击我是不会给你提供任何炸药的，那样你会威胁到我们的存在，因为能弄到炸药的中间商不多，很容易查到我们头上。"

"不，我们另有用途，不会做针对任何机构的事情，包括平民，以及现在的政府或者某一组织，这一点我可以向你保证。"

"那……"小辫子更加迷惑了，"那你要么多炸药干什么？"

"这是我们上面要求弄的东西，如果不是正规渠道短时间内弄不到需要的数量，这笔买卖还真就落不到你们头上。我可以告诉你们的是，就算你们不卖，我们也能弄到，只是时间问题，但我们的上层不希望再等下去，你明白吗？"幽灵话里的意思很简单，别以为只有你们这里有我们要的东西，去别的地方我们也能买到。虽然他不确定在其他地方能否买到足够的炸药，但他这么说，就是为了让小辫子觉得他们不是唯一的卖家，别漫天要价。

"嗯……"小辫子敲着桌子思索了半天，"你需要多少？"

"你有多少？"幽灵看着他。

"嗯……"小辫子又开始犹豫，他吃不准幽灵的目的。

幽灵看着他说了数目，小辫子的眉毛马上就皱了起来，他谨慎地看着幽灵和重拳，过了一会儿，他站起身说："我需要请示一下老板。"

从他的反应上，幽灵已经看出他有足够的炸药。幽灵没说话，只是做了个请便的手势，然后很随意地从一边拿起两瓶啤酒，一瓶递给重拳，一瓶自己启开瓶盖然后喝了起来。

小辫子拨通手机后低声地与对方谈了很久，之后，挂了电话对幽灵说："老板不确定你们的用途，他担心万一你们惹出什么乱子毁了我们的生意，所以不打算卖给你们。"

听他这么一说，重拳皱紧了眉头，幽灵倒是一边喝着啤酒一边不动声色地看着小辫子，看这小子到底在耍什么花样。

"在东郊32号仓库里有1.5吨的黄色炸药。巴萨将军上周刚从海上运过来，不知道有什么目的。我们老板不希望这东西卖出去，更不希望那个库房里的武器再被运走。我们老板说了，如果有人能帮忙，他不介意给出一定的酬劳。"小辫子看着幽灵，满眼的狡诈。

"这是为什么呢？你们面对的应当是完全不同的客户？应该没有利益冲突才对。"幽灵不解地问道。

小辫子笑了笑，"我们的一个供应商被撬走了，武器来源无法保证，老板很生气，所以不希望某些人太顺利。"

"这恐怕有难度，库房守卫森严，动起手来很麻烦。"幽灵摇了摇头。

小辫子继续说道："我们老板明天晚上宴请巴萨将军共度晚餐，如果他的吉普车丢了短时间内没人知道，而那车就是进入库房的通行证，没人敢拦截，只要控制住司机，就不会有问题。一辆吉普车能带多少炸药，你们比我更清楚！"

"这倒是可以考虑一下。"幽灵闭着眼睛思索了片刻之后说道："可行性很大，但我们需要详细了解一下情况，另外我也需要请示上层。"

"我等你的答复。"小辫子看着重拳，"这位客人需要什么东西？"

"有热追踪功能的火箭弹，两组以上的发射器和至少六枚弹头。"重拳道。

"这个……"小辫子盘算了一下，"我需要查一下库存，这种武器在本地销路有限，所以基本上不会有现货。不过我记得似乎半年前曾经进了一批，现在有没有我记不清了。你们先考虑一下我们的要求，我去看看是否还有这东西。"说完起身出去了。

"奸诈的家伙！"重拳用普通话说道。他担心这个房间里有监视设备，使用普通话，就算有人监听，他们也不可能听得懂。

幽灵摇了摇头，"利益驱使，各取所需，军火商的内斗永远都没有结束过。这件事我们不能私自做主，我得问问山狼，看看他的意思。"说完他联系上山狼，将这边的情况讲述了一遍。山狼沉默了很久才说这样太冒险，他不想节外生枝。

小辫子知道之后一脸的遗憾，他还说如果幽灵他们同意，他打算将两枚毒刺导弹送给他们。

幽灵告诉小辫子，他们现在有任务不能节外生枝，所以只能去其他地方购买需要的东西了。

小辫子耸了耸肩，很直白地说道："没关系，不过除了我们恐怕没人能有这么多的炸药，就算有，也没人敢卖给你们。"

这和威胁有什么区别！重拳大怒，幸亏幽灵拍了他一下，否则他可能会把小辫子的脖子扭断。

两人离开之后去了其他军火商和走私商的地盘，果然没有人敢卖给他们，这让他们极度郁闷，山狼对此也颇感无奈。看来小辫子的老板已经和这里的黑市军火贩子们打了招呼，没人敢做他们的生意。

"现在怎么办？小辫子的老板已经将所有的路都给堵死了。不行就和他们合作，反正他们还赠送两枚毒刺导弹呢。"幽灵无奈地说道。

"我是不想介入他们的内部斗争。"山狼想了想最终下了决心，"这样吧，合作可以，但我们额外需要一点儿东西，一支像样儿的狙击步枪、大威力手雷、催泪弹、闪光弹。"

"好吧，我们再过去谈一下。"说着幽灵掉转车子往回走。

两人又回到了防空洞，小辫子在等他们，脸上是一副我早知道你们会回来的表情。

"欢迎回来。"小辫子指着一边的毒刺导弹，说道："早就为你们准备好了。"

幽灵无奈地摇了摇头，"除此之外，我们还需要一些东西。"

"需要什么尽管开口，没关系，只要在我们能力范围内的，可以送给你们。"小辫子一脸慷慨，但重拳怎么看他怎么都像奸计得逞之后给出的安慰。

半个小时之后所有的东西都送上了幽灵的车子，他和小辫子约定第二天再来。

"他也不怕我们弄走了这么多东西就再也不回来了？"重拳看着还在向他们挥手的小辫子说道。

"当然不怕，除非我们再也不来M市。"幽灵摇摇头，"还得帮他们干事儿。"

"他们怎么敢和有政府背景的人作对？这不是找死吗？"重拳还是不太理解。

"争夺市场资源这种内斗永远存在，我在D国的时候军火商就经常火拼，比这里直接多了。"幽灵一脸见怪不怪的表情。

"该死，还是节外生枝了。"重拳无奈。

两人回去之后将情况汇报给山狼。无奈，他们只能以这种方式获取所需物品。

第二天一早，山狼、重拳和幽灵就去实地观察那个军火库，他们只相信自己侦察到的信息。

狮鹫被山狼留下来继续监视萨迪曼，毒刺导弹就在他身边，只要萨迪曼露面或者出行就完蛋了，但这种可能性太低了。

直到中午，山狼三人的侦察行动才结束，他们去找小辫子完成行动计划。

他们到达防空洞的时候，小辫子已经准备好了一切，"车辆，武器，全用我们的，还有这个。"他又拿出遥控引爆器，说道："老板不希望那个舱口还能用。"

"嗯，这没问题。"山狼检查了一下武器，"你再介绍一下具体情况，我们需要了解更多细节，另外，我们还需要仓库附近以及你们老板和巴萨将军聚会地点的周边地图，还要巴萨将军的车辆信息以及司机的照片。"

"这我们已经准备好了，马上就拿过来。"小辫子吩咐手下人去办，"老板说如果你们能完成这次任务，今后购买任何武器我们都会给予你们百分之三十的优惠。"

很快山狼要的东西都准备好了，山狼仔细研究之后又问了一些细节，然后对小辫子说道："我需要改变一下作战计划。"

"哦？"小辫子一愣，他没想到山狼要在这个时候改变计划。

"我的办法相对安全。"山狼将自己的想法讲了出来。

小辫子思索了片刻，"这样做倒是比之前的更加稳妥，不过我不清楚能否在这么短的时间内准备这么多的东西。"他看了看表，"还有不到五个小时，我去请示老板，希望能得到让你们满意的答复。"

"好，我等你消息。"山狼靠在沙发上拿起一瓶可口可乐喝了起来。

小辫子半个小时后才回来，从他的表情就能看出，事情已经成功了一半。

"已经联系好了，老板很高兴，他说这样可以把我们的风险降到最低，巴萨将军肯定不会想到这件事和我们有关。"小辫子非常高兴，"不愧是专业人士，能做出这么完善的计划来。"

重拳和幽灵都在心里偷笑，这计划复杂吗？你们想不出来只能说你们没脑子。

　　傍晚的时候,他们要的东西都到齐了,山狼检查了一下又看了看表,"好,开始干活儿,早完事儿早回去。"

　　三个人在小辫子的陪同下驱车前往他们老板和巴萨将军的会面地点。

　　"就是这里,一会儿巴萨将军到达之后,我们的人会把他的保镖都引开,你们尽快下手。"小辫子指着对面的一栋建筑,"我们会让他们将车停在后面,那里比较隐蔽,后面有条路可以离开。"

　　"地图我看过了,基本上没有问题,现在就看你们怎么把司机和其他人分开了。"山狼说道。

　　"这个你放心,我们肯定能办到,你们等着就行了。"小辫子胸有成竹地说道。

　　"但愿如此。"山狼点了点头。说实话,他对这小子还是不太放心。

　　"好了,我现在去安排一下,你们转到后面。"说完小辫子下车走了。

　　"我怎么觉得这小子……"重拳不知道该用什么词儿来形容。

　　"太毛躁,不够稳。"幽灵道。

　　重拳点了点头,"对,有点儿这个意思,我怕他会坏事儿。"

　　"希望不会。"山狼将车开进后巷,"我们在这里等候,马上化装吧!"

　　三人都将各自裸露的皮肤都涂成黑色,然后换上小辫子拿来的军装。山狼穿的是将军服,他要化装成巴萨将军,虽然长相完全不同,但他有他的办法。

　　山狼他们为了完成任务,居然卷入了当地军火商的内斗,这连他们自己都没想到,为了能得到足够的炸药,这个险还得冒一下,因为在这个地方,除了这两个比较有实力的黑市军火商之外,别处还真弄不到他们需要的炸药。另外,山狼也希望在当地能有一个长期合作的地方势力,所以他们就接下了这个任务。

　　一个多小时后小辫子跑回来,"人马上到,安定下来之后我们会把司机弄过来,你们做好准备。"

　　"好的。"山狼点了点头,"幽灵,这边看你的了。"

　　"放心。"幽灵道。

山狼和重拳转到胡同口，那里停着一辆越野车，这辆车和巴萨将军的座驾在外观上完全一样。这就是山狼的计划，利用车辆和司机的身份混入仓库。

十几分钟后小辫子回来了，他身后的两名手下架着一个人。山狼一看就觉得不太对劲，等到了近前才发现，他们架着的那人正是巴萨将军的司机，但他已经昏迷，头上还被打出了一个口子。

"该死！"山狼气得大骂，"怎么搞成这个样子？我们还怎么用他？"

小辫子挠了挠头，"他多疑，我们刚把他骗出来他就往回跑，没办法，只能把他打晕，可能下手重了点儿。"

"你能不能动动脑子！你打算让他顶着满脑袋的血去仓库吗？那我们肯定会被打成筛子！"山狼吼道。

"那……那怎么办？"小辫子看着昏迷的司机，又看了看山狼，没了主意。

"能怎么办！上车！先把他弄醒！"山狼无奈。

司机被塞进了后座，小辫子也跟着上去。重拳开车，山狼检查了一下受伤司机的伤势，"你们下手也太狠了，想把他打死吗？"

"这些人下手没轻没重！看我回去怎么收拾他们！"小辫子给自己找着面子。

"算了！"对于这个意外山狼感到无奈，但任务又不得不继续，他也没心情再追究这些了，当务之急是让司机赶紧醒过来。他费了很大力气才将司机弄醒。

"呃……"司机看着身穿将军服的山狼莫名其妙，弄不明白到底发生了什么，半天才结巴着说道："将……将军。"

司机有些糊涂，眼前的这个将军怎么一点印象也没有呢？按理说政府军的高级将领他都见过，这个人是谁呢？他一时反应不过来了。

"嗯。"山狼暗自笑道，"我需要你帮个忙。"

"帮什么忙？"司机有些糊涂。

十几分钟后，他们出现在离目的地不远处的地方。山狼坐在司机后面，用枪口顶着司机的后座，"老实点儿，我随时都能杀了你。"

司机颤颤巍巍地点了点头，到现在为止，他还没弄清楚到底发生了什么。

山狼把将军帽扣在脸上，坐在车里看不出身形，帽子又扣在脸上，这样可以迷惑敌人的守卫。车子和司机都是将军的，后座上身穿将军服的当然就是巴萨将军了。将军的车驾到，守卫也会非常紧张，所以他们蒙混过关的可能性很大，而现在最大的问题就是这个司机，如果他因为太紧张而露出马脚，那麻烦可就大了。为了遮盖司机头上的伤口，重拳将自己的军帽戴在了他的头上，"没事的，只要你合作我们就不会杀你。"重拳"安慰"他道。

"走！"山狼低声说道。

司机深吸了一口气发动了汽车，幽灵的车跟在后面。车子很快就靠近了仓库，远远地他们就发现荷枪实弹的警卫在仓库附近转悠。这里的防御真不是一般的森严，怪不得小辫子不敢用自己人，没点儿专业能力肯定靠近不了这座军火库。

"放松，放松。"副驾驶座位上的重拳提醒着司机，"到了地方别乱说话，也别乱动，小心你的小命儿。"

"是……是，我会注意，会注意。"司机答应着。他的想法很简单，不管对方什么来历，得先保住自己的命。

果然如山狼预料，车辆一出现在守卫们的视野里，这些家伙们赶紧打起精神，生怕将军见了不满意。

司机和警卫简单地交流之后就进入了仓库。这些警卫果然非常惧怕巴萨将军，没人敢打扰将军的"美梦"。两辆车开入仓库之后重拳把里面的人都赶走，幽灵守在门口防止有人突然闯进来。

"小子，想活命就帮我们干活。"重拳对司机道，"把这些炸药装上车，别耍花样。"

司机战战兢兢地点了点头，山狼左右看了看也跟着帮忙，三人迅速地往幽灵的车上装炸药，没多久车子就装满了。山狼拎了两挺PKM通用机枪和上千发的子弹装进另一辆车子的后备厢，"准备撤离。"

重拳将一个定时引爆器装在剩余炸药的中间。定时装置设定的时间只有十分钟，他们必须尽快离开。

"走！"山狼跳上车，重拳将司机押上驾驶位，"开车！"

三人迅速离开，警卫们并没有觉得奇怪，因为他们的将军经常光顾这个军火库。

他们驶离军火库不到两公里的时候，排山倒海般的爆炸将整个军火库掀上了天，里面剩余的炸药足有数百公斤，加上殉爆的弹药几乎将仓库区夷为平地，地面上被炸出了一个直径几十米，深六七米的大坑。

军火库炸毁了，就算是巴萨将军的人也不可能在短时间内知道他们曾经丢了一批炸药，因为外围的守卫全都被炸死了，更没人知道他们来过，只要处理好司机，这件事简直天衣无缝。

很快他们就赶到了约定地点，小辫子正满脸喜色地等在那里，他已经得到了消息，这次老板对他们做的一切非常满意。

重拳将司机交给他，"交给你处理了。"

"干得漂亮，我们已经得到消息，巴萨将军暴跳如雷，正在赶往军火库。"小辫子叫人将司机押走。

山狼将车子后面的两挺机枪和大量的弹药塞进原本他们开来的车里，"我们的任务已经完成，善后事宜都交给你们了，不想惹麻烦的话就把司机和车辆都处理干净，最好消失得无影无踪。"

"放心吧，这件事包在我身上，保证不会泄露一丝一毫。"小辫子拍着胸脯说道。

山狼开始换衣服，他可不打算穿着将军服到处闲逛。

"合作愉快，这次多亏你们了。"小辫子摸出三把金色的M1911A1，"老板的礼物，工艺手枪，很昂贵的。"

"谢谢。"山狼点了点头，"如果你们需要，我可以介绍几个军火商给你们，保证货物来源充足，而且比你们现在的武器要高端。"

"哦？"小辫子显然没想到还会有这好事儿，不由得一喜，这可是一个在老板面前立功的机会，"当然可以，如果你能联络到一定级别的军火商，我们将支付你们一笔不小的酬劳，现在我们最缺的就是供货来源，我们需要大量的廉价武器。毕竟这里的人并不富有，高端或者精细化武器根本就

18 刺杀萨迪曼

用不起，AK是最好的选择，高端武器我们需要的数量不多，但也是不可或缺的。"

山狼从车里取出纸笔写了几个电话号码，"这是联系方式，稍后我会和他们打好招呼，剩下的事情你们自己谈。另外，我们不需要什么好处，希望下次来索马里，你们可以给我们提供一些方便。"

"没问题。"小辫子大喜，"经历了今晚的事情我们已经是朋友了，有机会一定会好好感谢你们。"

"答应你们的事情，我们已经做完了，"山狼看着小辫子，"有时间我得见见你们老板，关于今后的合作，有些事情我需要和他谈一谈。"

"嗯，这个可以，但你必须提前通知我，我会给你安排，因为老板很忙。"小辫子点了点头很认真地说道，"既然是朋友可不可以把你们的身份告诉我？"

山狼摇了摇头，"现在不行，我们有命令在身，暂时还不能泄露身份，再来的时候我先过来找你。"

"我们现在有任务，下次来的时候再和你详谈。"重拳将自己的虎牙D80拔出来递给他，"交个朋友，留个纪念，这可不是普通货色，定制版的哦！"

"哦！"小辫子颇为惊讶地捧着军刀，"好东西。"

"好了，我们有事先走了，有机会再见。"重拳跳上车，"记得处理好车子和司机。"

"放心。"小辫子挥手告别。

三人开着两辆车迅速离去，山狼换上一身上尉的军装，方便在市区出入。毕竟他们车上拉着很多的炸药，这可是违禁品。

"刚才你说那军刀是定制版？我怎么记得是在坦普亚那批装备里的货呢？"山狼突然想起问道。

"哈哈，我只想忽悠一下这小子，看得出他不怎么识货。"重拳笑着说道。

"你小子。"山狼有些无语。

"这下东西全了，我们该干活儿了！什么时候动手？怎么干？"重拳有些急不可耐地问道。

"先回去把这些东西安置好，我们详细讨论一下作战计划。"山狼看了看表，"时间还来得及，回去看看狮鹫那边的情况，然后再作打算。"

他们回到藏身之处。为了安全，幽灵将车子隐藏起来，重拳和山狼带着通用机枪上楼。狮鹫还在监视大厦的动静，一天过去了萨迪曼依然没有露面，只能监听他的声音。大厦里面空间比较大，而萨迪曼也不经常靠近外围，所以监听效果不好，只能通过声音对比来确认萨迪曼的身份。

几个人聚在一起，山狼说出了自己的计划并敲定了作战细节。

"什么时候动手？"幽灵摩拳擦掌地问道。

"现在是十点，五小时后展开行动。"山狼看了看表，"大家抓紧时间休息。"

"确定这么干？"狮鹫看着山狼。

"经仔细研究，我认为这应该是目前最稳妥的办法。"山狼将返回式监听设备调整了一下，保证三个发射器对准萨迪曼经常活动的三个楼层。虽然现在是深夜，里面已经基本没人活动了，但为了以防万一还是保持继续监视。

"这动静会不会有点儿大？"狮鹫问。

"幽灵计算过，应该没什么问题。"山狼坐下，"早完事儿早回去，在这里耗下去没什么意义。"

"萨迪曼怎么到处跑？待在自己的控制区更安全才对。"

"应该是为了就医方便，这里虽然比较乱，但怎么也比他那鸟不拉屎的控制区方便。"山狼笑着摇了摇头，"这种人注定没有好下场，贪图享乐暂且不说，他杀念太重，在造反的时候杀死的平民就有数万人。"

"米洛斯迪尔说得没错，一个独裁者的成功往往是建立在千万人死亡的基础上的。"狮鹫看着外面的夜色，"其实我们也是杀人无数。"

"至少我们没有杀过老弱妇孺。"山狼靠在墙上，"雇佣兵本身就是双手沾满鲜血的职业，这一点我们无法回避。"

"看来我们没人能上天堂。"狮鹫摇了摇头，"这一点是肯定的。"

"其实我们也是为了生活。"山狼点上一支烟，"我们是职业军人，只是多了几分铜臭味儿。"

"我从没问过你为何干这行儿?"狮鹫看着山狼。

"原因太复杂,这是我的宿命,上帝的安排。"山狼深吸了一口烟,"你我不都是如此?除了这身杀人的本事我们还能干什么?做职员?开公司?还是去贩毒?和我一起退役的八个人中有三个已经不在了,活着的五个人中一个成立了运输公司,两个在黑帮,一个在给毒贩做保镖,我却在做雇佣兵,都是风险职业。"

"转变需要过程,但我没有转变的机会,为了孩子和老人只能如此。"狮鹫道。

"你可以退出了,不要以为你还欠着我什么。"山狼看着狮鹫,"当初我带你进入黑血,只是看重了你的作战能力,不是被你对孩子的爱感动了。"

"那已经足够了,你给我的那笔钱救了孩子的命,对我来说已经是一种恩赐,不管你的初衷是为了什么,至少结果是好的,保护了我生命中最宝贵的东西,这就足够了。"狮鹫转回头,"我曾经想到过退出,但不是现在,至于什么时候退出我也不知道,希望不是因为死亡而退出。"

"这么多年来,我们出生入死,坚持下来的很大一个原因就是因为这些兄弟,可现在老人越来越少了,每年黑血都有人战死,也有新人加入,但这段时间我们的损失太大了,甚至到了我们无法承受的地步。"山狼叹了口气,"黑血的未来一片迷茫啊。"

"搞定握手组织之后再做决断吧!"狮鹫站起身,"休息吧,恢复一下体力,我去放哨。"

"好,一小时后我来换你。"山狼躺下,"萨迪曼,等老子睡醒了再来收拾你!"

凌晨三点,山狼叫醒了所有人,行动开始。

几天后,真正的任务终于开始了,任务开始之前山狼按照以往的惯例又强调了一遍各人的职责。

"幽灵开车;重拳负责切断电源和监控线路,然后和我在侧门会合;狮鹫负责监视敌人动向,毒刺是为你准备的,如果萨迪曼露面就直接导弹招呼,全都打过去,至少能把墙壁打碎,能炸死他最好,不能炸死就继续狙击！我们的目的就是一个，弄死萨迪曼！"山狼检查了一下自己的步枪，"动作一定要快，一层的警卫人数不少，尽量在被发现之前干掉更多的敌人。"

幽灵将步枪和手枪的子弹全部上膛，"我先下去。"

山狼点了点头，"注意观察，行动开始后争取十分钟内占领一层。"

"放心。"重拳卸掉身上的负重，只带弹药。

"这次没有重型防弹衣，大家千万小心。"山狼把夜视仪戴上，"行动！"

幽灵提起枪，"我去开车，大厦里会合。"

狮鹫上了天台，山狼和重拳也下了楼，两人一前一后很快就绕到大厦的侧面。重拳直奔后巷，那里可以避开监控设备，爬上去接近监控线路和电线，可以很轻松地做手脚。原本他们打算入侵监控系统侦察里面的情况，但后来才发现一层的监控信号和上层的是不相连的，最后只好作罢。萨迪曼这个变态什么都设置了双系统，让侵入者无法在控制一个区域后影响到第二个区域。

重拳将两个小型爆炸装置固定在监控线路和电线上就退了下来，然后转到侧面和山狼会合，山狼已经等候在那里，正蹲在暗处注视着大厦的一层。

重拳对他打了个手势，山狼靠上来，两人一前一后地向大厦的侧门推进。这扇门里面有两名警卫，是防御最薄弱的一个环节。

山狼贴在门上听了听，里面有细微的鼾声，他取出工具小心地去开暗锁，重拳守在一边注视四周的情况。很快山狼就把锁弄开，他对重拳打了个手势，重拳取出引爆器摁了下去，声音小得几乎听不到。屋里的灯瞬间熄灭了，屋里没有任何反应。山狼轻轻推开门，两人一前一后地闪了进去，里面的两名警卫还在睡觉，"噗……噗……"重拳两个单射，警卫在睡梦中被干掉。

两人快速向大厅移动，发现几名警卫正从里面走出来，看样子是想看看为什么断电了，这些警卫都带着枪，很警觉。山狼和重拳突然冲出去连续射击，将几名警卫干掉。重拳直奔正门，那两名警卫刚转过身，没等做出任何反应就被干掉。剩下的警卫都在里面的一个房间里休息，大约有七八个人。山狼和重拳一左一右地守住休息室的门口，只要有敌人出来就立即开火。

很快幽灵开着车就到了，离着老远他就开始加速直接撞入大门，门直接被撞飞了，一路冲进了大厅。

连续的撞击发出了巨大的声响，大厅里很多东西都被撞得粉碎，里面休息室的门立即就被打开了，两名警卫提着枪冲了出来，直接就被重拳用连射打了回去。里面的警卫彻底炸了窝，他们毕竟是生活在动乱地区，反应的确一流，几乎是前面两人中枪的同时里面的子弹就扫了出来。两名警卫迅速左右守住门口，利用交叉火力将正面封锁住。但这种传统打法根本对付不了山狼和重拳这两个作战经验丰富的老兵，他们根本就没打算进入休息室，没那个必要。

幽灵已经将车子停在大厅里侧的承重墙旁，然后将数块炸药贴在附近的墙上。

屋子里的敌人还在疯狂地向外扫射，楼道里已经传来了隐约的脚步声，敌人的援兵已经快到了。

"走！"幽灵一边招呼一边往楼道里扔了几枚手雷，瞬间楼梯被炸塌，他转回身又在电梯上贴了一块炸药，这才转身往外跑。

山狼和重拳已经撤到了被幽灵开车撞破的豁口外面，重拳将大量的催泪瓦斯丢进大厅，然后三人快速钻进胡同上了车，重拳开车沿着街头快速离开，幽灵立即摁下了起爆器。

巨大的爆炸声中地面在抖动，仿佛发生了地震一样，气浪翻卷着将大厦前面的汽车吹飞，如同抽打着一个个破旧的纸盒。大厦三层以下彻底被毁，所有的墙壁都被炸没了，所有的承重结构完全遭到破坏，上层的防弹玻璃完全脱离，窗户纷纷掉落下来，如同下雨一样抛落到地面上碎裂成一张张网状结构的玻璃板。就在这个时候，一枚毒刺导弹由远及近一头撞进了开始倾覆的大楼上，然后一枚接着一枚发射过去。

大厦的倒塌速度很缓慢，先是一层层崩塌，然后开始倾覆。毒刺导弹直接击中十三、十四两层，连环爆炸在两层中撕开了一个巨大的缺口。数分钟过后，大厦坍塌成了一片巨大的废墟，废墟中还有数团火焰燃烧。附近没有一个平民出来看热闹，哪怕是站在远处观看，战火中他们已经学会了如何控制自己的好奇心。

半个小时后，救援队到了，在这动乱的城市中还能有救援力量存在已经难得了。这支救援队大约百余人，大家都是满脸的疲惫。他们到达后立即冲向废墟灭火，寻找可能存在的幸存者。他们没有任何现代化的设备，只能用眼睛去分辨哪里可能有人活着。

山狼、重拳、幽灵也混在救援队中，他们除了要确认萨迪曼的死亡之外还要寻找一些没有被毁掉的情报。

废墟的面积很大，救援人员不停地翻动大块的楼板寻找幸存者。没多久就拖出了十几具尸体，他们都是顶楼或者天台的警卫，有几个被挖出来的时候还有口气，但伤得太重很快就不行了。

直到天亮，山狼他们依然没有找到萨迪曼的尸体，也没有找到什么有价值的东西，无奈之下他们只能撤到高处监视挖掘工作。

"这速度半个月也挖不完！"重拳道。

"萨迪曼就算埋在下面没死，也没有救活的机会了。"幽灵举着望远镜盯着挖掘现场。

"早挖出，早确认，死了我们就离开，没死再想其他办法。"重拳说道。

"萨迪曼住在大厦的上面几层，他的尸体不会被埋得太深，明天就会有结果了。"狮鹫道。

"但愿如此，这地方我是待够了。"重拳打了个哈欠。

"对了，重拳，上次你托我寄的包裹可能要晚几天到。"幽灵突然说道，"上次给忘了，一周后才想起来。"

"忘就忘吧，没关系。里面是寄给亲属的一些作战日记，没有保质期，也没多重要。"重拳说道。

"作战日记？"山狼皱着眉，"我们的作战日记？"

"对，是以我个人角度记录的，不过地点和人物都是虚拟的。我叔叔是个写小说的，我给他提供一些素材。"

山狼皱了皱眉，"哦，知道了。"

"萨迪曼的轮椅被挖出来了！"狮鹫的一句话把所有人的注意力都吸引

了过去。

轮椅被拖出来的时候已经严重变形，上面没有尸体，这也不奇怪，爆炸发生的时候是在深夜，萨迪曼应该在床上睡觉的。

"没看见人啊！"重拳道。

"应该就在附近了，轮椅大多都放在床边。"山狼举着望远镜紧紧盯着发现轮椅的位置。

挖掘工作一直进行到第二天下午，终于找到了萨迪曼的尸体。这老家伙和四个手下被卡在变形的电梯里，被救援人员拖了出来。

"总算死了。"山狼松了口气，"好了，我们可以回家了。"

"怎么没看见贝德的尸体？"幽灵突然说道。

"不一定被埋在什么地方了，废墟太大了。"狮鹫一边收拾东西一边说道。

三人在两条街外会合，山狼联系上信使让他将这边的消息报告给本·艾伦。信使很惊讶，因为他并不清楚他们的去向，还以为幽灵的前期侦察没结束呢。其实不光是他，这件事只有本·艾伦和山狼知道，而狮鹫和重拳也是在转战几个地方之后才明白他们的目的地是V国，他们一直都被蒙在鼓里。

半个小时之后，本·艾伦联系上了山狼，他对萨迪曼被干掉非常满意，现在握手组织就剩下那个神秘的中间人了。

"我们下一步的任务是什么？"山狼问。

"下一站是黎城，你们需要的东西我已经送到那边了，会有人接应你们。"

"好，我们尽快出发。"山狼结束通话后对驾驶位上的幽灵说道："走。"

"去哪儿？"重拳问。

"到了就知道了。"山狼回答得很简单，他并没有打算把目的地告诉他。

重拳碰了一鼻子灰，默不做声地坐在后面。

两天后，他们衣着光鲜地出现在黎城火车站。

山狼观察了一下之后，独自前往内部的物品存储区，在1038号储物箱前停下来，输入电子密码后箱子打开，里面有一个提包和一把车钥匙。山狼取出东西之后离开，带着其余三人出站前往停车场。车子是一辆黑色的奔驰 SUV，上车之后山狼打开提包，里面有一些衣服和一张纸条。"把衣服都换上。"山狼将衣服分给其他人。衣服很全，大家从里到外全都换上了新衣服。山狼把大家换下的衣服塞进包里丢到了垃圾桶。

山狼把纸条递给了幽灵，"去这里。"

幽灵一看纸条愣住了，"B 市？"

"走吧，我也不清楚这是为什么！"山狼闷闷地说道。

第二天他们出现在 B 市东郊的一个酒吧外面。三人进去，找到老板，山狼一愣，"诺曼？是你！这……这怎么可能！"

"欢迎来到 B 市。"诺曼伸开双臂给山狼来了个熊抱。

"我还以为你死了。"山狼很激动。

"到里面慢慢说，跟我来。"诺曼看了一眼幽灵等人转身就走。

进了里面，诺曼先叫众人坐下，然后他拿起一瓶酒，"白兰地？"见没人反对，诺曼就给每个人倒了一杯。

"诺曼，代号毒刺，和队长一代的黑血元老。我到黑血不久他就出事了，没想到在这里见到了。"山狼给众人介绍。

"幽灵、重拳、狮鹫。"诺曼一一叫出了他们的名字，"我做过功课，看了你们的资料，不错，一看就是专业作战人员，黑血的宝贵财富啊！"

"诺曼！"山狼有些激动，他有很多问题要问。

"好了。"诺曼挥了挥手坐下，"为了解除你的疑惑，我来简单解释一下。在西雅图任务中我并没有死，只是被炸伤了腿。"说着他敲了敲自己的左腿，声音空空的，原来是假肢。他又继续说道："被埋在废墟里三天后被挖出来，送进了医院，一周后我逃了出来，那时候腿还在，只是伤得比较重，联系上兽人后他把我安排在西雅图，后来因为伤得太重就截肢了，无法归队。"说到这里诺曼有些犹豫地仰起头，"后来兽人资助我开了这间酒吧。出于保护我的原因，他没有把我还活着这件事告诉任何人，多年来我没联系过任何人，你们是我第一批见到的兄弟。要知道干我们这行的想清白地做人不容易，我努力远离这个圈子，可今天不得不再次卷进来，这或许就是宿命。"

"很抱歉把你卷进来。"山狼还想要说些什么，诺曼摆了摆手，"我知道，如果不是没办法，兽人不会找上我的，我是不能拒绝多年的兄弟的。我虽然不了解黑血的现状，但我清楚，你们遇到了很大的麻烦。兽人想把你们逐步转移出来，远离某些监视，看得出你们对他很重要。"

山狼他们这才明白，原来本·艾伦的用意是先让他们摆脱监视，看来黑血遭遇的危机已经到了他们无法想象的地步。

"不要出门，不要主动联系任何人，不要惹麻烦，老实待在这里，如果闷了可以去前面的小酒吧坐坐，这是我对你们的唯一要求。"诺曼拿出一个手机递给山狼，"只能接，不能打，在这里等消息，在恰当的时候会有人联系你们。"

"你在这里过得这么样？"山狼将手机收好。

"还不错！"诺曼耸了耸肩，"小生意很红火，每天钓鱼旅行，很自在。"

"真没想到你还活着。"山狼不禁感叹，"你经历了太多事情，该享有这份安静的生活，我们的到来可能会打扰你，很抱歉。"

诺曼笑了笑，"安心住下，兽人有他的安排。"

19　计中计

本·艾伦的安排让山狼他们感到非常意外，原以为他有什么任务交给他们，可到了才知道只是让他们藏在这里。诺曼的说法是本·艾伦那边遇到了麻烦，黑血正面临前所未有的危机，那本·艾伦究竟发现了什么，又向他们隐瞒了什么，这一切他们不得而知，但他们清楚，本·艾伦那边的情况似乎不妙了。

"这个诺曼到底是什么来历？怎么从没听你们提起过？"重拳问山狼。

山狼叹了口气，"他是队长一代黑血元老中最悲惨的一个，被仇家杀了全家。我们一路追杀仇家跑了大半个M国，终于在西雅图的一个废矿里把他们堵住，混战了一天一夜没分出胜负。最后他把仇家堵在里面引爆了炸药，他自己也被埋在了里面，我们都以为他死了，没想到他会出现在这里。"

"全家被杀？怎么会出现这种情况？我们的保密工作不是做得很好吗？"幽灵有些不解。

"不知道，那次泄密严重，很多老人都遭到了报复。那时候诺曼已经退出黑血准备过平静生活的，但没想到在他一次外出的时候全家遭殃，房子都给烧了。他发疯一样查了很久才确认了对方的身份，对方势力很大，他一个人无法报仇，后来就找到了兽人。当时兽人正带着我们在欧洲出任务，得到消息之后二话不说直接返回，任务也不做了，赔了一千多万的违约金，兽人根本不在乎，立即带上所有人去和诺曼会合。那次复仇我们损失了八个人，干掉对方三十七个。那是黑血最惨烈的一次复仇战，从那之后黑血一度陷入低谷，直到你们这批人加入才慢慢地恢复了元气。"山狼叹了口气，"看来队长为了保护诺曼隐瞒了他还活着的事，直到今天。"

"损失八个人？是够惨的。"幽灵若有所思地说道。

"那时候我们有四十个作战人员，伤亡已经超过半数，很多人都受了重伤，半年里没有出任务，几乎全都在养伤。"山狼一脸的痛苦，"那次以后又有四个主力因为伤病的原因不得不退出，黑血的主力只剩下我和队长两个人，我们几乎撑不下去了，差点儿在雇佣兵界消失。幸运的是，那时候我们没有任何敌人，虽然主力只有我们两个人，但并没有什么压力。我们商量招募新人，弯刀等人就是后来招募进来的。他们只能算作黑血重组之后的元老，真正的元老是诺曼这批人，他们缔造了黑血最辉煌的历史。其实现在的黑血和那时很像，主力阵亡人数已经超过半数，虽然有新人不断补充进来，但战斗力不是兵员充足就能保证的。在以特种作战任务为主的雇佣兵界，人数优势并不是主要的，精兵作战才是最稳妥的办法。我们中绝大多数人都可以称作特种作战专家，但你觉得光速他们算吗？他们只能算是有着丰富作战经验的老兵，他们要学习的东西还很多，要经历的事情也很多，所以失去一个老兵可不是几个新兵的加入就可以弥补的。"

"黑血的过去居然有这么多故事。"幽灵从桌上的雪茄盒里取出一支雪茄，"现在我们面临的问题远比那时复杂，从队长的安排上就能看出，事情远比我们想得麻烦得多。"

"的确。"山狼点了点头，"看来我们之前的估计太乐观了，黑血正陷入一个巨大的阴谋之中。原来以为搞定握手组织就能摆脱处处挨打的困境，现在看来，另一股势力正要介入，另一场阴谋正在展开，M国情报机构和一股不明势力都在监视我们，他们到底要干什么？我们内部的人也有问题，内奸到现在也没查出来，队长要顶着各种压力和马丁继续合作，其实队长最辛苦，也最危险。"

"那我们该怎么办？其他人在哪里都不知道，队长冒着危险顶在最前面，我们却在这里什么都做不了。"幽灵靠在沙发上看着天花板，"这叫什么事儿？"

"队长肯定有自己的安排。"山狼晃着手里的酒杯，"他有自己的用意，我们是不会闲下来的，可能是为了躲避敌人的监视，把我们完全剥离出来，为今后的行动做准备，也可能是为了某个任务，总之肯定有他的理由。"

"想到其他人没有消息我这心里还真不舒服。"重拳道。

"还是听从安排吧，我们现在能做的只有这些。"山狼靠在沙发上闭目养神。

幽灵有些闲不住了，"除了喝酒我们还能干什么？这样下去太无聊了。"

"你可以睡觉。"重拳指了指一边的大沙发。

"还是等晚上再睡吧。"幽灵站起身在屋里来回走着。房间很大，布置得很典雅，看得出诺曼是个很会享受生活的人。幽灵拿起桌上摆着的一幅照片问山狼，"这是他的家人？"

山狼扫了一眼，"是，但已经全不在了，没想到他还留着这照片，看样子他没有再婚。"

"这么多年过去了，他居然还是单身一人。"幽灵感叹道。

"有些伤痛是一辈子都无法恢复的。"山狼叹了口气，"家人都不在了，而且全都是因为他。"

"好悲惨。"虽然幽灵嘴上这么说，但他却没什么感觉，因为他没有家人，没法体会那种心情。

当晚，诺曼把他们安排在酒吧后面的几个房间里，最近的一段时间内，他们恐怕要一直住在这里了。

三天后，本·艾伦打电话告诉山狼，他正逐一排查队伍中的每个人，内奸的问题必须马上解决，这样下去太被动了。关于握手组织中间人的调查工作仍在继续，目前已经有了一些眉目。根据米洛斯迪尔提供的电话号码已经查到了很多东西，已经基本确定了那个中间人的位置，现在正在收集确切的情报，一旦落实之后，他们几个马上会接到行动指令。这件事由马丁负责，他们和M国情报机构的合作仍然在继续。现在能确定的是马丁的后台在监视他们，这一点已经得到了证实，马丁用默认的方式承认了这一点，但监视的目的马丁却没有说。出于身份的原因马丁无法向本·艾伦提供更多的消息，他的处境有些尴尬，一边是救命恩人，一边是效力的机构，他夹在中间并不舒坦。

本·艾伦和山狼明确了一件事，那就是先把他们几个人从M国人和另一股势力的监视中剥离出来。握手组织的中间人也正在以某种方式监视着他们，除了通过内奸之外，很可能还有其他渠道，这一点本·艾伦无法确认。因为内奸无法每次都准确地将他们的情报传出去,所以那个中间人应该还有其他的情报渠道。

对于其他人的去向,本·艾伦只是简单地提了一下,赌徒他们去了东亚执行任务。

其实山狼明白本·艾伦之所以将他们隔离,很大一部分原因是怀疑他们这几个人之中有内奸,这是一种隔绝消息的方法。这样做有两个好处,一个是观察他们这几个人是否有内奸的嫌疑,另一个是可以隐蔽一部分力量,避开M国人的监视,让那个中间人找不到他们,算是隐藏一部分力量。

内奸,山狼反复想着这个词儿,身边只有重拳、狮鹫和幽灵三人,谁最值得怀疑呢?或者本·艾伦怀疑的人是自己?他被自己的想法吓了一跳,的确,自己可能也是本·艾伦的怀疑对象,只是他没说罢了。想到这些山狼的心里有些发寒,他总算是明白了本·艾伦的用意,看来让他们等任务的过程也是对他们进行甄别的过程,如果在这段时间内消息从其他渠道走漏出去,那么既证明了他们的清白,也缩小了怀疑对象的范围,剩下的赌徒等人就将成为重点怀疑对象。本·艾伦的做法真是一举两得。

山狼恍然大悟,本·艾伦告诉他中间人基本上已经找到,是想利用这个消息稳住他们,让他们安心地在这里等任务。如果内奸得到这个消息,肯定会设法把消息传出去,那个内奸就会露出马脚,可以顺利地把他揪出来。看来这不完全是为了隔离他们,这就是个陷阱,如果他们中间没有内奸,他们就会安心地等待任务的命令,而整个过程都在本·艾伦的掌控之中。

山狼突然发现自己好像刚认识本·艾伦一样,这个看似一脸疲惫,把属下的性命看得比自己还重要的队长是如此深藏不露,城府之深远超他的想象。

看来本·艾伦为了查清楚他们真是煞费苦心,几乎完全把他们蒙在鼓里,以等待为名让他们留在这里,实为监视,他们到这里之后没给他们任何武器装备,这是变相地解除了他们的武装。

想到这些,山狼突然又想到一个问题,如果是这样的话,这个诺曼就是暗中监视他们的人,对于本·艾伦来说诺曼是值得信赖的。看来本·艾伦已经被逼得无计可施了,否则他也不会把诺曼抬出来,让一个退役的伤残老兵介入这件事情。

一切完全清晰了，山狼突然感觉自己很累。首先他对本·艾伦的不信任有些失望，但在某种程度上也表示理解。作为一个黑血的老兵，他真切地体会到了本·艾伦的那份无助，一个人硬撑着大局，顶着各方面的压力，在各种势力角逐的缝隙中寻找生存空间，为了保住黑血他已经心力交瘁。他无法信任任何人，但自己又做不了太多的事情，他必须巧妙地用这些手段达到甄别自己人的目的，这是何等的无奈。虽然黑血看似有很多人手，但本·艾伦却在默默地孤军奋战，因为他已经分不清谁是自己人，虽然黑血中不可能所有人都是内奸，但在确认之前他又能相信谁？山狼突然感觉本·艾伦很可怜，同时又在担心，本·艾伦布下如此复杂的一个局，但结果如何呢？真的可以找到那个内奸吗？一旦出现差错就会造成非常严重的后果，山狼不敢想下去。

山狼疲惫地回到大厅，所有人都看着他，都在期待本·艾伦的命令，这里他们已经待够了。

"队长说什么？"幽灵急切地问。

山狼斜着眼睛看了看他，"你怎么这么积极？"

"我想知道任务是什么，不会是让我们一直待着吧？太闷了！"

"让我们等。"山狼无奈地说道。

"等什么？再这样下去我都快发霉了。"幽灵抱怨地说道。

"等命令。"山狼闭着眼睛说道，"他给我们安排了一次秘密行动，他已经查到中间人的所在位置，让我们等候行动指示。"

既然已经猜到了本·艾伦的计划，山狼也不再隐瞒，痛快地将消息告诉了他们。

"真的？"重拳一下坐了起来，"找到了？"

"队长是这么说的，让我们等命令。"山狼看着他，希望能看到一些不一样的东西，但重拳的表现一如既往，欣喜中略带失望，欣喜的是总算是有了命令，失望的是还要等下去。

"太好了。"幽灵有些兴奋。

"不过还得等一段时间，队长那边在最后确认。"山狼长出了一口气，

19 计中计

"总算是有点儿盼头了。"幽灵的表现也没有出乎他的预料,狮鹫也如平常一般静静听着。

山狼没看出任何人有异样的反应,不过这也正常,如果内奸连这点儿城府都没有,那早该被发现了。

他们继续等,山狼知道任务会来的,但至少是在他们这边完成内部人的甄别之后,这个过程或许漫长,也是一种无奈。

一周就这么过去了,大家一直闷在屋里,没人露出马脚。几个人里狮鹫最安静,可以坐在一个地方一天不动。幽灵流浪的时候能一个人待在林子里好些年,他也能耐得住寂寞。只有重拳性子比较急,一直这么待着让他很烦躁。

"无聊!"重拳不停地在屋里打转儿。

"睡觉。"幽灵躺在沙发上跷着二郎腿,手里玩儿着一把水果刀。

"睡得着才怪!"重拳活动了一下手脚,"浑身僵硬,再睡觉就该变僵尸了。"

"那咱们喝酒吧!"幽灵玩儿着手里的水果刀。

"还是保持清醒吧,任务随时会来,不会留给你醒酒的时间。"重拳摇了摇头。

"你就忍忍吧。"狮鹫看着报纸说道。

"那报纸你都看了三遍了。"重拳坐在沙发上。

"总比你在那儿发牢骚强。"狮鹫继续认真地看着报纸。

山狼坐在沙发上静静地发呆,一句话都不说,他在考虑该怎么办,这么耗下去不是办法。

"怎么了?发什么呆?"重拳问道。

"不发呆干什么?你能找事情让我做?"山狼白了他一眼。

重拳想了想,"下棋怎么样?"

山狼摇了摇头,"这里没有棋。"

"见鬼!"重拳靠在沙发上不说话,其实他早就发觉了这其中有问题,但他还没抓到要点。

几个人待在大厅里,气氛沉闷,虽然心情都很烦躁,但表现的方式各不相同，重拳最明显，狮鹫最沉默。

"你什么时候寄出去的作战日记？"山狼突然问道。

重拳一愣，他没想到山狼在这个时候提起这件事，"在城堡的时候，幽灵外出我请他帮忙寄出去的。"

"为什么不发电子邮件？"山狼看着他。

"我有手写日记的习惯，已经几万字了，敲电脑反而麻烦，不如直接寄出去，反正我叔叔也不着急用。为什么突然提起这件事？"重拳脸色一变，"你怀疑我？"

"据我了解你经常性地寄包裹，这不得不让我产生怀疑，尤其是在黑血现在的处境之下。当然寄包裹这种原始的传递情报方式太没有时效性了，但一个人做事情总会有目的性，我想知道为什么！"山狼盯着重拳。

"这个我还真没什么目的性，只是经常性地寄一些东西回去。在家里买一些进口产品价格很贵，亲友们知道我在外面，就托我采购一些东西，所以我的包裹可能多了一些。"重拳的脸色不太好看地说道。

狮鹫和幽灵也发觉气氛不对，一个放下报纸，一个坐起身来同时盯着二人。

"根据我的观察，大概每次任务之后你都会邮寄一些东西出去，但并不是所有的包裹都邮到C国。这是你的隐私我本不打算过问，但我要提醒你，现在是非常时期，你要多注意自己的行为，我不希望你变成被怀疑的对象，懂吗？"

重拳闭上眼睛，"好吧，我不会再寄东西了。"他的脸色越来越难看。

"我知道你很生气，但有些话不得不说，我们内部有奸细，我不希望我们当中有！如果你有问题，我是不会放过你的。"山狼的话中透着一丝寒意，"但如果你不是，我想你也不会因为我对你有所怀疑而记恨我，因为我们每个人都在被怀疑之中，无一幸免，这是我们要面对的现实。"

"我明白。"重拳点了点头，"只是我不适应这种不信任，我从没想过自己会遭到怀疑。好吧，我可以接受调查，请问这是我们来这里的目的吗？"

"不。"山狼摇了摇头，"我只是在提醒你，这和我们来这里的目的无关。"

"那就好。"重拳站起身，"我回房间了。"说完独自出门。

19 计中计

"我去看看他。"幽灵起身跟了出去。

"你在干什么？"狮鹫很吃惊看着山狼。

"试探……或者叫提醒也可以。"山狼叹了口气，"我们必须面对内奸的问题。"

"但你也说了，他寄出包裹的时间大都在任务结束之后，那时候我们连下一次的任务是什么都不知道，他怎么可能把情报泄露出去呢？这不合乎逻辑，你不能以此为理由对他进行试探，如果他没有问题，这对他来说是一种伤害。"

山狼看着狮鹫，"没办法，这件事我必须做，你以为我希望我们几个人中有人出问题吗？"

"但我不赞成你的做法。"狮鹫摇了摇头，"那我呢？你不怀疑吗？"

"至少现在，我还不怀疑你。"山狼叹了口气，"我知道今天的事情后，我和你们之间的关系会变得紧张，但证实你们每个人是我的责任，所以，我只能说抱歉了。"

"好吧，我可以接受调查。"狮鹫平静地说道，"虽然我心里很不舒服，但既然是必需的过程那我也不能逃避。"

"会的，包括我在内，我们每个人都要接受调查。"山狼起身倒了杯酒，心里却在想，其实这种调查早就开始了，只是没有公开而已。

这件事之后，气氛变得更加糟糕了。重拳的话明显变少，大多数时候只是坐在沙发上发呆，这种不信任对他是一种伤害，或者说是一种侮辱。其实不光是他，幽灵的话也开始变少了，压抑的气氛让人喘不过气来。过去的几天里，山狼观察着每一个人的举动，幽灵无聊地敲着沙发背，重拳闷头抽烟，狮鹫继续看他的报纸，其实大家都心不在焉。

"受不了啦！"重拳最先爆发，"什么时候是个头儿，十多天了，我们在等什么？队长到底是什么意思？"

"重拳！冷静！"狮鹫叫住他。

"我怎么冷静？"重拳暴躁地站起来，"这和坐牢有什么区别！"

"重拳，你应该知道我们在等什么！"山狼看着他。

"不给武器，一直困在这里，傻子都能想到！我们不被信任了！"说到这儿,他顿了一下,"或者说不被信任的人是我。"

"重拳,多年来我们之间应该是彼此了解的,我来问你,我们有可能陷害你吗?"山狼低声问道。

重拳看着他,"不考虑其他因素,只考虑我们之间的关系我认为不会,这也是我还留在这里的原因。"他的话说得很直白,他要想走谁也拦不住,他之所以还留在这里就是相信虽然遭受怀疑,但还不至于会陷害他,尽管这种信任已经大打折扣,但他还是相信这只是他们在面临危机时候必须经历的一个过程。

"不错,我们是不会对你不利的,但前提是你不是内奸,否则……"山狼没有说下去,重拳也明白他的意思,"哼,不管你们怎么想,我是没做过对不起大家的事儿,不管出于什么原因怀疑我,我都无话可说,因为在这种情况下任何人都值得怀疑,你们可以调查我,我接受!但我要提醒你们,不要冤枉我,否则别怪我不顾多年的兄弟情分!"

对话火药味儿越来越浓,山狼的眼睛扫过所有人,"我不会冤枉任何人,但也不会让内奸蒙混过关。"

"哼!"重拳对他的话有些不屑一顾,"我不在乎被调查,但我想知道这什么时候结束,我忍不下去了,被关在这里这么久实在让人无法忍受。"

没人说话,重拳在那里生闷气,狮鹫看着他默不做声,幽灵继续跷着二郎腿敲着沙发,而山狼却在观察着。每个人的表现都符合常理,重拳的愤怒,狮鹫的冷静,幽灵的无所谓。

山狼有些气馁,这一轮试探算是失败了,没人露出马脚,但在气馁的同时他又感到欣慰,因为这说明大家可能都没有问题,但现在下结论仍然有些过早。

在另外一个房间里,诺曼正通过监控注视着这里的一切,他摇了摇头拿起手机拨通了本·艾伦电话。

"什么情况?"本·艾伦略显疲惫的声音传来。

诺曼吸着烟说道:"你的计划好像没什么效果,几个人的表现都很正常,这种压力是无法逼迫一个工于心计的内奸露出马脚的。"

"这是个局,如果内奸在他们之中,肯定会有人设法把消息传递出去,

19 计中计

无所谓他们知道什么，无所谓他们是否互相猜忌。"本·艾伦的声音有些沙哑，听起来非常疲惫。

"你这么做很容易分化他们之间的关系，找不出内奸，还会闹内讧，我觉得这不是什么好办法。"诺曼说道。

本·艾伦说道："这是没办法的办法，我急需一支干净的队伍，否则黑血就完了。我这个计划还有一个作用，就是能将他们从被监视的环境中抽离出来，算是保存一点力量吧。再者说，就算有内奸也不可能四个都是，这几个人的作战力量绝对不可小觑，哪怕留住一个都是我们翻盘的利器。"

"好吧，我说不过你。"诺曼不知道该说什么好。

本·艾伦又问："他们是不是已经猜到了什么？"

诺曼皱了皱眉，"这种环境下白痴也能看出一些苗头，就算内奸真在他们中间，也会警觉起来，没那么容易露出马脚。"

本·艾伦哼了一声，"没关系，你只要按照我的计划进行就可以，切记不要过多介入，等找出了内奸，我再当面向他们道歉。到了这个地步只能继续走下去，心软反而会坏事。就算内奸不露出马脚，我也能查出是谁，先关好他们，别让一个逃跑，也别闹出太大的乱子。"

诺曼回道："逃跑不太可能，他们现在处于彼此监视状态，任何一个有异常都会被发现，一旦确认了谁是内奸，他们自己就能把人控制起来。至于乱子，倒是有打起来的可能，不过四个人不会全部参战，剩余的人会劝解，不会闹出人命。"

"嗯，你分析得很透彻，这群小子闹出乱子的可能性不大，虽然烦躁，但失去理智的可能性不大。我这边正在进行详细的调查，两方面同时下手，挖出内奸的可能性很大。"

诺曼无奈地说道："只要你确定了就好，我没什么意见，不过我提醒你，就算挖出了内奸，你也会因此失去一部分人心。"

"我不想黑血毁在我的手里，这次危机简直让我应接不暇，阴谋套着阴谋，到现在我还没弄清我们究竟要面对什么样的敌人。"本·艾伦道。

诺曼道："我是个已经退出的人，但我还是要提醒你，不要玩儿得太过，要是失去了人心，黑血同样会完蛋。"

本·艾伦道："这个我知道，但有些考验他们必须面对，谁都不可避免，现在我不相信任何人，我也无法相信任何人。"

诺曼无奈地笑了笑，"我知道，否则你也不会找上我，看得出你是真没办法了。"

本·艾伦道："真的很抱歉，再次把你拖下水，我已经没有其他办法了。"

诺曼道："算不得什么，虽然已经退出，但不代表我对黑血没有感情，如果需要我们几个老家伙，随时可以找我们。"

本·艾伦长叹一声，声音中充满了落寞。

诺曼道："我们那批人中现在只剩下你还在黑血，你必须帮我们保住黑血。"

本·艾伦道："嗯，我一直在为此而努力，但我发现我们要面对的东西太可怕了，时代变了，我们都老了。"

诺曼道："你是我们当中心思最缜密的，我相信你能渡过这次危机保住黑血！"

本·艾伦道："好吧，希望如你所说。"

挂断电话之后诺曼摇了摇头，对于本·艾伦的做法他始终抱有疑问，但从本·艾伦的角度去考虑似乎又有道理，或许这也是没办法的办法。

诺曼也不清楚到底能不能逼迫这个内奸现身，既然本·艾伦这么坚持，他也只能配合着做下去。作为一个老兵，他有责任这么做，这事关黑血的生死存亡。

又过了两天，四个人几乎到了剑拔弩张的地步。尤其是重拳，他不停咆哮，发泄着不满，山狼时而针锋相对，时而默不作声，狮鹫时而劝解，时而观看，幽灵就在一边看热闹，从他的表现来看，只要不打起来他是不会帮任何人的。

山狼说道："你不要激动，我们几个被隔离了，说明队长已经开始分批地甄别我们所有人了，只是我们是第一批，到这种地步我们都是被怀疑的对象。"

重拳不停地喘着粗气，"我不怕被怀疑，我也理解队长，但现在究竟是在干什么？就这么一直把我们关在这里？"

"现在队长对我们进行调查，我们是在这里等结果，你认为调查期间我们能随便活动吗？"山狼皱着眉说道。他对重拳的表现非常不满，"作为一名军人，必须受得起委屈，耐得住敲打，认真执行命令，哪怕命令是错误的！"

"命令！"重拳哼了一声，"山狼，其实你我都清楚，这些人里我的嫌疑最大，说句不好听的，你们都在怀疑我！我暴躁不是因为你们冤枉我，接受调查这点儿觉悟我还是有的，我生气的是我们被扔在这里，不闻不问，我快要被憋死了！十几天过去了，我们没离开过这个房间，没见过太阳，这是什么调查？难道要用这种方式把我逼疯吗？"

"重拳，冷静。"狮鹫担心地说道。多年来的相处中，他知道重拳是个脾气暴躁的家伙，这么不明不白地关在这里，很容易让他产生误解，再这样下去离出事就不远了。

"小伙子们！"诺曼突然推门进来，他手里提着两瓶酒，"有没有人要喝一杯？"

没人说话，诺曼耸了耸肩自顾自地拿了几个杯子坐下，"烦躁不安解决不了问题。"

"我们是不知道该如何解决问题！"山狼说道，"这么久了，队长对我们的调查还没有结束，再好的脾气也忍不下去了。"

"被怀疑是一种耻辱，但也是凝练一个人的过程。"诺曼把酒倒上，"我不希望你们之中任何一个人有问题，但证明你们的清白需要时间，如果你们不是内奸何必急于一时呢？心里没鬼怕什么？"

"说得轻巧，被怀疑的又不是你！"重拳根本不吃这一套。

"年轻人，你站在兽人的角度上考虑过问题吗？他现在面临的压力比你们任何人都大，但谁能帮他？哪怕你们中任何一个人可以确认不是内奸，他就可以多一个帮手，替他多分担一些压力。所以我劝你们还是耐心点儿，调查完成之后你们就不再受怀疑了。"诺曼拿起酒杯，"觉得我说的有道理的，喝了这杯酒。"

过了半天，几个人才陆陆续续地过来取酒。

"好样的，干杯。"诺曼扬了扬杯子然后一饮而尽。

这次谈话之后几个人沉静了很多，三天后，山狼再次接到了本·艾伦的电话，他叫山狼把电话开成免提放在桌上。

"给我个不发火的理由！"山狼的第一句话让本·艾伦并不觉得意外。

本·艾伦道："山狼，我很抱歉把你们关了这么久，我必须确认你们是否干净，这对我乃至黑血太重要了。我需要一支干净的队伍，我不希望再出现任何泄密事件。我没有一个可以信任的人，前一段发生的事情让我谁都不敢相信，抱歉，我也对你产生了怀疑，但从我的角度看，任何一个人都有可能是内奸，我必须谨慎对待，所以我不得不这么做，真的很抱歉。"

他的话语很诚恳，让在火头儿上的山狼也不好发作，过了半晌他才说道："这些道理我都懂，但你怀疑我们，是对我们的不信任，这很伤我们的心。"

"这是没办法的办法，经过这段时间的调查，证明你们都没有问题。我还要道歉的是我几乎把你们查了个底儿朝天，我很高兴你们都没问题，你们都不错，没让我失望。"

"队长，你们不是一直怀疑我吗？就这么解除了？"重拳没好气地说道。

"其实你们所有人都被我列为怀疑对象，不光是你，他们三个也一样，我并不是针对你。虽然你一直有寄东西的习惯，但都是在每次任务之后，不存在通过邮寄方式给敌人通风报信的情况。好了，你们的嫌疑已经解除，虽然这个办法对你们构成了一定的伤害，但黑血总算是有了一支清白的队伍。如果你们有怨气就回来找我吧，我任由你们处置。"

"队长……"狮鹫突然开口道，"你真让我很无语。"

"小伙子们，我再次请求你们理解，同时请求你们原谅。"本·艾伦的语气越来越诚恳。

"好吧，我理解你，也原谅你，但我很生气。"重拳颇为无奈地说道。

本·艾伦笑了笑，"好了，既然已经说开了，我也就不必再隐瞒了，我已经找到了那个中间人了，你们这两天准备一下，等我命令。"

"真的？"幽灵一下子兴奋起来。

"真的，在这一点上我并没有欺骗你们，但事情有些复杂，我们需要进一步的情报反馈。不会让你们再等太久，你们再忍耐一下。"

"太好了！"重拳兴奋地一巴掌拍在桌子上，由于用力过猛，桌面"咔"地一声裂开了一条大口子，连他自己都吓了一跳。

"你小子！"本·艾伦在弄清情况之后无奈地笑骂了一句。

"抱歉抱歉！"重拳不好意思地挠了挠头。

"好了，对你们的监禁解除，但还是不要外出，任务之前避免节外生枝。"

"还要关？"重拳有点儿失望。

本·艾伦思索了一下，"这样吧，我放宽一点儿政策，能否出去听诺曼安排。"

"这还差不多。"重拳喜出望外，其他人也都暗自松了口气，关太久了，都想出去透透气。

结束通话之后不久，诺曼送来了几部手机，"这是你们的通信设备，经过改良的，想给谁打就给谁打吧，调查结束了，限制解除。"

几个人互相看了看，山狼开口道："少打电话，任务之前避免和外界联系。如果要打电话必须我同意，必须有其他人在场，这是我的要求。"

"没问题！"重拳心情大好，"我现在就要打一个，给玛丽。"说完他看着山狼。

山狼无奈地摇了摇头，"打吧。"

"谢谢长官。"重拳大喜，立即拨通电话，"喂，我还活着，不能多说，挂了！"说完就挂断了电话。

"打完了？"山狼有些意外地看着他。

"对啊！"重拳愣愣地说道。"我只是想报个平安。"

"你报平安的对象应该是老娘，你和玛丽还没结婚，就把娘忘了？"狮鹫有些看不过去。

"这种事情是不能随便和老娘说的，省得她担心。再说玛丽会定期和我老娘联系的。"重拳一副你落伍了的表情，"这有助于沟通婆媳关系。"

幽灵道："你们发展得真快，不过我要提醒你，老外可不理解C国的婆媳关系。"

"错！"重拳得意地摇了摇头，"我是C国人，必须遵守C国的规矩，嫁到我家，必须叫妈。"

"怎么就能把玛丽调教得服服帖帖的？真有一套。"幽灵有些纳闷。

"必须的。"重拳自豪道。

当天晚上他们进了诺曼的酒吧，他们只喝了一点点酒放松了一下心情，酒吧里太闹，他们待了没多久就回去了。

　　第二天一大早，他们终于得到了诺曼的允许，到酒吧前面的两条街上逛了一大圈，之后又回到酒吧后面继续待着，虽然时间短，但心情完全不一样了。当天晚上几个人继续聚在诺曼的小厅里闲聊。

　　"这日子过得还算不错！"重拳吃着比萨饼喝着冰饮一脸的享受。

　　"没有心理压力的感觉的确不一样。"山狼抽着烟说道。

　　"任务快点儿开始吧，这日子过久了也很无聊。"幽灵吃饱了躺在沙发上犯懒。

　　"任务随时都有可能开始，大家保持状态，尽量少饮酒，睡觉。"说完山狼站起身回房间了。狮鹫也起身走了。幽灵爬起来伸了个懒腰，"我去找诺曼弄包烟。"说完也走了。重拳三两口吞下比萨也回房间了。

　　幽灵转到酒吧外面，到吧台要了盒烟，然后点上一支观察着酒吧里的人。过了一会儿，确认没人注意之后，晃晃悠悠地出了酒吧钻进暗处取出一部手机，这部手机和诺曼给他们的完全不一样。他看了看四下无人，拨通了一个号码，接通后低声说道："是我……"

　　幽灵的这一举动让山狼震惊无比，他从没想过幽灵会跑到外面偷着打电话，这件事太突然了。

　　对方究竟是谁？幽灵究竟要干什么？他会不会是在通风报信？山狼的心里一颤。从感情上讲，他完全不相信幽灵有问题，但是从幽灵今天的表现来看，他的所作所为真的让人不得不怀疑。

　　幽灵的声音很轻，说得也很快，十几秒就挂了。挂断电话之后他左右看了看将电话卡取出来，然后连同手机一起丢进了路边的垃圾桶，又在外面抽了一根烟然后回去了。

　　没多久山狼从街对面的黑暗中走出来。他从垃圾箱里翻出了那部手机，发现已经打不开了，手机已经变了形，不是摔的，而是被捏得，这种塑料外壳的手机在幽灵的手劲儿之下简直和硬纸板一样。

　　山狼皱了皱眉把手机收起来回了酒吧。虽然本·艾伦的考验结束了，但他却一直还在注意着每个人的动静。他担心的是之前内奸会因为调查活动而蛰伏起来，尽管本·艾伦那头已经完成了暗中对每个人的调查活动，

★ 19 计中计 ★

但山狼担心这次调查并不彻底，本·艾伦太大张旗鼓了，这样真的能排除所有人的嫌疑吗？虽然他在几个人毫无防备的情况下展开了一明一暗的双线调查，但一个心思缜密的间谍是很少留下线索的，除非他自己露出马脚，否则很难被发现，山狼最担心的就是这一点，所以他一直在留意每个人的一举一动。原本他的怀疑重点一直停留在重拳身上，他对重拳的怀疑一直没有解除，不过这几天重拳的表现还算中规中矩，没什么疑点可言，但是今天他居然意外地发现幽灵出现了异动。

山狼回到房间之后发现除了幽灵之外重拳和狮鹫都陆续回房，他觉得幽灵的举动奇怪就跟出来看看，等到了酒吧的时候刚好看到幽灵出门，他就跟了出去。因为幽灵的警觉性非常高，听力和感知能力都异于常人，所以他并没有跟得太近，而是远远地隐藏在暗处，等幽灵拿出那部完全不同的手机时他才发现了问题的严重性。这小子居然还有一部手机，哪儿来的？在和谁通话？他很想听清幽灵在说什么，但他知道，幽灵的精明和狡诈绝对是自己无法比拟的，只要自己稍稍靠近就会立即被发现，于是他只能躲在暗处。

尽管听不清通话内容，但山狼的心情很沉重，幽灵的表现太让他震惊了，难道……他想不通，也不敢再想下去。从情感上讲，他完全不相信幽灵有问题，幽灵是他一手带出来的，是绝对不可能出问题的，他没有任何弱点，怎么可能会成为内奸呢？如果不是亲眼见到，打死他都不会相信。虽然还无法证实幽灵真的是内奸，但至少能说明他有问题。山狼清楚幽灵除了黑血这些兄弟之外根本没有其他朋友，但愿他不是在走漏消息，否则他们可能再次落入一个巨大的陷阱之中。

手机毁了，没有第二个人看见，没有直观的证据，山狼无法质问幽灵，也无法把这件事告诉本·艾伦。他们刚刚被本·艾伦解除了嫌疑，在这个时候去告发幽灵显然很不合时宜，而且光凭这破手机是没有任何说服力的。一时间山狼不知道该怎么办好，或许他在潜意识里并不相信幽灵有问题，而是在找理由把自己的怀疑压下去。他的心情很复杂，他只能心事重重地返回酒吧。

第二天一早，几个人又在小厅里相聚，继续等待本·艾伦的任务，相比之前气氛融洽多了。

重拳说道:"要我说,这次差点儿搞成冤假错案,真后怕,现在总算轻松点儿了。"说着长长地出了一口气。

"这次被怀疑我也很意外,我一直在想你们三个是否真的有问题,到了后来才发现,原来我也是其中一员。"山狼摇摇头,"队长设这个局真让人没想到。"

"你以为自己是什么好人呢?"重拳笑骂着说道,"不过话说回来,我还是头一次发现队长这么阴险,居然和我们玩儿起了阴谋诡计。"

狮鹫道:"看来队长是被逼急了,否则也不会出此下策。居然从我们身上查起,看来他已经没人可以信任了,如果不排除我们的嫌疑,他恐怕真的无人可用,我们还得多理解他。"

幽灵一直不说话,只是一直闷头吃东西,仿佛有什么心事,山狼看了看他,张了张嘴,最终还是一句话都没说出来。

经过了这次风波,几个人又回到了之前的关系,表面上并没有看出受到什么影响。

中午本·艾伦又传来消息,不知道为什么中间人开始移动了,等确定了落脚点之后再通知他们。

山狼皱起了眉头,难道昨天晚上幽灵真的是在给那个中间人通风报信!否则怎么会突然开始移动?这真让人不敢相信。他把目光投向了幽灵,幽灵正认真地听着本·艾伦介绍情况,没有丝毫的异常表现。

"不过没关系,中间人一直在我们的侦察范围之内,他逃不了,一旦确认藏身地点,我们就动手。另外,中间人身边保镖不少,而我们这边除了你们四个又派不出更多的人手,所以你们需要动动脑筋,想个合理的办法干掉中间人。"

山狼道:"好的,我们会想办法,以保存实力为前提干掉中间人,尽量避免正面冲突。"

本·艾伦道:"嗯,我就是这个意思。"

本·艾伦还告诉他们,他们暗地里对马丁后台的调查也有了一些眉目,现在正在逐步进行确认。这是一份非常重要的情报,搞清 M 国人监视他们

19 计中计

的原因可以判断 M 国人的态度，这对决定今后是否能继续合作至关重要。

从他的口气中能听出来，黑血正逐步走出低谷，各方面的情报搜集工作越来越顺利，内奸的排查工作也在继续，千头万绪终于理出了个头。

虽然任务没下来，但消息倒是很丰富，只是暂时还不能行动，还要再等几天。

"还得等！"结束通话之后，重拳躺在沙发上抱怨了一句。

"等吧！有什么关系！"幽灵一脸无所谓，不知道是不是因为昨天晚上的事情，山狼仿佛在幽灵的脸上看到了一丝喜色。

"反正已经找到那个中间人了，等就等吧。"重拳抓起果盘里的葡萄一边吃一边说道："这样的日子虽然舒坦，但过久了容易让人懈怠。"

"如果不出任务，我们该找个地方活动一下筋骨了！"幽灵伸了个懒腰，"这种状态时间久了会降低战斗力。"

"健身？想得美！这附近没有健身房！"重拳懒洋洋地说道。

"幽灵说得对，总这么闲着的确不是事儿。"山狼抬头道，"诺曼应该有办法，我去找他谈谈。"说完站起来去找诺曼。

"走，去看看！"幽灵站了起来。

重拳和狮鹫也跟着一起去了诺曼的办公室。

诺曼沉思了片刻道："这样吧，你们早上可以出去跑步健身。如果需要的话，我把车库腾出来，再买一些器材。我的车库空间比较大，应该能满足你们的需求。"

"算了，我们只跑步吧。等你改造完车库我们也该走人了。"幽灵摆了摆手。

诺曼思索了一下，"也好，你们先跑步，剩下的事情我来想办法。"

于是每天早起之后，几个人就开始跑步。那天晚上的事山狼没告诉任何人，幽灵的表现也一如既往，没有丝毫的不正常。

山狼只能暗中观察，他希望自己的判断是错误的。一方面从个人感情来讲他绝对不相信幽灵是内奸；另一方面他也需要拿到直接的证据，所以他只能暗中监视幽灵的一举一动。山狼似乎体会到了本·艾伦的那种无助感，这些人里如果连幽灵都无法相信，那他真不知道还能相信谁！

幽灵一切如常，早上跑步也是中规中矩地跑在队伍中间，但比任何人都兴奋。

"如果今天能跑十公里，那晚上肯定能睡个好觉。"幽灵一边跑一边说道。

"不能跑太久，我们只是来热身的。"重拳调整了一下呼吸，"已经好久没长跑了，不宜跑得太久，那对身体没好处。"

"诺曼给我们找了游泳池，就在酒吧旁边。"山狼挥着手，"中午去游泳！"

"怎么感觉好像没什么意思？"重拳道，"什么时候能发给我们武器？"

"诺曼说在这里用不到武器，任务下来后自然会给相应的武器装备，不要着急。"山狼一边说着一边脱下上衣。

重拳无奈地摇了摇头，没有武器让他非常不习惯。

狮鹫一直沉默不语，几天来一直如此，不知道他在想什么。山狼看得出他有心事，他不说别人也不便多问。

游泳池是诺曼的朋友提供的，诺曼的朋友不常住在这里，所以诺曼就借用了他的游泳池，山狼他们每天下午都泡在这里。

"泡在水里的感觉真好。"幽灵泡在水里靠着池壁惬意地抽着烟。

"我想你肯定不喜欢沙漠。"重拳从水里钻出来，"你只适合生活在林子里。"

"虽然没有健身器材，但跑步、游泳基本上也可以满足我们的健身需求。"山狼坐在游泳池边上说道。

"晚上吃什么？"重拳出水坐在一边的椅子上一边点烟一边问。

"不知道，这里的东西没什么好吃的。"幽灵坐在池子的边沿上，"要不我们自己买些东西，你给我们做点儿吃的？"

"算了，没那个兴致！"重拳摆了摆手，"有什么就吃什么吧！"

"闲着无聊，不吃点儿好的怎么对得起这份清闲！"幽灵斜着躺下。

"清闲就该什么都不干！"重拳看着在水里慢慢游动的狮鹫，"他这才叫清闲。"

"你也有羡慕别人的时候？"幽灵回头看着他。

"关你屁事！"重拳突然抬脚将幽灵踹进水里。

幽灵在水里探出头来大骂，重拳只是大笑，根本就不理他。

山狼看着他们摇了摇头，躺在椅子上晒太阳。幽灵从水里爬上来对重拳挥了挥拳头，之后穿上衣服，"我去买烟，你们有没有要带的东西？"

"我也去。"山狼立即站起身，拿自己的衣服。

"需要什么我可以带回来，你继续游泳！"幽灵挥了挥手。

"待久了，出去走走！"山狼一边穿衣服一边说道。

"好吧！"幽灵耸了耸肩。

"你们待会儿直接回酒吧！"山狼对重拳和狮鹫说道。

重拳摆了摆手表示明白。幽灵和山狼出了门。

重拳坐在泳池旁边自言自语地说道："这两个家伙怎么突然变得有点儿怪？"

"他们什么时候不怪？"狮鹫爬出水池，"到这里后每个人都很怪，不管是环境因素还是人为因素，我们之间的关系已经发生了改变，或许这就是分化的开始。"

"分化！"重拳回味着这个词，之前的甄别工作搞得他们彼此离心离德，要想弥补是不太容易的。

"算了，不想这么多了，这次危机结束后不管怎样我都会退出，钱赚得差不多了，该回去养老了。"狮鹫躺在长椅上看着天空，"再留下来已经没什么意义了。"

"离开吗？"重拳有些茫然，"离开，是该离开的时候了！"

当晚所有人都早早地回了房间，不知道为什么，气氛显得有些诡异。

幽灵闲不住，他叫其他人去酒吧，结果没人愿意去，他就自己到酒吧要了杯啤酒慢慢地喝着，一直坐到十点多才起身往回走。到了大厅打开门发现里面没人，他返身回来出了酒吧直奔后巷。他到了后巷拿出手机，装上电话卡拨通了一个号码，"喂，是我，情况有变化，我可能被发现了……"说到这儿他看了看四周，又往胡同里走了几步，然后压低声音窃窃私语起来。

20 内奸疑云

幽灵，一个最被山狼看好而且绝对信任的超级战士，却做出了让人无法相信的事，这不得不让山狼怀疑，痛心之余他开始痛恨幽灵的背叛，他在暗处默默地盯着幽灵的背影。

幽灵一边抽着烟一边打着电话，许久才结束。他丢掉烟头取出电话卡，当他再次准备将手机丢掉的时候突然僵住了，因为他看见山狼正在远处阴着脸盯着他。

幽灵一下子不知道该怎么反应，他看着山狼，脸上的表情开始变化。就在这时，狮鹫和重拳也面色不善地出现在他的视野里，一左一右，封住了两翼，他已经无路可逃。

"幽灵，你还想跑吗？"重拳低吼了一声，拳头捏得嘎嘎作响，他脸上的表情非常复杂，失望、愤怒交织在一起，看上去非常吓人。

"你已经无路可走了，投降吧，别让我们动手！"狮鹫表情平淡地看着幽灵，他是那种什么事情都不挂在脸上的人。

幽灵的脸抽了一下，随后无奈地笑了笑，又轻轻地摇了摇头，"既然被你们发现了……"

"闭嘴，跟我回去！"山狼阴着脸道。现在他的心情非常复杂，幽灵伤了他的心。

"走！别逼我动手。"重拳狠狠地瞪着他，上去夺下了他手里的电话。

幽灵叹了口气跟在山狼后面往回走，重拳和狮鹫一左一右地把他夹在中间。

几个人进了酒吧后面的一个房间，这个房间没有窗户，四壁都是坚固的水泥墙，只有一扇门通向外面，幽灵是没机会逃出去的。重拳直接将幽灵捆起来丢在一把椅子上，手法非常娴熟。幽灵挣了一下就老实地坐下了。

"别费劲了，我打的节你是解不开的。"重拳看着他，"你该了解我的手法，你没任何机会脱开绳索。"

"我只是想坐着舒服点儿。"幽灵懒洋洋地说道，表情很坦然，根本不像是事情败露的样子。

"幽灵，给我个不杀你的理由。"山狼满脸的杀意，"我从 D 国把你带出来，我送你到外籍兵团受训，把你训练成一个合格的战士，可不是让你来做内奸的，你太让我失望了！说！到底是怎么回事？"

"我并没有做什么对不起大家的事情。"幽灵面色平静。

"你受过的训练我清清楚楚，我们的手段可是专门对付你这种人的，别逼我动手。"山狼拉过一把椅子坐在他对面，"从把你带出来那天起我就把你当兄弟，但你呢？幽灵，我现在恨不得把你剁碎了喂狗，但我要知道你们的联系方式，所以你还是痛快地说吧，我保证你死得没那么难看。"

"我什么时候暴露的？"幽灵看着山狼好像一点儿也不紧张，"我做事情很谨慎，怎么会被你发现？"

山狼取出那个破手机丢在地上，"别以为你干得多隐秘，我一直盯着你！虽然我们已经解除了嫌疑，但我总觉得哪里有点儿不对劲，直到那天晚上你跑出去，我才发现原来是你有问题！你是什么时候开始的？和谁联系？"

幽灵笑了一下，"看来我的反侦察能力还是不够强。"

"少转移话题！"重拳大吼，又要动手，结果又被狮鹫拦住，"别忙着动手，先问清楚再说！"

"还有什么好问的！这小子不打不会开口！"重拳喊着。

"重拳，论拳脚在黑血里没人打得过你，但你想让我开口恐怕没那么容易！"幽灵居然笑了，好像是在看戏，表情怪异。

山狼拿出从幽灵手里缴获的电话卡，"这可以查出你们的通话记录，以及对方的位置，别以为你不开口我们就什么都查不到。"

"你可以打过去试试，看他会和你们说什么？"幽灵看着山狼。

山狼哼了一声，"我是不会上当的，这种打草惊蛇的事儿我不干。"

幽灵一脸无所谓，"随你便。"

山狼哼了一声，"别嚣张，现在你已经暴露了，还是合作一点儿，这对你有好处。"如果不是念在多年兄弟情分上他早动手了，虽然痛恨幽灵的背叛，但他还是克制着没有用刑。他不希望这种事发生在自己人身上，如果幽灵合作一点，那他完全可以让幽灵死得没那么痛苦，如果真的需要用刑，他也不会自己来，他对自己人真的下不去手。

幽灵看着面前的三个人，"根据约定我现在什么都不能说。明天，明天我把一切都告诉你们。"

"狮鹫，去联系队长，告诉他出大事了。"山狼长叹一声，"幽灵你好好想想，我给你时间。"说完他拖着重拳出了房间。

"为什么不动手？你念及旧情吗？他背叛了我们！"重拳无比愤怒地看着山狼。

"从感情上讲，我不相信这是真的，但我们不得不面对现实。"山狼一脸痛苦。

"重拳，冷静。"狮鹫拍了拍他的肩膀，"事情没搞清楚之前不要妄下定论。就算他是叛徒，但我们需要他活着。这是大事，关系黑血的生死存亡，不能太草率！必须通知队长，由他来决定该怎么办。"

"我没法儿冷静，因为这个该死的内奸，我们死了多少人？远的不说，就说在坦普亚死的那些兄弟。"重拳气得呼呼直喘，他无法从愤怒中平息下来。在黑血他和幽灵的关系最好，但今天他却不得不接受这一事实，他甚至有些失去理智了。

"现在下定论为时过早。"狮鹫思索着说道，"他的确在和外人联系，但我们还没有证据证明他在和我们的敌人联系，所以我们还不能把他当成叛徒对待。我们需要证据，先要查清他和谁通话，这非常关键！"

"狮鹫说得对，我们现在设备有限，无法核实电话卡的问题。狮鹫，你联系队长，叫他把信使带过来，我们需要技术人员！"山狼揉着太阳穴，"重拳，去请诺曼，我们现在要面对最不愿意面对的问题。"

诺曼很快就赶了过来，在得知幽灵的事情之后他非常惊诧。他之前看过幽灵的资料，他一直认为幽灵是最不可能叛变的家伙，这是怎么回事儿？

"我也不相信！"山狼叹了口气将缴获的手机放在桌子上，"他已经是第二次和某些人联系了。"

"这……"诺曼拿起那部还没有损坏的手机仔细检查了一下，"这是加密手机，专业设备！"

"所以这才最值得怀疑！他孤身一人，根本没有朋友和家人，他能联系谁！所以我才会认为他是内奸。"山狼痛心疾首地说道。

"你打算怎么办？"诺曼皱了皱眉。

"还不知道，等队长来了再说！"山狼一脸疲惫地靠在沙发上。

"也好，这是大事，必须谨慎，他如果是奸细，那他肯定知道很多事情，还有价值，不能随便弄死。"诺曼点了点头表示赞成。

狮鹫很快回来告诉山狼，队长会尽快赶过来，并叮嘱他们不要轻举妄动，等他到了再说。

山狼三人坐在一起谁也不说话，幽灵被关在里间，他们守在外面。这件事谁也没有心理准备，这种心理冲击的确让人难以接受，谁也没想到会发生这样的事。

山狼想起了和幽灵相识的事情，那时候幽灵如同野人一样生活在林子里，披头散发，破衣烂衫，手里抱着一支破旧的 AK-47。他和幽灵在林子里斗了三天，终于用计将他擒住。

"你是什么人？"山狼撩起幽灵的长发用当地语言问道。

幽灵一脸冷漠地看着他，一言不发。

山狼笑了笑将那只破旧的 AK-47 拆成零件，动作快得让幽灵看得眼花缭乱，然后他拿出自己的随身手枪在幽灵面前晃了晃，"喜欢吗？"那是一支银色的 M1911，非常漂亮，前面是黑色的消音器，枪身泛着银色的亮光。这是山狼的改装版，属于私人收藏，跟随他多年，杀人无数。

幽灵眼前一亮，虽然没说话，但表情已经出卖了他，多年的从军经历培养了他对武器的兴趣。他从没在正规军中服役过，只在私人武装和游击队中接受过射击训练，所以从没摸过好枪，这还是第一次见到如此漂亮的手枪。他偷袭山狼的目的就是想搞到他手里的那支 M4A1，可以说山狼一下子就抓住了他的软肋。

"跟我走,这枪归你!"山狼看着幽灵。

幽灵一脸戒备地看着山狼,"真的?"

山狼笑了笑,解开捆住幽灵的绳索,然后退出弹夹把枪递给他,"归你了!"

幽灵大喜,把枪拿在手里不停地把玩儿,"好枪!"

山狼笑了笑,心里想道:"果然还是个孩子。"

"去哪里?"幽灵结结巴巴地问,因为多年不与人沟通,他的语言交流能力很差。

"你叫什么名字?"山狼坐在地上,一边问一边取出一包单兵口粮递给幽灵。

"阿苦。"幽灵接过来用嘴撕开包装大口吃了起来。

"阿苦?"山狼没明白这个名字是什么意思。

"那边!"幽灵指着C国的方向,"那边的人给取的,意思是苦孩子。"

山狼这才明白原来这是汉字的发言。这名字倒是很贴切,一个流浪儿的确很苦,真不知道他是怎么长这么大的,在林子里与野兽为伍,活到今天真是个奇迹。

"哦,是这样,那你愿不愿意跟我走?"山狼道。

"有枪吗?"幽灵扬了扬手里的M1911,"有好枪我就去。"

"只要你跟我去,要多少有多少,不用你流浪,过一个正常人的生活。"山狼点上一支烟。他的手还在抖,胳膊上被幽灵打了一枪,幸亏只是擦破了皮肉,否则这条胳膊就废了。

"真的?"幽灵不太相信,其实他感兴趣的是枪支,至于正常人的生活是什么,他没有概念。

"当然。"山狼笑了笑。

"为什么带我走?"幽灵问。

"因为你是个不可多得的作战天才!"山狼深吸了一口烟,"我会给你一个不一样的人生。"

"人生?"幽灵一脸的迷茫。

20 内奸疑云

为了把幽灵带到 F 国，山狼费了不少力气。幽灵没有身份，山狼找人给他制造了证件，安排了身份。到了 F 国之后，他安排幽灵学习语言，半年之后将他带入外籍兵团受训，他还通过关系特意找了几个丛林战的专家专门训练幽灵。三年后幽灵大变样儿，山狼再次与之对抗的时候几乎完全不是对手。他在林子里神出鬼没，山狼几乎摸不到他的影子。

"你的代号就叫幽灵！"山狼累得几乎站不起来，但心里非常高兴，如此善战的手下几乎是可遇不可求的。

"幽灵？"幽灵思索着这个词儿。

"从今天开始，你就是黑血的下士。"山狼费力地从地上站起来，"你的任务就是战斗！战斗！战斗！"

回忆着往事，山狼下意识地摸了摸胳膊，那里还有幽灵留下的伤疤。可以说他对幽灵混合着兄弟和父子的两种感情，毕竟幽灵是他一手带出来的。

"在想什么？"重拳倒上一杯酒慢慢地喝着。他很郁闷，这么多年的兄弟居然变成了内奸，他无法接受。

"嗯。"山狼应了一声，"没什么。"

"其实在心理上，我们都无法接受这件事。"狮鹫闭着眼睛说道，"但我们还得面对现实，做好心理准备，在事情没搞清之前不要轻举妄动。"

"证据确凿，还什么可考虑的，动刑！我不信他不说！"重拳脑门上青筋暴起。

"还不是时候！"山狼道，"等队长到了再说，这是大事，涉及黑血的生死存亡，必须谨慎。"

"老实说，我不相信幽灵会是内奸。"狮鹫睁开眼睛，"他没有任何背叛黑血的理由。我们任何人都有可能受到胁迫，但他不可能，他没有任何牵挂，没有一个家人，没有黑血之外的任何朋友，这种人怎么可能被收买或者被胁迫呢？"

"我也想不通，但正如你所说，既然他没有什么牵挂，没有家人和朋友，他又能联系谁呢？除了我们他还能有什么人可联系？他打电话时我读了他的唇语，他居然说的是'情况有变化，我可能被发现了！'很明显他发现我们开始怀疑他，如果他不是内奸，那他是和谁通话呢？"

"这……"狮鹫也不知道该说什么好。

"从这一点上就足够对他用刑。"重拳哼了一声，"我最恨内奸！"

"你和幽灵的关系那么好，现在怎么反应这么大？"狮鹫看着他。

"那是有前提的，做了内奸就是到了对立面，这是不可饶恕的！"

"好了，等队长到了再说吧！"山狼挥了挥手，"别再提了，我心里很乱。"

本·艾伦第二天天不亮就到了，他带着绅士风尘仆仆地赶了过来。

本·艾伦的第一句话就是："幽灵在哪儿？"

"关在后面！"山狼指了指里面。

本·艾伦点了点头，"好吧，带我去看看！"

"来得怎么这么快？"重拳问后面的绅士，"信使怎么没来？我们需要他的技术！"

"队长说没必要让信使来，他那边忙得抽不开身。"绅士看了一眼几个人，"你们没动刑？"

狮鹫道："等队长过来再说，事情太大了，我们没敢私自做主！"

"哦。"绅士点了点头。

几个人进了关押幽灵的小房间。

幽灵抬起头看着本·艾伦，"队长。"

"你小子……"本·艾伦叹了口气，"放开他。"

经过一夜的等待，本·艾伦终于赶到了，但谁也没想到他的第一个决定就是放开被捆了一晚的幽灵。

"放开他？为什么？"山狼等人都非常惊诧。

绅士摇了摇头，上去解幽灵的绳子。

幽灵活动了一下麻木的手臂，"重拳你个混蛋，把我当猪捆，你等着。"

此时的重拳已经无暇顾及这些，他一脸疑惑地看着本·艾伦，等着他的解释。

"这……"山狼有些大脑短路，"这是怎么回事儿？"

"他不是内奸！"本·艾伦满脸疲惫地说道。

20 内奸疑云

"可是……"山狼惊异不已,弄不清本·艾伦话语中的意思。

本·艾伦摆了摆手,"你缴获的电话卡呢?拿出来,拨出里面的电话号码!"

山狼狐疑地看着本·艾伦,但还是照做了。他拨通号码后,本·艾伦取出一部手机递到他面前,原来他拨通的是本·艾伦的电话。

"队长,你必须给我一个合理的解释。"山狼不解地看着本·艾伦。

"这是我和幽灵单线联系的电话。"本·艾伦接过诺曼递来的酒杯,"我就是那个和他通话的人。"

"队长,这到底是怎么回事儿?"重拳脑子一片混乱。

本·艾伦闷头喝着酒,"坐下说。"

众人只能耐着性子坐下。

"其实队长对你们的考验一直没结束。"绅士点上一支烟开口说道,"这可能难以接受,但为了确定队伍的纯洁性队长不得不如此。山狼、狮鹫、重拳,你们都是黑血的主力战将,队长想确认你们是否是内奸,而幽灵就是整个计划的核心,一切都由他来执行,你们一直在他的监视之中。"

山狼、狮鹫和重拳面面相觑,一时间反应不过来。

"幽灵是我最先确认值得信任的人,所以他才会第一时间前往V国,从那时开始我的计划就已经逐步展开了。那是我对你们的第一个考验,任务完成得很顺利,没有丝毫的情报泄露出去,你们的嫌疑被降低了一半。从V国到B市这一路是针对山狼的一次考验,我让他不要把你们的行踪告诉其他人,只有他知道你们的目的地。让我欣慰的是这一路上没有走漏任何消息,所以山狼基本上已经被排除了嫌疑,但我还不能完全相信他没有问题,另外狮鹫和重拳也在被怀疑的名单中,所以我只能继续确认和试探,顺便对山狼进行最后的考验,这当然是不能告诉山狼,他必须在接受考验的同时配合幽灵。"本·艾伦喝了口酒,"别怪我不相信你们,我那时已经无人可信,只能通过这种方式对你们进行考验。"

重拳恍然大悟,但心里还是非常别扭,他悻悻地说道,"队长,你这计策也太毒了,万一我们做了什么值得怀疑的事儿,脑袋就搬家了!"

"在这种情况下冒险是不可避免的,我们黑血雇佣军正面临着巨大的危机，我必须确认什么人可信，否则黑血离灭亡就不远了，我恳请大家的理解。"本·艾伦叹了口气，"之前我曾经说你们已经被解除了怀疑，其实那只是个烟幕弹，为了让可能存在的内奸放松警惕，然后抛出中间人和侦察M国情报机构的情报，这是诱饵，如果内奸在你们之中，他肯定会把这个消息透露出去。以幽灵神出鬼没的身手和在你们每个人身上暗藏的监听设备，一旦你们走漏消息肯定会被他发现，这就是我挖出内奸的整个计划。没想到的是幽灵的不谨慎居然被山狼发现。"说到这儿，他无奈地摇了摇头，"没想到，山狼针对内奸在暗中调查。"

几个人不由自主地往身上看了看，幽灵笑了笑，"第二枚纽扣。"

经他提示，山狼他们果然在掰开纽扣之后发现了里面的玄机，是微型窃听器。

"队长，你什么时候开始玩儿起了间谍战术！"重拳自嘲地笑了笑。

"整个计划中幽灵是核心。我信任他的原因很简单，他没有背叛黑血的理由，黑血就是他的家，他没有任何的外界联系，不可能被胁迫，也不可能被控制。"本·艾伦晃着酒杯，"通过幽灵确认你们是不是我需要的那支队伍，虽然过程有点儿长，但效果非常好，你们的确没有让我失望。"

"既然是这样，那你在被抓之后为什么不说出实情？"山狼问幽灵，"你就不怕我一激动把你给宰了？"

"我就是想看看你们会不会对我下手。"幽灵搓着手说，"这很有趣，我相信你不会动手，而重拳嘛……就不一定了！"

"我真想揍你！"重拳笑骂了一句。

"幽灵你可以当间谍了，把我都耍得一愣一愣的。"山狼看到幽灵的成长很高兴，但这种蒙在鼓里的滋味儿并不好受。

"对不起，山狼，我也是为了黑血，不管怎样我也要完成这个任务，今天总算是了结了，我们都不是内奸，这比什么都重要！"幽灵说得很认真，很诚恳。

这句话还真说到了点子上，如果他们中真的有内奸，那还真不知道会闹出什么样的局面。

"既然已经确认你们没有人是内奸，那我诚挚地向大家道歉，为了之前的不信任，也为了给你们造成的伤害。"本·艾伦说完深深地鞠了一躬，然后拍着重拳和狮鹫的肩膀，"好样的，你们没有让我失望。"最后他转回身对山狼说道："你做得很好，我很欣慰。"

山狼笑了笑，"既然到了这个地步，我也无话可说，不过队长，以后别再这么玩儿了，我怕承受不了。"

"很好玩儿不是吗？"幽灵狡诈地笑着说道。

"滚犊子！"重拳大骂着冲上去将幽灵按倒在地上给了一拳，"这一拳是因为你耍了我们。"

幽灵爬起来抹掉嘴角的血，"你小子比我还疯！"

重拳气哼哼地说道："扯平了！"

众人大笑。

诺曼对本·艾伦说道："这件事真是太危险了，万一幽灵说出真相之后大家不相信，没准儿真会动刑。"

"没关系，既然这小子敢接下这个任务，那他就该做好挨揍的准备。"重拳气哼哼地插嘴道。

"好了，内奸的事情至少在你们几人这里已经结束了，可以继续执行任务了。中间人的事情已经落实，这件事迫在眉睫，在其他人还没有解除嫌疑的情况下，这件任务就只能交给你们。为了保密我不打算动用马丁那边的关系，一切都由你们几个自己完成，有问题吗？"

"如果中间人这件事是真的，那万一我们中有人是内奸，你不怕泄露出去吗？"狮鹫突然问。

"没关系，中间人已经处在监视之中，他逃不掉的。"本·艾伦耸了耸肩。

"哦。"狮鹫若有所思地点了点头。

山狼思索了一下说："如果没有马丁的帮助，是不是武器问题我们也要自己来解决？另外敌人的位置以及防御情况有没有详细的情报？"

"武器可以走军火商渠道，至于中间人的具体情况，我们有这个。"本·艾伦甩给山狼一个U盘，"所有信息都在这里面。"

"任务地点在哪儿？"山狼问。

"你不喜欢的地方。"本·艾伦看着重拳。

"我最不喜欢……"重拳思索了一下,"J国?"

"对,J国的D市!"本·艾伦微笑。

"我终于知道为什么是我们几个执行这次任务了!"重拳撇了撇嘴,"你是想让我们装成J国人?"

众人这才明白为什么本·艾伦要费尽心机地先甄别他们,原来他早有预谋。

"你们的肤色很适合这次任务。"本·艾伦扬了扬酒杯。

"我们的J国话可都不怎么样!"幽灵揉着被重拳打肿的嘴角说道。

"没关系。"狮鹫淡淡地说道,"尽量少说话,实在不行我们可以说英语,扮作在M国长大的二代J国人,我们这张脸不容易引起注意。"

"狮鹫说得没错。"本·艾伦靠在沙发上,"你们的相貌走在D市街头很容易和当地人混在一起,出什么事儿也容易脱身。"

"D市的外国人不在少数,你是不是有些多虑了?"幽灵问。

"你们去了肯定会闹出很大动静,有着当地人的容貌有助于你们脱身。我建议你们这几天好好学习一下J国话。"本·艾伦对绅士打了个手势。

绅士点了点头,讲解道:"这是一次真正意义上的秘密行动,出发之后只有我和队长能和你们取得联系,这里有四部手机。"说着他将一个手提箱打开放在桌子上,"手机经过加密处理,和你们之前用的功能基本相同,不同的是内部构造,这个我不多做解释。每人一部,军用级别,防水防震,抗干扰能力强大无比,可以代替单兵电台使用,不受距离限制。到达D市后和队长安排的人会合,他会给你们安排新的身份。武器问题不用你们担心,队长已经做了安排。"

"这手机是不是有点儿过时了?"重拳摆弄着手机,"能不能弄得好看点儿?"

"专业技术开发产品,目的就是不引人注目。"绅士取出四条看似普通的领带,"凯夫拉材料,可承受数吨重的拉力,必要时可以变成一条长七米的绳索,四条连起来足够应付大部分的攀爬作业。"

"我可不想把这玩意儿系在脖子上。"重拳摇了摇头。

"这是队长新弄到的，戴上会有用。"绅士放下领带，"出发时间是后天下午，有什么需要尽管提出来，我们尽量满足。"

"没枪心里发慌！"重拳懒洋洋地说道。

"到了D市会给你准备好的。"说完绅士看着本·艾伦。

"任务细节你们可以和山狼讨论。老规矩，到了目的地之后，根据实际情况制订行动计划。"本·艾伦顿了顿，有腔有调地说道："任务很简单，弄死这小子！"

"队长，这人什么来历？"山狼指着屏幕上的照片问。

本·艾伦摇了摇头，"不清楚，查不到他的任何信息，很奇怪的一个人。马丁已经确认了他的身份，他就是那个中间人，情报和信使从外围购买的基本吻合。"

山狼皱了皱眉，"这是怎么回事儿？怎么越往后情报越不明朗？"

"虽然我们几乎拔出了握手组织的所有羽翼，但我们的困境仍然没有过去，只能继续查下去。在获得的情报中我发现，握手组织和一直隐藏在暗处针对我们的势力相比，简直算不得什么。"

"情况很糟糕？"诺曼问。

"非常糟糕！"本·艾伦愁容满面，"既然已经确认了大家的身份，我也就不隐瞒什么了，目前握手组织的问题已经基本解决，只剩下了这个中间人。但我们仍然面临着另外两股势力的监视，现在能确定的就是M国的情报机构。马丁那边一直在盯着我们，目前不知道他们究竟出于什么目的。另一股势力我却一点儿头绪都没有，他们的能力并不比M国的情报机构差，他们仿佛就是看不见的怪物，一直如影随形地围绕在我们周围。现在我和绅士几乎每天都生活在监视之中，甚至每次和外界联系都要更换通信设备还有衣服和车辆，我们已经没有一点儿安全感了，最恐怖的是我们什么都查不到。"

"那另一组人马呢？可以叫回来帮忙。"说到这儿重拳想起了内奸的问题，"至少可以先甄别一下，哪怕去一个人也好，可以分担一下你们两个的压力。"

本·艾伦长出了一口气，"赌徒他们现在在中东，那边的任务进展很顺利,是 M 国情报机构给的任务,难度不大,但保密性很强。我让他们去的目的也是想确认一下是否会有消息从他们那边走漏出去,但到目前为止还没发现可疑迹象。"

"马丁上司安排的任务?有没有酬金?不会又是使唤傻小子吧?"重拳问。

"象征性的酬劳。"本·艾伦一脸的无奈,"他们算准了我们现在需要他们的技术和渠道,所以……"

"乘人之危!这么下去我们有被饿死的可能。"幽灵骂道。

"合作还得继续,我们还用得着这层关系,不能把关系搞得太僵,他们的情报系统是我们最需要的,现阶段我们需要借助他们的情报资源解决目前的危机。"

"你准备什么时候检查另一组人?"山狼问。

"等他们的中东任务结束之后。"本·艾伦敲着手里的杯子,"希望早点儿把内奸找出来,但我又不希望任何人有问题,这种心情太矛盾了。"

"谁也不希望多年的兄弟走向对立面。"山狼又倒了一杯酒,"虽然我对内奸恨之入骨,恨不得将他碎尸万段,但经过这几天的事情我才真正发现,如果把谁真的给揪出来,我还真下不去手。"

"没办法,我们得面对现实。"本·艾伦长叹,"不管是谁,他都要付出代价,他差点儿把黑血毁了。"

"队长,找到内奸可以把他交给我。"幽灵举起手,"我下得去手。"

"你太疯狂了,我担心还没问出什么,人就被你弄死了。"本·艾伦说道。

"折腾到现在你们就没人想吃早餐吗?"诺曼突然问道。

本·艾伦看了看外面,发现天都快亮了,"还真忘记了这事儿,好吧,大家想吃什么?我请客。"

"到这里怎么能你请?这也太看不起我了。"诺曼站起身,"还是我来吧,到我的酒吧,早餐免费。"

21　初到D市

山狼一行四人在D市机场下机的时候已经快半夜了，机场里却还是人头攒动。这不是他们第一次来J国，之前也来执行过任务。几个人的行李都不多，每人只有一个手提箱，里面是一些衣物和随身物品，反扫描的夹层里各藏着一把军刀。只有幽灵带了一把P245手枪，其他人没带武器。山狼去联系接头人，剩下的三人无聊地留在大厅里。他们几个穿着都很正式，手提行李箱，看上去很像商界精英，但脸上却多了一些粗犷与豪放。

重拳靠在椅子上看着来来往往的旅客，"在这儿我们的确不显眼，看来队长说得没错，这有助于我们完成任务。"

狮鹫看了看表，"队长肯定有他自己的考虑，我们和这些人外貌上区别不大，这对我们有利。"

"是啊，混在这些人里不至于像赌徒他们那样显眼。"幽灵说道。

这时两名学生模样儿的美女从他们面前经过。女孩带了很多行李，拖着走有些吃力，其中一个穿短裙的屁股翘翘的，幽灵不由自主地多看了两眼。

"山狼怎么还不回来？"重拳扯下自己的领带塞进皮箱，他不习惯打领带，尤其是这种材质特殊的几乎连刀子都割不断的领带，套在脖子上就让他想起被人用绳子勒住的感觉。

"注意形象！"狮鹫提醒他。

"不打领带就没形象？什么道理？"重拳不以为然。

又过了一会儿，山狼回来了，"我们直接去住处。"山狼又晃了晃手里的车钥匙，"车子已给我们准备好了。"

几个人到停车场找到一辆本田的七座SUV，幽灵抢先坐在驾驶位上。

"你认识路吗？"重拳问。

"古董，多久没开车了？你不知道现在有种设备叫导航仪吗？"幽灵一边发动汽车一边说道。

"我还以为你认识路呢！"重拳骂道。

刚离开机场没多远，他们就发现刚才那两名美女正站在路边向他们挥手，身边放着很多行李，旁边停着一辆出租车，司机正趴在引擎盖下忙活儿，看来车坏了。

"停不停？"幽灵问山狼。

山狼看了看："看着办。"

幽灵慢慢地把车停下来。其实山狼的意思是不停车，没想到幽灵理解错了。

"有什么可以为您效劳的？"幽灵很客气地问道。他一开口山狼和重拳都很意外，这一口J国话说得还挺不错。

"我们的车子出了问题，可不可以载我们一程？"说话的正是那个短裙女孩。

幽灵看了一眼山狼寻求他的意见，但山狼闭上了眼睛，根本就没打算理他。

幽灵暗自叹了一口气，准备拒绝这位美女，但张开嘴之后却变了样儿，"如果你们不介意我们都是男人的话，我可以带你们到有车的地方。"

这下反倒让两位美女为难了，好不容易拦下一辆车，但一车的男人却让她们缺乏安全感。就在她们犹豫不定的时候，出租车司机抬起头，"两位小姐，你们可以上他们的车，我已经记下他们的车牌号了，不会有问题。"

两位美女对视了一眼，还是有些犹豫，幽灵看着短裙美女，"如果不上车我们可要走了。"

短裙美女有点着急了，她担心后面如果拦不到车子她们两个女孩在这种地方恐怕更不安全，"那就麻烦各位了。"短裙女孩点了点头，"请打开后备箱，我们的东西有点儿多。"

幽灵下车帮助她们把行李放好，两个女孩上车之后幽灵才开车上路。

21 初到 D 市

女孩有点拘束,其实为了让她们安心,重拳已经跑到最后一排和狮鹫坐在一起,把中间的位置留给了她们。

"怎么坐这么晚的飞机?也不找人接机,这样很不安全。"气氛有点尴尬,幽灵开始缓解气氛。

"飞机晚点三个小时,否则也不至于这么晚才到 D 市。"短裙女孩一脸的无奈,"有出租车就好,找人接反倒让我反感。"

"哦,去哪儿了?"幽灵继续问,他并没有听明白女孩话里话外的意思。

"F 国,黎城是个好地方。"女孩儿很兴奋,"对了,我叫美惠子,这是百合子。"

"你们好,叫我 K 就好了,其他人都是我的朋友,他们不太喜欢说话,我就不介绍了。"幽灵简单地介绍道。

"凯恩先生,您好。"美惠子很礼貌,"听您的口音好像不是本地人吧?"

她居然把"K"听成了"凯恩",但幽灵也没打算纠正,就继续说道:"我是 J 裔 M 国人,在 M 国长大,J 国话说得不太好,还请见谅。"

"哦,怪不得。"美惠子点了点头,"没关系,如果您觉得不方便,我们可以用英语交谈。"

"不必了,谢谢关照,我本想练习一下 J 国语,正愁没人交谈,遇到二位真是荣幸!"

这时美惠子的手机响了,她取出来一看就嘟起了嘴,"是父亲大人,我不想接他的电话。"

"既然能打通他就知道你下了飞机,不接太不礼貌了。"百合子说道。

美惠子颇为无奈地接听了电话,"父亲大人……"话还没说完就被那边打断了,幽灵竖着耳朵听了半天也听不清对方在说什么,不过从后视镜里美惠子的表情判断,她好像是正在被父亲训斥。

"是,我正在回家的路上,出了点儿小状况,车子坏掉了,现在我们正乘坐几位善良先生的车子……没关系,不必麻烦了,我可以自己回去……好吧,我们的车牌号码是……是,我们很好……"

过了一会儿美惠子挂断电话,一脸的不开心,"我说不想接他的电话,现在又要派人来接我们,烦死啦!"

"叔叔也是担心你的安全，理解一下！"百合子安慰她。

"嗯……"美惠子嘟起了嘴，"我不喜欢和他来往。"

"他毕竟是你的父亲。"百合子拍了拍她的手。

"好吧。"美惠子无奈，然后又对幽灵说道，"凯恩先生，一会儿父亲派车来接我，可能需要在中途停车，感谢您允许我们搭乘您的车子。"

"没关系。"幽灵耸了耸肩，对于美惠子，他也只是很欣赏罢了，至于进一步交往他倒没想过，毕竟两个人的背景、身份、经历、生活环境完全不同，两个人产生交集的可能性不大，不过这倒是幽灵第一次对一个女孩有好感，很奇怪。

气氛一下又变得沉闷起来，山狼等人都不说话，只是装作睡觉，这倒是让两个女孩心里多少有了点安慰。

"你们是学生吧？"幽灵打破沉闷，开始找话说。

"是的，我们是学生，您眼力真好。"美惠子还是比较健谈的。

"怎么就你们两个？这样出门太不安全了，应该带上男朋友。"

"才不要，自由自在多好。"美惠子摇了摇头。

"您多虑了，D市治安这么好，只要我们多加留意就不会有问题的。"百合子捂着嘴轻笑，"她不喜欢她的男朋友，所以……"

"不要胡说！"美惠子拍了她一下，百合子只能继续捂着嘴笑。

"我们就是为了享受这份安静，无人打搅，坐在黎城街头喝咖啡，去花田呼吸芬芳的空气，喝刚出产的香槟。"美惠子一脸的陶醉，仿佛仍然置身花海。

"如果有兴趣下次到黎城可以来找我们，免费导游！"幽灵摸出一张名片，"这是我们公司在黎城的联系方式。"

山狼突然睁开眼睛看了幽灵一眼，显然对他的做法很不满意，不过也没说什么。幽灵装作没看见，他有点冲动，现在后悔已经晚了，拿回名片又太不礼貌。

"您不是M国人吗？"美惠子双手接过名片，读着上面的名字，"吉姆·K·萨兰德，国际安全保卫技术服务与咨询有限公司。很抱歉叫错了您的名字，真是太失礼了。"

21 初到 D 市

这是黑血的对外业务公司，从事合法生意，同时也是他们洗黑钱的一个渠道，雇员不多，都是本·艾伦招募的退伍军人，在世界很多地方设有办事处，是个规模很大的国际性公司。

"没关系，是我没说清。"幽灵道，"因业务需要我每年都会在 F 国住上半年。"

"哦，如果有机会去黎城再麻烦您！"美惠子客套地说道。

"随时欢迎，不过需要提前打电话，我好做准备！"幽灵有些期盼，期盼真的有那么一天，其实他很清楚美惠子只是在说社交辞令而已。

开着开着车，幽灵皱起了眉头，他咳嗽了一声，山狼睁开眼睛看向他，顺着他的目光扫了一眼后视镜，发现有辆黑色的跑车跟在后面。

真是什么事儿都能遇上，到了 D 市也不得安生，这又是谁跟了过来？难道又走漏了消息？算了，还是先甩掉后面的车再说，山狼皱了皱眉低声说道："加速！"

幽灵立即明白了他的用意，他笑了笑对后座的两个女孩道："两位，坐稳了，我们要加速了。"

"要安全驾驶！"百合子提醒道，但她的话还没说完，车子已经开始向前猛冲，速度快得使两位美女都大声尖叫起来。

"放松，我们赶时间！"幽灵笑了笑。他一向喜欢赛车，尤其是在公路上。

两个女孩虽然被吓了一跳，但并没有惊慌，只是有点害怕。百合子轻声说道："你们要去哪儿？"而美惠子却略带兴奋地看着幽灵娴熟地驾驶汽车，"从没开这么快过，好刺激。"

"你们去哪儿？我先送你们！"幽灵一边瞄着后视镜一边问，那辆车提速跟了上来，速度非常快。从后视镜中可以看出，那是一辆布加迪威龙。

"这车和布加迪威龙比速度没有任何优势。"重拳在最后一排懒洋洋地说道。

"在哪儿？"美惠子也学着他们的样子看后视镜，但在茫茫车流里根本看不到什么布加迪威龙。

"开这车比的是技术！"幽灵开始在车流里来回穿梭，百合子不停尖叫，而美惠子却非常兴奋，两眼放光地盯着前面。

这时，美惠子的电话又响了，她取出来看了看直接挂断。

前面是红绿灯，幽灵连续不断地钻着缝隙，在最后一秒闯了过去，而布加迪威龙却被停下的车流堵在了后面过不来。

"您是赛车手吗？车开得真好！"美惠子羡慕地问，"父亲不允许我单独驾车，每次都要有人陪同，而且要限制速度，很无趣！"

"呵呵！"幽灵笑了笑。

这时候美惠子的电话又响了，她看了看无奈地接通了，"中村先生，我是美惠子……不，谢谢，我会自己回去。"她挂了电话，一脸的不高兴。

"凯恩，刚才那个开车的是我男朋友，很抱歉给您添麻烦了。"美惠子有些不自在地说道。

幽灵看了看后视镜，布加迪威龙还没跟上来，"哦？那真是误会了，需不需要我停车？"

"不要！"美惠子立即说道，"不需要，我不想上他的车，我要和百合子一起回去，另外，我们行李很多……"她给自己找了一大堆理由。百合子在一边偷笑。

"看来您的男朋友很富有！"幽灵说道。

"和我没关系。"美惠子转头看着窗外，看来她好像不太高兴。

"人家可是巨富家族的大公子……"百合子笑着说，结果被美惠子打断，"不许提他！"

幽灵有些奇怪，为什么一提到她的男朋友她就不高兴呢？

就在这时山狼提醒他，"看两翼！"

幽灵这才注意到有几辆车从附近包抄过来，将他们夹在中间。与此同时车子全都打开了双闪，紧跟着周围又有数辆车打开了双闪，十几辆车将他们包围，密集的车流硬生生地被这十几辆车压在了后面。车队非常壮观，分成三层将他们围住。

一辆车的车窗降下去，一个穿西装的年轻人探出头来挥舞着手臂对着幽灵他们大声呼喊着。

"雅库扎！"重拳看着外面失口说了一句。

"雅库扎"是J国的俚语，是对黑帮的一种称呼。

狮鹫向外看了看低声问道："你怎么知道？"

"你看他脖子上的文身，再加上这阵势，典型的黑帮。"重拳扬了扬下巴，懒洋洋地说道。

"不要紧张，是我父亲派来接我的人。"美惠子赶紧解释。

"哦！"幽灵才弄明白，"原来是令尊大人的手下，我们是不是要靠边停车？"

"停车吧，再不停车他们可能会非常粗鲁。"美惠子无奈地说道。

"粗鲁？"幽灵看了看那个还在冲着自己大吼大叫的家伙，"我倒是想看看他们能粗鲁到什么地步！"

"他们……"美惠子张了张嘴，最后却说道，"唉……算了。"

"原来你是社团内部的家族成员，怪不得这么大排场！"重拳在后面说道。

"很抱歉，吓到你们了，我是不喜欢这种场面，所以尽量避免和他们接触，但父亲却担心我的安全，所以……"美惠子没说完幽灵已经开始靠边停车了。

"没关系，搭车而已，难不成他们还能把我吃了？"幽灵满不在乎地说道。

"有我在，绝对不会允许这种事情的发生。"美惠子坚定地说道。看她的样子好像如果没有她在肯定会出什么事一样。

"大家注意，不要惹事！"山狼盯住众人，表情镇定。

这一切都被美惠子和百合子看在眼里，她们有些惊讶，这些应该是见过大场面的人，因为这种镇定是装不出来的。

车子刚停下，大批黑帮分子就围了上来，虎视眈眈地盯着他们。幽灵下车，根本不用正眼看这些人，而是自顾自地打开了后门，美惠子和百合子下了车。

美惠子一下车气氛突然变了，几十号黑帮分子立即规矩地鞠躬行礼，"大小姐。"

美惠子很尴尬地看着幽灵，不知道该怎么解释。

这时人群突然让开一条路，一个戴着茶色眼镜的中年人走过来，恭敬地对美惠子鞠躬，"大小姐。"

美惠子赶紧还礼，"中村先生，劳烦您来接我。"

"山口先生非常担心您的安全……"

两人你一句我一句地聊了起来，把幽灵晾在了一边，直到幽灵咳嗽了一声，美惠子才想起他来。

"中村先生，这位凯恩先生是我刚认的朋友，如果不是他慷慨地允许我们搭车，现在我们恐怕还被困在路边。凯恩先生，这是中村先生，我父亲的助手，也是我的叔伯。"

"感谢您对大小姐的照顾。"中村很客气地对幽灵鞠了个躬。

幽灵不习惯这套礼数，但也不得不还礼，"举手之劳，不必客气。"

中村看着幽灵，目光中透出一丝异样，"凯恩先生在哪里高就？"说话间中村伸出了手。

"呃……"幽灵不知道该不该和这个家伙聊下去，同时他也看到了中村的手背上密密麻麻五彩斑斓的文身，果然是黑帮。

就在这时，一阵嚣张的咒骂声从人群后面传了过来，中村皱了皱眉转头向那边看去，幽灵也借此避开了与他握手，也看向了那个方向，同时他发现美惠子表情有点不自然。

只见一个一头金发的年轻人穿过人群走了过来，还没开口幽灵就闻到了浓重的酒气，从他的面色和精神状态上看应该是个瘾君子，刚才就是他驾驶的布加迪威龙。

金发青年直奔幽灵走了过来，"嘿！刚才是你开车？"口气嚣张无比。

美惠子脸色很难看，在她看来这实在是太丢脸了，她开口劝阻道："石井君！"

"男人说话女人闭嘴！"石井大声喊道，然后又指着幽灵，"你开的车？"

"是，你想怎么样？"幽灵盯着他。

"混蛋！"石井突然挥手打向幽灵，幽灵闪电般的攥住了他的手腕，然后平静地问："有问题吗？"

石井一脸惊愕地看着幽灵，他甚至没看清幽灵是怎么抓住自己的。他

21 初到D市

用力挣了两下想把手抽回来，但都失败了，他感觉自己的手腕如同被铁箍箍住一样，而且越来越紧。石井脸色不断变化着，从惨白慢慢变红，最后开始扭曲，但他却忍着不叫出来，但身体开始发抖。

附近的黑帮分子，包括中村在内全都愣住了，他们谁也没预料到会发生这种事。在这么多人面前，幽灵居然敢对石井出手，连美惠子和百合子也没有反应过来。就在这时候，石井已经坚持不住了，他惨叫了一声身体几乎瘫倒在地上。

"凯恩！"山狼从车上下来，不紧不慢地走到幽灵身边拍了拍他的肩膀，"放开他。"

幽灵哼了一声，松开自己的手。石井抱着手腕一屁股坐在地上，他手腕上留下五个清晰的手指印。中村不由得暗自吃惊，他看得出只要幽灵再稍用一点力石井的手腕就断了。

重拳和狮鹫也从车上下来，几个人威风凛凛地站在一起，一股无形的杀气开始在空中扩散，附近的黑帮分子不由自主地向后退了几步。山狼目光转向中村，他才是这里有话语权的人。

中村看着眼前的几条大汉，多年的黑道生涯给了他一双能够识人的慧眼，他看得出这几个人不简单，身上的那股气势不是一般人能拥有的，肯定大有来头儿。

中村最终把目光落在了山狼身上，"很抱歉发生这种不愉快的事情，石井君是大小姐的未婚夫，川口先生刚才通知他去接大小姐，可能发生了点儿误会。流川，送石井先生回去。"

就在中村介绍石井和美惠子关系的时候，美惠子差点找个地缝钻进去，这样的未婚夫真让她无地自容。

"是。"一个黑西装扶起石井走了。

"既然是误会那就算了，我们还有事情，先告辞了。"山狼很客气。

"感谢各位对大小姐的照顾，这是我的名片，有事情可以随时来找我，在D市我还是有一定办事能力的。"说完，一名手下递上了一张名片。

山狼接过来对中村点了点头，"改天再登门拜访，告辞。"

中村的手下无不横眉立目地看着山狼等人，在他们看来这几个小子简直是太没礼貌了,居然敢这样和他们的组长说话(J国的黑帮头目一般被称为组长,不同级别和管区的黑帮头目也称为组长。)。

"再见。"中村挥了挥手叫众人让开。

黑血众人上车离去。

"大小姐、百合子小姐请上车。"中村做了个请的手势,显得毕恭毕敬。

"呀,我们的行李。"上车之后百合子突然想起行李还在幽灵的车上。

"没关系,他会找到我们。"美惠子看着本田车消失的方向,"我保证,他会把行李送过来。"

中村看着远去的本田车久久不语。

"组长,为什么对他们这么客气?他们太没礼貌了。"中村身后的一个人问道。

"他们很不简单。"中村转回头。

"这些人究竟是什么来头?"一个手下问。

中村摇了摇头,"不知道,不过这几个人可以轻易地杀掉你们半数人马。"

"有这么厉害?"手下不解。

中村点了点头,"他们身上的那股气势只有杀人如麻的人才会有。"

"哦?那他们是杀手?"手下问。

"不知道,这种人或许用得上,所以我给了他们名片!"中村走向自己的汽车,"石井怎么样了?"中村问手下。

"伤得不重,不过短时间内他的手腕不能自由活动,腕骨差点儿断裂。"

"哦?"这颇让中村感到意外,"伤得不轻。"

"是的,那个人的手劲儿很大。"

……

此时另一边,山狼正在训斥着幽灵。

"看你惹的祸,刚才那些人可不是好惹的!泡妞我不反对,但不要节外生枝!布加迪威龙出现的时候我还以为我们的行踪又暴露了。"

"是。"幽灵答应着,但表情上看好像有些不以为然。

"他们是哪支黑帮?"重拳在后面问。

21 初到D市

"如果他们的老大姓山口的话,那他们百分之八十是黑焰团的人,D市第二大暴力团。"山狼靠在椅背上,"在J国,这些黑帮是合法存在的。"

"黑焰团?就是去年在D市湾被查出一吨毒品的那个?"

"对,就是他们,贩毒、走私军火、绑架、凶杀、组织卖淫,他们都干。"山狼搓了搓脸,"所以,这种黑帮尽量别惹。"

"嘿,幽灵,你小情人的行李还在车上!"狮鹫在后面说道。

"嗨!把这件事忘了!"山狼道,"幽灵,给我处理干净,别惹出乱子!"

"是!一定处理好!"幽灵点头,他有些兴奋,没想到还有机会和美惠子见面。

很快他们就到了银座一家高级会馆,车停了下来,山狼上前和门口的几名打手打招呼说明来意,打手狐疑地看了山狼很久,然后进去通报,连门都没让他们进。几分钟后,一个五十岁左右的欧洲人从里面出来,他身材壮硕,蓝色的眼睛透着一层酒气,张开双臂非常热情地走向山狼,"欢迎来到D市!"

"好久不见,亲爱的火雨。"山狼和对方拥抱在一起,就像多年不见的兄弟。

"火雨?又是元老级,和诺曼是同一批的!"幽灵低声说道。

"嘿,我听见了!"火雨看向幽灵。

山狼给他们做了介绍,火雨很热情,"大家跟我进来。"

到了里面众人落座,火雨命人泡茶,很快一名穿和服的美艳女子端来了一套精致的茶具。

"C国的龙井,这个你们肯定喜欢!"火雨道。

"嗯……"重拳喝了口茶,享受着停留在唇齿间的清香。

"你们迟到了!"火雨懒洋洋地说道。

"很抱歉,路上出了点儿小意外。"山狼抿了口茶,"看来你在这儿过得不错。"

"还可以吧,开店赚点儿小钱,不比你们。"火雨让仆人退下。

"至少没有生命危险。"重拳道。

"嗯,这里黑帮林立,做生意也不容易。"火雨坐正身,"门口那几个都是黑焰团的帮众，在这里混就得和他们合作。"

"黑焰团？"幽灵一愣，没想到这么快就再次和他们的人相遇了。

"怎么？"火雨点上一支烟。

"没事儿。"幽灵摇了摇头，"路上遇到过他们的人。"

"哦？"火雨颇为意外，"发生了什么事？有没有冲突？我可以帮你们解决。"

"没有，不过还是需要你帮个小忙，我车上有一些行李，是美惠子小姐的，能不能叫人送过去？"

"嗯？"火雨的眼睛瞪得和牛一样，"你认识大小姐？"

"不认识，由于某些原因，她的行李落在我们车上了。"山狼无奈道。

火雨看向山狼，"你们没惹出什么乱子吧？那妞儿可不好惹，川口会杀了你们。"

"没有，不是你想得那样，只是美惠子搭乘了我们的车而已。"山狼解释道。

"哦。"火雨这才放下心来，"那就好，川口家族可不是好惹的，好吧，我叫人把行李送回去。"说完他叫了个人进来，把事情交代下去。幽灵将车钥匙递给那人，嘱咐道："你和大小姐说，我很抱歉不能亲自把行李送还给她。"

"是！"那个手下鞠了个躬出去了。

"不要打那妞儿的主意，川口雄一已经把她嫁给了石井家族的大公子石井凉太。石井家族是大财阀，有着深厚的政府背景，在几个暴力团之间游走，谁都想抓住这个大靠山，所以川口雄一把女儿割舍出来换取这层关系。"

"那小子就是个花花公子。"幽灵不以为然地说道。

"没错，难成大器的家伙，不过老子有实力，那点儿家底儿足够他败几十辈子了，嫖妓和吸毒是他两大爱好，大小姐嫁给他的确浪费。"火雨惋惜地摇了摇头。

幽灵皱了皱眉，看他的表情好像对美惠子的遭遇很同情。

"家伙，家伙，没家伙心里不爽！"重拳终于忍不住了。

"急脾气。"火雨无奈地摇了摇头，手伸到桌下一摁，他们身后的一面墙壁缩了进去,露出密密麻麻的武器架,"我多年的收藏,随便选。"

"太好了!"重拳大喜,冲向武器架。

"还真不少!"山狼感叹。

"我退出黑血这段时间一直收集武器。日本武器控制严格,只能通过走私渠道,价格也贵很多,不过总算是攒下了这点儿家底儿"火雨道。

"你把武器藏在这里,不怕被查?"山狼问。

"有黑焰团这个保护伞,我这里警察是不会光顾的!"火雨很有自信地说道。

"不错。"重拳选了一把 MK24 和一把 HK45。

"你小子,怎么只玩儿进攻型手枪?"火雨笑骂道。

"只有这样的威力才能满足我的要求。"重拳把 MK24 塞进腿部枪套,然后将 HK45 揣进腋下。几个备用弹夹全都挂在后腰上。

"你小子还真挺识货,我就这一把 MK24。"火雨有点心疼地说道。

重拳又从架子上摘下一支 G36C 消音版,把玩儿着问火雨,"这也只有一把?"

"你小子真会选!"火雨有些无奈,"早知道我先藏起来一部分!"

22　中间人

幽灵拿起一支 HK416 突击步枪摆弄了一下，"你这里的家伙儿倒是挺全，可惜没有榴弹发射器。"

"小子，室内作战那东西实用性不大。"火雨懒洋洋地说道，"我会给你们配上消音器和相应的战术附件，不要用打野战的思维考虑城市作战，不要伤及平民。"

幽灵摇了摇头，好像不太认同火雨的观点。

狮鹫的选择很简单，他只选了一把格洛克 18 和一支 AUG 突击步枪。AUG 的低倍率瞄准镜足够满足城市狙击任务的需要，而且稳定性和精确性也不错。

"之前兽人要求我采购一批武器给你们使用，但因为最近风声较紧，短时间内运不进来，所以我就动用了这些家底儿，基本上可以满足你们的需要。"火雨指着武器架子下面，"战术包和防弹衣都在下面。"

山狼的选择很简单，一支 M4A1 加装 C-Mag 弹鼓，补充没有机枪的火力不足，另外他还拿了一支 P226 手枪。

几个人很快收拾完毕，长枪全都装进了战术包，短枪带在身上。

"这是你们在这里的身份。"火雨将几本证件和对应的护照丢在桌子上。

"啊？国际刑警！"重拳有点晕，"这也……搞得太大了吧？"

"你们的 J 国话并不过关，口音太硬了，所以无法给你们本地人的身份，只能用国际通用身份。这些东西足以应付大部分警察，而且国际刑警可以合法持枪。"说着火雨拿过幽灵手里的证件，"号码是真的，系统都能查到，尽管证是假的，但比真的还真。搞这东西我可费了不小的力气。"

"不错,至少在被警察盘问的时候容易蒙混过关。"幽灵满意地点了点头。

火雨叫人送来几道J国料理,几个人还真有点饿了,七菜三汤,吃着还算不错。

几个人正吃着,送行李的手下回来复命。"大小姐要我把这个交给凯恩先生。"说着将一个礼盒放在桌上,然后退了出去。

"还有礼物?"这让幽灵有些意外,打开一看才发现是一盒寿司,旁边还附着一张字条,"感谢凯恩先生以及各位的照顾,小小礼物不成敬意。"后面还附有一个电话号码和一个地址,不言而喻,这是希望幽灵和她保持联系。

"哇哦!"重拳不客气地伸筷子就吃,"看来这小姐儿对你有点儿意思。"

"的确。"火雨也跟着随声附和,他看了看上面的地址,"离这里不远,在足立区。没想到你能得到大小姐的垂青。"

"想那么多干吗?吃!"幽灵继续吃了起来,但他已经吃不出什么味道了。

酒足饭饱之后,火雨给他们介绍了目标所在地点的基本情况。"根据情报,目标目前在足立区北部的一个私人会馆里,由三十余名黑帮分子以及十几名专业保镖保护,防卫森严。"

"我的行动会不会触及黑焰团的利益?"山狼问,他考虑得很周全,不希望惹来太多麻烦,既然已经注定要得罪一个武冈团,那他就不打算再多得罪一个黑焰团,毕竟火雨在这里还要和黑焰团合作,不能给这个老友添太多的麻烦。

"应该不会,两个黑帮彼此处于一种各走各路的状态,黑焰团看不上武冈团依靠权贵,武冈团看不上黑焰团打打杀杀,双方虽然在毒品和武器走私上有竞争,但还没到白热化的地步。你们的行动在某种程度上能削弱武冈团的实力,所以对黑焰团是有利的。行动之前我会通知川口雄一撤走那附近的属下,以免发生误伤,产生不必要的误会。"

"那不是武冈团的势力范围吗?怎么会有川口的人在?"幽灵有点奇怪。

"黑焰团在那边有部分生意,会馆靠近两个帮会的分界线,就差两条街。这里是帮会的必争之地，是没有缓冲区的，帮会势力划界非常明确，另外……"说到这儿，火雨似笑非笑地看着幽灵，"大小姐的住所离那里只有半小时的车程哦。"

幽灵摸了摸鼻子没说话。

"那会不会泄露我们的行踪？"山狼问。

"没关系，川口这个人我还是信得过的，我们是正式的合作伙伴。他打算通过我的关系在海外再成立几家公司，原因很简单，他的公司已经无法满足他庞大的洗黑钱的业务量了，需要更大的空壳公司，需要找一些有实力有背景的靠山。我想把这笔生意介绍给兽人，到时候山口也算半个自己人了。"火雨道。

"哦。"山狼点了点头，"这件事你应该先和队长打个招呼。"

"已经打过招呼了，他会在恰当的时候和川口谈一谈合作的事情。"火雨道。

"好吧，稍后我要向队长汇报一下我们这边的情况，有什么需要和他交代的吗？"山狼问。

"叫他把武器的尾款汇过来，这里的走私价格高得吓人，为了给你们购买武器我损失惨重，他得给我点儿补偿。"火雨指了指放在一边的装备包，"现在用的都是我的收藏品，真让我心痛。"

"呵呵，这你可以放心，队长是不会因为公事而让你私人消费的。"山狼突然想起了什么，他拿过手提箱取出一瓶酒，"摩当豪杰酒庄1982年份的，队长的礼物。"

"嗯，这老小子还算识相！"火雨显然对这份礼物非常满意。

"明天去观察一下地形！"山狼把杯中的酒喝干，"今天到此为止，睡觉。"

火雨打了个哈欠，"好吧，房间已经给你们准备好了，是否需要特殊服务？"

"特殊服务？"山狼一愣，但随即明白了他的意思，"不要！我们需要休息，在任务完成之前我不想出任何差错。"

"OK。"火雨耸了耸肩，"别说我不提醒你，我这里还是有不少好货色的。"

"谢谢，但不需要！"山狼站起身。

22 中间人

"好吧！还有，在这里叫我的名字，火雨这个绰号我不希望太多人知道。"说完，他叫来下人带他们去各自的房间。

"他的名字叫什么？"重拳低声问山狼。

"尼克。"山狼道，"尼克·博尔特。"

"哦，他是怎么退役的？看样子他好像没什么大问题。"

"没什么大问题？哈，他的颅骨有一半都是人工合成物，不适合进行剧烈运动，在诺曼离开之后退出的。"

"这么惨烈！"重拳没想到看上去很健康的火雨还有这么重的旧伤。

"他酗酒的主要原因就是治头痛。"山狼叹了口气，"当时没人相信他能活下来，颅骨粉碎性骨折，严重脑水肿，抢救了三天才保住命。"

第二天早上，四个人再次开上那辆本田车前往足立区北部的目的地。这个高级私人会馆占地面积大约两千平方米，共六层，只招待会员，不接待散客。大门口除了两名服务生之后还有四名守卫，看得出全都是黑帮分子。

四个人进入会馆不远处的一家咖啡馆找了个靠窗的位置坐下。重拳和狮鹫先后离座去外面观察环境，山狼留下观察会馆正面，幽灵喝了杯咖啡之后也走了，直到中午几个人才陆续返回。

"这附近是繁华区，到处都是监控设备和巡逻的警察。会馆后门有四名守卫，有监控，有条小巷，容易下手。楼上每层都有观察哨，每两小时换一班岗，他们有通信设备。院子里有流动警卫，人数不多。"幽灵把观察到的情况讲述了一遍。

"巡警两小时经过一次，附近有四个交通岗，交通便利，没有学校。附近以商业区为主，居民不多，后半夜应该相对安全。"狮鹫介绍着自己看到的情况。

"会馆往来人员数量不多，但都乘坐高级车辆。警局在两公里外，最繁忙的交通情况下十几分钟也能赶到。武冈团在这一区域的办事处在五公里外。"重拳道。

"嗯。"山狼把情报一一录入电脑，"我们观察三天，然后找机会动手。"

"没发现持有武器的迹象，如果有也应该只限于内部警卫。他们不敢太嚣张，这里是繁华商业区，警方绝不允许在辖区内有持枪人员出现。"幽灵盯着对面的会所大门,"后门的警卫很专业,应该是退伍军人或是受过专门训练的警卫人员。"

下午他们换了个地方,去了不远处的一家酒吧继续观察、搜集会馆的情况。不能总坐在一个地方,那样太引人注目了。

入夜之后,会馆的警卫明显加强了,前来消遣的会员也明显增多,各种豪车不断驶入会馆。酒吧里更加热闹,各种表演陆续开始,服务生的穿着越来越暴露,客人们也开始放肆起来,穿着怪异的帮会分子开始兜售各种毒品,欢呼声、叫骂声、嬉戏声、调情的低笑、粗野的呼喊和音乐声交织在一起,形成一种非常嘈杂的旋律,偶尔还有闹事的醉酒青年被看场子的黑帮分子丢出去。

山狼看了看表,"夜间第二轮侦察开始,四个小时后在这里会合。"

"是。"几个人纷纷离座,穿过拥挤的人群往外走去。

折腾到午夜,终于把这一带的情况大致摸清。四个人回到酒吧时里面已经人满为患,他们只好出去找了附近的一家西餐店,点了一些东西慢慢吃了起来。

"三点之前重拳和幽灵一组,三点之后我和狮鹫一组,继续监视。交接之后你们可以直接回火雨那里休息,不必等我们。"山狼做了后半夜的任务安排。

"我在几个关键的位置都安装了监控设备,无线传输到你的电脑上,所以不必守夜。"幽灵一边吃东西一边说道。

山狼摇了摇头,"不行,头一个晚上必须留人,这里情况复杂,大意不得。"

"看,外面!"重拳指了指窗户。

其他人转过头,只见两大群青年正在对骂,手里都拎着家伙,棒球棍、铁链、短刀……

"哈,流氓打架。"幽灵转回头继续吃着自己的东西。

"年纪都不大,全是二十岁上下的小年轻。"重拳边看戏边摇头。

说话间双方已经开始动手,小青年们抡起手里的家伙打成一团,霎时间哭号声、叫骂声不断……

"还真打起来了。"幽灵看着外面,"下手够黑的,真往死里打!"

22 中间人

双方的打斗迅速进入白热化，混战中几乎分不出个数，不断有人倒下。就在这时又有一群人出现在街口，手里同样拎着家伙，叫骂着冲了上来。

"怎么又来一波？他们是帮谁的？"狮鹫有些奇怪。

"谁也不帮，是来平息事端的，他们是黑帮，这里是他们的地盘，不允许别人在这儿闹事。如果有人在街头闹事，那么最先赶到的不是警察，而是雅库扎成员。他们会用最残酷的手段对付闹事者，以维持自己地盘上的秩序，这在日本很常见。"山狼放下刀叉看着外面的大混战。

黑帮果然厉害，没几分钟就把斗殴的两伙青年冲散，除了趴在地上站不起来的几乎全都跑光了。这些黑帮分子没有就此罢休，而是对躺在地上的人继续进行殴打，下手非常凶狠，直到警察赶来他们才撤离。

山狼看了看表，从事发到现在大约十分钟，警察的反应时间大约是七到十分钟。

警车停下来的时候，所有的黑帮成员已经散入了附近的胡同或者商铺，就连他们吃饭的这家西餐厅也跑进来几个。他们根本就不紧张，而是像看戏一样看着外面的警察和救护车处理案发现场，抢救伤员。

在J国，这个黑帮合法存在的国家，黑帮也是维护区域治安的一种力量。他们以暴力手段维护管区内的秩序，在行动上与警方达成某种默契，形成一种奇怪的社会关系。虽然还不至于警匪一家，但有些时候他们也互相"照顾"一下，可以说彼此行个方便，所以这些警察并没有对这些黑帮分子怎么样，任由他们一哄而散，只是将没能跑掉的小青年逮住一批带回去调查。

警察的效率很高，很快处理完现场，伤者也被救护车带走。

幽灵和重拳他们完成了第一班对私人会馆的侦察工作。他们走在D市街头，虽然已经是深夜，但D市街头依然热闹，到处都是涌动的人群和川流不息的车流。在街头巡视的除了警察之外还有成群结队的黑帮分子，他们可算是各司其职。

重拳突然有了一种回到故乡的感觉，同样肤色的人，随处可见的C国方块字，不，这里应该更像是香港或者台湾。

穿过两条街再走一段就离那家会馆不远了。就在这时，一队豪车沿着公路疾驰，打头的一辆车引起了他们的注意，因为那是一辆布加迪威龙。

"你的情敌来了！"重拳对幽灵说道。

"石井！"幽灵开骂，"这狗日的还在外面花天酒地，真想揍他！"

没错，开车的果然是石井，这小子又换了个发型，之前的金发被他染成了绿发，旁边坐着一个妖艳的美女。

"花花公子！"幽灵摇了摇头，"美惠子嫁给他真是鲜花插在牛粪上，太不值了。"

"绝对不值，不过你可以把那妞儿娶回家，这也算对得起他，你的身价不比这小子差吧？"重拳看着石井的车队说道。

"算了，我们这种人有今天没明天，孤身一人自在，了无牵挂，免得死的时候惦记家里还有个老婆。"幽灵颇为无奈地说。

"这可是我第一次看你发情，不容易，把握机会，小子！"重拳老气横秋地说。

"你才发情！"幽灵骂道。

这时他们发现石井的车队在前面绕了个圈儿又回来了，而且是直奔他们这边。

"情况不妙。"重拳叹了口气，"哈，冤家路窄。"

车队在他们面前停下来，石井从车上下来，搂着那妖艳美女一摇三晃地向他们走来，后面大批的小弟也跟了上来，一群人把二人围在了中间。

"小子，没想到会落在我手里吧！"石井嚣张地说道。

"有何指教。"幽灵盯着他，两手插在兜里，满脸的厌恶。

石井举起被幽灵伤了的手，"我要你赔我医药费。"

"好啊，出个价。"幽灵毫不在乎地说道。

"十亿！或者让我打一顿！"石井的眼神分明是在看一个穷光蛋，他根本就看不起幽灵。

"好啊，派人跟我回去取。"幽灵轻蔑地看着他，"我给你二十亿，让我再打你一顿，怎么样？"

"混蛋！"石井大怒，他刚要叫人动手就发现幽灵撩起了衣服，里面露出一把手枪。石井大吃一惊，在J国不穿警服携带枪支上街的只有便衣刑

22 中间人

警、秘密警察和黑帮，而使用这种自动手枪的只有秘密警察，黑帮的枪支没这么高级。

"小子，放聪明点儿，别以为你老爸了不起我就不敢抓你，赶紧带上你的人滚蛋！"幽灵大声骂道。

"你……你是……"石井吓得口吃起来。

"还是不说的好，给你留点儿面子。"幽灵哼了一声，"看在美惠子小姐的分上我不为难你，给我记着，把我惹急了，我就把你老子当政治犯抓起来，没收你家族的所有财产，把你送进戒毒所，滚吧！"

幽灵的气势把石井吓坏了，他碍于面子，走也不是，不走也不是。幽灵冷笑了一声，和重拳挤开人群扬长而去，而石井却咽不下这口气，看见幽灵和重拳走远了，他拿出手机拨通了一个号码，"喂，和美惠子交往的家伙是个秘密警察，他打算对你们川口家族不利……"

幽灵和重拳走远了之后，重拳轻呼了一口气，"好险，如果真动起手来，我们可能占不到什么便宜。"

"你怕他们？"幽灵笑了笑。

"哈，我是怕动起手来会把事情闹大，会影响到我们的行动。"重拳说道。

"这群混蛋杀了也不冤枉。"幽灵毫不在乎地说道。

"你是想杀了石井那小子吧？"重拳有些八卦地问道。

"没错！"幽灵很干脆地承认了，"这种人活在世上就是个祸害。"

"这种祸害多了，你针对他就是为了美惠子吧？"重拳直言揭穿。

"没错！我不希望美惠子嫁给他，但我也不能给咱们自己找麻烦！"说话间，二人已来到了会馆对面。

"前门还是后门？"幽灵问道。

重拳想了想，"前门，右翼。"

"好，那我负责后门和左翼！"说完之后两人分开。

幽灵上了对面的楼顶，从上往下观察会馆里面的动静。他发现后院是个幽深的庭院，不允许客人进入。夜晚警卫明显增多，但都没有拿武器。他们各个身体健壮，穿着得体的黑西装。夜深后楼里还是灯火通明，说明还有很多人在寻欢作乐。

没多久幽灵就发现对面楼上增加了几个观察哨，就在他感觉奇怪的时候，大批的警卫拥簇着一个人出现在他的视野里，这个人正是他们要干掉的握手组织的中间人。这家伙比照片上要老一些，只见他坐在楼顶的凉亭里和一个人喝酒，而那个人幽灵在火雨提供的武冈团的资料上见过，他是武冈团的第六代统领，现任会长松井日向。

看两个人推杯换盏的样子好像非常熟悉，两人一边喝酒一边大声地说笑着。因为幽灵的J国话不到家，无法通过口型读唇语，所以无法判断他们的谈话内容。

"重拳，目标出现，在天台。"幽灵将这个消息告诉重拳。

重拳回话道："看到了，早知道带步枪来，直接干掉他！"

"我通知山狼，叫狮鹫过来干掉他，希望来得及。"说完幽灵联系山狼。

"哦？"山狼显然有些吃惊，"确认是他吗？"

"没问题！从面部特征上看没有任何差别。"幽灵道。

山狼沉思了一下，"好吧，我和狮鹫马上赶到。"

结束通话之后，幽灵继续盯着对面天台。中间人和松井日向聊得很开心，翻译不停地给两人翻译着，重拳偶尔能从翻译口中读出一两句，内容大多是闲扯淡。他们谈论的除了毒品走私就是女人，还不时地大笑，样子很开心。

等山狼和狮鹫赶到的时候，中间人和松井日向已经开始往回走。狮鹫冲上来架好步枪的时候，中间人已经在众多保镖的拥簇下消失了。

"该死，就差一点儿。"山狼骂了一句。

"看来今天他命不该绝。"狮鹫收起枪，"好吧，我一直留在这里，只要他出现我就干掉他。"

山狼看了看表，"算了，从现在开始我们全都留在这儿。幽灵，去那边的旅馆订个房间，我们轮流休息。"

"那……是一家情人旅馆。"幽灵看了看那个方向。

"不是情人就不能住吗？"山狼瞪了他一眼。

"那倒不是，那好吧，我去办。"幽灵下楼。

四个人在一个晚上轮流值守，将会馆夜间防御情况基本摸清，不过为了保险起见他们需要进一步观察,以保证万无一失。当夜幽灵潜入监控系统做了手脚,他们顺利地获取了会馆内部的监控图像,这样他们就可以轻松地观察内部情况了,几乎整个会馆的所有关键部位都在他们的监控之下。

监视工作非常乏味,一天大多数时间盯着一个地方不动,虽然轮流休息,但也很无聊。无聊至极的幽灵给美惠子发短信,但迟迟没有回音,后来也就再没联系,既然人家不理会,自己再纠缠也没啥意思。

第二天下午,火雨意外地来找山狼,告诉他已和川口打好了招呼,在他们行动之前这边的人会撤走,并保证帮忙拖延警方,给他们争取时间。

这个川口也太过积极了,山狼有些不理解,后来经过火雨的解释他才明白,原来黑焰团想抓住这个机会打击武冈团的嚣张气焰。

"这算不算占我们的便宜?"重拳低声嘟囔道,"黑焰团不给点儿劳务费?"

"不给我们制造障碍就不错了,还想要钱?"火雨摇了摇头,"你们的身份我还没告诉川口,这个还是等任务之后再谈比较合适。"

"嗯,谨慎点儿没错,防止走漏消息。"山狼点了点头。

火雨又问:"你们这边还需要什么?我尽力提供。"

"如果有监听设备就好了,能知道他们在谈论什么。"山狼说道。

火雨思索了片刻说道:"我去想想办法,就算弄到可能也需要点儿时间。"

"尽量吧,用得上算,用不上拉倒。"山狼说道。

"好,我回去准备。"火雨说完就带着两名手下走了。这两个人是黑焰团分给他的保镖,很得力,平时一个站在门口,一个坐在车里,深知自己的身份和职责。

经过三天的缜密侦察,会馆内部的情况基本上已经摸清,遗憾的是这段时间里目标再没露面。从监控图像上看,这小子只是偶尔离开房间到会馆活动一下,每天大多数时间都在房间里,这种收敛低调的生活方式让他保住了一条性命,当然,也给山狼他们的行动添了不少麻烦,因为他们必须冒险攻入会馆才能干掉他。

山狼开始制订行动计划,做了几个方案之后大家开始讨论,从路线到行动细节,反复推敲,把各种可能发生的情况都进行了详细的分析。

"从后门进攻的好处就是可以避开正面的开阔环境,减少暴露的危险,但路线要比走前门长一倍，可能会给目标逃跑的机会。"幽灵一边擦枪一边说道。

"正面太直接了，我们可能刚动手就会有人报警，就算黑焰团能帮我们拖延时间也不保险，毕竟他们不是自己人，不可能完全信任。"重拳道。

"没错，信别人不如信自己，我们争取十分钟完成任务，然后撤离。"山狼观察着会馆的结构图说道。

"侧面进攻倒是可行，就是地形比较开阔，容易被楼上的敌人发现，中间地带不太适合隐蔽通过。"幽灵指着一片空白地区，"水塘处于中间位置，绕过去必须经过这片草地，而草地毫无遮拦，楼上敌人的观察哨正好对着这边，风险很大。"

"晚上行动会好一点儿，没发现敌人有夜视设备，只要行动之前断了电，他们就看不见了。"狮鹫顿一顿，"不过这种地方应该有备用电源，所以断电时间应该不会太长，最多不过三分钟就能恢复电力供应。"

"三分钟足够杀进去了，进入内部就好办了，杀他个措手不及，在他们反应过来之前完成任务，然后撤离。"山狼在地图上绘出三条线，代表行动的三个方案，"这样，狮鹫留在外面，守住正门，同时负责观察敌情，防止敌人逃走。重拳、幽灵和我从侧面进入，沿着树林转过水塘，穿过草丛进入楼内。期间狮鹫给我们提供敌人的情报信息，一路上保持静默，可以杀人，但不能暴露。我们进入楼内之后断电，沿外侧走廊向目标所在位置突进，沿途可能会遇到抵抗，只要威胁到任务进行的一律干掉，但不可伤及平民。进入目标房间之后我们有两分钟时间，我负责确认目标身份并干掉目标，幽灵负责阻击支援敌人，重拳收集情报。杀掉目标后从后门撤离，车停在这个位置，我们沿着主路离开。如果有追兵或者警察就沿备用路线前进，争取五分钟内脱离，半小时内回到火雨那里，明白吗？"

"明白。"几个人几乎异口同声。

"好。"山狼看了看表，"六小时后行动准时开始。"

凌晨三点，喧嚣了一夜的会馆渐渐陷入了宁静，虽然有些房间还亮着灯，但绝大多数人已经进入梦乡。

此时山狼、重拳和幽灵已经靠近了会馆的外墙，他们小心地避开监控

★ 22 中间人 ★

设备,来到了墙下。幽灵打开干扰设备屏蔽了墙上的感应器,三人顺利地越过了围墙进入院子内部。院子里有一片幽深的小树林,三人蹲在林子里等着巡逻哨经过。重拳看了看时间,发现这班警卫明显晚了几分钟。两名警卫慢慢悠悠地从远处走了过来,一边走一边闲谈,看来精神状态还不错,至少没有困意。

警卫经过之后三人再次起身保持三角队形向前推进,速度非常快,到达林子边缘的时候他们停了下来,等待狮鹫的信号。很快耳机里传来了狮鹫的声音:"顶层警卫在另一个方向,无需理会,三层警卫正对着你们的方向,稍等,他在抽烟。"等了足有两分钟狮鹫才说:"警卫已转身,迅速穿过开阔地。"

三人如一阵旋风沿着池塘的弧形边缘冲向了草坪,速度非常快。等他们接近楼底的时候狮鹫又报告道:"安全通过,继续前进。"

转过一排树墙,他们离侧门入口已经不远了。就在这时候,门突然开了,三人立即缩到树墙后面。两个浑身酒气的客人一步三摇地从里面出来,后面跟着服务生,手里端着酒具,这两个家伙好像要出来喝酒。山狼心里暗骂道:"不早不晚偏偏是在这个时候。"客人和服务生绕过池塘向树林走去,他们可能是直奔林子边上的凉亭去了。这两个家伙还真有兴致,已经是后半夜了还在喝。

"附近没人,安全!"狮鹫低声说道。

"切换监控图像到回放状态,我们要进去了。"山狼低声道。将监控图像切换到回放状态有一个好处,就是敌人看不到他们,不过他们也看不到敌人了。

"收到。"说完狮鹫在电脑上敲了几下,"监控已经处于回放状态,可以行动。"

重拳率先靠上去,轻轻推开门,里面灯火通明,走廊里一个人都没有。幽灵一缩身钻了进去,重拳和山狼也先后进入,三人的速度很快,按照预先设定的路线迅速推进。幽灵找到墙壁上的插座一刀捅了进去,电源直接短路,瞬间四周一片漆黑,三人拉下夜视仪继续前进,进入楼梯间沿楼梯向上。刚到二层,一名警卫突然从侧面钻了出来,这家伙出现得非常突然,几乎和重拳撞上，结果被重拳一枪托放倒，重拳将他丢到楼梯间的垃圾通道，三人继续向上。到了三层，遇到两名敌人，被幽灵直接爆头，尸体以同样的方式处理掉。在处理尸体时他们发现这些警卫身上都带着手枪，全都是P220手枪。这些人应该是专业保镖队伍，可能是目标的私人警卫，这些人相对来说有一定战斗经验，所以必须谨慎对待。

他们的原计划是进入主楼，从四层通过，穿过后面的一条通道之后进入目标所在的那片独立区域。但他们冲到四楼的时候，被一名从厕所里出来的警卫发现了。这个警卫发现楼道内有三个端长枪的人，吓得号叫一声缩回了厕所，然后拔出枪来对着外面就是一通狂射。

"该死！"山狼骂了一句，"干掉他！"

幽灵对着厕所墙壁扣动了扳机，数枚子弹轻松地穿透墙壁将里面的敌人干掉，但一切已经晚了，枪声和喊叫声惊动了敌人。山狼三人只能向目标所在区域猛冲，尽量在敌人做出有效反应之前冲进那片区域。

警卫的反应很快，枪响之后迅速向这边聚集过来。双方交手后，敌人死伤惨重，手枪和步枪的巨大差异在这种情况下完全显露出来，敌人不断呼叫着支援，枪声、惨叫声、呼喊声交织在一起，非常混乱。

直到他们冲到了目标所在的那片区域，才遇到了像样儿的抵抗。敌人的武器已经从手枪升级到了冲锋枪，基本上都是MP5，火力很密集。重拳和幽灵打着闪光弹快速向前推进，速度非常快。敌人吃亏在光线太暗，一时间手忙脚乱，二人大开杀戒，一路上到处都是敌人的尸体。敌人也是专业化队伍，并非是一群乌合之众，越往里推进难度越大。山狼看了看表，已经过去五分钟了，他们的时间不多，必须加快进度。

"幽灵，注意左翼，挡住敌人的援兵！重拳，加快推进速度，我们的时间不充裕。"山狼一边射击一边喊道。

"小菜一碟。"重拳又丢了一枚闪光弹过去，避开闪光之后提枪向前猛冲。突然空中白光一闪，他下意识地一侧头，横过步枪架在头顶，只听见"喀"的一声脆响，跟着手臂一沉，一股巨大的冲击力将他整个人重重地砸倒在地。直到这时，他才看清是一把忍者刀劈在了步枪上。刀非常锋利，扳机护圈和扳机瞬间被削断，刀锋几乎是贴着他的食指划过，卡在了G36C

的握把上。

"忍者！"重拳几乎是在倒地的瞬间反应了过来。他举着步枪向一侧猛推，同时膝盖上顶，将忍者掀出去，脚在墙壁上一蹬迅速离开原地。几乎同时，忍者的第二刀到了，"啷"的一声砍在了地面上，撞出一片火花。重拳甩手将步枪丢出去砸向忍者，伸手去拔手枪。忍者一个纵跃，避开重拳丢过去的步枪不退反进，闪着寒光的忍者刀再次斩向重拳。此时重拳的手枪还没拔出来，忍者刀就到了，一下斩在了重拳的肚子上。但忍者却发现情况不对，刀子只砍破了衣服，没有伤到重拳的皮肉。就在他愣神的一瞬间，重拳的手枪响了，HK45巨大的枪声中，忍者的天灵盖被掀飞，鲜血和脑浆喷得满墙都是。

重拳一滚身从地上站起来轻蔑地说道："你不知道有种东西叫防弹衣吗？"

"快点儿！时间不多了！"山狼已经冲了上来，见重拳停在原地不由得大怒。

"遇到了忍者！"G36已经不能用了，重拳只能靠手枪向前突击。

"让开！"山狼端着M4A1一边扫射一边向前推进，敌人瞬间被压制。

重拳提着手枪跟在后面给山狼提供防御，重点注意右翼和头顶。没走多远果然发现有忍者隐藏在上面，他连续两个点射，忍者就如同麻袋一样从上面掉落下来砸在地上。山狼吓了一跳，这才发现原来头顶还有人藏着。

"这才是第二个，小心。"重拳的话音刚落，数枚忍者镖飞过来打在山狼的胸口，撞得他一趔趄。山狼暴怒，扫出的子弹追着跳跃的忍者过去，将其打成筛子。

山狼的火力让敌人吃尽了苦头。越过一具尸体的时候，重拳捡起了敌人的MP5和弹药，他的火力这才算有所恢复。他和山狼一起交替掩护推进，效果不错，但还是被敌人卡在最后一道防线上。幽灵那边的阻击任务已经完成，敌人的援兵被他打散，短时间内无法对他们形成有效威胁。

"攻不过去！"重拳蹲在一边换弹夹说道。

"想办法，还有闪光弹吗？"山狼持续扫射。

"还有两枚，但前面地势不适合，效果不会太好。"重拳观察了一下环境。

"那就玩儿点儿大的！"幽灵从后面跑上来，手里提了个东西，"掩护我！"

"哪儿搞来的？小心被流弹击中。"重拳被吓了一跳，原来幽灵手里提着一只小型煤气罐，这玩意儿体积不大，但爆炸威力的确不小，万一被流弹击中幽灵必死无疑，这个疯子发起疯来的确让人无语。

"从厨房找来的，先给个闪光弹，要空爆的。"幽灵躲在暗处喊道。

"你怎么又开始发疯！"说话间重拳已经拉开了闪光弹的保险环，他稍作延迟之后扬手丢了出去。闪光弹凌空炸开，敌人的火力瞬间一停，幽灵抓住机会猛地一挥手臂把小煤气罐丢了出去，然后迅速缩身藏好。只听"咕咚"一声闷响，煤气罐砸在地面上，没炸。

山狼骂了一句娘，抬手补了一枪。子弹正中煤气罐，"轰"的一声巨响，前方突然一亮，一个巨大的火球一闪即逝。无数的碎片扑向四面八方，就近的墙壁直接被炸塌了。也不知道伤了几名敌人，不过有两名忍者却从屋顶上掉了下来，这算是意外收获。

防线被彻底攻破，敌人缩入内部顽抗，借助地形优势对三人进行阻击。重拳又收集了几个弹夹，从一侧的窗户爬进隔壁将里面隐藏的敌人打死。还没等他冲出房间就又遇到了忍者，还是两名。这次重拳可没有再给他们机会，迅速回退，然后一通乱扫，直接将其打死。他冲出房间，正和山狼相遇，敌人大约还有十个在顽抗，凭借人数优势控制着目标区域周围的房间。

"幽灵，从上一层过去找到目标，别让他跑了！"山狼被敌人扫过来的子弹打得抬不起头来。

"只有 MP5 的战斗能打得这么激烈还是第一次见到。"重拳从屋里摸出一瓶杀虫剂丢过去然后举枪凌空打爆，将藏在拐角处的一名敌人炸得满脸开花。他得意地说道："没手雷一样玩儿爆炸！"

"已经过去八分钟了，再不解决战斗就算警察不来，武冈团的援兵也该赶到了，动作快点儿。"山狼突然举枪对着屋顶就是一个点射，一名忍者从上面掉下来。

"怎么到处都是！拿着把破刀就上来拼命。"重拳一边向前推进一边骂道。

"我已经遭受一次偷袭了。"山狼指了指后背，衣服上有一条自肩膀而下的大口子，如果不是他躲得及时脑袋就没了。

"该死！"重拳骂了一句，"千万注意头顶，这些畜生藏在暗处很容易

22 中间人

被忽略。"

两人一路冲杀,终于将敌人的防御击溃。踹开最后一道门的时候发现幽灵已经在里面,他正拖着一个人从卧室里走出来,那人的腿已经被他打断,不停地哀号着,此人正是中间人。

"嗨,小子!"山狼和那家伙打招呼,"告诉我,你到底是谁!"

"杀……杀了我吧!"中间人双手撑着地咬着牙说道,不知道是因为紧张还是伤痛的原因,这家伙满脸汗水。

"哈,还是个硬汉!"重拳上去一脚踩在他腿部的伤口上。

那家伙发出一声令人毛骨悚然的惨叫声,直接昏死了过去。

"收集资料,我们只有不到两分钟的时间了,动作快点儿。"山狼一边拿起桌上的酒倒在中间人的伤口上一边说道。

中间人从昏迷中醒了过来。

山狼蹲下,"要不要再来一次?"

"哼!"中间人哼了一声,山狼更加干脆,一脚踹在了他的胳膊上,"嘎"一声,手臂折断,臂骨直接断裂,从肉里扎了出来。就是这个家伙成立的握手组织将黑血搞得死伤惨重,那么多兄弟死在了这场阴谋之中,他们早已对其恨之入骨。中间人再次昏厥,又再次被山狼弄醒,惊恐地看着山狼,已经彻底崩溃了。

"说!"山狼又抬了一下脚。

中间人吓得一哆嗦,"我说!我说!我不清楚你们要什么,但我可以告诉你们,我只是个小人物,我受雇于人……"

山狼脑袋"嗡"地一下,他仿佛想到了什么,"你到底是谁?这到底是怎么回事?"

"我是被人雇来的,我叫斯通纳德,是个商人,因为投资失利破产而欠下巨债。雇主给了我一大笔钱还债,让我运作一个计划,联络几个强者对付你们。我始终不清楚他们为什么要对付你们,但目的是把你们全都弄死……"

听了斯通纳德的一番讲述,山狼这才明白,虽然他参与了整个握手组织的组建工作,但也只是一个被控制的傀儡罢了。山狼觉得有些匪夷所思,他不是替身,他是联络各方的中间人,但却只是个执行者,被背后的势力暗中操纵,"那你的雇主是谁?怎么找到他?"

"我对他完全不了解,他脸上有一道疤痕,在左眼上方,听口音是个 E 国人,在需要的时候他会找我,我无法联系上他……"

"山狼,我们该走了,武冈团的人到了!"耳机里狮鹫说道。

"你在这里的目的是什么?"山狼继续问,他要搞清楚一些东西。

"分散你们的兵力,然后对你们的城堡基地和队长本·艾伦下手。最近他们消息不是很灵通,无法把握你们的去向,无法弄清你们到底在哪里,所以不敢有太大的动作。整个计划是一个月之前制订的,他们要彻底分散你们的兵力,所以……你们上当了,在你们动手的时候他们那边就已经得到了消息,你们的城堡和队长恐怕已经保不住了,另外……"斯通纳德咳嗽了两声,又喘了口粗气继续缓缓地说道:"很抱歉,你们走不了,我是在拖延时间……哈哈哈……"

23　喋血街头

　　这又是一个阴谋，敌人用一个傀儡将他们诱到数千公里之外的 J 国，就是为了分散他们的兵力，然后给黑血总部致命一击。本·艾伦和绅士势单力薄，基地城堡除了十几个新人之外只有信使这个半文职以及响雷和机械师两个老人，虽然不至于没有抵抗能力，但战斗力并不强，一旦敌人大规模进攻他们根本坚持不住。

　　在斯通纳德的疯狂笑声中，山狼感觉一阵眩晕，原本以为跳出了敌人的阴谋，可现在才发现，他们仍然陷于阴谋之中。

　　"山狼，武冈团的援兵到了，快撤！"耳机里狮鹫焦急地催促声仿佛在九天之外。

　　"山狼！"重拳用力地晃着山狼的肩膀，"山狼，赶紧走吧！"

　　山狼长叹一声，"走。"

　　"起来！"幽灵将斯通纳德提起来摁在墙上，右手提着忍者刀一下划开他的颈动脉，然后准确地穿过他的腋窝将他钉在墙上。这家伙不会立即死，但绝对活不了。

　　"走。"山狼从刚才的震惊中清醒过来，带着二人向后门方向冲去。

　　"狮鹫，联系队长，告诉他们这个阴谋。敌人要分散我们的兵力，准备对总部和他下手。"山狼一边跑一边说。

　　"收到，我在后门等你们！"狮鹫声音沉静，尽管发生了这么大的事情，但丝毫不显慌乱，这就是狮鹫，没有什么事情能让他失去理智。

　　"给他们来点儿爽的！"幽灵掏出一个自制的遥控器。

　　"什么东西？"山狼一边跑一边问。

"我在厨房的煤气上做了手脚，这就是个遥控炸弹！"说着他摁下了遥控器。他们立刻感到脚下一晃，然后是一声巨响，靠近庭院一侧的会馆楼体直接被炸开，形成了一个足有二层楼高的巨大缺口，几乎所有的窗户玻璃都被震碎了。

一路上还有敌人拦阻，但和之前的抵抗相比已经算不得什么了。三人一路冲杀直奔后门出了会所，门外躺着数具尸体，狮鹫正提着枪站在一边的暗处和赶来的武冈团成员对射。敌人的武器以手枪为主，他们被狮鹫的 AUG 突击步枪压着打，根本靠不上来。

"走！走！走！"山狼一边射击一边招呼狮鹫，幽灵跳上了驾驶位，重拳直接从开着的窗户钻了进去，举枪对着敌人的方向开始扫射，狮鹫和山狼也先后上车。幽灵猛踩油门，轮胎在地上擦出黑烟之后扬长而去，武冈团的人员叫骂着跳上车紧追不舍。

幽灵开着车冲上主路，加大油门开始狂奔。此时密集的警笛声已经从远处传来，警察快到了。后面的几辆黑色轿车紧跟其后追了上来，不时有黑帮分子钻出车窗向他们射击，子弹不断打在本田车的尾部。

"这车不防弹！"重拳调转枪口对着后车窗扫过去一排子弹，玻璃瞬间出现了一排弹孔，他挥动枪托将玻璃打碎，然后对着后面的车辆开始扫射。打头的黑色轿车风挡玻璃被打穿，司机头部中弹，车辆失控直接冲进了路边的店铺，但敌人的车辆太多了，又陆续跟上来了十几辆。

"捅马蜂窝了！武冈团怎么来了这么多人？"重拳大骂。

"狮鹫，联系上队长没有？"山狼现在最担心的不是后面庞大的黑帮车队，而是本·艾伦那边的情况。

"电话没人接，和信使也联系不上，可能已经出事儿了！"狮鹫很担忧地说。

"王八蛋！"山狼一拳砸在储物柜上，储物柜被砸得稀烂。

"先冷静，我们和他们隔着半个地球，着急也不解决问题，先甩掉后面的敌人再说！"狮鹫和重拳一起开始对后面的敌人进行扫射，而敌人也不是吃素的，几辆车上的人同时向他们开火。虽然是手枪，但人数众多，弹雨依然密集，子弹不断打在本田车上，甚至有子弹从后车窗飞进来，又从

23 喋血街头

幽灵耳边飞过,在风挡玻璃上留下弹孔。

"搞定他们!"幽灵被吓了一跳。

"哪儿那么容易!"重拳开着枪说道。没多久他的 MP5 的子弹就打光了。

"枪!"重拳对着副驾驶位上的山狼大喊,"把你的枪给我!"

山狼将自己的 M4A1 递过去,"还有一个备用弹鼓,省着点儿用!"

"去死吧!"重拳大声咆哮着扣动了扳机。

时间已快到凌晨三点半了,街头闹得这么凶,原本早该出现的警察不知为什么迟迟没露面。

幽灵驾驶着本田车飞速行驶,时速已达 160 公里,但就是这个速度也没有把后面的车队甩掉,车距最远的时候也不过几百米。重拳和狮鹫一次又一次地逼退追上来的车队,然而两人的弹药已经所剩无几,幽灵的 HK416 还有不到 100 发弹药,用不了多久他们就会失去这种火力优势。

就在本田车高速行驶的时候,侧面突然冲出来一辆黑色轿车直接撞在了本田车的侧面。本田车失控,在公路上连转了三四圈儿才停下来,幸亏车体宽大,车身较重,否则早就翻了。山狼的头破了,一条从眉弓延伸到额头的大口子不停地流血,人已陷入半昏迷状态。重拳直接被撞晕了过去,他的头将车窗撞碎,满头是血。狮鹫也撞伤了头晕了过去。幽灵最惨,因为是右舵车辆,撞击位置就在他的前面,他的右腿被变形的车辆夹住,怎么也抽不出来,额角撞出一条三厘米长的口子,胸腔撞在方向盘上,肋骨受到损伤,但他神志依然清醒。

幽灵喷了一口血,内脏受伤不轻,头部剧烈的眩晕感让他视野一阵模糊。他转过头看着撞击他们的车辆,车上的人已经开始下车,显然对方撞得也挺重,走路都开始打晃了。他们的手里都提着手枪,幽灵瞬间明白过来,他们是武冈团的人,这次车祸是他们故意制造的。

幽灵动了一下右腿,发现虽然腿被夹住,但脚还踩在油门上。他动了一下脚掌试着踩了一下,发现脚还能动,于是立即挂挡、踩油门。本田车轰鸣一声居然又动了起来,幸好动力系统还能正常工作,车子再次启动向前冲去。他完全是在凭意志驾驶,此时他的视野里是一片血红,什么都是双影的、模糊的。

几个黑帮分子显然没想到这么剧烈的撞击后，他们居然还能把车开走，立即晃悠着举起手枪连续扣动扳机。子弹追着本田车打过去，将已经残缺不全的车窗打得粉碎，一枚子弹几乎是贴着幽灵的脑门飞过去的，但此时的他已经感觉不到任何的疼痛，完全凭借着本能开着车子再次冲了出去。

"山狼，醒醒！山狼！"幽灵一边开车一边大喊。

山狼并没有真正晕过去，只是在剧烈的撞击之后陷入了一种思维停止的半昏迷状态，对一些刺激已经没有了什么反应。幽灵拔出山狼怀里的手枪开了一枪，但山狼还是没有反应，无奈之下他只能将滚烫的枪口摁在了山狼的手上，这效果不错，山狼一个机灵清醒了过来。

"啊！"山狼一抖手，抬头看向前方，血已经流进了他的眼睛，看到的东西都是一片血红色，"小心！"山狼大叫。

幽灵转过头，发现离前面的车不远了，他立刻控制本田车绕开前车超了过去。

"重拳！狮鹫！"山狼转回头呼叫着，发现二人已经陷入昏迷，敌人的车队离他们已经不足五十米了。

无奈之下山狼只好夺过幽灵手里的枪反手向后面射击。"嘭嘭……"巨大的枪声在车里回荡，巨大的声响中狮鹫醒了过来，他反应了一下，立即端起了AUG突击步枪向后面的敌人车辆开始扫射。

"重拳，醒醒！重拳！"山狼焦急地呼喊着。重拳满头鲜血，根本看不出他到底受了多重的伤。

"没子弹了！"狮鹫抓起幽灵的HK416继续射击，"这样下去不是办法，子弹没了就麻烦了！"

"幽灵，能不能甩掉他们……"山狼问道，可话刚说了一半，他就发现幽灵的状态有点不对。只见幽灵的脸上全是血，眼睛几乎被糊上了，眼神也有些呆滞，"你怎么样？"

"还……还好。"幽灵擦了一把流进眼睛的鲜血，"见鬼，什么都是红的。"

"换地方，让我开！"山狼准备和幽灵交换位置。

"不行，我的右腿被卡住了，根本动不了！"幽灵又吐了一口血，"但还能开车，只要车不熄火我就有办法摆脱追兵。"

"见鬼！"山狼骂了一句，"腿断没？"

"没有！"幽灵晃了晃头，努力让自己清醒过来。

此时，他们的处境太困难了，再激烈的战斗都没能把他们打垮，但这次敌人制造的车祸却差点要了他们所有人的命。短短十几分钟的车程，他们已经陷入绝境。现在他们几乎和这辆车捆绑在了一起，后面的敌人打不过也甩不掉，在弹药耗尽的情况下他们已经无力再和敌人发生正面冲突。重拳昏迷不醒，幽灵被车辆困住，他们在瞬间失去了百分之五十的战斗力。现在他们的步枪还有少得可怜的百十发弹药，后面的追兵却越聚越多，浩浩荡荡的车队足有二十几辆，可以说已经落到了打不过也逃不掉的地步。

幽灵开始往小马路里钻，这种地方不适合大规模车队行进。他不断撞翻垃圾桶，给后面的敌人车辆制造障碍，但对于地形的熟悉程度，他们根本无法和这些土生土长的黑帮分子相比，就是钻进胡同敌人的车辆也很快就能从别的地方绕过来对他们进行围追堵截。

在剧烈的颠簸与撞击中重拳终于醒了过来，他开口的第一句话真让大家无语了，"遇到台风吗？这船怎么这么颠簸？"不过他总算是醒了过来，至少没有生命危险，这让山狼欣慰了很多。

"重拳，你是不是被撞傻了？"山狼翻出身上所有的东西，但发现没一个能在这种情况下用得上的。

重拳抹了一把脸上的血总算是清醒了过来，"幽灵，往胡同里没有灯的地方开。"

"你有什么计划？"幽灵不断地用手抹着流进眼睛里的鲜血。

"我记得还有闪光弹。"山狼开始在身上乱摸起来。

"懂了。"幽灵立即明白了他的意思，猛打转向轮钻进了一条小巷，"我要提醒你们尽快想办法，我的右腿已经没什么知觉了，快无法操纵了。"他的右腿已经完全麻木了，现在他只能看着时速表来判断自己的脚是否还在用力踩着油门。

"该死！保持速度！"山狼骂了一句开始在车上寻找任何可用的东西，偌大个车上几乎没什么东西能用得上。

后面的敌人很快跟了进来，这条小路只能勉强容纳两辆车并行。天很黑，幽灵却不开车灯，保持着一百多公里的时速向前猛冲，这完全是不要命的驾驶方式。

"注意，闪光弹！"重拳猛地将闪光弹投了出去。

闪光弹凌空爆炸，刺眼的闪光如同在空中突然炸开了一道闪电，瞬间将小巷照得雪亮。后面的敌人显然没有心理准备，车辆瞬间失控，四五辆车连续撞在一起，撞击的巨响此起彼伏。打头的车撞上墙壁后又被后面的车再次撞出去，然后又被顶着向前冲出十几米，翻了几个筋斗后横在了小巷里，整条小巷彻底被堵死。

"哈哈……干得好！"幽灵大笑。在这种车速下他居然还有心情观察后面的连环车祸，真是个疯子。

但是他们高兴得太早了，刚出小巷他们就发现更多的敌人车辆已经绕了过来，正从远处向这边猛冲。

"阴魂不散！"重拳抓起山狼的M4A1对着那个方向就是一个点射，子弹呼啸着将一辆黑色轿车的反光镜打得粉碎，车辆直接撞在路灯杆上。路灯杆哪里禁得住如此剧烈的撞击，晃了几晃之后直接倾倒，将一家店铺的玻璃橱窗砸得粉碎。

就在重拳高兴的时候，手里的突击步枪突然"咔"的一声哑了，子弹打光了！

"该死，偏偏在这个时候没子弹！"重拳气得大骂。

"狮鹫，给他们制造点儿烟雾。"山狼翻出一个小型灭火器，"我丢出去，你把这玩意儿打爆。"

"等他们靠近一点儿！"狮鹫观察了一下距离，"幽灵，减速，让他们上来。"

"你疯了？现在减速！"虽然嘴上这么说，幽灵还是开始减速。他的右脚已经无法再踩刹车了，只能用左脚连续点了几下刹车。

敌人的车辆几乎是瞬间就追了上来。

"扔！"狮鹫大喊，山狼早已准备好，狮鹫的话音刚落他就出手了，灭火器在空中画了一条弧线直接扑向敌人的车队。

狮鹫抬手就是一个点射，因为是在高速行驶之中，无法保持稳定性，所以他也无法精确射击，但是对于狮鹫这种绝顶高手，这么大的目标还是十拿九稳。

"嘭……"火火器突然在空中炸开，一团巨大的白色烟雾将敌人的前面几辆车全都包裹起来，但几乎是瞬间敌人的车辆就冲出了雾团，挡风玻璃上已经被白色的干粉完全遮盖。高速行驶中瞬间失去视野的司机下意识地踩住刹车或者向一侧打方向盘。后面的车辆也来不及做出有效反应，又是一阵剧烈的撞击，车辆翻滚，汽车零件漫天飞舞。

"哈哈，奇效啊！"重拳没想到效果会这么好。

"可惜我们只有这一个灭火器。"山狼苦笑。

"这只能延缓一下他们的速度，根本就甩不掉他们，再想办法。"幽灵又将速度提起来。

山狼看了一眼已经被撞裂屏幕的导航仪，"对这个城市的了解，我们远远比不上他们。"

"那也不能坐以待毙！"狮鹫换上最后一个弹夹，"这个打完了我们只能用手枪和他们对射了。"

重拳在身上摸了摸，除了两把手枪和一把刀之外还真没有其他东西了。

"指望甩掉他们是不可能了！"幽灵掐了一把自己的右腿，居然一点感觉都没有。他试了试用左脚踩油门，还行，至少能把车开走，只是麻木的右脚有些碍事。

"你们下车吧，我引开他们。"幽灵突然说道。

"扯淡！要走一起走！"重拳骂了一句，"你以为我们会丢下你吗？"

"我走不了！"幽灵无奈地说道。

"放屁！"重拳醒得晚，他不知道幽灵的腿已经被变形的车体卡住，等山狼说了情况之后他才发现事情有多严重。

"别废话了！在他们追上来之前你们赶紧走，我设法甩掉他们之后再脱身！这样至少能保住你们三人，别忘了队长正在危险之中，他们需要帮助！就算我死了，起码还有你们几个给我报仇！"幽灵咆哮起来。

"放屁！"重拳大怒，"我不可能丢下你，要么一起走，要么一起留下想办法！"

"子弹都要打光了，还想什么办法？"幽灵大怒。他将车拐了个弯，将车速减慢，"你们快下去，趁着他们看不见，难道要我死给你们看吗？"说话间他的右手一翻，军刀已经握在手里抵住了自己的心口。

"下车！"山狼终于下了决定。他看得出，幽灵是抱着必死的决心给他们争取活下去的机会。

说完山狼拉开车门直接跳了下去，虽然车速不快，但也有四五十公里的时速，他在地上滚了老远才停下。重拳还在犹豫，结果被狮鹫拉着从车上跳了下去。

"保重兄弟们。"幽灵丢下一句话然后打方向轮，车辆转头向另一个方向驶去。

他刚转过去，敌人的车队就出现在路口，直接跟着他开的方向冲了过去，根本没注意到站在暗处的三个人。

"幽灵。"山狼低声念着幽灵的名字。

"就这么走了？"重拳还有点反应不过来。

"放心，幽灵是打不死的，每次任务中他消失后都能安然无恙地回来。"狮鹫安慰二人。

"那是在没有受伤的情况下，这次……"重拳说不下去了。

"我们除了为他祈祷之外，还应该再做点儿什么。重拳，去找辆车来，我们跟过去，再想想办法，我可不想让他做孤胆英雄。"说着山狼取出手机，他要报警。二人立即明白了他的意思，现在的情况下就算警察把幽灵抓住也比落在黑帮手里强，在警察手里至少在短时间内不会有生命危险。

重拳立即去找车，过了一会儿山狼放下手机，"警察早就出来了，各区域的警察都在向事发地点会合，但他们无法预判车辆的行动路线，所以很被动。现在他们正根据车队的行进方向进行设卡拦截，希望警方介入之后能缓解幽灵的压力。"

"那我们该怎么办？"狮鹫问。

"跟上去，观察情况，伺机而动。"山狼看着黑帮车队消失的方向，"他们人太多了，正面冲突我们可能不是对手，但搞偷袭我们才是行家。"

正说着重拳开了一辆黑色尼桑车过来，"上车！上车！"

"我们这形象太扎眼了。"狮鹫和山狼上车。

山狼对着后视镜照了照,发现自己满脸是血,重拳更甚,几乎看不出本来面目。

"管不了那么多了,重拳,跟上去,注意敌人动向。"山狼取出手机给本·艾伦打电话,无人接听,他给绅士打,无应答,无奈之下他又拨了信使的手机,无法接通,一夜间几乎所有人都失去了联系。

山狼沉默,重拳默默地开着车追赶武冈团的车队,但很快他们就失去了追踪的目标,公路上根本就没留下任何痕迹。

"我们该怎么办?"重拳闷声问道。

山狼闭着眼睛想了想,"狮鹫,把你的电脑给我。"

狮鹫将自己的随身电脑递给山狼,山狼把手机和电脑接在一起,"我们所有人的手机都有定位功能,可以根据设备编码观察彼此的位置,我们几个手机的编码是相连号段……"他摆弄了一阵终于找到了幽灵的位置,"他在向荒川区前进,走!"说完他将地图放在仪表台上,"动作快点!"

重拳扫了一眼地图,脚下猛踩油门,车子直接冲了出去,速度快得如离弦之箭。幽灵是个疯子,车速几乎一直都保持在150公里以上,所以想追上他几乎是不可能的。重拳只能不断抄近路,但幽灵开车完全没有目标,只是到处乱转,目的就是想把敌人甩掉,所以很多时候抄近路也不一定能选对方向。大约十五分钟之后他们赶到了隅田川河边,他们离幽灵大约还有不到三公里。重拳把车开得飞快,他非常担心幽灵的状况。

两分钟后他们终于接近了幽灵,但却发现幽灵已经到了河对岸。只见大批的武冈团车辆正从四面八方聚过去,看得出他们已经分兵多路对幽灵进行围追堵截。幽灵的车子几乎已经变成了马蜂窝,上面密密麻麻的全都是弹孔。山狼他们看得真切,但却丝毫帮不上忙。狮鹫立即举起枪对准对岸的敌人连续开了几枪,只击中了一辆车,岸边茂盛的樱花遮挡了他的视线。

就在这时,幽灵的车已经被围堵在了中间。幽灵连续撞翻了几辆车之后终于被困住,十几辆车将他围在中间,接着他们看到了惊人的一幕,只见幽灵的车顶住一辆车冲向了河边的护栏,一声巨响中护栏被撞开,幽灵的车直接翻进了水里。

幽灵用生命为代价引来了敌人的车队，给山狼他们争取了足够的时间，但他自己却没能摆脱敌人的追击。三个人眼睁睁地看着幽灵将车开进河里。他们想到过幽灵可能因为无法离开而被撞死，或者被敌人打死，再或者被敌人俘虏，但他们从没想到会出现这种情况。反应了一秒钟，重拳突然冲下车越过护栏一头扎进了河里，后面的山狼和狮鹫连阻拦的机会都没有。

对面岸边的敌人纷纷下车冲向河边，一阵喧嚣中也有六七个人跳下河，但瞬间就被湍急的河流冲出去二十多米，水流太急了。

山狼抓着栏杆的手青筋暴起，他知道幽灵完了。在被车子卡住一条腿的情况下，幽灵是无法脱身的，只能跟着车子沉向水底，在平均深度三十米，水流湍急的河里根本没有生还的可能。

随着时间的推移，武冈团的成员开始撤离。呼啸的警笛声已经传来，除了河里的几个武冈团的人爬上来之外，再没有一个人浮出水面。

几分钟后，大批警察赶到。警察封锁了现场，山狼和狮鹫上车，默默地向下游驶去，在这种湍急的河流中重拳是不可能从原地上岸的。

半小时后重拳从两公里外爬上岸，呆滞地坐在河边一声不响。他和幽灵的关系非同一般，所以他才会在B市将幽灵当成内奸的时候对其恨之入骨。如果用"爱之深，恨之切"来形容他们的关系虽然不太恰当，但也能表达出他们之间的兄弟情。

山狼坐在重拳身边看着河面一言不发，狮鹫站在不远处观察着附近的情况。

"我不相信他会死。"重拳轻声说道，"幽灵从来都能给我们带来奇迹，我相信这次也一样。"

"我们应该面对现实。"山狼掏出烟递给他，"没有人希望他死掉，但今天和以前不同，他被卡在车里，根本没有逃生的机会。"

重拳把烟接在手里，眼睛一直盯着河面，"在水底我连车都没找到。"

"水流太急，水下情况不明，这很正常。"山狼帮他点上烟，"我也不相信他就这么死了，和做梦一样。"山狼努力压制着自己的情绪，现在本·艾伦失去联系，基地情况不明，另一组人马完全没了消息，内奸还没有查明，再加上幽灵的死，这一晚上发生了太多的事情，他已经没有精力震惊或者愤怒，现在他要做的就是考虑下一步该怎么办！

"他是为了我们。"重拳狠吸了一口烟，"我要报仇！"

"先回去吧，我们还有一摊事儿要做。"山狼拍了拍他的肩膀，起身先回车上了。

天已经露出了鱼腹白，新的一天即将开始，过去的一个夜晚给他们带来了太多难以承受的东西。重拳盯着河面一言不发，直到香烟烧手才反应过来。他站起身又看了一眼幽灵坠河的方向，只见河水依旧湍急。

重拳上车，三人一言不发，狮鹫把车发动起来往回开。

"听听新闻。"山狼低声说道。

狮鹫打开收音机，里面正在播报昨晚发生的事情。暴力团火拼造成连环车祸，殃及会馆客人，帮会成员死伤惨重，袭击者落水生死不明……

"全是屁话！"山狼骂了一句。原本他打算听听警方是否在河里打捞上来什么东西，看看有没有幽灵的消息，可新闻里只是报道了伤亡情况和财产损失情况，对于落水者只是简单提了一下。

"把脸上的血迹擦掉。"狮鹫提醒山狼。

山狼这才想起自己的脸上还挂满了干涸的血迹。伤口早已凝固了，但流出来的血水却沾得到处都是，要是被警察看到肯定会有麻烦。

山狼在车上翻出一瓶水，把血迹弄干净。重拳情况要好得多，他刚才在河里泡了很长时间，脸上的血迹早就冲洗干净了。

三人回到火雨的店里，火雨正急得不行，见他们回来总算松了一口气。

"终于回来了，你们闹得动静太大了。"火雨向后看了看，"幽灵……掉进水里的不会是他吧？"看几个人的脸色，他就预感到情况有些不妙。

山狼点了点头，一屁股坐在沙发上，"你和兽人有没有单独谈话的联系方式？"

"干什么？"火雨并没有正面回答他的问题。

"他们那边可能出事了，这里的一切只是个陷阱，目的就是分散我们的兵力，然后对基地那边下手。"山狼无力地说道。

"有这种事？"火雨皱了皱眉，"我知道了，我去试试能不能联系上兽人。"

山狼掏出手机继续拨打兽人、绅士和信使的电话，但始终都联系不上，听着手机里的嘟嘟声，他靠在沙发上一言不发。

狮鹫问："下一步该怎么办？"

"等等火雨的消息，然后我们返回总部，到那边看看情况再说，希望大家都还好。"山狼说道

"是否可以先联系马丁，如果队长他们遇到什么危险，我们也可以让他们帮忙。"狮鹫建议道。

"我根本就没有马丁的联系方式。"山狼叹气，"想办法联系其他人，赌徒那一组，还有玫瑰，包括玛丽和平子，他们离那边更近，了解的情况可能更多一些。重拳，联系你的马子，看看她有没有事。"

重拳没有用自己的电话，而是在火雨那边找了一部普通手机拨通了一个号码，听了一阵儿挂了，然后又拨通了一个号码，听了一阵也挂了，"我已经无法直接和她联系了，她的手机处于关机状态，我尝试用备用联系方式，如果她没事会给我回电话。"

很快火雨返回，带着一脸的担忧之色，"我也无法联系上他们，你们没有紧急联络方式吗？"

"最近黑血发生了太多的事情，出现了几次严重的泄密事件，队长已经取消了所有的明线和暗线联络方式，几乎所有人只和他一个人保持单线联络。如果我们现在身在F国可能会有办法找到他们，但现在我们是在几千公里之外的J国，所以我们没有其他办法。"山狼无奈地摇了摇头，"事情发展得让人无法接受，原本以为已经跳出了敌人的圈子，正在逐步对敌人展开报复，可现在看来，我们还在那个阴谋之中，一直被敌人耍，真见鬼！"

"年轻人，遇事要冷静。"火雨坐下，"下一步你打算怎么办？"

"回F国，帮我订机票，我要回去把事情查个水落石出。"山狼仰在沙发上道。

"好，我这就叫人去办。"火雨立即叫人去订机票。

半小时后重拳的电话响了，他立即接起，"是玛丽！"

"你们那边情况怎么样？"两人几乎同时开口，然后又同时回答，"我很好。"

重拳开了免提,将电话放在桌上,"山狼、狮鹫都在,你们那边到底发生了什么?"

"昨天晚上我们遭遇了大规模袭击,总部已经被不明身份的武装分子占领,我们死伤惨重。混乱中我们从地下暗河逃出来,幸亏速度够快,差一点儿被偷袭的敌人堵在河道里。现在我这边只有平子和响雷,信使和机械师下落不明,城堡里的队长和绅士都联系不上。"

"山狼,我是响雷,情况很糟糕!敌人突然出现,他们非常了解城堡的结构,不知道用什么方法轻易避开了我们的防御设施,在我们没发觉的时候他们潜入了城堡。敌人人数大约在三十人上下,全都是老手,很难对付。还有,你们要做好心理准备,队长他们可能已经遭遇了不测。"响雷顿了顿,"你们要注意,回来的时候不能坐飞机入境,你们的位置很可能已经被背后势力察觉了,所以要想其他办法。千万注意安全,我们可用的力量已经不多了,你们不能再出事了。"

山狼道:"我知道了,你们藏好,我们尽快返回。设法联系赌徒那一组人马,也让他们立即返回,我们见面再说。另外联系马丁,让他们想办法找到队长,这可能是我们现在能借助的唯一外部力量了。还有,玛丽和平子,你们联系玫瑰,我们需要援兵。"

"已经联系过了,但马丁那边没有应答,不知道出了什么事情。"响雷答道。

"见鬼!"山狼骂了一句,"情况居然变得这么糟糕!好了我知道了,你们注意安全,现在外界情况不明,不要轻易外出,我们会尽快返回。"

这时候火雨急急忙忙地从外面跑了进来,"你们快走,警察就要到了!"

"警察?"众人颇感意外。

"刚才接到黑焰团的内部消息,警方正赶过来,你们先离开这里。据内线分析,应该是武冈团的人做的手脚,不知道他们是怎么查到你们的行踪的,但又不敢深入黑焰团地盘闹事,所以将这个消息透露给了警方。这下麻烦不小,武冈团和黑焰团可能有一场大规模的火拼。"

"活见鬼!怎么又走漏了消息!"重拳大骂,"给我们点儿弹药,我们手枪的子弹都快打光了。"

火雨立即打开暗格,"快!动作快点儿。"

三人取了足够的武器弹药从后门离开,由火雨的手下送他们去了另一处安全地点。他们刚离开就见大批警车呼啸着向火雨的店冲去。

"你们在警察里有内线吗?"山狼问开车的司机,这家伙是黑焰团的成员。

司机很客气地说道:"内线算不上,但有几个关系密切的朋友,可以帮一些忙。今天的事情很奇怪,按理说是不会出现这种警方率先介入的情况的。"

"事情越来越复杂了。"山狼叹道。

"我们去哪儿?"狮鹫问司机。

"去川口组长的私人住处,组长打算见见各位。尼克·博尔特刚刚把各位的身份告诉组长,组长非常感兴趣。"

"哦?"这倒让山狼颇感意外,没想到川口雄一这个大头目居然想见他们,而且还是在这个风头正紧的时候。

"见川口先生我们这身穿着也太不礼貌了。"山狼看了看自己身上皱巴巴的西装,上面还沾满了血渍。

"请放心,这个我们已经想到了,后备箱里有为各位准备的衣服。我们在前面的旅馆停留一个小时,各位可以梳洗一番。"

重拳对这些却无所谓,他对J国人本来就没什么好感,也没打算见什么黑帮头目,所以他并不觉得自己的衣着有什么不得体。不过他能理解山狼的用意,黑血现在正处于危难之中,需要多方面的资源,抓住川口雄一这条线对黑血的生存是有利的,至少现在需要在人家的地盘避难。突然间重拳有了一种寄人篱下的感觉。

几个人在旅馆里洗了澡,换上衣服。山狼拿起防弹衣看了看,最终还是穿在了衬衣的里面,配上外套之后几乎看不出来,只是更显魁梧而已。

"哈,都赶上相亲了,还得沐浴更衣。"重拳抱怨道。

"别废话!记住啊,不管你对J国人有什么成见,也得忍住,别给我找麻烦!"山狼一边说一边照着镜子,看了看自己额头上的伤口,口子太大,可能会感染,最后弄了一块创可贴凑合着粘上。

"放心,我懂得轻重,毕竟现在要靠他们的渠道离开这个该死的地方。"重拳将自己的两把手枪全都上膛,关上了保险后塞进枪套。

23 喋血街头

"你说得没错,现在我们基本上已经变成通缉犯了,想离开日本还得靠黑焰团,所以我们需要和他们搞好关系。往长远了讲,我们今后可能会成为合作伙伴……"话说到这儿,山狼说不下去了,因为他突然想到本·艾伦他们还生死不明,就连基地都已经被攻陷了,黑血还能否存在都成了未知数,所以今后能否和黑焰团合作也是未知数。其实他也很清楚川口雄一见他们也可能是抱着类似的目的,想打通关系,为今后的合作做准备。

最后山狼说道:"我们有礼貌,但不是来求他们的,不能丢了黑血的面子。"

"明白!"重拳和狮鹫异口同声。

三个人再次出门的时候精神面貌已经焕然一新,各个光鲜帅气。

川口雄一的住所在一栋大厦里。从外表上看,大厦很像一个商业中心,但进入内部他们才发现,这里只有川口和他的保镖。

有那名司机带领他们并没有遭到阻拦,一路畅通地进入电梯,上到十层之后停了下来,电梯门打开之后,出现在他们面前的是四个彪形大汉。

"请交出身上的武器。"一名大汉鞠了个躬,非常冷峻地说道,然后指了指旁边一个穿着和服的女子端着的盖着绸料的托盘。

"道歉,我们没有交出武器的习惯。"山狼不吃这套,交出武器,开玩笑!倒不是他怕出现什么危险,只是不想让川口觉得黑血好摆弄。

"对不起,见组长必须遵循这里的规矩!"大汉丝毫不让步。

"我们也有我们的规矩。"山狼平静地说,"如果川口先生连这点儿安全感都没有,还谈什么合作。"说完他抬起头盯着墙上的监控探头,一脸的高傲。

"很抱歉,这是我们的责任,决不允许任何人持有攻击性武器接近组长。"大汉的语气很舒缓,但表情已经变得僵硬起来,另外三名大汉也开始围拢过来。

重拳掀开衣服指着腋下的HK45手枪霸气地说道:"有本事来拿!"

几名大汉的眼睛一下就眯了起来,这种大口径手枪他们根本就没见过。

"很抱歉,社团重地,不允许外人撒野!"说着一名大汉突然伸手去抓重拳的胳膊,然后转身,想要给他来个过肩摔。

24 前路迷茫

几名保镖见无法让他们交出武器，上来就要动手。

"柔道？"重拳可不吃这一套，他抬脚对着对方后腿的腿弯就是一脚，直接将他踹倒跪在地上，然后反手一拧，直接卡住了他的脖子。只要重拳稍一用力就能将这家伙的脖子扭断，但今天他们是来会客的，不是来杀人的，所以他只是将对方控制住，而没有下杀手。

"不得无礼！"突然有人喊道。

众人循声望去，发现那人居然是那天晚去接美惠子的中村。

重拳松开手，那名保镖已经被憋得满脸通红，揉着脖子从地上爬起来，赶紧对中村行礼。另外几名保镖立即退到一边对中村行礼。

"中村先生！"山狼很礼貌地点了点头。

"让各位受惊了。"中村很规矩地行了鞠躬礼。

"出于个人习惯问题，我们不能交出武器，很抱歉。"山狼又点了点头，不失礼貌地说道。

"没关系，川口先生吩咐过，不必拘束，军人的气节需要尊重，请各位跟我来。"中村做了个请的手势。

几个人跟着中村进去，川口雄一正等在里面。川口是个身材微胖的中年人，很干练，一身米色的西装，如果不知道他的身份，很可能把他当成一个成功的商人。

"山狼先生，久仰大名。"川口很和蔼地率先伸出了手。

"川口先生客气，您才是鼎鼎大名，我只是个雇佣兵而已。"山狼握住川口肥厚的手掌。

24 前路迷茫

"请坐，请坐！"川口很客气。

山狼落座，重拳和狮鹫很规矩地站在他的身后，在这种地方他们绝对会保持一个军人应有的操守。川口颇为赞赏地看着二人点了点头。

"感谢各位对小女的照顾。"川口开始拉近和山狼他们的关系。

"先生客气，举手之劳，不必挂在心上。"重拳不咸不淡地说道。

"只怪我对小女过于宠爱，唉……"川口摇了摇头。

"川口先生不怕惹来麻烦吗？我们现在可是一身的麻烦。"山狼淡淡地说道。

"呵呵……山狼先生觉得还有什么能威胁到我们的存在吗？"川口微笑着说道，口吻中充满了自信。

仆人上茶，川口站在窗前看着外面，"山狼先生，这次请你们来就是为了讨论一下今后的合作问题。我想有博尔特先生的推荐各位应该是值得信任的人。黑血雇佣军实力非凡，大名在佣兵界尽人皆知，我应该不会选错。"

"的确，黑血有和您合作的实力。"山狼点了点头，"我们的欧洲分部足够满足您的要求。"

"不过……"川口踱着步，"我听说最近你们好像遇到了什么麻烦？我担心这会影响到我们的合作。"

"放心，我们的注册公司是不会受到太大影响的。我们的业务拓展遍布欧美，亚洲市场也有一定份额。"山狼坚定地说道。

川口思考了片刻，"嗯，好，那我们谈一下合作细节。"

山狼和川口足足谈论了三个多小时，基本上把合作的细节都敲定了。其实山狼的心思根本就没在这里，本·艾伦那边的情况不明，整个黑血的损失到底有多大还是个未知数，他哪儿有心情谈什么合作？虽然这是个拓展业务的好机会，但以现在黑血的状态根本就无暇顾及这些，可山狼还得耐心地和川口谈下去，因为他需要川口的势力帮他离开日本。

"关于离开J国的问题你们不必担心，我已经做了安排，明天你们就可以从海路离开。"川口说道，仿佛在谈论一次平常的出行。

"能不能再快一些？我们有急事。"山狼问。

"这个……"川口思索了一下，他转头看向中村。

中村马上开口道:"很抱歉,这已经是最快速度。明天我们有船只出海,与H国那边的船只约定了时间,所以改变很困难,各位还是耐心等等吧,一天而已。"

"那好吧。"山狼点了点头,他很清楚这种海上走私是有严格时间限制的,必须避开官方稽查,所以他也只好再等等。

"川口先生,武冈团会不会对你们不利?"山狼问。

"冲突是不可避免的,但他们还没那个胆量来找我们的麻烦,他们没有证据证明这件事和我们有关系,所以不必担心,这点儿小事情中村会处理好的。"川口毫不在乎地挥了挥手。

"那能否查一下武冈团是如何得到消息的?"山狼又问。

"哦?你们对这个还感兴趣?"川口颇感意外。

"当然,怎么也得知道自己的问题出在哪里。"山狼肯定地点了点头。

"嗯。"川口点了点头,"那好吧,中村,这件事你去办。"说完他好像突然想起了什么,"那位遇难的先生是不是就是小女提到的凯恩先生?"

"是的。"山狼点了点头。

"真是太遗憾了。"川口叹了口气,"这样吧,我会设法给他办一个体面的葬礼。"

"感谢川口先生能帮忙。"山狼站起来对川口鞠躬。对于幽灵的后事他还真没时间和精力去操办。

"没关系,做点力所能及的事情而已。"川口摆了摆手,"这次你们算是给了武冈团那群混蛋一个不小的教训。我得到了消息,武冈团死伤超过三十人,损失虽然不多,但效果非常不错。"

会谈结束之后,川口将他们安置在不远处的一家五星级酒店里,还要等上一天。外面正在到处通缉他们,所以也没地方可去,只能闷在房间里熬时间。

利用这段时间,山狼几乎把所有相关人员的手机都拨了一遍,但没几个能打通的。黑血设在黎城的空壳公司倒是还在正常运作,那边一切如初,到目前为止还没有受到任何威胁。山狼立即给他们放假,公司暂时关门。

本·艾伦、绅士和信使的电话一直打不通,响雷那边情况也是一片混

24　前路迷茫

乱，正在冒险通过各种渠道寻找本·艾伦的下落。黑玫瑰的护士团已经联系上了，正在返回黎城的路上。另一组人马也联系上了，赌徒他们也在返回的路上。马丁那边终于也有了消息，原来他们接到消息，称有个组织要对他们进行恐怖袭击，所以他们当夜紧急撤离，而他们的分部当晚的确遭遇了炸弹袭击，幸好撤离得及时，否则肯定损失惨重。居然连M国的情报机构都遭遇了偷袭，这让山狼感到震惊，这个敌人究竟是谁？这也太大胆了吧！据马丁描述，本·艾伦和绅士在他们撤离之前就离开了，之后就再也没有了联系。

狮鹫坐在沙发上看着电视，想通过新闻观察警方的动向以及寻找幽灵的消息。在没见到尸体之前狮鹫不相信幽灵真的死了，但话说回来，如果幽灵没死，那他早就该和他们联系了。

新闻上说沉入河底车辆的打捞工作还在继续。因为上游刚下过暴雨，水位上涨，河流湍急，所以打捞工作难以展开。

重拳和玛丽聊了十几分钟，大部分时间都在了解黑血的损失情况，直到最后他们才说了几句情话就匆匆挂断了。玛丽那边情况不是很好，太多人失踪，平子已经外出打探消息了，到现在还没回来，响雷正到处调查敌人的情况，玛丽现在大部分时间都是在打电话、接电话。

玛丽现在所在的避难所只有响雷知道。在黑血有个不成文的规定，那就是避难所这种地方只有少数人知道，而且每个人只知道一个避难所的位置。这样做就是为了防止内部有人泄露消息，就算是本·艾伦也不可能知道所有的避难所，所以这个避难所的安全性很高。

"玛丽那边情况还好，他们正在调查袭击者的身份。"重拳道。

"现在全都乱套了，希望他们不要再出意外。队长还是不接电话，这有点儿麻烦。"山狼眉头紧锁。

这时候门铃响了，重拳拔出手枪问道："谁？"

"客房服务，您叫的午餐到了。"

"我们没叫午餐。"重拳打开了手枪的保险，山狼和狮鹫也拔出了枪。

"是中村先生安排的。"

"稍等。"重拳将手枪放到背后小心地靠近房门，从门镜向外看了看，确认之后才开了门。服务生推着餐车进来，重拳掏出一打钱塞给他，服务生高兴地离开了。

"吃点儿东西吧。"重拳坐下检查了一番，确认没有问题之后就开吃，一边吃一边说道："这个中村还真细心。"

"吃吧，吃饱了才有力气。"狮鹫不客气地开吃。

山狼一边吃着东西一边说道："这次袭击很蹊跷，按照响雷的说法敌人非常了解基地的结构。基地刚建成不久，除了外墙之外几乎内部所有的东西都是重建的，再加上严密的内部防御系统，应该不是那么容易攻进去的。但是在里面的人发现敌情的时候敌人已经潜入了城堡，防御系统没有起到任何作用，如果没有自己人提供情报这绝对是不可能的！"

"你的意思是说内奸的问题仍然存在？"重拳抬起头。

"恐怕是，除此之外无法解释得通。"山狼皱了皱眉，"从斯通纳德招认的情况来看，敌人近期的情报不是很通畅，也就是说内奸可能因为队长的调查断绝了和敌人的联系，但他依然存在。"

重拳想了想，"既然内奸已经蛰伏，那基地的情况又是怎么泄露的？这未免有些说不通吧？"

"很简单，基地的情况是在他进入蛰伏状态之前泄露出去的，也就是说敌人早就掌握了城堡的情况，只是一直没动手罢了。"狮鹫道。

"对，他们之所以不敢动手就是怕我们还在基地。最近我们的任务都是由队长亲自安排的，内奸不了解我们的去向，不清楚城堡是否处于空虚状态，所以才迟迟没有动手。然后让斯通纳德来J国，以吸引黑血主力过来，确保基地处于空虚状态，给他们的行动制造机会。一旦我们在这边动手，他们就会得到消息，确认了黑血主力不在基地……该死！好阴险的计谋！"山狼恨恨地说道。

"这么看来对方必定是和我们有着深仇大恨的人。我就纳闷，这么久了，我们怎么连一点儿敌人的影子都摸不到。我们甚至能查到马丁的后台在监视我们，但怎么就查不到针对我们的敌人到底是谁？这太奇怪了。"重拳非常郁闷地说道。

山狼叹了口气，"回去之后我们得重新理顺一下，太被动了，这样下去

24 前路迷茫

我们的最终结果会很惨。"

狮鹫道："能不能通过马丁的渠道查一查？他们有这个能力！"

"这可以考虑，但必须慎重。我相信马丁背后的M国情报机构肯定知道点儿什么，但他们却出于某种原因不愿意告诉我们。"山狼叹了口气，"不知道马丁他们遭遇的恐怖袭击和我们总部遭遇的袭击是否有着必然的联系，如果说是巧合恐怕没人相信，如果是一股敌人，那这股敌人的实力也太过强大了。"

"我倒是很希望是一批敌人发动的，因为这样可以把我们和M国情报机构捆绑起来，这样对我们的复仇有好处，毕竟敌人太过强大。可是如果真是这样，那我们有多大把握可以战胜这样的敌人？"重拳颇为忧虑地说道。

"有一点毋庸置疑。"山狼站起身，"和他们相比，握手组织就是他们手中的一颗棋子，而这颗棋子就把我们折腾得够呛了。这段时间我们损失太大了，两个基地被毁，黑血的资金几乎耗尽，如果没有从米洛斯迪尔手里弄到的那笔钱，黑血的正常开销恐怕维持不下去了。真是见鬼！咱们黑血什么时候能转运？别一天到晚地被人算计！"

"日子总会好起来的。"狮鹫打了个饱嗝，"人不可能一直倒霉，倒霉到一定程度就该转运了。"

"说得对！"重拳点上一支烟，"消极不解决问题，我们还是积极一点儿的好。"

"我是怕还没等转运，我们就已经死光了。"山狼苦笑。

第二天中午中村亲自来接他们，他们从D市湾的码头乘坐一艘货轮出海，入夜之后到达公海，上了一艘前往H国的伪装成商船的走私船。总算是离开了J国，三个人的心情总算放松了一些。

他们搭乘的是一艘巨型走私船，虽然不知道船上装的是什么，但从船体的吃水线来看，这艘船已经严重超载。他们坐这艘船取道H国再返回F国的L市。船至少要中午才能靠岸，时间尚早，他们三个只能继续睡觉。

凌晨两点多的时候，一阵扩音器的喊叫声将他们惊醒。

"才几点就鬼叫！"重拳看了看表，非常不高兴地抱怨道。

"别抱怨，我们可能有麻烦了。"狮鹫推开舱门，"是 X 国海军。"

"H 国商船遇到 X 国海军，这下有看头儿了！"重拳从床上爬起来就往外跑，他要去看看热闹。

"别惹事儿！"山狼打了哈欠叮嘱重拳，可这小子早就没影儿了。

山狼搓了搓脸也起身往外走，一边走一边问："我们走的不是公海吗？X 国海军来干什么？就算船上有违禁品在公海他们也管不着啊？"

狮鹫摇了摇头，"不清楚，不过我看军舰似乎很嚣张，炮口已经对准这边了，而且不停地要求停船接受检查。"

"怪事！"重拳很纳闷，为了弄清原因，他揪住一名经过的水手询问情况，得到的答复非常简单，这些 X 国军人是来收"税"的。

"这不是公海吗？"山狼有些纳闷。

水手笑了笑，"是的，但这里靠近 X 国海域，他们经常出来乱转，借着检查为名要一些好处，但毕竟这里是公海，他们也不好闹得太过分，给点儿就知足，而我们这种船见不得阳光，所以也就买个顺心方便，算是破财免灾。"

"哦！"山狼这才明白是怎么回事。

等他们上了甲板才发现，其实那算不上什么军舰，而是一艘炮艇。炮艇的甲板上已经收到了一些东西。几个人站在一边看热闹，船员见他们来了就笑着摇了摇头，对他们来说这好像已经司空见惯了。

重拳看着炮艇那边颇为不屑地说道："你看，给的都是什么，十袋大米，四箱白酒，三箱火腿肠，四箱泡菜……就这么打发了？"

山狼听完点了点头道："不少了，炮艇上每个人能分上几根火腿肠，半瓶酒和几袋泡菜。"

狮鹫道："已经很不错了，X 国军人伙食不好，而且还吃不饱，所以这些东西最实惠。你给他们美元估计没等花出去呢，人就已经被抓起来送进集中营当间谍处理了。"

"这贿赂成本也太低了，早知道走私这么好干，我也不当雇佣兵玩儿命了。"重拳感叹道。

山狼点头表示赞同，"听说走私十艘船的货物就算有八艘被抓都没关系，剩下两艘船上的东西卖掉不但能保本儿还有赚头儿，虽然有些夸张，但走私的确暴利。"

狮鹫道："但这行现在也没那么容易做了，没关系、没背景干不了这个，那些海警不会抓有关系或者已经打好招呼的走私船，专门抓一些没背景、没关系的小老鼠，这样既不得罪人又能完成任务保住乌纱帽。"

这时双方的沟通已经结束，炮艇慢慢驶离，双方还挥手告别，弄得好像他们是来劳军似的。

"就这么简单？连船都没上就完事儿了？"重拳觉得很无聊，"起码装装样子，上船兜一圈儿也行，这可倒好，不上船，拿了东西就走，弄得太直白了。"

"达到目的就行了，还装什么大瓣蒜！他们只是想卡点儿油水儿，不是真的要找麻烦。"山狼打了个哈欠，"狮鹫，回去睡觉吧，这边我看着。"

"还不困。"狮鹫站在船舷边吹着海风，"我刚才走了一圈儿，发现船上有很多小轿车，所以这艘船应该是以走私汽车为主的。"

"一辆丰田车才多少钱？走私过来利润是不是太低了？"重拳不太理解。

"都是豪车，从法拉利到兰博基尼，你以为走私的是丰田花冠呢？"

"天啊！那就不一样了，每辆车都能弄一大笔！"重拳一脸的羡慕嫉妒恨，"我们拼命干一次大任务也没他们走一船的货赚钱，风险肯定比我们小，所以，山狼你带我们干走私吧。"重拳开玩笑道。

"没关系，没人脉，没背景，根本蹚不开路。"山狼摇了摇头，"再说我打算退休后干点儿正当生意，违法的事儿干多了，该收敛点儿了。"

"你退休？至少得干到队长的年纪，你可是队里的二号人物，不能轻易离开。"

"我们又没有年龄限制，想退就退。"山狼看着远处，入眼处一片黑暗，只能听见起伏的波涛声，"大多数雇佣兵回家只有两种原因，一个是因为伤病无法作战，另一个是被战友把骨灰送回去。"

重拳摆了摆手，"拜托，别说得那么悲壮，我可没打算走这两条路，再干两年攒够娶媳妇的钱，我就退出，买个庄园过日子，挺好。"

"想法不错，我支持！"山狼点了点头，"要走提前打招呼，我给你钱行。"

"怎么这么痛快？你不觉得我打算退出很意外？"重拳有些奇怪。

"没什么意外的，有人能下决心退出是一件好事，这是个完满的结局，我不希望你们像毒刺和火雨一样，那不是我想看到的。"

"反正现在我还没打算退出，至少要等这件事结束，那还得看看我的钱够不够，如果不够就得继续干下去。"重拳耸了耸肩，"这还算不得什么决定，只是有个想法而已。"

"有想法就赶紧实施！"山狼看着海面，"对我们这种人来说，给自己找条不再流血的路是一件很难的事儿。"

"有什么难的，去留在自己，又没人把你困在这里。"重拳耸了耸肩。

说话间，船上的警报突然响了，三人有些莫名其妙。

"又出什么事儿了？"重拳向海面上望去，没发现有什么船只靠近。

"出什么事儿了？"山狼揪住一名船员，从船员慌乱的表情上看，这次比刚才的临时检查要严重得多。

"有海盗！"

"海盗？这里居然有海盗？"重拳不相信。

"是，我们现在还在公海，这一带并不是海盗的主要活动范围，但偶尔他们也会到这边来。不说了，我要去准备迎敌！"说完船员急急忙忙地离开了。

"船在加速，他们可能要靠速度甩开海盗。我们走，去右舷看看这些海盗都是一群什么货色。"说完山狼带着二人向另一侧绕过去。

船员们开始各自忙碌，纷纷拿出武器。毕竟是走私犯，一些枪械是必不可少的。

他们还没到右舷就已经听到了陆陆续续的枪声，是 AK-47 的声音，最廉价也最受欢迎的武器。海盗乘坐四艘快艇，人数大约二十个左右，不停地举枪扫射。船员们的目的非常明确，就是阻止海盗登船。

枪声在海面上传出去老远，海盗扫过来的子弹打在船体上一阵乱响。山狼他们站在不远处看热闹，船员们基本上都是等海盗靠近了才开始还击，只要将他们逼退就不再开火。

"这时候要是 X 国的军舰来收保护费就热闹了，你说他们管不管？"

24 前路迷茫

重拳道。

"管个屁!这里是公海,他们才懒得管呢!不过要是有军舰来海盗早跑了,就那小破船一炮过去打得它连渣儿都剩不下。"山狼拿出一个随身的小望远镜观察海盗的动向,"这群家伙很有经验,两只快艇佯攻,两只快艇伺机靠近,找机会登船。他们的速度比商船快,如果不进入 H 国领海他们是不会走的。"

"他们要纠缠到什么时候?"重拳摸了摸下巴,"要不要帮帮他们?"

"看看再说!"山狼倒是不着急,毕竟商船还没有受到有效威胁,作为搭顺风船的客人,他们能不出手就不出手。

"看,海盗奔船头方向去了,看来他们要对驾驶舱进行攻击。"

四艘快艇果然全都涌向了船首的方向,枪声更加密集,船员们不断还击,战斗很激烈,只是双方枪法都不怎么样,毕竟晚上太黑,而且是在颠簸的海上,所以没什么伤亡。大副不断喊叫着调拨人手过去帮忙,海盗一时还真占不到便宜。

就在这个时候,商船突然一阵连续的震动,接着速度就慢了下来。

"糟糕,出事了!"山狼皱了皱眉。

"听动静是被什么缠住螺旋桨了,可能是渔网。奇怪,这儿远离海岸线,哪儿来的渔网?"重拳颇感意外。

"很可能是海盗故意放的,他们想要迫使这艘船停下,然后猫捉老鼠一样慢慢地玩儿。这么大艘船油水儿可不少,他们肯定不会轻易放过。"狮鹫趴在船舷上向下看,光线太暗了什么都看不到。

"这种情况下停船不是什么好事,得提醒他们,小心海盗上船。"山狼左右看了看,"我去驾驶舱找船长,你们注意观察。"

山狼走后重拳和狮鹫守在甲板上。船首的枪战还在继续,爆豆般的枪声此起彼伏。海盗没讨到什么便宜,但商船也奈何不了行动如飞的海盗快艇。黑漆漆的海面上根本什么都看不清,探照灯也追不上快艇的速度,双方只能一阵瞎打,战斗陷入僵持阶段。船尾方向大副正试图处理掉缠住螺旋桨的渔网,但海盗显然不希望他们成功,不断骚扰射击,弄得他们根本无法正常工作,最后只好作罢,继续和海盗对射。

"哈哈，真好玩儿。这是走私船，无法求救。"重拳看着热闹。

突然不远处传来"当啷"一声脆响，两人循声望去，但什么也没看到，光线太差，甲板上环境太复杂，根本就没法看清到底发生了什么。

"什么玩意儿？"重拳往那个方向走了几步，杂乱的货堆里没看到什么。他有点儿纳闷，在船上一般是不会放没有经过固定的东西，因为行船颠簸，不固定容易掉下来，但从刚才发出的声音上判断应该是铁器掉落在甲板上发出来的。

就在重拳感觉纳闷的时候，突然发觉十几米外黑影一晃，他立即侧身躲到货物的后面，多年战斗生涯的经验告诉他，来者不善，可能是海盗。

他弯着腰小心摸过去，发现果然是一名端着AK-47的家伙正站在甲板上东张西望，他身边的栏杆上挂着一条绳索。重拳这才明白，原来刚才的声音是海盗抛上船的钩子敲打在船体上发出的声音。绳索不断晃动，看样子还有人在往上爬。

重拳借助甲板上货堆的遮挡小心地靠上去，就在第二名海盗要登船，放哨的海盗一侧头的瞬间，他突然冲上去，从侧面抓住海盗的步枪向一边猛推，另一只手一掌砍在对方的脖子上，海盗身体一软倒在甲板上。此时另一名海盗刚从栏杆后面迈过一条腿来，还没等他反应过来就被重拳一脚踹了出去，一声惊呼后消失在黑暗之中。

重拳捡起被打昏海盗的AK-47，一枪将挂在栏杆上的绳索打断，下面又是几声惨叫，接着就是落水的声音。他将步枪伸到外面就向下扫射，直到将枪里的子弹全都打光。一番扫射之后，敌人是不可能再从这边登船了。他将昏迷的海盗的弹药袋卸下来带在自己身上，然后拖着这家伙往回走。

狮鹫已经从另一边绕了过来。刚才重拳动手的时候，他马上意识到其他地方可能还有海盗登船，就去巡视并警告船上的人，可是已经来不及了，左舷已经有海盗登上了船，正在和船员们对射。至少有十几名海盗登上了甲板并建立阵地，几乎都是在两舷和船尾，看来随着时间的推移肯定有更多的海盗登上来。

"这群白痴怎么放上来这么多海盗？"重拳换上一个弹夹骂道。

24 前路迷茫

"船太大了,天太黑了,只要停船就会很麻烦!"狮鹫拔出随身的手枪准备迎战。乘坐走私轮船的好处就是武器携带问题比较好解决,不用担心安检。

"见鬼!"重拳骂了一句,拖着昏迷的海盗往船头方向走去,"我去驾驶舱找山狼,看看能不能从这小子嘴里问出点儿什么东西来。"

"我去船尾帮忙。"狮鹫提着枪向船尾走去。

驾驶舱里船长正忙得满头大汗,显然他对海盗的能力估计不足。虽然有着多年的走私经验,但遇到海盗的次数并不多。对讲机里不断有人呼救,而船长却只能命令手下坚持住,而山狼却只是站在一边。

原来山狼来到驾驶舱的时候,船长正在指挥船员巡逻甲板。他也想到了海盗可能会趁机登船,其实他也很无奈,船员看似很多,但除了值守各自工作岗位的之外,能抽调出来进行防御的并不多。他开始只把山狼他们当成黑帮分子或者是有案子在身出来跑路的家伙,直到重拳拖着海盗过来他才意识到这三人非同一般。

"你们有什么建议?"船长看着山狼问。

"信得过我?"山狼用一种奇怪的眼光看着他。

"这个时候了我不开玩笑,能渡过难关就行。"船长诚恳地说道。

"好!"山狼点了点头,"叫你的人撤到前甲板建立防线,守住各个入口,剩下的事情交给我们。"

狡猾的海盗成功地攻上了甲板,这让原本武器就处于劣势的船员们应付不过来,随着时间的推移甲板在一寸寸地失守。船长和大副都急得束手无策,山狼他们的出现让船长多了一丝希望。现在只能赌一赌了,已经到了这个地步,与其等死不如让山狼他们去试试。

山狼从桌上拿起一支老旧的散弹枪检查了一下,"把这个俘虏捆起来,弄醒,看看他都知道什么。"说完山狼和重拳一前一后地走出了驾驶舱,船员们开始忙碌着后撤建立防线,封闭入口。

山狼和重拳找到狮鹫后沿着满甲板的货物分三路向前推进。

重拳端着那支缴获的AK-47走在最前面,只要敌人露头就会被他干掉。很多时候他连看都不看,只是轻微调整一下枪口就扣动扳机,不到五分钟就已经有四名海盗倒在了他的枪口之下。

"山狼，左翼安全。"重拳低声地通过对讲机说道。

"收到，继续推进，小心不要陷进海盗的包围圈。"山狼那边枪声也不断，不过，散弹枪的子弹早就打光了，他现在用的也是一支缴获的 AK-47。

"右翼敌人较多，赶不上你们的进度。"狮鹫在对讲机里道。他的打法和山狼、重拳不同，神出鬼没的点射不断把敌人送上西天，但敌人却搞不清他的位置。

"没关系，注意海盗的动向，阻止他们接近下层入口和中央通道。"山狼小心地向前走。甲板上的枪声很密集，最近的离他不到十米。

重拳从一个被他打死的海盗身上摸出一个信号枪，他对天打了一枚信号弹，将附近的海域照得雪亮。直到这个时候他们才发现，海面上密密麻麻的足有十几艘海盗船，至少有四五十名海盗正在准备登上这艘走私船。

"船长，叫你的人对水里的海盗展开攻击，不要求将他们打退，只要能减慢他们的速度就行。"山狼低声联系船长。

"收到，不过我们的武器太差，效果可能不怎么样。"船长颇为担心地说道。

"没关系，尽力就行！"山狼丢掉手里打光子弹的 AK-47，拔出手枪。对于船员的表现他并不抱太多期望，只要他们能起到对海盗的骚扰作用就足够了。

"注意，海盗已经占领了半个甲板，大家小心。"重拳在甲板上找到一桶油，他将油倒进海里，然后枪击引燃，海面上瞬间火焰升腾，海盗的快艇纷纷躲避。借着这忽明忽暗的火光，船员们立即对海盗船开火，给了海盗们一通迎头痛击。

"注意，海盗开始收缩防线，小心埋伏。"狮鹫趴在一个集装箱上用点射对付着甲板上的海盗。为了防止枪口发出的枪焰暴露自己的位置，他在枪口上套了一个自制的消焰器，效果一般，但在这种情况下也只能将就一下了。

重拳沿着左翼甲板向前推进，几次将敌人抛上来的钩索打断，并不时向下扫射，最终海盗们终于放弃了从这个方向登船。重拳也不客气，找准

24 前路迷茫

机会就对这下面的快艇来上几枪，打得这些海盗抱头鼠窜之后他才继续沿着甲板向前推进。

甲板上货物堆之间的缝隙都不大，这非常有利于隐蔽推进，但也容易造成和敌人近距离遭遇的危险。他一边走一边从枪声上判断敌人的距离，刚转过一排集装箱就和两名敌人正面遭遇，重拳反应很快，在敌人动手之前就缩到了一侧的货堆后面。两名敌人立即跟上来，准备动手，可等他们绕过货堆之后才发现后面是空的。他们马上明白上当了，但一切已经晚了，重拳已经无声无息地出现在他们身后，手枪几乎是贴着一名海盗的后脑扣动了扳机，这家伙估计连自己是怎么死的都不知道，而另一名敌人刚转过头的瞬间就被重拳一枪打在脸上，死得非常难看。

重拳捡起 AK-47，刚摸到尸体身上的弹药袋，就在这一瞬间，他用余光发现不远处黑影一晃，他立即一侧身钻进了货物的后面，几乎同时一排子弹打过来击中了还在抽搐的尸体。重拳反手就是一枪扫过去，从声音上判断应该是没打中，他立即转身，沿着货堆反方向绕过去。刚转过去就发现两名敌人正从不远处赶过来，重拳骂了一句立即后撤，无数子弹打在他身前的货堆上。

他十分清楚现在的处境，被敌人两面夹击，而且都在十米范围内，这个时候只要判断稍有偏差就有可能丧命。他一个助跑直接翻上了货堆的顶部，几乎同时敌人也在两侧出现，他们都是一愣，但就在这一瞬间，重拳的枪声在敌人的头顶突然响起，敌人连中数弹。另一侧的敌人惊慌想逃时，脚被绊在了货堆固定索上，一下摔了个仰面朝天，正好被重拳一枪毙命。这是重拳解决掉的第八个敌人。

枪声慢慢地变得凌乱起来，从枪声传来的方向和距离上判断，海盗已经被逼得退到了后甲板，那里装满了大型集装箱，易守难攻。

"你的人可以过来占领甲板，但不要靠得太近，注意控制左右两舷，防止敌人再次登上甲板。"山狼通知船长。

船长真的没想到他们的效率这么高，在如此短的时间内就夺回了大部分的甲板，高兴得立即派出自己的船员。

狮鹫那边推进速度最慢，但他消灭的敌人却最多。他的打法很简单，居高临下单发点射，枪枪致命，到现在为止他连一个三十发的弹夹都还没用完。

重拳和山狼沿中路和左翼一路向前冲杀，神出鬼没的战术让敌人死伤惨重。重拳不停地用枪声吸引着敌人的注意力，减少山狼那边的压力。两人的推进速度非常快，几乎在敌人做出第一轮有效反应之前就已经消灭了大部分的敌人。天黑的坏处是看不清敌人，但同样，敌人也看不清他们，而这对于擅长近距离作战的他们来说无疑是最有利的。

重拳蹲在暗处观察着海盗的部署情况，看得出这些海盗打算固守船尾甲板，为更多同伴上船争取时间。他趴在船舷上向下看了看，发现海盗的快艇已经向船尾方向集中，看来他们打算将船尾作为突破口。重拳观察了片刻后，取出信号枪对着距离最近的一艘海盗船扣动了扳机。照明弹呼啸着砸进了船舱，"嘭"的一声炸开，瞬间将舱里点燃，火焰一下蹿起了老高，几秒钟后快艇就爆炸了，爆炸产生的大火将附近照得一片雪亮。借着这个机会他不停地对着其他快艇的油箱射击，快艇一个接一个爆炸，海面上火光四射。

"狮鹫，尽量消灭敌人，重拳跟我一起攻击敌人新建立的防线，以最快速度将他们赶下海。"山狼检查了一下自己的弹药，还算充足，应付剩下的战斗应该没问题。这种近距离遭遇战弹药消耗并不大，山狼和重拳干这个算得上轻车熟路。

"收到。"狮鹫答道。

山狼那边的敌人已经完全退缩到距船尾不足二十米的范围内，重拳从侧面兜上去，和山狼一起对海盗进行夹攻，狮鹫在后面不停地给露头的海盗"点名"，三人的配合天衣无缝。敌人的控制范围在不断减小，随着船员跟进，海盗也无法从左右两舷爬上来，毕竟登船的海盗已经有大半死在了甲板上。遭受了如此大的损失之后，他们在重新评估继续占领这艘船的可能性。甲板上的海盗开始的时候还有效地进行反击，但到了后来他们已经彻底失去了信心，陆续开始往海里跳，没多久，甲板的海盗被彻底肃清。

重拳站在左舷边上对着下面将 AK-47 里的子弹打光，然后扬长而去。

24　前路迷茫

他知道，海盗已经没有再攻上甲板的实力。经过刚才一场战斗，至少有三十几个海盗被他们干掉。这种夜晚的小规模遭遇战，海盗是占不到什么便宜的，再加上巨大的人员伤亡之后，就算海盗对这艘船仍不甘心，但也没有足够的实力发起下一波攻击，除非他们还有援兵。

船长和大副立即安排救治伤员，加强巡逻，防止海盗卷土重来。经过统计发现，船员伤亡十七人，其中九人被打死，八人受伤，而海盗被打死三十三人，百分之九十都是死在山狼他们手里的。

船长对三人真是千恩万谢，不但保住了这艘船，还保住了他的命。三人的待遇也相应有所提高，从普通舱房被请到了高级舱房，各种好酒好菜敞开了供应，他们被奉为上宾。

"幸亏三位出手，否则我们这一船人就完蛋了。"船长很客气，不停劝酒，一脸的殷勤。

"你不用这么客气，我们也是为了尽快上岸。"山狼摆了摆手。

"敢问三位是何方神圣？怎么身手如此了得？不会是军中王者吧？"船长小心翼翼地问道。

山狼看出了船长的惧色，于是说道："船长不必担心，我们只是搭上你的船而已，不会对你们不利的。"这个没脑子的船长什么事情都想不透，他们是川口那边介绍来的，怎么可能是来对付这艘船的呢？

"那就好，那就好。"船长终于松了口气。

"我们要是想对你们不利早下手了，还会等到现在？再说我们可是川口先生介绍过来的，总不能让他难堪吧？"重拳点上一支烟说道。

"是，是，川口先生是我们的合伙人，肯定不会害我们。"船长给他们满上酒，"几位慢用，我去看看外面的情况，海盗还没走光，我担心他们会再上来。"

"看住海盗，不给他们机会上船就行了，天亮之后他们自然会离开，到时候再处理缠住螺旋桨的渔网。别着急，一切都来得及。"山狼叮嘱船长。

"是。"船长答应着退了下去。

"他那脑子估计小时候被驴踢了，这种人也能当船长，还真让人意外。"重拳喝着酒说道。

"管他呢，反正咱们上岸后就和他没关系了。"狮鹫一边吃着东西一边说道。

重拳道："奇怪，海盗怎么偏偏在我们在船上的时候出现？这里可不是海盗活动频繁地区。"

"别把什么事情都往我们身上联系。"山狼大口地吃着东西，忙了这么长时间他的确有点饿了。

"对，别什么事儿都往自己身上揽，不一定是冲着我们来的。"狮鹫翻出一瓶饮料打开喝着说道。

"但愿如此，我们经历的阴谋太多了，由不得我不多想。"重拳呼了口气，"算了，吃饱了再说。"

海盗在天亮之后终于退去了。开始的时候，船长吃不准海盗是不是真的走了，所以他把山狼请过去查看情况。直到山狼确认海盗确实离开之后，他才算放下心来，马上派人下去清理缠住螺旋桨的渔网。山狼等人站在甲板上为他们护卫，防止海盗卷土重来。

25　密林相聚

一切还算顺利，船员们用了一个多小时终于将渔网从螺旋桨上彻底清除。动力系统恢复正常，船终于再次起航了，这让船上的所有人都松了一口气。

当天下午，船已经接近 H 国海域，但他们依旧停在公海。昨晚耽搁的时间太久，错过了接头时间，他们只好将接头时间推迟了一个晚上，因为只有在晚上特定的时间内才能避开海警。

晚上十点多，走私船再次起锚，驶入 H 国海域。凌晨两点钟和接应他们的人员接上头，山狼他们换成快艇直奔海岸。凌晨五点他们在 F 市海岸登陆，有人开车将他们送往机场。

不得不说黑焰团的办事能力实在令人佩服，就算到了 H 国，山狼他们的身份、机票等相关事宜，早已有人安排妥当。三人顺利登机，经 H 市经 B 市返回 F 国。

从 H 国到 F 国这一路上可以说是畅通无阻。在黎城下飞机之后，三人立即到了黑血对外注册公司的黎城分部。

在外面观察了很久，确认安全之后，山狼和重拳才悄无声息地潜入公司。公司空无一人，因为山狼已经给所有员工放假。所有的办公室都空着，进入办公区之后他们就发现有人来过，而且翻动过这里的东西。来的人还不在少数，至少有十几个，很多文件和资料都被搬走了，所有电脑的硬盘也被卸下来带走了，这里就像被洗劫过的罪案现场一样。

山狼进入公司为他准备的办公室，他检查了暗藏的监控设备，打算看看是否录下了入侵者的身份。一看才发现监控系统被完全破坏掉了，不管是明线还是暗线。

重拳进入厕所,从里面的暗格中取出武器弹药装进战术包直奔车库。这个车库是公共车库,这栋大厦里的几十家公司通用,所以藏几辆车在这里很容易。

重拳找到角落里的一辆黑色路虎,检查了一下,确认没有任何问题之后打开车门将武器丢进去,开车离开大厦。

半小时后山狼开着另一辆车出来。

"响雷在黎城,我去接他,F点见面,时间2H,注意后续安排。"山狼通过耳机说道。

"收到,注意安全。"重拳将车停在公路对面等狮鹫。

一会儿后狮鹫带着一大堆东西上了车。

"都是什么?"重拳见他大包小包的就问。

"一些民用设备,普通手机、电子元件、无线连接设备,还有一些食物。我们缺少装备,在没得到足够的供应之前只能用这些民用设备维持。一会儿把对讲机换上。"说着狮鹫拿出一个热狗递给重拳,"先吃一口垫垫肚子。"

"谢谢。"重拳接过来,"手机给我一部,我联系一下玛丽。"

狮鹫从一大堆新手机里翻出一个递给他,"一次性的,打完直接丢掉就可以了。"

"知道了。"重拳一边狼吞虎咽地吃着热狗一边拨通了电话,然后马上挂断,很快电话响了,他接通,"喂,是我,你们那边情况怎么样。"

"感谢上帝你们终于回来了,我们这边还好,只是还是联系不上队长。响雷已经前往黎城打探消息,黑玫瑰已经带人回来了,明天能到,赌徒他们今晚就能到达……"玛丽详细地介绍了一下她那边的情况。

"好了,我知道了,稍微晚一点儿我们会和响雷一起回去,过会儿见。"说完重拳挂断了电话。

"情况不是太好。"重拳擦了擦手上的油,"走,去F点。"

"带家伙儿了吗?"狮鹫一边吃着东西一边问。

"带了,数量足够。"重拳发动汽车。

一个小时后他们到达和山狼约定的地点,黎城西郊的树林地带。两人

★ 25 密林相聚 ★

下车，狮鹫从后面取出一支 M40A5 狙击步枪，"我负责左翼。"

重拳继续整理他的弹药，头也不回地说道："好的，我负责右翼。"

狮鹫提枪进了林子，重拳检查了自己的 FAMASG2 突击步枪后也进了林子。

"好久没来黎城了。"重拳进入潜伏地点目测了一下自己与公路的距离后趴下。

"是很久了，上次来还是皆大欢喜的聚会，这次……"说到这儿狮鹫叹了口气。

"这次至少缺了一半人，不过他们不会白死的，早晚要干掉那些在背后捣鬼的杂碎。"重拳拉动枪栓给步枪上膛，"看看山狼能给我们带来什么惊喜。"

很快约定时间到了，山狼的车出现在他们的视野中。

狮鹫将山狼的车套在瞄准镜里。山狼旁边坐着响雷，"这小子精神不错。"

"背后还算干净！"重拳放下望远镜，"至少现在没发现尾巴。"

狮鹫道："敌人不会蠢到跟在山狼的后面，他们肯定有自己的追踪方式。"

山狼将车开进树林，和响雷一起下了车，然后摁着对讲机低声道："我们到了。"

"看见你们了，我们在你们的九点钟和两点钟位置。"重拳道。

"收到。"山狼从车上拿下武器，"看看我们是不是被追踪了。把对讲机换上，不要用之前的手机联络。"

"你的这个办法真的管用吗？"响雷接过他递来的步枪。

"我也不知道，试试看吧。"说完山狼提着枪向重拳的方向摸去。

"这东西是不是有点儿过时？"响雷换上对讲机，感觉很别扭。

"习惯了就好了，我们现在只能靠自己。所有之前的东西全都不要再用，刚才为什么要你换衣服？就是为了减少被敌人监视的风险。"山狼在耳机里说道。

"这套设备还是队长提供的，你这是不相信队长！"重拳道。

"我不是怀疑队长，只是怀疑设备不安全，毕竟这东西不是我们自己生产的。"山狼趴下谨慎地盯着公路的方向。

"如果敌人能监听我们所有的通信频率，那他们是不是太无孔不入了？"响雷摇了摇头，"不过队长提供的这套设备我们已经不用了，完全空出来给可能还活着的兄弟当专线使用。"

四个人潜伏在丛林里，盯着公路。半个小时后终于发现了异常，两辆黑色SUV下了公路向他们这边驶来。

"果然有人跟着。"响雷浑身发冷，"幸亏我们一直在用新设备联络。"

"新设备？"重拳没明白他的意思。

"不，这么说不准确，出事之后我们用一些民用设备相互联系，专业设备留着给队长他们用，就是为了保证队长随时都能打通。"响雷给自己的枪上膛，"让我们看看这些人是什么鬼东西！"

两辆车一前一后地进了树林，九名敌人下车向林子里摸去，手里清一色的M4A1，敞开的西装里露出厚实的防弹衣。

"山狼，下命令吧。"重拳有些着急地说道。

"不着急，看看他们要干什么。"山狼轻声说道。

"肯定是奔着我们的车去的。"响雷道。

"我想看看他们是用什么手段跟上我们的。注意，一会儿动手的时候要留活口，我要知道他们的身份。"山狼从藏身处爬起来，"动手！"

几名敌人果然找到了他们留下的两辆车子，小心地靠上去检查情况。

"噗……"断后的一名敌人头部中弹，子弹穿过头颅打在了地上。因为他在最后面，所以在中弹的一瞬间并没有引起敌人的注意，直到他身体倒地的时候其他人才警觉起来，但已经晚了，又一名敌人被击中。

"嗒嗒嗒……"山狼、重拳、响雷突然从附近跳出来同时开火，子弹横飞中四名敌人被击中。

双方迅速陷入激战。敌人经验丰富，虽然开战就被打趴下六个人，但剩余的三名敌人迅速扑倒同时还击，并投掷烟幕弹遮蔽视野。

"哈！还有点儿经验！"重拳提着枪迂回上去。

"重拳，别靠太近，这些人不是那么好对付的。"响雷在耳机里提醒他。

25 密林相聚

"知道。"重拳小心地靠上去,摸出一枚手雷丢了过去。

"嘭……"一声闷响,烟幕被气浪炸得四散开来,里面一个人影都没有,原来人已经跑了。

"速度挺快!"重拳起身就追。林子不算太密,没多远他就看见了敌人,敌人也发现了他,立即向他扫射,子弹打在树上一阵乱响。重拳弯着腰一边射击一边前冲,敌人虽然在逃,但退得沉稳有序,并不慌乱,看来有着丰富的战斗经验。

"重拳,拖住他们,我们迂回过去。"耳机里山狼说道。

"收到。"重拳应了一声开始连续射击,只要敌人准备逃跑他就拼命攻击,将敌人拖住。敌人故伎重施开始丢烟幕弹,但重拳可不吃这套,连续射击之下开始往烟雾里丢手雷,就算炸不到敌人也能压制他们的火力。

敌人发现周围只有他们三人时,马上明白他们是想捉活的,开始迅速后撤准备突围。他们一边扫射一边拼命地狂跑,结果还是晚了一步,山狼和响雷已经绕到了他们的后面,三人一起从三个方向对敌人进行夹攻,逼得敌人只能退守防御。

响雷摸出两枚闪光弹丢了过去,敌人立即中招。惨叫中敌人开始盲射,但这根本威胁不到重拳他们。战斗很快结束,三个敌人中一个被击毙,两个被俘。

两名俘虏都是腿部中弹,血流不止,重拳上去两枪托把俘虏打晕,然后捆起来拖了回来。

"之前的手机不能用了。"山狼将本·艾伦提供的专业手机丢在地上一枪打了个稀巴烂。

"还真有点儿可惜。"重拳也要把自己的手机毁掉。

"别浪费,可以给敌人留个礼物。"响雷把手机夺过来,"我去做个诡雷。"

"动作快点儿。"山狼并没有反对。

俘虏被重拳丢进了后备箱,一辆车里塞一个。

狮鹫去检查敌人的车辆后很快就回来了,除了必要的武器外没有任何发现,他只好将敌人留在里面的一些随身物品取出来带走。从尸体身边缴获的一台卫星电话已经被毁掉了,看来敌人早就做好了准备,根本没打算让他们得到任何线索。

"希望能恢复一些数据。"狮鹫将已经变成零件的卫星电话装进塑料袋。从敌人车上取下来的东西都装进了一个金属箱塞进了后备箱。这种特质的金属可以阻断任何电子信号，就算敌人的东西里暗藏了窃听或者追踪装置也都会失去作用。

"响雷，我们该走了。"山狼摁着对讲机说道。

"马上回来。"响雷答道。

山狼把敌人的车辆泼上汽油点燃，既然带不走就不能给敌人留下，这是他的准则。

"不错的奔驰，可惜了。"重拳看着燃烧的汽车直摇头。

"你现在的身价买一百辆这种破车挂在一起当火车开都没问题。"山狼很不屑地说道。

响雷从远处跑回来一脸的兴奋，"只要敢来，保证他们死伤惨重。"

"走，去见见大伙。"山狼指了指另一辆车，"你带路。"

两辆车沿着林中的公路向北进发，直到凌晨他们才到达目的地。这是一个隐蔽在丛林中的被废弃的小镇，已经没有人生活在这里，甚至在新版的 F 国地图上都找不到这个小镇。

车子在镇子中央的教堂前停下，山狼在进入镇子的时候就发现在破败的建筑物里有哨兵存在，他看到了几个熟人，都是后期招募的新人。

教堂的门打开，本·艾伦带着几个人从里面走出来，这倒是出乎了车上所有人的意料。

"队长。"山狼一脸的惊愕。

"比你们早到了半小时。"本·艾伦拍拍山狼的肩膀，"你做得很好。"

重拳刚下车玛丽就冲了过来撞进了他的怀里。

狮鹫很沉稳地对众人点了点头，响雷拖了两个俘虏下来交给其他人。

"好了，有话进去说。"本·艾伦左右看了看，"幽灵呢？"

"幽灵已经战死了。"山狼表情暗淡。

"什么？"本·艾伦愣住了。

谁也无法相信幽灵会死，这小子在他们心里简直就是打不死的小强，

25 密林相聚

可是今天他居然死了。

"哎……"本·艾伦长叹一声,"但愿他安息。"

"他是怎么死的？"玛丽问重拳。

"掉进河里淹死的。"重拳将幽灵的遭遇详细地讲述了一遍。

众人一阵唏嘘,谁也没想到会发生这种事情,太难以置信了。

进入教堂,里面坐着一些人,以护士团的女兵居多,让他们意外的是信使也在。

"这让我想起了苏帝米亚。"山狼看着教堂说道。

"的确,都是在教堂里藏身,不过这里更安全,方圆十几公里都是丛林,而且没有人烟。"本·艾伦一边说一边坐下。

"队长,这几天你们去哪儿了？怎么都联系不到你,我们都快急死了。"山狼问。

"很抱歉让大家担心了。"本·艾伦先道歉,"其实不是我不和大家联系,而是我没法联系你们。遭遇袭击那天情况有点儿特殊,马丁接到可能会有恐怖袭击的情报后,我们就先离开,路上就遭遇了袭击,之前的特殊设备遭到监听,更严重的是敌人开始通过手机追踪我们的位置,我们只能将手机毁掉,然后东躲西藏,后来遇到逃出来的信使。那时已经无法联系其他人了,因为我怕联系他们的时候被敌人监听,暴露了大家的位置,所以一直处于静默状态,直到几天前赶到这里。这次能逃出来算是运气,基地城堡已经无法再使用,我们的基地又没了。"

"队长,下一步我们该怎么办？"山狼问。

"还不知道。"本·艾伦摇了摇头。

"那我们这些人的安置问题呢？总不能一直留在这里吧？"山狼又问。

本·艾伦揉着太阳穴,"这里还是比较安全的,暂时先驻扎在这里,我会尽快找到安身之地。"

山狼点了点头,"嗯,等赌徒他们回来再说,看看他们那边有没有什么异常情况,然后再决定下一步的行动。"

"只能这样了。山狼,在俘虏死之前问出点儿有价值的东西。"本·艾伦睁开眼睛,"重拳,晚上跟我出去办点儿事情。"

第二天早上赌徒等人归队，半月不见众人不免互相捶打一番，亲近得不得了。本·艾伦收缴了所有人的通信设备，为了不被敌人追踪他只能这样，当然也有防止内奸泄密这一层意思。

　　后面的几天里，重拳跟着本·艾伦频繁外出，他们需要找一个新的落脚点，同时要追查敌人的情报。绅士和山狼负责人员的安置工作。新人全部被调走，送到了Q国执行对石油大亨的保卫任务，这是本·艾伦的意思，生意还得继续，这样既能把新人从这里剔除，防止泄密，又能赚点钱维持黑血的生计，保证这些新人不生活在危机的阴影之下，保证黑血的长足发展。

　　剩下的烂摊子要一点点地理顺，减少外出，减少与外界的联系，防止泄密，这是当前黑血一切活动的原则。监视每个人是本·艾伦安排给山狼和绅士的秘密任务，但本·艾伦依然觉得这不太保险，于是给大多数人放假，让他们回家"休息"。除了他和重拳之外，小镇只留下了山狼、绅士、信使、狮鹫和护士团成员的少部分成员，其余人全部被他踢回家修养。

　　这也是没办法的办法，与其都在这里无所事事，不如让他们回家，只留下必要人员。原本本·艾伦以为对山狼他们的甄别之后就剩下了赌徒那组人值得怀疑，但现在看来他还得重新评估手下人。

　　重拳的嫌疑算是已经排除了，但这并不代表本·艾伦信任他，至于为什么，只有本·艾伦自己知道。之所以一直带着重拳到处走，就是要利用一下他的关系。重拳这个人看似简单，其实他是个关系和背景都非常复杂的家伙。本·艾伦阅人无数，深通此道，虽然他不清楚重拳的来历，但他知道这个人在某些时候能起到一些关键性作用，所以近期他一直将重拳带在身边拜访关系人物、搜集情报、给队伍找安身之地。他们还抽时间回了一趟基地城堡，里面已经被毁得差不多了，设备、武器全部被搬走，只留下一个空荡荡的城堡。

　　又是半个月过去了，营地一直相安无事，看来这里还算安全，敌人暂时还找不到这个地方。这段时间里，本·艾伦和马丁几乎没怎么联系。马丁这段时间被调到了新成立的隶属于M国情报部门的MIA组织，这个组织的总部设在F国的L市，专门负责欧洲情报事务，由马丁的老上司奎恩

25 密林相聚

负责。奎恩连续给了黑血几个任务，但都被本·艾伦拒绝了，理由很简单，他们现在需要时间调整状态，暂时不适合出外部任务。对于本·艾伦的拒绝，奎恩很不高兴，但也无可奈何，因为他们之间只是合作关系，所以他没有资格对本·艾伦下命令。

本·艾伦的心思根本没放在赚钱上，只是为了维持和M国人的关系才一直保持着合作，现在黑血又正处于危机之中，他现在要做的就是解决黑血面临的问题，其他的暂时不考虑。虽然在表面上看黑血暂时已经没有了危险，但这不代表危机已经过去。连着两个月里，本·艾伦一直继续奔波，却没什么收效。调查仿佛进入了瓶颈期，很难再有所突破，这让本·艾伦郁闷得不行。最后他通过重拳搭上了一条线，这是个全新的渠道，所以本·艾伦非常重视。

在黎城西郊的一家酒吧里，重拳和本·艾伦坐在角落里安静地喝着酒。

重拳看了看表，"时间差不多了。"

"嗯，会不会不来了？"本·艾伦问。

"应该没什么问题，只要他同意见面，就一定会出现。"重拳说道。

这次本·艾伦要见的人是重拳的朋友，一个背景比较复杂的人物，本·艾伦曾经听说过这个人。在传言中这是个上至各国情报机关下至知名黑帮分子都有往来的传奇人物。

这个人和重拳的关系非同一般，他们曾经一起出过秘密任务。从重拳的描述来看，这个人是神一样的存在，重拳对此人佩服得五体投地。今天的见面是重拳一手促成的，在这之前重拳就不止一次地提到过这个人。虽然本·艾伦通过不同渠道和此人有过接触，但双方从没见过。

在城堡遭袭之前，本·艾伦接到过这个人传来的消息，这个消息让他和绅士保住了性命。

从那时开始，本·艾伦确定要会会这个神秘人。

"来了！"重拳站起身看向门口。

本·艾伦转头望去，来人长相普通，和重拳一样，有着一张典型东方人的面孔，黑发、黑眼、黄肤，三十多岁，目光冷峻。

本·艾伦站起身，重拳做了简单的介绍之后双方落座。

重拳道:"布鲁斯先生是我多年的朋友,队长不必客气。"

"没想到布鲁斯先生这么年轻。"本·艾伦看着对方。

布鲁斯笑了笑,"入行比较早,所以经历的事情比较多,外表显得幼稚了一点儿,不要见笑。"

本·艾伦点了点头,"感谢之前的那次提醒,救了我一命,否则我们就没有这次见面的机会了。"

布鲁斯道:"不必客气,之前也是因为从某个渠道偶然得到了一些消息,所以才发出了警告。MIA在L市分部遭袭的事情并非意外,而是和针对你们的袭击有直接的关系。当然,我有自己的渠道,但这并不代表我的消息足够灵通。"

本·艾伦点了点头,"这一点我能够理解,现在我们正处于危机之中,所以我想请你帮忙,帮我们渡过这次危机,利用你的情报渠道。要知道,我现在已经没有什么人可以信任了,被动挨打到现在我还搞不清对手是谁。我愿意出合理的价钱购买你的情报。"

"钱不是问题,只是我不希望过多介入你们的事情;帮助没问题,但我只能引导,不能直接提供,这个还希望你能理解。"布鲁斯点上一支烟。

本·艾伦又点了点头,"我当然明白你的苦衷,但想先问一句,你是怎么确定MIA分部的遭袭和针对我们的袭击有直接关系的?"

布鲁斯吸了口烟,"你不觉得太巧了吗?他们遭袭和你们总部遭袭几乎是同时进行的。你有没有想过其实那次袭击就是奔着你去的,MIA分部只是受到了连累?"

"这……"本·艾伦倒吸了一口冷气,"我有那么重要吗?为了干掉我,居然敢对一个国家的情报机构动手?这未免也太高看我了吧?"

布鲁斯笑了笑,"如果我出足够的价钱雇佣你们袭击M国大使馆,你会做吗?"

本·艾伦摇了摇头:"当然不会。"

"那你保证别人不会做吗?"布鲁斯继续发问。

本·艾伦皱着眉,"无法保证。"

"所以,这只是价钱问题,没有谈不拢的买卖,只有谈不拢的价码,这

25 密林相聚

可是你们奉行的一条准则，在其他人眼里也同样适用。因此，你才是第一目标。"

本·艾伦沉默了，如果是这样，这个组织不是实力雄厚就是疯狂至极。敢对一个国家的情报机构下手，需要的不单单是雄厚的资金和实力，同样需要足够强大的胆识和运作能力。这不是小规模的恐怖分子或者激进组织能做到的，那么也就是说，黑血即将面临的敌人是一个比握手组织更加难缠的对手。

"其实我也是通过情报界的关系获得了一些信息，不完全，也不够准确，所以我能提供的帮助有限，但我会尽力而为。关于你的对手，我也完全不清楚，但我可以帮你们查一查，不过不要抱太大的希望，因为我也没什么把握。不过我需要提醒你们，警惕MIA，我的渠道显示，他们正在对你们进行全方位的监视。"

"我们是雇佣兵，所以MIA对我们并不放心。我们参与了他们太多见不得阳光的事情，知道得太多了不是什么好事，但我们和他们正处于一种彼此需要的微妙状态，所以他们还不会对我们怎么样。"本·艾伦喝了口酒，"布鲁斯先生，你能否告诉我们你所知道的，现在我们迫切需要情报。"

"抱歉，我有我的立场，我不会告诉你们，但我会尽量提醒你们。"布鲁斯喝了口酒，"其实你们已经查到了一些东西，只不过你们还没意识到这些东西的重要性。汇总你们的情报你们就会发现，其实你们已经有了不小的收获。不是我兜圈子，是我真的无法把话说得太明显，我也是个雇佣兵，我们都生活在夹缝之中，所以还请理解。"

本·艾伦皱了皱眉，他不太懂布鲁斯的意思，但他也不好多问。入行太久了他明白其中的规矩，尤其是雇佣兵，很多时候会涉及一些和情报机构的复杂关系，这种情报的泄漏对行业内部的生存没什么好处。

布鲁斯一边轻轻地敲着桌子一边继续说道："首先我不清楚你们现在的对手是谁，但我知道这个对手并不是一个单纯的组织，他们和一些情报机构有着密切的联系。他们要对你们进行袭击这件事我也是在和一些情报机构打交道中获知的。他们和这些情报机构有着直接或间接的合作，所以你们可以从这一点入手。"

本·艾伦晃着酒杯陷入了沉思。对于布鲁斯的话他有些不得要领，他不清楚布鲁斯指的是什么。

"话我只能说到这儿了，剩下的你们自己理解吧。"布鲁斯把杯中的酒喝光，丢下一张钞票站起身，"希望下次见面时可以和你们畅饮一番。"说完转身离去。

本·艾伦还在思考他的话。这个布鲁斯来了之后说了半天的废话就这么走了，并没有提供什么有价值的信息，但本·艾伦还是觉得似乎抓到了点什么，只是有些不得要领。

重拳送走布鲁斯之后回来坐下，"队长。"

"嗯？"本·艾伦看到桌面上有一片水迹，仔细一看他才发现，上面是用酒写的一排字母，那是一个名字——内厄姆·伊伯森。

本·艾伦不知道布鲁斯什么时候写下的这行字，但他明白，这是布鲁斯给他的提示，这肯定是个至关重要的人物。

"内厄姆·伊伯森……"本·艾伦搜索着自己的记忆库，这个名字他好像在哪儿听过，但似乎又没什么印象。

"回去查一下，既然他留下这个名字，那就说明这不是一个很难找的人。"重拳建议道。

"让我想想！"本·艾伦揉着额头说道。

重拳喝着酒不再说话，他也在思索着。

"算了。"本·艾伦睁开眼睛，"回去吧，实在想不起来。"

"我们是否需要通过渠道查一下？"重拳问。

"先不要。"本·艾伦站起身，"好不容易得到的情报，不要泄露出去，包括队里的其他人，甚至包括山狼在内。"

"是。"重拳点了点头。

两人出门上车。返回的路上本·艾伦一直处于思索状态，重拳没有打扰他，车里气氛沉闷。重拳的手机响了，他取出电话看了看，"是玛丽。"

"接。"本·艾伦闭着眼睛说道。

"是我。"重拳接通电话，听了一阵立即将电话交给本·艾伦，"营地那边有情况，有可疑人员在附近活动。"

25 密林相聚

"什么?"本·艾伦一愣,马上接过电话,"我是兽人。"

重拳紧锁眉头,他们刚离开几个小时就出现了这种情况。

"我知道了,你们马上转移,一切小心。"本·艾伦挂断了电话。

"确认是敌人吗?"重拳问。

"还不确定,不过小心为上。放心,他们暂时不会有危险,顶多是敌人的侦察兵。"本·艾伦搓了搓脸,"太糟糕了,我们很可能已经被追踪。敌人到底是通过什么手段做到的呢?"

"我们身上有追踪器?通信监视?还是卫星追踪?"重拳疑惑道。

"都有可能。"本·艾伦看着外面,"到底是谁要把我们都弄死?"

重拳叹了口气,"还是从布鲁斯这条线查下去吧,这可能是我们到目前为止获得的最清晰的一条线索。"

"可是这个人我却怎么也想不起来,但我确定听过这个名字。"本·艾伦揉着头一脸的痛苦。

"我们已经无家可归了,这么下去不是办法。"重拳满脸愁容地说道。

"不从敌人的监视中跳出来,我们根本就没办法再找藏身的地方。"本·艾伦摇了摇头,"真得想个办法了。"

"现在去哪儿?"重拳问。

"去8号安全屋。"本·艾伦思索了一下,"这是我们最后的藏身处了。"

8号安全屋是本·艾伦自己享有的藏身地,是一个农庄,在黎城远郊,是个山清水秀的好地方,也可以说是本·艾伦的私人度假地,除了他之外没人知道。

"那其他人呢?"重拳颇为担心地问。

"放心,他们会照顾好自己。我们现在的首要任务是找出这个内厄姆·伊伯森。"本·艾伦向外看了看,"找个地方,我们需要换辆车,身上所有的东西包括衣服都不能要了。"

26　战士归来

两个多月来，本·艾伦一直以为他们暂时摆脱了敌人的追踪，可以在相对安全的环境中完成他们的调查，但是今天他们却再次被敌人发现，危机仍在继续。

本·艾伦找了家店买了衣服，从内裤、袜子到外套全都换上新的，重拳搞来车辆，他们只带了手枪前往8号安全屋。

这个农庄临湖而建，环境幽雅，很适合度假疗养。

到了之后本·艾伦立即用最隐蔽的方式联系了山狼，将他们分别安排在黎城的15、16、19三个隐蔽点，而且他们对彼此的藏身地点互不知情。又用四种联系方式规定了七个交互式的通信站，这样就算敌人还在追踪，短时间内也无法查到他们的位置。

重拳和本·艾伦立即从他们积累的秘密情报渠道中查找内厄姆·伊伯森这个人。这些下层的情报渠道非常混乱，什么样的人都有，但他们的情报来源广泛，活动能力强，不易被上层情报组织重视，虽然消息的准确度不是很高，但只要利用得当还是能查到一些东西的。

两人在这里一待就是三天。各方面汇集过来的情报多如牛毛，本·艾伦不停地转账支付各渠道的情报搜集费用，剩下的就是进行分析和整理了。经过一夜的分析整理他们终于有了发现。

"贝恩·巴勒斯，原名内厄姆·伊伯森，F国情报部退役特工，现在是个情报贩子。虽然已经退出现役，但仍然效忠于原情报组织，被多国情报机构定性为多重间谍，生活在黎城，接受B级保护。怪不得找不到他，原来改了名字。"重拳将电脑屏幕转向本·艾伦。

"就是他！"本·艾伦一拍桌子，"我想起来了，五年前见过一面，在一个情报黑市上！这个混蛋，把地址查出来。"

"黎城第二十区。"重拳调出详细地址。

"终于找到了。"本·艾伦把杯中的酒喝光，"几天的心血总算没有白费。"

"什么时候动手？"重拳将手指掰得嘎嘎作响。

"今天晚上。"本·艾伦打开衣柜，露出里面的武器架。

"我们需要更多情报，建筑结构，警力部署……"重拳挠了挠头。

"这好办。"本·艾伦翻出一部加密手机拨通了一个号码，"我是兽人，帮我找些东西……越详细越好……"本·艾伦不停地打电话。

"不会泄密吧？"重拳有点担心。

"我找的是黎城的黑帮，这是最底层的关系。虽然保密性不是很好，但我们可以利用消息传递的延迟，等上层知道了，已经来不及了。"本·艾伦将柜子里的装备取出来，"今晚就我们两个，现在我信不过任何人。"

"你为什么相信我？"重拳开始给弹夹装弹。

"说实话我连你都信不过，但我没别人可信，所以你小心点儿，没准我会在你背后给你一枪。"本·艾伦面无表情地说道。

"你……你也太直白了。"重拳知道本·艾伦没开玩笑。

"如果幽灵在就好了，至少我还有个帮手。"本·艾伦叹气。

"你就这么信不过我？那你还用我？"重拳抗议。

"虽然我不够了解你，但我知道你并非单纯地为了钱而加入黑血。"本·艾伦把手枪上膛放在一边，抓起突击步枪仔细检查起来。

重拳一下就站了起来，手里的枪动了动，最后还是没有举起来，他盯着本·艾伦的头："你什么意思？"

"你比我更清楚，你还没威胁到黑血的存在，我希望以后也不会。"本·艾伦看都不看他，继续摆弄着步枪。

重拳的枪慢慢放下，"我的确没有针对黑血，这里的每个人都是我的兄弟。"

"所以，我不管你为什么而来，但我希望你不要忘了，这些人都曾经和你出生入死过。现在我们只谈兄弟，不谈其他，我需要你的帮助。"本·艾伦抬起头，"我和你说这些的原因很简单，虽然我不信任你，但你不是我的敌人，而且你还看重我们之间的兄弟之情，这就足够了。"

"好吧，这个问题不需要再讨论了，只要你还相信我不会威胁你和黑血就足够了，我现在是黑血的士兵，不会做对黑血不利的事情。"重拳没好气儿地说。

"很好。"本·艾伦点了点头，"刚才说的这件事只有我知道，如果你想灭口就赶紧动手，但在杀了我之后你要找到内厄姆·伊伯森，查清楚这件事，不要让黑血在雇佣军界消失，这是我唯一的要求。"

"混蛋！你把我当什么？"重拳大怒，脑门上青筋暴起，"我在黑血这么多年，就这么不值得你信任？"

"之前的确怀疑过你，不过现在已经没关系了，至少你还没打算威胁黑血，所以你已经通过了我的考验。"本·艾伦淡淡地说道。

"考验？"重拳一愣。

"是的，你已经过关了。"一个声音从二楼传来，那声音重拳无比的熟悉，他一下僵在了那里，"幽灵？"

"没错，是我。"幽灵从楼梯上走下来，手里提着一支M4A1，一脸的沉静。

"你还活着？"重拳盯着幽灵，"你这混蛋！为什么不早说？"

"很意外吗？"幽灵看着重拳。

"早说就不会有这次测试了。"本·艾伦把步枪放在桌上阴着脸说道，"如果刚才你有任何异动，他会毫不留情地干掉你。"

"你们耍我？"重拳眯起眼睛。

"测试是必要的，至少结果我还满意。"幽灵放下手里的枪，"这是我和队长对你的考验，不过……如果你真的有任何危险举动，我还真不知道会不会对你开枪。"

"我真想揍你！"重拳看着幽灵狠狠地道。

"无所谓了，至少比杀了你强。"幽灵耸了耸肩。

重拳发现他手里的M4是上膛的，如果自己刚才的举动真的威胁到了本·艾伦，这小子没准儿真会开枪。

"你们两个混蛋！"重拳骂了一句，"很好，现在我不值得怀疑了吧？"

"不，你并非不值得怀疑，我只是排除了你对黑血的威胁。"本·艾伦直言不讳,"不过幸好你小子还是个重情义的家伙。"

"这算什么?利用?"重拳悻然。

"合作,就像我和布鲁斯一样,我们之间只有合作,这份合作是建立在兄弟情分基础上的,别怪我太直白,这总比直接利用你好得多。"本·艾伦看着重拳,"当然,你有权选择退出。"

"当然要退出。"重拳哼了一声,"但不是现在,至少在黑血渡过难关之前我是不会离开的,不管你们怎么想。"

"那就好。"本·艾伦松了口气,"欢迎你留在黑血,小子,你是好样儿的。"

"说说你的遭遇吧,你怎么从车里逃出来的?"重拳倒也干脆,既然已经说开了就没必要再深究下去,相比心中的怒气,他更好奇幽灵经历的事情,毕竟本·艾伦很坦白地说出了自己的想法,也抓住了他珍惜对黑血的感情这个软肋。

幽灵挠了挠头,给自己倒了杯酒,开始讲述那天的经历。

在和重拳他们分开之后,幽灵开着那辆早已变形的破车继续向前狂奔,他非常清楚自己的处境,如果不能脱离武冈团的追踪,那他最好的结果就是自杀,他可不希望落在武冈团手里,那会死得更惨。

"来吧,混蛋们!"幽灵猛踩油门。其实他已经完全感觉不到自己的右腿,他只能盯着仪表盘,只要指针还在上扬就说明自己的腿还能用上力气。在一路狂奔中他发现车子已经不行了,车子在漏油,他已经没有多少时间考虑如何脱身了。

武冈团的车队浩浩荡荡地追上来,数量越聚越多。他到达河边的时候油表已经见底,武冈团的车从四面八方围困上来。于是他在车队里横冲直撞,不停将武冈团的车子撞开,希望能闯出一条路,但最终没能成功,最后他选择了开着车跳河。

其实在连续的撞击中,他的腿已经从变形的车子里脱离了出来,只是因为失去知觉他完全感觉不到。落水之后因为车窗玻璃已经完全破碎,大量的河水迅速涌进来,他的身体开始上浮,他这才发现已经脱离了困境,于是他挣扎着从破碎的车窗里爬了出去。就在这时,一辆武冈团的汽车被急流卷着砸在了他的车上,将整个驾驶室完全压扁,如果再晚两秒钟他就会完全被困死在里面。那辆车的尾部撞到了他的脑袋，他晕了过去。

醒来的时候已经接近中午。他发现自己被卡在河边几条纵横交错的树根里，上半身露在水面之外，脑子晕晕的，什么都想不起来，甚至不知道自己出了什么事情，浑身上下一点知觉都没有。就这么在水里泡了一天，到晚上的时候他终于可以控制自己的双手了。他费力地爬上岸，躺在泥地里再次晕了过去，再次醒来的时候已经被人送到了诊所。医生告诉他腿上、胸前、额头一共缝了七十多针，肋骨三根出现裂痕，大腿神经因受到压迫太久需要很长时间才能恢复知觉。当问到他的名字时，幽灵却答不上来，不是他不想说，而是他根本想不起自己叫什么，也不知道到底发生了什么。

医生判断这可能是头部长时间缺氧造成的暂时性失忆，恢复时间无法确定。医生又告诉他，他被送来的时候身上没有任何能证明他身份的东西，甚至连衣服都没有，应该是在昏迷的时候遭遇了洗劫。诊所报警了，警察马上就到，希望警方可以帮他查清身份。

幽灵虽然什么都想不起来，但他却清楚不能见警察，他不清楚原因，但就是不希望见警察。于是他在医生离开之后爬下床头，上了诊所里的轮椅逃了出来。

幽灵像个白痴一样在街头游荡，他不知道该去哪儿，更不知道该怎么办。

"那后来呢？你不会一直在街上游荡吧？"重拳问。

"后来……"幽灵有些不好意思地挠了挠头，"后来我联系了美惠子。"

"呃……"重拳有些无语，"你不是什么都不记得了吗？"

"是，我的确什么都不记得了，但还记得她给我的电话号码。"幽灵有些难为情地笑了笑，"虽然我不知道这个号码跟我有什么关系，更不知道它的主人是谁，但这却是我当时唯一能想到的，于是我借了手机给她打了电话。"

"那后来呢？"重拳问。

"美惠子听出了我的声音，开始她还以为我在和她开玩笑，非常生气。但幸运的是她没有挂电话，后来还是借给我电话的人帮我描述了一下我的情况，美惠子这才开车来找我。她把我带到了她的私人公寓，问了我很多问题……"

"凯恩君，您到底是怎么了？"美惠子一边帮幽灵处理崩开的伤口一边问。

26 战士归来

"我真的不知道，我失忆了，我真的叫凯恩吗？"幽灵一脸茫然地问。

"是的，这是您亲口告诉我的。"美惠子拿出一张名片，"还记得吗？在机场回来的路上您给我的名片。吉姆·K·萨兰德，很抱歉，我习惯称呼您凯恩。"

幽灵看着名片发呆，"没关系，反正你叫我什么我都没有印象。"

"凯恩君。"美惠子小心翼翼地问，"您是警察吗？"

"不知道，但我不喜欢警察。"幽灵茫然地摇了摇头。

"我的父亲身份特殊，所以我不能和可能对他不利的人员来往，所以……很抱歉之前没有回您的短信。"美惠子低着头说道。

"我什么都不记得了。"幽灵摇了摇头，"不过你放心，就算我是警察也不会做对你们家族不利的事情，因为你是我的救命恩人。"

"言重了，我只是找到了您，就算是对您载我回家的感谢吧。"美惠子红着脸道。

"帮我打这个电话，我要了解一下我自己。"幽灵将名片递给美惠子。

美惠子点了点头拿出手机拨通了上面的电话，结果那边无人接听。

其实那时候山狼已经通知黎城对外公司的所有人都集体休假，公司根本就没人。

"我要去黎城。"幽灵猛地站起身，但他却忘了自己的右腿已经没有任何知觉，刚站起来就摔倒在地上，头上的伤口再次崩裂。

"您现在的状态需要静养，还是等伤势好转了再说吧。"美惠子把他扶起来。

幽灵重新坐回到轮椅上，美惠子拿来急救包帮他处理伤口，"您现在必须去医院，伤口需要重新缝合。"

"不，不能去医院，我现在没有任何身份，警察会把我送进监狱。"幽灵摇头。

幽灵的侥幸逃脱只能说他命不该绝，机场途中帮助过的美惠子也成了他的福星，否则他可能真的要流落街头。

伤口再次崩开，幽灵一点也不在乎，这点伤对于上过战场的人来说简直不值一提，但却吓坏了美惠子，"您的伤口……"美惠子用纱布按着他的额头急切地说。

"给我准备烈酒、止血棉、针线和剪刀。"幽灵抓住美惠子的手。"您要……自己缝合？"美惠子不敢相信地看着幽灵。

"拜托了。"

"好吧，您稍等。"美惠子起身离去，半小时后返回，带来了幽灵需要的东西。

幽灵让美惠子拿来镜子，然后照着镜子自己一针一针地将额头的伤口缝好，吓得美惠子双手抖成一团，连镜子都拿不住。

"好了。"重拳抹掉脸上的血迹，面不改色地说道。

"看您娴熟的手法，您是医生吗？"美惠子的小脸已经吓得煞白。

"不知道，希望是吧。"幽灵麻利地将伤口处理好，"能不能再麻烦你一下。"

"不要客气，请讲。"

"能不能给我弄点儿吃的，我很饿。"

"好的，您稍等，马上就来。"

一天一夜没吃东西了，幽灵的确饿坏了，狼吞虎咽地吃了起来，美惠子静静地在一边看着。

"为什么要帮我？你不怕我是坏人吗？"幽灵感觉有些不自在，在他的人生里还从没有人如此专注地看着他吃东西。

"不知道，虽然我很怕您，但就是觉得应该帮您。我不觉得您是坏人，我觉得肯帮助我的人都不是坏人。"美惠子认真地说道。

"是我遇到好人了。"幽灵轻轻地叹了口气，"以我现在的状态，如果没有你的照顾，我可能会很惨。"

"虽然您失忆了，至少您还记得我……"美惠子脸一红，又补充了一句，"这说明您还当我是朋友。"

"当然，如果我永远也想不起来其他事情，你就是我认识最久的朋友。"重拳放下碗筷，"吃饱了，谢谢。"

美惠子将残席撤下，幽灵看着窗外发呆。他用力掐了一下自己的右腿，一点感觉都没有，整条腿就像一根面条，任由他摆布。

美惠子端来茶水，"请喝茶。"

"谢谢。"幽灵点了点头,"很晚了,你休息吧,我再坐一会儿。"

"没关系,我陪着您。"美惠子坐在一边。

"我究竟是谁?"幽灵自言自语。

"明天我带您去医院检查一下,看看情况。"美惠子说道。

"不必麻烦了。"幽灵摇了摇头,"我的状态没有问题,只是需要时间恢复。"

"没关系,百合子的父亲是医生,我可以请她帮忙,不会惹来麻烦的。"

"好吧,在这里的花销还请记下来,我会全都还给你的。"

"不必了,这算不得什么。"美惠子摇了摇头,"您能好起来比什么都重要。"

"是啊。"幽灵叹气,两人不再说话。

也不知道过了多久,美惠子靠在沙发上睡着了。

幽灵转过头找了一件衣服帮她盖上。对于美惠子他没什么印象,除了那个电话号码之外他几乎什么都记不起来,他不知道自己和这个女人有着怎样的关系,但他却深切体会到了美惠子对自己的帮助是真心实意的。

幽灵在窗前呆坐了一夜,他毫无困意,但依然是什么都想不起来。

美惠子醒来的时候天已经亮了,"不自觉地睡着了,真是太失礼了。"

"没关系。"幽灵转回头,戴着两个大大的黑眼圈。

"您一夜没睡?"美惠子有些吃惊地看着幽灵。

"睡不着。"幽灵淡淡地说道。

"想太多了也不解决问题。"美惠子起身,突然瞪大眼睛看着幽灵,"您的右手。"

"什么?"幽灵低下头,这才发现自己的右手又红又肿。他撩开衣袖,只见手腕上那条伤口已经红得发亮,"没关系,感染而已,处理一下就好了。"

"不会有事吧?"美惠子很担心地问。

"没关系,这种情况经常遇到。在执行任务的时候免不了受伤,伤口也无法及时处理……"说到这儿,幽灵一下顿住了,他好像想到了什么,但又抓不住重点,"任务……受伤……"

美惠子安慰他道:"好了,您已经开始好转,正在慢慢记起一些东西。这才是第二天,已经恢复得很快了。"

"但愿如此。"幽灵卷起袖子,开始处理伤口。虽然是左手操作,但手法并不显得笨拙。

"好吧，我去准备早餐。"美惠子见帮不上什么忙，就起身简单地洗漱了一下，换了衣服出去了。

处理完了伤口，幽灵摇着轮椅准备去洗脸。对着镜子一看，发现自己满脸的胡茬，面容憔悴，他摇了摇头，伸手去摸一边的剃须刀，结果抓了个空。他举着手看了半天，不知道为什么要做这个动作，难道自己家里的剃须刀放在那个位置吗？

幽灵拧开水龙头，却因为坐在轮椅上，右手又无法正常使用，根本没法顺利洗脸。一个习惯站立的人突然坐在轮椅上是非常难以适应的。他努力了半天，结果脸没洗成却弄了满身的水。

他坐在洗漱间里发呆，不知道自己是谁，不知道自己能干什么，这种心情是正常人难以体会到的。

过了一会儿，美惠子回来了，发现他的样子就轻笑着走过来，"我来帮您吧。"见他没有反对就拿起洁面乳开始往他的脸上涂抹，动作轻柔，小心地避开他额头上的伤口，温柔得如同母亲在抚摸孩子的脸颊，那种感觉幽灵从没体会过。

美惠子也是第一次如此近距离地观察一个男人的脸。这张脸皮肤黝黑，棱角分明，虽算不得英俊，却充满了刚毅，浓重的眉毛给他增添了一种英武之气，在钢针一样的头发点缀下，这张脸越发显得阳刚率直。

洗脸足足用了五分钟，两个人沉浸在这种无声的接触之中，一个享受，一个失神。最终还是幽灵咳嗽了一声美惠子才"醒了"过来，她红着脸帮幽灵擦去脸上的水渍，然后拿来了剃须刀，"第一次买这些东西，不甚了解，只能买电动的了。"

"足够了，你是个细心的女孩，谁要娶了你可真是有福……"话刚出口，幽灵就觉得哪里有些不对，但依然是不得要领，他摇了摇脑袋，"脑子里一片混乱，好像有什么事情……"

"别想了，先吃东西吧。"美惠子幽幽地说，幽灵的话的确触到了她的痛处。石井是个混蛋，她甚至都不想多看一眼，但是婚事一定，很多事情早晚都要面对。对她来说，人生是不可选择的，一切只能听从安排，她只是家族交易的一个筹码。

"美惠子？"重拳见她突然不说话有些奇怪。

"哦，我买了早餐，吃点儿吧。"美惠子回过神来，赶紧掩饰自己刚才的失态。

"没事儿吧？"幽灵看着她。

"没有。"美惠子默默地摇了摇头，低头慢慢吃着早餐。

"和我说说关于我的事情吧。"幽灵一边吃着东西一边说道。

"嗯……"美惠子思索了一下，"好吧……"然后将那天发生的事情详细地说了一遍，只是中间隐去了幽灵揍石井那一段。

"哦。"幽灵点了点头，他还是什么都想不起来。

"如果您的朋友们还在D市，他们肯定在找您，只是您不能去警察局，所以……"

"没关系，只要人活着，见面的机会就多得是。"幽灵一脸无所谓。

"你们都很神秘，除了您，我甚至不知道其他人的名字。"美惠子说道。

"知道又能怎样？反正我也想不起来。"幽灵叹了口气，"不过现在有你收留也不错，有饭吃，还有人帮忙洗脸，我已经很满足了。"

美惠子的脸一下又红了，她把头使劲儿低下，不敢看幽灵。

吃完早饭，美惠子带幽灵去了百合子父亲的医院，百合子的父亲给幽灵找了个脑科专家，对幽灵做了详细的脑部检查。

"你这种因大脑长时间缺氧而导致的失忆症我曾经接触过几例，恢复期因人而异，短的不足一个月，长的一年以上，也有更长时间才恢复记忆的。"医生指着X光照片上的阴影部分，"这些区域都受到了损伤，面积很大，所以对你的记忆造成了不小的影响。"

幽灵问："医生，能否给我开一些药？我想尽快恢复。"

"目前针对脑部损伤的药物很少，大多只起到辅助性作用。大脑是人体最复杂、最神秘的器官，药物对其影响有限，所以我不建议服药，还是以调养为主。"

幽灵很失望，但他还是不死心，"医生，是否有突然恢复记忆的可能？"

医生点了点头，"有过这样的病例，患者恢复期受到某些强烈的外界刺激后恢复了部分记忆。"

　　在美惠子的要求下，医生给幽灵开了一些针对记忆恢复的调剂性药物。

　　离开脑科之后，美惠子又带着幽灵去了外科治疗室。医生为他冲洗了伤口，并开了消炎药。医生检查完右腿后说腿没有什么问题，只是恢复需要时间，建议先观察一周，如果没有好转再进行治疗。

　　检查结束，美惠子去取药的时候幽灵摇着轮椅无聊地在医院里转圈儿，转着转着他就发觉哪里有点儿不对劲，不远处有两个人总对着他这边探头缩脑的。

　　幽灵皱了皱眉，立即摇着轮椅转向反方向。就在他准备离开的时候，一辆布加迪威龙停在医院门口，一个黄毛小子从车上下来，白中带灰，灰中带青的脸色中透着病态，这家伙手里提着一根棒球棒朝幽灵这边走了过来。

　　"好小子，我们又见面了！我的人说你坐了轮椅，我还不相信，原来是真的，哈哈……"石井嚣张地看着幽灵，"今天我要教训教训你！你的玩具枪呢？拿出来让本大爷见识一下！"

　　"你是谁？我们认识吗？"幽灵茫然地问道。

　　"什么？装傻是吧！"石井气愤地说道。

　　"确实没什么印象。"幽灵自顾自地摇了摇头，根本不理会石井。

　　"混蛋！本大爷在和你说话。"石井大怒。

　　"滚开，小子，否则我让你好看。"幽灵瞟了他一眼，然后摇着轮椅转身就走。

　　"混蛋！"石井怒不可遏，抡起棒球棒就向幽灵的后脑砸去。幽灵的轮椅猛地一歪，棒球棒正好砸在靠背上，发出一声脆响，棒球棒居然断了，真不知道石井这小子到底用了多大的力气。

　　幽灵反手就是一拳，正中石井的裆部，这小子惨叫一声，捂着裤裆满地乱跳。石井的随从和跟班满脸惊愕地看着石井像猴子一样在地上跳来跳去，没有一个做出反应。幽灵冷眼看着他们，根本就没有要走的意思。

　　"混蛋，揍他！"石井疼得满头大汗。

　　那些人这才反应过来，呼喊着冲上来。幽灵摇着轮椅在几个人之间来回穿梭，左突右撞，几个回合下来，四五个人全都被他打翻在地。

石井再次冲上来,手里提着一个垃圾桶冲着幽灵就要抡过来。但幽灵是谁,怎么可能被他袭击,垃圾桶抡过来的时候幽灵身体一个后仰,轮椅倒在地上,垃圾桶从他上空划过。由于用力过猛,石井差点把自己带倒。就在这一瞬间,幽灵单手在地上一撑,轮椅瞬间立了起来,一下压在了石井的脚上,只听见一连串的脆响,石井再次惨叫一声,瘫倒在地上,这次他改成了双手抱脚满地打滚儿。如果幽灵估计得没错,这小子至少被压断了两根脚趾。

"小子,爷可不是好欺负的。"幽灵哼了一声摇着轮椅扬长而去。

回去的路上美惠子一言不发,她看到了整个过程。对于石井的遭遇她没什么感觉,反倒惊讶于幽灵的身手,一个单手摇着轮椅的人,居然解决掉了六七个身强力壮的大汉。

"那个人是谁?你认识吗?"幽灵率先打破了沉默。

"他……"美惠子顿了一下,"不认识。"美惠子最终也没有承认和石井的关系。

"他好像认识我。"幽灵若有所思地说道。

"或许吧,凯恩君不必挂在心上,就算认识,他也不是什么好人。"

"嗯。"幽灵点了点头,"看得出来,他很敌视我。"幽灵想了想,"帮我找一家酒店吧,我不能总住在你那儿,你是女孩子,不太方便。"

"怎么可以让凯恩君独自生活呢?"美惠子摇了摇头,"没关系,我的公寓房间还是很多的,我虽然笨手笨脚,但总比别人照顾得好一些。"

"只是……"幽灵还想说些什么,却被美惠子打断,口气不容置疑地说,"好了,这个问题不要再谈论下去了。"

27　红颜知己

幽灵和美惠子之间的关系正在发生着某种微妙的变化，可幽灵却浑然不知。

美惠子细心地照顾着幽灵的饮食起居，甚至可以用无微不至来形容。为了照顾幽灵，她关掉手机不理任何人，连父亲的训斥和母亲的担心她都完全不理会。在幽灵面前，她找到了属于自己的生活，没有人管束，没有人要求她做自己不喜欢的事情，不用出席宴会，不必应酬，不必迎合别人，只做自己，或许，这才是她最想拥有的人生。

一周后，幽灵可以站起来瘸着腿到处走了，两人都非常高兴。这一周里，幽灵几乎戒烟戒酒，美惠子像个医生一样看着他，按时起居，定时服药、吃饭，每天上午进行恢复性训练，美惠子甚至帮他洗脸刮胡子。因为伤口的原因幽灵不能洗澡，对此美惠子也没表现出任何反感。

十天后，幽灵的腿伤基本痊愈，走路已经看不出有什么问题，除了有些麻木之外一切正常。除了肋骨恢复得较慢之外，剩余的伤势已无大碍，稍加时日就能恢复到最佳状态。只是他还回忆不起什么事情，过去的记忆大多还是凌乱的碎片。

"吃饭了。"美惠子端着菜从厨房里出来。这段时间大多数时候是美惠子主厨，作为一个大家闺秀，美惠子做得一手好菜，对于她这个年纪来说是非常难得的。

幽灵看着美惠子突然说道："如果我一辈子都想不起过去的事情该怎么办？我总不能在你这儿赖一辈子。"

"这个……"美惠子歪着头想了想，"我从没考虑过这个问题，不过没关系了，就算您一辈子都记不起来也可以生活在这里的。"说到这儿，她顿了一下，又补充道："我可以把这个公寓租给您，不过我觉得，这种事情发生的可能性不大，凯恩君肯定会恢复记忆的。"

幽灵摇了摇头，"我除了身无分文之外连身份都没有，生活都是个问题，不能拖累你。"

"怎么能说是拖累呢？我们是……朋友嘛，我是不会让朋友身处困境的，所以请放心，您不会有事。就算不记得，一切也无妨，最多找份工作，然后重新开始，我对凯恩君有信心。"

"所以，明天我就离开，到处转转，看看能不能对我的恢复有所帮助，或者回F国看看，那边应该更有助于我的记忆恢复。你也该回去了，快半个月了，家里人一定很着急，我不能太自私。"幽灵叹了口气，"我不能只为自己考虑，而忽略了你的生活。"

"可是，您现在没有合法身份，什么都不记得，还能去哪儿？"美惠子坐下看着幽灵，"刚过去十几天，您不能急于一时，再等等，等身体彻底恢复了，我们一起想办法。"

"哎……"幽灵长叹一声，"我怕会变成你的累赘。"

"没关系了，我不用上班，家庭富足，帮助凯恩君是应该的。这样吧，等您彻底恢复了，我陪您四处转转，看看是否对您的记忆恢复有所帮助。"

幽灵点了点头，"好吧，那就再麻烦你几天。"

"其实这样很好，我不用面对父亲，不用去学校，更不用到处应酬，不用见……我很满足，只是想这种日子不要太早结束。"说到这儿，美惠子突然停住，欲言又止的样子。

"怎么了？"幽灵抬起头。

"没有，吃饭吧。"美惠子默默地拿起筷子。想到石井她的心情就会变得无比糟糕，她越来越恐惧，虽然不想嫁给石井，但自己真的能逃得了吗？

又过了几天，幽灵的外伤康复，终于可以洗澡了，这是幽灵最盼望的事情。虽然作战任务中十几天没机会洗澡是很正常的事情，但在美惠子面前，不知不觉间就开始注意自己的形象了。

洗澡时幽灵无意间从镜子里看到了自己后背上的大面积文身，这让他一下子僵在了那里。洗完澡之后幽灵走出浴室，一身健壮的肌肉和大小不一的伤疤让美惠子看得一阵发呆。幽灵不说话，一脸迷茫地看着美惠子。

"怎么了？"美惠子问。

幽灵慢慢地转过身背对着她，美惠子惊讶地发现幽灵的背上有巨大的骷髅文身。骷髅成白骨色，嘴里叼着一把还在滴血的军刀，背景是一片残垣断壁和满地的弹壳，更加震撼的是骷髅下面还有一个英文单词"GHOST"，字体鲜红如血，如同刚用刀刻上去一般，清晰、刺眼。

美惠子捂住嘴巴，好半天才轻声说了一句："幽灵。"

"幽灵，这个词好熟悉。"幽灵闭上眼睛，思维再次陷入混乱。

美惠子不再打扰他，只是默默地注视着他背后的巨大文身。她出身黑帮家族，虽然父亲一直试图使她远离帮会的是是非非，但她对帮会的规矩还是非常了解的。在J国的帮会中，文身是地位、身份和权力的象征，她见过各种各样的文身，但今天见到的幽灵的文身依然给她带来了不小的震撼，她仿佛在文身中看到了一个浑身伤痕的战士，手里握着硝烟飘散的步枪缓慢地走来，一脸的疲惫与寂寞，就像整个战场只剩下了他一个人，悲壮得让人想哭……恍惚间美惠子仿佛看到了战士的脸慢慢地变成了幽灵的样子……

"幽灵……"幽灵不断地默念着这个词，许久他睁开眼睛，"这好像是我的名字。"

"您想起来了？"美惠子一喜。

幽灵默默地摇了摇头，"还是一些片段。"

"没关系，这是个好的开端。"美惠子仍然注视着他的脊背，"幽灵，好奇怪的名字，有些令人生畏。"

"没关系，我喜欢你叫我凯恩。"幽灵转回身，双眼一片深邃，仿佛无限的宇宙一样让人捉摸不透。

"好吧。"美惠子点了点头，"凯恩也是您的名字，我只认我最熟悉的凯恩先生。"

"好的，那以后你叫我凯恩我才答应。"幽灵看着美惠子的眼睛向前跨了一步，这一步仿佛踩在了美惠子的心上，让她突然一阵慌乱，怕幽灵过

27 红颜知己

来，又希望幽灵过来，一时间陷入矛盾之中。

幽灵又向前走了一步，美惠子几乎窒息过去，面色绯红，浑身触电一般轻抖。幽灵越来越近，她仿佛不受控制一样开始呼吸急促，心中害怕又欢喜，她甚至已经无法思考。

幽灵并没有注意这些细节，他只是想着自己的问题，自顾自地从美惠子身边绕过去拿自己的衣服，而美惠子却无比失望地闭上了眼睛深吸了一口气，整个人如同虚脱了一样身体发软，脚下站不住。

幽灵一把拦住她有些奇怪地问："怎么了？"

"没……没有。"美惠子的呼吸还很急促，她把头埋在幽灵的怀里，"凯恩君，请送我回房间。"

幽灵有些奇怪，他扶着美惠子向卧室走去，而美惠子仿佛完全脱力了一样依偎在他怀里，身体软得像没有骨头。她对幽灵的表现有些失望，或许是自己想多了。想到这些，美惠子的脸又红了起来，但幽灵依然没有注意，他只是扶着美惠子往房间里走。

进了房间，幽灵把美惠子放在床上，"感觉怎么样？哪里不舒服？"

"没事，有点儿累，休息一下就好了。"美惠子闭上眼睛轻轻地说道。

"那好，你休息一会儿吧。"幽灵帮她盖好被子转身出去了。整个过程中美惠子都闭着眼睛，幽灵不清楚美惠子在想什么，现在他所有的精力都在幽灵这个词上，他脑子里不断闪过一张张熟悉的面孔，但只限于熟悉，他根本就记不起这些人是谁。记忆的碎片越来越多，残肢断臂、鲜血、尸体、满地的弹壳、震耳欲聋的枪声、呼喊、惨叫、熊熊的战火……

幽灵躺在沙发上，混乱的记忆碎片几乎要把他的头撑爆了，浑身肌肉紧绷，呼吸越来越沉重。他猛地坐起身，用力捶在自己的头上，各种混乱却依然挥之不去，他快崩溃了。

幽灵一下一下地砸着自己的头，剧烈的头痛让他难以忍受。不知什么时候美惠子来到他的房间，轻轻抱住他的头："凯恩君，放松，没事的，冷静下来就好了，不要勉强自己。"

美惠子的话语如同燥热午后突然降下的细雨，清凉，透彻心脾，那种感觉说不出的舒服。幽灵在美惠子的怀里慢慢冷静下来，过了很久两人谁也没动，幽灵闭着眼睛享受着这份温存，整个人已经完全迷醉，扑鼻的体香让他难以自拔。

美惠子抱着他的头，"凯恩君，不要再想了，就算什么都想不起来也没关系，美惠子会一直陪着您。"

幽灵安静地闭上双眼，任由美惠子抱着，两人就这么互相依偎着在沙发上睡了一夜。第二天早上幽灵先醒来，他抬起头看着近在咫尺的美惠子，不由自主地在她的唇上轻轻地吻了一下，他慢慢起身，拿来被子帮她盖上，然后小心地出门。此时他的心里很乱，他非常清楚自己的状态，清楚自己在慢慢地爱上美惠子。

他沿着街道慢跑。为了尽快恢复体力，最近他一直坚持恢复性训练，虽然强度不高，但也能对身体恢复起到很大帮助，他知道该如何做才能让身体强壮起来。

两个小时后他浑身大汗地返回美惠子的公寓。美惠子已经开始准备早餐、鸡蛋、面包、香肠、牛奶，一切都是那么温馨。

幽灵是孤儿，直至离开外籍兵团训练中心加入黑血，都过着简单单调的生活。尽管花天酒地的日子他没少过，但不管住在哪儿，他从来都没有过家的概念，他甚至不清楚家到底有什么用。但这些日子他突然找到了家的感觉，找到了自己的牵挂，他就想生活在这里，永远都不离开。

"凯恩君，快去洗洗，早餐快凉了。"美惠子放下手里的盘子催促道。

幽灵匆匆洗了个澡，坐下吃东西。有美惠子在旁边，他吃东西斯文多了，也学会了细嚼慢咽，连他自己都不知道这究竟是因为美惠子在旁边而顾及形象，还是因为失忆改变了原本的习惯。当然，他并不清楚之前自己到底是什么样子，可是他却深信，之前的自己和现在的自己肯定有很大的差异。

"要不要出去逛逛？"美惠子提议。

"好。"幽灵点了点头。

"那去哪里呢？"美惠子思索着说道，"不如这样吧，我们去机场，从我们相识的地方开始，看看您能不能想起什么。"

"好的。"幽灵点了点头。

27 红颜知己

美惠子给幽灵准备了一套西装,还细心地帮他穿上,如同贤妻照顾丈夫。多日来幽灵还是第一次如此容光焕发,合身的西装配上他冷峻的面容,型男范儿十足。他对着镜子左看右看,还是觉得少了什么,他下意识地摸了摸腋下,那种不踏实的感觉更重了,但他还是没想起到底少了什么。

等美惠子穿戴整齐之后两人出门。他们走在一起,算得上型男配美女了,一路上惹来不少羡慕的目光。

美惠子给母亲打了电话报平安,说自己和同学出游。

美惠子的生活比较休闲,很少有人知道她的真实身份。川口雄一曾经给她派过保镖,但美惠子不喜欢那样,所以时间长了也就不了了之了。美惠子喜欢自由,所以住在自己家里的时候少之又少。她有几处私人公寓,平时都住在这些公寓或者学校里,每月会定期回家看望母亲。虽然川口雄一并不赞成她的这种生活方式,但也无法把她关在家里,只能由她去,但却限定了她的活动范围,要求她只能在黑焰团的地盘上活动。黑焰团在D市的势力很大,所以地盘内没人敢闹事。

在机场幽灵足足待了一个小时。他想起了一些事,他想起了自己来的时候是四个人,但却想不起自己从什么地方来,也想不起为什么来这里。美惠子调取了他来D市那天的航班信息,分析了他可能从哪里来。然后他们沿着那天的行车路线寻找记忆中的事情。但结果并不理想,幽灵能想起的事情少得可怜。

返回的路上,幽灵不停地翻阅着那份航班信息,他想弄清自己从哪里来,但一点头绪都没有。作为国际性机场,D市每天降落的航班非常多,世界各地都有,想从这上面找到线索是不可能的。幽灵想返回F国,去自己名片上的公司看看,但他现在没有任何身份,连机票都无法购买。

美惠子载着幽灵在D市街头漫无目的地闲逛。幽灵看着窗外,一切都似曾相识,不知道是自己真的来过还是产生了错觉,他有些迷茫,自己该怎么办?总不能一直赖在美惠子的公寓,作为男人,这在自尊心上是一种伤害,也是一种耻辱。

就在这时,一辆黑色的轿车正远远地跟着他们,里面的一个壮汉拿起电话,"是,我们跟上了。"

美惠子陪着幽灵在 D 市街头漫无目的地闲逛，从去机场到现在，他们在外面逛了快一天了，时间已经接近黄昏。幽灵无法确定哪些地方他到过的。记忆的恢复是个无法确定的过程，时间多久，能恢复多少都是个未知数。幽灵只是看着窗外发呆，美惠子不敢打搅他，在一边默不作声地开着车。

"在前面左转。"幽灵低声说道。

"好的，有印象？"美惠子一下精神了起来。

幽灵只是摇了摇头，美惠子不懂他的意思，但也没多问，她相信幽灵不会毫无目的，于是左转。幽灵继续看着窗外一声不响，他在思考。

天慢慢黑下来，华灯初上，都市夜晚的魅力正慢慢地展现出来。行色匆匆的人群，川流不息的车流，整个城市并没有因为夜色的降临而松弛下来，忙碌永远是这个城市的主题。

幽灵看着外面，不时给美惠子指路。美惠子认为幽灵想到了什么，心中暗自高兴。转到人流稀少的街道之后，幽灵叫美惠子停下，他自己下了车，对美惠子说道："待在里面，不要下来。"

"您要去哪儿？"美惠子搞不清幽灵想干什么。

"我们被跟踪了，待在车里，我去搞定他们。"幽灵拉了拉领带闪身躲到了一边的暗处。

美惠子有些紧张，她不清楚到底发生了什么，但还是听话地留在了车里，双眼紧盯着后视镜。果然一辆黑色的轿车拐了进来，慢慢地停在不远处，车上下来四个人，黑西装，身材魁梧。美惠子几乎瞬间就辨认出这几个人是黑帮成员，那种嚣张凶狠的气势她太熟悉了。她双手有些发抖，她从没单独面对过这种情况，眼睁睁地看着四个人向这边走来，她有些不知所措。

很快四个人接近了美惠子的车，他们走得很从容，如同是在逛街，丝毫不像要干坏事的样子。就在这时，美惠子从后视镜里发现幽灵突然出现在几个人的身后，悄无声息，如同从暗处飘出来一样。

四个人反应很快，在幽灵接近他们的时候发现了情况不对，但一切已经晚了。幽灵瞬间靠上去，一拳一脚放倒了后面的两个人，动作快如闪电。

被打倒的两个人都没搞清自己究竟是怎么中招的。与此同时，前面两人已经扑到身前，幽灵一侧身躲开了打向他太阳穴的一拳，回手一巴掌把那个人抽飞出去，如同挥手赶走了一只苍蝇。那人飞出去三米多远，头狠狠地撞在了地上爬不起来。最后一个被幽灵的身手镇住了，站在一边想跑觉得不妥，留下又怕打不过幽灵。

"你们是谁。"幽灵盯着那家伙，双眼寒光四射，看得对方心惊胆战。

"混蛋！"那家伙壮着胆子对地上躺着的三人吼了一声，"都给我起来！"

地上的三人几乎连惨叫的力气都没有了，他们在幽灵面前连还手的机会都没有。一个被幽灵一拳打断了两根肋骨，一个脑震荡，另一个被幽灵踢中了胃部，现在正如同醉鬼一样捂着肚子蜷缩在地上呕吐不止。

"想死吗？回答我的问题。"幽灵阴着脸说道，对于这些人，他没什么耐性，如果不是美惠子在附近，他会直接用最残忍的手段折磨这些人。

"你算什么东西，敢来问我？"对方非常嚣张，但明显底气不足。幽灵的身手显然把他镇住了，只是他还不甘心认输，想虚张声势地给自己壮壮胆。

幽灵身形一晃，瞬间冲到了对方面前。那家伙反应也算快，一脚踹过来，但连幽灵的衣服都没碰到。幽灵一把抓住他的脖子，单臂用力，一下子把他从地上提起来。"再给你一次机会，说！"幽灵一脸的杀意。

"我们是……石井……先生的……手下，来找你和美惠子小姐。"那家伙翻着白眼几乎窒息。

幽灵将他丢在地上，"说清楚了，到底是怎么回事？我没什么耐性。"

原来那天在医院石井并没有受多大的伤，除了下体被幽灵打得红肿之外，脚趾也只是被砸得脱臼，都只算是轻伤。手下告诉他幽灵上了美惠子的车，石井几乎被气晕过去，立即派人到处寻找美惠子的下落。白痴都能看得出两个人的关系非同一般，所以找到美惠子就能找到幽灵。但是他并不清楚美惠子住在哪里，又因为没有证据，他没胆量去找川口雄一对峙，只能派人四处暗中追查，希望能找到美惠子的下落，他甚至想以此来好好羞辱一下川口雄一。

对石井来说，美惠子只算个让他垂涎的小妞儿罢了，尽管两人有婚约在身，但他整天在外面花天酒地，根本就没把心思放在美惠子身上，毕竟美惠子早晚都是他的。尽管他早就想占有美惠子，但因为惧怕川口雄一所以一直不敢乱来。可是当他知道美惠子和幽灵这个不明身份的家伙在一起之后简直气炸了肺。

直到今天他的人总算是找到了美惠子，但他却低估了幽灵的能力，跟幽灵玩儿跟踪那简直就是找死。

"石井是谁？"幽灵冷冷地问。

"石井财团，石井英明先生的独子，川口美惠子小姐的未婚夫。"那家伙趴在地上喘着粗气。

幽灵的心里一颤，仿佛一下被人掏空了一般，他深吸了一口气，"哼，回去告诉你们的石井先生，我会去拜访他，让他洗干净脖子等着。"说完转身就走，却看见美惠子站在不远处表情复杂地看着他。

"走。"幽灵拉着美惠子上车。

一路上两人谁都不说话。

回到公寓美惠子换了衣服坐在幽灵的对面，两人相对无言。

"我和石井的婚事是父亲和石井先生为两家业务的结合做的联姻，我不喜欢他，甚至讨厌他，但我却没有任何权利反对。这可以算是政治联姻，或许没那么夸张，但道理相同。"美惠子凄然一笑，"我只是个结盟的信物，所以我恐惧长大，恐惧婚姻，恐惧见到石井，甚至每天向神灵祈祷，让我脱离这个圈子，但时间是留不住的，婚期越来越近，就如同灾难即将来临，我放弃了，因为我无法挣脱这张网。直到遇上您，让我早已死寂的内心又燃起了冲动，但我知道这是不可能的。我甚至想断绝与您的联系，但上天再次安排我们相遇。发生了这一切之后，我发现您就是神灵派来拯救我的天使，我的祈祷终于感动了神灵，把您送到凡间拯救我脆弱的灵魂。"

幽灵不说话，只是怔怔地看着美惠子，心情无比复杂。

美惠子继续说道："我从没想过对凯恩君不利，我喜欢您，但我有着家族使命，所以开始的时候我只想尽力帮助您。原本只是想在您养伤这段时间照顾您，可是我发现我已经无法自拔地喜欢上您了。我怕您的离开，我喜欢这里的生活，我要和您在一起。是您让我心中的那团叛逆之火再次开始燃烧，我不想继续逃避，我要面对，我要抗争，但这一切我自己无法完成，我需要一个值得依靠并托付终身的人，我要自己的真爱！"美惠子一下扑进了幽灵的怀里。

"我连自己是谁都不知道，我身无特长，如果无法恢复记忆我甚至连自己都养不活……"幽灵的话还没说完就被美惠子火热的双唇封住了，他能感觉到怀里的美惠子胸口狂跳不止。

良久两人才分开，美惠子剧烈喘息着说道："我不在乎，我什么都不在乎，不管是种田还是乞讨，我都不在乎，只要能和您在一起。"说完一双红唇又印了上去，根本不给幽灵说话的机会。

幽灵搂住美惠子的腰，"不后悔？"

"不后悔。"美惠子搂住他的脖子，红唇不断印在幽灵的脸上。

一股热血瞬间涌上全身，幽灵欲火中烧。幽灵抱住美惠子，两人疯狂地吻在一起。幽灵两把扯碎美惠子身上的衣服，将她的身体完全暴露在空气之中，然后压了上去疯狂地亲吻着她的每一寸肌肤。美惠子闭着眼睛浑身颤抖，接受着狂风暴雨般的洗礼。

"我们走吧。"美惠子依偎在幽灵的怀里，细嫩的皮肤上满是一块一块的唇印。经历了一场狂风暴雨之后两人依然没有分开，抱在一起，如胶似漆，"远离这里，到一个没人能找到我们的地方。"

"你想去哪儿？"幽灵问，冷静下来之后幽灵已经彻底放弃了之前的念头，不管自己是谁，不管自己的过去怎样，他都要和美惠子在一起，不管将来怎么样，他也不会放弃怀里的女人，这是他此生第一个已经拥有，并害怕失去的人。

"嗯……"美惠子思索了一下，"去F国，我喜欢那里的浪漫。"

"F国？"幽灵抚摸着美惠子光滑的脊背，"好吧，那我们就去F国，但得先解决我的身份问题，没有任何证件我哪都去不了。"

"这怎么办？"美惠子一脸的愁容。

"让我想想。"幽灵闭上眼睛陷入了沉思。

"有办法吗？"美惠子抬起头问。

"还不知道，但可以试试。"幽灵用力搂了搂美惠子。

第二天，幽灵叫美惠子取了一笔数目可观的现金，然后出去想办法。走之前他对美惠子说："万一我走了就不回来，你怕不怕？"

美惠子抱着幽灵献了香吻，"怕就不把钱交给你了。"

"好吧，等我回来。"幽灵深情地望着美惠子。

幽灵这次出门没有带上美惠子，虽然他还搞不清自己到底要去什么地方，但他清楚他要去的地方肯定充满了危险。

凭着潜意识中的感觉，幽灵很快找到了制造假证件的黑窝点。交易一切顺利，但时间要长一点，半个月之后才能拿到，因为幽灵的要求高，所以比较麻烦。

办完这件事之后，幽灵心中总算是轻松了不少，他不再纠结什么时候能想起自己的过去，他知道着急不解决任何问题，所以他干脆不再去想，有了美惠子他觉得自己的人生充满了希望。他不在乎黑焰团有多强大，更不在乎石井家多有钱，一切都和他没关系，只要美惠子愿意，他会带着她去天涯海角，其他人怎么样都和他们无关。

回到公寓的时候美惠子已经做好了丰盛的晚餐，这让幽灵再次感觉到了温馨和幸福。他找到了家的感觉，他迫切地希望拥有一个自己的小天地，可以遮风挡雨，可以享受生活。

两人吃得很开心，讨论着离开之后的打算，憧憬着未来。饭后两人又依偎在一起继续聊着，仿佛永远有说不完的话，幽灵最担心的就是自己将来能否给美惠子一个稳定的生活。

"凯恩君，不必担心，从我们相遇的那天起，我就判断您是一个很有能力的人，虽然现在您遇到了一些困难，但没关系了，您可以从头再来。我相信您可以给我一个让我安心的未来。再说我也可以工作，不需要您来养，我的英语和法语都不错的，赚钱养家应该没问题，我们共同努力，幸福生活一定不会太远。"

"有你就是幸福，我不在乎有多富有，但绝不可以让你吃苦。如果真的有那么一天，我会和你分手，我只能让你和我同享幸福，绝不让你和我共担痛苦。这是我的责任，一个男人的责任。"幽灵默默地说道。

"感谢您的呵护与关爱，有这句话，我就已经很幸福了。"美惠子感动

27 红颜知己

地看着幽灵,"我不会看错,凯恩君是个好男人,我们肯定会有一个好的未来。"

"你真的愿意放弃这里的一切吗?你的父母、家庭、学业。"幽灵看着美惠子。

"没关系了,除了母亲大人我有些舍不得之外,没什么好担心的。父亲有他的社团,不是我担心他就会隐退在家的。学业可以换个地方继续,在F国上学是我的梦想。所以这些都无所谓,只要能和凯恩君在一起什么都不重要。"

幽灵重重地点了点头,"你为我放弃一切,我绝不会让你失望,我用男人的尊严发誓会给你幸福。"

美惠子感动地抬起头,搂住幽灵的脖子献上一个长吻,幽灵抱紧她回吻,良久二人才分开。

在等证件的几天里,幽灵和美惠子在公寓里过起了小日子,享受着短暂的幸福。美惠子不再考虑自己的不幸婚约,幽灵也忘却了失忆的烦恼,两人在这里营造了一个欢乐的小窝儿。

美惠子不缺钱,他们的生活不必为花销烦恼,幽灵只是觉得总花她的钱心里有些过意不去。当然,幽灵并不知道自己到底多有钱,就算他不失忆他也不清楚,因为每次任务的收入都会自动汇入他的账户,而他除了有个购买武器的嗜好之外就没有其他花销,他的账户里至少有数千万欧元的存款,银行私人储物柜里的钻石和贵重金属的大概价值恐怕已经超过两千万美元。幽灵对钱没什么概念,每天生活在军营和战斗之中,没有什么实际的花销,所以多与少对他来说无所谓。除了存款、钻石、黄金之外,幽灵还有大量不动产,山狼和本·艾伦送他的房产就有四五处之多,M国、F国、C国都有他的房产,每处房产能值几十万甚至上百万美元。这是山狼和本·艾伦为了让他有家的感觉而为他购置的,算作他在任务中表现突出的一种奖励。但房子没有给幽灵带来任何家的感觉,反倒是今天幽灵在美惠子这里找到了那种传说中的感觉,那是一种温馨的、让他无法割舍的、不想离开的感觉。

"凯恩君,如果我们能够永远这样生活下去该多好。"美惠子趴在幽灵的身上，细长的手指轻轻地抚摸着幽灵那健壮的胸膛。"等有了我们自己的房子，你来设计，我来干活儿，把家布置成你心中的天堂。"幽灵的手在她光滑的后背上不停地摩挲。

"嗯，我好憧憬那样的日子。"美惠子闭着眼睛轻声说道。

"将来我们生一大堆孩子，家里热热闹闹的，多好。"幽灵眼睛看着天花板，心中畅想着未来。

"生孩子！"美惠子的脸一下又红了，"这个我还没有心理准备。"

幽灵爱抚着她的下巴，在她的红唇上亲吻了一下，"别忘了，这些天我们可没采取任何措施。"

"哎呀！"美惠子臊得满脸通红，把脸埋在幽灵的心口不敢抬头。

"哈哈……"幽灵大笑，翻身将她压在身下，"那就再来一次吧！"

"啊……坏蛋……"美惠子再也没有了开口的机会。

十五天后幽灵取回了伪造的证件。

"那么我们是不是可以订机票了？"美惠子一脸的欣喜。

"是的，顺便检查一下这套证件是否真的可以通过检查。"幽灵拨通了订票电话，订了两张三天后到黎城的机票。

"终于可以离开这个地方了。"美惠子兴奋地扎进幽灵的怀里。

"不知道F国有什么样的生活在等着我们。"幽灵有些迷茫。

"我去整理一下行李。"美惠子喜滋滋地跑回房间。

"不用带太多，带几件换洗的衣服就可以了，到了那边我给你买新的。"幽灵想了想，又担心自己没有足够的钱可以给美惠子开销。

"没关系，我不会带太多，有您在，我什么都不需要。"美惠子娇嗔地说道。

"快一个半月了，我还是想不起什么具体的东西。"幽灵揉着额头，"不知道回到黎城会不会有所帮助。"

"一定会的，和D市相比，您更熟悉黎城，那里肯定有能勾起您记忆的事情。"美惠子拿出一个小皮箱把自己收拾好的东西都放在里面。她真的没多带什么，装进箱子的大部分都是内衣和化妆品。

黎城机场，幽灵和美惠子出了大厅，幽灵看着附近的一切若有所思。

27 红颜知己

"我们去哪儿？"美惠子挽着幽灵的手臂。

"等我一下。"幽灵说完直奔停车场方向走去。

十几分钟后，一辆悍马车停在美惠子面前，幽灵在驾驶位上说："上车。"

"哪儿来的？租的？"美惠子狐疑地问。

"应该是我的车。"幽灵挠了挠头，"凭直觉我找到了藏在车下的钥匙，我感觉我对这车非常熟悉。"

"真的？"美惠子不敢相信。

"我也无法确定，不过我保证这车不是偷的。"幽灵将美惠子的小手提箱放到后备箱里，"走吧。"

美惠子坐上副驾驶位，虽然这算不得什么豪车，但美惠子感觉很新鲜。

"我们去哪儿？"美惠子问。

"你累吗？要不要找一家酒店先休息？"幽灵发动汽车。

美惠子摇了摇头，"还不累，时间尚早，看看您能想起什么。"

"好吧。"幽灵把车开上主路，"我就一路跟着感觉走了。"

"好的，不过我不是第一次来黎城哦，不要试图把我丢掉。"美惠子开玩笑道。

"当然不会，自己的老婆怎么舍得丢呢。"幽灵很随意地开着车，他已经放弃思考，完全凭感觉走。

"找个地方先落脚吧。"转了三个多小时，幽灵看得出美惠子有点疲倦。

"好吧。"美惠子点了点头，"去我上次住过的那家酒店吧。"

"好。"幽灵在美惠子的指挥下开车，但车子没开多远就停下了。

"亲爱的，还没到呢。"美惠子看着幽灵。只见幽灵盯着旁边的一栋公寓楼轻声说："我来过这里。"说着他将车停在路边下了车。

"真的？这里是黎城十六区，富人聚集地，您在这里有朋友？"美惠子看着对面的高级公寓。

"不知道。"幽灵茫然地摇了摇头，慢慢地走了过去。

美惠子紧跟在后面，两人穿过马路，到了公寓楼的门口。门禁系统工作正常，他们根本就进不去。

"会不会是记错了。"美惠子望门兴叹。她看了看头顶的摄像头,"我们走吧。"

"不知道。"幽灵摇了摇头,这时候门"咔"地一声开了一条缝。

幽灵犹豫了一下拉开门,只听里面有人说话:"是K先生吧?好久不见了,您又忘记带门卡了吗?"

"是我。"幽灵拉着美惠子进门,"真抱歉,又麻烦您了。"

警卫室里的胖警卫从他身后的闭路电视上能看到外面的景象。

"没关系,我记得上次您来的时候还是半年前,我还以为您不住这里了呢!"胖警卫很热情,"您的女朋友?她可真漂亮。"

美惠子甜甜地笑了笑,"嗨!"

胖警卫赶紧招手。

"很抱歉,我的钥匙丢了,所以……能不能帮个忙?"幽灵不好意思地说道。

"当然。"胖警卫转回身,"幸亏我们是老相识,否则我还真不敢帮这个忙,稍等,我去取备用钥匙,表格在一边,先填一下吧。"

"好的,给你添麻烦了。"幽灵在后面说道。

"没关系,这是我的工作。"胖警卫进了里屋。

幽灵翻出一边的表格,填写了领取备用钥匙的申请,并在下面签上'吉姆·K·萨兰德',笔走龙蛇一气呵成,连他自己都惊讶,居然写得如此随意洒脱。

美惠子不敢相信,用一种颇为怪异的眼光看着他。

胖警卫取来备用钥匙,他核对了表格之后将钥匙交给幽灵,"用完记得还我。"

"好的。"幽灵点了点头,然后含糊地问道:"这里的房子现在多少钱?"他这句话里有两层含义,一是问租金,二是问出售价格,他其实是想确定一下这房子是自己名下的,还是租的。

"您是要出售还是出租?这价格问题我还真不太清楚,不过这个街区的房子恐怕价格不低,如果有需要我可以帮您留意一下。"

"哦,不用了,谢谢,随便问问。"幽灵摆了摆手拉着美惠子往里走。

"有事情随时找我,最近我一直都是白班。"胖警卫很热情。

"谢谢。"幽灵丢下一句话就走了。他看了一眼钥匙上的门牌号,202,两人转过走廊直接往里走。站在门口幽灵一阵沉默,他不清楚里面究竟有什么在等着他,家人?或者扑上来的孩子?

"没关系,我们早晚要面对这些。"美惠子抓住幽灵的胳膊,看得出她很忐忑。

幽灵慢慢将钥匙插进锁孔,轻松地拧开,然后看着密码门锁犹豫了一下,输入了一组号码,门"咔"地一声开了,幽灵的心跟着一抖。

打开房门的一瞬间,幽灵脑海中闪过了一幅画面……

"这是我们给你的任务奖励,是对你在任务中突出贡献的表彰。"本·艾伦率先走进房间。当然,幽灵并不记得本·艾伦,只是想起了这件事。

"房子?"幽灵没什么概念。

"对,给你一个家,属于你自己的私人空间。一楼、二楼,加上地下室,全都是你的。"本·艾伦指着房间里的东西,"全新的家具,房屋登记上面是你公司的名字,和证件相对应。"

"相比之下我更喜欢基地的营房,那里才是我最喜欢的地方,不过还得感谢你们做的一切。"幽灵看着房间。

"没任务的时候回来住上几天,找找家的感觉,一个人是不可能永远留在军队里的。"本·艾伦拉开卧室的门,"除了冰箱里没有食物之外,一应俱全。"

"很不错的房子。"幽灵掂着手里的钥匙,"家,我还真没这个概念。如果你不把我踢出基地,我会永远留在那里。"

……

凌乱的画面在幽灵的脑海中一闪而过,"家,我终于明白了这个词意味着什么。"

"这真是您的房子?"美惠子看着屋里的高档家具有些吃惊,"比我在D市最大的房子还要大。"

"上下两层,加上地下室都是我的。"幽灵点了点头,"至少我们不用为住在什么地方而发愁。"

"您在这里住过吗？"美惠子进入卧室，发现几乎所有的东西都是全新的。

"或许吧，记不起来了。"幽灵翻开抽屉，发现里面有几张信用卡和几把车钥匙，无一例外都是好车，他不由得摇了摇头，"我真的很富有。"

"喜欢什么车，自己选吧。"幽灵很豪气地对美惠子说道。

"真不敢相信。"美惠子站在卧室里一脸的惊讶。

"怎么了？"幽灵走进去，发现她正看着一侧的墙壁，上面挂了照片。照片中幽灵全副武装，满脸的油彩，提着枪和一大群人站在一起。

"我是个军人。"幽灵轻轻地说道，"或许……曾经是，但这些人都是谁？"他的目光在照片上每个人的脸上扫过。

"您越来越神秘了。"美惠子拉开巨大的衣柜，里面只有两套西装和三套休闲装，简单得不能再简单。

"我拥有的究竟是怎样的人生？"幽灵迷茫地看着这些衣服。

"肯定是个让我想不到的人生。"美惠子坐在床上，"不过您没有老婆这一点我很满意。"

"万一有，但她们不在这边呢？"幽灵更担忧。

"不会的，我相信，肯定不会的。"

"我去拿你的行李。"幽灵下楼，把美惠子的小皮箱取上来。

"我去洗澡。"美惠子取了换洗的衣服。看得出她对这房子非常满意。

幽灵坐在沙发上看着既熟悉又陌生的一切。他无法确认自己来过这里几次，但从这里崭新的布置来看自己来的次数应该不多，在破碎的记忆里自己好像并不是很喜欢这个地方。

他站起身在屋里信步闲逛，从一侧的楼梯下到一楼。这一层的布局完全不同，比上一层更加宽敞。他在客厅里侧的油画前面停了下来，他看着那副写意油画，伸手在上面某个位置轻轻地按了一下，油画无声无息地移到了一边，后面是一道暗门，门上有密码锁。幽灵犹豫了一下，凭感觉输入了一组数字。门开了，里面灯光自动亮起，他迈步进去，里面是一间宽阔的暗室，中间摆着一张桌子，上面摆满了手枪、军刀和一些工具，而四周的墙壁上全都是武器，从冲锋枪到机枪一应俱全，角落里摆着成箱的弹药。

"这……"幽灵的思维开始混乱。

左边是一个敞开的柜子,里面是迷彩服和防弹衣,旁边的小格子里放着一些证件和现金。幽灵打开证件,上面是一张自己的照片,吉姆·K·萨兰德,23岁,地址就是他这栋房子。根据证件办理日期推算,自己的年纪应该是26岁。他又取出一个小盒子,里面是两套白金的士兵牌,内容很简单,姓名:幽灵,血型:O,军阶:下士,服役号码,社保号码……没有更多的信息。

"凯恩君……"美惠子一脸惊诧地出现在幽灵的身后,"您真的是军人?军人也不必把武器都藏在家里吧?"美惠子看着满屋子的武器不知道该说什么好。

"或许我是个杀手。"幽灵看着满屋子的枪。

"不管您是什么人,只要您对我好,一切都不重要。"美惠子搂住幽灵的脖子,在他的脸上轻吻了一下,"我父亲是黑帮老大,未来的丈夫是什么身份我都可以接受,哪怕您是天下第一大恶人都没关系。"

"我应该没那么不堪。"幽灵苦笑,取出一套士兵牌,挂在美惠子的脖子上,"从今天开始,你就是这里的女主人,门锁密码是我的士兵牌号,暗室密码是我的社保号码。这里的现金随你支配,算是补偿我在D市的花销。"

"这里可有几十万欧元呢,在D市您可没花这么多钱。"美惠子抚摸着胸前的士兵牌,心里喜滋滋的。她不在乎这个房子有多大,更不在乎幽灵有多少钱,只是幽灵那句"你就是这里的女主人"让她开心不已。

幽灵若有所思地看着满墙的武器,然后向里面走去,推开角落里的门,里面是一条向下的楼梯,"跟我去看看?"

"很好奇这里到底有多大。"美惠子甩了一下头发跟着幽灵下去。

下面是一个室内靶场,但空间并不大,只适合手枪射击。

"上帝,这里居然……"美惠子捂住嘴。

幽灵拿起桌上的一把手枪熟练地退出弹夹检查了一番又装上,然后推弹上膛,抬手就是一枪,正中靶心。

美惠子被巨大的枪声吓了一跳,幽灵看着手里的枪,又看了看对面的靶子摇了摇头,然后一口气将枪里的子弹全部打光……

和美惠子一起参观了自己的家之后，幽灵出去买了大量的食物。他发现，车库里至少有五辆车是他的，他又开始想自己到底有多富有，但只要记忆力不恢复，他就不可能了解自己拥有什么样的实力。在武器库中选了一把手枪带着身上，幽灵顿时感觉心里踏实了很多，之前那种莫名的恐慌在握住枪柄的那一瞬间消失得无影无踪，一种久违的安全感让他松了一口气。

他开着车出去采购，除了食物之外还给美惠子带了几件衣服，从里到外几乎全都买到了。一起生活了这么多天，美惠子的身材他太熟悉了。

"以后要生活在这里了，真和做梦一样，居然在黎城的富人区，太不可思议了。"美惠子慵懒地躺在沙发上，头枕着幽灵的大腿，双臂抱着幽灵的一条胳膊。

"明天我去公司看看，你在家里等我。"幽灵摸着美惠子的头发。

"我陪您去吧。"美惠子撒娇说道。

"不，你等在家里。看到我的武器库我心里很不安，你还是别暴露在别人的视野里比较好。"

"您真的很细心。"美惠子亲了幽灵的胳膊一下，"我刚才想过了，您的公司是国际安全保卫技术服务与咨询有限公司，应该提供保卫服务，那配备武器应该是很正常的，所以我相信您是好人，只是从事了特殊的职业。"

幽灵苦笑，"希望如此。"

"我是不会看错人的，凯恩君一定是个值得托付终身的人。"美惠子安慰他。

"好吧，不管怎样我都会努力做好。"幽灵抱起美惠子，"很晚了，是不是该睡了？"

美惠子红着脸把头扎进他的怀里轻轻地点了点头。

第二天一早幽灵开车前往公司，到了之后才发现，公司大门紧闭。这难不倒他，转到公司后面从后门进去。他发现里面已经是一片狼藉，没什么有价值的东西，再次来到这里他又想起了一些事情……

"我们这行儿也会开公司？"幽灵问一边的山狼。当然，他不知道想起的人就是山狼。

27 红颜知己

"当然，我们需要业务联系，接生意也要有个响亮的名头，再说我们的钱也需要洗白。"山狼解释道。

"干正行儿？"幽灵摇了摇头，"我在这里算是职员？"

"你是主管级别，职位不低。"山狼大笑着拍了拍他的肩膀，"只是不需要你干什么，年薪很高。"

……

幽灵摇了摇头，从回忆中反应过来。在这里他找到了武器库，找到了暗室和地下的靶场。这里的规模很大，靶场几乎适合所有武器的射击训练。

在暗室里取了一部手机，因为里面存着一个电话号码，他拨了过去，没人接听，也就放弃了。

因为他来的时候，山狼和重拳他们已经来过了，而本·艾伦早就不再使用之前的联系方式，所以这里的一切备用通信方式也已经全都废弃。

此行毫无收获，幽灵只好回到住处。

"怎么样？有什么发现？"美惠子早就做好了饭菜等他。

幽灵摇了摇头，"公司已经关门了，里面被翻得乱七八糟，好像遭遇了洗劫，具体情况不清楚，想起一些东西，但依然是片段。"

"想起东西就好，至少有收获，慢慢来，积累起来就是连贯的记忆，这会对您的记忆恢复有帮助。"美惠子安慰他。

"希望如此。"幽灵点了点头。

"好了，可以开饭了，吃饱了才有力气。"说完拉着幽灵直奔餐桌。

"有家真好。"幽灵感叹。

"最近您常说这句话，难道之前您没有家吗？"美惠子坐在幽灵的对面。

"或许有，或许没有，就算有，也不可能这么……温馨。"幽灵斟酌了半天才用上了"温馨"这个词。

"很奇怪，每个人都有自己的家，但您好像从没拥有过，真的很难理解您的一切，您太让我着迷了，您穿军装拿枪的样子真的很帅。"美惠子一边吃着东西一边继续说道："从您身上的疤痕判断，您肯定经历了不少的战斗，所以我相信您是个战士，至少曾经是。"

"如果我从事的是危险职业那真的很不好，我不想让你担心。"幽灵吃着鲜嫩的牛排说道。

"不会，不管您从事什么职业都没关系，我会一直陪着您，哪怕您常年外出我都能等您回来，这是美惠子的责任。夫君外出妻子要守住家，做好饭菜，等夫君归来。"美惠子很认真地说道。

这一番话说得幽灵很感动，这是他第一次感觉到在这个世界上有了牵挂，有了一份无法割舍的感情，一个让他牵肠挂肚的女人，一个日思夜想的地方。

美惠子举起酒杯，"所以，为了我们的将来，您一定要认真地活着，干杯。"

"干杯。"幽灵举起杯子，喝了一口红酒，味道很纯正。

"您的酒库里全都是名酒，哪一种我都不舍得喝。这是82年的红酒，算是最普通的了。"美惠子放下酒杯，"我真的很有福气，遇到了您这样一个有魅力、富有、懂得生活的人，在我二十岁的时候遇到这么一个人，这是上天的恩赐。"

"你就不怕我有老婆？"幽灵一边吃东西一边问道。

"这种可能性不大，从您拥有的财富来看，您是个成功的男人，一般成功的男人结婚都晚一点儿，所以我相信您还没有结婚。而且您今年才二十六岁，结婚的可能性很小。"美惠子颇有信心地说道。

"好吧，希望你说的是对的。"幽灵无奈地摇了摇头，"抽时间我教你用枪吧，学一些东西有好处，反正地下室就可以练习射击。"

"好啊，我对那些东西也很好奇。"美惠子很兴奋。

幽灵微笑着点了点头。他之所以让美惠子学习使用枪支，就是因为他已经隐隐感觉到自己的职业可能会很危险，而他不想让美惠子因此受到牵连，所以他要让美惠子学一些必要的防身技能。

饭后两人依偎着看电视。幽灵还是第一次正经看电视，也可能是第一次在这个家里看电视。之前他觉得电视节目很无聊，但今天陪着美惠子看却觉得很有趣。

第二天幽灵带着美惠子满黎城地闲逛，寻找他追寻了近两个月的记忆，同时陪着美惠子散心。美惠子开心极了，吃东西、逛街、看风景。幽灵从没这么放松过，心情开朗了很多，有时候他甚至希望自己永远记不起过去

27 红颜知己

的事情，这种生活真的很好，没什么比陪着自己爱的人在一起更幸福了。

幽灵带美惠子去了第一大学，他要美惠子在这里完成学业，她几乎符合这里的所有要求，只是需要办理一些入学手续，当然，学位的问题已经不在考虑之列。美惠子很高兴，完成学业是她的梦想，但她从没想过能到这里上学。办理各种手续需要一段时间，美惠子给百合子打了电话，那边的事情都拜托给了这个闺蜜。百合子没想到消失一个多月的美惠子居然再次去了黎城，虽然惊讶，但却选择了帮朋友保守秘密，尽力帮忙办理一些必要的手续。

十几天过去了，幽灵为美惠子的事情到处奔波，感动得美惠子不知该如何是好。她庆幸遇到了幽灵，这个让她心仪而又体贴她的男人。

一天，幽灵开着车带美惠子在黎城街头闲逛，路过外籍兵团招募处的时候他停下了车子，看着招募处的大门愣在了那里。

"怎么？对这个地方很熟悉？"美惠子看着幽灵。

"嗯，好像有印象。"幽灵下车，"你先回去，我进去看看。"

"我在这里等您。"美惠子有些不放心。

"不，你先回家，我可能要待得久一点儿，回去给我做饭，我稍晚一点儿回来。"幽灵在美惠子的脸上亲了一下，"听话。"

"那好吧，别耽搁太久。"美惠子乖巧地点了点头。

看着美惠子开车离开，幽灵深吸了一口气，迈步走向外籍兵团招募处的大门。

"嗨，幽灵，好久不见。"执勤宪兵向他打招呼。

"嗨！"幽灵挥了挥手。

幽灵进入内部，凭感觉继续往里走。

天快黑的时候幽灵返回了住处，美惠子早就等得着急了，见他回来高兴地扑了上去，"您终于回来了。"

"久等了。"幽灵脱掉外套，美惠子立即接过去挂好。

"怎么样？今天又想起了什么？"美惠子关切地问道。

幽灵拉着美惠子坐在沙发上，"有一个好消息和一个坏消息，你先听哪个？"

"嗯……"美惠子嘟着嘴想了一下,"那就……先听坏的吧。"

"我恢复了大部分的记忆,有些事情我怕你接受不了。"幽灵握着美惠子的手。

美惠子的心里一颤,眼圈马上就红了,"没关系,凯恩君能记起过去比什么都重要,就算您有家室我也不在乎,如果您希望我离开,我明天就走。"

幽灵看着美惠子的样子心里一阵发痛,他把美惠子揽进怀里,"那还有一个好消息,你还想听吗?"

"如果不能和凯恩君在一起,对我来说什么都算不得好消息。"美惠子一脸伤心地说道。

幽灵用力抱住美惠子,"好消息就是,我没有老婆,我是个单身汉,这下你满意了吧?"

美惠子哭了,哭得很伤心,幽灵一下子不知所措,不管他怎么哄,美惠子就是哭个不停。

"真的很抱歉,吓到你了,我只是想和你开个玩笑,没想到伤了你的心,太对不起了。"幽灵急得如同热锅上的蚂蚁。

良久,美惠子止住哭声,她抱住幽灵,"我没有怪您,我是太高兴了,凯恩君恢复记忆了,美惠子可以名正言顺地和您在一起了,不再担心会有人来和我抢。其实我一直都在担心您真的有家室,虽然我表现得很坦然,但我心里非常恐惧,我不想失去您。今天您给我带来了好消息,我终于不用再担心您会被别人抢走了。"说完,美惠子抱住幽灵一下子吻在他的嘴唇上,"我不怕了,我什么都不怕了,凯恩君是我的。"

幽灵抱着美惠子,感动得快哭出来。为了和自己在一起,这女孩承受了多大的心理压力,而自己却浑然不觉,还整天觉得美惠子很开心、很快乐。现在看来,这一切都是美惠子装出来的,为的就是让自己放心。多好的姑娘,多么贤惠,多么体贴入微。

幽灵扶美惠子坐起来,然后认真地说:"在和我在一起之前,有件事我需要告诉你,你有知情权。"

"嗯,我听着。"美惠子点了点头。

"我是个雇佣兵,从事一项危险的工作,请你想清楚,和我在一起是有一定风险的，有可能让你担惊受怕，所以我希望你好好考虑一下。"

美惠子坚定地说："我说过，不管您是什么人，我都会跟着您。"

幽灵长出了一口气，一把抱住美惠子，"我还真怕你跑了。"

"就算您跑了我都会找到您，我永远都不会跑。"美惠子抱着幽灵，"好了，晚餐都快凉了，啊……"不知什么时候幽灵已经解开了她背后的拉链，一动之下，裙子直接落下去一半，双峰尽显……

幽灵的确记起了很多东西，包括D市任务的整个过程，以及黑血的所有人。只是之前的一些情况还很模糊，记起来的都是最近发生的一些事情，最远的可以追溯到一年前。其实他想起的还是一些片段性的东西，不是十分连贯，但基本上已经不再影响他的思考及判断。

"我要出去办点儿事情，可能需要几天时间，这段时间你照顾好自己。真的很抱歉，要把你一个人留在家里，你对黎城还不熟悉，也没有什么朋友，我心里过意不去。"幽灵搂着美惠子说道。

"没关系，我是成年人了，能照顾好自己，不必担心我，只是希望您能好好照顾自己。您的职业很危险，我不希望有什么意外，一定要记得我在家里等着您。"

"放心，等我回来。"幽灵搂着美惠子。

"只要您能安心地回来，一切都不重要。"

28　偷袭别墅

幽灵终于恢复了部分记忆，他已经清楚自己是一个什么样的人，清楚黑血是一支什么样的队伍，他们正面临着什么，自己该干什么。

幽灵开始寻找其他人的去向，去完成自己的使命，继续为黑血而战。这次失忆改变了他的人生，他不再了无牵挂，他有了魂牵梦绕的人。

他用了三天的时间安置好美惠子。学校的事情办得差不多了，只是上学的地点从第一大学转到了第九大学，原因很简单，第九大学在他居住的十六区，美惠子回家会方便很多。入学的手续已经办得差不多了，剩下的手续材料也在从D市邮寄过来的路上。美惠子的入学申请基本完成，她可以住在学校，也可以回家住。幽灵抽时间给美惠子买了一辆红色的奔驰车，当然在F国奔驰不是什么好车，也没有我们想得那么贵。

幽灵有自己的渠道联系本·艾伦，他是本·艾伦目前最信任的人，所以他们有约定的联系方式。幸好本·艾伦没有因为幽灵"阵亡"的消息，就把和幽灵联系的那部手机丢掉。两人联系上的时候正是本·艾伦和布鲁斯见面后不久，与重拳追查内厄姆·伊伯森的时候。

本·艾伦并没有让幽灵露面，而是暗地里让他来到了8号安全屋，他要对重拳再次进行测试。

现在的本·艾伦已经被内奸的事情折磨得有点神经质，他谁都不相信。所以幽灵回来正好多了个帮手，顺便对重拳进行测试。至少保证身边的人都是干净的，这样他才能放心继续下面的任务。

幽灵向本·艾伦和重拳大致叙述了自己这段时间所经历的事情。

"看来如果我们当初不救美惠子就不可能有你的今天，这真是冥冥之中

28 偷袭别墅

自有天意。"重拳感叹着说道，"她真的是你的女神，所以好好珍惜吧。"

"不错，有了自己的女人，你的人生将发生重大转变，而这种转变正是我希望看到的。"本·艾伦欣慰地点了点头，但话锋一转又问道，"石井怎么办？这是你早晚都要面对的问题。就算石井只是个纨绔子弟，不必放在心上，但他的老子石井英明可是个不折不扣的老混沌，还有川口雄一和黑焰团，都需要你给出一个交代。虽然你和美惠子过得很幸福，可那边还有一堆烂摊子等着你处理。"

"这个问题我还没有好好考虑过，反正已经走到这一步了，到时候再说吧。"幽灵倒是很豁达，"管他石井英明和黑焰团势力有多大，但那是在J国，这里毕竟是F国。"

"总归是个麻烦，这样吧，我用我在D市的关系影响一下。说实话，我没什么把握，不过值得试一试。你和美惠子总要结婚的，总不能一辈子不回去，东方人的家庭观念要重一些，所以你要做好心理准备。"本·艾伦道。

"谢谢，为了美惠子我会慎重考虑。"幽灵点了点头。

"重拳，你现在可以进入核心三人组。"本·艾伦说道，"你不再遭受怀疑，但我提醒你，玛丽还需要调查，你别坏了我的事情。"

"放心，这一点我非常清楚，公私分明，我向来如此。"重拳很正式地点了点头，"虽然我不怀疑玛丽，但至少在她没排除嫌疑之前我会留有分寸。"

"希望你能做得到。"本·艾伦看了看表，"时间差不多了，大家休息，情报到了我们就准备动手，今天晚上一定要搞定内厄姆·伊伯森，我们必须夺回先机。"

"放心，这小子逃不出我们的手掌心。"幽灵掰着手指说道，"闲了两个月，该是我出手的时候了！"

各方面的消息像雪片一样传过来，不到三个小时的时间，光支付各种情报费用本·艾伦就花了近二十万欧元，这还不包括之前寻找内厄姆·伊伯森的花销。

"防御部署图像，建筑物结构图，一应俱全。"重拳将各渠道的情报归纳整理，剔除无用的部分，"只是这防御部署的视频图像距离太远，很多东西看不清楚。"

"没办法，他们不是专业特工，没有技术含量很正常。"幽灵站在他身后看着屏幕说道。

"这样会不会打草惊蛇？"重拳有些担心。

"看运气吧。"本·艾伦叹了口气，"这是我们目前唯一能获得情报的手段。"

"所以我们要带点儿大威力武器。"说话间，幽灵从本·艾伦的武器库最下面取出一枚毒刺导弹，"一次饱和攻击足够把他们全都干掉。"从幽灵的表现上，本·艾伦和重拳同时看到，那个疯狂的幽灵又回来了。

"带着可以，有备无患，不过我劝告你，不到万不得已不要用这玩意儿，这里可是F国。"本·艾伦皱了皱眉，但没有过多阻止。

"当然明白。"幽灵答应得很干脆，但本·艾伦和重拳都明白，一到关键时刻，这小子恐怕不会考虑什么环境因素。幽灵考虑问题的出发点很简单，就是直达目的，保护自己人，其他的全都不放在眼里。

"情报整理好了没有？"本·艾伦问重拳。

重拳点了点头，"基本完成，别墅区环境相对简单，立体图像已经绘制完成，主要问题是目标身边的守卫数量稍多一点儿，有十二个人，这是个麻烦，我们必须谨慎对待。最近的警局离任务地点只有十分钟的路程，所以我们必须在十分钟内结束战斗并撤离。"

"好的，收拾东西，我们马上出发，到目的地去观察情况，然后根据实际情况制订作战计划。"本·艾伦将一件防弹衣丢给重拳，"这不是重甲，悠着点儿。"

"这种小任务用不着那玩意儿。如果对付十二个人我们都需要依靠重型护甲，那我们真的已经退步到普通士兵的地步了。"重拳将信息传入三人的随身电脑，然后起身，"好了，一切就绪。"

"出发。"本·艾伦拿起装备包，"走，希望今天是我们黑血走出被动的转折点。"

时近黄昏，黎城笼罩在一片夕阳的金黄之中，安静、祥和，浪漫之都的喧嚣之夜即将开始。欧洲人的生活大多很惬意，没有多少工作狂，大家

28 偷袭别墅

都很懂得享受生活，上班、应酬、陪家人，一切都从容、自由、洒脱。

幽灵开着奔驰越野穿梭在繁华街头，一切都是那么的熟悉。在没遇到美惠子之前，他从没仔细看过这座城市，仿佛一切都和他没有关系。但经历了这两个月的事情之后，幽灵突然发现，原来生活是如此丰富多彩，之前自己怎么就没发现呢？

"在想什么？"本·艾伦看出了幽灵的异样。

"突然感觉一切都变了，再也无法用之前的眼光看待这个世界。这次失忆改变了很多东西，从思维方式到看待世界的目光，很奇妙。"幽灵笑了笑。

"是你长大了，你发生的改变正是你成长的一个过程。"本·艾伦点上一支雪茄，"其实在这之前，你在我眼里一直是个孩子，但现在不同了，我在你身上看到了成人的气息。你现在有了牵挂，有了需要关心和爱护的人，人生有了目标。"

"的确，在之前我从没认真考虑过我的人生，除了这身杀人的本事之外我别无长物，所以我始终认为我会一直留在军营里，哪怕再也无法作战。可现在我却在考虑该如何改变自己的将来，未来如何成为一个合格的丈夫，怎么带好自己的孩子，现在想这些是不是有点儿早？"

本·艾伦摇了摇头，"以我几十年的人生经历来看，有些问题早一点儿考虑可能不是什么坏事，毕竟很多事情早晚都会来。之前你没和美惠子相遇，当然是不可能考虑这些，但现在不同了。所以，好好活下去，保护好美惠子，这是你现在就要开始做的，为了你的将来，为了你未来的家庭，好好活着。"

"嗯。"幽灵轻轻地点了点头，"为了能回到美惠子身边，是该好好活着。"

"对了，我对你们两个提个要求。"本·艾伦深吸了一口烟，"我们黑血正处于多事之秋，为了幽灵，我不希望把美惠子卷进来，所以你的经历不要被我们之外的第四个人知道，守住这个秘密，懂吗？幽灵，你在其他人面前要略去这段经历，不要什么都说，反正你的记忆还没完全恢复，就用失忆来搪塞一下。"

"谢谢长官。"幽灵很真诚地说道，"我会慎言慎行，这两个月里我变了很多，不会像之前那么毛躁了。"

"明白，就连玛丽我都不告诉。"重拳哈哈大笑，"队长什么时候开始考虑我们的家庭了？"

"作为队长，我这个老家伙要操心的事情多着呢！"本·艾伦无奈地摇了摇头，"你以为这个队长那么好当呢？我要保住黑血，要挖出内奸，要保护好你们这些小东西，很累的。你们都是我的孩子，按年纪算，全队中包括山狼在内，你们的年纪和我这个老家伙相比都不大，所以我有责任照顾好你们，当然除了那个内奸之外。"本·艾伦看着窗外的夕阳，"我们雇佣兵在世人眼中臭名昭著，嗜钱如命，但我们也是人，这只不过是我们的工作。我们也有家庭，也有感情，同样有人性，但我们只是把人性藏了起来。在他们眼里我们是恶人，我们的确也干了不少残忍的事情，可这不代表我们就是一群恶魔。我对兄弟更加真诚，远比那些勾心斗角的奸商要好得多，我们只是直接去杀戮，而他们却在背地里玩着阴谋诡计，害人于无形之中，难道他们就比我们干净吗？"本·艾伦冷笑，"这个世界上没人是干净的，每个人心中都有恶念，都有自己的阴暗面，谁也别说自己是好人。"

"队长，好深刻的感悟。"重拳有些惊讶地说道。

目标的居住地点在塞纳河右岸黎城第二十区，唐人街旁边，是著名的商业区和住宅区，这里商贾云集，富豪遍地，很多社会精英都居住在这里。目标的家正对着塞纳河，是一栋独立建筑。这里也算是少有的高级住宅区，所以交通并不拥挤，环境相对比较安静。

停好车三人分别走向了不同的方向，他们要进行一次全方位的侦察，情报是情报，他们只相信自己的眼睛。

"左翼安全，警卫数量二，墙壁有红外线报警装置、夜视监控探头，墙壁很高，想翻上去不容易。"重拳一边闲逛一边说道。

"右翼没有警卫，防御情况相同，屋顶的警卫可以直接看到这边，警戒很高。"幽灵低声说道。

"正门警卫二，电子门禁，里面有两辆车，目标在家。"本·艾伦站在河边，手上的微型摄像头已经对准了大门的方向。

"突击难度应该不大。"幽灵绕到了后面，"没有后门，这条路被封死了，是个死胡同，任务开始之后注意目标，别让他从右翼逃了就可以。"

★ 28 偷袭别墅 ★

"时间尚早，不急于一时，继续观察。"本·艾伦点上烟与河边的一个老人攀谈起来，同时用余光盯着大门。

"窗户的玻璃好像是防弹的，墙壁也是加厚的，如果大门攻不进去，就得进行定向爆破。幽灵，带炸药没？"重拳从侧面绕出来，找了一栋较高的建筑借着昏暗的夜色爬了上去。

"当然，我什么时候会忘记带炸药。"幽灵抽出一支烟叼在嘴里，对靠近门口的警卫说："嗨，伙计，有火儿吗？"

警卫掏出打火机帮幽灵点上。

"谢谢。"幽灵摆了摆手转身走了，"警卫持枪，是 P220 紧凑型，穿着防弹衣。"

"应该是情报部特工。"本·艾伦已经和老头聊完天。

"如果是情报部的人，那这里出事儿就不会有警察介入，我们的时间会充裕一点儿。"幽灵蹲在移动楼顶上盯着下面的别墅。

"不能抱任何侥幸心理，任务时间依然是十分钟，注意是十分钟之内完成并撤离。"本·艾伦回到车上，打开随身电脑，他把无线传输的摄像头安置在了河边栏杆的下面，这样能在不引人注意的情况下观察敌人的动向。

"收到，按原计划时间设定任务路线。"重拳也打开电脑，将自己发现的东西全都录了进去。

侦察结束后三人聚在一起，本·艾伦从后备箱取出一支 M4A1，"准备动手。"

"什么计划？"重拳拿起一支 HK417，一边装消音器一边问。

"直接干，我们从右翼进去，幽灵负责干扰设备，你负责干掉屋顶的哨兵，我断电。"本·艾伦套上作战背心，检查了一下上面的弹药。

"放心，这种监控设备和报警设备都是过时产品，好对付。"幽灵今天用的是一支 MP5SD1，"这些人都是新手，好搞定。"

"我们只有三人，不要轻敌。"本·艾伦提枪向前走去，幽灵和重拳紧随其后。

三人提枪穿过马路，大摇大摆地从右翼进发，如果不是手里的枪，他们就像在逛街。到了侧面，重拳一枪就掀开了屋顶哨兵的天灵盖。那家伙原本趴在楼顶向下张望，这一枪把他直接打回了楼顶。

幽灵取出设备屏蔽了监控系统和红外线报警系统，三人轻松地翻过了围墙进入内部。院子空间不大，平整的草坪和飘香的郁金香将小院点缀得很有情调。他们成三角队形快速向别墅的侧门推进。天还不算晚，别墅里的灯都亮着，从窗口能看到不时晃动的人影。本·艾伦取出遥控器摁了下去，事先装在电缆上的遥控炸弹爆炸，电缆被炸为两截，整条街区瞬间陷入了一片黑暗。

三个人拉下夜视仪迅速靠近了侧门，本·艾伦摆了摆手，重拳靠上去握住把守轻轻一拧，门无声无息地打开了，幽灵端着枪率先进入。这一侧是厨房，通过开着的门能听见客厅里的咒骂声，看电视的警卫在抱怨突然停电。

幽灵靠在门口，摸出两枚闪光震撼弹丢了进去，"嘭嘭……"两声巨响中白光一闪，客厅里顿时传来了惨叫声。三人迅速冲进去，几个点射放倒了四名敌人。

重拳的枪口迅速指向二楼，一个人影正撞进他的瞄准镜。"噗噗……"重拳扣动了扳机，那人直接被打死，尸体顺着楼梯滚了下来，发出一阵闷响。

本·艾伦端着枪跨过尸体向上摸去，重拳跟在后面，幽灵倒退着守住了楼梯口。正门的方向传来了脚步声，外围的警卫已经开始回援了。

夜视仪里幽灵清晰地看到正门的门把手正在慢慢地转动，敌人正在试图打开房门。他立即对着房门口开火，子弹穿透门体将外面的敌人打成了马蜂窝。这下外面的敌人可算是炸了锅，对着正门就开始疯狂扫射。大厅地上的几具尸体倒了霉，被子弹打得血肉模糊，死了都不得安生，而幽灵已经从容地退到了二层的楼梯口，子弹根本就够不着他。

就在这时，幽灵清晰地看到从被打烂的门外飞进来两个东西……

"不好！"幽灵在心里暗骂了一声迅速转头，闭眼。几乎同时"嘭嘭……"两声闷响，大厅里刺眼的白光连续闪烁，看来这些敌人也并不全都是傻瓜。

白光闪后，幽灵睁开眼睛，正看见一个小子踹开房门冲进来。幽灵抬

28 偷袭别墅

手就是一个三连发打过去,那小子一条腿刚跨进房门就被打飞了出去,子弹全都打在他的胸口,就算穿着防弹衣也足够他受的。MP5的穿透力不强,但巨大的冲击力也足够打断他几根肋骨。外面又是一阵疯狂的扫射,幽灵换下弹夹取出一枚手雷握在手里,等敌人的枪声停下来,他用牙齿拔除保险丢了下去。手雷在地上打了个滚儿直接从敞开的大门滚出去瞬间爆炸,幽灵在里面看不清到底炸到几个人,但从重物落地的声音上判断至少有两个人被弹片击中。

外面没了动静,幽灵知道,敌人不可能被杀光,应该是正守在外面等他们出去。"还算聪明。"幽灵又扔了一枚闪光震撼弹出去,借着这个机会他迅速下到一层,在靠近门口的位置小心地向外看了看,发现至少还有四个敌人守在几个不同的地方,他们只要一开火就会迅速形成交叉火力网,把别墅的正面封住。

他取出几枚烟幕弹丢了出去,院子里瞬间白雾升腾,就在他打算冲出去的时候本·艾伦和重拳拖着一个人从楼上下来,内厄姆·伊伯森被活捉了。

"情况怎么样?"本·艾伦低声问。

"还好,只有四个敌人。"幽灵轻声说道。

"嗯,干掉他们,我们走。"本·艾伦将内厄姆·伊伯森丢在地上就要冲出去,却被重拳拦住,"这事儿不劳烦你亲自动手,交给我。"

重拳说着提着枪冲出了门,在出门同时他纵身一跃,身体几乎是贴着地面向前飞了出去,敌人扫过来的子弹,全都从他上方半米多高的位置飞了过去。就在他即将落地的同时手臂在地上一撑,身体缩成一团滚进了烟幕弹笼罩的范围,然后就是一阵断断续续的枪声。

半分钟后耳机里传来了重拳的声音:"搞定,可以出来了。"

幽灵和本·艾伦拖着昏迷的内厄姆·伊伯森出了门,重拳已经冲到大门口把门打开,三人迅速离开别墅,他们的车就停在不远处,没几步就到了。内厄姆·伊伯森被丢进了后备箱,三人开车扬长而去。几分钟后,一个由十几辆车组成的车队到达内厄姆·伊伯森的别墅,然后从车上陆陆续续地下来二三十人。这些人穿着西装,手里都拿着长短枪,训练有素地冲进了别墅，但一切都已经晚了，除了满地的尸体之外什么都没有……

"不错，很顺利。"本·艾伦对这次行动很满意。

"都是菜鸟，不值得一提。"幽灵开着车说道。

"很好，菜鸟容易对付，我们人少，只求顺利，不求难度。"重拳摘掉自己的战术手套，"希望这是一个转折点，今后别再被压着打了，太窝火。"

进入密林之后三人下车，将昏迷的内厄姆·伊伯森从后备箱里拖出来丢在一边，幽灵用水将他淋醒。

内厄姆·伊伯森穿着睡衣，头上被重拳一枪托砸出了一道大口子，血流得到处都是，睡衣上也被染红了一大片。

"内厄姆·伊伯森先生，还记得我吗？"本·艾伦蹲下身看着这个和自己年纪差不多的中年人。

"兽人。"内厄姆·伊伯森惨笑，"我就知道早晚你会找到我，只是没想到这一天来得这么快。"

"都是明白人，识相点儿，告诉我我想知道的，我会还给你一个军人的葬礼。"本·艾伦蹲下身将一根烟塞进他的嘴里，"都是干这行儿的，你该清楚我们的手段，所以别自讨苦吃。"

"好，我告诉你，既然已经到了这个地步。"内厄姆·伊伯森举起被困住的手夹住香烟抽了一口，又看了看表，看似好像是在放松自己。

"别白费力气了。"本·艾伦冷笑，"你的GPS发射器被屏蔽了，没人能找到你。"

"哦。"内厄姆·伊伯森无奈地笑了笑，"兽人就是兽人，做事滴水不漏。"

"说吧，别等我们动手，他们两个可没什么耐性。"重拳把自己的步枪放进车内，拿着一把军刀走了过来。

"重拳，玛丽好吗？"内厄姆·伊伯森抬起头看着重拳。

重拳的眉毛一挑，"你找死！"幽灵一把抱住他，"冷静。"

"哼……"内厄姆·伊伯森冷哼，"幽灵，我还以为你死在了D市，没想到你又出现了，你真是个幽灵。"

"消息很灵通，你还有什么值得炫耀的吗？说吧，这一切都是谁在捣鬼。"本·艾伦冷冷地看着他。

28 偷袭别墅

"好，我说。"内厄姆·伊伯森又抽了一口烟然后缓缓地吐出来，"整件事要从卢斯卡尼战役说起。那时候帕默中将，哦，对了，那时候他只是个少将，当时他正在为如何解决人质危机而发愁，有人推荐了你们，而你们当时正在V国营救叛军被困的首领。"

本·艾伦点了点头，"没错，但你想说什么？"

内厄姆·伊伯森继续说道："在营救叛军首领的时候，你们在丛林里遇到了一批敌人。政府军大批追踪对你们来说并不会有太大的影响，但政府军的雇佣兵却是你们真正的敌人。那次你们干掉的敌人中有几个是血骷髅的人，还记得吧？其实那只是血骷髅的一支小分队，是他们的队长独眼海盗马克·西蒙新成立的一支雇佣军，由他同父异母的弟弟带领，而你们却将他们全部杀光，所以马克·西蒙发誓要报仇，他要灭了黑血。从那时开始他就着手策划整个迷局，自始至终你们都被蒙在鼓里。其实马克·西蒙才是你们最大的敌人，什么萨迪曼、米洛斯迪尔，都是傀儡罢了。"

"就为了这个？"幽灵冷笑。

内厄姆·伊伯森点了点头，"没错，马克·西蒙才算是整个握手组织的幕后黑手，一切摆得上台面的都是他控制的傀儡罢了。这些傀儡都与你们黑血有着深仇大恨，萨迪曼不必说了，他在你们随后执行的卢斯卡尼救援任务中被赶下了台，在联军和政府军的联合打压之下，势力范围急剧缩小，最后只能进山躲避，所以他更痛恨你们，很轻松地就被马克·西蒙拉拢过去。圣徒、殿堂骑士、野人、第六突击队，他们只是受雇于握手组织。而自由阵线联盟、新世界自由军、艾森、米洛斯迪尔这些人几乎都是被马克·西蒙拉拢进握手组织的。为了复仇他几乎动用了所有的关系，名义上米洛斯迪尔、萨迪曼是握手组织的老大，其实马克·西蒙才是真正的掌控者。为了安全，他一直隐藏在幕后，操纵着这些人。而我加入的要晚一点儿，大概是你们在苏帝米亚复仇行动之后加入的。我的加入很简单，马克·西蒙需要情报，我的上层关系和底层基础非常好，能搞到很多有价值的情报，针对你们，也针对你们参与的M军行动，一切都可以购买，只是价格不同，我从中渔利，这是个赚钱的好差事。但后来我才发现，你们居然就像打不死的蟑螂一样难对付，从那时候开始，我才发觉可能会麻烦上身，以你的性格肯定会追查到底，所以我又回到了 F 国居住。情报部给我提供安全警卫，这能让我稍安心一点，可是没想到你这么快就查到了我的身上。"

"哼……"本·艾伦冷笑，"你是如何得到和我们相关的情报的。"

"M 军作战控制中心和 MIA 的情报是可以购买的，他们并非铁板一块，通过中间人在网上交易已经司空见惯了，这一点你该明白，情报不愁来源，只要不是涉及国家利益的情报基本都可以买到，而且价钱不高，他们也乐于赚点儿外快。反正死了你们一批人他们可以再雇佣别人执行任务，但你们很顽强，顶着压力完成任务，背地里都没能搞死你们。除了这些渠道之外，马克·西蒙还能通过其他渠道弄到你们的消息，准确率还很高。他是个不简单的人，每次你们更换藏身地点他都能很快知道，他几乎可以对你们进行全方位的监视，甚至通讯频率都能搞到，他了解你们的一举一动。"

"现在马克·西蒙在哪里？"重拳问。

"应该在 L 市的总部，不过很快就该不在了。"内厄姆·伊伯森丢掉手里的烟头，"我的失踪很快他就会知道，明天他就可能不知去向，所以，你们慢慢找吧，这个我帮不了你们。"

本·艾伦又问了一些细节，然后幽灵动刑，直至再也问不出什么之后将内厄姆·伊伯森除掉，然后在附近挖了坑埋了。他和血骷髅合谋害了黑血不少的人，是不可能让他继续活下去的。

"血骷髅，最终是这群王八蛋在捣乱。"幽灵擦掉手上的血，"是不是去 L 市，毁掉他们的老窝？"

"不行，血骷髅的势力比我们大，人手也比我们多，必须从长计议。既然马克·西蒙已经把事情做到这份儿上，我们也就不必和他们客气，哼……独眼海盗，我倒要看看你还能把我们怎么样。"本·艾伦道。

"其他人怎么办？我们人手不足，必须找帮手。"重拳问。

"走，去找其他人，然后制订复仇计划。"本·艾伦上车，三人驱车回到黎城。

这些天来，其他人一直分别藏在几个不同的地点。他们先到的是 15 号隐蔽点。

守在外面的绅士看到幽灵之后吓了一跳,"啊!我见鬼了。"

"我就是鬼,你又不是第一次见。"幽灵给了他一拳。

"其他人呢?"本·艾伦问。

"在里面,按照你的命令谁也不许外出。"绅士指了指背后的大厦,"十五楼。"

他们上了十五楼。发现几个人正无聊地坐在一起看电视,这可能是他们唯一的娱乐方式。为了避免暴露,本·艾伦收走了他们的电话和电脑,他们几乎和外界断绝了联系。

"幽灵?"信使惊讶地看着幽灵。

"你小子还活着。"狮鹫站起身,脸上没有太多的惊讶,只是点了点头。

"回来就好。"响雷拍拍幽灵的肩。他是幽灵受训时的教官之一,非常器重他。

"情况怎么样?怎么都没精打采的?"本·艾伦看着他们。

"无聊得要命。"信使耸了耸肩,"除了看电视就是看电视,纸牌都玩儿烂了。"

"至少这里安全。"重拳坐下看着宽敞的房间,"不错,是个好地方,至少不用睡在地板上。"

"进展如何?"山狼最关心这个问题。

本·艾伦点了点头,"已经有了眉目,正在追查目标下落,准备复仇行动,你们先返回L市做准备。"

29　幽灵军团

不死不休地斗了这么久，直到今天他们才知道原来最大的敌人是血骷髅雇佣军。这支队伍和他们颇有渊源，在黑血最困难的时候，本·艾伦依靠从他们手里转接的任务而保住了黑血。长期以来，本·艾伦一直感恩戴德，任何任务都要让着血骷髅，甚至帮他们抬高价码，以报当年的知遇之恩，但是没想到在 V 国的任务中造成了误会，导致后来的一系列事情，让黑血损失惨重，至少失去了一半的作战力量。战争中死亡是不可避免的，但这种被人算计的死亡方式让本·艾伦无法接受，所以他要复仇。既然已经到了今天的地步，之前的交情一笔勾销，黑血与血骷髅的战争必将是一场你死我活、不死不休的战斗。

山狼带着一批人先回了 L 市，本·艾伦有自己的安排。内奸依然存在，几次甄别梳理都没有将这个人挖出来。他只能想办法避开内奸泄露情报，所以他要分批控制手下人的行动。

第二批是护士团的人马，这些人算是干净的，从她们这边走漏消息的可能性可以忽略不计，因为她们一直在国外执行任务，而且黑玫瑰是本·艾伦的老相识。据传言他们是老相好，但从没得到过他们的证实，当然主要原因是没人敢问。这是一支信得过的队伍，本·艾伦一直没有动用她们的主要原因就是不希望这些姑娘们置身危险之中，而且护士团里面有几个人和黑血的战士已经确立了关系，重拳和玛丽就是他们中的代表，所以本·艾伦不想把她们牵扯进来。但今天不同，他们要面对强大的血骷髅，他们需要作战力量，而护士团正是最值得信任的一批人。前一段时间黑血招募的几个女兵也被本·艾伦交给了黑玫瑰，加入了护士团，这支娘子军再次发展壮大，战斗力继续提升，和黑血不断有人员阵亡相比形成了巨大的反差，她们也成为了本·艾伦手中的一把杀手锏。

经过了一个多小时的交代之后，护士团也出发前往L市。由于是秘密行动，除了本·艾伦没人知道她们的去向。

另一组人马就是赌徒他们，目前黑血的中坚力量。本·艾伦对他们也有提防，内奸的问题没解决之前他对任何人都有着戒心，除了幽灵之外。但自从重拳介绍布鲁斯给他认识，到现在从内厄姆·伊伯森嘴里得到了如此之多的消息后，他对重拳的戒心正逐渐消除。

三组人马被本·艾伦同样派往L市，但三组人马的目的不同，彼此互相不知道去向，本·艾伦有着自己的用意。

安排完之后，本·艾伦带着幽灵和重拳在黎城又逗留了一天，从各方面寻找线索，他又通过重拳再次找到了布鲁斯，送上了一百万美金作为酬谢。布鲁斯不收，在本·艾伦的坚持下最终他只是从箱子里拿出一捆百元大钞，"好了，这一万美元就当我领了你们的心意。"

"这不太好吧？"本·艾伦很是过意不去，"要是没有你的提醒，我们恐怕不会有这么大的收获。"

布鲁斯摆了摆手，"大家都是朋友，不必如此客气，我帮的又不是外人，毕竟我和重拳交情至厚，所以你不必太记在心上。"

本·艾伦只好作罢。布鲁斯给他的印象非常好，在情报界和雇佣兵界很少能交到朋友，大家都干的是有利可图的事情，只要不给你帮倒忙就是好人了，要是能再帮你一把，那就说明这个人非常不错。

"好了，这件事已经过去了，有什么事情说吧。"布鲁斯看着本·艾伦。

"真的很不好开口。"本·艾伦歉意地笑了笑，"其实我真的想再请你帮忙。"

"有话请讲，我喜欢直来直去，不必客套。"布鲁斯敲着手里的酒杯，"难道是希望我帮你对付某些人？"

"的确，我们现在人手不足，而对手却非常强大，所以我需要外部力量的帮助，但思前想后都没有合适的人选。在经历了之前的事情之后我已经没有可以信赖的人了，不怕你笑话，我甚至连自己的手下都不相信。我现在能用的人手不到对方的一半，而复仇行动迫在眉睫，我只好请你帮忙。"

"对手是谁？"布鲁斯问。

本·艾伦很诧异，原本他以为布鲁斯会知道自己要对付谁，但现在看来他好像一无所知的样子。

"哦。"布鲁斯看出了他的意思，"我之所以知道内厄姆·伊伯森和你们的事情有关，只是因为我在搜集情报的时候曾几次无意中得到和你们相关的情报，而情报全都是出自他那边。我多加留意才发现，他正针对你们搜集情报。"布鲁斯耸了耸肩，"所以联想之前你们经历的一系列事情我就想到了他和这件事有关系。"

本·艾伦并不相信他的话，但也不便去揭穿，毕竟那没什么意义，所以他干脆直接提要求，"好吧，那我直说了，我希望你能帮我们对付血骷髅，他才是我们的第一大仇家。"

"血骷髅！"布鲁斯皱了皱眉，"他可是目前排名前五的雇佣军组织，机构庞大，人员众多，他们的任务几乎遍布全球，你要想拔掉它……"布鲁斯深吸了一口气，"恐怕不太容易。"

"所以我需要你多帮助。重拳告诉我你手下有一支队伍，作战能力非凡，而且有着一流的技术装备，情报来源广泛，值得信赖。"本·艾伦喝光杯中酒，"直说吧，你可以帮我吗？"

布鲁斯轻轻地点了点头，"这个问题我需要考虑一下，我们内部并非一人领导制，需要和其他人商量。"

"关于利益划分，我是这么想的，按照任务计算每次每人给一百万酬劳，另外拿出一百万作为情报搜集和装备购买费用。干掉血骷髅之后，我把他们在非洲的钻石矿给你们三个，至于哪三个都没关系，随你们挑选，如何？"

"你抛出的诱饵足够吸引人的。"布鲁斯笑道，"不过血骷髅在非洲的钻石矿背后的控股方大多都是M国政府机构，这一点你是无法改变的。"

本·艾伦笑了笑，"没关系，如果你们愿意，我可以把我在非洲和车臣的私人矿产给你，此外黑血还有四个钻石矿和一个金矿，你可以选择两个。"

"这倒是好办法。如果我们愿意帮忙也并不单纯是为了钱，只要你支付开销就可以了，剩下的事情我们可以再谈。酬劳我们可以少拿点儿，但不能不拿，因为我的手下需要赚一点儿，所以这个问题还是等我和其他人商量之后再定吧。"

"好，我等你的好消息。"本·艾伦点了点头。

"那就这样，我先走了。三天，最迟三天我会给你答复。"布鲁斯从那一捆钞票中抽出一张放在桌上，"今天我请客，再见。"

本·艾伦点了点头："再见。"

"队长，你真的要请外援？"重拳低声问道。

"我们已经没有选择，和血骷髅的战斗才算是真正意义上的硬仗，而我们却处于劣势，所以我只能寻求外部帮助。花钱不怕，我们还有几个亿在，只要能为死去的兄弟报仇，我不惜一切代价，干掉独眼海盗不是我的最终目标，我要让血骷髅彻底在雇佣兵界消失，这才是我要做的。"本·艾伦站起身，"走。"两人往外走，幽灵等在外面的车上。他们下一站就是L市，那边已经开始着手进行复仇行动的前期准备。

"绝不能轻易饶过他们，这群王八蛋，一个都别想活！"重拳点了点头说道。

"只是不知道布鲁斯能否帮我们，对手太强大了，我们将面临前所未有的困难。"本·艾伦颇为担忧地说道。

"有多强大？在V国的丛林里不也被我们杀得七零八落吗？"幽灵不以为然地说道，"那时候我们可是只有五个人，而他们却有十几个。"

"情况不同，那些有一部分是新兵。我查阅了一下相关的情报，当时马克·西蒙打算在血骷髅之外建立一支队伍，目的就是扩大影响力，可是刚组建的第一次任务就遭遇了我们，结果全军覆没，那支队伍的负责人正是他同父异母的弟弟。这条线索很不好查，费了我三十万美元。"本·艾伦骂道，"所以内厄姆·伊伯森所说基本属实，从侧面调查之后几乎全部得到了证实，血骷髅的确有这个能力，也有对我们下手的理由。我们在之前的任务中处处挨打，一个原因是血骷髅和内厄姆·伊伯森一直在搜集针对我们的相关情报，他们买通了M军的某些关系，导致我们的行踪外泄，而另一个原因就是我们的内奸问题，他几乎可以监视我们的一举一动，有他在，血骷髅可以针对我们的行动随意调整部署。最可恨的是他利用的全都是握手组织的力量，而他们本身却没出一兵一卒，握手组织损失再惨重也伤不到他们一分一毫，否则我们也不可能连一点儿蛛丝马迹都发现不了。他们保存了实力，而我们却死伤惨重，但愿阵亡的兄弟在天有灵，看着我们如何为他们报仇雪恨。"

"很简单，干掉这群王八蛋，把他们都吊起来，然后扒掉他们的皮，放在太阳下暴晒致死，怎么样？够残忍吧？"幽灵仿佛是在讲故事。

重拳却摇了摇头，"说得轻松，我们怎么抓住他们？他们的兵力数量是我们的几倍，受训的新人至少有五十余人，那是一支非常庞大的雇佣军队伍。马克·西蒙的目标就是成为下一个外籍兵团，虽然人数无法达到外籍兵团的数量，但在作战能力和接受任务的广度上要直追外籍兵团。"

"野心倒不小，但是惹了我们，这个理想恐怕就无法实现了，我们会让他们死得很难看。不如将马克·西蒙的手下逐个杀掉，让这老小子发疯，你看如何？"

"好主意，只是他们在执行任务的时候都是十五人以上的队伍，而且我们怎么知道他们的任务地点在哪儿？他们中又没有我们的人。"重拳摇了摇头，"所以，这种设想很好，但实施难度却很大。"

"可以考虑一下，没准儿这一招还真用得上。"本·艾伦倒是很有兴趣，"我可以试试，看看能否解决这个棘手的问题，关系渠道应该能搜集到些相关消息。"

"但愿可以。"从重拳的表情上能看出，他并不抱多大希望，他倒是喜欢真刀真枪地正面冲突，和幽灵的游击思维截然相反。

"没什么大不了的，就算不成我们还可以突袭他们外出的人马，玩儿这套爷是祖宗。"幽灵有些兴奋地说。

"敌强我弱的战斗要慎重，回去根据汇总的情报制订一份作战计划，代号'自由之鹰'，我们黑血要摆脱束缚，翱翔蓝天。"本·艾伦降下车窗，看着鲜红如血的夕阳，"最惨烈的战斗还没开始，但我们已经做好了准备，战斗吧，兄弟们！活下去才有资格见证胜利，复仇并非只是在走过程。我们是在毁灭敢于挑衅我们的人，以此警告世人黑血就像一团天火，触及者

29 幽灵军团

必然粉身碎骨，烧得连灰都不剩。"

"队长，你可以当诗人了。"幽灵打趣道。

"什么狗屁诗人，老子就是个杀手。"本·艾伦自嘲地笑了笑，"一个不惜代价干掉仇敌的杀手，谁敢惹我，只要我不死，必定报仇！"

"布鲁斯有多大的可能性与我们合作？"幽灵问。

"八成吧。"重拳道，"这小子不是个简单人物，他的思维方式是常人无法理解的。别人或许惧怕血骷髅，他却不一定放在眼里。这是个传奇人物，当年他一个人单挑一支十五人的雇佣军，用了八天时间将这十五人赶尽杀绝，可以说这是个极度危险的人物，要不是国内的朋友帮忙搭上线，我还真不敢和他合作。所以我觉得他和我们合作的可能性接近八成。"

"他手下到底有多少人？"幽灵很有兴趣地问道。

"这个还真说不清，他的队伍组成非常特殊，平时分散开来，各自接各自的生意，一旦有大买卖他们会迅速集结，根据任务难度确定参与人员的数量，而这些人一旦分散，你几乎连他们的影子都摸不到。我知道的最大规模的一次任务他们出动了三十五个人，而那还不是他们的全部兵力。"

"他们到底是雇佣军还是杀手？搞得这么神秘？"幽灵道。

"他们是雇佣军、杀手、高级保镖、赏金猎人，几乎任何有难度的任务他们都接，当然价码也高得吓人，但他们的任务成功率超过百分之九十，这一点足以标榜他们的能力。"重拳叹了口气，"这就是高手，所以队长才会选择与他们合作。"

"这是一群什么鸟人？怎么如此的……"幽灵斟酌了一下词汇，"如此的神秘？"

"他们基本都是特种部队的退役军官，军衔在中尉以上，无一不是经验丰富的特种作战专家，平均年龄三十五岁，作战勇猛，诡秘莫测，每次出任务全部佩戴骷髅面具，没人知道他们到底长什么样儿，他们才是真正隐藏在人世间的幽灵。"

"但我们见到了布鲁斯，难道那不是他的真面目？"幽灵问道。

重拳苦笑，"那是因为我见过他，所以他才会以真面目和我们相见，但其他人谁也没见过，没人知道他们的真实身份。据说还有一些人是某些国家现役特种兵的教官级人物，但也只是传言，没法证实。"

"搞得如同幽灵部队似的。"幽灵还是有些不以为然。

"等见了你就知道了。"重拳不和他争论，"他们的名字就是幽灵军团。"

幽灵军团，一个在雇佣兵界名不见经传的名字，几乎没有多少人知道，了解他们的人少得可怜，可以毫不夸张地说，他们一直活在传说之中。这是一支有着传奇色彩的队伍，人数不详，来历不详，驻地不详，基本组成情况不详，没有势力范围，行事低调、简单，不以真面目示人，这就是他们的全部。有幸在战场上与之相遇的，如果是以敌对身份出现，那必死无疑；如果处在统一战线，幽灵军团是不会和他们共同战斗的，他们独来独往，很难见到他们的身形。

一周后，这支队伍出现在本·艾伦面前，加上布鲁斯一共二十一个人。他们全部佩戴着面具，但与重拳描述的不同，这些人戴的并非骷髅面具，而是各种各样、千奇百怪的面具，如狼头、虎头、狮面、恶鬼等等，面具完全遮住面孔，而且浑身遮盖得风雨不透，完全看不出肤色种族。此外作战服、军靴、作战手套完全不统一，通信设备也型号各异。

"怎么这么乱？"幽灵看着远处聚在一起休息的这些人自言自语。

"他们在掩藏自己的身份，利用不同的武器装备迷惑其他人。"重拳一边擦着枪一边说道。

"有必要吗？"幽灵有些不以为然。

"这是他们保护自己的手段，脱了衣服，摘了面具，就算走在大街上也不用担心被认出来。"重拳将擦干净的武器零件组装起来，"这保密措施做得简直让我们汗颜，他们比任何人都懂得保护自己。"

"多此一举。"幽灵哼了一声，"就是一群妖魔鬼怪，我倒是希望能见识一下他们的作战能力。"

"你是见不到的。"重拳试了试枪。

"为什么？"幽灵不解。

"他们这些人不会和任何人并肩作战。在他们眼里协同合作只限于自己人，而非其他队伍之间。"重拳甩给幽灵一支烟。

"那雇主也能忍受？"幽灵还是不太明白。

"一般都是雇主求他们接任务，所以只能由着他们。"重拳无奈地笑了笑，"这就是实力的象征，雇主没有拒绝他们的权力。"

"既然他们低调、知道的人又少，那他们是如何维持自己的声望和业务联系的？"幽灵依然存在疑问。

"中间人，他们依靠中间人联络任务，而这个中间人就是布鲁斯。他掌控这支队伍，同时对外接受任务，但在大多数雇主眼里，布鲁斯就是个中间商，几乎没人知道其实他就是这支队伍的领导者。"重拳吸了口烟，"国内的关系帮我搭上这条线的主要原因是布鲁斯需要一批他手下之外的人参与一次秘密任务。还记得我曾经消失过一段时间吗？"

"当然，队长说你回家度假了。"幽灵道。

"其实我是跟着他进入白沙漠地下参与了一次极其秘密的任务，那个任务……"重拳摇了摇头，"简直就是科幻大片，太多让我震撼的东西出现在那里。"

"什么意思？能不能透漏一些？"幽灵很感兴趣地问。

"白沙漠地下有一个私人基地，是个生物集团的财阀建造的藏身地，也是一个试验场，从事基因科学研究。他们将蟒蛇的大脑嫁接在机器上，造出钢铁巨蟒，然后用电信号刺激蟒蛇的饥饿神经，让它产生需要捕食的错觉，然后放出去，当作哨兵使用。要知道机械身体就算吃再多东西也不会解决饥饿的问题，所以这些蟒蛇会疯狂地进攻任何能移动的东西，吞下去，用体内的机械将之压碎然后当作废物排出去。"

"机械身体吃东西有个屁用，那不会导致机械损伤吗？"幽灵并不太相信重拳说的话，只是感觉挺好玩儿。

"钢铁巨蟒的身体内部构造很大一部分借鉴了蟒蛇的消化系统的构造，简单模仿将食物压碎，然后排出，目的不是消化，而是一次将入侵者完全杀掉。"

"变态加残忍，你们是怎么解决这些东西的？用坦克？"幽灵问。

"能有效威胁这些东西的就是火箭弹和高爆炸弹，枪榴弹造成的伤害微乎其微，最后他们动用了EMP（电磁脉中炸弹），才搞定了这些怪物。"重拳苦笑，"那次任务简直跟做梦一样，我们深入到一半就退出了，而布鲁斯和另一批人却一直杀了进去，最终结果如何不得而知，但布鲁斯再次找到我的时候至少老了十岁。那次三天的任务我得到了五百万美元，而听他说这还不算他们接受任务中价码最高的一次。"

"任务完成一半就给这么多钱？你骗谁？"幽灵不相信。

"信不信随你。"重拳笑了笑，"当时布鲁斯邀请我加入他们的组织，但因为放不下这边所以我没有答应，直到后来我才明白，他要我加入的就是这支幽灵军团。"

"服了，这么牛的队伍，加入应该是个不错的选择。"幽灵看着远处的一群人。

"的确，同是雇佣兵，他们算是雇佣兵中的金领，干的活儿不多，赚的钱却不少，而我们顶多算个底层白领，赚的都是辛苦钱。同是雇佣兵，差距这么大，心里的确不太平衡。"重拳丢掉烟头，"但他们的确做得很成功，你在雇佣兵排名中看不到他们的影子，但他们却实实在在地执行着一些高利润的高难度任务，低调得几乎无人知晓。他们不怕遭到清洗，更不怕遭遇报复，因为就算有人想对付他们也找不到他们，连他们长什么样子都不知道，怎么找？"

"以后我也要戴面具，争取不让敌人看到我长什么样！"幽灵低声说道。

"你不是从不在乎有人看到你的长相吗？"重拳问。

"那是以前，现在不同了。"幽灵起身，"尿泡尿，回来继续擦枪。"

重拳摇了摇头，有了美惠子之后，幽灵的确变化不小，这小子真的体会到了有人牵挂的感觉，正变得有人情味儿。只是重拳不知道这种变化到底是不是好事，从幽灵的坎坷人生来讲这的确是一件好事，至少他这颗孤独的心有了归宿，但在变化中幽灵会走向何方，这是他最担心的。

本·艾伦和布鲁斯在一边密谈了很久，两人敲定协议几乎用了三个小时。这次合作早就定下来了，只是细节问题尚未敲定，直至今天两人才算真正地将所有问题都落实解决。此次合作的价码和酬金问题其他人不得而知，但从本·艾伦的脸上看得出他还算满意，至少没有那种割肉的心疼表情。

"结果怎么样？"重拳低声问。

"还好。"本·艾伦有些疲惫,"合作价码超过三亿欧元,我们负责其中的百分之四十,一亿两千万,剩下的都从灭掉血骷髅之后的利益分配中出。如果不出意外,我们能赚回这笔钱,当然,这次行动的风险极高,我怕有得赚没得花。"

"这次是硬仗,我们不得不面对的硬仗,躲不开。"重拳冷笑,"血骷髅那群孙子就是该死。"

"是啊。"本·艾伦感叹,"这次行动必须保密,和幽灵军团的合作,我不希望除了我们三个之外的第四个人知道。"

"放心,我和幽灵肯定能保守这个秘密,不管你打算让他们干什么都和我们无关,我想他们应该是单独行动的吧?"

"对,他们是单独行动,我们双方各负责一部分任务,布鲁斯会给我们提供详细的情报。"

"那我们下一步的行动是什么?"重拳问。

"下一步,我们去找血骷髅的晦气,让他们尝尝被人捣鬼的滋味儿,先出一口恶气再说。"本·艾伦恶狠狠地说道。

"什么时候动手。"重拳搓着手,有些兴奋地问道。

"三天后等布鲁斯的消息。"本·艾伦看了看表,"走,去和山狼他们会合。"

"太好了。"重拳拿起自己的枪,"我开车。"

"开车,怎么能轮到你?"幽灵晃了晃手里的钥匙,"这活儿是我的,靠边。"

"你小子。"重拳摇了摇头,也不和他争。

三人上车出发,一个小时后到达山狼他们的藏身地。这是一个破败的农场,里面的房子几乎都快倒塌了,到处都是荒草,还不时有各种小动物出入。

"地方不错,回归自然。"幽灵提着枪看向远方的大山。

"是不错,还有野味儿吃。"山狼一脸不满地说道。

"再待下去我都快变成猎人了。"响雷黑着脸看着本·艾伦,"你不是打算让我们改行儿吧?"

相比二人的抱怨，狮鹫倒显得非常沉稳，只是默默地站在一边。

"改行儿也得等报了仇再说。"本·艾伦指了指里面，"进去说。"

"报仇也得有个目标。"响雷跟在后面。

"当然有，这次我们的目标不好对付，已经查清我们的第一仇敌，整个事件的幕后黑手是马克·西蒙，血骷髅的现任首领。"本·艾伦坐下看着满屋的灰尘道。

"什么？"山狼和响雷几乎跳起来。之前本·艾伦只是告诉他们有了眉目，并没有说仇人是谁，这下的确给了他们不小的震撼，因为血骷髅和黑血的渊源太深了，这让他们有点不敢相信。虽然山狼参与了Ｖ国劫杀血骷髅小分队的任务，但那是在不知情的情况下发生的，那次之后血骷髅并没有报仇的意思，还以为事情就此过去了，等本·艾伦讲述了所有的经过之后他才发现，原来一切源于那件事。看来这个马克·西蒙真不好对付，居然一直隐忍，暗自在背后对黑血捅刀子。

"情报准确吗？"山狼还是有点不敢相信。

本·艾伦点了点头，"已经得到证实。其实血骷髅从来就没动过一兵一卒，他们在背后捣鬼，利用握手组织和我们作对，所以我们一直都查不到他们。"

"我们下一步从哪里入手？怎么复仇？"山狼还没从震惊中反应过来。

"我的计划是先不和他们正面冲突，给他们点儿颜色看看，让他们也体会一下背后挨刀子的感觉。"本·艾伦眯着眼睛，"既然已经闹到了这个地步，就不必再顾及什么旧情了，不玩儿点儿阴谋估计他们也不知道我们的厉害。"

"你打算怎么办？"响雷问。

"等消息，近期就有确切的消息传过来，我们先等等看，然后再公布作战计划。"说完本·艾伦看了看破败的房间，"这里住着不舒服吧？"

"还可以，地下室保存完好，很干燥，条件不错，这几天我们一直待在下面，除了无聊之外其他还好。"山狼打开通往地下室的门，"经过改造之后这个地下室足够作为一个藏身地了。"

"好，暂时住在这里，等消息，基地都被毁了，搞得我们流离失所，这个该死的独眼海盗！"本·艾伦一边骂着一边走下地下室。地下室里面很宽敞，一侧铺着隔潮垫，另一侧较远的墙壁上开了个稍大一些的壁炉，红亮的炭火上架着几只已经被烤得金黄的兔子和野鸡，油滴不时落进炭火里冒着轻烟。

"哇，生活不错嘛！"幽灵咽着唾沫冲过去，伸手掰下一只兔子腿就往嘴里塞，结果烫得他直皱眉，好不容易咽下去一口才说道："谁的手艺？"

"怎么样？味道不错吧？"响雷颇为得意地问道。

"你这手艺差了点儿。"幽灵的一句话差点把响雷气死，"什么？差哪儿一点儿？"

"你等着。"幽灵一边吃着一边起身离开，过了一会儿手里抓着一把各式各样的野草回来，又加了一些调味料一起捣碎涂在了烤鸡和烤兔上，刚涂完香味就出来了，那真是满屋飘香。

"这不都是野草吗？怎么能烤出这种味道？"响雷抓起一把闻了闻，"我只知道这东西在紧急情况下可以食用，也有止血功效，但做调料还是第一次见到。"

"别和他比野外烧烤，他自己在林子里生存那些年可是整天吃这东西。"山狼摸出半瓶红酒递给本·艾伦，"上次的珍藏，八二年的，很不错。"

"好东西！"幽灵冲上来一把夺过瓶子倒了一些在他的调料里，"这味道更好。"

"这可是一口好几百块的高级货，你居然拿来当佐料？"山狼抗议，结果幽灵连看都不看他一眼，继续自顾自地烧烤去了。

这顿饭吃得很顺口，肉味鲜嫩，吃起来很解馋，六个人吃了三只兔子两只野鸡。

"吃，这里的野兔、野鸡多得是！外面的荒草丛里到处都是，几乎把口粮都省下了。"响雷剔着牙说道。

"好久没吃野味儿了，这味道真没得说。"重拳拍拍肚子，一脸的满足。

"对了，重拳，明天给咱们来一顿泥包鸡吃怎么样？"幽灵一边吃一边说道。

"泥包鸡是什么玩意儿？"重拳抽了口烟问道。

"就是用泥把不煺毛的鸡包上，然后放进火里烧。"

重拳反应了一下，恍然大悟地说道："哦，你说的是不是叫花鸡？这容易，你明天弄十几只鸡来，保你吃个够。"

"好，野鸡多得是，一枪一个，一会儿我就给你弄一批。"幽灵抹了抹手上的油。

重拳摇了摇头，"不行，你一枪过去，半只鸡都没了，剩下的都是碎骨头，味道肯定不好，这得抓活的。"

"也行，做陷阱活捉。"幽灵起身，"我这就去。"

"带点儿野鸡蛋回来。"重拳对着他的背影喊道。

"枪打的野鸡不好吃吗？"山狼有些怀疑地问。

"没有，只是不完整，我不喜欢。"重拳说道。

"切，你呀！"山狼摇了摇头。

几个人的日子过得很舒坦，但日子也就持续了三天，第四天本·艾伦接到了布鲁斯的消息……